SI LOS MUERTOS NO RESUCITAN

Philip Kerr

SI LOS MUERTOS NO RESUCITAN

Traducción de Concha Cardeñoso Sáenz de Miera

RBA

III Premio Internacional de Novela Negra RBA
Otorgado por un jurado formado por: Soledad Puértolas, Suso de Toro,
Lorenzo Silva, Antonio Lozano, Anik Lapointe y Paco Camarasa como secretario,
con voz pero sin voto

Título original: *If the Dead Rise Not*

© 2009, Philip Kerr
© de la traducción: 2009, Concha Cardeñoso Sáenz de Miera, 2009
© de esta edición: 2009, RBA Libros, S.A.
Pérez Galdós, 36 - 08012 Barcelona
rba-libros@rba.es / www.rbalibros.com

Primera edición: octubre de 2009

Ref.: OAFI357 / ISBN: 978-84-9867-635-8
Composición: Víctor Igual, S.L.
Depósito legal: B-38.812/2009
Impreso por Liberdúplex

A Caradoc King

¿De qué me sirve haber luchado en Éfeso como un hombre contra las fieras, si los muertos no resucitan? Comamos y bebamos, pues mañana moriremos.

Corintios 15, 32

PRIMERA PARTE

Berlín, 1934

1

Era un sonido de los que se confunden con otra cosa cuando se oyen a lo lejos: una sucia gabarra de vapor que avanza humeando por el río Spree; una locomotora que maniobra lentamente bajo el gran tejado de cristal de la estación de Anhalter; el aliento abrasador e impaciente de un dragón enorme, como si un dinosaurio de piedra del zoológico de Berlín hubiese cobrado vida y avanzara pesadamente por Wilhelmstrasse. A duras penas se reconocía que era música hasta que uno advertía que se trataba de una banda militar de metales, aunque sonaba demasiado mecánica para ser humana. De pronto inundó el aire un estrépito de platillos con tintineo de carillones y por último lo vi: un destacamento de soldados que desfilaba como con el propósito de dar trabajo a los peones camineros. Sólo de verlos me dolían los pies. Venían por la calle marcando el paso como autómatas, con la carabina Mauser colgada a la izquierda, balanceando el musculoso brazo derecho desde la altura del codo hasta el águila de la hebilla del cinturón con la precisión de un péndulo, la cabeza alta, encasquetada en el casco gris de acero, y el pensamiento —suponiendo que pensasen— puesto en disparates sobre un pueblo, un guía, un imperio: ¡en Alemania!

Los transeúntes se detuvieron a mirar y a saludar el mar de banderas y enseñas nazis que llevaban los soldados: un almacén entero de paños rojos, negros y blancos para cortinas. Otros llegaban a la carrera dispuestos a hacer lo mismo, pletóricos de entusiasmo patriótico. Aupaban a los niños a hombros para que no perdieran detalle o los colaban entre las piernas de los policías. El único que no parecía entusiasmado era el hombre que estaba a mi lado.

—¡Fíjese! —dijo—. Ese idiota chiflado de Hitler pretende que volvamos a declarar la guerra a Inglaterra y Francia. ¡Como si en la última no hubiésemos perdido suficientes hombres! Me pone enfermo tanto desfile. Puede que Dios inventase al demonio, pero el Guía se lo debemos a Austria.

La cara del hombre que así hablaba era como la del Golem de Praga y su cuerpo, como barril de cerveza. Llevaba un abrigo corto de cuero y una gorra con visera calada hasta la frente. Tenía orejas de elefante indio, un bigote como una escobilla de váter y una papada con más capas que una cebolla. Ya antes de que el inoportuno comentarista arrojase a la banda la colilla de su cigarrillo y acertase a dar al bombo, se abrió un claro a su alrededor como si fuese un apestado. Nadie quería estar cerca de él cuando apareciese la Gestapo con sus particulares métodos de curación.

Di media vuelta y me alejé a paso vivo por Hedemann Strasse. Hacía un día cálido, casi demasiado para finales de septiembre, y la palabra «verano» me hizo pensar en un bien preciado que pronto caería en el olvido. Igual que libertad y justicia. El lema que estaba en boca de todos era «Arriba Alemania», sólo que a mí me parecía que marchábamos como autómatas sonámbulos hacia un desastre horrendo, pero todavía por desvelar. Lo cual no significaba que fuese yo a cometer la imprudencia de manifestarlo públicamente y, menos aún, delante de desconocidos. Tenía mis principios, desde luego, pero como quien tiene dientes.

—¡Oiga! —dijo una voz a mi espalda—. Deténgase un momento. Quiero hablar con usted.

Seguí andando, pero el dueño de la voz no me alcanzó hasta Saarland Strasse (la antigua Königgrätzer Strasse, hasta que los nazis creyeron oportuno recordarnos a todos el Tratado de Versalles y la injusticia de la Sociedad de Naciones).

—¿No me ha oído? —dijo.

Me agarró por el hombro, me empujó contra una columna publicitaria y me enseñó una placa de bronce sin soltarla de la mano. Así no se podía saber si era de la brigada criminal municipal o de la estatal, pero, que yo supiera, en la nueva policía prusiana de Hermann Goering, sólo los rangos inferiores llevaban encima la chapa cervecera de bronce. No había nadie más en la acera y la columna nos ocultaba a la vista de cualquiera que pasase por la calzada. También es cierto que no tenía muchos anuncios pegados, porque últimamente la única publicidad son los carteles que prohíben a los judíos pisar el césped.

—No, no —dije.

—Es por el hombre que acaba de traicionar al Guía de palabra. Estaba usted a su lado, ha tenido que oír lo que decía.

—No recuerdo haber oído nada en contra del Guía —dije—. Yo estaba escuchando a la banda.

—Entonces, ¿por qué se ha marchado de repente?

—Me he acordado de que tenía una cita.

El poli se ruborizó ligeramente. Su cara no era agradable. Tenía los ojos turbios, velados, una rígida mueca de burla en la boca y la mandíbula bastante prominente: una cara que nada debía temer de la muerte, porque ya parecía una calavera. De haber tenido Goebbels un hermano más alto y más fanático, podría haber sido él.

—No lo creo —dijo el poli. Chasqueó los dedos con impaciencia y añadió—: Identifíquese, por favor.

El «por favor» estuvo bien, pero ni así quise enseñarle mi documento. En la sección octava de la segunda página se especificaba mi profesión por carrera y por ejercicio y, puesto que ya no ejercía de policía, sino que trabajaba en un hotel, habría sido lo mismo que declararme no nazi. Y lo que es peor: cuando uno se ve obligado a abandonar el cuerpo de investigación de Berlín por fidelidad a la antigua República de Weimar, puede convertirse, por lo que hace a comentarios traidores sobre el Guía, en el sordo perfecto. Suponiendo que ser traidor consistiera en eso. De todos modos, sabía que me arrestaría sólo por fastidiarme la mañana, lo cual significaría con toda probabilidad dos semanas en un campo de concentración.

Chasqueó los dedos otra vez y miró a lo lejos casi con aburrimiento.

—Vamos, vamos, que no tengo todo el día.

Por un momento me limité a morderme el labio, irritado por el avasallamiento reiterado, no sólo de ese poli con cara de cadáver, sino de todo el Estado nazi. Mi adhesión a la antigua República de Weimar me había costado el puesto de investigador jefe de la KRIPO —un trabajo que me encantaba— y me había quedado tirado como un paria. Es cierto que la República tenía muchos fallos, pero al menos era democrática y, desde su caída, Berlín, mi ciudad natal, estaba irreconocible. Antes era la más liberal del mundo, pero ahora parecía una plaza de armas del ejército. Las dictaduras siempre se nos antojan buenas, hasta que alguien se pone a dictar.

—¿Está sordo? ¡Enséñeme la identificación de una maldita vez!

El poli chasqueó los dedos nuevamente.

La irritación se me volvió ira. Metí la mano izquierda en el interior de la chaqueta al tiempo que me giraba lo justo para disimular el puño que preparaba con la derecha y, cuando se lo hundí en las tripas, lo hice con todo el cuerpo.

Me excedí. Me excedí muchísimo. El puñetazo le sacó del cuerpo todo el aire que tenía y más. Un golpe así deja tieso a cualquiera durante un buen rato. Aguanté el peso muerto del poli un momento y, a continuación, entré por la puerta giratoria del hotel Deutsches Kaiser abrazándolo con toda naturalidad. La ira se me estaba convirtiendo en algo semejante al pánico.

—Creo que a este hombre le ha dado un ataque de algo —dije al ceñudo portero, y solté el cuerpo inerte en un sillón de piel—. ¿Dónde están los teléfonos de la casa? Voy a llamar a una ambulancia.

El portero señaló hacia la vuelta de la esquina del mostrador de recepción.

Aflojé la corbata al poli sólo por disimular e hice como si me dirigiese a los teléfonos, pero, nada más volver la esquina, me colé por una puerta de servicio, bajé por unas escaleras y salí del hotel por las cocinas. Me encontré en un callejón que daba a Saarland Strasse y me dirigí rápidamente a la estación de Anhalter. Se me pasó por la cabeza subirme a un tren, pero entonces vi el túnel que conectaba la estación con el Excelsior, el mejor hotel de Berlín, después del primero. A nadie se le ocurriría buscarme allí. No tan cerca del lugar más evidente por el que escabullirse. Por otra parte, el bar del Excelsior era en verdad excelso. No hay cosa que dé más sed que tumbar a un policía.

2

Fui derecho al bar, pedí un *schnapps* largo y lo apuré como si estuviésemos a mediados de enero.

Había muchos policías por allí, pero sólo reconocí a Rolf Kuhnast, el detective del hotel. Antes de la purga de 1933, Kuhnast estaba en Potsdam, en la policía política, y habría sido un buen candidato para ingresar en la Gestapo, salvo por dos detalles: primero, que había sido él quien, en abril de 1932 y cumpliendo órdenes de Hindenburg de prevenir un posible golpe nazi, había dirigido el destacamento que debía arrestar al conde Helldorf, jefe de las SA. Y segundo, que ahora el nuevo director de la policía de Potsdam era Helldorf.

—Hola —dije.

—¡Bernie Gunther! ¿Qué trae al Excelsior al detective fijo del hotel Adlon? —preguntó.

—Siempre se me olvida que esto es un hotel. He venido a sacar un billete de tren.

—Qué gracioso eres, Bernie. Siempre lo has sido.

—Yo también me reiría si no hubiese tanta policía por aquí. ¿Pasa algo? Sé que el Excelsior es el abrevadero predilecto de la Gestapo, pero, por lo general, son más discretos. Hay algunos tipos por aquí que, a juzgar por la frente que lucen, parece que acaben de llegar del valle de Neander arrastrando los nudillos por el suelo.

—Nos ha tocado un VIP —se explicó Kuhnast—. Un miembro del Comité Olímpico de los Estados Unidos se aloja en el hotel.

—Creía que el hotel olímpico oficial era el Kaiserhof.

—Lo es, pero ha habido un cambio de última hora y no han podido darle habitación allí.

—En ese caso, supongo que también el Adlon estará completo.

—Venga, tócame las narices tú también —dijo Kuhnast—, no te prives. Esos zoquetes de la Gestapo llevan todo el día haciéndolo, conque sólo me faltaba que ahora viniese un graciosillo del Adlon a ponerme firmes.

—No he venido a tocarte las narices, Rolf. En serio. Oye, ¿por qué no me dejas que te invite a un trago?

—Me sorprende que te lo puedas permitir, Bernie.

—No me importa que me lo den gratis. Si el gorila de la casa no tiene por dónde agarrar al *barman*, es que no hace bien su trabajo. Déjate caer por el Adlon algún día para que veas qué gran filántropo es nuestro *barman* cuando lo han pillado con las manos en la caja.

—¿Otto? No te creo.

—No hace falta, Rolf, pero Frau Adlon me creerá y no es tan comprensiva como yo. —Pedí otro trago—. Vamos, tómate uno. Después de lo que me ha pasado, necesitaba algo que me contuviese las tripas.

—¿Qué te ha pasado?

—Eso es lo de menos. Digamos sencillamente que no se arregla con cerveza.

Me metí el segundo *schnapps* detrás del primero.

Kuhnast sacudió la cabeza.

—Me gustaría, Bernie, pero a Herr Elschner no le haría ninguna gracia que dejase de vigilar a esos cabrones nazis, por si le roban los ceniceros.

Esas palabras aparentemente indiscretas se debían a su conocimiento de mi pasado republicano, pero, aun así, Kuhnast sabía lo necesaria que era la prudencia y me llevó fuera del bar, cruzamos el vestíbulo y salimos al Patio Palm. Era más fácil hablar con libertad al amparo de la orquesta del hotel. La verdad es que últimamente de lo único que se puede hablar en Alemania sin comprometerse es del tiempo.

—Entonces, ¿la Gestapo ha venido a proteger a un *Ami*? —Sacudí la cabeza—. Creía que a Hitler no le gustaban.

—Éste en particular ha venido a dar una vuelta por Berlín, a comprobar si estamos preparados o no para albergar las Olimpiadas de dentro de dos años.

—Al oeste de Charlottenburg hay dos mil obreros que tienen la firme impresión de que ya lo estamos celebrando.

—Al parecer, muchos *Amis* quieren boicotearlas debido al antisemitismo de nuestro gobierno. Éste en particular ha venido a buscar pruebas, a ver con sus propios ojos si Alemania discrimina a los judíos.

—Me extraña que, para una misión tan cegadoramente evidente, se haya tomado la molestia de buscar hotel.

Rolf Kuhnast me devolvió la sonrisa.

—Por lo que he oído, es una mera formalidad. En estos momentos se encuentra en una de las salas de actos del hotel recibiendo una lista de medidas que el ministro de Propaganda ha elaborado ex profeso.

—¡Ah, ya! Medidas de esa clase. Claro, por supuesto; no queremos que nadie se lleve una falsa impresión de la Alemania de Hitler, ¿verdad? Es decir, no es que tengamos nada en contra de los judíos, pero, ¡ojo! En esta ciudad hay un nuevo pueblo elegido.

Era difícil comprender por qué podía un americano estar dispuesto a pasar por alto las medidas antisemitas del nuevo régimen, sobre todo cuando la ciudad estaba sembrada de ejemplos notorios. Sólo un ciego podría dejar de ver las barbaridades ofensivas de las tiras cómicas —en primera plana de los periódicos nazis más fanáticos—, las estrellas de David pintadas en los escaparates de los establecimientos judíos y las señales de paso exclusivo para alemanes de los parques públicos... por no mencionar el miedo puro que llevaba en la mirada hasta el último judío de la patria.

—Brundage, el *Ami* se llama Brundage.

—Suena alemán.

—Ni siquiera lo habla —dijo Kuhnast—, conque, mientras no se encuentre con judíos que hablen inglés, todo debería ir como la seda. Eché una ojeada al Patio Palm.

—¿Hay peligro de que pueda suceder?

—Teniendo en cuenta la visita que va a recibir, me extrañaría que hubiese un judío en cien metros a la redonda.

—No será el Guía.

—No, su sombra oculta.

—¿El representante del Guía viene al Excelsior? Más vale que hayáis limpiado los lavabos.

La orquesta cortó en seco la pieza que estaba tocando, atacó el himno nacional alemán y los clientes del hotel se pusieron en pie y levantaron el brazo derecho en dirección a la entrada del patio. No me quedó más remedio que hacer lo mismo.

Rudolf Hess, con uniforme de las SA, entró en el hotel rodeado de guardias de asalto y hombres de la Gestapo. Tenía la cara más cuadrada que un felpudo, pero menos acogedora. Era de estatura media, delgado y con el pelo oscuro y ondulado, frente transilvana, ojos de hombre lobo y la boca más fina que una cuchilla de afeitar. Nos devolvió el saludo mecánicamente y subió las escaleras del hotel de dos en dos. Su actitud entusiasta me recordó la de un perro alsaciano cuando su amo austriaco lo suelta para que vaya a lamer la mano al representante del Comité Olímpico de los Estados Unidos.

Tal como iban las cosas, yo también tenía que ir a lamer una mano: la de un hombre de la Gestapo.

3

Oficialmente, como detective fijo del Adlon, mi función consistía en mantener el hotel limpio de matones y homicidas, pero no era una tarea fácil cuando los matones y homicidas eran oficiales del Partido Nazi. Algunos, como Wilhelm Frick, el ministro de Interior, incluso habían cumplido condena en prisión. El ministerio se encontraba en el Unter den Linden, a la vuelta de la esquina del Adlon, y, como ese auténtico zopenco bávaro con una verruga en la cara tenía una amiga que casualmente era la mujer de un prominente arquitecto nazi, entraba y salía del hotel a todas horas. Es probable que la amiga también.

Otro factor que dificultaba la labor de detective de hotel era la frecuente renovación del personal: la sustitución de empleados honrados y trabajadores que resultaban ser judíos por otros mucho menos honrados y trabajadores, pero que, al menos, tenían más pinta de alemanes.

En general, procuraba no meterme en esos asuntos, pero, cuando la detective del Adlon decidió marcharse de Berlín para siempre, me sentí obligado a echarle una mano.

Entre Frieda Bamberger y yo había algo más que amistad. De vez en cuando éramos amantes de conveniencia, que es una manera bonita de decir que nos gustaba irnos juntos a la cama, pero que el asunto no iba más allá, porque ella tenía un marido semiadosado que vivía en Hamburgo. Había sido esgrimista olímpica, pero, en noviembre de 1933, su origen judío le había valido la expulsión del

Club de Esgrima berlinés. Otro tanto le había sucedido a la inmensa mayoría de los judíos alemanes afiliados a gimnasios y asociaciones deportivas. En el verano de 1934 ser judío equivalía a ser protagonista de un aleccionador cuento de los hermanos Grimm, en el que dos niños abandonados se pierden en un bosque infestado de lobos feroces.

No es que Frieda creyera que la situación pudiese estar mejor en Hamburgo, pero esperaba que la discriminación que padecía fuera más llevadera con la ayuda de su gentil marido.

—Oye —le dije—, conozco a una persona del Negociado de Asuntos Judíos de la Gestapo, fuimos compañeros en el Alex. Una vez lo recomendé para un ascenso, conque me debe un gran favor. Voy a ir a hablar con él, a ver qué se puede hacer.

—No puedes cambiar lo que soy, Bernie —me dijo ella.

—Quizá, pero a lo mejor puedo cambiar lo que te consideren los demás.

En aquella época vivía yo en Schlesische Strasse, en la parte oriental de la ciudad. El día de la cita con la Gestapo, había cogido el metro en dirección oeste hasta Hallesches Tor y, luego, cuando iba a pie hacia el norte por Wilhelmstrasse, fue cuando topé con aquel policía enfrente del hotel Kaiser. El eventual santuario del Excelsior se encontraba a tan sólo unos pasos de la sede de la Gestapo de Prinz-Albrecht Strasse, 8: un edificio que, más que el cuartel general del nuevo cuerpo alemán de la policía secreta, parecía un elegante hotel Wilhelmine, efecto que reforzaba la proximidad del antiguo hotel Prinz Albrecht, ocupado ahora por la jefatura administrativa de las SS. Poca gente transitaba ya por esa calle, salvo en caso de absoluta necesidad, y menos ahora, después de que hubieran atacado allí a un policía. Quizá por eso me imaginé que sería el último sitio en el que me buscarían.

Con su balaustrada de mármol, sus altas bóvedas y una escalinata con peldaños de la anchura de la vía del tren, la sede de la Gestapo se parecía más a un museo que a un edificio de la policía secreta; o quizás a un monasterio... pero de monjes de hábito negro que se divertían persiguiendo a la gente para obligarla a confesar sus pecados. Entré en el edificio y me acerqué a la chica del mostrador, quien iba de uniforme y no carecía de atractivo, y me acompañó, escaleras arriba, hasta el Negociado II.

Al ver a mi antiguo conocido, sonreí y saludé con la mano al mismo tiempo; un par de mecanógrafas que estaban cerca de allí me echaron una mirada entre divertida y sorprendida, como si mi sonrisa y mi saludo hubiesen sido ridículos y fuera de lugar. Y así había sido, en efecto. No hacía más de dieciocho meses que existía la Gestapo, pero ya se había ganado una fama espantosa y, precisamente por eso, estaba yo tan nervioso y había sonreído y saludado a Otto Schuchardt nada más verlo. Él no me devolvió el saludo. Tampoco la sonrisa. Schuchardt nunca había sido lo que se dice el alma de las fiestas, pero estaba seguro de haberle oído reír cuando éramos compañeros en el Alex. Claro que quizás entonces se riese sólo porque yo era su superior y, en el momento mismo de darnos la mano, empecé a pensar que me había equivocado, que el duro poli joven al que había conocido se había vuelto del mismo material que la balaustrada y las escaleras que llevaban a la puerta de su sección. Fue como dar la mano al más gélido director de pompas fúnebres.

Schuchardt era bien parecido, si uno considera guapos a los hombres rubísimos de ojos azul claro. Como yo también lo soy, tuve la sensación de haber dado la mano a una versión nazi de mí mismo, muy mejorada y mucho más eficiente: a un dios hombre, en vez de a un infeliz Fritz con novia judía. Aunque, por otra parte, nunca me empeñé en ser un dios ni en ir al cielo, siquiera, al menos mientras las chicas malas como Frieda se quedasen en el Berlín de Weimar.

Me hizo pasar a su reducido despacho y cerró la puerta, de cristal esmerilado, con lo cual nos quedamos solos, en compañía de una pequeña mesa de escritorio, un batallón de archivos metálicos grises como tanques y una hermosa vista del jardín trasero de la Gestapo, macizos de flores atendía primorosamente un hombre.

—¿Café?

—Claro.

Schuchardt metió un calentador en una jarra de agua. Parecía que le hacía gracia verme, es decir, puso cara de depredador medianamente satisfecho después de almorzar unos cuantos gorriones.

—¡Vaya, vaya! —dijo—. ¡Bernie Gunther! Han pasado dos años, ¿no?

—Por fuerza.

—También está aquí Arthur Nebe, por supuesto, es subcomisario y juraría que conoces a muchos más. Personalmente, no entendí por qué dejaste la KRIPO.

—Preferí irme antes de que me echasen.

—Me da la impresión de que en eso te equivocas. El Partido prefiere criminalistas puros como tú cien veces más que un puñado de oportunistas violetas de marzo que se han subido al carro por otros motivos. —Arrugó su afiladísima nariz con gesto desaprobador—. Por descontado, en la KRIPO quedan todavía unos cuantos que no se han unido al Partido y ciertamente se los respeta. Por ejemplo, Ernst Gennat.

—Seguro que tienes razón.

Podría haber nombrado a todos los buenos policías que habían sido expulsados de la KRIPO durante la gran purga que sufrió el cuerpo en 1933: Kopp, Klingelhöller, Rodenberg y muchos más, pero no había ido a discutir de política. Encendí un Muratti, me ahumé los pulmones un segundo y me pregunté si me atrevería a hablar de lo que me había llevado al despacho de Otto Schuchardt.

—Relájate, viejo amigo —dijo, y me pasó una taza de café sorprendentemente sabroso—. Fuiste tú quien me ayudó a colgar el uniforme y a entrar en la KRIPO. No olvido a los amigos.

—Me alegro de saberlo.

—No sé por qué, pero tengo la sensación de que no has venido a denunciar a nadie. No, no me pareces de ésos, conque dime, ¿en qué puedo ayudarte?

—Tengo una amiga judía —dije—, una buena alemana, incluso nos representó en las Olimpiadas de París. No es religiosa practicante y está casada con un gentil. Quiere irse de Berlín; espero poder convencerla de que cambie de opinión y me preguntaba si sería posible olvidar su origen o, tal vez, pasarlo por alto. En fin, se sabe que esas cosas pasan de vez en cuando.

—¿De verdad?

—Sí, bueno, es lo que me parece.

—Yo en tu lugar no repetiría esos rumores, por muy ciertos que sean. Dime, ¿hasta qué punto es judía tu amiga?

—Como te he dicho, en las Olimpiadas de...

—No; me refiero a la sangre, que es lo que ahora cuenta de verdad. La sangre. Si tu amiga es de sangre judía, poco importará que se parezca a Leni Riefenstahl y esté casada con Julius Streicher.

—Es judía por parte de madre y de padre.

—Entonces, no hay nada que hacer y además te aconsejo que te olvides de ayudarla. ¿Dices que tiene intenciones de marcharse de Berlín?

—Le parece que podría ir a vivir a Hamburgo.

—¿A Hamburgo? —Eso sí que le hizo gracia—. No creo que sea la solución del problema, de ninguna manera. No, mi consejo sería que se marchase de Alemania directamente.

—Bromeas.

—Me temo que no, Bernie. Se están redactando unas leyes cuya aplicación acarreará la desnaturalización definitiva de todos los judíos que viven en Alemania. No debería contarte estas cosas, pero muchos antiguos luchadores que se afiliaron al Partido antes de 1930 consideran que todavía no se ha hecho lo suficiente para resolver el problema judío en el país. Algunos, como yo, creemos que las cosas pueden llegar a ponerse un tanto crudas.

—Ya entiendo.

—Por desgracia, no lo entiendes, pero cambiarás de opinión. Es más, estoy convencido de que lo harás. Permíteme que te lo explique.

Según mi jefe, el subcomisario Volk, lo que va a pasar es que se declarará alemana a toda persona cuyos cuatro abuelos fueran alemanes. Se declarará judía a toda persona descendiente de al menos tres abuelos judíos.

—¿Y en el caso de un solo abuelo judío? —pregunté.

—Serán personas de sangre mezclada, híbridos.

—Y en la práctica, ¿qué significará todo eso, Otto?

—Se despojará a los judíos de la ciudadanía alemana y se les prohibirá casarse y mantener relaciones sexuales con alemanes puros. Se les vetará el acceso a cualquier empleo público y se les restringirá la propiedad privada. Los híbridos tendrán la obligación de solicitar directamente al Guía la reclasificación o la arianización.

—¡Jesús!

Otto Schuchardt sonrió.

—Dudo mucho que ni él tuviera la menor posibilidad de obtener la reclasificación, a menos que se demostrase que su padre celestial era alemán.

Pegué una calada como si fuese leche de mi madre y apagué el cigarrillo en un cenicero de papel de aluminio del tamaño de un pezón. Tenía que haber una palabra compuesta, de crucigrama —formada con partículas raras de alemán— que describiese lo que sentía, pero todavía no me la imaginaba, aunque estaba seguro de que sería una mezcla de «horror», «pasmo», «patada» y «estómago». ¡Y no sabía ni la mitad! Todavía.

—Te agradezco la sinceridad —dije.

Al parecer, también eso le hizo cierta gracia teñida de reproche.

—No, no es cierto, pero no creo que tardes en agradecérmelo de verdad.

Abrió el cajón de la mesa y sacó una hinchada carpeta de color marrón claro. En la esquina superior izquierda tenía pegada una etiqueta blanca con el nombre del sujeto correspondiente y el del organismo y el negociado que se ocupaban de engrosarla. El sujeto era yo.

—Es tu expediente policial personal. Cada agente tiene el suyo; los ex policías como tú, también. —La abrió y extrajo la primera página—. Aquí está el índice. A cada nueva entrada en el historial se le asigna un número en esta hoja de papel. Veamos. Sí. Entrada veintitrés.

Fue pasando páginas hasta llegar a otra hoja; me la enseñó. Era una carta anónima en la que se me denunciaba por tener una abuela judía. La letra me recordaba vagamente a alguien, pero, delante de Otto Schuchardt, no me apetecía pensar en la identidad del autor.

—Parece que sería inútil negarlo —dije al tiempo que se la devolvía.

—Al contrario —dijo él—, puede ser lo más útil del mundo. —Encendió una cerilla, prendió la carta y la dejó caer en la papelera—. Ya te he dicho que yo no olvido a los amigos. —A continuación cogió una pluma, le quitó el capuchón y se puso a escribir en el apartado NOTAS de la hoja del índice—. «No es posible tomar medidas» —dijo al tiempo que escribía—. De todas maneras, lo mejor sería que procurases aclararlo.

—Parece que ya es un poco tarde —dije—. Mi abuela murió hace veinte años.

—Como individuo híbrido en segundo grado —dijo, sin hacer caso de mi guasa—, es fácil que en el futuro se te impongan algunas restricciones. Por ejemplo, si quisieras iniciar alguna actividad, la nueva legislación podría exigirte una declaración de raza.

—Ahora que lo dices, he pensado en hacerme detective privado, suponiendo que consiga dinero suficiente. En mi empleo del Adlon echo de menos la acción de Homicidios del Alex.

—En ese caso, harías bien en borrar a tu abuela judía del registro oficial. No serías el primero, créeme. Los híbridos abundan más de lo que te imaginas. En el gobierno hay por lo menos tres, que yo sepa.

—Lo cierto es que vivimos en un peligroso mundo híbrido. —Saqué los cigarrillos, me puse uno en la boca, lo pensé mejor y lo volví a guardar en el paquete—. ¿Cómo se hace exactamente lo de borrar a una abuela?

28

—No lo sé, Bernie, la verdad, pero hay cosas peores de que hablar con Otto Trettin, el del Alex.

—¿Trettin? ¿Cómo podría ayudarme?

—Es un hombre de recursos y bien relacionado. Ya sabes que, cuando nombraron a Erich nuevo jefe de la KRIPO, sustituyó a Liebermann von Sonnenberg en su departamento del Alex...

—... que era Falsificación de Moneda y Documentación —dije—. Empiezo a entender. Sí, Otto siempre fue un tipo muy emprendedor.

—No te lo he dicho yo.

—Nunca he estado aquí —dije y me levanté.

Nos dimos la mano.

—Di a tu amiga judía lo que te he contado, Bernie; que se vaya, ahora que puede. En adelante, Alemania es para los alemanes.

Levantó el brazo derecho y, casi arrepentido, añadió un «Heil, Hitler» con una mezcla de convicción y costumbre.

Puede que en cualquier otra circunstancia no hubiese respondido, pero en la sede de la Gestapo era imposible. Por otra parte, le agradecía mucho lo que había hecho, no sólo por mí, sino por Frieda. Además, no quería ser grosero con él, conque le devolví el saludo hitleriano y ya eran dos las veces que había tenido que hacerlo en un día. A esa velocidad, antes de que terminase la semana me volvería un nazi cabrón hasta la médula... Bueno, tres cuartas partes de mí, solamente.

Schuchardt me acompañó hasta el vestíbulo, donde ahora había muchos policías mareando la perdiz enardecidamente. De camino a la puerta, se detuvo a hablar con uno de ellos.

—¿A qué viene tanta conmoción? —pregunté a Schuchardt cuando me alcanzó de nuevo.

—Han encontrado a un agente muerto en el hotel Kaiser —dijo.

—Mal asunto —dije, procurando contener una náusea repentina—. ¿Qué ha pasado?

—Nadie ha visto nada, pero, según los del hospital, parece que ha sido una contusión en el estómago.

4

La partida de Frieda fue como el detonante del éxodo de los judíos del Adlon. Max Prenn, jefe de recepción del hotel y primo de Daniel Prenn, el mejor tenista del país, anunció que habían expulsado a su pariente de la LTA alemana y que por eso se iba con él a vivir a Inglaterra. Después, Isaac no sé qué, músico de la orquesta del hotel, se marchó al Ritz de París. Por último, también se despidió Ilse Szrajbman, taquimecanógrafa del hotel a disposición de la clientela: volvió a Danzig, su patria chica, localidad que, según el punto de vista, podía considerarse polaca, o bien, una ciudad libre de la vieja Prusia.

Yo prefería no considerarlo, como otras muchas cosas que sucedían en el otoño de 1934. Danzig no era más que otro motivo para iniciar una discusión por cuenta del Tratado de Versalles sobre Renania, Sarre, Alsacia y Lorena, nuestras colonias africanas y la envergadura de nuestros ejércitos. De todos modos, en ese aspecto, distaba de ser el típico alemán que en la nueva Alemania me permitirían ser las tres cuartas partes de mi herencia genética.

El jefe empresarial del hotel —por dar a Georg Behlert, el director del Adlon, el tratamiento debido— se tomaba muy en serio a los empresarios y el volumen de negocio que podían generar para el hotel; sólo porque uno de los clientes más importantes y que mayores beneficios producía, un estadounidense de la suite 114 llamado Max Reles, hubiese llegado a confiar en Ilse Szrajbman, perderla a ella, de entre todos los judíos que dejaron el Adlon, fue lo que más le inquietó.

—En el Adlon, la comodidad y la satisfacción del cliente están por encima de todo —dijo, como si creyese que me decía algo nuevo.

Me encontraba en su despacho, que daba al Jardín Goethe del hotel, del cual cortaba él todos los días de verano una flor para el ojal... hasta que el jardinero le advirtió que, al menos en Berlín, el clavel rojo era tradicionalmente un símbolo comunista y, por tanto, ilegal. ¡Pobre Behlert! Tenía tanto de comunista como de nazi: sólo creía en la superioridad del Adlon sobre todos los hoteles de Berlín y nunca más volvió a ponerse una flor en el ojal.

—Un recepcionista, un violinista, sí, y hasta un detective de la casa contribuyen a que las cosas funcionen bien en el hotel. Sin embargo, son relativamente anónimos y perder a cualquiera de ellos no debería comportar molestias para ningún cliente. No obstante, Fräulein Szrajbman trabajaba a diario con Herr Reles, tenía toda su confianza y será difícil encontrar una sustituta que mecanografíe y taquigrafíe como ella, por no hablar de su buen carácter.

Behlert no era grandilocuente; sólo lo parecía. Era más joven que yo —demasiado para haber ido a la guerra—, llevaba frac, el cuello de la camisa tan tieso como su sonrisa, polainas y un bigotito como una hilera de hormigas que bien podía habérselo creado en exclusiva Ronald Colman.

—Supongo que tendré que poner un anuncio en *La muchacha alemana* —dijo.

—Esa revista es nazi. Si pone ahí un anuncio, se presentará una espía de la Gestapo, délo por seguro.

Behlert se levantó a cerrar la puerta.

—Por favor, Herr Gunther. No me parece aconsejable hablar de esa forma. Nos puede acarrear problemas a los dos. Por sus palabras, se diría que no está bien contratar a nacionalsocialistas.

Se tenía por demasiado refinado para usar un término como «nazi».

—No me malinterprete —dije—. Aprecio a los nazis lo justo. Tengo la sensación de que el noventa y nueve coma nueve por ciento de ellos se dedica a difamar injustamente al cero coma uno restante.

—Por favor, Herr Gunther.

—Por otra parte, es de esperar que cuenten con secretarias excelentes. Por cierto, precisamente el otro día pasé por la sede de la Gestapo y vi a unas cuantas.

—¿Fue usted a la sede de la Gestapo?

Se ajustó el cuello de la camisa, porque debía de apretarle la nuez, que no paraba de subir y bajar como un montacargas.

—Sí. He sido policía, ¿recuerda? La cuestión es que un amigo mío lleva un negociado de la Gestapo que da empleo a un nutrido grupo de taquimecanógrafas. Rubias, de ojos azules, cien palabras por minuto... y eso, sólo en confesión voluntaria, sin interrogatorio. Cuando les aplican el potro y las empulgueras, las señoritas tienen que escribir mucho más rápido.

Un agudo malestar seguía revoloteando en el aire frente a Behlert como un avispón.

—¡Qué particular es usted, Herr Gunther! —dijo sin fuerzas.

—Eso fue más o menos lo que dijo mi amigo de la Gestapo. Mire, Herr Behlert, disculpe que conozca su terreno mejor que usted, pero me parece que lo último que necesita el Adlon es una persona que asuste a los clientes hablando de política. Algunos son extranjeros, unos cuantos son también judíos, pero todos son un poco más exigentes en cuestiones como la libertad de expresión, por no hablar de la libertad general de los judíos. Déjeme buscar a la persona adecuada, que no tenga intereses políticos de ninguna clase. De todos modos tendría que comprobar los antecedentes de quienes se presenten... Por otra parte, me gusta buscar chicas, aunque sean de las que se ganan la vida honradamente.

—De acuerdo, si no tiene inconveniente... —sonrió con sarcasmo.

—¿Qué?

—Eso que ha dicho hace un momento me ha recordado otra

cosa —dijo Behlert—: lo cómodo que era antes hablar sin estar pendiente de que te oyeran.

—¿Sabe cuál creo que es el problema? Que antes de que llegaran los nazis nadie decía libremente nada que mereciese la pena escuchar.

Aquella noche me fui a un bar de Europa Haus, un pabellón geométrico de cristal y cemento. Había llovido y las calles estaban negras y relucientes; el enorme conjunto de oficias modernas —Odol, Allianz, Mercedes— parecía un gran crucero surcando el Atlántico con todas las cubiertas iluminadas. Un taxi me dejó en el extremo de proa y entré en el Café Bar Pavilion a ayustar la braza de la mayor y a buscar a un miembro de la tripulación que pudiese sustituir a Ilse Szrajbman.

Por descontado, tenía otro motivo para haberme prestado voluntariamente a cumplir una tarea tan arriesgada. Tendría algo que hacer, mientras bebía, algo mejor que sentirme culpable por haber matado a un hombre. Al menos, era lo que esperaba.

Se llamaba August Krichbaum y casi toda la prensa había informado de su muerte, porque, al parecer, había un testigo que me había visto asestarle el golpe mortal. Por suerte, en el momento de la muerte de Krichbaum, el testigo estaba asomado a una ventana de un piso alto y sólo había podido ver la copa de mi sombrero marrón. Al describirme, el portero había dicho que se trataba de un hombre de unos treinta años con bigote; me lo habría afeitado nada más leerlo, si lo hubiera tenido. El único consuelo fue que Krichbaum no dejaba esposa ni hijos y, además, se trataba de un antiguo miembro de las SA, afiliado al Partido Nazi desde 1929. De todos modos, mi intención no había sido matarlo, al menos no de un puñetazo que le bajara la presión sanguínea y el ritmo cardiaco hasta que se parase el corazón.

El Pavilion estaba lleno, como de costumbre, de taquimecanógrafas con sombrero *cloche*. Incluso hablé con unas pocas, pero no me pareció que ninguna tuviese lo que más necesitaban los clientes del hotel, aparte de dominar la taquimecanografía. Yo sabía cómo tenía que ser, aunque Georg Behlert lo ignorase. Era necesario que la candidata poseyera cierto encanto, exactamente como el propio hotel. Lo bueno del Adlon era su calidad y eficiencia, pero lo que le daba fama era su encanto y por eso lo frecuentaba la gente más refinada. Por ese mismo motivo atraía también a lo peor y ahí entraba yo... y últimamente con mayor frecuencia por las noches, desde que Frieda se había ido. Porque, a pesar de que los nazis habían cerrado casi todos los clubs de alterne que, en el pasado, habían convertido Berlín en sinónimo de vicio y depravación sexual, todavía quedaba un contingente considerable de chicas alegres que hacían la carrera más discretamente en las *maisons* de Friedrichstadt o, con mayor frecuencia, en los bares y vestíbulos de los grandes hoteles. Al salir del Pavilion rumbo a casa, hice un alto en el Adlon sólo por ver qué tal iban las cosas.

Carl, el portero, me vio apearme de un taxi y salió a mi encuentro con un paraguas. Se le daba bien lo del paraguas; también las sonrisas y la puerta, pero poco más. No es lo que yo consideraría una gran carrera, pero, gracias a las propinas, ganaba más que yo. Mucho más. Frieda tenía la firme sospecha de que Carl se había acostumbrado a cobrar propinas a las chicas alegres a cambio de permitirles el acceso al hotel, pero ni ella ni yo habíamos podido sorprenderlo con las manos en la masa ni demostrarlo de ninguna otra forma. Flanqueados por dos columnas de piedra, cada una con un farol tan grande como el casquillo de un obús de cuarenta y dos centímetros, nos quedamos los dos un momento en la acera a fumar un cigarrillo, más que nada, por ejercitar los pulmones. Sobre el dintel de la puerta había una sonriente cara de piedra; seguro que había visto los precios del hotel: quince marcos la noche, casi un tercio de lo que ganaba yo a la semana.

Entré en el vestíbulo, saludé al nuevo recepcionista con mi mojado sombrero y guiñé un ojo a los botones. Había unos ocho, sentados en un pulido banco de madera y bostezando como una colonia de simios aburridos, en espera de una luz que los llamase al cumplimiento del deber. En el Adlon no había timbres. El hotel estaba siempre tan silencioso como la Biblioteca Estatal de Prusia. Supongo que eso agradaría a los clientes, pero yo prefería un poco más de acción y vulgaridad. El busto de bronce del Káiser que había en la repisa de la chimenea de mármol de Siena, que era del tamaño de la cercana Puerta de Brandeburgo, parecía opinar lo mismo.

—¡Oiga!

—¿Quién? ¿Yo, señor?

—¿Qué hace aquí, Gunther? —dijo el Káiser retorciéndose la punta del bigote, que tenía forma de albatros en vuelo—. Debería estar trabajando por su propia cuenta. Corren tiempos hechos a la medida de escoria como usted. En esta ciudad desaparece tanta gente que un tipo emprendedor como usted podría ganarse muy bien la vida ejerciendo de detective privado. Y cuanto antes, mejor, añado. Al fin y al cabo, este empleo no es para tipos como usted, ¿verdad?, con esos pies que tiene, por no hablar de los modales.

—¿Qué tienen de malo mis modales, señor?

El Káiser se rió.

—Óigase. Para empezar, el acento. Es horrible y lo que es peor: ni siquiera sabe decir «señor» con la debida convicción. Carece usted del menor sentido de la adulación, cosa que prácticamente lo incapacita para la hostelería. No comprendo cómo ha podido contratarlo Louis Adlon. Es usted un matón y siempre lo será. ¿Por qué, si no, habría matado a Krichbaum? ¡Pobre hombre! Créame, usted aquí no pinta nada.

Eché un vistazo general al suntuoso vestíbulo, a las cuadradas columnas de mármol, del color de la mantequilla clarificada. Aún había más mármol en los suelos y en las paredes, como si hubiesen hecho rebajas en una cantera. No le faltaba razón al Káiser. Si me quedaba allí mucho más tiempo, a lo mejor me convertía en mármol yo también, musculoso y sin pantalones como un héroe griego.

—Me gustaría marcharme, señor —le dije—, pero no me lo puedo permitir, de momento. Para instalarse por cuenta propia hace falta dinero.

—¿Por qué no recurres a alguien de tu tribu que te lo preste?

—¿Mi tribu? ¿Se refiere a...?

—Una cuarta parte de judío. Seguro que eso sirve de algo, a la hora de recaudar un poco de dinero contante y sonante.

Me indigné y me enfadé como si me hubiesen abofeteado. Podía haberle contestado una grosería, ya que era un matón. En eso tenía razón él. En cambio, preferí hacer caso omiso del comentario. Al fin y al cabo, se trataba del Káiser.

Subí al último piso y empecé la ronda nocturna por la tierra de nadie en que, a esas horas, sumidos en la penumbra, se convertían los pasillos y los rellanos. Tenía los pies grandes, eso era verdad, pero hacía tan poco ruido sobre las alfombras turcas que, de no haber sido por el leve crujido de cuero de mis mejores zapatos Salamander, parecía el fantasma de Herr Jansen, el subdirector del hotel que se había suicidado en 1913 a raíz de un escándalo relacionado con el espionaje ruso. Se decía que Jansen había envuelto el revólver en una gruesa toalla de baño para que el estampido no alarmase a los huéspedes. Seguro que se lo agradecieron mucho.

Al llegar al ala de Wilhelmstrasse y volver un recodo del pasillo, vi la silueta de una mujer que llevaba un abrigo ligero de verano. Llamó discretamente a una puerta. Me detuve y esperé a ver qué pasaba. La puerta no se abría. La mujer volvió a llamar y, al momento, pegó la cara a la madera y dijo:

—Oiga, abra. Ha llamado usted a la pensión Schmidt y ha solicitado compañía femenina, ¿se acuerda? Pues, aquí me tiene. —Esperó otro poco y añadió—: ¿Quiere que se la mame? Me gusta mamarla y se me da bien. —Soltó un suspiro de desesperación—. Mire usted, sé que he llegado un poco tarde, pero no es fácil encontrar un taxi cuando llueve, conque ábrame, ¿de acuerdo?

—En eso tiene razón —dije—, a mí me ha costado lo mío cazar uno. Un taxi.

Nerviosa, se volvió a mirarme. Se llevó la mano al pecho y soltó una bocanada de aire que se convirtió en risa.

—¡Ay, qué susto me ha dado! —dijo.

—Lo siento, no era mi intención.

—No, no pasa nada. ¿Es ésta su habitación?

—No, por desgracia —dije con sinceridad.

A pesar de la poca luz, se notaba que era una belleza. Lo cierto era que olía como si lo fuera. Me acerqué.

—Pensará usted que soy muy tonta —dijo—, pero el caso es que se me ha olvidado el número de mi habitación. Estaba cenando abajo con mi marido, discutimos por un asunto, me marché hecha una furia... y ahora no sé si nuestra habitación es ésta o no.

Frieda Bamberger la habría echado y habría avisado a la policía y, en circunstancias normales, yo también, pero, en alguna parte del trayecto entre el Pavilion y el Adlon, había decidido volverme un poco más tolerante, un poco menos expeditivo a la hora de juzgar... por no decir un poco menos rápido a la hora de atizar un puñetazo en el estómago a cualquiera. Sonreí, me había hecho gracia el valor de la mujer.

—A lo mejor puedo ayudarla —dije—. Trabajo en el hotel. ¿Cómo se llama su marido?

—Schmidt.

Un nombre acertado, teniendo en cuenta la posibilidad de que la hubiese oído decirlo antes. El único inconveniente era que yo sabía que la pensión Schmidt era el burdel más lujoso de Berlín.

—Hummm... hum.

—Lo mejor sería bajar al vestíbulo y preguntar al recepcionista, a ver si puede decirme a qué habitación tengo que ir.

Eso lo dijo ella, no yo, con la frialdad de un carámbano.

—¡Ah! Seguro que no se ha equivocado de habitación. Que se sepa, Kitty Schmidt jamás se ha equivocado en algo tan elemental como dar el número de habitación correcto a una de sus chicas. —Señalé la puerta con el ala del sombrero—. Sólo que, a veces, los pájaros cambian de opinión. Se acuerdan de su mujer, de sus hijos y de su salud sexual y se rajan. Probablemente esté ahí oyéndolo todo y haciéndose el dormido, dispuesto a quejarse ante el director si lo despertamos y lo acusamos de haber solicitado los servicios de una chica.

—Creo que ha habido un error.

—Y lo ha cometido usted. —La agarré del brazo—. Es mejor que me acompañe, *fräulein*.

—¿Y si empiezo a chillar?

—Entonces —dije, sonriendo—, despertará a los clientes, pero eso no le conviene. Vendría el director de noche, yo me vería obligado a llamar a la pasma y la encerrarían hasta mañana. —Suspiré—. Por otra parte, es tarde, estoy cansado y preferiría sacarla de aquí por la oreja sin más.

—De acuerdo —dijo ella con brío.

Y se dejó llevar por el pasillo hasta las escaleras, que estaban mejor iluminadas.

Al poder mirarla convenientemente, vi que su abrigo largo terminaba en un bonito remate de pieles. Debajo llevaba un vestido de color violeta de una tela tan fina como la gasa, medias blancas, opacas y satinadas, un par de elegantes zapatos grises, dos largas sartas de perlas y un sombrerito *cloche* de color violeta, también. Llevaba el pelo castaño y bastante corto, tenía los ojos verdes y era una preciosidad, conforme al canon de mujer delgada y de apariencia de muchacho que todavía se llevaba, aun en contra de los esfuerzos de los nazis por convencer a las mujeres alemanas de que lo bueno era parecerse, vestirse y, por lo que yo sé, también seguramente oler como las lecheras. La chica que estaba en las escaleras a mi lado no habría podido parecer una lechera ni aunque hubiese llegado en alas del céfiro a bordo de un obús.

—¿Me promete que no me entregará a los gorilas? —dijo mientras bajábamos.

—Si se porta bien, sí, se lo prometo.

38

—Porque, si tengo que presentarme ante el juez, me encerrará y perderé mi trabajo.

—¿Así lo llama usted?

—¡Ah, no! No me refiero al fulaneo —dijo ella—. Sólo lo hago un poco cuando necesito un pequeño sobresueldo para ayudar a mi madre. No, me refiero a mi trabajo de verdad. Si lo pierdo, tendré que hacer de pelandusca a jornada completa y no me gustaría. Hace unos años no habría sido así, pero ahora las cosas han cambiado. Hay mucha menos tolerancia.

—¡Qué cosas se le ocurren!

—De todos modos, parece usted buena persona.

—No todos opinan lo mismo —dije con resentimiento.

—¿A qué se refiere?

—A nada.

—No es usted judío, ¿verdad?

—¿Lo parezco?

—No. Es por el tono... del comentario. Eso lo dicen a veces los judíos, aunque a mí me importa un comino lo que sea cada cual. No entiendo a qué viene tanto lío. Todavía no he conocido a ningún judío que se parezca a los de las estúpidas tiras cómicas, aunque debería, porque trabajo con uno que es el hombre más amable que se pueda imaginar.

—¿Y qué hace usted, exactamente?

—No es necesario que lo diga con retintín, ¿eh? No me lo come, si se refería a eso. Soy taquimecanógrafa y trabajo en Odol, la empresa de dentífrico. —Lanzó una espléndida sonrisa, como presumiendo de dientes.

—¿En Europa Haus?

—Sí. ¿Qué tiene de gracioso?

—Nada, es que acabo de venir de allí. Por cierto, fui a buscarla a usted.

—¿A mí? ¿Qué quiere decir?

—Olvídelo. ¿Qué hace su jefe?

—Lleva los asuntos legales —sonrió—. Ya, qué contradicción, ¿verdad? Yo, trabajando en asuntos legales.

—Es decir, que alquilar el conejo no es más que un pasatiempo, ¿eh?

Se encogió de hombros.

—Ya le he dicho que necesitaba un sobresueldo, aunque hay otra razón. ¿Ha visto *Grand Hotel*?

—¿La película? Claro.

—¿No le pareció maravillosa?

—No está mal.

—Creo que me parezco un poco a Flaemmchen, el personaje de Joan Crawford. Me encantan los grandes hoteles como el de la película o como el Adlon. «La gente viene. La gente se va. Nunca pasa nada.» Pero las cosas no son así, ¿verdad? Me parece que en sitios como éste pasan muchas cosas, muchas más que en la vida de casi toda la gente normal. Me gusta el ambiente de este hotel en particular por el encanto que tiene, por el tacto de las sábanas y los enormes cuartos de baño. No se imagina lo mucho que me gustan los cuartos de baño de este hotel.

—¿No es un poco peligroso? A las chicas alegres les pueden suceder cosas muy malas. En Berlín hay muchos hombres que se divierten infligiendo un poco de dolor: Hitler, Goering o Hess, por no decir más que tres.

—Ése es otro motivo para venir a un hotel como éste. Casi todos los *Fritzes* que se alojan aquí saben comportarse y tratan bien a las chicas, con educación. Por otra parte, si algo se torciese, no tendría más que gritar y enseguida aparecería alguien como usted. Por cierto, ¿qué es usted? Con esas zarpas, no creo que trabaje en recepción. Tampoco es el poli de la casa; no el que he visto otras veces, desde luego.

—Parece que lo tiene todo calculado —dije, sin responder a sus preguntas.

—En esta profesión, vale la pena llevar bien la cuenta.

—¿Y se le da bien la taquimecanografía?

—Nunca he recibido quejas. Tengo los certificados de mecanografía y taquigrafía de la Escuela de Secretariado de Kürfurstendamm. Antes, me saqué el *Abitur*.

Llegamos al vestíbulo y el nuevo recepcionista nos miró con recelo. Me llevé a la chica un piso más abajo, al sótano.

—Creía que iba a echarme —dijo, al tiempo que volvía la cabeza hacia la puerta principal.

No contesté. Estaba pensando. Pensaba en que esa chica podía sustituir a Ilse Szrajbman. Tenía buena presencia, vestía bien, era guapa, inteligente y, según ella, buena taquimecanógrafa, además. Eso sería fácil de demostrar. Sólo tenía que sentarla ante una máquina de escribir. Al fin y al cabo, me dije, con las mismas, podría haber ido al Europa Haus, conocerla y ofrecerle el puesto sin haberme enterado de la especialidad que había elegido para sacarse un sobresueldo.

—¿Tiene antecedentes penales?

La opinión general de los alemanes sobre las prostitutas no era mucho más elevada que la que tenían sobre los delincuentes, pero yo había conocido suficientes mujeres de la calle para saber que la mayoría eran mucho mejores. Solían ser atentas, cultas e inteligentes. Por otra parte, ésta en concreto no era lo que se dice una cualquiera. Sabía portarse adecuadamente en un hotel como el Adlon. No era una dama, pero podía fingirlo.

—¿Yo? De momento estoy limpia.

Y todavía. Toda mi experiencia policial me aconsejaba que no me fiase de ella. Además, la que había adquirido últimamente como alemán me decía que no me fiase de nadie.

—De acuerdo. Venga a mi despacho, tengo una proposición que hacerle.

Se detuvo en las escaleras.

—No soy el comedor de la Beneficencia, señor.

—Tranquila, no es eso lo que quiero. Además, soy romántico: espero que, como mínimo, me inviten a cenar en el Kroll Garden. Me gustan las flores, el champán y los bombones de Von Hövel. Entonces, si la dama es de mi agrado, puede que incluso me deje llevar de compras a Gersons, aunque debo advertirle que puedo tardar un tiempo en sentirme tan a gusto como para pasar el fin de semana en Baden-Baden con usted.

—Tiene gustos caros, Herr...

—Gunther.

—Me parecen bien: son casi idénticos a los míos.

—Esa impresión tenía yo.

Entramos en el despacho de los detectives. Era una habitación sin ventana, con una cama plegable, una chimenea apagada, una silla, una mesa de despacho y un lavabo con repisa, en la que había una navaja y un cuenco para afeitarse; no faltaban una tabla de planchar y una plancha de vapor para quitar las arrugas a la camisa y adecentarse un poco. Fritz Muller, el otro detective fijo, había dejado la habitación impregnada de un fuerte olor a sudor, pero el de tabaco y aburrimiento era todo mío. La chica arrugó la nariz con desagrado.

—Conque así es la vida en el sótano, ¿eh? No se ofenda, señor, pero, es que, en comparación con el resto del hotel, esto parece una pocilga.

—En comparación, también lo parece el Charlottenburg Palace. A ver, la proposición, ¿Fraulein...?

—Bauer, Dora Bauer.

—¿Es auténtico?

—No le gustaría que le dijese otro.

—¿Puede demostrarlo?

—Señor, estamos en Alemania.

Abrió el bolso para enseñarme varios documentos. Uno de ellos, enfundado en cuero rojo, me llamó la atención.

—¿Está afiliada al Partido?

—Por mis actividades, siempre es recomendable disponer de la mejor documentación. Este carnet corta en seco cualquier pregunta comprometida. Casi todos los policías te dejan en paz en cuanto lo ven.

—No lo dudo. ¿Y el amarillo qué es?

—El de la Cámara de Cultura del Estado. Cuando no estoy escribiendo a máquina o alquilando el conejito, soy actriz. Creía que por afiliarme al Partido sería más fácil que me diesen un papel, pero de momento, nada. La última obra en la que actué fue *La caja de Pandora*, en el Kammerspiele de Schumannstrasse. Hacía de Lulú. Fue hace tres años. Por eso escribo a máquina las cartas de Herr Weiss, en Odol, y sueño con cosas mejores. Bueno, ¿de qué se trata?

—Poca cosa. Aquí, al Adlon, vienen muchos hombres de negocios y siempre hay unos cuantos que necesitan los servicios de una taquimecanógrafa por horas. Está bien pagado, mucho mejor que las actuales tarifas de oficina. Puede que no llegue a lo que se sacaría usted en una hora, tumbada boca arriba, pero supera a Odol con diferencia. Además, es trabajo honrado y, por encima de todo, seguro. Sin contar con que podría entrar y salir legalmente del hotel.

—¿Va en serio? —dijo con verdadero interés y auténtica emoción en la voz—. ¿Trabajar aquí? ¿En el Adlon? ¿De verdad?

—Completamente en serio.

—¿De verdad de la buena?

Sonreí y asentí.

—Sonríe usted, Gunther, pero, créame, en estos tiempos, casi siempre hay gato encerrado en los empleos que nos ofrecen a las chicas.

—¿Cree que Herr Weiss le daría una carta de recomendación?

—Si se lo pido bien, me da lo que quiera. —Sonrió vanidosamente—. Gracias. Muchas gracias, Gunther.

—Pero no me falles, Dora, porque si lo haces... —Sacudí la cabeza—. Lo dicho: no me falles, ¿de acuerdo? Y quién sabe si no acabarás casándote con el ministro de Interior. No me sorprendería, con lo que llevas en el bolso.

—¡Oye! ¡Que tú también curras! ¿No?

—Qué más quisiera, Dora; así lo permitiese Dios.

43

5

Justo al día siguiente, el huésped de la suite 114 denunció un robo. Era una de las habitaciones VIP de la esquina que quedaban encima de las oficinas de la North German Lloyds y allá que fui, acompañado por Herr Behlert, el director, a hablar con él.

Max Reles era neoyorquino de origen alemán, alto, fuerte, medio calvo, con unos pies como cajas de zapatos y unos puños como balones de baloncesto; parecía más un policía que un hombre de negocios... al menos, uno que pudiera permitirse corbatas de seda de Sparmann y trajes de Rudolf Hertzog (suponiendo que se saltase el boicot a los judíos). Olía a colonia y llevaba unos gemelos de diamante casi tan brillantes como sus zapatos.

Entramos en la suite y Reles nos echó una mirada —primero a Behlert y después a mí— tan inquisitiva como el rictus de su boca. Tenía cara de boxeador a puño limpio con el ceño permanentemente fruncido. Ni en los muros de una iglesia había visto caras tan agresivas.

—¡Ya era hora, joder! —dijo bruscamente, al tiempo que me miraba de arriba abajo como si fuese yo el recluta más novato de su pelotón—. ¿Qué es usted? ¿Policía? ¡Demonios, tiene toda la pinta! —Miró a Behlert casi con compasión y añadió—: ¡Maldita sea, Behlert! ¿Qué tugurio de mala muerte le han montado aquí estos imbéciles? ¡Por Dios! Si éste es el mejor hotel de Berlín, ¡no quiero saber cómo será el peor! Creía que ustedes, los nazis, eran muy severos con la delincuencia. Es de lo que más presumen, ¿no? ¿O no son más que mentiras para el pueblo?

Behlert intentó calmarlo, pero en vano. Yo preferí dejar que se desfogase un poco más.

Una serie de puertaventanas desembocaba en un gran balcón de piedra, desde el cual se podía, según la tendencia de cada uno, saludar a una multitud de adoradores o despotricar contra los judíos. Tal vez las dos cosas. Mientras esperaba a que amainase el temporal, me acerqué a una de ellas, aparté el visillo y miré al exterior... suponiendo que fuera a amainar, porque tenía mis dudas. Para ser estadounidense, hablaba alemán muy bien, aunque la entonación era más cantarina que la de los berlineses, parecida a la de los bávaros, y eso lo delataba.

—No va a encontrar al ladrón ahí fuera, amigo.

—Sin embargo, lo más probable es que lo esté —dije—. No creo que se haya quedado en el hotel, ¿y usted?

—¿Qué es esto? ¿Lógica alemana? ¡Maldita sea! Pero, ¡qué demonios les pasa! Al menos podrían aparentar un poco más de preocupación.

Arrojó un puro a la ventana ante la que me encontraba como una granada de gas. Behlert saltó a recogerlo como movido por un resorte. Si no, se quemaba la alfombra.

—Puede que, si nos dijera usted lo que ha echado de menos, señor —dije mirándolo cara a cara—, y por qué cree que se trata de un robo...

—¿Por qué creo? ¡Dios! ¿Insinúa que miento?

—En absoluto, Herr Reles. No se me ocurriría ni remotamente, hasta haber determinado los hechos.

Mientras Reles intentaba averiguar si lo había insultado o no, trocó su hosco ceño por una expresión de perplejidad. Tampoco yo estaba muy seguro de la intención de mis palabras.

Entre tanto, Behlert sostenía ante Reles un cenicero de cristal. Parecía un monaguillo ayudando al sacerdote a dar la comunión. El puro, húmedo y marrón, recordaba a algo que hubiese dejado allí un perrillo; tal vez por eso el propio Reles pareció pensarlo mejor, antes de volver a llevárselo a la boca. Lo miró con cara de asco y lo rechazó con un gesto de la mano, que fue cuando advertí los anillos de diamantes que llevaba en los pulgares, por no hablar de las uñas, perfectamente cuidadas y sonrosadas. Fue como descubrir una rosa en el fondo de una escupidera de boxeador.

Con Behlert plantado entre Reles y yo, casi esperaba que nos recordase las reglas del *ring*. No me hacían mucha gracia los *Amis* bocazas, aunque diesen voces en perfecto alemán, y, fuera del hotel, no me habría importado demostrárselo.

—A ver, Fritz, ¿y a usted qué le pasa? —me interpeló Reles—. ¿No es demasiado joven para ser detective de la casa? Eso es trabajo de polis retirados, no de un rufián como usted, a menos que sea rojillo. Los nazis no aceptan polis comunistas. Lo cierto es que yo tampoco les tengo ninguna simpatía.

—Difícilmente estaría trabajando aquí si lo fuese, Herr Reles. La florista del hotel no lo aprobaría: le gusta más el blanco que el rojo, como a mí. De todos modos, lo que importa ahora no es lo que me pase a mí, sino lo que le ha pasado a usted, por tanto, a ver si podemos centrarnos un poco, ¿de acuerdo? Mire, señor, ya veo que está disgustado; eso lo vería hasta Helen Keller, pero si no nos tranquilizamos y nos ponemos a concretar los hechos, no llegaremos a ninguna parte.

Reles sonrió y cogió el puro en el preciso momento en que Behlert se llevaba el cenicero.

—Conque Helen Keller, ¿eh?

Soltó una risita, se puso el puro en la boca y lo reavivó a fuerza de caladas. Sin embargo, el tabaco pareció consumirle los atisbos de buen humor y volvió a la posición de descanso, que, por lo visto, consistía en una cólera sorda. Señaló un mueble de cajones. Como casi todo el mobiliario de la suite, era de color dorado Biedermeier y parecía que lo hubiesen bañado en miel.

—Encima de esa cómoda había una cajita china de mimbre y laca de principios del siglo XVII, de la dinastía Ming, y era muy valiosa. La tenía empaquetada, lista para enviársela a una persona a los Estados Unidos. No estoy seguro de en qué momento desapareció. Tanto pudo haber sido ayer como antes de ayer.

—¿De qué tamaño era?

—De unas veinte pulgadas de largo por un pie de ancho y tres o cuatro pulgadas de altura.

Intenté convertirlo al sistema métrico decimal, pero desistí.

—En la tapa tiene una imagen inconfundible: unos oficiales chinos sentados a la orilla de un lago.

—¿Colecciona usted arte chino, señor?

—¡No, qué va! Es demasiado... chino para mi gusto. Prefiero el arte de cosecha propia.

—Puesto que estaba empaquetada, ¿es posible que pidiese al conserje que la recogiera y después lo haya olvidado? A veces somos más eficientes de lo que nos gustaría.

—No, porque la he echado de menos —dijo.

—Tenga la bondad de responder a la pregunta, por favor.

—Usted ha sido policía, ¿verdad? —Reles suspiró y se repasó el pelo con la palma de la mano, como para ver si seguía en su sitio. Allí seguía, pero por los pelos—. Lo he comprobado: no lo han enviado.

—En tal caso, una pregunta más, señor. ¿Qué otra persona o personas pueden entrar en esta habitación? Alguien que tenga una llave, quizás, o un invitado suyo.

—¿Qué quiere decir?

—Exactamente lo que acabo de decir. ¿Se le ocurre alguna persona que haya podido llevarse la caja?

—Es decir, ¿aparte de la camarera?

—La interrogaré, por supuesto.

Reles sacudió la cabeza. Behlert carraspeó y levantó una mano para interrumpirnos.

—Hay una persona, sin duda —dijo.

—¿A quién se refiere, Behlert? —gruñó Reles.

El director señaló el escritorio de al lado de la ventana, en el que había, entre dos fajos de papel de cartas, una reluciente máquina de escribir portátil nueva, de la marca Torpedo.

—Hasta hace un par de días, ¿no solía venir aquí a diario Fräulein Szrajbman para hacerle trabajos de taquigrafía y mecanografía?

Reles se mordió los nudillos.

—¡Maldita lagarta! —exclamó con rabia.

El puro salió disparado otra vez y se coló por la puerta del cuarto de baño adyacente; chocó contra las baldosas de porcelana de la pared y fue a parar, sano y salvo, a la bañera, que era del tamaño de un submarino alemán. Behlert levantó las cejas hasta el nacimiento del flequillo y fue a recogerlo una vez más.

—Es cierto —dije—. Fui policía. Estuve en Homicidios casi diez años, hasta que mi lealtad a la vieja república y a los principios básicos de la justicia me convirtieron en no apto, conforme a los nuevos requisitos. Sin embargo, mientras estuve allí, se me desarrolló bastante el olfato para la investigación de delitos. Resumiendo: entiendo que usted cree que se lo llevó ella y, lo que es más, tiene una idea bastante aproximada de por qué lo hizo. Si estuviésemos en comisaría, le preguntaría sobre ese detalle, pero, puesto que es usted huésped del hotel, cuéntenoslo o no, como desee, señor.

—Discutimos por dinero —dijo en voz baja—, por el número de horas que trabajaba.

—¿Nada más?

—Desde luego. ¿Qué insinúa usted, caballero?

—No insinúo nada, pero conocía muy bien a Fräulein Szrajbman. Era muy concienzuda, precisamente por eso se la recomendó a usted el Adlon.

—Es una ladrona —dijo Reles, tajante—. ¿Qué demonios piensa hacer al respecto?

—Voy a poner el asunto en manos de la policía inmediatamente, señor, si es lo que desea.

—Ha dado en el clavo, maldita sea. Usted limítese a decir a sus antiguos colegas que se pasen por aquí, que ya firmaré yo la orden o lo que hagan en esta fábrica de salchichas a la que llaman país. ¡Cuadrilla de patosos! Que vengan cuando quieran. Ahora, lárguense de aquí antes de que me salga de mis casillas.

A punto estuve de contestarle que, para salirse de sus casillas, primero tendría que entrar y que, aunque sus padres le hubiesen enseñado a hablar alemán muy bien, se les había olvidado enseñarle los buenos modelos que lo acompañan. Sin embargo, cerré la boca, cosa muy importante, como solía decirme Hedda Adlon, para llevar un buen hotel.

Ahora también era muy importante para ser un buen alemán, pero eso no tenía nada que ver.

6

Un par de *schupos* con polainas e impermeable de goma, porque llovía a mares, montaba guardia a la entrada principal del *Praesidium* de la policía de Berlín, situado en Alexanderplatz. La palabra *praesidium* viene del latín y significa «protección», pero, teniendo en cuenta que ahora el Alex estaba en manos de un puñado de matones y homicidas, no era fácil saber quién protegía a quién de quién. Los dos polis de uniforme tenían un dilema similar: al reconocerme, no supieron si saludarme o tumbarme de una paliza.

Como de costumbre, el vestíbulo olía a tabaco, café barato, cuerpos sin lavar y salchichas. Llegué en el momento en que aparecía el vendedor local de *wurst* con sus salchichas cocidas para los agentes que almorzaban en la mesa de trabajo. Ese Max —siempre los llamaban así— llevaba chaqueta blanca, sombrero de copa y el tradicional bigotito pintado en la cara con lápiz de ojos. Sus bigotes, en cambio, eran más largos de lo que recordaba yo y seguramente no fuera a cambiárselos mientras Hitler siguiera llevando un sello de correos en el labio superior. A menudo me preguntaba si alguna vez se habría atrevido alguien a preguntar a Hitler si tenía olfato para el gas, porque eso era precisamente lo que parecía: un olfateador de gas. A veces se veía a los olfateadores encajando un tubo largo en un agujero de la calle, por el que después olían para detectar posibles escapes. Siempre les quedaba la misma señal delatora en el labio superior.

—Hacía tiempo que no lo veía por aquí, Herr Commissar —dijo Max.

Llevaba colgado del cuello con una correa un gran hervidor cuadrado de metal que parecía un acordeón de vapor.

—He estado ausente una temporada. Seguro que me sentó mal algo que comí.

—Muy gracioso, señor, desde luego.

—Díselo, Bernie —terció una voz—. En el Alex tenemos más salchichas de las que queremos, pero falta alegría.

Di media vuelta y vi a Otto Trettin, que entraba por la puerta del vestíbulo.

—¿Qué demonios haces aquí otra vez? —preguntó—. No me digas que también eres un violeta de marzo.

—He venido a denunciar un delito cometido en el Adlon.

—El mayor delito que se comete en el Adlon es lo que cobran por un plato de salchichas, ¿verdad, Max?

—Nada más cierto, Herr Trettin.

—No obstante —dije—, pensaba invitarte a una cerveza después.

—La cerveza primero —dijo Otto—, luego pones la denuncia.

Cruzamos la calle para ir al Zum, que estaba en los arcos de la estación del suburbano de la zona. A los polis les gustaba, porque los trenes pasaban con tanta frecuencia por arriba que era difícil oír lo que decían. Supuse que, en el caso de Otto Trettin, ese detalle era particularmente importante, porque, como sabía todo el mundo, manipulaba sus cuentas y tal vez no tuviera reparos en untarse el pan con un poco de mantequilla de muy dudosa procedencia. De todos modos, no dejaba de ser un buen policía, uno de los mejores que quedaban en el Alex de antes de la purga del cuerpo y, aunque no estaba afiliado al Partido, parecía que a los nazis les caía bien. Otto siempre había tenido la mano un poco dura: en una ocasión, dio una paliza histórica a los hermanos Sass —cosa que en aquel momento se consideraba una violación grave de la ética policial, aunque la verdad es que se lo merecían— y sin duda la hazaña le había granjeado el favor del nuevo gobierno. A los nazis les gustaba emplear un poco de mano dura de vez en cuando. En ese aspecto, quizá fuera asombroso que no estuviera yo trabajando allí también.

—Landwehr Top para mí —dijo Trettin.

—Que sean dos —dije al camarero.

Una Landwehr Top era una cerveza con brandy y debía su nombre al famoso canal berlinés, en cuyas aguas flotaba a menudo una capa de aceite o gasolina. Las apuramos rápidamente y pedimos dos más.

—Eres un cabrón, Gunther —dijo Otto—. Desde que te fuiste, no tengo con quién hablar, es decir, nadie en quien confiar.

—¿Y Erich, tu amado coautor?

El año anterior Trettin y Erich Liebermann von Sonnenberg habían publicado juntos un libro. *Casos criminales* no era más que una serie de relatos escritos a toda prisa, basados en un rastreo por los archivos más antiguos de la KRIPO. Sin embargo, nadie dudaba que les había dado pasta. Entre la manipulación de sus cuentas, la acumulación de horas extra, algún que otro soborno y con el libro traducido ya al inglés, parecía que Otto Trettin sacaba dinero hasta de las piedras.

—¿Erich? Ahora que es el jefe de la KRIPO municipal, ya no nos vemos tanto. Últimamente se le han subido mucho los humos. Me dejaste bien plantado, por si no lo sabías.

—No me das ninguna pena y menos después de leer el librejo ése. Escribiste un caso mío y, lejos de reconocérmelo, le pusiste la medalla a Von Bachman. Si fuese nazi, lo entendería, pero ni siquiera lo es.

—Me pagó por ponerlo a él. Cien marcos por hacerle quedar bien.

—Bromeas.

—No, aunque ahora ya no importa. Ha muerto.

—No lo sabía.

—Seguro que sí, sólo que se te había olvidado. Así es Berlín últimamente: muere gente de todas clases y nos olvidamos de ella. Fatty

Arbuckle. Stefan George. Hindenburg. Lo mismo pasa en el Alex. El poli al que se cargaron el otro día, sin ir más lejos. Ya no nos acordamos ni de su nombre.

—August Krichbaum.

—Serás el único. —Sacudió la cabeza—. ¿Ves a lo que me refiero? Eres un buen policía, no deberías haberte ido. —Levantó el vaso—. Por los muertos. ¿Dónde estaríamos sin ellos?

—Cálmate —dije al ver que vaciaba el segundo vaso.

—He tenido una mañana de perros. He ido al penal de Plotzensee con un montón de peces gordos de la pasma municipal y con el Guía. Ahora, pregúntame por qué.

—¿Por qué?

—Porque su señoría quería ver en acción el hacha que cae.

«El hacha que cae» es el pintoresco nombre que dan los alemanes a la guillotina. Con un gesto de la mano, Otto llamó al camarero por tercera vez.

—¿Has visto una ejecución con Hitler?

—En efecto.

—En la prensa no han dicho nada de ejecuciones. ¿Quién fue?

—Un desgraciado comunista. En realidad no era más que un crío. El caso es que Hitler asistió y dijo que le había impresionado mucho. Hasta el punto de que ha ordenado al fabricante de Tegel que construya veinte máquinas nuevas del hacha que cae, una para cada gran ciudad de Alemania. Se marchó con la sonrisa en la boca, cosa que no se puede decir del pobre comunista. Yo no la había visto nunca, pero, al parecer, a Goering se le ocurrió que nos vendría bien, por no sé qué de que reconociéramos el peso de la histórica misión que nos habíamos propuesto... o una sandez por el estilo. Pues sí, el hacha cae con mucho peso, desde luego. ¿La has visto tú en funcionamiento alguna vez?

—Una, sí. Gormann el Estrangulador.

—¡Ah, vamos! Entonces ya sabes lo que es. —Otto sacudió la cabeza—. ¡Dios! No lo olvidaré mientras viva. ¡Qué sonido tan horrible! Aunque el comunista se lo tomó bien. Cuando el chaval vio a Hitler allí, se puso a cantar *Bandera roja*, hasta que le soltaron un bofetón. Bueno, ahora pregúntame por qué te cuento todo esto.

—Porque te gusta meter el miedo en el cuerpo a la gente, Otto. Siempre has sido un tipo delicado.

—Bernie, te lo cuento porque la gente como tú tiene que saberlo.

—¿Qué quiere decir eso de «la gente como yo»?

—Tienes un pico de oro, hijo, y por eso debes saber que lo de esos cabrones no es un juego. Tienen el poder y pretenden conservarlo a costa de lo que sea. El año pasado sólo hubo cuatro ejecuciones en el Plot. Éste ya van doce... y las cosas se están poniendo peor.

Pasó un tren con gran estruendo y dejaron de oírse las conversaciones durante casi un minuto. Hacía el mismo ruido que un hacha muy grande y lenta al caer.

—Eso es lo malo —dije—, que se ponen peor cuando parece imposible. Al menos eso me dijo el tipo del Negociado de Asuntos Judíos de la Gestapo. Según las nuevas leyes que están elaborando, mi abuela no era suficientemente alemana, aunque a ella no van a afectarla mucho: también ha muerto; sin embargo, parece que a mí sí, no sé si me sigues.

—Como a la vara de Aaron.

—Exactamente, y, como eres experto en falsificación y falsificadores, pensé que tal vez conocieras a alguien que pudiese ayudarme a quitarme la kipá. Creía que para demostrar que soy alemán bastaba con una Cruz de Hierro, pero parece que no.

—Cuando un alemán se pone a pensar en lo que significa ser alemán, empiezan sus peores problemas. —Otto suspiró y se limpió la boca con la mano—. ¡Ánimo, *yiddo*! No eres el primero que necesita una transfusión aria, como lo llaman ahora. Mi abuelo paterno era gitano, de ahí me viene el atractivo latino que me caracteriza.

—Nunca entendí qué tienen en contra de los gitanos.

—Creo que es porque predicen el futuro. Hitler no quiere que sepamos lo que ha planeado para Alemania.

—Será eso. O el precio de las pinzas de la ropa.

Los gitanos siempre vendían pinzas de la ropa.

Otto sacó una bonita Pelikan de oro del bolsillo de la chaqueta y se puso a escribir un nombre y una dirección en un papel.

—Emil es caro, conque procura que la fama de tu tribu en cuestión de regateo no te haga suponer que su trabajo no vale hasta el último céntimo, porque lo vale. No te olvides de decirle que vas de mi parte y, en caso de necesidad, recuérdale que la única razón por la que no está de plantón en el Puñetazo es porque se me perdió su expediente, pero que lo perdí en un sitio en el que puedo encontrarlo sin problemas.

El Puñetazo era el nombre que la policía y el hampa de Berlín daban al conjunto formado por los juzgados y la cárcel de Moabit, un barrio con una gran concentración de clase obrera. Por eso, un día alguien tuvo la ocurrencia de decir que esa cárcel era «un puñetazo imperial en la cara del proletariado berlinés». La verdad era que con sólo ir allí, el puñetazo estaba garantizado sin discriminación de clase social. Desde luego, era la prisión más severa de la ciudad.

Me contó lo que había en el expediente de Emil Linthe, para que supiese qué decir, llegado el caso.

—Gracias, Otto.

—En cuanto al delito del Adlon —dijo—, ¿hay algo que me pueda interesar? ¿Por ejemplo, una jovencita guapa que haya querido colocar cheques sin fondos?

—Es cosa de poca monta para un gorila de tu talla. Han robado una caja antigua a un cliente. Por otra parte, creo saber quién ha sido.

—Mejor todavía, así me llevo los laureles yo. ¿Quién fue?

—La taquimecanógrafa de un *Ami* fanfarrón, una chica judía que se ha ido de Berlín.

—¿Guapa?

—Olvídate de ella, Otto. Se ha ido a Danzig.

—Danzig no está mal; me apetece un viaje a un sitio bonito.

—Había terminado su copa—. Vámonos, volvamos ahí enfrente y, en cuanto hayas tramitado la denuncia, me pongo en marcha. ¿Por qué se habrá ido a Danzig? Creía que los judíos se habían marchado de allí, sobre todo ahora, que son nazis. No les gustan ni los berlineses.

—Como en cualquier otra parte de Alemania. Invitamos a cerveza a todo el país y siguen aborreciéndonos. —Me terminé el brandy—. Supongo que siempre nos parece mejor lo ajeno.

—Creía que todo el mundo sabía que Berlín es la ciudad más tolerante de Alemania; sin ir más lejos, es la única capaz de tolerar que el gobierno tenga aquí su sede. Danzig. Me ocuparé de ello.

—Pues hay que darse prisa, antes de que comprenda su error y vuelva.

7

La recepción del Alex parecía la típica escena de multitudes de los cuadros de El Bosco. Una mujer con cara de Erasmo y un ridículo sombrero rosa estaba denunciando un allanamiento de morada ante un sargento de turno, cuyas enormes orejas parecían haber pertenecido a otro, antes de que se las cortaran y se las pegaran a él a los lados de su cabeza de perro, con un lapicero en la una y un cigarrillo liado en la otra. Por un pasillo mal iluminado iban empujando a dos matones espectacularmente feos —con la jeta ensangrentada, marcada con el estigma atávico de la delincuencia, y las manos esposadas a la espalda— hacia las celdas y, tal vez, hacia una oferta de trabajo con las SS. Una limpiadora que llevaba un cigarrillo firmemente sujeto en la boca para ahorrarse el mal olor —y además necesitaba un buen afeitado— recogía un charco de vómito del suelo de linóleo color cagalera. En una esquina, bajo una telaraña enorme, un niño con pinta de perdido y asustado y la cara sucia y lacrimosa se balanceaba sobre los glúteos, seguramente preguntándose si lo soltarían bajo fianza. Un abogado blancucho con ojos de conejo, que llevaba una cartera tan grande como el bien alimentado cerdo con cuyo pellejo la habían fabricado, exigía ver a su cliente, pero nadie lo escuchaba. En alguna parte alguien alegaba el buen carácter que tenía antes y se declaraba inocente de todo. Entre tanto, un poli se había quitado el chacó negro de cuero y enseñaba a un colega *schupo* un gran hematoma morado que tenía en la cabeza, afeitada a conciencia: seguramente no fuese más que un pensamiento que intentaba en vano salir de su embrutecido cráneo.

Se me hacía raro estar de nuevo en el Alex. Raro y emocionante. Me imaginé que Martín Lutero habría tenido la misma sensación cuando se presentó en la Dieta de Worms para defenderse de las acusaciones de haber estropeado el pórtico de la iglesia de Wittenberg. ¡Cuántas caras conocidas! Algunos me miraron como al hijo pródigo, pero muchos más, como si fuese un becerro cebado para el sacrificio.

Berlín, Alexanderplatz. Me habría gustado decir un par de cosas a Alfred Döblin.

Otto Trettin me llevó detrás del mostrador y dijo a un joven policía de uniforme que se hiciese cargo de mi denuncia.

El agente tenía veintitantos años y, cosa rara para tratarse de un *schupo*, era tan brillante como el distintivo que llevaba en la cartuchera. Casi acababa de empezar a mecanografiar mi denuncia cuando se detuvo, se mordió las uñas, bastante mordidas ya, encendió un cigarrillo y, sin decir palabra, se acercó a un archivo más grande que un Mercedes que había en el centro de la inmensa habitación. Era más alto de lo que me esperaba. Y más delgado. Todavía no llevaba allí tanto tiempo como para aficionarse a la cerveza y ganarse una tripa de embarazada, como los auténticos *schupos*. Volvió leyendo, cosa que en el Alex era un milagro en sí mismo.

—Me lo parecía —dijo al tiempo que pasaba el expediente a Otto, pero mirándome a mí—. Ayer vinieron a denunciar el hurto de un objeto igual que el suyo. Yo mismo tomé los datos.

—Una caja china de mimbre y laca —dijo Otto al tiempo que ojeaba el informe—. Cincuenta centímetros, por treinta, por diez.

Intenté convertirlo al sistema métrico imperial, pero desistí.

—Siglo XVII, dinastía Mong. —Otto me miró—. Parece la misma, ¿eh, Bernie?

—Dinastía Ming —dije—. Se dice Ming.

—Ming, Mong, ¿qué más da?

—O se trata de la misma caja o son más corrientes que los *pretzels*. ¿Quién puso la denuncia?

—Un tal doctor Martin Stock —dijo el policía joven—, del Museo de Arte Asiático. Estaba muy preocupado por la desaparición.

—¿Cómo era ese hombre? —pregunté.

—Pues, ya sabe, el típico que se imagina uno trabajando en un museo: unos sesenta años, bigote gris, perilla blanca, calvo, miope, rechoncho... Me recordó a la morsa del zoo. Llevaba pajarita...

—A ése lo he visto yo —dijo Otto—. Una morsa con pajarita.

El agente sonrió y continuó:

—Polainas, nada en las solapas... Quiero decir, ni insignias del Partido ni nada por el estilo. El traje que llevaba era de Bruno Kuczorski.

—Eso lo dice sólo por alardear —dijo Otto.

—Es que vi la etiqueta del interior de la chaqueta cuando sacó el pañuelo para enjugarse la frente. Un tipo nervioso, pero eso se notaba sólo con ver el pañuelo.

—¿De fiar?

—Como si lo llevara escrito en la frente.

—¿Cómo te llamas, hijo? —le preguntó Otto.

—Heinz Seldte.

—Bien, Heinz Seldte, opino que deberías dejar este trabajo de oficinista gordo que te han dado y hacerte policía.

—Gracias, señor.

—¿A qué juegas, Gunther? —dijo Otto—. ¿Me estás tomando el pelo?

—A mí sí que me lo han tomado, me temo. —Arranqué la hoja y las copias de la máquina de Seldte y las arrugué—. Voy a tener que ir a soltar unos trinos a alguien al oído, como Johnny Weissmuller, y a ver qué sale corriendo de la espesura. —Cogí la hoja del doctor Stock del archivo—. ¿Me la prestas, Otto?

Otto miró a Seldte y éste se encogió de hombros.

—Por nosotros no hay problema, creo —dijo Otto—, pero infórmanos de las novedades, Bernie. En estos momentos, el hurto de la dinastía Ming Mong es objeto de investigación prioritaria especial en la KRIPO. Tenemos que hacer honor a nuestro nombre.

—Me pongo a ello inmediatamente, te lo prometo.

Y lo dije en serio. Iba a ser estupendo volver a ejercer de detective auténtico, y no de pelele de hotel. Sin embargo, como dijo Immanuel Kant, es curioso lo mucho que podemos equivocarnos con muchas cosas que nos parecen verdad.

Casi todos los museos de Berlín se encontraban en un islote en el centro de la ciudad, rodeados por las oscuras aguas del río Spree, como si sus constructores hubiesen tenido la idea de que la ciudad debía conservar su cultura aislada del Estado. Tal como estaba a punto de descubrir, esa idea debía de ser mucho más acertada de lo que podría pensarse.

Sin embargo, el Museo Etnológico, situado antiguamente en Prinz-Albrecht Strasse, se encontraba ahora en Dahlem, en el extremo occidental de la ciudad. Fui en el metropolitano —en la línea de Wilmersdorf, hasta Dahlem-Dorf— y luego a pie en dirección sureste hasta el nuevo Museo de Arte Asiático. Era un edificio relativamente moderno de ladrillo rojo, tres pisos y rodeado de lujosas casas de campo y casas solariegas con grandes verjas y perros aún más grandes. Puesto que los barrios como Dahlem estaban protegidos por la legislación, costaba entender qué hacían dos hombres de la Gestapo en un W negro aparcado a la entrada de una iglesia confesionista, hasta que me acordé de que en Dahlem había un sacerdote llamado Martin Niemöller, famoso por su oposición al llamado «párrafo ario». O eso o los dos hombres tenían algo que confesar.

Fui al museo, abrí la primera puerta en la que ponía PRIVADO y me encontré con una taquimecanógrafa bastante atractiva, sentada ante una Carmen de tres filas de teclas; tenía ojos de Maybelline y la boca mejor pintada que el retrato predilecto de Holbein. Llevaba una camisa de cuadros y un surtido completo de pulseras metálicas de zoco que tintineaban en su muñeca como teléfonos diminutos; tenía una expresión tan seria que casi me obligó a repasarme el nudo de la corbata.

—¿Qué desea?

Lo sabía, pero no me apetecía decírselo. Me limité a sentarme en una esquina de su mesa con los brazos cruzados, sólo por no ponerle las manos en los pechos. A ella no le gustó. Tenía la mesa tan pulcra como un escaparate de grandes almacenes.

—¿Se encuentra Herr Stock en la casa?

—Seguro que si tuviera usted cita con él, sabría que es el doctor Stock.

—No. No tengo cita.

—Pues está ocupado.

Sin querer, miró hacia la puerta del otro lado de la habitación, como deseando que desapareciese yo antes de que volviera a abrirse.

—Supongo que es lo normal. Los hombres como él siempre tienen muchas ocupaciones. En cambio, yo, en su lugar, estaría dictándole algo a usted o cantándole unas cartas para que las mecanografiase con esas manos tan bonitas que tiene.

—¡Ah! Entonces, usted sabe escribir.

—Claro, incluso a máquina. No tan bien como usted, seguro, pero eso lo puede juzgar por sí misma. —Metí la mano en la chaqueta y saqué el atestado del Alex—. Mire —dije, y se lo pasé—. Échele un vistazo y dígame qué le parece.

Lo miró y los ojos se le abrieron varios grados, como el diafragma de una cámara.

—¿Es usted de la policía del *Praesidium* de Alexanderplatz?

—¿No se lo he dicho? He venido directamente de allí en metro.

Lo cual era cierto, pero sólo hasta cierto punto. Si ella o Stock me pedían que les enseñase la placa, ya podía dar por terminada mi misión, por eso me comportaba como lo hacen muchos policías del Alex. Los berlineses creen que lo mejor es portarse con un poquito menos de amabilidad de lo que consideran necesario los demás, pero muchos polis de la capital ni siquiera se aproximan a tan elevado modelo de civismo. Encendí un cigarrillo, expulsé el humo en su dirección y luego, con un movimiento de cabeza, señalé una piedra que había en una repisa, detrás de su bien peinada cabeza.

—¿Es una esvástica lo que sostiene esa piedra?

—Es un sello —dijo ella— de la civilización del valle del Indo, del año 1500 antes de Cristo, aproximadamente. La cruz esvástica era un símbolo religioso importante de nuestros antepasados remotos.

Le sonreí y dije:

—O bien querían prevenirnos de algo.

Salió de detrás de la máquina de escribir y cruzó el despacho con rapidez para ir a buscar al doctor Stock. Me dio tiempo a contemplar sus curvas y las costuras de sus medias, tan perfectas, que parecían de clase de dibujo lineal. Nunca me gustó el dibujo lineal, pero podría haberme aficionado más si me hubieran mandado sentarme detrás de unas piernas bonitas y hacerles dos líneas rectas en las pantorrillas.

Stock no era tan agradable a la vista como su secretaria, sino exactamente como lo había descrito Heinz Seldte en el Alex: una figura berlinesa de cera.

—Esto es sumamente embarazoso —se quejó—. Ha habido un error y lo lamento muchísimo. —Se acercó tanto que le olí el aliento: pastillas de menta, una variación agradable respecto a la mayoría de la gente que hablaba conmigo; prosiguió con sus abyectas disculpas—. Lo lamento muchísimo, señor. Al parecer, nadie robó la caja cuya desaparición denuncié. Sólo se había extraviado.

—¿Extraviado? ¿Cómo es posible?

—Hemos trasladado las colecciones Fischer del antiguo Museo Etnológico, el de Prinz-Albrecht Strasse, a nuestra nueva sede, aquí, en Dahlem, y está todo patas arriba. La guía oficial de nuestras colecciones está agotada. Se han clasificado y atribuido mal muchos objetos. Me temo que ha hecho usted el viaje en balde. En metro ha dicho, ¿verdad? Quizás el museo pueda pagarle un taxi de vuelta al *Praesidium*. Es lo menos que podemos hacer, por las molestias.

—¿Me está diciendo que ha recuperado la caja? —dije, sin responder a su gimoteo.

Se le volvió a poner la cara rara.

—¿Podría verla? —dije.

—¿Por qué?

—¿Por qué? —Me encogí de hombros—. Porque usted denunció el hurto, nada más. Ahora dice que la ha encontrado. Señor, la cuestión es que tengo que presentar un informe por triplicado. Es necesario cumplir el procedimiento debido y, si no puede enseñarme la caja de la dinastía Ming, no sé cómo voy a cerrar el expediente de su desaparición. Verá, señor, en cierto sentido, desde el momento en que haga constar que la caja ha aparecido, me hago responsable de ella. Es lógico, ¿no le parece?

—Pues, la cuestión es que... —Miró a la taquimecanógrafa y se le crispó la cara un par de veces, como si lo tuviesen agarrado por alguna parte con una caña de pescar.

Ella me echó una mirada llena de alfileres.

—Es mejor que venga a mi despacho, Herr...

—Trettin. Comisario Trettin.

Lo seguí hasta su despacho y cerró la puerta tan pronto como hube entrado. De no haber sido por el tamaño y la opulencia de la estancia, puede que me hubiese compadecido de él. Había cacharros chinos y cuadros japoneses por todas partes, aunque también podían ser cuadros chinos y cacharros japoneses. Ese año andaba yo un poco flojo en conocimiento de antigüedades orientales.

—Trabajar en un sitio así debe de ser muy interesante.

—¿Le interesa la historia, comisario?

—He aprendido una cosa: que si nuestra historia fuese un poco menos interesante, tal vez estaríamos mucho mejor ahora. Bien, ¿qué hay de esa caja?

—¡Por Dios! —dijo—. ¿Cómo se lo explico yo sin que suene sospechoso?

—No intente suavizarlo —le dije—, cuéntemelo tal cual. Dígame sólo la verdad.

—Es lo que siempre procuro —replicó pomposamente.

—Seguro que sí —dije, y empecé a ponerme duro—. Mire, no me haga perder más tiempo, Herr Doctor. ¿Tiene usted la caja o no?

—Por favor, no me apure tanto.

—Naturalmente, no tengo nada más que hacer en todo el día.

—Es que es un poco complicado, compréndalo.

—Créame, le aseguro que la verdad casi nunca es complicada.

Me senté en un sillón. No me había invitado, pero en ese momento no importaba, no tenía que convencerlo de nada. Tampoco iba a convencerme él a mí aunque me quedase allí plantado como un poste. Saqué una libreta y me toqué la lengua con la punta de un lapicero. La gente se pone de los nervios cuando te ve tomar notas.

—Pues, verá: el museo es competencia del Ministerio del Interior. Cuando las colecciones estaban en Prinz-Albrecht Strasse, Herr Frick, el ministro, fue a verlas por casualidad y decidió que algunos objetos podían ser mucho más útiles como regalos diplomáticos. ¿Entiende lo que quiero decir, comisario Trettin?

—Creo que sí, señor. —Sonreí—. Una especie de soborno, pero legal.

—Le aseguro que una práctica perfectamente normal en todas las relaciones exteriores. A veces es necesario engrasar el mecanismo de la diplomacia... o eso me dicen.

—¿Herr Frick?

—No, él no. Uno de los suyos. Herr Breitmeyer, Arno Breitmeyer.

—Hummm hum —tomé nota del nombre—. Por supuesto, también hablaré con él —dije—; pero permítame que intente aclarar este lío. Herr Breitmeyer cogió un objeto de las colecciones Fischer...

—Sí, sí. Adolph Fischer, un gran coleccionista de arte oriental, difunto ya.

—En concreto, una caja china. ¿Y se la dio a un extranjero?

—No, un solo objeto no. Verá, en el ministerio creían que las colecciones que quedaban en el antiguo museo no estaban destinadas a la exposición —Stock se ruborizó de vergüenza—. Que, a pesar de su gran valor histórico...

Reprimí un bostezo.

—... no eran apropiadas en el contexto del párrafo ario. Verá, Adolph Fischer era judío. El ministerio tenía la impresión de que, en las actuales circunstancias, la colección no era apta para exposiciones a causa de su procedencia. Que estaba (son sus palabras, no las mías) teñida racialmente.

Asentí como si todo fuera perfectamente razonable.

—Y, cuando lo hicieron, se les olvidó decírselo a usted, ¿verdad?

Stock asintió con pesadumbre.

—Alguna persona del ministerio consideró que no tenía usted importancia suficiente para informarle de las medidas que se tomaron —dije, pasándoselo un poco por las narices—. Por eso, cuando vio que faltaba el objeto, supuso que lo habían robado y lo denunció inmediatamente.

—Exacto —dijo, un tanto aliviado.

—¿No sabrá por casualidad el nombre de la persona a quien Herr Breitmeyer regaló la caja Ming?

—No. Esa pregunta tendría que hacérsela a él.

—Se la haré, no lo dude. Gracias, doctor, ha sido usted de gran ayuda.

—¿Puedo dar el asunto por terminado?

—Por lo que respecta a nosotros, sí, señor.

El alivio se le tornó euforia... o lo más parecido que pudiera sentir jamás una persona tan poco expresiva.

—Bien, entonces —dije—, a ver dónde está ese taxi que me va a llevar de nuevo a la ciudad.

8

Dije al taxista que me llevase al Ministerio del Interior, en Unter den Linden. Era un feo edificio sucio y gris, situado al lado de la embajada griega, a la vuelta de la esquina del Adlon. Pedía una hiedra a gritos.

Entré en el cavernoso vestíbulo y, en el mostrador, di mi tarjeta a uno de los funcionarios de turno. Tenía cara de animal sobresaltado, de las que hacen pensar que Dios tiene un sentido del humor un tanto retorcido.

—¿Sería usted tan amable de ayudarme? —dije afectadamente—. El hotel Adlon desea invitar a Herr Breitmeyer (es decir, Arno Breitmeyer) a una recepción de gala que se celebrará dentro de un par de semanas. Nos gustaría saber qué tratamiento debemos darle para dirigirnos a él, así como a qué departamento debemos enviarle la invitación.

—Ojalá me invitasen a mí a una recepción de gala en el Adlon —comentó el funcionario, y consultó un directorio de departamentos encuadernado en piel que tenía encima de la mesa.

—Si le digo la verdad, suelen ser muy protocolarias. A mí, el champán, ni fu ni fa. ¡Donde estén la cerveza y las salchichas...!

El funcionario sonrió con tristeza, como poco convencido, y encontró el nombre que buscaba.

—Aquí está. Arno Breitmeyer. Es *Standartenführer* de las SS, coronel, para usted y para mí. También es subdirector de la Oficina de Deportes del Reich.

—¡Ah! ¿Ahora es él? Claro, supongo que por eso quieren invitarlo. Si sólo es viceministro, quizá debamos invitar también a su jefe. ¿Quién cree usted que es?

—Hans von Tschammer und Osten.

—Sí, claro.

El nombre me sonaba de haberlo visto en la prensa. En su momento, me había parecido muy propio de los nazis nombrar director de Deportes a un bestia sajón de las SA, un hombre que había participado en el linchamiento a muerte de un chico judío de trece años. Supongo que la circunstancia de habérselo cargado en un gimnasio de Dessau fue la palanca definitiva de méritos deportivos que catapultó a Von Tschammer und Osten.

—Muchas gracias. Me ha sido usted muy útil.

—Debe de ser agradable trabajar en el Adlon.

—Puede que se lo parezca, pero lo único que lo diferencia del infierno es que las puertas de los dormitorios tienen cerradura.

Era una de las máximas que le había oído a Hedda Adlon, la mujer del propietario. Me gustaba mucho esa mujer. Teníamos un sentido del humor muy parecido, aunque ella más desarrollado que yo. Hedda Adlon lo tenía todo más desarrollado que yo.

Volví al hotel, llamé a Otto Trettin y le conté parte de lo que había descubierto en el museo.

—Es decir, que ese tal Reles —dijo Otto—, el cliente del hotel, parece que era el dueño legítimo de la caja.

—Depende de lo que consideres legítimo.

—En cuyo caso, la joven taquimecanógrafa, la que se fue a Danzig...

—Ilse Szrajbman.

—Tal vez robase la caja, a fin de cuentas.

—Tal vez, pero tendría sus razones.

—Porque sí, ¿no?

—No, es que la conozco, Otto, y también he conocido a Max Reles.

—¿Qué quieres decir?

—Me gustaría averiguar más cosas antes de que te vayas a Danzig a acusar a nadie.

—Y a mí me gustaría pagar menos impuestos y hacer más el amor, pero no puede ser. ¿Qué te importa a ti que vaya a Danzig?

—Los dos sabemos que si vas, tienes que arrestar a alguien para justificar los gastos, Otto.

—Es verdad, el hotel Deutsches Haus de Danzig es bastante caro.

—Entonces, ¿por qué no llamas primero a la KRIPO local? A lo mejor encuentras a alguien allí que quiera ir a hacerle una visita a la chica. Si de verdad tiene la caja, tal vez la convenzan de que la devuelva.

—¿Y qué saco yo con eso?

—No sé; nada, seguramente, pero es judía y los dos sabemos lo que le pasará si la detienen. La mandarán a un campo de concentración o a esa cárcel que tiene la Gestapo en Tempelhof. Columbia Haus. No se lo merece, es sólo una cría, Otto.

—Te estás volviendo blando. Lo sabes, ¿verdad?

Pensé en Dora Bauer y en que la había ayudado a dejar el fulaneo.

—Eso parece.

—Me apetecía tomar el aire marino.

—Pásate por el hotel cuando quieras: le diré al *chef* que te prepare un buen plato de arenques de Bismarck. Te juro que te transportan a la isla de Rügen.

—De acuerdo, Bernie. Me debes una.

—Claro, y me alegro, créeme. Si fueses tú el deudor, no estoy seguro de que nuestra amistad pudiese aguantar el peso. Llámame si te enteras de algo.

El Adlon solía funcionar como un gran Mercedes oficial: un coloso suevo con carrocería artesanal, piel cosida a mano y seis Continental AG enormes. No se me puede atribuir el mérito a mí, pero me tomo mis deberes —de rutina en su mayoría— con bastante seriedad.

También yo tenía mi máxima: «Llevar un hotel consiste en predecir el futuro y evitar que suceda», conque miraba el registro de clientes a diario, sólo por si descubría algún nombre que me saltase a la vista como posible fuente de problemas. Nunca los había, si descontamos al rey Prajadhipok con su petición de que el *chef* le preparase un plato de hormigas y saltamontes, y al actor Emil Jannings, aficionado a propinar sonoras azotainas en el culo a actrices jóvenes con un cepillo del pelo. Sin embargo, el programa de actividades era otra cosa. Los actos empresariales que se celebraban en el Adlon solían ser lujosos, a menudo corría el alcohol y, a veces, las cosas se extralimitaban un poco. Aquel día en particular había previstos dos encuentros de hombres de negocios. En el Salón Beethoven se desarrollaba durante todo el día la reunión de representantes del Frente Obrero Alemán; por la noche —por una coincidencia que no me pasó por alto después de haber ido al Ministerio del Interior— los miembros del Comité Olímpico Alemán, entre quienes se contaban Hans von Tschammer und Osten y Breitmeyer, coronel de las SS, ocuparían el Salón Raphael, donde se servirían bebidas y la cena.

De los dos encuentros, sólo esperaba complicaciones con el del DAF, el Frente Obrero, que era la organización nazi que había tomado do el poder en el movimiento sindical. Su secretario general era el doctor Robert Ley, antiguo químico, aficionado a las juergas etílicas y a la caza de mujeres, sobre todo cuando la cuenta corría a cargo del contribuyente. Los secretarios regionales del Frente Obrero solían invitar a prostitutas al Adlon y no era raro ver y oír a hombres corpulentos haciendo el amor con las putas en los lavabos. Se los identificaba enseguida por sus guerreras de color marrón claro y los brazaletes rojos, lo cual me hizo pensar que los oficiales nazis y los faisanes tenían algo en común. No era necesario saber nada personal de ellos para que te entrasen ganas de descerrajar un tiro a alguno.

Resultó que Ley no se presentó y los delegados del DAF se comportaron más o menos impecablemente: sólo uno vomitó en la alfombra. Tendría que haberme dado por satisfecho, supongo. Como empleado del hotel, yo también pertenecía al Frente Obrero. No sabía exactamente qué obtenía a cambio de mis cincuenta *pfennigs* semanales, pero en Alemania era imposible encontrar trabajo si no estabas afiliado. Deseaba que llegase el día de poder desfilar orgullosamente por Nuremberg con una pala brillante al hombro y, ante el Guía, consagrar mi persona y mi empleo en el hotel al concepto de trabajo, ya que no a su realidad. Sin duda, Fritz Muller, el otro detective fijo del Adlon, opinaba lo mismo. Cuando andaba él por allí, era imposible no tener en cuenta la verdadera importancia del trabajo en la sociedad alemana. Y también cuando no estaba presente, porque Muller rara vez daba un palo al agua. Le había pedido que vigilase el Salón Raphael, que parecía lo más fácil, pero cuando empezó el jaleo, no hubo forma de dar con él y Behlert acudió a mí en busca de ayuda.

—Hay problemas en el Salón Raphael —me dijo sin aliento.

Mientras cruzábamos el hotel a paso rápido —a todos los empleados les estaba prohibido correr por el Adlon—, intenté que Behlert me contase exactamente quiénes eran esos hombres y de qué había tratado la reunión. Algunos de los nombres del Comité Olímpico eran como para no meterse con ellos sin haber leído antes la vida de Metternich, pero lo que me contó Behlert fue tan poco ilustrativo como la copia de Raphael que Von Menzel había hecho en el salón que llevaba el nombre del pintor clásico.

—Tengo entendido que al principio de la velada había también algunos miembros del comité —dijo, al tiempo que se enjugaba la frente con un pañuelo del tamaño de una servilleta—. Funk, de Propaganda, Conti, del Ministerio del Interior, y Hans von Tschammer und Osten, el director de Deportes. Sin embargo ahora prácticamente sólo quedan hombres de negocios de toda Alemania. Y Max Reles.

—¿Reles?

—Es el anfitrión.

—En tal caso, no hay problema —dije—. Por un momento pensé que alguno de ellos podría querer complicarnos las cosas.

Al acercarnos al Salón Raphael oímos gritos. De repente, se abrieron las dos hojas de la puerta y salieron dos hombres muy enfurecidos. Llámenme bolchevique, si quieren, pero, a juzgar por el tamaño de sus respectivos estómagos, supe que eran hombres de negocios alemanes. Uno llevaba torcida la pajarita negra, a un lado de lo que podríamos llamar su ridículo cuello, de donde salía un rostro rojo como las banderitas nazis de papel que, colgadas entre varias olímpicas, adornaban un atril situado al lado de las puertas. Por un momento pensé en preguntarle qué había pasado, pero sólo habría conseguido que me pisotease, como si una plantación de té intentase contener a un elefante loco.

Behlert entró detrás de mí y, en cuanto Reles y yo cruzamos una mirada, le oí decir algo sobre Laurel y Hardy antes de que su severo rostro esbozase una sonrisa y su recio corpachón adoptase una actitud de disculpa, apaciguadora, casi diplomática, que no habría avergonzado ni al mismísimo príncipe Metternich.

—Todo ha sido un gran malentendido —dijo—. ¿No están ustedes de acuerdo, caballeros?

Podría haberlo creído, de no haber sido por lo revuelto que tenía el pelo y por la sangre de la boca.

Con una mirada, Reles buscó apoyo entre sus compañeros de mesa. En alguna parte, entre un cumulonimbo de humo de puros, murmuraron con desaliento varias voces, como un cónclave papal que se hubiese olvidado de pagar al deshollinador de la Capilla Sixtina.

—¿Lo ven? —Reles levantó sus manazas en el aire como si lo hubiese yo apuntado con una pistola y, no sé por qué, tuve la sensación de que, de haber sido así, él habría reaccionado de la misma forma. Ese hombre habría sabido mantener la calma incluso en manos de un dentista borracho con la fresa en la mano—. Una tormenta en una taza de té. —En alemán no sonaba bien y, con un chasquido de sus gruesos dedos, añadió—: Es decir, una tormenta en un vaso de agua, ¿es eso?

Behlert asintió rotundamente.

—Sí, eso es, Herr Reles —dijo— y permítame que le diga que tiene usted un excelente nivel de alemán.

Sin que viniera a cuento, Reles pareció avergonzarse.

—Pues hay que reconocer que es una lengua dificilísima de dominar —dijo—, teniendo en cuenta que debió de inventarse para hacer saber a los trenes el momento en que debían salir de la estación.

Behlert sonrió afectadamente.

—Sea como fuere —dije al tiempo que cogía del mantel una de las muchas copas rotas—, parece que tormenta sí que ha habido, y de Bohemia, por más señas. Valen cincuenta *pfennigs* cada una.

—Naturalmente, pagaré todos los desperfectos. —Reles me señaló y sonrió a sus invitados, que parecían complacientes—. ¿Pueden creérselo? ¡Este tipo quiere que pague los desperfectos!

La imagen viva de la satisfacción es un hombre de negocios alemán con un puro.

—¡Ah, nada de eso, Herr Reles! —dijo Behlert y me lanzó una mirada de reproche, como si tuviese yo barro en los zapatos o algo peor—. Gunther, si Herr Reles dice que ha sido un accidente, no hay necesidad de llevar las cosas más allá.

—No ha dicho que fuese un accidente, sino un malentendido, que es justo lo que va del error al delito.

—¿Esa frase es de su *Gaceta Policiaca de Berlín*? —Reles cogió un puro y lo encendió.

—Quizá debería serlo. Claro que, si lo fuera, yo seguiría siendo un policía de Berlín.

—Sólo que no lo es. Usted trabaja en este hotel, en el que el cliente soy yo, y un cliente que gasta mucho, me permito añadir. Herr Behlert, diga al sumiller que nos traiga seis botellas de su mejor champán.

Se oyó un rotundo murmullo de aprobación en la mesa, pero

ninguno de los comensales quería mirarme a los ojos; no eran más que un puñado de caras bien alimentadas y bien regadas que sólo pensaban en volver a abrevar. Un retrato de grupo de Rembrandt en el que todo el mundo se hacía el desentendido: *Los síndicos del gremio de los pañeros*. Fue entonces cuando lo vi sentado al fondo de la sala, como Mefistófeles esperando pacientemente una palabra silenciosa de Fausto. Llevaba *smoking*, como los demás, y salvo por su cara de saco de arena, satírica y grotesca, y la circunstancia de que estaba limpiándose las uñas con una navaja de resorte, parecía casi respetable. Como el lobo de Caperucita disfrazado de abuelita.

Jamás olvido una cara, sobre todo la de un hombre que había dirigido un ataque armado de las SA a miembros de un club social obrero que celebraban un baile en el Eden Palace de Charlottenburg. Cuatro muertos, entre ellos, un amigo mío de mi antigua escuela. Probablemente se cargase a mucha gente más, pero la que yo recordaba en particular era aquélla, la del 23 de noviembre de 1930. Además, me vino su nombre a la cabeza: Gerhard Krempel. Había pasado una temporada en la cárcel por aquello, al menos hasta que los nazis entraron en el gobierno.

—Pensándolo bien, que sean doce botellas.

En circunstancias normales, habría dicho algo a Krempel —un epíteto ingenioso o algo peor—, pero a Behlert no le habría gustado. En las guías Baedeker no estaba bien visto que un empleado de hotel soltase un puñetazo en la garganta a un cliente. Y, por lo que hacía a nosotros, Krempel era el nuevo ministro de Igualdad de Condiciones y Deportividad. Por otra parte, Behlert ya me estaba encaminando hacia la puerta del Salón Raphael, es decir, mientras pedía perdón a Max Reles y le hacía inclinaciones de cabeza.

En el Adlon siempre se pedía perdón a los clientes, no se les presentaban excusas. Era otra de las máximas de Hedda Adlon, pero ésa era la primera vez que veía a un empleado pidiendo perdón por interrumpir una pelea. Porque a mí no me cabía ninguna duda de que Max Reles había golpeado al hombre que se había marchado antes ni de que éste le había devuelto el golpe. La verdad es que esperaba que así hubiese sido. No me habría importado sacudirle un puñetazo yo también. Una vez fuera del salón, Behlert se me encaró de mal humor.

—Por favor, Herr Gunther, ya sé que le parece que su trabajo consiste en esto, pero procure no olvidar que Herr Reles ocupa la suite Ducal y, por lo tanto, es un huésped muy importante.

—Ya lo sé. Acabo de oírle pedir una docena de botellas de champán. De todos modos, se ha buscado algunas malas compañías.

—Tonterías —dijo Behlert y, sacudiendo la cabeza, se fue a llamar a un sumiller—. Tonterías, tonterías.

Tenía razón, desde luego. Al fin y al cabo, en la nueva Alemania de Hitler, estábamos todos en malísima compañía. Y tal vez la del Guía fuese la peor.

9

La habitación 210 estaba en el segundo piso, en el ala de Wilhelm-strasse. Costaba quince marcos la noche y tenía cuarto de baño incorporado. Era una bonita habitación, unos metros más espaciosa que mi apartamento. Cuando llegué eran algo más de las doce del mediodía. Había un cartel de NO MOLESTEN colgado en la puerta y una tarjeta rosa con un aviso de que el cliente tenía un mensaje en recepción. Se llamaba Herr Doctor Heinrich Rubusch y, por lo general, la camarera de piso no lo habría molestado, si no hubiera sido porque el ocupante debía dejar el hotel a las once. La mujer llamó a la puerta, pero no contestó nadie, en vista de lo cual intentó entrar en la habitación; fue entonces cuando se dio cuenta de que la llave estaba puesta en la cerradura por dentro. Después de llamar inútilmente varias veces más, informó a Herr Pieck, el subdirector, el cual, temiéndose lo peor, me llamó a mí.

Fui a la caja fuerte del hotel a buscar una llave falsa de las que se guardaban allí: una sencilla herramienta metálica del tamaño de un diapasón, ideada para poder introducirla en cualquier cerradura del hotel y hacer girar la llave puesta por el otro lado. Había seis en total, pero faltaba una, lo cual probablemente querría decir que la tenía Muller, el otro detective, porque se le habría olvidado devolverla. Normal: Muller era un poco borrachín. Cogí otra y me fui al segundo piso.

Herr Rubusch seguía en la cama. Tenía yo esperanzas de que se despertase, nos diese unas voces y nos dijese que nos largáramos y lo dejásemos dormir, pero no fue así. Le tomé el pulso en la carótida, pero estaba tan gordo que desistí; le desabroché la casaca del pijama y acerqué el oído al fiambre de jamón que tenía por pecho.

—¿Aviso al doctor Küttner? —preguntó Pieck.

—Sí, pero dile que no hay prisa. Está muerto.

—¿Muerto?

Me encogí de hombros.

—Estar en un hotel se parece un poco a la vida: hay que marcharse en algún momento.

—¡Ay, Dios! ¿Está seguro?

—Ni el barón Frankenstein haría moverse a este personaje.

La camarera, que estaba en el umbral, empezó a persignarse. Pieck le dijo que fuese inmediatamente a buscar al médico de la casa.

Olí el vaso de agua que había en la mesilla de noche. Contenía agua. El muerto tenía las uñas limpias y arregladas como si acabara de hacerse la manicura. No se veía sangre en ninguna parte del cuerpo ni en la almohada.

—Parece muerte natural, pero esperemos a Küttner. No me pagan ningún plus por hacer diagnósticos sobre la marcha.

Pieck se acercó a la ventana y empezó a abrirla.

—Yo que usted no lo haría —dije—. A la policía no le va a gustar.

—¿A la policía?

—Cuando se encuentra un cadáver, la policía quiere saberlo. Así es la ley o, al menos, así era. Aunque ahora los muertos proliferan tanto que quién sabe. Por si no lo habían notado, esta habitación huele mucho a perfume. Blue Grass, de Elizabeth Arden, si no yerro. Sin embargo, no creo que lo usara este hombre, lo cual significa que tal vez estuviese acompañado cuando se fue al otro barrio. Por eso, la policía preferirá encontrarse las cosas tal como están ahora, con la ventana cerrada.

Fui al cuarto de baño y eché una ojeada al ordenado repertorio de artículos masculinos de aseo: la típica parafernalia de viaje. Una de las toallas de manos estaba manchada de maquillaje. En la papelera había un pañuelo de papel con una marca de lápiz de labios. Abrí el neceser del hombre y encontré un frasco de pastillas de nitroglicerina y una caja de Fromms de tres unidades. La abrí, vi que faltaba una y saqué un papelito doblado en el que se leía: POR FAVOR, PÁSAME DISCRETAMENTE UNA CAJA DE FROMMS. Levanté la tapa del retrete y miré el agua. Allí no había nada. En la papelera del escritorio encontré un envoltorio de Fromms vacío. Hice todo lo que habría hecho un detective, salvo un comentario chistoso de mal gusto. Eso lo dejé para el doctor Küttner.

Cuando el médico entró por la puerta, estuve a punto de decirle la causa probable de la muerte, pero, por cortesía profesional, me contuve hasta que se hubiese ganado él el sueldo.

—La gente no suele enfermar de gravedad en un hotel caro, ya sabe —dijo—. A quince marcos la noche, suelen esperar a volver a casa para ponerse enfermos de verdad.

—Éste no va a volver —dije.

—Está muerto, ¿verdad? —dijo Küttner.

—Eso empieza a parecer, Herr Doctor.

—Voy a ganarme mis honorarios, para variar, digo yo.

Sacó el estetoscopio y se puso a buscar los latidos del corazón.

—Es mejor que me vaya a informar a Frau Adlon —dijo Pieck y salió de la habitación.

Mientras Küttner hacía su trabajo, yo eché otro vistazo al cadáver. Rubusch era un hombre grande y obeso, con el cabello corto y rubio y la cara más gorda que un niño de cien kilos. En la cama, visto de lado, parecía una estribación de las montañas Harz. No era fácil identificarlo sin ropa, pero estaba seguro de que me resultaba familiar por algo más que por ser cliente del hotel.

Küttner se irguió y asintió, aparentemente satisfecho.

—Diría que lleva muerto varias horas —miró el reloj de bolsillo y añadió—. Hora de la muerte, entre la medianoche y las seis de la mañana.

—En el cuarto de baño hay pastillas de nitroglicerina, doctor —dije—. Me he tomado la libertad de registrar las pertenencias de este hombre.

—Seguramente tenía hipertrofia cardiaca.

—Hipertrofia general, por lo que veo —dije, al tiempo que le pasaba el papelito doblado— y me refiero a todo. En el cuarto de baño hay una caja de tres y falta uno. Eso, además de una toalla un poco manchada de maquillaje y el olor de perfume que flota en el ambiente, me indica que quizá pasara algunos minutos muy felices en las últimas horas de su vida.

A esas alturas ya me había fijado en un sujetapapeles con billetes nuevos que había en el escritorio y cada vez me convencía más mi teoría.

—No creerá que murió en brazos de ella, ¿verdad? —preguntó Küttner.

—No. La puerta estaba cerrada por dentro.

—En tal caso, este pobre hombre pudo haber tenido una relación sexual, despedir a la chica, cerrar la puerta, meterse en la cama y expirar, después de todo el ejercicio y la excitación.

—Me ha convencido.

—Lo útil de ser médico de hotel es que la gente como usted nunca ve muchos enfermos en mi consultorio, de donde se deduce que en realidad lo hago bien.

—¿Y no es así?

—Sólo algunas veces. La práctica de la medicina suele reducirse a una sola receta: encontrarse mucho mejor por la mañana.

—A él no le va a pasar eso.

—Hay formas peores de diñarla, supongo —dijo Küttner.

—No; si estás casado, no.

—¿Lo estaba él?

Levanté la mano izquierda al difunto y enseñé al doctor la alianza de oro.

—No se le escapa nada, ¿eh, Gunther?

—No mucho, salvo la antigua República de Weimar y un cuerpo de policía decente que atrape delincuentes, en vez de darles empleo. Küttner no era liberal, pero tampoco nazi. Hacía uno o dos meses, lo había encontrado en el lavabo de hombres llorando por la reciente muerte de Paul von Hindenburg. De todos modos, mi comentario pareció alarmarlo y miró un momento el cadáver de Heinrich Rubusch como si pudiese informar a la Gestapo de mi conversación.

—Tranquilo, doctor. Ni la Gestapo ha encontrado la forma de hacer hablar a los muertos.

Bajé al vestíbulo y recogí el mensaje de Rubusch, que era simplemente de Georg Behlert, para decirle que deseaba que su estancia en el Adlon hubiese sido agradable. Estaba yo comprobando la lista de turnos cuando, por el rabillo del ojo, vi a Hedda Adlon, que venía por el vestíbulo hablando con Pieck. Fue la señal de que debía averiguar más cosas rápidamente, antes de que ella viniese a hablar conmigo. Hedda Adlon parecía tener muy buena opinión de mis habilidades y yo no quería que la cambiase. La clave de lo que hacía para ganarme la vida consistía en tener respuestas concisas para preguntas que los demás ni siquiera se habían planteado. Una actitud omnisciente es muy útil para un dios... y para un detective, por cierto. Naturalmente, en el caso del detective, la omnisciencia es una ilusión. Platón lo sabía y por eso, entre otras cosas, era mejor escritor que sir Arthur Conan Doyle.

Sin ser visto por la dueña del hotel, me colé en el ascensor.

—¿Qué piso? —preguntó el chico. Se llamaba Wolfgang y tenía unos sesenta años.

—Usted suba.

Con suavidad, los guantes blancos de Wolfgang se pusieron en movimiento como las manos de un mago y, a medida que subíamos hacia el paraíso de Lorenz Adlon, se me encogió el estómago.

—¿Se le ha ocurrido algo, Herr Gunther?

—¿Anoche vio subir al segundo a alguna chica alegre?

—En este ascensor suben y bajan muchas chicas, Herr Gunther. Doris Duke, Barbara Hutton, la embajadora soviética, la reina de Siam, la princesa Mafalda... Enseguida se nota qué y quién es cada una, pero algunas de las actrices, estrellas de cine y coristas que vienen por aquí me parecen fulanas. Supongo que por eso soy el chico del ascensor y no el detective de la casa.

—Tiene razón, desde luego.

Me devolvió la sonrisa.

—Un hotel elegante se parece un poco al escaparate de una joyería. Se ve todo lo que hay. Eso me recuerda algo. Hacia las dos de la madrugada vi a Herr Muller en las escaleras hablando con una señora. Puede que fuera una fulana, sólo que llevaba diamantes hasta en la diadema. Por eso no creo que lo fuese. Es decir, si llevaba encima un dineral, ¿por qué iba a dejar que le sobasen el conejo? Por otra parte, si era una busconcilla suelta, ¿qué hacía hablando con un cara culo como Muller? Con perdón.

—Perdonado. Es un cara culo. ¿La señora era rubia o castaña?

—Rubia, rubísima.

—Menos mal —dije.

Mentalmente, eliminé a Dora Bauer de la lista de posibles sospechosas: tenía el pelo corto y castaño y no era de las que podían permitirse una diadema de diamantes.

—¿Algo más?

—Se había echado mucho perfume. Olía muy bien, parecía Afrodita en persona.

—Me la imagino. ¿La llevó usted?

—No, debió de ir por las escaleras.

—O, simplemente, se montó en un cisne y se fue volando por la ventana. Es lo que habría hecho Afrodita.

—¿Me está llamando mentiroso, señor?

—No, en absoluto, sólo romántico incurable y amante de las mujeres en general.

Wolfgang sonrió.

—Eso sí que lo soy, señor.

—Y yo.

Muller estaba en el despacho que compartíamos, que era prácticamente lo único que teníamos en común. Me aborrecía y, de haberme tomado la molestia, yo también lo habría aborrecido a él. Antes de entrar en el Adlon, era agente del cuerpo de policía de Potsdam: un gorila uniformado con aversión instintiva a los investigadores del Alex, como yo. También había estado en el Freikorps y era más derechista que los nazis, otro motivo para aborrecerme: odiaba a los republicanos como el dueño de un trigal a las ratas. De no haber sido por su afición a la bebida, habría podido quedarse en la policía. Sin embargo, se retiró pronto, se subió al tren de la abstinencia hasta conseguir trabajo en el Adlon y luego volvió a beber. Casi siempre lo llevaba bien, eso se lo reconozco. Casi siempre. A título de obligación laboral, podría haberme propuesto echarlo de allí, pero no había sido así. Al menos, no hasta ahora. Como era lógico, los dos sabíamos que Behlert o cualquiera de los Adlon no tardarían mucho en encontrarlo borracho en el trabajo. Yo esperaba que sucediese sin mi intervención, aunque sabía que, si no llegaba a suceder, probablemente sabría vivir con la decepción.

Estaba dormido en la silla. En el suelo, al lado de su pie, había media botella de Bismarck y tenía en la mano un vaso vacío. No se había afeitado y de la nariz y la garganta le salía un ruido como de arrastrar por un suelo de madera una cómoda pesada. Parecía que se hubiera colado en el banquete de una boda campesina de Brueghel. Metí la mano en el bolsillo de su abrigo y le saqué la cartera. Dentro había cuatro billetes nuevos de cinco marcos, cuyo número de serie coincidía con el de los billetes que había visto en la habitación de Rubusch. Me imaginé que la chica alegre se la habría proporcionado Muller, o bien que se había dejado sobornar por ella después. Volví a meterlos en la cartera, se la guardé de nuevo en el bolsillo y le di un puntapié en el tobillo.

—¡Oye, Sigmund Romberg! ¡Despierta!

Muller se movió, olisqueó el aire y soltó una bocanada que olía a suelo mohoso. Se limpió la rasposa barbilla con la mano y miró sediento alrededor.

—Lo tienes junto al pie izquierdo —dije.

Miró la botella e hizo como si no la viese, pero de manera poco convincente. Si hubiera querido hacerse pasar por Federico el Grande, no le habría quedado tan falso.

—¿Qué quieres?

—Gracias, para mí es un poco pronto, pero adelante, échate un trago tú, si te ayuda a pensar. Yo me quedo aquí a mirar, me lo paso en grande imaginándome la pinta que debe de tener tu hígado. Apuesto a que tiene una forma muy interesante. A lo mejor debería dibujarlo. De vez en cuando pinto algo abstracto. A ver, por ejemplo, *Bodegón de hígado y cebollas*. Las cebollas podrían ser tus sesos, ¿de acuerdo?

—¿Qué quieres?

Lo dijo en un tono más siniestro, como si estuviera preparándose para darme un puñetazo, pero yo no bajaba la guardia, me movía por la habitación como un maestro de baile, por si tenía que soltarle un mamporro. Casi deseaba que lo intentase para poder soltárselo. Quizás un buen derechazo en la mandíbula le devolviese la sobriedad.

—Y ya que hablamos de formas interesantes, ¿qué me dices de la zorrita que estuvo aquí anoche? La que llevaba una diadema de diamantes y fue de visita a la habitación dos diez, la de Rubusch, Heinrich Rubusch. ¿Fue él quien te dio los cuatro billetes o se los sacaste a la gatita en el pasillo? Por cierto, si casualmente te estás preguntando por qué meto las narices donde no me llaman, es porque Rubusch ha muerto.

—¿Quién dice que me han dado cuatro billetes?

—Es enternecedora la preocupación que demuestras por los clientes del hotel, Muller. El número de serie de esos cuatro billetes nuevos que tienes en la cartera coincide con el del fajo que hay en la mesilla de la habitación del muerto.

—¿Me has mirado la cartera?

—Quizá te intrigue por qué te he contado que te he mirado la cartera. La cuestión es que podía haber venido aquí con Behlert, Pieck o incluso uno de los Adlon y haber encontrado esos billetes con público delante, pero no ha sido así. Ahora, pregúntame por qué.

—De acuerdo, te sigo el juego. ¿Por qué?

—No quiero que te echen, Muller, sólo que te largues del hotel. Te ofrezco la posibilidad de despedirte voluntariamente. A lo mejor así hasta te dan referencias, ¿quién sabe?

—Supongamos que me niego.

—En tal caso, iría a buscarlos. Naturalmente, cuando volviéramos, te habrías deshecho de los billetes, pero daría igual, porque no te despedirían por eso, sino porque estás como una cuba. La verdad es que hueles tanto a alcohol que el ayuntamiento está pensando en mandar aquí a un olfateador de gas a comprobarlo.

—Como una cuba, dice éste. —Muller cogió la botella y la vació—. ¿Qué esperas, en un trabajo así, sin nada que hacer? ¿A qué va a dedicarse uno todo el día, si no bebe?

En eso estuve a punto de darle la razón. El trabajo era aburrido, yo también me aburría como una lagartija al sol.

Muller miró la botella vacía y sonrió.

—Parece que necesito otro impulso para levantarme. —Me miró—. Te crees muy listo, ¿verdad, Gunther?

—Con la dotación intelectual que tienes, Muller, comprendo que te lo pueda parecer, pero todavía ignoro muchas cosas. Por ejemplo, la chica ésa. ¿La trajiste tú al hotel o fue Rubusch?

—¿Dices que está muerto?

Asentí.

—No me extraña. Uno gordo y grande, ¿no?

Asentí de nuevo.

—Vi a la chica en las escaleras y pensé que podía sacudir el árbol a ver si caía algo, ¿sabes? —Se encogió de hombros—. ¿Quién sobrevive, con veinticinco marcos a la semana? Dijo que se llamaba Angela, pero no sé si es verdad o no, no le pedí la documentación. Veinte marcos me parecieron identificación suficiente, por lo que a mí respecta. —Sonrió—. Además estaba muy buena. No se ven busconas tan guapas como ésa. Era un auténtico bombón. El caso es que, como ya he dicho, no me extraña que el gordo esté muerto. Sólo de mirar a esa tía, se me puso el corazón a cien.

—¿Y fue entonces cuando lo viste? ¿Al mismo tiempo que a ella?

—No. A él lo había visto esa misma noche, pero antes, en el bar y en el Salón Raphael.

—¿Estaba en la fiesta del Comité Olímpico?

—Sí.

—¿Y tú dónde estabas? ¿No tenías que estar vigilándolos un poco?

—¿Qué quieres que te diga? —contestó, irritado—. Eran hombres de negocios, no estudiantes. Los dejé seguir con lo suyo. Me fui a la cervecería de la esquina de Behrenstrasse y Friedrichstrasse (Pschorr Haus) y me mamé. ¿Cómo iba yo a saber que habría problemas?

—Desea lo mejor y espera lo peor. Así es este trabajo, colega.

—Saqué mi pitillera y la abrí delante de su fea cara—. Entonces, ¿en qué quedamos? ¿Una carta de renuncia o la puntera del Oxford de Louis Adlon clavada a fondo en el culo?

Cogió un cigarrillo y hasta le di fuego, sólo por ser sociable.

—De acuerdo, tú ganas. Renunciaré, pero no somos amigos.

—De acuerdo. Seguramente lloraré un poco esta noche, cuando llegue a casa, pero creo que podré superarlo.

Iba cruzando el vestíbulo de la entrada cuando Hedda Adlon me llamó la atención con un gesto de la mandíbula y pronunciando mi nombre completo. Ella era la única persona que pronunciaba mi nombre de pila como si de verdad significase lo que significa, «oso valiente», aunque, en realidad, se discute si la partícula *hard* no querrá decir en realidad «temerario».

La seguí, a ella y a los dos pequineses que siempre la acompañaban, hasta el despacho del subdirector del hotel, que era el suyo. Cuando Louis, su marido, se ausentaba —cosa frecuente en cuanto se levantaba la veda de caza—, era ella quien se encargaba de todo.

—A ver —dijo al tiempo que cerraba la puerta—, ¿qué sabemos del pobre Herr Rubusch? ¿Ha llamado usted a la policía?

—No, todavía no. Iba hacia el Alex cuando me ha llamado usted. Quería contárselo a la policía personalmente.

—¡Ah! ¿Y por qué?

Hedda Adlon tenía treinta y pico años, era mucho más joven que su marido. Aunque había nacido en Alemania, había pasado gran parte de su juventud en los Estados Unidos y hablaba alemán con un leve acento americano. Igual que Max Reles, pero ahí se terminaba el parecido. Era rubia y tenía un tipo completamente alemán, pero estupendo, tanto como varios millones de marcos. Es imposible tener un tipo más estupendo. Le gustaba hacer fiestas y cabalgar —había participado con entusiasmo en la caza del zorro, hasta que Hermann Goering prohibió la caza con perros en Alemania— y era muy sociable, lo cual debió de ser uno de los motivos por los que Louis Adlon, quien hablaba muy poco, se había casado con ella. Daba al hotel una nota más de encanto, como nácar incrustado en las puertas del paraíso. Sonreía mucho, se le daba bien hacer que la gente se encontrase a gusto y sabía hablar con cualquiera. Me acordé de una cena en el Adlon, en la que ella estaba sentada al lado de un jefe pielrroja que llevaba su tocado nativo completo: habló con él durante toda la velada como si se tratase del embajador de Francia. Desde luego, cabe la posibilidad de que en realidad lo fuese. A los franceses —sobre todo a los diplomáticos— les encanta lucir sus plumas y condecoraciones.

—Iba a preguntar a la policía si sería posible llevar el asunto con discreción, Frau Adlon. A juzgar por las apariencias, Herr Doctor Rubusch, que era casado, había estado con una joven en su habitación poco antes de su muerte. A ninguna viuda le gustaría recibir la noticia de su viudedad con una postdata de esa clase. Al menos, según mi experiencia. Así pues, por el bien de ella y por el buen nombre del hotel, tenía esperanzas de poner el asunto directamente en manos de un investigador de Homicidios que es antiguo amigo mío, una persona con el tacto suficiente para tratar el caso con delicadeza.

—Es usted muy considerado, Bernhard, y se lo agradecemos mucho, pero, ¿ha dicho usted homicidio? Creía que se trataba de muerte natural.

—Aunque hubiese muerto en la cama y con la Biblia en las manos, tendrá que haber una investigación de Homicidios. Es la ley.

—Pero, ¿está usted de acuerdo con el doctor Küttner en que ha sido muerte natural?

—Probablemente.

—Aunque, claro, no con la Biblia en las manos, sino con una joven. ¿Debo suponer que se refiere usted a una prostituta?

—Es muy posible. Les damos caza y las echamos del hotel como gatos, donde podamos y a la hora que podamos, pero no siempre es fácil. La nuestra llevaba una diadema de diamantes.

—Un bonito detalle —Hedda puso un cigarrillo en la boquilla—, e inteligente, porque, ¿quién va a enfrentarse a alguien que lleve una diadema de diamantes?

—Yo, quizá, si fuese un hombre quien la llevara.

Sonrió, encendió el cigarrillo, chupó la boquilla y después soltó el humo, pero sin tragárselo, como los niños cuando imitan a los adultos. Me recordó a mí mismo, que imito a los detectives y cumplo todos los pasos con el regusto de una auténtica investigación en la boca, pero poco más. Detective de hotel: términos contradictorios, en realidad, como nacionalsocialismo, pureza racial o superioridad aria.

—Bien, si no hay nada más, sigo mi camino hacia el Alex. Los chicos de Homicidios son un poco diferentes de la mayoría de la gente. Quieren saber las malas noticias cuanto antes.

10

Naturalmente, gran parte de lo que había contado a Hedda Adlon eran tonterías. No tenía ningún viejo amigo en Homicidios. Ya no. Otto Trettin estaba en Fraude y Falsificación y Bruno Stahlecker en Inspección G, la sección juvenil. Ernst Gennat, que llevaba Homicidios, ya no era amigo mío. Dejó de serlo cuando la purga de 1933 y, desde luego, en Homicidios no había nadie con tacto para asuntos delicados. ¿De qué servía, a la hora de detener a judíos y a comunistas... cuando había tanto que hacer para construir la nueva Alemania? Y lo que es más, algunos polis de Homicidios eran peores que otros, auténticos gorilas, y lo que yo pretendía era evitarlos, por Frau Rubusch y Frau Adlon. Y por el buen nombre del hotel. Todo por cortesía de Bernie Gunther, héroe del Ciclo del Anillo, del bando de los buenos, especializado en matar dragones.

En el Alex, cerca del mostrador principal, vi a Heinz Seldte, el policía joven que parecía demasiado inteligente para llevar uniforme de *schupo*. Era un buen comienzo. Lo saludé cordialmente.

—¿Qué investigadores están de turno en Homicidios? —pregunté.

Seldte no contestó. Ni siquiera me miró. Estaba totalmente concentrado en ponerse firme y miraba algo detrás de mí.

—¿Has venido a entregarte por homicidio, Bernie?

Puesto que, en efecto, me había cargado a alguien hacía poco, me volví con toda la despreocupación de la que fui capaz, pero con el corazón desbocado, como si hubiese llegado corriendo desde Unter den Linden.

—Depende de a quién se suponga que me he cargado, señor. Se me ocurren dos o tres personas a las que pondría la mano encima con mucho gusto. Sólo por eso valdría la pena, siempre y cuando supiese que estaban muertos de verdad.

—Agentes de policía, tal vez.

—Ah, eso es mucho decir, señor.

—Veo que sigues siendo el mismo joven cabrón de siempre.

—Sí, señor, aunque ya no tan joven.

—Ven a mi despacho. Tenemos que hablar.

No discutí. Nunca es conveniente discutir con el jefe de la Policía Criminal de Berlín. En 1932, cuando estaba yo en el Alex, Erich Liebermann von Sonnenberg todavía no era más que un director de criminología. Fue el año en que se afilió al Partido Nazi, con lo cual se aseguró el ascenso con ellos a partir de 1933. A pesar de todo, yo lo respetaba por un motivo: siempre había sido un policía eficaz. Y por otro más: era amigo de Otto Trettin, además de coautor de su estúpido libro.

Entramos en su despacho y cerró la puerta.

—No es necesario que te recuerde quién ocupaba este despacho la última vez que estuviste aquí.

Miré alrededor. Habían pintado la habitación y ya no había linóleo en el suelo, sino una moqueta nueva. Había desaparecido de la pared el mapa de las incidencias de las SA contra la violencia roja y, en su lugar, se encontraba una vitrina llena de polillas marrones moteadas, del mismo tono que el pelo de Sonnenberg.

—Bernard Weiss.

—Un buen policía.

—Me alegra oírselo decir, señor, habida cuenta de las circunstancias de su renuncia.

Weiss era judío y lo habían obligado a dejar la policía y a huir de Alemania en 1932.

—Tú también eras un buen policía, Bernie. La diferencia es que probablemente tú podrías haberte quedado.

88

—En aquel momento no me apeteció.

—Bien, ¿qué te trae por aquí?

Le conté lo del muerto del Adlon.

—¿Muerte natural?

—Eso parece. Sería de agradecer que los investigadores que se encarguen del caso ahorren a la viuda algunos detalles de las circunstancias de la muerte de su marido, señor.

—¿Por algún motivo en particular?

—Forma parte de la calidad de los servicios que ofrece el Adlon.

—Como el cambio diario de toallas en las habitaciones con cuarto de baño, ¿no es eso?

—También hay que tener en cuenta el prestigio del hotel. Sería una lástima que la gente empezase a creer que somos la pensión Kitty.

Le hablé de la chica alegre.

—Voy a destinar unos hombres al caso. Inmediatamente. —Levantó el auricular del teléfono, soltó unas órdenes y, mientras esperaba, tapó el micrófono con la mano—. Rust y Brandt —dijo—. Los investigadores de turno.

—No me acuerdo de ellos.

—Les diré que tengan cuidado con los puntos de las íes. —Von Sonnenberg dio unas instrucciones por el micrófono y, cuando hubo terminado, colgó el auricular y me clavó una mirada inquisitoria—. ¿Te parece bien?

—Se lo agradezco, señor.

—Eso está por ver. —Me miró despacio y se recostó en la silla—. Entre tú y yo, Bernie, la mayoría de los investigadores que tenemos en la KRIPO no valen una mierda, Rust y Brandt incluidos. Siguen las reglas al pie de la letra porque no tienen agallas ni experiencia para saber que este trabajo es mucho más que lo que dice el reglamento. Un buen investigador necesita imaginación. Lo malo es que ahora eso parece hasta subversivo e indisciplinado y nadie quiere parecer subversivo. ¿Entiendes lo que digo?

—Sí, señor.

Encendió un cigarrillo rápidamente.

—¿Qué características te parece que debe reunir un buen investigador?

Me encogí de hombros.

—Saber que acierta cuando todos los demás se equivocan —sonreí—, aunque comprendo que tampoco eso encaja bien en estos tiempos. —Vacilé.

—Habla libremente. Aquí sólo estamos tú y yo.

—Perseverancia tenaz. No largarse cuando te lo dicen. Nunca he podido retirarme de una cosa por motivos políticos.

—En tal caso, deduzco que sigues sin ser nazi.

No contesté.

—¿Eres antinazi?

—Ser nazi es seguir a Hitler. Ser antinazi es escuchar lo que dice.

Von Sonnenberg se rió. ·

—Da gusto hablar con alguien como tú, Bernie. Me recuerdas cómo era todo cuando estabas aquí. Los polis llamaban a las cosas por su nombre, eran policías de verdad. Supongo que tienes tus propias fuentes de información.

—Este trabajo no se puede hacer sin pegar el oído a la puerta del baño.

—El problema es que ahora todo el mundo es informador. —Von Sonnenberg sacudió la cabeza con pesadumbre—. Y me refiero a todo el mundo, lo cual significa que hay exceso de información y, cuando por fin se comprueba algún dato, ya es inútil.

—Tenemos el cuerpo de policía que nos merecemos, señor.

—Eres el único a quien se le podría perdonar semejante idea, pero no puedo quedarme sentado de brazos cruzados; no cumpliría con mi trabajo. Durante la República, el cuerpo berlinés de policía tenía fama de ser uno de los mejores del mundo.

—No es eso lo que dicen los nazis, señor.

—No puedo evitar el deterioro, pero puedo detenerlo.

—Me da la sensación de que va a someter mi gratitud a una dura prueba.

—Tengo aquí uno o dos investigadores que, con el tiempo, quizá lleguen a algo.

—Es decir, sin contar a Otto.

Von Sonnenberg volvió a reírse.

—Otto, sí. Bueno, Otto es Otto, ¿verdad?

—Siempre.

—Pero a éstos les falta experiencia, la clase de experiencia que tienes tú. Uno de ellos es Richard Bömer.

—Tampoco lo conozco, señor.

—No, claro, no sería posible. Es el yerno de mi hermana. Se me ha ocurrido que le vendría bien algún que otro consejo amistoso.

—No creo que se me dé bien hacer de tío, señor. No tengo hermanos, pero, si tuviese uno, seguro que las críticas ya habrían acabado con él. El único motivo por el que me quitaron el uniforme y me pusieron traje de paisano fue porque no servía para dirigir el tráfico de Potsdamer Platz. Mis consejos suenan como pegar a alguien en las manos con la regla. Ni siquiera me miro al espejo cuando me afeito, no vaya a ser que me mande a buscar un empleo de verdad.

—Un empleo de verdad, ¿tú? ¿Como qué, por ejemplo?

—He pensado en hacerme detective privado.

—Para eso necesitas un permiso judicial, en cuyo caso, necesitas el visto bueno de la policía. Para esas cosas viene bien que te eche una mano algún policía veterano.

No le faltaba razón; parecía que resistirse no serviría de nada. Me tenía exactamente donde quería, pinchado, como las polillas de la vitrina de la pared.

—De acuerdo. Pero no espere guantes blancos y cubiertos de plata. Si a ese tal Richard no le gustan las salchichas cocidas de Wurst Max, será una pérdida de tiempo para los dos.

—Desde luego. De todos modos, no sería mala idea que os conocieseis en cualquier sitio fuera del Alex, incluidos los bares de los alrededores. Preferiría evitarle reproches de cualquiera por andar en malas compañías.

—Me parece bien, pero no quiero que el yerno de su hermana se presente en el Adlon, con todo el respeto por su hermana y por usted, pero, en general, no les gusta que dé clases en el hotel.

—Claro. Pensemos en un sitio, un lugar neutral. ¿Qué tal Lustgarten?

Asentí.

—Voy a decir a Richard que te lleve el expediente de un par de casos en los que está trabajando. Casos abiertos. Sin pistas ni sospechosos. ¿Quién sabe? Tal vez puedas tú ayudarlo a cerrarlos. Un ahogado en el canal y aquel pobre poli tonto que se dejó matar. A lo mejor lo leíste en el *Beobachter*. August Krichbaum.

11

El Lustgarten, antiguo paisaje natural convertido en jardín, estaba rodeado por el viejo palacio real —al que antaño pertenecía—, el Museo Viejo y la catedral, pero en los últimos años había cumplido únicamente funciones de escenario de desfiles militares y concentraciones políticas. Yo mismo había acudido a una en febrero de 1933, cuando se congregaron allí doscientas mil personas en manifestación contra Hitler. Tal vez por eso, cuando los nazis llegaron al poder, ordenaron pavimentar los jardines y retirar la famosa estatua ecuestre de Federico Guillermo III, para poder celebrar allí desfiles militares y manifestaciones más espectaculares aún en honor del Guía.

Al llegar al enorme espacio vacío me di cuenta de que se me había olvidado dónde estaba la estatua y tuve que hacer un esfuerzo por recordar su antigua ubicación, para ir allí y dar media oportunidad de encontrarme al *Kriminalinspector* Richard Bömer, con quien había quedado por mediación de Liebermann von Sonnenberg.

Lo vi yo antes que él a mí: un hombre más bien alto que rozaba los treinta años, de pelo claro, con una cartera bajo el brazo, traje gris y un par de lustrosas botas negras que podían haberle hecho a medida en la escuela de policía de Havel. Alrededor de la gruesa boca, que parecía dispuesta a sonreír, se notaban profundas arrugas de las que se marcan con la risa. Tenía la nariz ligeramente torcida y una gruesa cicatriz en una ceja que parecía un puentecillo sobre un río dorado. Salvo por las orejas, que no tenían marcas de nada, parecía un joven y prometedor peso ligero que se hubiese olvidado de quitarse el protector de la boca. Al verme se acercó sin prisa.

—Hola.

—¿Es usted Gunther?

Señaló en dirección sureste, hacia el palacio.

—Creo que estaba mirando hacia allí. Me refiero a Federico Guillermo III.

—¿Estás seguro?

—Sí.

—Bien. Me gustan los hombres que se aferran a sus opiniones.

Se volvió señalando hacia el oeste.

—Lo trasladaron allí, detrás de aquellos árboles, que es donde llevaba diez minutos esperándolo. De pronto se me ocurrió que tal vez lo ignorase usted y, entonces, decidí venir aquí.

—¿A quién se le puede ocurrir que se mueva un caballo de granito?

—A algún sitio tendrán que ir, digo yo.

—Eso es cuestión de opiniones. Vamos a sentarnos. Un poli nunca se queda de pie, si puede sentarse.

Fuimos andando hasta el Museo Viejo y nos sentamos en las escaleras, ante una larga fachada de columnas jónicas.

—Me gusta venir aquí —dijo—. Me recuerda lo que éramos y lo que volveremos a ser.

Lo miré inexpresivamente.

—Historia de Alemania, ya sabe —dijo.

—La historia de Alemania se reduce a una serie de bigotes ridículos —dije.

Bömer esbozó una sonrisa tímida y torcida de niño pequeño.

—Eso le haría mucha gracia a mi tío —dijo.

—Supongo que no te refieres a Liebermann von Sonnenberg.

—Ése es tío de mi mujer.

—Como si no bastara con tener al jefe de la KRIPO en el rincón esperándote con la esponja. A ver, ¿quién es ese tío tuyo? ¿Hermann Goering?

—Sólo quiero trabajar en Homicidios —dijo, avergonzado— y ser un buen policía.

—He aprendido una cosa respecto a ser buen policía: no compensa tanto como ser malo. ¿Quién es tu tío?

—¿Es importante?

—Sólo porque Liebermann me ha pedido que lo sea yo, por decirlo de alguna manera, y resulta que soy celoso. Si tienes otro tío tan importante como yo, quiero saberlo. Por otra parte, soy curioso y por eso me hice detective.

—Está en el Ministerio de Propaganda.

—No te pareces a Joey el Cojo, conque debes de referirte a otra persona.

—Bömer, el doctor Karl Bömer.

—Por lo visto, últimamente hace falta un doctorado para mentir a la gente.

Sonrió otra vez.

—Lo hace adrede, ¿verdad? Porque sabe que estoy afiliado al Partido.

—Como todo el mundo.

—Usted no.

—No he encontrado el momento, no sé por qué. Cada vez que iba a inscribirme, había una cola inmensa en la sede.

—Debería decirle una cosa: la masa protege.

—No, no protege. Estuve en las trincheras, mi joven amigo. Es tan fácil liquidar a un batallón como a un solo hombre y eran los generales quienes se aseguraban de ello, no los judíos. Ellos son quienes nos apuñalan por la espalda.

—El jefe me ha dicho que procure no hablar de política con usted, Gunther.

—Esto no es política, es historia. ¿Quieres saber la verdad sobre la historia de Alemania? Pues no hay verdad que valga en la historia de este país. Como la mía en el Alex. Nada de lo que hayas oído sobre mí es cierto.

—El jefe dijo que era usted un buen detective. Uno de los mejores.

—Aparte de eso.

—Dice que fue usted quien detuvo a Gormann, el estrangulador.

—Si hubiera sido difícil, el jefe me habría sacado en su libro. ¿Lo has leído?

Asintió.

—¿Qué te pareció?

—Estaba escrito para policías.

—Te has equivocado de trabajo, Richard. Deberías ingresar en el cuerpo diplomático. Es un libro pésimo, no cuenta nada de lo que es la profesión de investigador. Aunque yo tampoco puedo contarte gran cosa, salvo, quizá, lo siguiente: un policía se da cuenta enseguida de si un hombre miente; lo verdaderamente difícil es saber cuándo dice la verdad. O tal vez esto otro: un policía es un hombre como otro cualquiera, pero un poco menos tonto que un delincuente.

—¿Y sus métodos de investigación? ¿No podría contarme algo de eso?

—Mi método se parecía un poco a lo que decía el capitán general Von Moltke sobre el plan de batalla: no sobrevive al contacto con el enemigo. La gente es otra cosa, Richard, y se entiende que el homicidio también. Quizá si me hablases de algún caso en el que estés trabajando ahora... o, mejor aún: si has traído el expediente, le echaría un vistazo y te diría lo que pienso. El jefe se refirió a un caso abierto, sin pistas ni sospechosos. La muerte del policía. August Krichbaum, ¿no es eso? Quizá pudiera darte alguna indicación.

—Algo se ha avanzado —dijo Bömer—. Parece ser que puede haber una pista.

Me mordí el labio.

—¡Ah! ¿De qué se trata?

—A Krichbaum lo mataron enfrente del hotel Deutsches Kaiser, ¿verdad? Según el forense, lo golpearon en los intestinos.

—Tuvo que ser un golpe tremendo.

—Sí, claro, si no estás preparado, sí. El caso es que el portero del hotel vio al principal sospechoso. No es que se fijase mucho, pero es ex policía. Además, ha visto fotografías de todos los delincuentes de Berlín, pero no ha habido suerte. Desde entonces, no ha parado de devanarse los sesos y ahora asegura que el tipo que golpeó a Krichbaum podría ser otro policía.

—¿Policía? Bromeas.

—No, no. Le están enseñando todas las fichas personales de todo el cuerpo de policía de Berlín, las antiguas y las de ahora. En cuanto se decida por alguien, cogerán al tipo, seguro.

—Bueno, es un alivio.

Encendí un cigarrillo e, incómodo, me froté el cuello como si ya me lo rozase el filo del hacha que cae. Dicen que lo único que se nota es un tajo afilado, como un pellizco furioso de la maquinilla eléctrica de la barbería. Tardé unos momentos en recordar que, según la descripción del portero, el sospechoso tenía bigote. Y tardé otro poco más en recordar que en la fotografía de mi ficha personal de la policía yo tenía bigote. ¿Así le sería más fácil o más difícil identificarme? No estaba seguro. Respiré hondo y se me fue un poco la cabeza.

—Pero he traído el expediente de otro caso en el que estoy trabajando —dijo Bömer al tiempo que abría su cartera de piel.

—¡Bien! —dije sin entusiasmo—. ¡Qué bien!

Me pasó una carpeta de color pajizo.

—Hace unos días apareció un cadáver flotando en el Mühlendamm Lock.

—Landwehr Top —dije.

—¿Cómo dice?

—No, nada. Entonces, ¿por qué no se ha encargado del caso el departamento de Mühlendamm?

—Porque hay cierto misterio en la identidad del hombre y en la causa de la muerte. El hombre se ahogó, pero el cuerpo estaba lleno de agua marina, ¿comprende? Por lo tanto, no pudo haberse ahogado en el río Spree. —Me enseñó unas fotografías—. Además, como ve, intentaron hundir el cadáver. Seguramente el peso se soltó de la cuerda que le ataron a los tobillos.

—¿Qué profundidad hay allí? —pregunté mientras pasaba las fotografías que habían tomado en el lugar de los hechos y en el depósito.

—Unos nueve metros.

Lo que veía era el cuerpo de un hombre de cincuenta y pico años. Corpulento, rubio y típicamente ario, salvo por el detalle de que le habían hecho una fotografía del pene y lo tenía circuncidado. Eso era un poco raro entre los alemanes.

—Como puede ver, es posible que fuese judío —dijo Bömer—, aunque, a juzgar por todo lo demás, nadie lo diría.

—Hoy en día lo es quien menos te lo esperas.

—Quiero decir que más bien parece un ario típico, ¿no cree?

—Claro, como los de los carteles de las SA.

—Bien, esperemos que así sea.

—¿A qué te refieres?

—A lo siguiente: si resulta que es alemán, evidentemente nos gustaría descubrir todo lo posible, pero si resulta que es judío, tengo órdenes de no molestarme en investigar. Se entiende que estas cosas pueden ocurrir en Berlín y no se debe perder tiempo de horario laboral en investigarlas.

Me quedé pegado por la calma con que lo dijo, como si fuese el criterio más natural del mundo. No dije nada. No tenía obligación. Seguí mirando las fotografías del muerto, pero no dejaba de pensar en mi cuello.

—Nariz rota, orejas de coliflor, manos grandes. —Tiré el cigarrillo y procuré concentrarme en lo que estaba mirando, aunque sólo fuese por olvidar un rato la muerte de August Krichbaum—. Este tipo no era un niño de coro. Es posible que fuese judío, a fin de cuentas. Interesante.

—¿Qué?

—Esa marca triangular del pecho. ¿Qué es? ¿Un moretón? El

informe no lo dice, lo cual es un descuido. En mi época no pasaba esto. Seguro que el cadáver me diría mucho más. ¿Dónde se encuentra ahora?

—En el hospital Charité.

De pronto se me ocurrió que ir a ver al Landwehr Top de Bömer era la mejor manera de olvidarme de August Krichbaum.

—¿Tienes coche?

—Sí.

—Vamos a echarle un vistazo. Si allí nos preguntan qué hacemos, estás ayudándome a buscar a mi hermano, que se encuentra en paradero desconocido.

Nos dirigimos al noroeste en un Butz descapotable. Llevaba un remolque de dos ruedas, casi como si tuviese intención de irse de acampada cuando terminase conmigo. No me equivoqué mucho.

—Dirijo una tropa de juventudes hitlerianas, de niños entre diez y catorce años —dijo—. Salimos de acampada el pasado fin de semana, por eso llevo el remolque enganchado al coche todavía.

—Espero de todo corazón que se hayan quedado allí.

—Adelante, ríase. En el Alex se ríe todo el mundo, pero resulta que yo creo en el futuro de Alemania.

—Y yo también, por eso espero que los hayas encerrado. Me refiero a los miembros de tu tropa juvenil. ¡Pandilla de enanos brutos y repugnantes! El otro día vi a unos cuantos jugando al balón prisionero con un viejo sombrero judío. De todos modos, supongo que es mejor olvidarlo. Quiero decir que es comprensible que en Berlín pasen estas cosas.

—Personalmente, no tengo nada en contra de los judíos.

—Pero... Siempre hay un pero detrás de ese sentimiento en particular. Es como un estúpido remolque pequeño enganchado a un coche.

—Pero sí creo que nuestra nación se había debilitado y estaba

99

degenerando y que la mejor manera de cambiar esa tendencia consiste en hacer que ser alemán parezca muy importante. Para conseguirlo, debemos convertirnos en algo especial, en una raza aparte. Tenemos que llegar a parecer exclusivamente alemanes, incluso hasta el extremo de decir que no es bueno ser primero judío y después alemán. No hay sitio para nada más.

—Tal como lo cuentas, parece muy divertido ir de acampada, Bömer. ¿Es eso lo que cuentas a los chicos alrededor de la hoguera? Ahora entiendo la utilidad del remolque. Supongo que estará lleno de literatura degenerada para alimentar la hoguera.

Sonrió y sacudió la cabeza.

—¡Dios! ¿Hablaba así cuando era investigador en el Alex?

—No. En aquel entonces todavía podíamos decir lo que nos venía en gana.

Se rió.

—Lo único que intento es explicar por qué me parece necesario el gobierno que tenemos ahora.

—Richard, cuando los alemanes esperan que el gobierno arregle las cosas, estamos jodidos de verdad. En mi opinión, somos un pueblo fácil de gobernar. Basta con promulgar una ley nueva todos los años que diga: «Haced lo que os manden».

Cruzamos Karlsplatz y llegamos a Luisenstrasse pasando por el monumento a Rudolf Virchow, el llamado padre de la patología y uno de los primeros abogados de la pureza racial, seguramente la única razón para no haber retirado de allí su estatua. Al lado del hospital Charité se encontraba el Instituto de Patología. Aparcamos y entramos.

Un interno pelirrojo que llevaba chaqueta blanca nos acompañó al antiguo depósito, donde un hombre armado con un fumigador manual y un producto acre despachaba los últimos restos de insectos veraniegos que quedaban. Me pregunté si el producto funcionaría con los nazis. El hombre del fumigador nos llevó a la cámara frigorífica, aunque, a juzgar por el olor, no estaba suficientemente fría.

Echó insecticida al aire y nos dio un paseo alrededor de doce cadáveres tapados con sábanas y tumbados en planchas que parecían un pueblo de tiendas de campaña, hasta que encontramos el que queríamos ver.

Saqué el tabaco y ofrecí un cigarrillo a Bömer.

—No fumo.

—Lástima. Todavía hay mucha gente que cree que en la guerra fumábamos todos para tranquilizarnos, pero casi siempre era por contrarrestar el olor de los muertos. Deberías aficionarte al tabaco, y no sólo para paliar situaciones malolientes como ésta. Fumar es esencial para un detective. Nos ayuda a convencernos de que estamos haciendo algo, aunque en realidad no hagamos gran cosa. Cuando seas investigador, ya verás con cuánta frecuencia no ocurre casi nada.

Retiré la sábana y miré detenidamente el cadáver de un hombre de la talla del hermano mayor de Schmeling y del color de la masa cruda del pan. Casi parecía que fueran a recogerlo con una pala para meterlo a cocer y devolverlo a la vida. La piel de la cara tenía el aspecto de una mano que ha estado demasiado tiempo en el agua del baño: arrugada como un albaricoque seco. No lo habría reconocido ni su oculista. Y lo que es peor, el forense había trabajado con él. Una cicatriz rudamente cosida, que parecía un tramo de vía férrea de juguete, le cruzaba el cuerpo desde la barbilla hasta el vello púbico. La cicatriz pasaba por el centro de la marca triangular del ancho pecho del hombre. Me quité el cigarrillo de la boca y me agaché a verlo más de cerca.

—No es un tatuaje —dije—. Es una quemadura. Se parece un poco a la punta de una plancha, ¿no te parece?

Bömer asintió.

—¿Tortura?

—¿Tiene otras parecidas en la espalda?

—No lo sé.

Lo agarré por el ancho hombro.

—Vamos a moverlo un poco. Sujétalo tú por la cadera y las piernas. Yo lo giro, lo levantamos hacia nosotros y echo un vistazo desde aquí.

Fue como mover un saco de arena. En la espalda no tenía nada más que un poco de vello lacio y una marca de nacimiento, pero mientras sujetábamos el cadáver contra nuestro abdomen, Bömer se incomodó y soltó un taco.

—¿Demasiado para ti, Richard?

—Acaba de gotearle algo de la polla y me ha manchado la camisa —dijo y rápidamente se apartó un poco; horrorizado, se quedó mirando una gran herida amarillenta y marrón que tenía en el centro del estómago—. Mierda.

—Casi, pero no exactamente.

—Esta camisa era nueva. ¿Qué voy a hacer ahora? —Se separó la tela del estómago y suspiró.

—¿No llevas una marrón en el remolque? —bromeé.

Bömer pareció aliviado.

—Sí, llevo una.

—Entonces, calla y atiende: a este amigo nuestro no lo torturaron, de eso estoy completamente seguro. Si hubieran querido quemarlo con una plancha caliente y hacerle daño, se la habrían aplicado más de una vez.

—Entonces, ¿para qué?

Le levanté una mano y le cerré el puño, más grande que el depósito de una motocicleta pequeña.

—Fíjate en el tamaño de estas zarpas, en la cicatriz de los nudillos, y sobre todo aquí, en la base de los meñiques. ¿Y ves este bulto?

Enseñé a Bömer el bulto que daba la vuelta a la mano hasta justo debajo del nudillo del meñique. Después, le solté esa mano y le levanté la otra, la derecha.

—Aquí está incluso más pronunciado. Es una fractura común entre los boxeadores. Añadiría que este tipo era zurdo, lo cual elimina a unos cuantos, aunque hacía tiempo que no boxeaba. ¿Ves lo sucias que tiene las uñas? Eso no se lo permite ningún boxeador. Lo malo es que el forense no se las limpió, cosa que ningún detective debe permitir. Si el matasanos de turno no hace su trabajo, tienes que guiarlo por el buen camino.

Saqué mi navaja y un sobre del Adlon, en el que llevaba la carta de renuncia de Muller, y rasqué la suciedad de las uñas.

—No sé qué van a revelarnos unas migajas de porquería —dijo Bömer.

—Seguramente nada, pero las pruebas no suelen presentarse en tamaño grande y casi siempre son porquería. No lo olvides. Ahora, lo único que me falta por mirar es la ropa. Necesito un microscopio, será sólo unos minutos. —Eché un vistazo alrededor—. Según recuerdo, en esta planta había un laboratorio.

—Ahí —dijo, señalando con el dedo.

Mientras Bömer iba a buscar la ropa del difunto, yo puse el contenido de las uñas en un plato de Petri y dediqué un rato a observarlo al microscopio. No era yo científico ni geólogo, pero sabía distinguir el oro a primera vista. Se trataba sólo de una partícula diminuta, pero suficiente para reflejar la luz y llamarme la atención y, cuando Bömer entró en el laboratorio con una caja de cartón, aunque sabía lo que iba a decirme, le tomé la delantera y le conté lo que había encontrado.

—Conque oro, ¿eh? ¿Sería joyero? Eso también podría ser una prueba de que este hombre era judío.

—Richard, ya te he dicho que era boxeador. Lo más fácil es que estuviese trabajando en la construcción. Eso justificaría la suciedad de las uñas.

—¿Y el oro?

—En general y aparte de los orfebres, el mejor sitio para buscar oro es entre la porquería.

Abrí la caja de cartón y me encontré con ropa de obrero. Un par de botas recias, un cinturón de cuero duro y una gorra de piel. Me interesó más la camisa de franela —un modelo corriente—, porque no tenía botones, pero sí unos pequeños desgarrones en su lugar.

—A este hombre le desabrocharon la camisa muy deprisa —dije—. Seguramente, después de que se le parase el corazón. Parece que hubiesen intentado devolverlo a la vida después de que se ahogara. Eso explicaría lo de los botones. Se la abrieron sin pérdida de tiempo para intentar reanimarle el corazón. Con una plancha caliente. Es un viejo truco de entrenador de boxeo, relacionado con el calor y la impresión, me parece. El caso es que justifica la quemadura.

—Entonces, ¿cree que primero lo tiraron al agua y luego intentaron reanimarlo?

—Pues, en el Spree no fue, según me has dicho tú. Se ahogó en otra parte. Fue entonces cuando intentaron reanimarlo y, a continuación, lo tiraron al río. Los hechos sucedieron en ese orden; todavía no tengo los porqués, pero todo se andará.

—Interesante.

Miré la chaqueta del hombre. Era barata, de pana, de C&A; le habían descosido el forro y luego lo habían cosido otra vez. Al apretar la tela correspondiente al bolsillo superior, noté que arrugaba algo. Saqué la navaja otra vez, corté unas cuantas puntadas del forro y saqué un papel doblado. Lo desdoblé con cuidado en el banco de al lado del microscopio: era una tira del tamaño de una regla escolar. Como había estado bajo las aguas del río Spree, lo que allí hubiese escrito había desaparecido sin dejar rastro. El papel estaba en blanco, pero su significado no dejaba lugar a dudas.

Bömer se había quedado tan en blanco como el papel.

—¿Estarían ahí escritos su nombre y su dirección?

—Tal vez, si hubiese sido un niño de diez años y a su madre le preocupase que se perdiera.

—Entonces, ¿qué quiere decir?

—Quiere decir que acabamos de confirmar tu primera sospecha. Creo que esta tira de papel era probablemente un fragmento de la Torá.

—¿La qué?

—No me extrañaría nada que Dios fuese alemán. Por lo visto, le gusta que lo adoren, da mandamientos al pueblo de diez en diez e incluso ha escrito su propio libro inescrutable. Sin embargo, este hombre adoraba a otro Dios, el de los hebreos. A veces, los judíos se cosen en la ropa, cerca del corazón, un fragmento de la palabra de Dios. Sí, Richard, en efecto: este hombre era judío.

—¡Mierda! ¡Me cago en todo!

—Lo dices en serio, ¿verdad?

—Ya se lo he dicho, Gunther. El jefe jamás me dará autorización para investigar la muerte de un judío. ¡Maldita sea! Pensaba que era mi oportunidad de demostrar lo que valgo. ¡Llevar una verdadera investigación de homicidio! ¿Entiende?

No dije nada. No porque me hubiese quedado sin palabras, sino porque en realidad no me apetecía soltar un discurso. ¿De qué habría servido?

—Yo no dicto la política de la policía, Gunther —dijo Bömer—; no lo hace ni Liebermann von Sonnenberg. Si quiere que le diga la verdad, la política viene de arriba, del Ministerio del Interior. De Frick, y a él se la dicta Goering, quien, a su vez, probablemente la recibe de...

—Del mismísimo diablo.

De pronto me entraron unos deseos irrefrenables de no tener nada que ver con Richard Bömer y su vertiginosa ambición forense. Además, acababa de constatar como nunca hasta entonces que ser policía había cambiado mucho más de lo que sospechaba. Ni aunque lo deseara podría volver jamás al Alex.

—Supongo que habrá otros crímenes, Richard. A decir verdad, estoy seguro. Al menos en ese aspecto, te puedes fiar de los nazis.

—No lo entiende. Quiero ser investigador, como lo fue usted, Gunther, pero los estados policiales son malos para la delincuencia y para los delincuentes, porque ahora en Alemania todo el mundo es policía... o lo será muy pronto.

Dio un puntapié al banco de trabajo del laboratorio y soltó otro taco.

—Richard, casi me das lástima. —Recogí el expediente del muerto y se lo tendí—. En fin, no puedo decir que no haya sido divertido. Echo de menos mi trabajo e incluso a mis clientes. ¿Te lo puedes creer? Pero, a partir de ahora, voy a echarlo de menos tanto como el Lustgarten, es decir, nada en absoluto. Cuando aparece un muerto, sea quien sea, se investiga. Se investiga porque es lo que hay que hacer en una sociedad decorosa. De lo contrario, si se dice que la muerte de una persona no vale ni la esquela, tampoco vale la pena dedicarse a ese trabajo. Ya no.

Volví a tenderle el expediente, pero se quedó mirándolo como si no lo viese.

—Vamos —dije—, coge esto. Es tuyo.

Pero los dos sabíamos que no.

Hizo caso omiso, dio media vuelta y salió del laboratorio y del Instituto de Patología, aunque eso no lo vi.

Unos meses después Erich Liebermann von Sonnenberg me dijo que Richard Bömer había dejado la KRIPO y se había pasado a las SS. En esa época, parecía la mejor carrera.

12

—Los dos agentes de la KRIPO fueron muy amables —me dijo Georg Behlert—. Frau Adlon no puede estar más agradecida por la forma en que ha llevado usted este asunto. Excelente. Enhorabuena.

Estábamos sentados en su despacho, contemplando el Jardín Goethe. Al otro lado de las puertas abiertas del adyacente Patio Palm un trío de pianos se esforzaba en prescindir de la presencia de una estatua de Hércules que parecía imponer algo más vigoroso que una selección de Mozart y Schubert. Me identifiqué un poco con Hércules cuando volvía a Micenas después de haber hecho un trabajo inútil.

—Es posible —dije—, pero me parece que no fue muy acertado mezclarme tanto en el asunto. Tenía que haber dejado que lo hiciesen ellos solos. Podía haber pensado que sacarían algún provecho.

Behlert me miró sin comprender.

—¿Qué provecho? ¿No se referirá a...?

—No, del hotel, no —añadí—. De mí.

Sólo por ver la expresión de horror de su lisa y lustrosa cara, le conté lo de Liebermann von Sonnenberg y el muerto del hospital Charité.

—La próxima vez —dije—, si la hay, procuraré no meterme en la investigación policial. Fue una ingenuidad por mi parte pensar que podía. Y, total, ¿por qué? Por un tipo gordo de la habitación dos diez al que ni siquiera conocía. ¿Por qué había de preocuparme su mujer? Quizás ella lo odiase y, si no, desde luego se lo había ganado. Se habría llevado su merecido si, al dar la noticia a la viuda, los policías hubieran metido la pata y herido sus sentimientos. ¡Que hubiese pensado en ella, cuando empezó a tontear con una chica alegre berlinesa!

—Pero lo hizo usted por la reputación del Adlon —dijo Behlert, como si no hiciese falta más justificación.

—Sí, supongo que sí.

Se había puesto de pie; abrió una licorera de la priva buena y sirvió dos vasitos como dedales.

—Tenga, tome esto. Parece que le hace falta.

—Gracias, Georg.

—¿Qué le va a pasar ahora?

—¿A Rubusch?

—No, me refiero al pobre hombre del depósito.

—¿De verdad quiere saberlo?

Asintió.

—Lo que suele suceder con los cadáveres no identificados es que se los llevan al instituto de anatomía de la universidad y les sueltan a los estudiantes.

—Pero supongamos que en la investigación se descubre su verdadera identidad.

—No me he explicado bien, ¿verdad? No va a haber investigación. Es decir, puesto que he demostrado su origen judío, no habrá investigación. La policía de Berlín no quiere saber nada de cadáveres de judíos, puesto que se consideraría un uso indebido del tiempo y los recursos policiales. Lejos de sancionar al criminal (si es que fue un crimen, porque tampoco estoy tan seguro), lo más fácil es que la policía lo felicite.

Behlert apuró su vaso de excelente *schnapps* y sacudió la cabeza con incredulidad.

—No me lo invento —dije—. Sé que parece increíble, pero es la pura verdad. Con la mano en el corazón.

—Le creo, Bernie, le creo. —Suspiró—. Acaba de regresar de Bavaria uno de nuestros clientes. Es un judío británico, de Manchester.

Parece ser que vio una señal de tráfico que decía, más o menos: CUR-VA PELIGROSA, LÍMITE DE VELOCIDAD, 50. JUDÍOS: ACELEREN. ¿Qué podía decirle? Pues que seguramente sería una broma de mal gusto, aunque yo sabía que no. En Jena, mi pueblo, también hay una señal parecida a la puerta del planetario Zeiss, en la que viene a decir que la nueva tierra prometida de los judíos está en Marte. Lo peor es que lo dicen en serio. Algunos clientes han empezado a comentar que no piensan volver a Alemania porque hemos perdido la consideración que nos caracterizaba. No salvan ni a Berlín.

—Hoy en día, el alemán considerado es el que no llama a la puerta de tu casa a primera hora de la mañana para que no pienses que es la Gestapo.

Le di la carta de renuncia de Muller al puesto de detective del Adlon. La leyó y la dejó en el escritorio.

—No puedo decir que me extrañe ni que lo sienta. Hace un tiempo que sospecho de ese hombre. Naturalmente, eso le acarreará a usted más trabajo, al menos hasta que encontremos sustituto. Por eso voy a subirle el sueldo. ¿Qué tal le suenan diez marcos más a la semana?

—No es Händel, pero me gusta.

—Me alegro. Quizás encuentre usted un sustituto. Al fin y al cabo, nos ayudó mucho con Fräulein Bauer. La taquimecanógrafa, ¿recuerda? Está trabajando mucho con Herr Reles, el de la uno catorce. Por lo visto, está muy contento con ella.

—Me alegro.

—¿No conoce a alguien? Un ex policía como usted, de confianza, discreto e inteligente.

Asentí con lentitud y bebí el trago.

Me dio la impresión de que Georg Behlert creía conocerme, al contrario que yo, que no lo creía en absoluto. Ya no, menos aún desde la visita a Otto Schuchardt en el Negociado de Asuntos Judíos de la sede de la Gestapo.

Puede que fuese el momento de hacer algo al respecto.

Cogí el tranvía número 10 hacia el oeste, cruzamos Invalidenstrasse hasta Moabit Viejo y dejamos atrás los juzgados penales y la cárcel. Al lado de la lechería Bolle —de la que salía un fuerte olor a estiércol de caballo que se extendía por la calle en dirección al puente Lessing— había unos pisos ruinosos. Era un barrio de mala muerte; hasta los indigentes de la calle parecían trastos tirados a la basura.

Emil Linthe vivía en el último piso; por la ventana abierta del rellano se oía el ruido de la fábrica de herramientas mecánicas de Huttenstrasse. Durante la Gran Depresión, la fábrica había cerrado sus puertas casi un año, pero, desde la llegada de los nazis al gobierno, la actividad era constante. Tres únicos golpes de hierro se repetían una y otra vez, como un vals dirigido por Thor, el dios del trueno.

Llamé a la puerta y, al cabo de un momento, se abrió y vi a un hombre alto y delgado de treinta y pico años, con mucho pelo levantado por delante y prácticamente calvo por detrás. Parecía una tumbona puesta en la coronilla de una persona.

—¿Llega uno a acostumbrarse a ese ruido? —pregunté.

—¿Qué ruido?

—Sí, ya lo veo. ¿Emil Linthe?

—Se ha ido de vacaciones a la isla de Rügen.

Tenía los dedos manchados de tinta; suficiente para hacerme sospechar que, en realidad, estaba hablando con el hombre a quien buscaba.

—Me he equivocado —dije—. Es posible que ahora te llames de otra forma. Otto Trettin me dijo que podías ser Maier o tal vez Schmidt, Walter Schmidt.

El personaje de Linthe se desinfló como un globo.

—Un poli.

—Tranquilo, no he venido a retorcerte las muñecas, sino por negocios. De los tuyos.

—¿Y por qué iba yo a hacer negocios con un pasma de Berlín?

—Porque Otto todavía no ha encontrado tu expediente, Emil, y porque no quieres darle motivos para que empiece a buscarlo otra vez, en cuyo caso podrías volver al Puñetazo. Eso lo dice él, no yo, pero soy como un hermano, para ese hombre.

—Siempre he creído que los polis mataban a sus hermanos en la cuna.

—Invítame a entrar. Sé buen chico. Aquí fuera hay mucho ruido y no querrás que levante la voz, ¿verdad?

Emil Linthe se hizo a un lado. Al mismo tiempo se subió los tirantes y cogió un cigarrillo encendido que había dejado en un cenicero, en una repisa, del otro lado de la puerta. Entré, cerró y rápidamente echó a andar por el pasillo delante de mí para cerrar la puerta de la sala de estar, pero no pudo evitar que viese algo que me pareció una imprenta. Fuimos a la cocina.

—Ya te lo he dicho, Emil. No he venido a retorcerte las muñecas.

—El mismo perro con otro collar.

—Ahora que lo dices, eso es exactamente de lo que quería hablar contigo. Tengo entendido que sabes hacerlo a cambio de la debida suma. Quiero que me proporciones lo que Otto Trettin llama una transfusión aria.

Le conté el problema de mi abuela. Él sonrió y sacudió la cabeza.

—Me da risa toda esa gente que se subió al tren nazi —dijo— y ahora vuelve corriendo por el pasillo, buscando la estación de origen.

Podría haberle dicho que yo no era de ésos. Podría haber reconocido que ya no era poli, pero no quise darle ninguna posibilidad de chantajearme. A fin de cuentas, Linthe era un maleante y yo debía seguir con la fusta en la mano; de lo contrario podría perder el control del caballo en el que pensaba cabalgar todo el tiempo que fuese necesario.

—Todos los nazis sois iguales. —Volvió a reírse—. ¡Hipócritas!

—No soy nazi, soy alemán, que no es lo mismo. Un alemán es un hombre que consigue superar sus peores prejuicios; un nazi los convierte en leyes.

Pero estaba tan ocupado riéndose que no me oyó.

—No tenía intención de hacerte reír, Emil.

111

—Me río a pesar de todo. Es bastante divertido.

Lo agarré por los tirantes y tiré de ellos en sentidos opuestos, de modo que, medio estrangulándolo, lo empujé bruscamente contra la pared de la cocina. Por la ventana, al norte de Moabit, se distinguía la silueta de la cárcel Plotzensee, en la que hacía poco Otto había visto el hacha que cae en acción. Eso me recordó que debía tratar a Emil Linthe con suavidad, pero no demasiada.

—¿Me río yo? —le di dos bofetones seguidos—. ¿Me estoy riendo?

—No —gritó de mal humor.

—A lo mejor crees que tu expediente se ha perdido de verdad, Emil. A lo mejor conviene que te recuerde que no. Eres un conocido colaborador de Mano a Mano, un círculo de delincuentes muy peligrosos, y también de Salomon Smolianoff, un falsificador que está cumpliendo tres años en prisión en Holanda por falsificación de billetes británicos, los mismos que pasaste tú por el mismo delito; por eso ahora te dedicas a una especialidad más provechosa: falsificar documentos. Claro que, si volvieran a pillarte falsificando dinero, tirarían la llave. Y así será, Emil, así será, te lo aseguro; porque, si no me ayudas, me voy a ir directo al *Praesidium* de Charlottenburg, a contarles que he visto una imprenta en tu sala de estar. ¿Qué es, de rodillo?

Lo solté.

—Verás, soy un hombre justo. Te ofrecería dinero, pero, ¿de qué serviría? Seguro que en diez minutos puedes imprimir más del que pueda ganar yo en diez años.

Emil Linthe sonrió avergonzado.

—¿Sabes algo de imprentas?

—En realidad, no; pero si veo una, sé lo que es.

—Pues es una Kluge. Mejor que las de rodillo. La Kluge es la mejor para cualquier clase de trabajo, incluidos el troquelado, la serigrafía y el gofrado. —Encendió un cigarrillo—. Mira, no he dicho que no vaya a ayudarte. A los amigos de Otto, siempre. Sólo he dicho que me parecía divertido, nada más.

—A mí, no, Emil. A mí, no.

—Pues, en ese caso, estás de suerte. Resulta que sé muy bien lo que hago, no como muchos otros a quienes Otto podría haberte recomendado. Dices que tu abuela materna... ¿cuál es su apellido?

—Adler.

—Bien. ¿Era judía de nacimiento, pero la educaron en el catolicismo?

—Sí.

—¿En qué parroquia?

—Neukölln.

—Tendré que arreglarlo en el registro de la iglesia y en el del ayuntamiento. Neukölln está bien. Allí hay muchos agentes que eran antiguos rojillos y se dejan corromper con facilidad. Si fuesen más de dos abuelos, seguro que no podría ayudarte, pero uno solo es relativamente sencillo, cuando se sabe lo que se hace, como en mi caso. Aunque necesito partidas de nacimiento y certificados de defunción, todo lo que tengas.

Le di un sobre que llevaba en el bolso del abrigo.

—Lo mejor será que lo rehaga todo desde el principio, que arregle todos los registros.

—¿Cuánto me va a costar?

Linthe sacudió la cabeza.

—Como bien has dicho, en diez minutos puedo imprimir más de lo que ganas tú en un año, conque lo consideraremos un favor que os hago a Otto y a ti, ¿de acuerdo? —Sacudió la cabeza—. No es difícil. Adler se convierte en Kugler, Ebner, Fendler, Kepler o Muller con toda facilidad, ¿entiendes?

—Muller, no —dije.

—Es un buen apellido alemán.

—No me gusta.

—De acuerdo y, para hacer las cosas un poco más plausibles, convertiremos a la abuela en bisabuela. Ponemos la herencia judía una generación más atrás y, de ese modo, ya no tiene importancia. Cuando haya terminado, parecerás más alemán que el Káiser.

—Era medio inglés, ¿no? Nieto de la reina Victoria.

—Cierto, pero ella era medio alemana, igual que su madre, la del Káiser, digo. —Sacudió la cabeza—. Nadie es nada al cien por cien. Por eso el párrafo ario es tan estúpido. Todos tenemos mezclas: tú, yo, el Káiser y Hitler. Hitler sobre todo, no me extrañaría. Dicen que tiene una cuarta parte judía. ¿Qué opinas de eso?

—A lo mejor resulta que, al final, tenemos algo en común.

Deseé a Hitler, por su bien, que tuviese alguna amistad en el Negociado de Asuntos Judíos de la Gestapo, como yo.

13

Hedda Adlon también tenía amistades, pero de las que sólo se encuentran en el Paraíso. Se llamaba Mistress Noreen Charalambides, hacía un par de días que me la habían presentado y ya había asignado su cara, su trasero, sus pantorrillas y su pecho a un espacio de la petaca de mi memoria fáustica hasta entonces reservado a Elena de Troya. Mi deber consistía en no quitar ojo a los clientes y cada vez que veía a Mistress Charalambides por los aledaños del hotel le ponía los ocho encima con la esperanza de que rozase el hilo de seda que señalaba el límite de mi sombrío mundo de araña. No es que me hubiera propuesto jamás «confraternizar» con un cliente, por llamarlo de alguna manera. Hedda Adlon y Georg Behlert lo llamaban así, pero nada más lejos de mi intención para con Noreen Charalambides que confraternizar fraternalmente. Llámese como se llame, esa clase de asuntos no estaban bien vistos en el hotel, aunque, como es natural, sucedían: había varias camareras dispuestas a transigir por un precio justo. Cuando Erich von Stroheim o Emil Jannings se encontraban en el hotel, el jefe de recepcionistas siempre procuraba que los atendiese una camarera bastante mayor llamada Bella. Sin embargo, Stroheim no le hacía ascos a nada. Le gustaban jóvenes, pero también mayores.

Parecerá ridículo y sin duda lo es —el amor es ridículo, por eso es tan divertido—, pero creo que me enamoré un poco de Noreen Charalambides incluso antes de que me la presentaran, como las niñas que llevan en la cartera del colegio una postal Ross de Max Hansen. La miraba igual que al SSK del escaparate de la sala de exposición de Mercedes Benz, la de Potsdamer Platz: no creo que llegue a conducirlo nunca y, menos aún, a poseerlo, pero soñar es gratis. Cada vez que la veía, Mistress Charalambides me parecía el coche más bonito y veloz de todo el hotel.

Era alta, efecto que acrecentaban los sombreros que se ponía. Hacía unos días que había refrescado. Llevaba un chacó gris de astracán que tal vez hubiese comprado en Moscú, su anterior puerto de escala, aunque en realidad era americana y vivía en Nueva York: una estadounidense que volvía a casa después de asistir a un festival literario o teatral en Rusia. Quizá también hubiese comprado en Moscú el abrigo de marta cibelina que llevaba. Estoy seguro de que a la marta no le importaba, porque a Mistress Charalambides le sentaba mejor que a cualquier marta que hubiese visto yo en mi vida.

El cabello, recogido en un moño, también era del color de la marta cibelina y exactamente igual de agradable al tacto, me imaginaba, e incluso más, probablemente, porque no mordería, aunque tampoco me habría importado que Noreen Charalambides me mordiese. El menor acercamiento de esa boca insinuante, de un rojo cereza como el del Fokker Albatross, bien valdría la punta de un dedo o un trocito de oreja. Vincent van Gogh no era el único capaz de tener un gesto de sacrificio tan emocionante y romántico.

Me dio tan fuerte por merodear por el vestíbulo como un botones —con la esperanza de verla—, que hasta Hedda Adlon advirtió la semejanza.

—No sé si darle a leer el manual del buen botones de Lorenz Adlon —bromeó.

—Ya lo he leído. No se venderá por dos motivos: da demasiadas reglas y casi todos los botones tienen tantos recados que hacer que no les queda tiempo para leer tochos más gordos que *Guerra y paz*.

Le hizo gracia y se echó a reír. A Hedda Adlon solían gustarle mis salidas.

—No es tan gordo —dijo.

—Dígaselo a los botones. Por otra parte, en *Guerra y paz* hay chistes mejores.

—¿Lo ha leído?

—Lo he empezado varias veces, pero generalmente, después de cuatro años de guerra declaro el armisticio y tiro el libro al río.

—Hay una persona a la que le gustaría conocerlo. Da la casualidad de que escribe libros.

Por supuesto, yo sabía muy bien a quién se refería. Ese mes había escasez de escritores en el Adlon e incluso más de señoras escritoras de Nueva York. Seguro que tenía algo que ver con los quince marcos por noche que costaba la habitación. Las que no tenían cuarto de baño incorporado eran un poquito más baratas y muchos escritores no se bañan; aun así, el último autor americano que se había alojado en el Adlon había sido Sinclair Lewis, en 1930. La Depresión afectaba a todo el mundo, desde luego, pero los más deprimidos eran los escritores.

Subimos al pequeño apartamento de los Adlon. Digo pequeño, pero sólo en comparación con la extensa finca de caza que poseían en el campo, lejos de Berlín. La decoración del apartamento era agradable: un buen ejemplo de opulencia de finales de la era guillermina. Las alfombras eran gruesas; las cortinas, también; el bronce, voluminoso; los dorados, abundantes y la plata maciza... Hasta el agua de la garrafa parecía contener más plomo de lo normal.

Mistress Charalambides estaba sentada en un sofacito de abedul con cojines blancos y respaldo en forma de atril. Llevaba un vestido cruzado de color azul oscuro, tres sartas de perlas auténticas, pendientes de diamantes y, justo al final del escote, un broche de zafiro a juego que debía de haberse caído del mejor turbante de un marajá. No parecía una escritora, a menos que fuese una reina que hubiera abandonado el trono para escribir novelas sobre los grandes hoteles europeos. Hablaba alemán bien, lo cual me vino al pelo, porque, después de estrecharle la enguantada mano, tardé varios minutos en poder hablarlo yo y, más o menos, me vi obligado a dejar que charlasen ellas dos, conmigo en medio como una mesa de ping-pong.

—Mistress Charalambides...

—Noreen, por favor.

—Es dramaturga y periodista.

—Por cuenta propia.

—Escribe en el *Herald Tribune*.

—De Nueva York.

—Acaba de volver de Moscú, donde está produciendo una de sus obras...

—La única, por ahora.

—... el famoso Teatro del Arte de Moscú, después del éxito que ha tenido en Broadway.

—Deberías ser mi agente, Hedda.

—Noreen y yo estudiamos juntas en América.

—Hedda siempre me ayudaba con el alemán y sigue haciéndolo.

—Hablas alemán perfectamente, Noreen. ¿No le parece a usted, Herr Gunther?

—Sí, perfectamente.

Pero yo estaba mirando las piernas de Mistress Charalambides. Y los ojos y su bellísima boca. A eso me refería cuando dije «perfectamente».

—El caso es que su periódico le ha encargado un artículo sobre las próximas Olimpiadas de Berlín.

—En América ha habido una oposición muy fuerte a los próximos juegos debido a la política racial del gobierno alemán. Hace sólo unas semanas que estuvo aquí, en Alemania, Avery Brundage, el presidente del Comité Olímpico de los Estados Unidos. Vino para ver los hechos personalmente, es decir, a comprobar si había discriminación racial con los judíos. Es increíble, pero, según el informe que remitió a nuestro comité, no la había y, en consecuencia, la votación ha sido unánime: han aceptado la invitación de Alemania a participar en los Juegos Olímpicos de Berlín de 1936.

—Es que no tendrían sentido sin la participación de los Estados Unidos.

—Exacto —dijo Mistress Charalambides—. Desde el regreso del presidente del Comité Olímpico de los Estados Unidos, el movimiento a favor del boicot ha fracasado, pero mi periódico está confuso. No, no es que dude de las conclusiones de Brundage, pero Mister Dodd, el embajador estadounidense, así como el primer cónsul, Mister Messersmith, y el vicecónsul, Mister Geist, han escrito a mi gobierno para manifestar su absoluto desaliento por el informe del presidente del Comité y le han recordado el informe enviado por ellos el año pasado al Departamento de los Estados Unidos, en el que ponían de relieve la exclusión sistemática de los judíos de los clubs deportivos alemanes. Brundage...

—El cabrón de Brundage —redundó Hedda, interrumpiéndola.

—Es un intolerante —dijo Mistress Charalambides, más enfadada— y un antisemita. No puede ser otra cosa, para haber cerrado los ojos a lo que está pasando en este país: los numerosos ejemplos de discriminación racial declarada, los carteles de los parques y baños públicos, los pogromos.

—¿Pogromos? —Fruncí el ceño—. Eso es una exageración, sin duda. No he oído nada parecido. Estamos en Berlín, no en Odessa.

—En julio, las SS mataron a cuatro judíos en Hirschberg.

—¿En Hirschberg? —me burlé—. Eso está en Checoslovaquia o en Polonia, no me acuerdo. Eso es el país de los trolls, no Alemania.

—Es la región de los Sudetes —dijo Mistress Charalambides—; sus habitantes son étnicamente alemanes.

—Pues no se lo cuente a Hitler —dije—, porque querrá que se los devuelvan. Verá, Mistress Charalambides, no estoy de acuerdo con lo que está pasando en Alemania, pero, ¿de verdad es peor que lo que pasa en su país? Los carteles de los parques, los baños públicos, los linchamientos. Me han contado que algunos blancos no sólo ahorcan negros. En algunas partes de los Estados Unidos, también tienen que andarse con cuidado los mexicanos y los italianos, pero no recuerdo que hubiese ningún boicot a los Juegos Olímpicos de Los Ángeles de 1932.

—Está usted bien informado, Herr Gunther —dijo ella— y, desde luego, tiene razón. A propósito, escribí un artículo sobre uno de esos linchamientos, que tuve ocasión de ver en Georgia en 1930, pero ahora estoy aquí, soy judía, mi periódico quiere que escriba algo sobre lo que sucede en este país y eso es lo que pienso hacer.

—En tal caso, enhorabuena —dije—, espero que pueda hacer cambiar de opinión al Comité Olímpico de los Estados Unidos. Me gustaría ver cómo encajarían los nazis ese desprestigio, sobre todo ahora, que ya hemos empezado a gastar dinero en los juegos. Por descontado, me encantaría que a ese payaso austriaco le salpicase un poco en la cara. De todos modos, no entiendo qué tiene que ver todo esto conmigo. Soy detective del hotel, no agregado de prensa.

Hedda Adlon abrió una pitillera de plata del tamaño de un mausoleo pequeño y me la ofreció. En un lado había cigarrillos ingleses y, en el otro, turcos. Aquello parecía Gallípoli. Elegí el bando ganador —al menos en los Dardanelos— y la dejé darme fuego. El cigarrillo, igual que el servicio, era mejor que lo que acostumbraba a fumar yo. Miré esperanzado las licoreras del aparador, pero Hedda Adlon no bebía mucho y seguramente pensaría que yo tampoco. Aparte de eso, le estaba saliendo redondo lo de hacerme quedar bien. La verdad es que lo había practicado mucho.

—Herr Behlert me ha contado lo que pasó cuando fue usted al Alex —dijo Hedda—. Me refiero a ese pobre judío cuya muerte no quieren investigar por motivos raciales.

—Hummm hum.

—Por lo visto, a usted le pareció que debía de tratarse de un boxeador.

—Ajá.

Ninguna de las dos estaba fumando. Todavía. Quizá quisieran que me marease. El cigarrillo turco que tenía en la boca era suficientemente fuerte, pero me dio la sensación de que iba a necesitar más de uno para seguirles el juego, fuera lo que fuese lo que querían de mí.

Noreen Charalambides dijo:

—He pensado que la historia de ese hombre podría ser el punto de partida de un artículo interesante para mi periódico. El artículo sobre el linchamiento de Georgia lo empecé de la misma forma. Se me ha ocurrido que tal vez a ese hombre se lo hayan cargado los nazis por ser judío y que quizá pueda relacionarse su muerte con las Olimpiadas. ¿Sabía que la primera organización deportiva alemana que excluyó a los judíos fue la Federación de Boxeo de este país?

—No me extraña. El boxeo siempre ha sido un deporte importante para los nazis.

—¡Ah! ¿Sí? No lo sabía.

—Claro. Las SA no ha dejado de dar puñetazos a la gente en la cara desde antes de 1925. A esos camorristas de cervecería siempre les ha gustado la pela, sobre todo desde que Schmeling se proclamó campeón mundial. Claro que perder el título ante Max Baer tampoco favoreció nada a la causa de los boxeadores judíos en Alemania.

Mistress Charalambides me miró con una expresión indefinible. Supuse que, con su comentario sobre la Federación Alemana de Boxeo, había vaciado la escupidera de lo que sabía sobre ese deporte.

—Max Baer es medio judío —aclaré.

—¡Ah, comprendo! Herr Gunther, estoy convencida de que ya habrá pensado en la posibilidad de que el difunto (llamémoslo Fritz) fuese socio de un gimnasio o de una asociación deportiva y lo expulsaran por judío. ¿Quién sabe lo que pudo pasar a raíz de eso?

Ni se me había pasado por la cabeza semejante idea. Había estado muy pendiente de lo que pudiera sucederme a mí, pero, ahora que lo pensaba, lo que decía esa mujer podía tener sentido. De todas maneras, no iba a reconocerlo, de momento. Al menos, mientras ellas tuviesen algo que pedirme.

—Me preguntaba —dijo Mistress Charalambides— si no le importaría ayudarme a averiguar algo más sobre Fritz; hacer más o menos de detective privado, vaya. Como ve, hablo alemán bastante bien, pero no conozco la ciudad. Berlín es un tanto misteriosa para mí.

Me encogí de hombros.

—Si el mundo es un teatro, Berlín no es más que la cerveza y las salchichas, como quien dice.

—¿Y la mostaza? He ahí mi problema. Me temo que, si voy por ahí haciendo preguntas por mi cuenta y riesgo, acabaré metiéndome en una madriguera de la Gestapo y me echarán de Alemania a patadas.

—Existe esa posibilidad.

—Verá, también me gustaría entrevistar a alguien del Comité Olímpico Alemán, como Von Tschammer und Osten, Diem o posiblemente Lewald. ¿Sabía que es judío? No quiero que se enteren de lo que me propongo hasta que ya no tenga remedio. —Hizo una pausa—. Como es natural, le pagaría unos emolumentos por su ayuda.

Estaba a punto de recordarles que ya tenía trabajo, cuando terció Hedda Adlon.

—Lo arreglaré con mi marido y con Herr Behlert —dijo—. Herr Muller cubrirá sus turnos.

—Se ha despedido —dije—, pero en la sección juvenil del Alex hay un tipo que seguramente esté dispuesto a hacer horas extras. Se llama Stahlecker. Tenía intención de llamarlo.

—Hágalo, por favor. —Hedda asintió—. Lo consideraré un favor personal, Herr Gunther —dijo—. No quiero que Mistress Charalambides corra ningún peligro y me da la impresión de que la mejor manera de protegerla es que la acompañe usted a todas partes.

Acaricié la idea de responder que estaría mejor protegida si dejábamos correr el asunto, pero la perspectiva de pasar algún tiempo con Noreen Charalambides no carecía de atractivo. He visto colas de cometas menos llamativas.

—Independientemente de lo que usted decida, ella va a hacer lo que se ha propuesto —añadió Hedda, como si me hubiese leído el pensamiento—, conque ahórrese la saliva, Herr Gunther. Yo misma he intentado disuadirla, pero siempre ha sido tozuda.

Mistress Charalambides sonrió.

—Puede usted disponer de mi coche, por descontado.

Estaba claro que lo habían preparado todo entre las dos y que lo único que me habían dejado a mí era seguirles el juego. Quería preguntar cuánto me pagarían, pero ninguna parecía inclinada a seguir con el tema. Es lo que pasa con la gente adinerada. Por lo visto, la cuestión del dinero sólo viene a cuento cuando no se tiene, como lo del abrigo de marta cibelina: seguro que la marta no le prestaba la menor atención hasta el día en que desapareció.

—Naturalmente. Será para mí un placer ayudarla en cuanto esté en mi mano, Frau Adlon, si ése es su deseo.

Lo dije mirando a mi jefa a los ojos. Quería dejarle claro que lo del placer era puro formulismo, sobre todo siendo su amiga tan atractiva y mi emoción por estar cerca de su persona tan evidente como me parecía a mí. Tenía la impresión de ser un puercoespín en una habitación llena de globos de juguete.

Mistress Charalambides cruzó las piernas y fue como si hubiesen encendido una cerilla. «¡Al diablo con la Gestapo!», pensé. De quien había que protegerla era de mí, de Gunther. Era yo quien quería desnudarla y plantarla delante de mí y pensar en las cosas que podría hacer ella con su encantador trasero, aparte de sentarse. La sola idea de estar en un coche con ella me recordó a un cura novicio haciendo de confesor en un convento poblado de ex coristas metidas a monjas. Mentalmente me sacudí dos bofetones en toda la boca y, luego, otro más, para asegurarme de que entendía el mensaje.

«Esa mujer no es para hombres como tú, Gunther, me dije. No te permitas ni soñar con ella. Está casada y es la amiga más antigua de tu jefa. Antes de ponerle un dedo encima, te metes en la cama con Hermann Goering.»

Naturalmente, como nos recuerda Samuel Johnson, cuando uno se esfuerza tanto en asfaltar la autopista con buenas intenciones, en realidad anda tras el sexo. Puede que al traducirlo se pierda algo, pero a mí me valía.

123

14

El coche de Hedda Adlon era un Mercedes SSK, el modelo que no esperaba conducir jamás. La «k» significaba «pequeño», pero con sus enormes guardabarros y sus seis cilindros exteriores, el deportivo blanco resultaba tan pequeño como el puente levadizo de un castillo, e igualmente difícil de manejar. Tenía cuatro ruedas y un volante, como todos los coches, pero ahí se acababa la semejanza. Encender el potente motor de siete litros era como poner en marcha la hélice de Manfred von Richthofen; sólo la suma de dos ametralladoras 7.92 lo habría superado en estruendo. El coche llamaba la atención como un reflector en una colonia de polillas fascinadas por el teatro. Por descontado, conducirlo era muy estimulante —aumentó mi admiración por la habilidad de Hedda al volante, por no mencionar la disposición de su marido para permitirle juguetes tan caros—, pero, para hacer trabajos de investigación, era más inútil que un caballo de pantomima; éste, al menos, habría proporcionado cierto anonimato a dos personas y yo habría agradecido los íntimos detalles prácticos de cerrar la marcha detrás de Mistress Charalambides.

Lo utilizamos un día, lo devolvimos y, a partir de entonces, tomamos prestado el de Herr Behlert, un W bastante más discreto.

Las anchas calles berlinesas estaban casi tan atestadas como las aceras. Por el centro traqueteaban los tranvías, que avanzaban a su ritmo automático y regular bajo la atenta mirada de los guardias de tráfico, quienes, con sus mangas blancas y como barrigones jueces de línea en un partido metropolitano de fútbol, evitaban que los coches y los taxis se les cruzasen. Entre los silbatos de los guardias, los cláxones de los coches y las bocinas de los autobuses, la red viaria resultaba casi tan ruidosa como un partido de fútbol y, por la forma de conducir de los berlineses, cualquiera habría creído que esperaban la victoria de alguien. A bordo de los tranvías, las cosas parecían más tranquilas: oficinistas de traje sobrio a un lado, hombres uniformados al otro, como dos delegaciones firmando un tratado de paz en un apartadero francés, aunque las injusticias del armisticio y la Depresión parecían haber quedado ya muy atrás. El famoso aire de la ciudad estaba cargado de gasolina y de fragancia de flores, las de las cestas de las numerosas floristas, por no hablar de la creciente sensación de seguridad. Los alemanes volvían a portarse bien consigo mismos, al menos los que éramos tan evidentemente alemanes como el águila del casco del Káiser.

—¿Alguna vez se para a pensar que es ario? —me preguntó Mistress Charalambides—. ¿Que es más alemán que los judíos?

No tenía ninguna gana de hablarle de mi transfusión aria; en primer lugar, porque apenas la conocía y en segundo, porque me parecía un tanto vergonzante contárselo a una persona que, por lo que sabía, era judía al cien por cien, conque me encogí de hombros y dije:

—Un alemán es el que se enorgullece enormemente de serlo cuando va en pantalones cortos de piel, bien ceñidos. En resumen, todo eso es ridículo. ¿He respondido a su pregunta?

Sonrió.

—Hedda me ha dicho que tuvo usted que dejar la policía porque era socialdemócrata reconocido.

—No sé si reconocido. De haberlo sido, creo que me habrían salido las cosas de otra manera. Últimamente se reconoce a quienes fueron socialdemócratas prominentes por las rayas del pijama.

—¿Echa de menos su profesión?

Negué con un movimiento de cabeza.

—Pero fue policía más de diez años. ¿Siempre había querido serlo?

—Es posible. No sé. De pequeño jugaba a policías y ladrones en el jardín del bloque de pisos en el que vivíamos. De todos modos, un día dije a mi padre que, de mayor, sería policía o ladrón y él me respondió: «¿Y por qué no las dos cosas, como casi todos los policías?». —Sonreí—. Era un hombre respetable, pero la policía no le hacía mucha gracia. A nadie se la hacía. No diré que nuestro barrio fuese conflictivo, pero siempre llamábamos «coartadas» a las historias que acababan bien.

Pasamos varios días garabateando trayectos del plano de Berlín; yo le contaba chistes y la entretenía de camino a los gimnasios y clubs deportivos de la ciudad, donde enseñaba la fotografía de «Fritz» del expediente que Richard Bömer no había querido llevarse. Desde luego, no salía muy favorecido, teniendo en cuenta que estaba muerto, pero el caso es que nadie lo reconoció. Tal vez dijesen la verdad, pero no era fácil saberlo, habida cuenta de que Mistress Charalambides despertaba mayor interés. No era tan inusitado ver a una mujer hermosa y bien vestida en un gimnasio berlinés, pero sí poco normal. Intenté explicarle que, si se quedaba en el coche, tal vez sacase más información a los hombres de los gimnasios, pero no quiso escucharme. Mistress Charalambides no era de las que se dejan decir lo que deben hacer.

—¿Cómo quiere que escriba el artículo, si me quedo aquí? —dijo.

Le habría dado la razón, de no haber sido porque siempre nos encontrábamos con las mismas palabras: NO SE ADMITEN JUDÍOS. Me inspiraba lástima: tenía que verlo en cada gimnasio al que entrábamos. No decía nada, pero supuse que podía afectarla.

El T-gym era el último de mi lista. Si me hubiese fiado de la intuición, habría sido el primero.

En el centro de Berlín occidental, justo al sur de la estación Parque Zoológico, hay una iglesia en honor al emperador Guillermo. Con tantas agujas de alturas diferentes, más parece el castillo del Caballero Cisne Lohengrin que un lugar de culto religioso. Alrededor de la iglesia se apiñaban salas de cine y de baile, cabarets, restaurantes, comercios elegantes y, en el extremo occidental de Tauentzienstrasse, encajonado entre un hotel barato y el Kaufhaus des Westens, se encontraba el T-gym.

Aparqué, ayudé a salir a Mistress Charalambides y me volví a mirar el escaparate de KaDaWe.

—Estos grandes almacenes son bastante buenos —dije.

—No.

—Sí, sí, y el restaurante también.

—Quiero decir que no voy a ir de compras mientras usted entra en el gimnasio.

—¿Y si entra usted y me voy de compras yo? Esta corbata que llevo tiene una mancha

—Entonces, no haría usted su trabajo. Sabe muy poco de mujeres, si cree que no voy a entrar en el gimnasio con usted.

—¿Quién ha dicho que sepa algo de mujeres? —Me encogí de hombros—. Lo único que sé con seguridad es que van del brazo por la calle. Los hombres no, a menos que sean maricas.

—No haría usted su trabajo y yo no le pagaría. ¿Qué me dice ahora?

—Me alegro de que hable de ello, Mistress Charalambides. ¿Cuánto va a pagarme? En realidad, no llegamos a acordar el precio.

—Dígame qué tarifa le parecería digna.

—Una pregunta difícil. No he practicado mucho la dignidad. Aplico ese concepto a la lectura del barómetro o quizás a una doncella doliente.

—¿Por qué no se imagina que soy una doncella doliente y me dice un precio?

—Porque, si alguna vez me la imaginase así, no podría cobrarle nada. No recuerdo que Lohengrin pidiese a Elsa diez marcos al día.

—Pues, si lo hubiera hecho, a lo mejor no la habría dejado.

—Cierto.

—De acuerdo. Así pues, serán diez marcos al día más los gastos. Sonrió lo suficiente para darme a entender que su dentista la amaba y, a continuación, me agarró del brazo. Aunque me hubiera agarrado también el otro, para compensar, no habría protestado. Los diez marcos al día no tenían nada que ver. Me bastaba con poder olerla, de cerca que la tenía, y con verle las ligas un instante cada vez que se apeaba del coche de Behlert. Dejamos atrás el escaparate de los grandes almacenes y nos dirigimos a la puerta del T-gym.

—Este lugar es propiedad de un ex boxeador llamado Turco el Terrible. Lo llaman el Turco, por abreviar y por no herirle los sentimientos. Sacude a quien se los hiere. Nunca tuve que venir mucho a este gimnasio, porque solían frecuentarlo hombres de negocios y actores, más que berlineses de los círculos.

—¿Círculos? ¿Qué círculos?

—No tienen nada que ver con los olímpicos, eso seguro. Los berlineses llaman círculos a las fraternidades de delincuentes que, más o menos, controlaban esta ciudad durante la República de Weimar. Los principales eran tres: el Grande, el Libre y el Alianza Libre. Todos estaban inscritos oficialmente como sociedades benefactoras o clubs deportivos; algunos, también como gimnasios, y todo el mundo tenía que pagarles tributo: porteros, limpiabotas, prostitutas, encargados de los lavabos, vendedores de periódicos, floristas... ¡cualquier cosa! Y todo convenientemente reforzado por tipos musculosos. Todavía existen, pero ahora son ellos quienes tienen que pagar a una banda nueva de la ciudad, una más forzuda que ninguna otra: los nazis.

Mistress Charalambides sonrió, me apretó más el brazo y, por primera vez, me fijé en que tenía los ojos tan azules como una lámina de color ultramarino en un manuscrito iluminado e igual de elocuentes. Yo le gustaba, eso saltaba a la vista.

—¿Cómo es que no está en la cárcel? —preguntó.

—Porque no soy sincero —dije y abrí la puerta del gimnasio.

Todavía no podía cruzar la puerta de un gimnasio de boxeo sin acordarme de la Depresión. Era sobre todo por el olor, que ni la capa reciente de pintura verde vómito ni la mugrienta ventana abierta conseguían neutralizar. Igual que todos los gimnasios a los que habíamos ido esa semana, el T olía a esfuerzo físico, a grandes esperanzas y decepciones profundas, a orina, a jabón barato y a desinfectante y, por encima de todo, a sudor: en las cuerdas y las vendas de las manos, en los pesados sacos de arena y en las guantillas, en las toallas y en los protectores de la cabeza. En un cartel de un próximo combate en la fábrica de cerveza Bock había una mancha como un valle que también podía ser de sudor, aunque el avance de la humedad parecía una apuesta más certera que la que prometían los musculosos aspirantes que en ese momento entrenaban en la lona o en la pera. En el cuadrilátero principal, un tipo con cara de balón medicinal limpiaba sangre del suelo. En un despachito, frente a la puerta abierta, un hombre de Neanderthal, que podría ser del equipo del rincón, enseñaba a un colega troglodita a utilizar los nudillos de hierro. Sangre y hierro. A Bismarck le habría encantado ese sitio.

Al lado del cartel había dos cosas nuevas que no estaban en el T-gym la última vez que había ido, eran dos anuncios. Uno decía: NUEVA DIRECCIÓN. El otro: ¡ALEMANES, DEFENDEOS! NO SE ADMITEN JUDÍOS.

—Diría que eso lo resume todo —comenté al ver los anuncios.

—Creía que me había dicho que este local era propiedad de un turco —dijo ella.

—No, sólo lo llamaban el Turco, pero es alemán.

—Seamos correctos —terció un hombre, dirigiéndose a mí—. Es judío.

Era el neanderthal que había visto antes... un poco más bajo de lo que había supuesto, pero ancho como las puertas de un muladar. Llevaba un cuello alto blanco, pantalones blancos de chándal y zapatillas deportivas blancas, pero tenía los ojos pequeños y negros como tizones. Parecía un oso polar de talla mediana.

—De ahí el anuncio, supongo —dije sin dirigirme a nadie en

particular. A continuación, me dirigí al don nadie del cuello alto—. Oye, Primo, ¿se vendió el garito el Turco o se lo robaron sin más?

—Soy el nuevo propietario —dijo el hombre, al tiempo que levantaba la tripa hasta el pecho y me apuntaba con una mandíbula como el asiento de un retrete.

—Ah, en tal caso, ésa es la respuesta a mi pregunta, Primo.

—No he entendido su nombre.

—Gunther, Bernhard Gunther. Le presento a mi tía Hilda.

—¿Es usted amigo de Solly Mayer?

—¿De quién?

—Ya me ha respondido. Solly Mayer era el verdadero nombre del Turco.

—Sólo quería saber si el Turco podía ayudarme a identificar a un tipo; un antiguo boxeador, como él. Tengo aquí una fotografía. —La saqué del expediente y se la enseñé—. A lo mejor no te importa echarle un vistazo, Primo.

A decir verdad, la miró como si quisiera colaborar.

—Ya sé que no ha salido muy favorecido. Cuando se la hicieron, llevaba unos días flotando en el canal.

—¿Es usted policía?

—Privado.

Sin dejar de mirar la foto, empezó a negar con movimientos de cabeza.

—¿Estás seguro? Creemos que pudo haber sido un púgil judío.

Me devolvió la foto inmediatamente.

—¿Flotando en el canal, dice?

—Exacto. De unos treinta años.

—Olvídelo. Si su ahogado era judío, me alegro de que se haya muerto. Ese aviso de la pared no es de adorno; ya lo sabe, sabueso.

—¿No? Es muy raro que un aviso no sea de adorno, ¿no le parece?

Metí la foto en el expediente y, por si acaso, se lo pasé a Mistress Charalambides. Parecía que Cuello Alto estuviese acumulando energía para golpear a alguien y ese alguien era yo.

—No nos gustan los judíos ni la gente que hace perder el tiempo a los demás mientras los busca. Por cierto, tampoco me gusta que me llame Primo.

Le sonreí y, a continuación, a Mistress Charalambides.

—Me juego una pasta a que el presidente del Comité Olímpico de los Estados Unidos no ha puesto un pie en este estercolero —dije.

—¿Otro judío de mierda?

—Será mejor que nos marchemos —dijo Mistress Charalambides.

—Puede que tenga razón —dije—. Aquí huele muy mal.

Inmediatamente, Cuello Alto me lanzó un derechazo, pero yo estaba en guardia y el puño, sembrado de cicatrices, me pasó silbando por la oreja como un saludo hitleriano perdido. Antes de lanzarme el fregadero de la cocina, debería haberme puesto a prueba con un golpe rápido. Ahora sabía de él todo lo que necesitaba... como boxeador, digo. Era un hombre para el equipo del rincón, no para el *ring*. En mi época de comisario de la brigada criminal, un sargento, púgil muy experto, me había enseñado un par de cosas: lo suficiente para evitar peligros. La mitad de la victoria consiste en esquivar los golpes. A August Krichbaum lo había tumbado un puñetazo afortunado... o desafortunado, según el lado desde el que se mirase. Por eso esperaba ser capaz de medirme y no machacar a Cuello Alto más de lo necesario. Volvió a intentar un derechazo y volvió a fallar. Hasta el momento, yo lo estaba haciendo bien.

Entre tanto, Mistress Charalambides había tenido la sensatez de apartarse unos pasos y poner cara de abochornada. Al menos fue lo que me pareció.

El tercer puñetazo hizo contacto, pero por los pelos, como una piedra plana rebotando en un lago. Al mismo tiempo gruñó unas palabras que sonaron a «amante de los judíos» y, por un momento, pensé que quizá tuviese razón. Que me condenase allí mismo si Mistress Charalambides no era digna de ser amada. Además, me encolerizaba que tuviese ella que presenciar tan de cerca una demostración de antisemitismo rabioso.

Por otra parte, empecé a sentirme obligado con la pequeña multitud que había dejado de hacer sus cosas por seguir el desarrollo de los acontecimientos. Entonces, le solté un derechazo en la nariz que lo hizo pararse en seco, como si hubiera encontrado un escorpión en el bolsillo del pijama. Dos desmoralizantes golpes más le movieron la cabeza de un lado a otro como si fuese un osito de peluche.

A esas alturas, Primo sólo tenía sangre en lugar de nariz y, al ver que mi cliente se iba hacia la puerta, decidí pasar los créditos y le sacudí un poquito más fuerte de la cuenta con la derecha. Más fuerte de la cuenta para mi puño, quiero decir. Mientras él se desplomaba como un poste de telégrafos, yo me sacudía la mano. Ya se me había hinchado un poco. Entre tanto, algo —probablemente su cabeza— cayó en el suelo del gimnasio como un coco de la grúa de un estibador y, llegados a ese punto, la pelea concluyó.

Me quedé un momento de pie por encima de mi última víctima, como el Coloso de Rodas, aunque también podría haber parecido el enorme portero del cercano bar Rio Rita. Se levantó un breve murmullo de aprobación, pero no por mi victoria, sino por la buena ejecución del gancho y, sin dejar de flexionar la mano, me arrodillé con inquietud a ver el daño que le había hecho. Otro hombre llegó antes que yo: el de la cara de balón medicinal.

—¿Está bien? —pregunté con sincera preocupación.

—Se pondrá bien —respondió—. Usted sólo le ha metido un poco de sentido común en la cabeza, nada más. Dentro de dos minutos, estará contándonos que lo suyo sólo fue un golpe de suerte.

Me cogió la mano y me la miró.

—A ver; necesita un poco de hielo en esta pala, no le quepa la menor duda. Vamos, venga conmigo, pero dése prisa, antes de que ese idiota vuelva en sí. Aquí el jefe es Frankel.

Seguí a mi buen samaritano hasta una pequeña cocina; abrió la nevera y me pasó una bolsa de lona llena de cubitos de hielo.

—Meta la mano ahí y aguante todo lo que pueda —me ordenó.

—Gracias. —Metí la mano en la bolsa.

El hombre sacudió la cabeza.

—Dice usted que anda buscando al Turco.

Asentí.

—No se ha metido en ningún lío, ¿verdad? —Se sacó de la comisura de la boca un Lilliput de diez *pfennigs* y lo observó con ojo crítico.

—Conmigo no. Sólo quería que echase un vistazo a una foto, a ver si reconocía al tipo.

—Sí, la vi. Me sonaba, pero no logré identificarlo del todo. —Se dio un golpe en la sien como si quisiera desencajar algo de la cabeza—. Últimamente estoy un poco sonado, tengo la memoria toda revuelta. Quien se acuerda de todo es Solly. Conocía hasta al último boxeador que se hubiera puesto alguna vez un par de guantes alemanes... y a unos cuantos más. Lo que pasó aquí fue una lástima. Cuando los nazis anunciaron esa nueva ley suya, que prohibía a los judíos entrar en los clubs deportivos, Solly no tuvo más remedio que venderlo y por eso aceptó lo que le ofreció ese cabrón de Frankel, que no le sirvió ni para cubrir la deuda del banco. Ahora no tiene ni orinal donde mear.

Al final ya no soportaba más el frío y saqué la mano de la bolsa.

—¿Qué tal la mano?

Volvió a ponerse el puro en la boca y me la miró.

—Sigue hinchada —dije—; de orgullo, seguramente. Le di más fuerte de lo que debía. Al menos es lo que dice la mano.

—Tonterías. Apenas lo ha rozado. Es tan grande como usted. Si llega a meter el hombro también, seguro que le rompe la mandíbula, pero tranquilícese, se lo tenía merecido, aunque quién iba a imaginarse que vendría tan bien presentado para regalo. Un puñetazo verdaderamente bonito, eso fue lo que lo tumbó, amigo mío. Debería entrenarse. Para boxear, quiero decir. Un tipo como usted tendría verdaderas posibilidades, con el entrenador adecuado, claro está. Tal vez yo. Hasta podría sacarse algún dinero.

—Gracias, pero no, muchas gracias. El dinero echaría a perder la diversión. En lo que hace a dar puñetazos, soy aficionado estricto y quiero seguir siéndolo. Por otra parte, mientras anden los nazis por aquí, siempre seré subcampeón.

—Entendido. —Sonrió—. No parece que se la haya fracturado, pero puede que le duela un par de días. —Me devolvió la mano.

—¿Dónde vive Solly últimamente?

—Vivía aquí —dijo, avergonzado—, en un par de habitaciones que hay encima del gimnasio, pero, cuando se quedó sin esto, también se quedó sin casa. Lo último que supe de él es que vivía en una tienda de campaña en el bosque de Grunewald, con unos cuantos judíos más que lo habían perdido todo con los nazis, pero eso fue hace seis o nueve meses, conque puede que ya no esté allí. —Se encogió de hombros—. Pero, claro, ¿dónde iba a ir? En este país, la verdad, no hay asistencia social para judíos y ahora el Ejército de Salvación es casi tan nefasto como las SA.

Asentí y le devolví la bolsa de hielo.

—Gracias, *mister*.

—Si lo ve, déle recuerdos de mi parte, de parte de Buckow, como la ciudad, pero más feo.

15

Encontré a Mistress Charalambides enfrente de KaDaWe, mirando fijamente una nueva lavadora Bosch de gas con rodillos de escurrir incorporados. No era la clase de mujer que pudiese imaginarme usando una lavadora. Seguramente pensaría que era un fonógrafo: se parecía mucho a un fonógrafo.

—La verdad es que, cuando falla la razón, los puños son muy útiles —dije.

Me miró un momento a los ojos, en el reflejo del escaparate, y enseguida volvió a ensimismarse con la lavadora.

—A lo mejor deberíamos comprársela al tipo ése del gimnasio, para que se lave la boca —dije a modo de débil desagravio.

Tenía los labios apretados, como si quisiera impedir que se le saliesen los pensamientos por la boca. Me puse de espaldas al escaparate, encendí un cigarrillo y me quedé mirando Wittenbergplatz.

—Antes esto era un sitio civilizado, la gente siempre se comportaba con amabilidad y educación o, al menos, casi siempre; pero la gentuza como ese tipo me recuerda que Berlín no es más que una idea que tuvo un eslavo polabio en una ciénaga.

Me saqué el cigarrillo de la boca y miré el cielo azul. Hacía un día precioso.

—Parece imposible que haga un día tan bonito. Goethe tenía su teoría sobre el motivo de que el cielo fuese azul. No creía en la de Newton, que la luz es una mezcla de colores: pensaba que tenía que ver con la interacción de la luz blanca y su opuesta, la oscuridad.

—Di una fuerte calada—. Alemania está muy oscura, ¿verdad? Quizá por eso esté el cielo tan azul. Puede que por eso digan que este tiempo es hitleriano, por lo oscuro que es.

Me reí yo solo, pero estaba diciendo tonterías.

—La verdad es que debería usted ver el bosque de Grunewald en esta época del año; está precioso en otoño. Podríamos ir ahora. Por otra parte, creo que le sería muy útil para el artículo. Al parecer, el Turco se ha ido allí a vivir, como muchos otros judíos, según me han dicho. O son naturalistas curtidos o los nazis piensan construir allí otro gueto... o las dos cosas, tal vez. Mire, si le apetece hacer de naturalista un rato, a mí también.

—¿Es que tiene que tomárselo todo a risa, Gunther?

Tiré el cigarrillo.

—Sólo lo que no tiene ninguna gracia, Mistress Charalambides. Por desgracia, es lo que más abunda en la actualidad. Verá, es que me preocupa que, si no bromeo, me confundan con un nazi, porque, dígame: ¿alguna vez ha oído contar un chiste a Hitler? Pues yo tampoco. Si contase alguno, puede que me cayese mejor.

Siguió mirando fijamente la lavadora. Por lo visto, todavía no estaba preparada para sonreír.

—Lo provocó usted —dijo, y sacudió la cabeza—. No me gustan las peleas, Herr Gunther, soy pacifista.

—Estamos en Alemania, Mistress Charalambides. La pelea es la forma de diplomacia que preferimos, eso lo sabe todo el mundo, pero resulta que también yo soy pacifista. A decir verdad, lo único que pretendía era poner la otra mejilla, como dice la Biblia, y, en fin, ya vio lo que pasó. Conseguí darle dos veces antes de que me pusiese la mano encima. Después, ya no me quedaba más remedio que seguir. Al menos, según la Biblia: dad al César lo que es del César. Eso también lo dice, conque obedecí y se lo di: su merecido. ¡Dios! A nadie le gusta la violencia menos que a mí.

Intentaba mantener los labios apretados, pero no lo consiguió.

—Por otra parte —añadí—, no me diga que no le entraron ganas de sacudirle usted también.

Rompió a reír.

—Sí, es verdad. Era un cabrón y me alegro de que le diese, ¿de acuerdo? Pero, ¿no es peligroso? Es decir, podría acarrearle problemas y no quisiera que fuese por culpa mía.

—Le aseguro que para eso no la necesito, Mistress Charalambides. Sé hacerlo muy bien yo solo.

—No me cabe la menor duda.

Sonrió de verdad y me tomó la mano herida. No estaba exactamente encogida, pero seguía congelada.

—Está helado —dijo.

—Pues tendría que ver al otro tipo.

—Prefiero ver Grunewald.

—Con mucho gusto, Mistress Charalambides.

Volvimos al coche y nos fuimos en dirección oeste por Kurfürstendamm.

—Mistress Charalambides... —dije al cabo de uno o dos minutos.

—Es un escritor grecoamericano famoso, mucho más que yo, al menos en los Estados Unidos, aunque aquí, no tanto. Escribe mucho mejor que yo, o eso dice él.

—Hábleme de él.

—¿De Nick? Le he dicho que es escritor y no hay nada más que saber de él, salvo sus ideas políticas, quizá. Es izquierdista, bastante activo. En estos momentos está en Hollywood intentando escribir un guión, pero reniega hasta del último minuto que pasa allí. No es que no le guste el cine, pero aborrece estar fuera de Nueva York. Allí fue donde nos conocimos, hace unos seis años. Desde entonces, hemos pasado tres años buenos y tres malos, parecido a la profecía de José al faraón, pero ni los buenos ni los malos han sido consecutivos. En estos momentos, vivimos un año malo. Es que Nick bebe.

—El hombre siempre debe tener alguna afición. La mía son los trenes de juguete.

—Es más que eso, me temo; lo ha convertido en una profesión; incluso escribe sobre ello. Se pasa un año bebiendo y, al siguiente, lo deja. Probablemente piense usted que exagero, pero no es así. Puede dejarlo el primero de enero y volver a empezar en Nochevieja. No sé cómo, pero tiene fuerza de voluntad para resistir exactamente trescientos sesenta y cinco días bebiendo o sin beber.

—¿Por qué?

—Por demostrar que puede... por hacer la vida más interesante... por fastidiar. Nick es enrevesado, las cosas que hace nunca tienen una explicación sencilla; menos aún, las más sencillas de la vida.

—Es decir, ahora bebe.

—No, ahora es abstemio, por eso estamos pasando un año malo. Da la casualidad de que a mí me gusta tomar algo de vez en cuando, pero no soporto hacerlo sola. Además, cuando está sobrio es un pelmazo y cuando bebe es absolutamente encantador. Ése es uno de los motivos de mi viaje a Europa: quiero tomarme un trago en paz. En estos momentos me da asco él y me lo doy yo. ¿Nunca se da asco usted, Gunther?

—Sólo cuando me miro al espejo. Para ser policía hay que ser buen fisonomista, sobre todo con la propia cara. Es un trabajo que produce cambios inesperados. Al cabo de un tiempo, a lo mejor te miras al espejo y ves a un tipo idéntico a toda la escoria que has mandado a la cárcel, pero últimamente también me doy asco cada vez que cuento mi vida a alguien.

En Halensee giré a la izquierda, hacia Königsallee y señalé al norte por la ventanilla.

—Ahí arriba están construyendo el estadio olímpico —dije—, al otro lado de las vías del suburbano de Pichelsberg. A partir de aquí, Berlín es todo bosques, lagos y selectas urbanizaciones de mansiones. Sus amigos, los Adlon, tenían una por aquí, pero a Hedda no le gustaba y por eso compraron otra cerca de Potsdam, en el pueblo de Nedlitz. La utilizan como segunda residencia para huéspedes especiales que desean huir un fin de semana de los rigores de la vida en el Adlon, por no hablar de sus esposas. O de los maridos.

—Supongo que el precio de contratar a un detective es que se entere de todo lo que te concierne —dijo.

—Es mucho menos, no le quepa la menor duda.

A unos ocho kilómetros de la estación de Halensee, en dirección suroeste, paré el coche enfrente de un restaurante Hubertus situado en un bonito rincón.

—¿Por qué nos paramos?

—Almorzaremos temprano y nos enteraremos de un par de cosas. Cuando le dije que el Turco vivía en Grunewald se me olvidó comentar que el bosque tiene una extensión de más de tres mil hectáreas. Si queremos dar con él, tendremos que saber algunos detalles del terreno.

El Hubertus parecía de una opereta de Lehár: una acogedora casa de campo cubierta de hiedra, con un jardín en el que un príncipe y su baronesa podrían detenerse un momento, de camino a un grandioso pero sombrío refugio de caza, a comer un plato de jarrete de ternera. Rodeados por un coro de berlineses bastante bien cebados, hicimos cuanto pudimos por parecer un hombre importante y su señora, así como por ocultar la decepción que nos causó el camarero, porque no sabía nada de los alrededores.

Después del refrigerio seguimos hacia el sur y el oeste; preguntamos en un comercio de un pueblo situado a orillas del Reitmeister See, después en la estafeta de Correos de Krumme Lanke y por último en un garaje de Paulsborn, donde el empleado nos dijo que había oído decir que, en la orilla izquierda del Schlachtensee, vivía gente en tiendas de campaña, en un paraje al que se llegaba mejor en barca. Así pues, continuamos hasta Beelitzhof y alquilamos una motora para proseguir la búsqueda.

—He pasado un día delicioso —dijo ella, mientras la lancha surcaba las heladas aguas de color azul de Prusia—, aunque no encontremos lo que buscamos.

Y entonces sucedió.

Primero vimos el humo, que se elevaba por encima de las coníferas como una columna. Era un pequeño asentamiento de tiendas militares excedentes; habría unas seis o siete. Durante la Gran Depresión, habían montado tiendas de campaña para pobres y desempleados cerca de mi casa, en el Tiergarten, en una parcela grande.

Apagué el motor y nos acercamos con cuidado. Un grupo poco numeroso de hombres andrajosos, varios de los cuales eran evidentemente judíos, salió de su refugio. Llevaban palos y hondas. De haberme presentado solo, es posible que hubieran salido a recibirme con más hostilidad, pero me pareció que se tranquilizaban un poco al ver a Mistress Charalambides. Nadie se adorna con un collar de perlas y un abrigo de marta cibelina para ir a meterse en líos. Amarré la lancha y la ayudé a bajar a tierra.

—Estamos buscando a Solly Mayer —dijo ella con una agradable sonrisa—. ¿Lo conocen ustedes?

Nadie respondió.

—Mi nombre de casada es Noreen Charalambides —dijo—, pero el de soltera es Eisner. Soy judía. Se lo digo para que se convenzan de que no he venido a espiar a Herr Mayer ni a informar de su paradero. Soy periodista estadounidense y busco información. Creemos que Solly Mayer podría ayudarnos; así pues, por favor, no teman. No vamos a hacerles ningún daño.

—Usted no nos da miedo —dijo uno de ellos.

Era un hombre alto, con barba. Llevaba un abrigo largo y un sombrero negro de ala ancha. De los lados de la frente le colgaban sendos tirabuzones de pelo que parecían algas de cinta.

—Creíamos que serían ustedes de las juventudes hitlerianas. Hay una tropa acampada por los alrededores y nos han atacado por pura diversión.

—Es terrible —dijo Mistress Charalambides.

—Procuramos hacerles el vacío —dijo el judío de los tirabuzones—. La ley nos impone límites a la hora de defendernos, pero últimamente los ataques son más violentos.

—Sólo queremos vivir en paz —dijo otro hombre.

Eché una mirada general al campamento. Había varios conejos colgados de un palo junto a un par de cañas de pescar. Un hervidor grande humeaba sobre una rejilla metálica, colocada a su vez encima de una hoguera. Entre dos tiendas hechas jirones se veía una cuerda que hacía las veces de tendal. El invierno se aproximaba y pensé que no tenían muchas probabilidades de sobrevivir. Sólo de verlos, me entraron hambre y frío.

—Yo soy Solly Mayer.

Era más bien alto, tenía el cuello corto y, al igual que los demás, tantos meses de vida al aire libre le habían curtido mucho el color de la piel. Sin embargo, debía haberlo descubierto en cuanto lo vi. Casi todos los boxeadores tienen la nariz rota en horizontal, pero al Turco se la habían cosido también en vertical; parecía un cojín rosa colocado en medio de la gran extensión que era su cara. Supuse que una nariz así podría hacer muchas cosas: embestir contra una trirreme romana, echar abajo la puerta de un castillo, buscar trufas blancas..., pero no me hacía a la idea de que sirviese para respirar.

Mistress Charalambides le habló del artículo que quería escribir y de sus esperanzas de que los Estados Unidos boicoteasen las Olimpiadas de Berlín.

—Pero, ¿no lo han hecho ya? —dijo el hombre alto y barbudo—. ¿De verdad piensan mandar un equipo los *Amis*?

—Eso me temo —dijo Mistress Charalambides.

—Estoy seguro de que Roosevelt no hace oídos sordos a lo que está pasando aquí —dijo el hombre alto—. Es demócrata. Y, además, los judíos que viven en Nueva York no se lo permitirán.

—Pues, de momento, tengo la impresión de que eso es lo que piensa hacer —dijo ella—. Verá, entre sus oponentes, su administración ya tiene fama de ser demasiado partidaria de los judíos estadounidenses. Seguro que piensa que, políticamente, para él es mejor no definirse sobre la cuestión de mandar o no mandar a un equipo aquí en el treinta y seis. A mi periódico le gustaría hacerle cambiar de opinión y a mí también.

—¿Y cree usted —dijo el Turco— que serviría de algo publicar un artículo sobre un boxeador judío muerto?

—Sí, creo que sí.

Pasé al Turco la fotografía de «Fritz». Se puso un par de gafas en lo que en plan de broma podría llamarse el puente de la nariz y, sujetándola con el brazo completamente estirado, la miró fijamente.

—¿Cuánto pesaba este hombre? —me preguntó.

—Cuando lo sacaron del canal, unos noventa kilos.

—Es decir que, cuando entrenaba, pesaría unos nueve o diez menos —dijo el Turco—. Un peso medio o semipesado. —Volvió a mirarla y le dio un golpe con el dorso de la mano—. No sé. Después de una temporada en el *ring*, estos púgiles acaban pareciéndose mucho unos a otros. ¿Por qué cree que era judío? No me da esa impresión.

—Estaba circuncidado —dije—. ¡Ah! Y, por cierto, era zurdo.

—Ya. —El Turco asintió—. A ver, creo que este hombre podría ser, sólo podría ser, digo, un tal Eric Seelig. Fue campeón de los semipesados hace unos años y era de Bromberg. Si es él, fue el judío que venció a unos cuantos boxeadores bastante buenos, como Rere de Vos, Karl Eggert y Zíngaro Trollmann.

—¿Zíngaro Trollmann?

—Sí, ¿lo conoce?

—He oído hablar de él, desde luego —dije—, como todo el mundo. ¿Qué fue de él?

—Lo último que supe es que estaba de portero en el Cockatoo.

—¿Y de Seelig? ¿Sabe algo?

—Aquí no llega la prensa, amigo. Lo que sé es de hace meses, pero me dijeron que en su último combate se habían presentado unos matones de las SA. Tenía que defender su título en Hamburgo, contra Helmut Hartkopp, y le metieron el miedo en el cuerpo porque era judío. Después desapareció. Puede que esté en el campo o en el canal y haya terminado allí su vida, quién sabe. Berlín está muy lejos de Hamburgo, pero no tanto como Bromberg. Eso está en el corredor polaco, me parece.

—Eric Seelig, dice.

—Puede. Nunca había tenido que mirar a un cadáver hasta ahora, salvo en el *ring*, claro. Pero, ¿cómo ha dado conmigo?

—Por un tal Buckow, del T-gym. Le manda recuerdos.

—¿Bucky? Sí. Buen tipo, Bucky.

Saqué la cartera y le ofrecí un billete, pero no lo quiso, conque le di el paquete de tabaco, menos un cigarrillo. Mistress Charalambides hizo lo mismo.

Estábamos a punto de embarcar de nuevo cuando llegó algo volando por el aire y le dio al hombre del sombrero grande. El hombre cayó con una rodilla en tierra, apretándose la mejilla ensangrentada con la mano.

—Otra vez esos enanos cabrones —escupió el Turco.

A lo lejos, a unos treinta metros, vi a un grupo de jóvenes vestidos de color caqui en un claro del bosque. Otra piedra voló por el aire y a punto estuvo de alcanzar a Mistress Charalambides.

—¡*Yiddos*! —decían como si fuese una cancioncilla—. ¡*Yidd-os*!

—Ya es suficiente —dijo el Turco—. Voy a ajustar las cuentas a esos cabrones.

—No —le dije—, no lo haga. Se meterá en un lío. Déjeme a mí.

—¿Qué puede hacer usted?

—Ahora lo veremos. Déme la llave de su habitación.

—¿La llave de mi habitación? ¿Para qué?

—Usted démela.

Abrió su bolso de piel de avestruz y me dio la llave. Estaba sujeta a una gruesa pieza oval de latón. Saqué la llave y se la devolví. A continuación, di media vuelta y me puse a andar en dirección a los atacantes.

—Tenga cuidado —me dijo ella.

Llegó otra piedra volando en dirección a mi cabeza.

—¡*Yidd-os*! ¡*Yidd-os*! ¡*Yidd-os*!

—¡Ya es suficiente! —les grité—. ¡El próximo niño que tire una piedra queda arrestado!

Serían unos veinte, de entre diez y dieciséis años. Todos rubios, con cara infantil, gesto duro y la cabeza llena de cosas absurdas que oían decir a nazis como Richard Bömer. Tenían en las manos el futuro de Alemania, además de unas piedras grandes. A unos diez metros de ellos, enseñé brevemente la placa de la llave con la esperanza de que, desde esa distancia, pudiese parecerles una chapa policial. Oí que uno decía en voz baja: «Es poli». Sonreí: el truco había dado resultado. Al fin y al cabo, no eran más que un puñado de mocosos.

—En efecto, soy policía —dije, sin soltar la placa—. Comisario Adlon, de la brigada criminal de Westend Praesidium. Sabed que habéis tenido mucha suerte por no haber herido gravemente a ninguno de esos otros agentes de policía.

—¿Agentes de policía?

—Pero si parecen judíos. Algunos sí, desde luego.

—¿Qué clase de policías van por ahí vestidos de judíos?

—Los de la secreta, para que lo sepas —dije, y sacudí un buen bofetón al muchacho pecoso que parecía el mayor. Se puso a llorar—. Son oficiales de la Gestapo y están buscando a un criminal despiadado que ha matado a unos cuantos niños en este bosque. Sí, eso es, chicos como vosotros. Les corta el cuello y los despedaza. El único motivo por el que no ha salido en la prensa es porque no queremos que cunda el pánico, pero resulta que ahora llegáis vosotros, pandilla de bobos, y casi echáis a perder la operación.

—Pero nosotros no tenemos la culpa, señor. Es que parecen judíos.

También a él le solté un bofetón. Me pareció muy bien que se hiciesen una idea certera de lo que en realidad era la Gestapo. Quizás así hubiera alguna esperanza de futuro para Alemania, a pesar de todo.

—¡Cállate! —le espeté—. Y no hables si no te preguntan. ¿Entendido?

Resentidos, los miembros de las juventudes hitlerianas asintieron en silencio.

Agarré a uno por el pañuelo del cuello.

—¡Tú!, ¿tienes algo que decir?

—Que lo siento, señor.

—¿Lo sientes? Podías haber sacado un ojo a aquel agente. Será buena idea decir a vuestros padres que os den unos buenos cintarazos o, mejor aún, que os detengan y os metan en un campo de concentración. ¿Os gustaría? ¿Eh?

—Por favor, señor, no queríamos hacer daño.

Solté al chico. Ya se les había puesto cara de arrepentimiento a todos. No parecían de las juventudes hitlerianas, sino, más bien, un grupo de escolares. Los había puesto donde quería. Era como si estuviese entrenando a una patrulla en el Alex. Al fin y al cabo, los policías hacen las mismas tonterías juveniles que los escolares, salvo los deberes del colegio.

—De acuerdo. Por esta vez, lo dejaremos así. Y va por todos. No se lo contéis a nadie. A nadie, ¿entendido? Se trata de una operación encubierta. La próxima vez que tengáis ganas de tomaros la ley por vuestra cuenta, no lo hagáis. No todo el que parece un judío lo es de verdad. Metéoslo en la cabeza. Ahora, volved a casa antes de que me arrepienta y os detenga por atacar a un agente de policía. Y no olvidéis lo que os he dicho: hay un criminal despiadado rondando por estos bosques, conque más vale que os larguéis y no volváis hasta que os enteréis por la prensa de que lo han cogido.

—Sí, señor.

—Así lo haremos, señor.

Volví a las tiendas de la orilla del lago. Atardecía. Las ranas se preparaban para el concierto nocturno, los peces saltaban en el agua y uno de los judíos estaba tirando la caña hacia una onda en expansión. La herida del hombre del sombrero no era grave; estaba fumando un cigarrillo de los míos para tranquilizarse.

—¿Qué les ha dicho para deshacerse de ellos? —preguntó el Turco.

—Les he dicho que eran ustedes policías de incógnito —respondí.

—¿Y se lo han creído? —preguntó Mistress Charalambides.

—A pie juntillas.

—Pero, ¿por qué? —dijo—. Es una mentira flagrante.

—¿Acaso ha detenido eso a los nazis alguna vez? —Señalé la lancha con un gesto de la cabeza—. Suba —le dije—, nos vamos.

Cogí de detrás de la oreja el último cigarrillo que me quedaba y lo encendí con una astilla de la hoguera que me acercó el Turco.

—Creo que los dejarán en paz —le dije—. No les he metido en el cuerpo el temor de Dios, sólo el de la Gestapo; para ellos es más importante, me parece.

El Turco se rió.

—Gracias, *mister* —dijo, y me estrechó la mano.

Desamarré y subí a la lancha con Mistress Charalambides.

—Si algo he aprendido en estos últimos años —dije, al tiempo que ponía el motor en marcha— es a mentir como si fuera verdad. Si uno está previamente convencido de algo, por estrafalario que sea, nunca se sabe hasta qué punto puede salirse con la suya, con los tiempos que corren.

—Es usted tan cínico que lo he tomado por nazi —dijo ella.

Creo que quiso hacer una broma, pero no me gustó oírselo decir. Naturalmente, al mismo tiempo sabía que tenía razón. Soy cínico. Podría haber alegado en mi defensa que había sido poli y que para los polis sólo hay una verdad: todo lo que te cuentan es mentira; pero tampoco me pareció apropiado. Ella tenía razón y no era cuestión de burlarme de ella con otro comentario cínico sobre la posibilidad de que los nazis pusieran algo en el agua, como bromuro, por ejemplo, para que todos los alemanes pensásemos lo peor de los demás. Era cínico. ¿Y quién no, que viviese en Alemania?

Nunca habría desconfiado de Noreen Charalambides y, desde luego, tampoco quería que fuese a la inversa. Como no tenía a mano un bozal, me tapé un labio con el otro para dominar la lengua un rato y apreté el acelerador. Una cosa es morder al enemigo y otra muy distinta que parezcas capaz de morder a tus amigos, por no hablar de la mujer de la que te estás enamorando.

16

Devolvimos la lancha y regresamos al coche. Partimos en dirección este y entramos en Berlín, en calles llenas de gente silenciosa que probablemente no querían saber nada los unos de los otros. Nunca había sido una ciudad muy cordial. La hospitalidad no es una característica destacable de los berlineses, pero ahora parecía Hamelín sin niños. Todavía quedaban las ratas, claro.

Hombres respetables, con sombrero de fieltro bien cepillado y cuello de tirilla, volvían rápidamente a casa después de pasar un día respetable más procurando no ver a los gamberros que se empeñaban en plantar sus sucias botas en los mejores muebles del país. Los cobradores de los autobuses sacaban como podían medio cuerpo fuera de la plataforma para evitar la menor posibilidad de conversación con los pasajeros. En esa época nadie quería manifestar su opinión. Eso no lo especificaba en las guías Baedeker.

En la parada de taxis de la esquina de Leibnizstrasse, los conductores cerraban la capota de cuadros de sus vehículos: señal inequívoca de que la temperatura descendía. Sin embargo, el frío todavía no era tanto como para desalentar a un trío de hombres de las SA, que, con gran valentía, no cejaba en su vigilante boicot a una joyería de propiedad judía que había cerca de la sinagoga de Fasanenstrasse.

«¡Alemanes, defendeos! ¡No compréis en comercios judíos! ¡Consumid sólo productos alemanes!»

Con sus botas marrones de cuero, sus cinturones cruzados marrones de cuero y sus caras marrones de cuero, iluminados por el neón verde de Kurfürstendamm, los tres nazis parecían reptiles prehistóricos, peligrosos como cocodrilos hambrientos que se hubieran escapado del acuario del parque zoológico.

Noté frío en la sangre, yo también. Como si necesitase un trago.

—¿Está enfadado? —me preguntó ella.

—¿Enfadado?

—A modo de protesta silenciosa.

—Es la única forma segura de protestar, con los tiempos que corren. De todos modos, se arregla con un trago.

—A mí tampoco me vendría mal.

—Pero en el Adlon no, ¿de acuerdo? Si vamos allí, seguro que me encargan algo. —Al acercarnos al cruce con Joachimstaler Strasse, señalé con el dedo—: Allí. El bar Cockatoo.

—¿Una de sus guaridas predilectas, Gunther?

—No, la de otra persona, con la que debería usted hablar para lo del artículo.

—¡Ah! ¿Quién?

—Zíngaro Trollmann.

—Es verdad, me acuerdo. El Turco dijo que era el portero del Cockatoo, ¿no? El que luchó con Eric Seelig.

—Por lo que dijo, no estaba seguro al cien por cien de que Seelig fuese nuestro Fritz. Quizá Trollmann nos lo pueda confirmar. Cuando pasas un rato en el *ring* con un tipo que quiere pegarte, supongo que llegas a conocerle la cara perfectamente.

—¿Es gitano y por eso lo llaman Zíngaro o es como el Turco de Solly Mayer?

—Para su desgracia, es gitano de verdad. Lo cierto es que los nazis no sólo desprecian a los judíos: a los gitanos también, y a los afeminados, a los testigos de Jehová, a los comunistas, por descontado, y no nos olvidemos de los rojos. Hasta el momento, son quienes se han llevado la peor parte, quiero decir, que todavía no sé de nadie a quien hayan ejecutado por ser judío.

Pensé en contarle lo que me había dicho Otto Trettin del hacha que cae de Plotzensee, pero preferí dejarlo correr. Puesto que iba a tener que hablarle de Zíngaro Trollmann, supuse que no podría soportar más que una historia triste por velada. La verdad es que no había historia más triste que la de Zíngaro Trollmann.

Llegábamos antes que la clientela principal del Cockatoo; así pues, «Rukelie», como llamaban a Trollmann sus compañeros de trabajo, no había llegado todavía. A las siete de la tarde, nadie causaba problemas, ni siquiera yo.

Una parte del Cockatoo estaba ambientada como un bar de la Polinesia francesa, pero en general todo eran envolventes sillones de terciopelo, papel aterciopelado en las paredes y luces rojas, como en cualquier otra parte de Berlín. Se decía que la barra, azul y dorada, era la más larga de la ciudad, pero estaba claro que lo decían quienes no tenían cinta métrica o creían que Tipperary estaba muy lejos. El techo parecía glaseado, como una tarta de boda. Tenía un cabaret soso, una pista de baile y una pequeña orquesta que, a pesar de lo mal que consideraban los nazis la música decadente, se las arreglaba para tocar jazz como si, en vez de habérselo inventado hombres negros, fuese cosa de un organista de iglesia de Brandeburgo. Como las bailarinas desnudas estaban estrictamente prohibidas en todos los clubs, la atracción del Cockatoo consistía en poner en cada mesa una percha con un loro, aunque sólo servía para recordar a todo el mundo otra gran ventaja de las bailarinas: no se cagaban encima del plato de nadie. Con la salvedad de Anita Berber, eso sí.

Mientras yo bebía *schnapps*, Mistress Charalambides tomaba Martini a sorbitos, como una geisha el té, y sin que se le notasen más los efectos, conque no tardé en pensar que el talento para escribir no era lo único que tenía en común con su marido. Tomaba su bebida como los dioses su dosis diaria de ambrosía.

—A ver, cuénteme algo de Zíngaro Trollmann —dijo, al tiempo que sacaba su libreta y su lapicero de periodista.

—Al contrario que el Turco, que es tan turco como yo, Troll-mann es gitano auténtico, un *sinti*, que es un subgrupo romanó, pero no me pregunte más, porque no soy Bruno Malinowski. Cuando todavía éramos una república, todos los periódicos armaban mucho revuelo con Trollmann porque era gitano y, como además era bien parecido, por no hablar de su excelente categoría en el *ring*, no tardó mucho en triunfar. Los promotores nunca se cansaban del chaval. —Me encogí de hombros—. No creo que tenga ni veintisiete años. El caso es que a mediados del año pasado se iba a presentar al título alemán de los semipesados y, a falta de mejores candidatos, combatiría con Adolf Witt por el título vacante aquí, en Berlín.

»Huelga decir que los nazis esperaban que se impusiera la superioridad aria y Witt machacase a su contrincante de raza inferior. Ése fue uno de los motivos por los que le permitieron pelear, aunque no por ello se olvidaron de untar a los jueces, desde luego, pero no contaron con el público, que se quedó tan impresionado con su entrega y su exhibición de dominio total, que, cuando los jueces proclamaron vencedor a Witt, se armó tal pitote que tuvieron que revocar la decisión y darle el título a él. El chaval lloraba de contento, pero, por desgracia para él, la alegría duró poco.

»Seis días después, la Federación Alemana de Boxeo lo despojó del título y de la licencia so pretexto de que no era digno de llevar el cinturón debido a su estilo de golpear y apartarse y por haber hecho una cosa tan poco digna de hombres como llorar.

Mistress Charalambides había llenado ya varias páginas de la libreta de taquigrafía pulcramente escrita. Dio un sorbito a su copa y sacudió la cabeza.

—¿Se lo quitaron porque lloró?

—Pero todavía falta lo peor —dije—. Una historia típicamente alemana. Como supondrás, le mandan amenazas de muerte en cartas escritas con tinta envenenada, le meten zurullos en el buzón... En fin, de todo. Su mujer y sus hijos están asustados. La cosa se pone tan fea que obliga a su mujer a pedir el divorcio y a cambiarse el apellido, para que los chicos y ella puedan vivir en paz. Pero todavía no lo han derrotado, cree que puede salir de apuros a puñetazos. A regañadientes, la Federación le dio permiso para combatir otra vez, con dos condiciones: la primera, que no utilizase su estilo de golpear y apartarse, que es la clave de su gran categoría de luchador. Es decir, era rápido y no había forma de encajarle un guantazo. Y la segunda, que el contrincante del primer combate fuese Gustav Eder, un tipo que pesaba mucho más.

—Querían humillarlo —dijo ella.

—Lo que querían era matarlo en la lona —dije—. El combate fue en julio de 1933, en la fábrica de cerveza Bock, aquí en Berlín. Con la intención de ridiculizar las restricciones raciales, Trollmann se presentó hecho una caricatura de hombre ario, cubierto de harina y con el pelo teñido de rubio.

—¡Ay, Dios! Es decir, ¿como un pobre negro que quiere disfrazarse para evitar que lo linchen?

—Más o menos, supongo. El caso es que se celebró el combate y, como lo habían obligado a no luchar al estilo que lo había convertido en campeón, se quedó pegado a Eder, devolviéndole puñetazo por puñetazo. El contrincante, que pesaba más, le dio una paliza tremenda, hasta que, hacia el quinto asalto, lo sometió y lo venció por K.O. Desde entonces, no ha vuelto a ser el mismo luchador. Lo último mo que supe de él es que combatía todos los meses con tipos más fuertes que él y que se dejaba dar unas palizas tremendas sólo por poder llevar dinero a su mujer.

Mistress Charalambides sacudió la cabeza.

—Es una tragedia griega moderna —dijo.

—Si lo dice por la poca risa que da, tiene razón, y le aseguro que los dioses se merecen una patada en el culo o algo peor por permitir que le hagan eso a una persona.

—Por lo que he visto hasta ahora, los dioses han dejado de trabajar en Alemania.

—He ahí la cuestión, ¿no? Si no están ahí para ayudarnos ahora, es posible que ni existan.

—No lo creo, Bernie —dijo ella—. Para una dramaturga es muy malo creer que no hay nada más allá del hombre. A nadie le gusta ir al teatro para que le digan eso, y menos ahora. Puede que ahora menos que nunca.

—A lo mejor empiezo a ir al teatro otra vez —dije—. ¡Quién sabe! A lo mejor me devuelve la fe en la naturaleza humana. Pero, mire, ahí viene Trollmann, conque más vale que no alimente esperanzas.

En el momento en que lo decía supe que si mi fe en la naturaleza humana me había tocado en la lotería, rompería el boleto sólo con ver a Trollmann otra vez. Zíngaro Trollmann, tan atractivo antes como cualquier campeón, era ahora la caricatura de un púgil sonado. Estaba tan grotescamente desfigurado que fue como clavar los ojos en Mister Hyde nada más salir de casa del doctor Jekyll. La nariz, antaño pequeña y agresiva, parecía ahora, por el tamaño y la forma, un saco de arena en un reducto mal construido que, a su vez, parecía haberle empujado los ojos hacia los lados de la cabeza, como una res bovina. Las orejas le habían crecido mucho y no tenían contorno, como si le hubiesen caído encima desde la máquina de cortar tocino de una chacinería. Tenía la boca increíblemente ancha y, cuando sonrió estirando los labios, llenos de cicatrices, y enseñando los dientes que tenía y los muchos que le faltaban, fue como contar un chiste al hermano menor de King Kong. Lo peor era su actitud, más alegre que una pared de dibujos de un jardín de infancia, como si no tuviese la menor preocupación en la vida.

Cogió una silla como si fuera un bastón de pan y la posó con el respaldo hacia la mesa.

Nos presentamos. Mistress Charalambides le dedicó una sonrisa que habría iluminado una mina de carbón y se quedó mirándolo con unos ojos tan azules que habrían sido la envidia de los gatos persas. Trollmann no dejaba de asentir y sonreír, como si fuéramos sus más queridos y antiguos amigos. Tal vez lo fuésemos, teniendo en cuenta cómo lo había tratado el mundo hasta entonces.

—Si le digo la verdad, Herr Gunther, me acuerdo de usted. Usted es policía. Seguro, me acuerdo.

—Nunca digas la verdad a un policía, Rukelie, porque así es como te pillan. Es verdad, era policía, pero ya no. Ahora sólo soy el guripa del hotel Adlon. Por lo visto, a los nazis les gustan los polis republicanos tanto como los boxeadores gitanos.

—Eso sí que es verdad, Herr Gunther. Sí, sí, me acuerdo de usted, vino a verme pelear. Fue con otro poli, uno que sabía pelear un poco, ¿verdad?

—Heinrich Grund.

—Justo. Sí, me acuerdo de él. Se entrenaba en el mismo gimnasio que yo. Eso.

—Fuimos a verte al Sportpalast. Combatías con Paul Vogel, aquí, en Berlín.

—Vogel, sí. Aquel combate lo gané por puntos. Era un tipo duro, Paul Vogel. —Miró a Mistress Charalambides y se disculpó con un encogimiento de hombros—. Con la pinta que tengo ahora (es difícil de creer, señora, ya lo sé), pero en aquella época ganaba muchos combates. Ahora ya sólo me quieren de saco de arena. Ya sabe, me ponen delante de uno para que practique puntería. Claro, que podría tumbar a unos cuantos, desde luego, pero no me dejan pelear a mi manera. —Levantó los puños y, sin moverse de la silla, hizo una demostración de esquives y directos—. ¿Sabe lo que digo?

Ella asintió y le puso la mano en su zarpa de soldador.

—Es usted muy bonita, señora. ¿No es bonita, Herr Gunther?

—Gracias, Rukelie.

—Sí que lo es —dije.

—Conocí a muchas señoras bonitas, y todo por lo guapo que era, para ser boxeador. ¿No es verdad, Herr Gunther?

Asentí.

—No lo había mejor.

—Y todo porque bailaba tanto que ninguno podía encajarme un guantazo. Porque, claro, el boxeo no es sólo golpear, también hay que procurar que no te den, pero esos nazis no quieren que lo haga, no les gusta mi estilo. —Suspiró y una lágrima se asomó a sus ojos bovinos—. Bueno, supongo que ahora ya no tengo nada que hacer en el boxeo profesional. No peleo desde marzo. Ya he perdido seis combates seguidos. Creo que es hora de colgar los guantes.

—¿Por qué no se va de Alemania? —preguntó ella—. Ya que no le dejan pelear a su estilo...

Trollmann sacudió la cabeza.

—¿Cómo iba a marcharme? Mis hijos viven aquí y mi ex mujer. No puedo abandonarlos. Además, hace falta dinero para instalarse en otro sitio y ya no puedo ganarlo como antes. Por eso trabajo aquí. También vendo entradas para el boxeo. ¿No quiere comprar alguna? Tengo entradas para el Spichernsaele, Emil Scholz contra Adolf Witt, el 16 de noviembre. Puede ser un buen combate.

Le compró cuatro. Después de los comentarios que había hecho a la salida del T-gym, dudé que tuviese intención de ir a verlo en realidad y supuse que era una forma aceptable de darle un poco de dinero.

—Tome —me dijo ella—. Guárdelas usted.

—¿Te acuerdas de un tal Seelig con el que peleaste? —le pregunté—. ¿Eric Seelig?

—Claro que me acuerdo de Eric. No se me ha olvidado ninguno de mis combates. El único boxeo que puedo permitirme ahora son los recuerdos. Luché con él en junio de 1932. Perdí por puntos, en la Bock. Claro que me acuerdo de él. ¿Cómo iba a olvidarlo? Eric también pasó una temporada muy mala, como yo. Sólo porque es judío. Los nazis le quitaron los títulos y la licencia. Lo último que supe fue que había combatido con Helmut Hartkopp en Hamburgo. Lo ganó por puntos. En febrero del año pasado.

—¿Qué fue de él? —Ella le ofreció un cigarrillo, pero él lo rechazó.

—No sé, pero ya no lucha en Alemania, eso lo sé al cien por cien.

Le enseñé la fotografía de Fritz y le conté las circunstancias de su muerte.

—¿Crees que podría ser éste?

—No, este no es Seelig —dijo Trollmann—. Es más joven que yo y más que este otro, eso seguro. ¿Quién le dijo que era Seelig?

—El Turco.

—¿Solly Mayer? Ahora lo entiendo. El Turco es tuerto. Se le desprendió la retina. Aunque le pongan delante un juego de ajedrez, no distinguiría las blancas de las negras. Entiéndame, el Turco es un buen tipo, pero ya no ve nada bien.

El local empezaba a llenarse. Trollmann saludó a una chica del otro extremo del bar; no sé por qué, pero llevaba trocitos de papel de plata en el pelo. Lo saludaba toda clase de gente. A pesar de todos los esfuerzos de los nazis por deshumanizarlo, seguía ganándose la simpatía de la gente. Parecía que le caía bien hasta al loro de nuestra mesa, porque le dejaba que le acariciase las grises plumas del pelo sin intentar arrancarle un trozo de dedo.

Trollmann miró la fotografía otra vez y asintió.

—Lo conozco y no es Seelig. Pero, ¿cómo supo que era boxeador?

Le conté que el muerto tenía fracturas curadas en los nudillos de los meñiques y la marca de la quemadura en el pecho. Él asintió como dándome la razón.

—Es usted listo, Herr Gunter, y además acertó. Este tipo es púgil. Se llama Isaac Deutsch y es un boxeador judío, claro. En eso también acertó.

—¡No siga! —dijo Mistress Charalambides—. ¡Le va a reventar el ego!

Pero ella seguía escribiendo. El lapicero corría por la hoja de la libreta haciendo un ruido como un murmullo insistente.

Trollmann sonrió y siguió hablando.

—Zak era socio del mismo club deportivo obrero que yo, el Sparta, en Hannover. Pobre Zak. Tengo en casa una colección de todos los boxeadores del Sparta; bueno, de los que luchábamos, vaya. Zak está justo delante de mí. Pobre hombre. Era buen tío y muy buen luchador; se entregaba por completo. De todos modos, nunca nos enfrentamos. No me habría gustado pelear contra él. No por miedo, entiéndame, aunque era muy contundente, sino porque era un buen tipo de verdad. Lo entrenaba su tío Joey y tenía posibilidades de ir a las Olimpiadas, hasta que lo echaron de la Federación y del Sparta. —Suspiró y sacudió la cabeza otra vez—. Conque el pobre Zak ha muerto. ¡Qué pena!

—Entonces, ¿no era profesional? —dije.

—¿Qué diferencia hay? —preguntó Mistress Charalambides.

Solté un gruñido, pero Trollmann, con paciencia, como si se dirigiese a una niña, se lo explicó. Tenía una forma de ser agradable y cordial. De no ser por el recuerdo de haberlo visto en combate, me habría costado mucho creer que hubiera sido boxeador profesional alguna vez.

—Zak quería una medalla antes de hacerse profesional —dijo— y la podría haber ganado si no hubiese sido judío, lo cual es irónico, si eso significa lo que me imagino.

—¿Qué se imagina que significa? —le preguntó.

—Pues cuando no es lo mismo lo que uno cree que le va a pasar a otro y lo que en realidad le pasa después.

—Encaja perfectamente en este caso —dijo ella.

—Como Zak Deutsch, que no pudo representar a Alemania en las Olimpiadas por ser judío, pero terminó de peón de la construcción en Pichelsberg, en las obras del nuevo estadio, aunque oficialmente no podía trabajar allí. Es que en la construcción de la ciudad olímpica sólo pueden trabajar alemanes arios. Eso tengo entendido, vaya. Y eso es lo que quería decir con «irónico», porque hay muchos judíos trabajando en las obras de Pichelsberg. Yo también tendría que haber ido a trabajar allí, pero encontré esto otro. Es que tienen tanta prisa por terminar el estadio cuanto antes, que no pueden prescindir de ningún hombre sano, sea judío o gentil. Eso tengo entendido, vaya.

—Esto empieza a tener sentido —dije.

—Tiene usted una idea rara de lo que es el sentido, Herr Gunther. —Esbozó su enorme sonrisa dentuda—. A mí me parece cosa de locos.

—Y a mí —murmuró Mistress Charalambides.

—Quiero decir, que empiezo a entender algunas cosas —dije—, pero tienes razón, Rukelie, es cosa de locos. —Encendí un cigarrillo—. Vi muchas estupideces en la guerra: hombres que morían sin motivo, vidas desperdiciadas sin ton ni son y, después de la guerra, otras cuantas estupideces más. Pero este asunto de los judíos y los gitanos es una locura. ¿De qué otra forma se puede explicar lo inexplicable?

—He pensado un poco en eso —dijo Trollmann—; bueno, mucho y, por lo que he visto en el deporte del boxeo, he llegado a una conclusión: a veces, si quieres ganar un combate a costa de lo que sea, odiar al otro ayuda. —Se encogió de hombros—. Gitanos, judíos, homosexuales y comunistas. Los nazis necesitan alguien a quien odiar, simplemente.

—Supongo que tienes razón —dije—, pero me preocupa que haya otra guerra, me preocupa lo que les pueda pasar a todos esos pobres desgraciados que no gustan a los nazis.

17

Me pasé casi todo el trayecto hasta el Adlon pensando en lo que habíamos descubierto. Zíngaro Trollmann me había prometido que me mandaría la foto del club Sparta, pero estaba seguro de que había reconocido perfectamente al muerto de Mühlendamm Lock y de que la información que me había dado sobre Isaac Deutsch era veraz: que había trabajado de peón en las obras del estadio olímpico. Decir una cosa y hacer otra, típico de los nazis. De todos modos, Pichelsberg quedaba a bastante distancia de Mühlendamm, en la otra punta de la ciudad, pero nada de lo que acababa de descubrir justificaba la muerte de Deutsch en agua salada.

—¡Cuánto habla usted, Gunther!

—Estaba pensando, Mistress Charalambides. ¡Qué opinión tendrá usted de nosotros! Parecemos el único pueblo del mundo que se empeña en estar a la altura de la peor impresión que tienen de nosotros los demás.

—Por favor, apeemos el tratamiento. Charalambides es un apellido larguísimo incluso en Alemania.

—No sé si podré, ahora que me ha contratado usted. Diez marcos al día exigen cierta dosis de cortesía profesional.

—No puedes seguir llamándome Mistress Charalambides si vas a besarme.

—¿Voy a besarla?

—Lo que dijiste esta mañana sobre Isaac Newton me hace pensar que sí.

—¡Ah! ¿Qué fue?

—Newton formuló tres leyes para clasificar las relaciones entre dos cuerpos. Si nos hubiera conocido a ti y a mí, creo que habría añadido otra, Gunther. Vas a besarme como dos y dos son cuatro. De eso no hay duda.

—¿Quiere decir que se puede demostrar matemáticamente y todo eso?

—Se han escrito muchas páginas sobre el tema: impulsos, desequilibrio entre fuerzas, reacciones iguales y opuestas... Entre los dos hay casi ecuaciones suficientes para llenar una sábana.

—En tal caso, de nada vale que me resista a las leyes universales del movimiento, Noreen.

—De nada en absoluto. Al contrario, lo mejor sería que te dejases llevar por el impulso ahora mismo, antes de que se descoyunte el universo entero por tu culpa.

Paré el coche, puse el freno de mano y me acerqué. Ella volvió la cara un momento.

—Hermann-Goering Strasse —dijo—. ¿Antes no se llamaba de otra forma?

—Budapester Strasse.

—Me gusta más. Quiero guardar el recuerdo de la primera vez que me besaste, pero sin Hermann Goering por el medio.

Se volvió expectante hacia mí y la besé con fuerza. Su aliento sabía a tabaco y licor helado, a lápiz de labios y a una cosa especial del interior de sus bragas, más rica que pan recién cocido con mantequilla ligeramente salada. Noté en las mejillas el roce de sus pestañas, como diminutos colibríes y, al cabo de un minuto más o menos, empezó a respirar como una médium cuando quiere comunicarse con el mundo de los espíritus. A lo mejor era eso, además. Ansioso por poseerla de cuerpo entero, metí la mano izquierda por debajo de su abrigo de pieles y la deslicé desde el muslo hasta el torso con insistencia, como si quisiera generar electricidad estática. Noreen Charalambides no era la única que sabía de física. Se le resbaló el bolso del regazo y cayó al suelo con un golpe seco. Abrí los ojos y me separé de su boca.

—De modo que la fuerza de la gravedad todavía funciona —dije—. Tal como tengo la cabeza, había empezado a dudarlo. Al fin y al cabo, se puede decir que Newton sabía un par de cosas,.

—No lo sabía todo. Apuesto a que no sabía besar a las chicas como tú.

—Porque nunca conoció a una como tú, Noreen. De lo contrario, podría haber hecho algo útil con su vida. Por ejemplo, esto.

La besé otra vez, pero puse la espalda también en ello, como si de verdad quisiera hacer lo que estaba haciendo. Y puede que así fuera. Hacía mucho tiempo que no me enamoraba tanto de una mujer. Eché una mirada por la ventanilla y el rótulo de la calle me recordó lo que había pensado la primera vez que hablé con ella en el hotel, en el apartamento de Hedda Adlon: que era una vieja amiga de mi jefa y que antes me iría a la cama con Hermann Goering que ponerle un dedo encima. Tal como iban las cosas, el primer ministro prusiano iba a llevarse una sorpresa de tamaño Hermann.

Ahora tenía su lengua en mi boca, además del corazón y los recelos que intentaba tragarme. Estaba perdiendo el control, sobre todo el de la mano izquierda, que se había metido por debajo del vestido y estaba haciéndose amiga de la liga y el frío muslo que rodeaba. Ella no hizo ningún movimiento para detener la muñeca que guiaba la mano hasta que ésta se deslizó en el espacio secreto de entre los muslos. Dejé que me apartase la mano, me llevé los dedos a la boca y me los chupé.

—Esta mano... No sé en qué líos se mete a veces.

—Eres un hombre, Gunther, por eso se mete en líos. —Me acarició los dedos con los labios—. Me gusta que me beses, sabes besar muy bien. Si besar fuese un deporte olímpico, serías candidato a medalla, pero no me gustan las prisas. Prefiero que me den un paseo por la pista antes de montarme y no se te ocurra usar la fusta, si no quieres caerte de la silla. Soy una mujer independiente, Gunther. Si corro, es sólo con los ojos abiertos y porque quiero. No pienso ponerme anteojeras si llegamos a la meta ni cuando lleguemos. Es posible que no me ponga absolutamente nada.

—Claro —dije—, no se me habría ocurrido que pudieras ser de otra manera. Ni anteojeras ni bocado, siquiera. ¿Qué te parecería que te diese una manzana de vez en cuando?

—Las manzanas me gustan —dijo—, pero ten cuidado, que a lo mejor te muerdo la mano.

Dejé que me mordiese con fuerza. Me dolió, pero lo disfruté. Me gustaba el dolor que me infligía ella como algo primordial, como algo que estaba destinado a ser así desde siempre. Por otra parte, ambos sabíamos que, cuando hubiésemos tirado la ropa al suelo junto a nuestros sudorosos cuerpos desnudos, se lo pagaría en especie. Siempre ha sido así entre hombre y mujer. A la mujer se la toma, pero no siempre con la debida consideración de lo que es digno, decoroso y educado. Algunas veces, la naturaleza humana nos avergüenza un poco.

Volvimos al hotel y aparqué el coche. Al cruzar por la puerta y entrar en el vestíbulo nos encontramos con Max Reles, que salía a alguna parte. Lo acompañaban Gerhard Krempel y Dora Bauer e iban todos vestidos de noche. Reles se dirigió a Noreen en inglés, lo cual me dio ocasión de decir algo a Dora.

—Buenas noches, Fräulein Bauer —dije con buenos modales.

—Herr Gunther.

—Está usted muy guapa.

—Gracias. —Me sonrió cálidamente—. Gracias de verdad. Le agradezco mucho que me haya proporcionado este trabajo.

—Ha sido un placer, Fräulein. Behlert me ha dicho que trabaja usted con Herr Reles casi en exclusiva.

—Max me da mucho trabajo, sí. Creo que no había escrito tanto a máquina en mi vida, ni siquiera en Odol. El caso es que ahora nos vamos a la ópera.

—¿Qué van a ver?

Sonrió con ingenuidad.

—No tengo la menor idea. No sé nada de ópera.

—Yo tampoco.

—Supongo que me parecerá insoportable, pero Max quiere que le tome algunas notas durante el descanso.

—¿Y usted, Herr Krempel? ¿Qué hace durante el descanso? ¿Cargarse una buena melodía, a falta de otra cosa?

—¿Nos conocemos? —preguntó sin mirarme apenas.

Gruñó por lo bajo con una voz que parecía que la hubieran lijado y puesto a macerar en petróleo ardiendo.

—No, usted a mí no, pero yo a usted sí.

Krempel era alto, con unos hombros como arbotantes y los ojos completamente negros. Tenía la cabeza tan grande como un galápago y probablemente igual de dura, con el pelo abundante, rubio y corto. Su boca parecía una cicatriz antigua de la rodilla de un futbolista. Unos dedos como garfios empezaban a cerrarse en un puño del tamaño de martillos de demoler. Parecía un auténtico matón de matones y, si el Frente Obrero Alemán tenía una sección para empleados del sector de la intimidación y la coerción, sería razonable pensar que lo hubieran elegido representante a él.

—Me confunde con otra persona —dijo, al tiempo que reprimía un bostezo.

—Me habré equivocado, sí. Será por el traje de noche. Creía que era usted un gorila de las SA.

Max Reles debió de oírme, porque me miró con mala cara y después a Noreen.

—¿Este friegaplatos la está molestando? —le preguntó en alemán, para que me enterase bien.

—No —dijo ella—. Herr Gunther me ha prestado una gran ayuda.

—¿De verdad? —Reles soltó una risita—. A lo mejor es su cumpleaños o algo así. ¿Qué me dice, Gunther? ¿Se ha bañado hoy?

A Krempel le hizo mucha gracia la pregunta.

—Dígame, ¿ha encontrado ya mi cajita china o a la chica que la robó?

—El asunto está en manos de la policía, señor. Estarán haciendo todo lo posible por encontrar una solución satisfactoria, no lo dude.

—Eso me consuela mucho. Dígame, Gunther, ¿qué clase de policía era usted antes de ponerse a fisgar por las cerraduras del hotel? Seguro que era de los que llevan un estúpido casco de cuero con la copa plana. ¿Es porque los polis alemanes tienen la cabeza plana o sólo porque algunos de ustedes practican el pluriempleo transportando cestas de pescado en el mercado de Friedrichshain?

—Por las dos cosas, me parece —dijo Krempel.

—¿Sabe que en los Estados Unidos llaman «pies planos» a los polis porque son muchos los que los tienen? —dijo Reles—. A mí me gusta mucho más «cabeza plana».

—Nuestro deseo es complacer, señor —dije con paciencia—. Damas, caballeros. —Hasta me toqué el ala del sombrero al dar media vuelta para marcharme. Me pareció más diplomático que soltar un puñetazo a Max Reles en las narices y mucho menos merecedor de que me echasen del trabajo—. Que disfrute de la velada, Fräulein Bauer.

Me acerqué tranquilamente al mostrador de recepción, donde Franz Joseph, el conserje, charlaba con Dajos Béla, el director de la orquesta del hotel. Eché un vistazo a mi casilla. Tenía dos mensajes. Uno era de Emil Linthe y decía que había terminado el trabajo. El otro era de Otto Trettin; quería que lo llamase urgentemente. Levanté el teléfono y pedí a la operadora del hotel que me pusiese con el Alex y, después, con Otto, que solía trabajar hasta tarde, ya que no lo hacía desde temprano.

—A ver, ¿qué pasa en Danzig? —le pregunté.

—No te preocupes de eso ahora —dijo—. ¿Te acuerdas del poli al que se cargaron, August Krichbaum?

—Claro —dije, y apreté el puño y me mordí los nudillos con calma.

—El testigo es ex policía. Al parecer, está seguro de que el homicida también lo es. Ha repasado los archivos del personal y ha confeccionado una lista de sospechosos.

—Algo sabía de eso.

Otto hizo una breve pausa.

—Estás en la lista, Bernie.

—¿Yo? —dije, con toda la frialdad de que fui capaz—. ¿Cómo es eso, en tu opinión?

—Quizá fuiste tú.

—Quizá. Por otra parte, podría ser una encerrona, por mi pasado republicano.

—Pudiera —reconoció Otto—. Se las han hecho a otros por mucho menos.

—¿Cuántos hay en la lista?

—Me han dicho que sólo diez.

—Ya. Bueno, gracias por el soplo, Otto.

—Me pareció que te gustaría saberlo.

Encendí un cigarrillo.

—Resulta que me parece que tengo coartada para el día de los hechos, pero no quiero utilizarla, porque tiene relación con el colega del Negociado de Asuntos Judíos de la Gestapo, el que me dio una pista sobre lo de mi abuela. Si lo nombro, querrán saber qué hacía yo en la sede de la Gestapo y, de paso, meterlo en el lío.

A menudo, una mentira sencilla ahorra mucho tiempo de verdades. No quería echar tierra a Otto en los ojos, pero me pareció que, en ese asunto, no tenía donde elegir.

—En tal caso, es una suerte que estuvieses conmigo a la hora en que lo mataron —dijo él—, tomando cerveza en el Zum, ¿te acuerdas?

—Cómo no.

—Estuvimos hablando de si me ayudarías con un capítulo de mi nuevo libro sobre un caso en el que trabajaste, el de Gormann el Estrangulador. Te pareció que yo ya lo sabía todo, por la cantidad de veces que me habías aburrido contándome la historia.

—Lo tendré presente. Gracias, Otto.

Solté un suspiro de alivio. El nombre y la palabra de Trettin todavía tenían algún peso en el Alex. Bueno, medio suspiro sólo.

—Por cierto —añadió—. En efecto, Ilse Szrajbman, tu taquimecanógrafa judía, tenía la caja china del cliente. Dice que la cogió en un arrebato, porque Reles se portó como un cerdo y no quiso pagarle lo que le debía por su trabajo.

—Conociendo a Reles, me lo creo sin problemas. —Intenté ordenar un poco mis alterados pensamientos—. Pero, ¿por qué no se lo dijo al director del hotel? ¿Por qué no se lo dijo a Herr Behlert?

—Dice que, para los judíos, no es fácil quejarse de cosas ni de hombres tan bien relacionados como ese Max Reles. Le tenía miedo, según dijo a la KRIPO de Danzig.

—¿Tanto como para robarle?

—Danzig está lejos de Berlín, Bernie. Por otra parte, lo hizo impulsivamente, como te he dicho, y lo lamentaba.

—La KRIPO de Danzig está llevando el caso con mucho tacto, Otto, ¿por qué?

—Lo hacen por mí, no por la judía. Hay muchos polis provincianos que quieren venir a la gran ciudad a trabajar en delitos criminales, ya lo sabes. Soy alguien para esos imbéciles. El caso es que tengo la caja y, para ser sincero, no entiendo a qué venía tanto jaleo. He visto antigüedades más aparentes en Woolworth's. ¿Qué quieres que haga con ella?

—Pues déjala en el hotel cuando te venga bien. Prefiero no ir yo al Alex, a menos que me lo pidan. La última vez que estuve allí, tu viejo colega Liebermann von Sonnenberg me endosó un encargo a título de favor.

—Me lo contó.

—Aunque, tal como pintan las cosas, a lo mejor soy yo quien tiene que pedir el favor.

—Es a mí a quien le debes uno, Bernie, no a él.

—Procuraré no olvidarlo. Voy a decirte una cosa, Otto: este

asunto de Max Reles tiene más miga que lo de la taquimecanógrafa que quiere ajustar cuentas con su jefe. Esa caja china estaba en un museo de Berlín hace muy pocas semanas. De repente la tiene Reles, quien la utiliza, con pleno conocimiento del ministro del Interior, para sobornar a no sé qué *Ami* del Comité Olímpico.

—Por favor, Bernie, ten en cuenta lo sensible que tengo el oído. Hay cosas que quiero saber, pero también otras tantas de las que es mejor no hablar.

Colgué y miré a Franz Joseph. En realidad se llamaba Gustav, pero, con su cabeza calva y sus largas patillas, el conserje del Adlon se parecía mucho al antiguo emperador austriaco, Franz Joseph, y por eso lo llamaba así casi todo el personal del hotel.

—Oye, Franz Joseph, ¿te ocupaste tú de las entradas de Reles para la ópera de esta noche?

—¿Reles?

—El estadounidense de la suite uno catorce.

—Sí. Alexander Kipnis interpreta a Gurnemanz en *Parsifal*. Incluso a mí me costó conseguir entradas. Kipnis es judío, ya ves, pero en estos tiempos es muy difícil poder oír a un judío cantando Wagner.

—Me imagino que debe de ser una de las voces menos desagradables de oír en Alemania en estos momentos.

—Dicen que a Hitler no le parece bien.

—¿Dónde es la ópera?

—En el Teatro Alemán de la Ópera, en Bismarckstrasse.

—¿Te acuerdas del número de las localidades? Es que tengo que encontrar a Reles para darle un mensaje.

—Falta una hora para que se levante el telón. Tiene un palco en el piso principal, a la izquierda del escenario.

—Tal como lo dices, parece impresionante, Franz.

—Lo es. Es el palco de Hitler, cuando va a la ópera.

—Pero esta noche no va.

—Evidentemente.

Volví al vestíbulo. Behlert hablaba con dos tipos. No los había visto nunca, pero supe que eran policías. En primer lugar, los identificaba la actitud de Behlert: como si estuviese hablando con los dos hombres más interesantes del mundo; en segundo término, la actitud de ellos: parecía que les resbalase todo lo que les decía, salvo lo relativo a mí. Eso lo supe porque Behlert señaló en mi dirección. También supe que eran polis por el abrigo grueso y las botas pesadas que llevaban y por el olor corporal que despedían. En invierno, la poli de Berlín siempre se viste y huele como si estuviera en las trincheras. Se acercaron a mí escoltados por Behlert, quien ponía los ojos en blanco, me enseñaron brevemente la placa y me clavaron una mirada acechante, casi como si pensaran que iba a salir huyendo y les daría ocasión de divertirse un poco disparándome. No se lo podía reprochar, así es como se limpia Berlín de muchos delincuentes.

—¿Bernhard Gunther?

—Sí.

—Inspectores Rust y Brandt, del Alex.

—Claro, me acuerdo. Son ustedes los investigadores que asignó Liebermann von Sonnenberg al caso de la muerte de Herr Rubusch, el de la dos diez, ¿no es así? Entonces, ¿de qué murió? No llegué a averiguarlo.

—Aneurisma cerebral —dijo uno.

—Aneurisma, ¿eh? Con esas cosas, nunca se sabe, ¿verdad? Estás tan tranquilo saltando por ahí como una mosca y, de pronto, te quedas tumbado en el suelo de la trinchera mirando al cielo.

—Quisiéramos hacerle unas preguntas en el Alex.

—Por supuesto.

Los seguí al exterior, a la fría noche.

—¿Es por ese caso?

—Lo sabrá cuando lleguemos al Alex —dijo Rust.

Bismarckstrasse no había cambiado de nombre y recorría la ciudad desde la punta occidental del Tiergarten hasta la oriental del Grunewald. El Teatro Alemán de la Ópera, que antes se llamaba Teatro Municipal de la Ópera, estaba más o menos en el centro de la calle, del lado norte, y era un edificio de diseño y construcción relativamente recientes. La verdad es que no me había fijado mucho en él hasta entonces. Al final de una jornada de trabajo, necesito algo menos engañoso que contemplar a un montón de gordos haciéndose pasar por héroes y heroínas. Para mí, una velada musical es el Kempinski Waterland Chorus: una revista de chicas pechugonas con falda corta que tocan el ukelele y cantan canciones vulgares sobre cabreros bávaros.

No estaba de humor para cosas que se tomasen tan en serio a sí mismas como la ópera alemana, y menos después de dos incómodas horas de espera en el Alex para que me preguntasen sobre el poli al que había matado, más otro ratito que tardaron en localizar a Otto Trettin —estaba en el Zum— para que corroborase mi historia. Cuando por fin me soltaron, me pregunté si ahí quedaría todo, aunque, no sé por qué, sospechaba que no y, en conclusión, no tenía ganas de celebrarlo. En total, fue una experiencia, una lección de las que da la vida cuando menos la necesitas.

A pesar de todo, tenía interés en saber con quién compartía el palco Max Reles. Llegué al teatro a tiempo para el descanso y compré una entrada de pie, que me proporcionaba una vista excelente del escenario y, lo que es más importante, de los ocupantes del palco habitual de Hitler, en el piso principal. Incluso pude echarles un vistazo más de cerca antes de que apagasen las luces, porque me dio tiempo a pedir prestados unos gemelos a una mujer que se sentaba al lado de donde estaba yo.

—Hoy no ha venido al teatro —dijo la mujer, al ver hacia dónde miraba.

—¿Quién?

—El Guía.

Eso era evidente, pero también lo era que había otras personas en el palco, invitados de Max Reles, que eran figuras importantes del Partido Nazi. Uno de ellos, de pelo blanco y gruesas cejas oscuras, rondaba los cincuenta. Llevaba una guerrera marrón de estilo militar con varias condecoraciones, entre ellas, la Cruz de Hierro y un brazalete nazi, camisa blanca, corbata negra, pantalones marrones de montar y botas militares de cuero.

Devolví los gemelos.

—Supongo que no sabrá usted quién es el jefe del grupo.

La mujer miró por los binoculares y asintió.

—Es Von Tschammer und Osten.

—¿El director de Deportes del Reich?

—Sí.

—¿Y el general que hay detrás de él?

—Von Reichenau. —Respondió sin la menor vacilación—. El calvo es Walther Funk, del Ministerio de Propaganda.

—Impresionante —dije con verdadera admiración.

La mujer sonrió. Llevaba gafas. No era una belleza, pero parecía inteligente y tenía cierto atractivo.

—Mi trabajo consiste en saber quiénes son esas personas —me dijo—, soy editora fotográfica de la *Gaceta Ilustrada de Berlín*. —Sin dejar de escrutar el palco, sacudió la cabeza—. Aunque al alto no lo reconozco. El que tiene una cara como un instrumento despuntado y, por cierto, tampoco a la chica atractiva que parece acompañarlo. Parecen los anfitriones, pero no sabría decir si ella es demasiado joven para él o él demasiado viejo para ella.

—Él es estadounidense —dije— y se llama Max Reles. La chica es su taquimecanógrafa.

—¿Eso le parece?

Cogí los prismáticos y volví a mirar. No vi nada que indicase que Dora Bauer fuese otra cosa que la secretaria de Reles. Tenía una libreta en la mano y parecía escribir algo. Y, desde luego, estaba sumamente atractiva y no se parecía nada a una taquimecanógrafa. Llevaba un collar que brillaba como la inmensa araña eléctrica que lucía sobre nuestras cabezas. Mientras la miraba, dejó la libreta, cogió una botella de champán y llenó la copa a todos los presentes. Apareció otra mujer. Von Tschammer und Osten apuró su copa y tendió el brazo para que se la rellenara. Reles encendió un puro grande. El general se rió de su propia gracia y luego miró lascivamente el escote de la segunda mujer. Eso valía por sí mismo el coste de unos prismáticos de ópera.

—Parece una auténtica fiesta —dije.

—Lo sería, si no fuese *Parsifal*.

La miré sin comprender.

—Dura cinco horas. —La señora de las gafas miró el reloj—. Todavía quedan tres.

—Gracias por el dato —dije, y me marché.

Volví al Adlon, cogí una llave maestra del mostrador y subí a la suite 114 por las escaleras. Las habitaciones olían mucho a puros y colonia. Los armarios estaban repletos de trajes hechos a medida y los cajones, de camisas primorosamente dobladas. Hasta el calzado era hecho a medida en una empresa de Londres. Sólo de ver el cajón, pensé que me había equivocado de trabajo, aunque, la verdad, para saber eso no me hacía falta mirar los zapatos de Max Reles. Se ganara la vida como se la ganase, le compensaba mucho, desde luego, como todo lo demás, me imaginé. A juzgar por su comportamiento, no podía ser de otra forma. La colección de relojes y anillos de oro que había en la mesilla de noche confirmaba la impresión de un hombre a quien no le preocupan su seguridad personal ni los precios de la altura del monte Matterhorn que tenía el Adlon.

Había una Torpedo tapada en la mesa de la ventana, pero el archivo alfabético de acordeón que había debajo, en el suelo, me indicó que se usaba mucho: estaba lleno de correspondencia con empresas de construcción, compañías de gas, aserraderos, productores de caucho, fontaneros, electricistas, ingenieros, carpinteros... y de toda Alemania, además, desde Bremen a Wurzburgo. Algunas cartas estaban en inglés, desde luego, y de entre ellas, había unas cuantas dirigidas a la Avery Brundage Company de Chicago, cosa que debería haber sido un indicio de algo, aunque no supe de qué. Hurgué en la papelera y alisé unas cuantas copias de carboncillo, las leí, las doblé y me las metí en el bolsillo. Me dije que Max Reles no echaría de menos unas pocas cartas de la papelera, aunque en realidad no me importaba nada si Reles cumplía alguna función en la adjudicación de los contratos olímpicos, que era lo que parecía. En una Alemania gobernada por una nefasta pandilla de criminales y defraudadores, no tenía sentido tratar de convencer a Otto Trettin —y muy a su pesar, como es comprensible— de que aceptara un caso en el que tal vez hubiera importantes oficiales nazis implicados. Yo buscaba algo que fuese más ilegal a primera vista, aunque no tenía idea de qué podría llegar a ser. A pesar de todo, pensé que, si lo veía, lo reconocería.

Por supuesto, el único motivo que tenía para hacerlo era lo mucho que me repelía ese hombre y el recelo que me inspiraba. En el pasado, esa clase de sensaciones me había sido de gran ayuda. En el Alex, siempre decíamos que el trabajo de un poli era sospechar de quien sospechaba todo el mundo, pero que el del investigador consistía en no fiarse de quien los demás consideran inocente.

Algo me llamó la atención. Parecía un poco fuera de lugar que Max Reles tuviera en una suite del Adlon un destornillador automático. Lo vi en el alféizar de la ventana del cuarto de baño. Estaba a punto de concluir que podría haberlo dejado allí un empleado de mantenimiento, cuando me fijé en las letras del mango: YANKEE N.º 15 NORTH BROS. MFG. CO. PHIL. PA. USA. Debía de haberlo traído él de América, pero, ¿por qué? Como estaba cerca, me fijé en los cuatro tornillos que fijaban una loseta de mármol que ocultaba la cisterna; parecían requerir investigación y resultaron más fáciles de sacar de lo que deberían.

Retirada la loseta, me asomé al espacio de debajo de la cisterna y vi una bolsa de lona. La cogí. Pesaba. La saqué de allí, la puse en la tapa del retrete y la abrí.

Aunque en Alemania era ilegal poseer armas de fuego, sobre todo pistolas, se concedían permisos a quienes alegaban motivos justificados para tener una; por tres marcos, cualquier juez expedía enseguida una licencia. Casi cualquiera podía poseer legalmente un rifle, un revólver e incluso una pistola automática. Sin embargo, no creo que hubiera un solo juez en todo el país que hubiese firmado una licencia para una metralleta Thompson con cargador de barrilete. En la bolsa había también varios cartuchos de cien balas, dos pistolas semiautomáticas Colt con empuñadura cauchutada y una navaja plegable. Además, encontré una bolsita de piel con cinco gruesos fajos de billetes de cien dólares con el retrato del presidente Grover Cleveland y unos cuantos, menos gruesos, de marcos alemanes, así como un billetero también de piel con unos cien francos suizos de oro y unas docenas de inhaladores de benzedrina en sus cajas Smith-Kline francesas.

Todo ese material —sobre todo la máquina de escribir de Chicago— parecía la prueba evidente de que Max Reles era un *gangster* de alguna clase.

Lo metí todo de nuevo en la bolsa de lona, devolví la bolsa a su escondite de debajo de la cisterna y atornillé la loseta en su sitio. Cuando todo volvió a estar exactamente como lo había encontrado, salí de la suite y me fui por el pasillo; me detuve al pie de las escaleras pensando en si me atrevería a ir a la 201 y entrar en la habitación de Noreen con la llave maestra. Dejé volar la imaginación un momento y me vi en el asiento de atrás de un coche veloz, corriendo por el circuito AVUS hasta Potsdam. Después me quedé mirando fijamente la llave casi diez segundos y terminé por metérmela en el bolsillo de la chaqueta e irme abajo con mi libido.

«Cálmate, Gunther —me dije—. Ya oíste lo que dijo la dama, no quiere que le metan prisa.»

En el mostrador me esperaba otro mensaje. Era de Noreen, de hacía más de dos horas. Volví a subir y pegué el oído a su puerta. Lo que decía en la nota era justificación suficiente para entrar con la llave maestra, pero me pudo la buena educación alemana y llamé.

Tardó un larguísimo minuto en abrirme.

—¡Ah, eres tú! —dijo, casi decepcionada.

—¿Esperabas a otra persona?

Llevaba puesta una bata marrón de gasa y un camisón a juego. Olía a miel y sus ojos azules estaban tan somnolientos que creí que querría volver a la cama, pero ahora conmigo. Quizá. Me invitó a pasar y cerró la puerta.

—Quería decir que te mandé la nota hace dos horas y creía que vendrías enseguida. Me he quedado dormida.

—Salí un rato... a refrescarme.

—¿Adónde fuiste?

—A *Parsifal*. A la ópera.

—Eres una caja de sorpresas, ¿lo sabías? Nunca me habría imaginado que te gustase la música.

—Es que no me gusta. Salí a los cinco minutos con un deseo irresistible de venir a buscarte.

—Hummm. Entonces, ¿qué soy? ¿Una doncella flor? ¿La esclava de Klingsor... cómo se llamaba? ¿La de *Parsifal*?

—No tengo ni idea. —Me encogí de hombros—. Ya te he dicho que sólo estuve cinco minutos.

Noreen me abrazó por el cuello.

—Espero que hayas traído la lanza mágica de Parsifal, Gunther, porque resulta que yo no tengo aquí ninguna otra. —Me fue empujando hacia la cama—. Al menos, de momento, no.

—¿Crees que debería pasar la noche aquí contigo?

—En mi humilde opinión, sí. —Con un movimiento de hombros, se deshizo de la bata, la cual cayó a la gruesa moqueta con un susurro de gasa.

—No has tenido una humilde opinión en tu vida —le dije, y la besé.

Esta vez me dejó pasar las manos a mi antojo por los contornos de su cuerpo como si fuera un masajista impaciente. Se entretuvieron sobre todo en las nalgas, acumulando gasa entre los dedos hasta que pude atraerla hacia mi pelvis. Parecía que la mano derecha se me estaba recuperando milagrosamente.

—Pues es verdad —dijo—. El servicio de habitaciones del Adlon es el mejor de Europa.

—La clave para llevar un buen hotel —dije, cubriéndole un pecho con la mano— es eliminar el aburrimiento. Casi todos los problemas que surgen tienen su origen en la inocente curiosidad de nuestros huéspedes.

—Me parece que de eso no me han acusado —dijo—. De inocencia, desde hace mucho tiempo. —Sacudió la cabeza—. No soy inocente, Gunther.

Sonreí.

—Supongo que no me crees —dijo, y se puso en la boca un mechón de pelo—, porque todavía llevo ropa puesta.

Me hizo sentar en el borde de la cama y retrocedió para quitarse el camisón espectacularmente. Desnuda, valía el precio de una habitación privada en Pompeya y, por lo que hace a la espectacularidad, ganaba a *Parsifal* por muchos actos provocativos. Al verla, uno se preguntaba por qué habría de molestarse nadie en pintar otra cosa que desnudos de mujeres. Aunque a Braque le gustasen los cubos, yo prefería las curvas y las de Noreen habrían satisfecho a Apolonio de Perga e incluso a Kepler. Me cogió por la cabeza, se la acercó al vientre y, mientras me levantaba el pelo como a un perrito mimado, me hizo cosquillas con la ausencia de lo que hacía de mí un hombre.

—¿Por qué no me tocas? —me dijo con suavidad—. Quiero que me toques. Ahora mismo.

Se sentó en mi aumentado regazo y, con paciencia, abrió paso a mi impúdica curiosidad cerrando los ojos a todo lo que no fuese su propio placer. Respiraba hondo, con las aletas de la nariz muy abiertas, como un yogui cuando se concentra en la respiración.

—¿Y por qué cambiaste de opinión? —pregunté, al tiempo que me acercaba a su endurecido pezón—. Con respecto a esta noche, digo.

—¿Quién ha dicho que haya cambiado de opinión? A lo mejor lo tenía todo planeado —dijo—, como si fuera una escena de una obra que hubiese escrito. —Me quitó la chaqueta y empezó a deshacerme el nudo de la corbata—. Esto es exactamente lo que quiero que haga tu personaje. Es posible que no tengas mucho donde elegir por tu cuenta. ¿De verdad te parece que puedes elegir en esto, Gunther?

—No. —Le mordí el pezón—. Ahora no, pero antes me dio la impresión de que jugabas un poco a hacerte la dura.

—Es que lo soy; pero contigo, no. Eres el primero desde hace mucho tiempo.

—Podría decir lo mismo.

—Podrías, pero mentirías. Eres uno de los protagonistas de mi obra, no lo olvides. Sé todo lo que te concierne, Gunther. —Empezó a desabotonarme la camisa.

—¿Y Max Reles es otro personaje? Porque lo conoces, ¿verdad?

—¿Tenemos que hablar de él ahora?

—Puedo esperar.

—Me alegro, porque yo no. Nunca he sabido, ni de pequeñita. Pregúntame después, cuando haya terminado la espera.

18

Los techos de las habitaciones del Adlon estaban a la distancia perfecta del suelo. Tumbado en la cama, al mandar una columna de humo de cigarrillo directa hacia arriba, la araña del cristal parecía una montaña lejana y helada, rodeada por un blanco collar de nubes. Hasta entonces, nunca me había fijado mucho en los techos. Los anteriores encuentros con Frieda Bamberger habían sido furtivos y apresurados, siempre con un ojo en el reloj y el otro en la manilla de la puerta y, desde luego, nunca tan relajados como para quedarme dormido después. Sin embargo, ahora que contemplaba las nobles alturas de la habitación, tuve la sensación de que mi espíritu trepaba por las sedosas paredes, se instalaba en la moldura de los cuadros como una gárgola invisible y se ponía a mirar con fascinación de anatomista los restos desnudos de lo que acababa de suceder.

Enlazados todavía por las piernas y los brazos, Noreen y Gunther yacían sudorosos uno al lado del otro, como Eros y Psyque caídos de otro techo más celestial... aunque no era fácil imaginar nada más celestial que lo que había tenido lugar. Estaba yo como San Pedro tomando posesión de una nueva y bonita basílica vacante.

—Apuesto a que no habías probado estas camas —dijo Noreen; me quitó el cigarrillo de la mano y fumó con un gesto exagerado de borracha o de actriz en el escenario—. ¿Me equivoco?

—No —mentí—. Se me hace raro.

Ella no querría saber nada de mis encuentros privados con Frieda. En cualquier caso, no le interesarían tanto como Max Reles a mí.

—No parece que te tenga mucho aprecio —dijo, una vez hube pronunciado su nombre otra vez.

—¿Por qué? Al fin y al cabo, he sabido disimular muy bien lo mucho que me desagrada. No, en realidad lo desprecio, pero es huésped del hotel y estoy obligado a no tirarlo seis pisos por las escaleras de un puñetazo y luego echarlo por la puerta de una patada. Es lo que me gustaría hacer y lo haría, si tuviese otro trabajo.

—Ten cuidado, Bernie, es peligroso.

—Eso ya lo sabía. La pregunta es, ¿cómo lo sabes tú?

—Nos conocimos en el vapor *SS Manhattan* —dijo—, en el viaje de Nueva York a Hamburgo. Nos presentaron en la mesa del capitán y nos veíamos de vez en cuando para jugar al *gin rummy*. —Se encogió de hombros—. No se le daba bien, pero el caso es que, en un viaje largo, una mujer sola debe suponer que será el centro de atención de los caballeros solteros. Incluso de algunos casados, también. Había otro, además de Max Reles, un abogado canadiense llamado John Martin. Tomé una copa con él y se hizo una idea equivocada de mí. El caso es que empezó a creer que él y yo... bueno, por decirlo con sus palabras, que había algo especial entre nosotros. Sin embargo, no era cierto. No, de verdad que no, pero no supo encajarlo y se convirtió en una molestia. Me dijo que me amaba y que quería casarse conmigo. No me hizo gracia. Procuraba evitarlo, pero eso es difícil en un barco.

»Una noche, ante la costa irlandesa, se lo comenté someramente a Max Reles mientras jugábamos al *gin rummy*. No dijo gran cosa. Es posible que me equivoque por completo, pero al día siguiente dieron por desaparecido al tal Martin; supusieron que se habría caído por la borda. Tengo entendido que hicieron una operación de búsqueda, pero sólo para cubrir las apariencias, porque no podría haber sobrevivido tantas horas en el mar de ninguna manera.

»Sea como fuere, poco después sospeché que Reles había tenido algo que ver con la desaparición del pobre desgraciado. Fue por un comentario que hizo; no recuerdo las palabras exactas, pero sé que lo dijo sonriendo. —Sacudió la cabeza—. Te parecerá que estoy loca, porque, claro, todo es pura coincidencia, por eso no se lo había contado nunca a nadie.

—No, no —dije—. Las coincidencias son pruebas circunstanciales que no tienen nada de malo, siempre y cuando encajen, claro está. ¿Qué fue lo que dijo él?

—Algo como: «Parece que le han solucionado la irritante molestia que tenía, Mistress Charalambides». A continuación me preguntó si lo había empujado yo por la borda y, al parecer, le hizo mucha gracia. Le dije que a mí no, ninguna, y le pregunté si creía que había alguna posibilidad de que el señor Martin siguiera con vida. Entonces contestó: «Sinceramente, espero que no». A partir de entonces, procuré no encontrarme más con él.

—¿Qué sabes exactamente de Max Reles?

—No mucho, sólo lo que me contaba mientras jugábamos. Me dijo que se dedicaba a los negocios de la manera en que lo dicen los hombres cuando quieren dar a entender que su trabajo no es muy interesante. Habla alemán muy bien, desde luego, y algo de húngaro, creo. Me dijo que iba a Zurich, así es que no esperaba volver a encontrármelo y menos aún aquí. Volví a verlo hará una semana, en la biblioteca. Tomé una copa con él por pura educación. Al parecer, lleva ya un tiempo en Berlín.

—En efecto.

—Me crees, ¿verdad?

Lo preguntó de una manera que me hizo sospechar que podía estar mintiendo. Claro que... soy así. Otros prefieren creer en la olla de oro del final del arco iris, pero yo soy de los que piensan que la vigilan cuatro polis en un coche.

—No pensarás que me lo he inventado, ¿verdad?

—En absoluto —dije, aunque me pregunté qué motivos tendría un hombre para cargarse a otro por una mujer que sólo era compañera de juego de cartas—. Por lo que me has contado, creo que tu conclusión es muy razonable.

—Te parece que debería habérselo dicho al capitán del barco, ¿verdad? O a la policía de Hamburgo.

—Sin verdaderas pruebas que lo corroborasen, Reles se habría limitado a negarlo y te habría hecho quedar como una idiota. Por otra parte, tampoco al ahogado le habría servido de nada.

—De todas maneras, me considero un poco responsable de lo que sucedió.

Rodó por la cama para alcanzar el cenicero de la mesilla de noche y apagó su cigarrillo. Rodé yo a continuación y tardé una o dos horas en alcanzarla. La cama era muy grande. Empecé a besarle las nalgas, después la rabadilla y a continuación los hombros. Estaba a punto de clavarle los colmillos en el cuello, cuando me fijé en el libro que había al lado del cenicero. Era el que había escrito Hitler.

Ella se dio cuenta.

—Lo estoy leyendo.

—¿Por qué?

—Es un libro importante, pero no soy nazi por leerlo, del mismo modo que leer a Marx no me convierte en comunista, aunque casualmente considere que lo soy. ¿Te sorprende?

—¿Que te consideres comunista? No especialmente. En estos tiempos, lo son los mejores. George Bernard Shaw y hasta Trotsky, tengo entendido. Yo prefiero considerarme socialdemócrata, pero, como en este país la democracia ya no existe, sería una ingenuidad.

—Me alegro de que seas demócrata, de que todavía le des importancia. Lo cierto es que, si hubieras sido nazi, no me habría acostado contigo, Gunther.

—Puede que les tuviera un poco más de simpatía, como tantos otros, si fuese yo el mandamás, en vez de Hitler.

—He solicitado una entrevista con él, por eso estoy leyendo su libro, aunque no creo que me la conceda. Lo más seguro es que tenga que conformarme con el ministro de Deportes. He quedado con él mañana por la tarde.

—No se te ocurrirá hablar de nuestro amigo Zak Deutsch, ¿verdad, Noreen? Ni de mí, ahora que lo pienso.

—No, por supuesto que no. Dime una cosa. ¿Crees que se lo cargó alguien?

—Puede que sí y puede que no. Lo sabremos con más seguridad cuando hayamos hablado con Stefan Blitz. Es el geólogo que te dije. Espero que nos aclare cómo puede ahogarse uno en agua salada en el centro de Berlín. Una cosa es caerse al océano Atlántico frente a la costa irlandesa y otra muy distinta aparecer ahogado en un canal de la ciudad.

Hasta la primavera de 1934, Stefan Blitz había sido profesor de geología en la Universidad Federico Guillermo de Berlín. Lo conocía porque había ayudado alguna vez a la KRIPO a identificar barro de los zapatos de sospechosos de homicidio o de los de las víctimas. Vivía en el suroeste de Berlín, en Zehlendorf, en una urbanización nueva que se llamaba La Cabaña del Tío Tom, por una taberna de las inmediaciones y una tienda del metropolitano que, a su vez, se llamaban así por el libro de Harriet Beecher Stowe. A Noreen le intrigó.

—Es increíble —dijo—. En los Estados Unidos, nadie se habría atrevido a poner ese nombre a una urbanización, no fueran a pensar que las casas eran aptas sólo para negros.

Aparqué frente a un edificio de apartamentos de cuatro pisos tan grande como una manzana entera de la ciudad. La lisa y moderna fachada se curvaba levemente y estaba moteada de ventanas empotradas —como nichos— de diferentes tamaños y en diferentes niveles. Parecía una cara después de un ataque de viruela. En Berlín había centenares, puede que millares, de viviendas Weimar como aquéllas, todas tan elegantes como paquetes de Persil. No obstante, aunque los nazis despreciaban el modernismo, tenían más en común con sus arquitectos, judíos en su mayoría, de lo que pudieran pensar. Tanto el nazismo como el modernismo eran producto de lo inhumano y, cada vez que miraba un edificio de esos, de cemento gris y todos iguales, enseguida me lo imaginaba habitado por un destacamento ordenado y homogéneo de grises guardias de asalto, como ratas en una caja.

En cambio, por dentro era otra cosa... al menos, el apartamento de Stefan Blitz. En contraste con el modernismo cuidadosamente planeado de la fachada, sus muebles eran viejos, de caoba, la tapicería se deshilachaba, los adornos guillerminos estaban desportillados, los manteles eran de hule, los libros formaban torres de Eiffel y las estanterías estaban consagradas a piedras y minerales cortados en secciones.

El propio Blitz estaba tan deshilachado como la tapicería de sus muebles, igual que cualquier otro judío a quien se le hubiese prohibido su forma de ganarse la vida: tan flaco como una maqueta sacada del desván de un pintor, malviviendo a duras penas. Era un hombre hospitalario, amable y generoso y supo demostrar una manera de ser diametralmente opuesta a las del horrible judío avaro que tanto caricaturizaba la prensa nazi. A pesar de todo, era lo que parecía: una sanguijuela en el hervidero de Damasco. Nos ofreció té, café, Coca-Cola, alcohol, algo de comer, una silla más cómoda, chocolatinas y sus últimos cigarrillos, hasta que por fin, después de rechazarlo todo, llegamos al motivo de la visita.

—¿Es posible que un hombre se ahogue en agua marina en el centro de Berlín? —pregunté.

—Doy por supuesto que has eliminado la posibilidad de una piscina; de lo contrario, no habrías venido. Los baños del Jardín del Almirante de Alexanderplatz son de agua salada. Yo me bañaba allí, antes de que nos lo prohibieran.

—La víctima es un judío —dije— y, en efecto, creo que por eso mismo he eliminado la posibilidad.

—¿Por qué, si no te importa que te lo pregunte, se molesta un gentil en investigar la muerte de un judío en Alemania?

—La idea es mía —dijo Noreen.

Le contó que el boicot estadounidense a las Olimpiadas había fracasado, que tenía esperanzas de que un periódico pudiera remediarlo y que ella también era judía.

—Supongo que el triunfo del boicot de los Estados Unidos significaría algo —dijo Blitz—, aunque tengo mis dudas. Con boicot o sin él, no va a ser tan fácil desbancar a los nazis. Ahora tienen el poder y no piensan renunciar a él. Se hundirá el Reichstag antes de que convoquen otras elecciones; sé de lo que hablo, créame. Lo han construido sobre pilares porque, entre el edificio y el Museo Viejo, hay muchas zonas cenagosas.

Noreen encendió el neón de su sonrisa. Pareció que el apartamento se calentara con su encanto, como si se hubiese encendido de pronto la vacía chimenea. Prendió un cigarrillo que sacó de una cajita de oro y se la ofreció a Blitz; éste cogió uno y se lo puso en la oreja como si fuera un lapicero.

—Es posible que alguien se ahogue en agua marina en Berlín, pregunta este hombre —dijo Blitz—. Hace dos mil seiscientos millones de años, todo esto era un mar antiguo: el Zechstein. La propia ciudad se fundó sobre un archipiélago que emergió en un valle fluvial durante la última glaciación. El substrato es prácticamente arena y sal. Mucha sal del mar de Zechstein. La sal formó varias islas en la superficie de la tierra y algunas bolsas profundas de agua por toda la ciudad y sus contornos.

—¿Bolsas de agua marina? —preguntó Noreen.

—Sí, sí. En mi opinión, en Berlín hay unos cuantos lugares en los que no se debería excavar. Esas bolsas pueden destruirse con facilidad, con consecuencias potencialmente desastrosas.

—¿Podría ocurrir algo así en Pichelsberg?

—Podría ocurrir casi en cualquier parte de Berlín —dijo Blitz—. Si alguien actuase precipitadamente, sin hacer los estudios geológicos previos adecuados —como perforaciones y esa clase de cosas—, no sólo se tragaría las manidas mentiras que la nueva Alemania obliga a tragar, sino también una considerable cantidad de agua salada.

—Sonrió con cautela, como quien juega a las cartas sin conocer bien las reglas.

—¿En Pichelsberg también? —insistí.

Blitz se encogió de hombros.

—¿Pichelsberg? ¿A qué viene tanto interés por Pichelsberg? Soy geólogo, no urbanista, Herr Gunther.

—Vamos, Stefan, sabes por qué lo pregunto.

—Sí, y no me gusta. Tengo muchos problemas, no me hace falta añadir Pichelsberg. ¿Adónde quieres ir a parar exactamente con todo esto? Has hablado de un ahogado, judío, según tú, y de un artículo para un periódico. Perdóname, pero me parece que con un judío muerto ya hay bastante.

—Doctor Blitz —dijo Noreen—, le prometo que no le atribuiré nada de lo que diga. No daré citas textuales suyas, no hablaré de La Cabaña del Tío Tom, no diré siquiera que entrevisté a un geólogo.

Blitz se quitó el cigarrillo de la oreja y se quedó mirándolo como si fuese el centro de una piedra blanca. Cuando lo encendió, se le vio la satisfacción en la cara y en la voz.

—Cigarrillos americanos. Estoy tan acostumbrado a fumar tabaco malo que se me había olvidado lo rico que es. —Asintió pensativamente—. Quizá debería intentar irme a América. Por desgracia, sé muy bien que la vida en Alemania no consiste en la libertad y la búsqueda de la felicidad; al menos, si eres judío.

Noreen vació la pitillera en la mesa.

—Por favor —dijo—, quédeselos. Tengo más en el hotel.

—Si está usted segura... —dijo él.

Noreen asintió y se arropó el pecho con el abrigo de marta cibelina.

—Una buena constructora —dijo con cautela— primero haría una perforación, no se pondría a cavar directamente. ¿Lo entiende? La glaciación dejó tras de sí un verdadero substrato mixto que podría hacer la construcción impredecible en Berlín, sobre todo en una zona como Pichelsberg. ¿Responde eso a su pregunta?

—¿Es posible que lo ignoren quienes están levantando el estadio olímpico? —preguntó ella.

Blitz se encogió de hombros.

—¿Quién ha hablado de las Olimpiadas? No sé absolutamente nada de eso ni quiero saberlo, se lo aseguro. Nos dicen que no son para judíos y yo soy el primero en alegrarse. —El apartamento estaba helado, pero él se secó un poco de sudor de la frente con un pañuelo andrajoso—. Mire, si no le importa, creo que ya he hablado bastante.

—Una pregunta más —dije— y nos vamos.

Blitz se quedó mirando al techo un momento, como pidiendo paciencia a su hacedor. Cuando se llevó el cigarrillo a los cuarteados labios otra vez, la mano le temblaba.

—¿Hay oro en los substratos de Berlín?

—Oro, sí, oro, pero trazas nada más. Créeme, Bernie, no te vas a hacer rico buscando oro en Berlín. —Soltó una risita—. A menos que se lo quites a quienes lo tienen. Te lo dice un judío, o sea que es tan seguro como si lo tuvieras en el banco. Ni siquiera los nazis son tan idiotas como para buscar oro en Berlín.

No nos quedamos mucho tiempo más. Los dos sabíamos que habíamos alterado a Blitz y, a la vista de lo que había dicho, no me extrañaba que se mostrase circunspecto y nervioso. Los nazis se habrían tomado muy a mal lo que había insinuado con total seguridad sobre la construcción de Pichelsberg. No le ofrecimos dinero al marchar; no lo habría aceptado, pero, cuando nos dio la espalda para acompañarnos a la puerta, Noreen le dejó un billete debajo de la cafetera.

En el coche, Noreen suspiró profundamente y sacudió la cabeza.

—Esta ciudad empieza a deprimirme —dijo—. Dime que no se acostumbra uno.

—Yo no. Hace muy poco que me he hecho a la idea de que perdimos la guerra. Todo el mundo echa la culpa a los judíos, pero a mí siempre me pareció que fue por la Marina. Ellos nos metieron en la guerra y nos obligaron a abandonar con su motín. De no haber sido por la Marina, es posible que hubiésemos seguido luchando hasta conseguir una paz honorable.

—Parece que lo lamentes.

—Sólo lamento que firmasen el armisticio quienes no debían. Tenía que haberlo firmado el ejército, no los políticos, que dejaron al ejército al margen, por eso estamos como estamos. ¿Lo entiendes?

—La verdad es que no.

—¿No? Bueno, pues la mitad del problema es eso, que nadie lo entiende y los alemanes, menos que nadie. Muchas mañanas me despierto pensando que los dos últimos años me los he imaginado, sobre todo las últimas veinticuatro horas. ¿Qué le encuentra una mujer como tú a un hombre como yo?

Me agarró la mano izquierda y me la apretó.

—¡Un hombre como tú! ¡Como si hubiese más de uno! No lo hay. Lo he buscado en toda clase de sitios, incluida la cama en la que dormimos. Anoche me preguntaba cómo estaría por la mañana. Bien, ahora ya lo sé.

—¿Y cómo estás?

—Asustada.

—¿De qué?

—De cómo estoy, por supuesto. Como si condujeras el coche tú.

—Es que lo estoy conduciendo yo. —Di un volantazo para demostrarlo.

—En mi casa, nunca me lleva nadie a ninguna parte. Me gusta conducir, prefiero decidir yo cuándo empezar y cuándo pararme. Sin embargo, contigo no me importa. No me importaría ir y volver a la China contigo al volante.

—¿La China? Me conformaría con que te quedases una temporada en Berlín.

—Entonces, ¿qué es lo que me frena?

185

—Nick Charalambides, quizá, y el artículo del periódico. Y puede que también esto otro: que, en mi modesta opinión, a Isaac Deutsch no se lo cargó nadie, sino que murió accidentalmente, no lo ahogaron, se ahogó él solo sin ayuda de nadie aquí mismo, en el centro de Berlín. Comprendo que la historia no es tan buena, si no hay homicidio, pero, ¿qué puedo hacerle yo?

—¡Qué mierda!

—Exacto.

Me acordé brevemente de la decepción de Richard Bömer, cuando descubrimos que Isaac Deutsch era judío. Ahora, la decepcionada era Noreen, porque al pobre hombre no se lo habían cargado. ¡Qué asco de vida!

—¿Estás seguro?

—Me parece que la cosa fue así: cuando los nazis truncaron la carrera de boxeador de Isaac Deutsch, su tío y él buscaron empleo en las obras olímpicas, aunque la política oficial exija que en la construcción se dé empleo solamente a los arios. Puesto que hay tanto que hacer antes de la inauguración de los Juegos en 1936, alguien decide que es mejor limar asperezas, pero no sólo con respecto al origen racial de los peones, sino también con la seguridad, sospecho. Es probable que Isaac Deutsch estuviera en una excavación subterránea y rompiese una de esas bolsas de agua de las que nos ha hablado Blitz. Sufrió un accidente y se ahogó, pero nadie se dio cuenta de que era agua marina. Alguien tuvo la idea de que era mejor que encontraran el cadáver lejos de Pichelsberg, por si algún poli entrometido empezaba a hacer preguntas sobre peones judíos ilegales. Y, así, el cadáver terminó flotando en un canal de agua dulce en la otra punta de Berlín.

Noreen registró la vacía pitillera buscando algo fumable.

—¡Mierda! —repitió.

Le ofrecí mis cigarrillos.

—Noreen, tengo que reconocer con gran pesar que esta pequeña investigación ha concluido. Nada me gustaría más que alargar la situación y seguir paseándote por Berlín, pero prefiero ser sincero, sobre todo porque, entre unas cosas y otras, ando un poco falto de práctica en ese terreno.

Al llegar a Steglitz, encendió un cigarrillo y se quedó mirando por la ventanilla.

—Para —dijo bruscamente.

—¿Qué?

—Que pares.

Paré el coche cerca del ayuntamiento, en la esquina de Schloss-strasse, y empecé a disculparme dando por sentado que la había ofendido sin querer. Todavía no había apagado yo el motor cuando ya había salido ella del coche y echaba a andar enérgicamente por donde habíamos venido. La seguí.

—¡Oye, lo siento! —dije—. A lo mejor todavía puedes escribir el artículo. Si encuentras a Joey, tío y entrenador de Isaac Deutsch, a lo mejor habla. Podrías contar su historia, no sería un mal punto de vista: a los judíos se les prohíbe competir en las Olimpiadas, pero a uno le dan trabajo ilegalmente en la construcción del estadio y aparece muerto. Podría ser un buen artículo.

No parecía que me escuchase y me horrorizó bastante ver que se dirigía hacia un nutrido grupo de hombres de las SA y las SS que rodeaban a un hombre y una mujer vestidos de civiles. La mujer era rubia, de veintitantos años; el hombre era mayor y judío. Lo supe porque llevaba un cartel colgado del cuello, como ella. El cartel del hombre decía: SOY UN SUCIO JUDÍO QUE LLEVA NIÑAS ALEMANAS A SU HABITACIÓN. El de la joven decía: ¡YO VOY A LA POCILGA DE ESTE PUERCO Y ME ACUESTO CON UN JUDÍO!

Antes de que pudiese yo evitarlo, Noreen tiró el cigarrillo, sacó una Baby Brownie de su gran bolso de piel y, mirando por el pequeño telémetro, sacó una fotografía de la lúgubre pareja y los sonrientes nazis.

Le di alcance e intenté agarrarla del brazo, pero se deshizo de mí con furia.

—No es buena idea —le dije.

—Tonterías. Los obligan a ponerse esos carteles para que la gente se fije en ellos. Y eso es exactamente lo que he hecho.

Pasó el carrete y volvió a enfocar al grupo.

Un SS me gritó:

—¡Oiga, *Bubi*, déjela en paz! Su novia tiene razón. Sólo ponemos a estos cabrones de ejemplo para que la gente lo vea y tome nota.

—Eso es exactamente lo que hago, tomar nota.

Esperé pacientemente a que terminase. Hasta entonces, sólo había fotografiado carteles antisemitas de los parques y algunas banderas nazis de Unter den Linden, pero yo esperaba que hacer fotos, esa otra clase de fotos, más indiscretas, no se convirtiese en costumbre. Dudo que mis nervios hubiesen podido soportarlo.

Fuimos hacia el coche en silencio y la pareja mestiza quedó abandonada a su desgracia y humillación pública.

—Si hubieras visto alguna vez las palizas que dan —dije—, tendrías mucho más cuidado con lo que haces. Si quieres fotos interesantes, te llevo al monumento a Bismarck o al palacio de Charlottenburg.

Noreen guardó la cámara en el bolso.

—No me trates como si fuera una turista de mierda —dijo—. La foto no es para mi álbum, sino para el maldito periódico. ¿No lo entiendes? Una imagen así desbanca radicalmente las afirmaciones de Avery Brundage sobre la idoneidad de Berlín para acoger las Olimpiadas.

—¿Brundage?

—Sí, Avery Brundage. ¿Es que no me escuchas? Ya te lo dije antes. Es el presidente del Comité Olímpico de los Estados Unidos.

Asentí.

—¿Qué más sabes de él?

—Prácticamente nada, aparte de que debe de ser un auténtico gilipollas.

—¿Te extrañaría saber que mantiene correspondencia con tu

viejo amigo Max Reles? ¿Y que es propietario de una empresa de construcción de Chicago?

—¿Cómo lo sabes?

—Recuerda que soy detective. Una de mis funciones consiste en enterarme de cosas que no tengo por qué saber.

Sonrió.

—Serás cabrón. Has registrado su habitación, ¿a que sí? Por eso me preguntaste anoche por él. Apuesto a que lo hiciste anoche, justo después de la escenita del vestíbulo, cuando te enteraste de que estaría ausente un rato.

—Casi aciertas, sólo que antes lo seguí a la ópera.

—Cinco minutos de *Parsifal*. Me acuerdo. Conque fuiste por eso, ¿eh?

—Entre sus invitados se encontraban el jefe de Deportes, Funk, de Propaganda y un tal general Von Reichenau. A los demás no los reconocí, pero apuesto a que eran nazis.

—Todos esos que has nombrado están en el comité de organización de los juegos —dijo— y apuesto a que los demás también. —Sacudió la cabeza—. Luego volviste al Adlon y aprovechaste para registrarle la habitación mientras estaba fuera. ¿Qué más encontraste?

—Muchas cartas. Reles cuenta con los servicios de una taquimecanógrafa que le proporcioné yo y, por lo visto, la tiene muy ocupada escribiendo a las empresas que compiten por conseguir las contratas olímpicas.

—En tal caso, seguro que saca tajada, incluso muchas tajadas, hasta del Comité Olímpico alemán.

—Cogí unas cuantas copias de carboncillo de su papelera.

—Estupendo. ¿Me las dejas ver?

Cuando montamos de nuevo en el coche, se las pasé. Se puso a leer una.

—Aquí no hay nada incriminatorio —dijo.

—Eso me pareció al principio.

—No es más que una oferta de un proveedor de cemento para el Ministerio del Interior.

—Y la otra, de un proveedor de gas propano para la llama olímpica. —Hice una pausa—. ¿No lo entiendes? Lo que tenemos es la copia, es decir, que la escribió la taquimecanógrafa del Adlon en la suite de Reles. Se supone que las concesiones sólo pueden hacerse a empresas alemanas, pero él es estadounidense.

—A lo mejor ha comprado esas empresas.

—Puede. Me parece que dinero no le falta. Seguramente por eso fue a Zurich antes de venir aquí. En la habitación tiene una bolsa con miles de dólares y francos suizos de oro, por no hablar de una metralleta. Ni siquiera en estos tiempos se necesita semejante arma para dirigir una empresa en Alemania, a menos que tengas problemas graves con los obreros.

—Tengo que pensar en todo esto.

—Yo también. Me da la sensación de que nos estamos metiendo hasta el cuello en un asunto feo, pero yo tengo mucho apego al mío. Lo digo sólo porque resulta que en este país tenemos el hacha que cae y no la usan únicamente para cortar el pelo a los delincuentes, sino también a los comunistas, a los republicanos y seguramente a cualquiera que no le guste al gobierno. Oye, en serio, no digas una palabra de todo esto a Von Tschammer und Osten, ¿de acuerdo?

—Por supuesto. Todavía no estoy preparada para que me echen de Alemania. Menos aún, desde anoche.

—Me alegro de saberlo.

—Mientras pienso en Max Reles, te diré que no está nada mal esa idea que has tenido de buscar al tío de Isaac Deutsch y basar el artículo en lo que me cuente.

—Lo dije sólo para que volvieses al coche.

—Bien, he vuelto al coche y la idea sigue siendo buena.

—Yo no estoy tan seguro. Supongamos que escribes un artículo sobre los judíos que trabajan en las obras del nuevo estadio: a lo mejor consigues que los echen a todos, en cuyo caso, ¿qué sería de ellos?

¿Cómo van a dar de comer a sus familias? Puede que incluso mandasen a muchos a un campo de concentración. ¿Se te había ocurrido pensarlo?

—Desde luego que sí. ¿Por quién me tomas? Soy judía, no lo olvides. Nunca se me olvidan las consecuencias humanas que puede acarrear lo que escriba. Mira, Bernie, yo lo veo así: lo que está en juego aquí es mucho más que el puesto de trabajo de unos cuantos centenares de personas. Los Estados Unidos son, con diferencia, el país más importante de cualquier olimpiada. En la de Los Ángeles ganamos cuarenta y una medallas de oro, más que cualquier otro país. Italia fue la siguiente, con doce. Unas Olimpiadas sin los Estados Unidos no tendrían sentido, por eso es tan importante el boicot, porque no celebrarlas aquí sería el golpe más grave que pudiera sufrir el prestigio nazi en la propia Alemania, por no hablar de que sería la forma más eficaz de demostrar a la juventud alemana lo que opina el resto del mundo de la doctrina nazi. Eso es más importante que si unos cuantos judíos pueden o no alimentar a su familia, ¿no estás de acuerdo?

—Tal vez, pero, si vamos a Pichelsberg en busca de respuestas sobre Isaac Deutsch, puede que tengamos que preguntárselo a los mismos que lo echaron al canal. Es posible que no les guste nada que se escriba sobre ellos, aunque sea en un periódico neoyorquino. Buscar a Joey Deutsch podría volverse tan peligroso como husmear en los asuntos de Max Reles.

—Eres detective y ex policía. Diría que ese trabajo siempre conlleva cierta dosis de peligro.

—Cierta dosis, sí, pero eso no me hace invulnerable a las balas. Por otra parte, cuando estés en Nueva York recogiendo el premio Pulitzer al mejor reportaje, yo seguiré aquí, o eso espero, al menos, porque podría aparecer flotando en el canal tan fácilmente como Isaac Deutsch.

—Si es cuestión de dinero...

—Teniendo en cuenta lo de anoche, te aseguro que no. Aunque hay que reconocer que siempre es una respuesta convincente.

—La pasta habla, ¿eh, Gunther?

—A veces parece imposible hacerla callar. Soy detective de hotel porque no me queda más remedio, Noreen, no porque me guste. Estoy en la ruina, encanto. Cuando me fui de la KRIPO quedaron atrás un salario razonable y una pensión, por no hablar de lo que mi padre llamaba «buenas perspectivas». No me veo ascendiendo a director de hotel, ¿tú sí?

Noreen sonrió.

—De la clase de hotel en la que me gustaría estar, no.

—Exactamente.

—¿Qué te parecen veinte marcos al día?

—Generoso. Muy generoso, pero no van por ahí los tiros.

—El premio Pulitzer no da para tanto, ¿sabes?

—No pretendo sacar tajada, sólo un préstamo. Un préstamo financiero, con intereses. Lo que no prestan los bancos por la Depresión, ni siquiera entre ellos. No sería lógico pedir a los Adlon que invirtiesen en la presentación de mi renuncia.

—¿Para hacer qué?

—Esto mismo. Ser detective privado, desde luego. Es lo único que sé hacer. Supongo que unos quinientos marcos me permitirían instalarme por cuenta propia.

—¿Qué garantías tendría de que vivirías para devolvérmelos?

—Eso sería un gran incentivo, por descontado. No quisiera perder la vida ni que perdieses tú dinero por ello, claro. Lo cierto es que seguramente podría devolverte la inversión con un veinte por ciento de interés.

—Evidentemente, has dado un par de vueltas al asunto.

—Desde que los nazis subieron al poder. En esta ciudad suceden a diario escenas como la que acabamos de ver frente al ayuntamiento y, lejos de mejorar, las cosas se van a poner mucho peor. Es mucha la gente (judíos, gitanos, francmasones, comunistas, homosexuales, testigos de Jehová) que se ha hecho a la idea de que no puede acudir a la policía a contar sus problemas. Por eso tendrán que llamar a otras puertas, cosa favorable a mis intereses.

—¿Porque terminarías sacando provecho del régimen nazi?

—Siempre es una posibilidad. Al mismo tiempo, también cabe que termine ayudando a alguien más que a mí mismo, en realidad.

—¿Sabes lo que me gusta de ti, Gunther?

—No me vendría mal un recordatorio.

—La capacidad que tienes para hacer que Copérnico y Kepler parezcan poco prácticos y miopes, pero sin dejar de ser un personaje romántico.

—¿Eso significa que no he dejado de parecerte atractivo?

—No lo sé. Pregúntamelo después, cuando se me haya olvidado que no sólo soy tu jefa, sino también tu banquero.

—¿Eso significa que me vas a dar el préstamo?

Noreen sonrió.

—¿Por qué no? Pero con una condición: no se lo digas jamás a Hedda.

—Será un secreto entre tú y yo.

—Uno de los dos que tenemos, me parece.

—¿Te das cuenta de que tendrás que volver a acostarte conmigo? —dije—. Para garantizar mi silencio.

—Claro. En realidad, como banquero tuyo que soy, ya estaba frotándome las manos sólo de pensar en los intereses.

19

Dejé a Noreen en el Ministerio del Interior, porque tenía la entrevista con Von Tschammer und Osten, y volví al hotel, pero pasé de largo y seguí en dirección oeste. Ahora que no estaba ella, quería husmear un poco por los aledaños de las obras olímpicas de Pichelsberg a solas. Lo cierto era que no tenía más que un par de botas de goma y, además, prefería fisgonear sin llamar la atención, lo cual habría sido prácticamente imposible con Noreen del brazo. Llamaba la atención como un nudista tocando el trombón.

El hipódromo de Pichelsberg se encontraba en el extremo norte del Grunewald, con el estadio —construido según un diseño de Otto March e inaugurado en 1913— en el centro y rodeado por las pistas de carreras y de ciclismo. Al norte había una piscina. Eran las instalaciones que se habían construido para las canceladas Olimpiadas de Berlín de 1916. En las gradas, con capacidad para casi cuarenta mil personas, había estatuas, como la de la diosa de la victoria y un grupo de Neptuno, pero ya no estaban. No había nada. Lo habían tirado todo, hipódromo, estadio y piscina incluidos, y en su lugar se abría un terraplén enorme: una montaña inmensa de tierra, que habían retirado para excavar un pozo de forma aproximadamente circular, donde supuse que levantarían el estadio nuevo. Aunque no parecía posible, como suele pasar con las suposiciones. Faltaban menos de dos años para el comienzo de los Juegos Olímpicos y todavía no habían colocado ni un ladrillo. Al contrario, habían derribado un estadio en buen uso, construido pocos años antes, para hacer sitio a la batalla de Verdún tal como se la imaginó D. W. Griffith. Al salir del coche, casi esperaba encontrarme con el frente francés, el nuestro, y fuertes explosiones de obuses en el aire.

Por un momento, volví a llevar uniforme y a ponerme malo de miedo, al recordar de repente aquel desierto de color arena del pasado. Entonces me entró el temblor, como si acabase de despertar de la misma pesadilla que siempre se me repetía y que consistía en encontrarme allí de nuevo...

...transportando una caja de munición por el barro, con los obuses cayendo alrededor. Tardé dos horas en recorrer 150 metros, hasta la primera línea. No paraba de tirarme al suelo o, simplemente, caerme; me empapé hasta los huesos, me cubrí de tierra, que se iba secando; parecía una figura de barro.

Casi había llegado a nuestro reducto, cuando pisé en el agujero que había hecho un obús y me hundí en el fango hasta la cintura... y seguía hundiéndome. Pedí auxilio a gritos, pero el fragor de la cortina de fuego era tan fuerte que no me oía nadie. Cuanto más me esforzaba en salir, más me hundía, hasta que el barro me llegó al cuello y me enfrenté al horrible sino de morir ahogado en un escueto mar de pegamento marrón. Había visto caballos atrapados en el fango y casi siempre los mataban de un tiro, tan enorme era el esfuerzo necesario para rescatarlos de los lodazales. Intenté sacar la pistola para pegarme un tiro antes de sucumbir del todo, pero tampoco sirvió de nada. El barro me tenía completamente atrapado. Intenté tumbarme boca arriba como para flotar en la superficie, pero en vano.

Y entonces, cuando la tierra me había tragado hasta la barbilla, se produjo una explosión enorme a pocos metros de distancia, cayó un obús y, milagrosamente, fui rescatado del cenagal y levantado en el aire... hasta que caí a unos veinte metros del agujero, sin aliento, pero ileso. De no haber sido por el barro que me cubría, la explosión me habría matado sin la menor duda.

Ésa era mi pesadilla recurrente y, cada vez que la tenía, me despertaba empapado en sudor, sin aliento, como si acabara de cruzar corriendo la tierra de nadie. Incluso ahora, a plena luz del día, tuve que ponerme en cuclillas y respirar hondo varias veces para recobrar la calma. Me ayudaron a recuperarme mentalmente algunos puntos de color del paisaje, antes fértil y ahora devastado: unos cardos morados al borde de una lejana fila de árboles, unas ortigas rojas y secas cerca de donde había dejado el coche, unas matas de senecio con flores amarillas, un petirrojo que arrancaba de la tierra un jugoso gusano rosado, el cielo azul y vacío y, por último, un ejército de obreros y una vía férrea por la que se deslizaba un trenecito rojo que transportaba tierra en vagones de un extremo a otro de las obras.

—¿Se encuentra bien?

El hombre llevaba un casco de protección picudo y una chaqueta acolchada tan voluminosa como un guardapolvo; los pantalones, negros, le quedaban varios centímetros por encima de unas botas que, a causa del barro que se les había pegado, abultaban el doble de lo normal; cargaba una almádena al hombro, un hombro como Jutlandia. Era rubio, prácticamente albino, y sus ojos, como las flores de los cardos. La barbilla y los pómulos podían haber sido esbozados por un pintor nazi como Josef Thorak.

—Sí, me encuentro bien. —Me levanté, encendí un cigarrillo y lo apunté hacia el paisaje, señalándolo—. Al ver la tierra de nadie me he quedado un poco traspuesto, como August Stramm, ¿sabe? «Tierra quebrantada aletarga el hierro/ Sangres tapizan manchas rezumantes/ Herrumbres desmigajean/ Carnes viscosean/ Succiones se encelan por la desintegración.»

Para mi sorpresa, el hombre completó los versos:

—«Matar de matares/ Parpadean/ Miradas de niños.» Sí, conozco ese poema. Yo estuve en la Real Württemburg 2, la vigesimoséptima división. ¿Y usted?

—En la vigesimosexta.

—Entonces, coincidimos en la misma batalla.

Asentí.

—Amiens, agosto de 1918.

Le ofrecí un cigarrillo y lo encendió con el mío, al estilo de las trincheras, por ahorrar cerillas.

—Dos licenciados de la universidad del barro —dijo—. Académicos de la evolución humana.

—Ah, sí. El progreso del hombre. —Sonreí al acordarme del viejo dicho—. Que te maten con ametralladora, en vez de bayoneta; con lanzallamas, en vez de ametralladora; con gas letal, en vez de lanzallamas.

—¿Qué haces aquí, amigo?

—Echar un vistazo, nada más.

—Ya no se puede, lo han prohibido. ¿No has visto el cartel?

—No —dije sinceramente.

—Llevamos mucho retraso ya y estamos trabajando a tres turnos, por eso no tenemos tiempo de atender visitas.

—No parece que haya mucho movimiento por aquí.

—Casi todos los muchachos están al otro lado del terraplén —dijo, señalando al oeste de las obras—. ¿Seguro que no eres del ministerio?

—¿El de Interior? No, ¿por qué lo preguntas?

—Porque ha amenazado con sustituir a toda constructora que no cumpla con su cometido, ya ves. Pensaba que tal vez estuvieses espiándonos.

—No soy espía. ¡Vaya, ni siquiera soy nazi! La verdad es que he venido a buscar a una persona, un tal Joey Deutsch, quizá lo conozcas.

—No.

—A lo mejor el capataz sabe algo de él.

—Yo soy el capataz. Me llamo Blask, Heinrich Blask. De todos modos, ¿para qué lo buscas?

—No, no está metido en un lío ni nada de eso, aunque tampoco es para avisarle de que le ha tocado una fortuna en la lotería. —No sabía qué iba a decirle exactamente, hasta que me acordé de las entradas de boxeo que llevaba en el bolsillo: las que habíamos comprado a Zíngaro Trollmann—. El caso es que represento a un par de boxeadores y quería que los entrenase Joey. No sé qué tal será con el pico y la pala, pero como entrenador es muy bueno, de los mejores. Seguiría en la brecha, de no ser por lo que tú y yo sabemos.

—¿Qué es lo que sabemos?

—Apellidándose Deutsch... es un sucio judío, no le dejan entrar en los gimnasios, al menos en los que están abiertos al público, pero yo tengo uno propio y así no ofendo a nadie, ¿verdad?

—Tal vez no lo sepas, pero aquí está prohibido dar empleo a los no arios —dijo Blask.

—Claro que lo sé, pero también sé que se lo dan. No se os puede reprochar, con el ministerio ahí, apretándoos las tuercas para que terminéis el estadio a tiempo. No es fácil, la verdad. Mira, Heinrich, no he venido a complicarte la vida. Sólo quiero encontrar a Joey. A lo mejor su sobrino está trabajando con él. Se llama Isaac. También era boxeador.

Saqué dos entradas del bolsillo y se las enseñé.

—A lo mejor te apetece ir a ver un combate. Scholz contra Witt, en Spichernsaele. ¿Qué me dices, Heinrich? ¿Puedes echarme una mano?

—Si hubiera sucios judíos trabajando en estas obras —dijo Blask—, y no digo que los haya, lo mejor sería que fueras a hablar con el jefe de personal. Se llama Eric Goerz. No viene mucho por aquí. Donde más trabaja es en el bar del Schildhorn. —Cogió una entrada—. Donde el monumento.

—La columna de Schildhorn.

—Justo. Según tengo entendido, si quieres trabajar y que no te hagan preguntas, hay que ir ahí. Todas las mañanas, a eso de las seis, se junta una multitud de ilegales: judíos, gitanos... de todo. Llega Goerz y decide quién trabaja y quién no. Depende sobre todo de la comisión que le pague cada uno. Los va nombrando, les da un resguardo y cada cual se presenta donde más falta haga. —Se encogió de hombros—. Según él, son buenos trabajadores, conque, ¿qué puedo hacer yo, con los plazos tan apretados que tenemos? Me limito a cumplir órdenes de los jefes.

—¿Alguna idea sobre el nombre del bar?

—Alberto el Oso o algo así. —Cogió la otra entrada—. Pero permíteme un consejo, camarada: ten cuidado. Eric Goerz no estuvo en la Real Württenburg, como yo. Su idea de la camaradería se parece más a la de Al Capone que a la del ejército prusiano, ¿me entiendes? No es tan grande como tú, pero anda muy listo con los puños. A lo mejor hasta te gusta eso, tienes pinta de saber cuidarte solo. Sin embargo, por si fuera poco, Eric Goerz lleva pistola, pero no donde se imagina uno. La lleva sujeta al tobillo. Si ves que se para a atarse los cordones de los zapatos, no lo dudes, dale una patada en la boca antes de que te dispare.

—Gracias por el aviso, amigo. —Tiré el cigarrillo a la tierra de nadie—. Ya has dicho que soy más grande que él. ¿Alguna otra seña para identificarlo?

—A ver... —Blask soltó la almádena y se frotó la barbilla, del tamaño de un yunque—. Una, sí: fuma cigarrillos rusos, o me lo parecen a mí, vaya. Son aplastados y huelen como un nido de comadrejas ardiendo, conque, si estáis en el mismo sitio, enseguida te darás cuenta. Por lo demás, es un tío normal, al menos en apariencia. Tiene entre treinta y treinta y cinco años, bigote de chuloputas, más bien moreno: le sentaría bien un fez. Tiene un Hanomag nuevo con matrícula de Brandeburgo. Por cierto, es fácil que también él sea de allí. El chófer es de más al sur, de Wittenberg, me parece; otro haragán, pero tiene la mano más larga que el puente del palacio, conque, ojo con el reloj, por si acaso.

Al sur de Pichelsberg, una carretera con bonitas vistas, pero llena ahora de tráfico de la construcción, rodeaba el río Havel y continuaba en dirección a Beelitzhof y a los dos kilómetros de la península de Schildhorn. Cerca de la orilla del río había un puñado de bares y restaurantes cubiertos de hiedra, además de unos empinados peldaños de piedra que terminaban en un pinar, donde se ocultaba el monumento de Schildhorn y cuanto pudiera suceder allí a las seis de la mañana. El monumento era un buen sitio para seleccionar mano de obra ilegal. Desde la carretera era imposible ver lo que sucedía alrededor.

El Alberto el Oso tenía aproximadamente forma de bota o zapato y era tan antiguo que parecía que pudiese vivir allí una vieja con tantos hijos que ya no supiera qué hacer. Fuera había un Hanomag nuevo con matrícula IE, de Brandeburgo. Por lo visto, había llegado en buen momento.

Seguí adelante unos trescientos o cuatrocientos metros y aparqué. Behlert llevaba un mono de mecánico en el maletero (hurgaba a menudo en el interior del coche). Me lo puse y volví andando al pueblo; sólo me detuve a meter las manos en tierra húmeda para hacerme una manicura de obrero. Del río soplaba un frío viento del este que traía el anuncio del inminente invierno, por no mencionar un tufo químico de la fábrica de gas de Hohenzollerndamm, situada en el confín de Wilmersdorf.

Fuera del Alberto, un hombre alto con una cara digna del bloc de un dibujante de juicios leía el *Zeitung* apoyado en el Hanomag. Estaba fumando un Tom Thumb y vigilando un poco el coche, seguramente. Cuando abrí la puerta, sonó una campanilla por encima de mi cabeza. Aunque no me pareció una buena idea, entré.

Me recibió un enorme oso disecado. Tenía las mandíbulas abiertas y las zarpas en el aire y me imaginé que lo habrían puesto allí para asustar a la clientela o algo así, pero a mí me pareció el director de un coro de osos dirigiendo *La merienda de los ositos*. Por lo demás, no había prácticamente nadie. El suelo era de linóleo de cuadros barato. Las paredes eran de color naranja y lucían una exposición completa de cuadros de personajes y escenas fluviales; alrededor se distribuían las mesas, cubiertas con limpios manteles amarillos. En el rincón del fondo, al pie de una fotografía enorme del río Spree lleno de troncos y canoas domingueras, había un hombre envuelto en una nube de humo de tabaco de olor desagradable. Estaba leyendo un periódico que ocupaba toda la mesa y apenas me miró cuando me acerqué y me planté delante de él.

—Hola —dije.

—No cometa el error de sacar esa silla —murmuró—, no tengo por costumbre hablar con desconocidos.

Llevaba un traje verde botella, camisa verde oscuro y corbata marrón de lana. En el banco de al lado había un abrigo, un sombrero de piel y, sin justificación visible, una correa de perro muy fuerte. Sin embargo, los cigarrillos amarillentos y aplastados que fumaba no eran rusos, sino franceses.

—Entendido. ¿Es usted Herr Goerz?

—¿Quién lo pregunta?

—Stefan Blitz. Me han dicho que para trabajar en las obras olímpicas hay que hablar con usted.

—¡Ah! ¿Quién ha dicho eso?

—Un tal Trollmann, Johann Trollmann.

—No me suena de nada. ¿Trabaja para mí?

—No, Herr Goerz. Dijo que se lo había oído decir a un amigo suyo. No recuerdo cómo se llamaba. Trollmann y yo boxeábamos juntos. —Hice una pausa—. Antes, porque ahora no podemos. Ahora ya no, desde que las reglas prohíben participar en las competiciones a los no arios. Precisamente por eso busco trabajo.

—Nunca he sido aficionado a los deportes —dijo Goerz—. Tenía que dedicar todo el tiempo a ganarme la vida. —Levantó los ojos del periódico—. Puede que tengas cara de boxeador, pero no de judío.

—Soy mestizo, mitad y mitad, pero parece que al gobierno le da igual.

Goerz se rió.

—Desde luego. Enséñame las manos, Stefan Blitz.

Se las enseñé y presumí de uñas sucias.

—El dorso no, la palma.

—¿Va a predecirme el futuro?

Entrecerró los ojos al tiempo que daba una calada a los últimos centímetros de su maloliente cigarrillo.

—Puede. —Sin tocármelas, sólo mirándolas, añadió—: Parecen bastante fuertes, aunque no da la impresión de que hayan trabajado mucho.

—Como ya he dicho, he trabajado sobre todo con los nudillos, pero puedo manejar el pico y la pala. Durante la guerra, también me tocó cavar trincheras, hace ya algunos años, eso sí.

—Triste. —Apagó el cigarrillo—. Dime, Stefan, ¿sabes lo que es un diezmo?

—Lo dice en la Biblia. Significa una décima parte, ¿no?

—Eso es. Bien, el caso es que yo sólo soy el jefe de personal. La constructora me paga para que le proporcione mano de obra, pero también me pagáis vosotros, porque os doy trabajo, ¿entiendes? Una décima parte de lo que ganéis al final de la jornada. Considéralo la cuota sindical.

—Es una cuota muy alta, en comparación con los sindicatos en los que he estado.

—De acuerdo, pero el caso es que quien pide no elige, ¿verdad? A los judíos no les está permitido afiliarse a sindicatos obreros, por tanto, en esas circunstancias, si quieres trabajar, debes pagar una décima parte. Lo tomas o lo dejas.

—Lo tomo.

—Eso me parecía. Por otra parte, como ya he dicho, está escrito en vuestro libro sagrado. Génesis, capítulo 14, versículo 20: «Y diole los diezmos de todo». Es la mejor forma de tomárselo, digo yo, como un santo deber. Si no consigues verlo así, recuerda lo siguiente: sólo selecciono a quienes me pagan el diezmo. ¿Está claro?

—Claro.

—A las seis en punto en el monumento de ahí fuera. Quizá trabajes, quizá no. Depende de cuántos necesiten.

—Allí estaré.

—A mí me da igual. —Goerz volvió a mirar el periódico. La entrevista había terminado.

Había quedado con Noreen en el Romanisches Café de Tauent-zienstrasse. Había sido lugar de encuentro de los literatos berlineses y parecía una aeronave que hubiese aterrizado fuera de horario en la acera, ante un edificio románico de cuatro pisos que podría haber sido el hermano menor del de enfrente, la iglesia en honor del káiser Guillermo. O quizá fuese el equivalente moderno de un pabellón de caza Hohenzollern: un lugar en el que los príncipes y emperadores del primer imperio germánico tomaban café o *kummel* después de una larga mañana postrados ante un Dios que, en comparación con ellos, debía de haber parecido bastante vulgar y mal educado.

La vi enseguida bajo el techo acristalado del café, como una especie exótica en un invernadero. Sin embargo, como suele ocurrir con las vistosas flores tropicales, la acechaba un peligro: estaba en una mesa en compañía de un joven con un elegante uniforme negro, como la araña de Miss Muffet. En menos de seis meses, desde la desaparición de las SA como fuerza política independiente de los nazis, las SS, impecablemente vestidas, se habían ganado la fama de organización uniformada más temida de la Alemania de Hitler.

No me hizo ninguna gracia verlo allí. Era alto y rubio, atractivo, dispuesto a la sonrisa y con unos modales tan lustrosos como sus botas: dio fuego a Noreen con una celeridad como si le fuera la vida en ello y, cuando me presenté en la mesa, se levantó y chocó un tacón contra el otro con la fuerza de un tapón de champán. El labrador negro a juego que llevaba el oficial se sentó, dubitativo, sobre los cuartos traseros y soltó un gruñido grave. El amo y el perro parecían un brujo y su pariente y yo ya estaba deseando que desapareciesen en una nube de humo negro antes incluso de que Noreen hiciese las presentaciones.

—Te presento al lugarteniente Seetzen —dijo ella sonriendo con amabilidad—. Me ha hecho compañía y ha aprovechado para practicar inglés.

Puse un rictus en la boca, como si estuviera encantado con la presencia de un nuevo amigo, pero me alegré mucho cuando por fin se excusó y se marchó.

—¡Qué alivio! —dijo ella—. Creía que no se iba a marchar nunca.

—¡Ah! ¿Sí? Pues parecía que os entendierais muy bien.

—No seas borrico, Gunther. ¿Qué querías que hiciese? Estaba yo repasando mis notas, cuando llegó él, se sentó y empezó a hablar conmigo. De todos modos, ha sido fascinante en cierto modo, y un tanto escalofriante. Me ha contado que ha solicitado plaza en la Gestapo prusa.

—Una profesión con futuro. Si no fuera por los escrúpulos, puede que también lo intentase yo.

—En estos momentos está haciendo un curso de preparación en el Grunewald.

—¿Qué les enseñarán? ¿A aplicar la manguera a un hombre sin matarlo? ¿De dónde sacarán a esos cabrones?

—Él es de Eutin.

—¡Ah! ¡Conque salen de ahí...!

Noreen intentó ahogar un bostezo con el dorso de su elegante y enguantada mano. Era fácil comprender que el lugarteniente hubiese querido hablar con ella. Era, sin ninguna duda, la mujer más guapa del café.

—Lo siento —dijo—, pero he tenido una tarde horrible. Primero, Von Tschammer und Osten y, después, el joven lugarteniente. Para ser un pueblo tan inteligente, a veces parecéis muy tontos. —Echó un vistazo a su libreta de periodista—. El director de la Oficina de Deportes no dice más que sandeces.

—Por eso le dieron el puesto, encanto. —Encendí un cigarrillo.

Pasó unas páginas de taquigrafía sacudiendo la cabeza.

—Escucha esto. El caso es que dijo muchas cosas que me parecieron desquiciadas, pero ésta se lleva la palma. Le pregunté sobre la promesa de Hitler de que el proceso de selección del equipo olímpico alemán cumpliría los estatutos internacionales, que no habría discriminación por razones de raza y color, y me dijo, cito literalmente:

«Los estatutos se cumplen, al menos en principio. Técnicamente, no se ha excluido a nadie por esos motivos». Fíjate ahora, Bernie, es lo mejor de todo: «Cuando llegue el momento de los juegos, seguramente los judíos habrán dejado de ser ciudadanos alemanes o, al menos, ciudadanos de primera clase. Es posible que se los tolere como huéspedes y, ante la agitación internacional que ha surgido a su favor, incluso podría suceder que, en el último momento, el gobierno acceda a reservarles una pequeña representación en el equipo, si bien en las modalidades deportivas en las que Alemania sólo tiene posibilidades remotas de ganar, como el ajedrez y el cróquet. Porque, innegablemente, la cuestión sigue siendo que, en determinados deportes, una victoria germanojudía nos plantearía un dilema político, por no decir filosófico».

—¿Eso dijo?

Sólo había fumado la mitad, pero se me había atravesado algo en la garganta, como si me hubiese tragado la pequeña calavera de plata que llevaba el lugarteniente en su negra gorra.

—Qué deprimente, ¿verdad?

—Si tienes la impresión de que soy un tipo duro, has de saber que no lo soy. Agradezco que me avisen cuando me van a sacudir en el estómago.

—Hay más. Von Tschammer und Osten dijo que se prohibirá expresamente la práctica de cualquier deporte a todas las organizaciones juveniles católicas y protestantes, como se les ha prohibido a las judías. Tal como lo plantean, la gente va a tener que elegir entre la religión y el deporte. La cuestión es que cualquier entrenamiento deportivo se hará exclusivamente bajo los auspicios de los nazis. Llegó a afirmar que el nazismo está librando una guerra cultural contra la Iglesia.

—¿De verdad?

—Ni los atletas católicos ni los protestantes que no se inscriban en clubs deportivos nazis tendrán posibilidades de representar a Alemania.

Me encogí de hombros.

—Que hagan lo que quieran. ¿A quién le importa un puñado de idiotas corriendo por una pista?

—No lo entiendes, Gunther. Han purgado la policía y ahora están haciendo lo mismo con el deporte. Si lo consiguen, no habrá aspecto de la sociedad alemana que se libre de su autoridad. Se preferirá a los nazis en todos los campos de la sociedad alemana. Si quieres seguir adelante con tu vida, tendrás que hacerte nazi.

Noreen sonreía y me fastidió. Sabía por qué lo hacía. Estaba satisfecha porque consideraba que tenía una exclusiva para el artículo, pero aun así me fastidiaba que sonriese. Para mí, todo eso era algo más que un simple artículo, era mi país.

—Eres tú quien no lo entiende —dije—. ¿Crees que el lugarteniente de las SS se puso a hablar contigo por casualidad? ¿Te parece que sólo estaba pasando el rato? —Me reí—. La Gestapo se ha fijado en tu tarjeta, encanto. ¿Por qué, si no, iba a contarte que quería ingresar en ella? Es probable que te siguieran hasta aquí, después de la entrevista con el director de Deportes.

—¡Bah! Eso son tonterías, Bernie.

—¿En serio?

—Lo más probable es que el lugarteniente Seetzen tuviera la misión de conquistarte y averiguar la clase de persona que eres, con quién te relacionas... y ahora ya saben que estás conmigo. —Eché un vistazo al café—. Seguramente, en estos momentos nos están vigilando. Puede que el camarero sea uno de ellos, o aquel hombre que lee el periódico. Podría ser cualquiera. Así es como actúan.

Noreen tragó saliva nerviosamente y encendió otro cigarrillo. Sus maravillosos ojos azules se movieron con inquietud, se fijó en el camarero y en el hombre del periódico, por si veía alguna señal de que nos estuviesen espiando.

—¿Lo crees de verdad?

Parecía que empezaba a convencerse; habría podido sonreír y decirle que le estaba tomando el pelo, sólo que también me convencí a mí mismo. ¿Por qué no iba la Gestapo a seguir a una periodista americana que acababa de entrevistar al director de Deportes? Tenía mucho sentido. Es lo que habría hecho yo, si hubiera sido de los suyos. Pensé entonces que debería haberlo visto venir.

—Ahora saben quién eres —dije— y quién soy yo.

—Te he puesto en peligro, ¿verdad?

—Como dijiste esta mañana, este trabajo siempre conlleva cierta dosis de peligro.

—Lo siento.

—Olvídalo, aunque, en realidad, quizá sea mejor que no, después de todo. Me gusta crearte un poco de culpabilidad; así puedo chantajearte a costa de tu límpida conciencia, encanto. Por otra parte, supe que me traerías problemas desde el momento en que te vi, pero resulta que así es como me gustan las mujeres: grandes guardabarros, carrocería reluciente, mucho cromo y un motor muy potente, como el del coche de Hedda, que te planta en Polonia nada más pisar el pedal del acelerador. Si me interesase acostarme con bibliotecarias, iría en autobús.

—De todos modos, no he pensado más que en mi artículo, sin tener en cuenta las consecuencias que podría acarrearte a ti. Es increíble que haya sido tan imbécil como para atraer sobre ti la atención de la Gestapo.

—Es posible que no te lo haya dicho antes, pero hace un tiempo que me tienen en el punto de mira, concretamente, desde que dejé el cuerpo de policía. Se me ocurren varios motivos válidos para que la Gestapo o la KRIPO, que para el caso es lo mismo, me arrestasen, si quisieran, pero me preocupan más los que no se me han ocurrido todavía.

20

Noreen quería pasar la noche conmigo en mi apartamento, pero no me veía capaz de llevarla a una madriguera que no tenía más que una habitación, una cocina enana y un cuarto de baño más reducido aún. Llamarlo apartamento era como decir que un grano de mostaza es una verdura. En Berlín los había más escuetos todavía, pero casi siempre los ocupaban antes las familias de ratones.

Me cohibía enseñarle las condiciones en que vivía, pero confesarle que tenía una octava parte de herencia judía me daba verdadera vergüenza. Me había desconcertado, es cierto, descubrir que me habían denunciado a la Gestapo por tener lo que llamaban mezcla de sangre, pero no renegaba de ser quien era. ¿Cómo iba a hacerlo? Me parecía una insignificancia. Lo que me avergonzaba era haber pedido a Emil Linthe que borrase del registro oficial la sangre que me relacionaba con Noreen, aunque fuese remotamente. ¿Cómo iba a contárselo? Y guardándome mi secreto, pasé con ella otra noche maravillosa en su suite del Adlon.

Tumbado entre sus muslos, sólo dormí un poco. Teníamos mejores cosas que hacer. Por la mañana temprano, cuando salí vilmente de su habitación, sólo le dije que iba a casa y que nos veríamos más tarde, pero no dije nada de coger el suburbano en dirección a Grunewald y Schildhorn.

Tenía en el despacho algo de ropa de recambio y, tan pronto como me hube cambiado, salí a la negra madrugada y me fui andando a la estación de Potsdamer. Unos cuarenta y cinco minutos más tarde, subía por los escalones hacia el monumento de Schildhorn con otros muchos hombres, de apariencia judía en su mayoría: pelo castaño, ojos melancólicos, orejas de murciélago y unas napias que obligaban a pensar si, para poder formar parte de su pueblo elegido, Dios habría puesto la condición de tener una nariz que nadie habría querido tener voluntariamente. Podía generalizar tanto porque sabía con certeza que la sangre común de esos hombres era probablemente mucho más pura que la mía. A la luz de la luna, uno o dos me miraron inquisitivamente, como preguntándose qué tendrían los nazis en contra de un tipo fornido, rubio, con los ojos azules y la nariz como el pulgar de un panadero. No me extrañó. Entre aquella compañía tan particular, destacaba tanto como Ramsés II.

Había unos ciento cincuenta hombres reunidos en la oscuridad, bajo los invisibles pinos, que advertían de su presencia con el murmullo de la brisa del amanecer. El propio monumento quería ser un árbol estilizado, coronado por una cruz de la que colgaba un escudo. Seguramente tendría algún significado para quien gustase de monumentos religiosos feos. A mí me parecía una farola sin su más que necesaria bombilla... o tal vez un poste de piedra para quemar en la hoguera a los arquitectos de la ciudad. Entonces sí que habría sido un monumento valioso, sobre todo en Berlín.

Rodeé ese obelisco de tamaño económico al tiempo que escuchaba algunas conversaciones. En general, hablaban de los días que habían trabajado recientemente o de los que se habían quedado sin trabajar, que parecía el caso más habitual.

—La semana pasada, me dieron un día —dijo un hombre— y la anterior, dos. Hoy tengo que trabajar; si no, mi familia no podrá comer.

Otro empezó a vilipendiar a Goerz, pero alguien lo hizo callar rápidamente.

—La culpa la tienen los nazis, no Goerz. De no ser por él, ninguno tendríamos trabajo. Él se arriesga tanto como nosotros e incluso más, quizá.

—Si quieres que te diga la verdad, a él le pagan muy bien por arriesgarse.

—Es la primera vez que vengo —dije al hombre que estaba a mi lado—. ¿Qué hay que hacer para que te elijan?

Le ofrecí un cigarrillo; se quedó mirando con extrañeza al paquete y a mí, como receloso de que alguien que de verdad necesitase trabajar pudiera tener dinero para lujos tan caros y sensuales. De todos modos, lo aceptó y se lo puso detrás de la oreja.

—No hay método —dijo—. Llevo seis meses viniendo aquí y sigue pareciéndome arbitrario. Unos días parece que le gusta tu cara, pero otros ni siquiera te ve.

—A lo mejor sólo pretende repartir el trabajo al máximo —dije—, para que sea más justo.

—¿Justo? —se burló el hombre—. La justicia no tiene absolutamente nada que ver. Un día se lleva a cien hombres y, al otro, a setenta y cinco. Es otra forma de fascismo, me parece a mí. Goerz nos recuerda el poder que tiene.

Le sacaba yo una cabeza de altura; era pelirrojo y tenía las facciones muy marcadas: una cara como un hacha muy oxidada. Llevaba una gruesa chaqueta verde, gorra de obrero y, alrededor del cuello, un pañuelo verde intenso semejante al de sus ojos, que miraban a través de unas gafas de montura fina. Del bolsillo le sobresalía un libro de Dostoievsky y casi parecía que el joven judío de aspecto estudioso acabase de salir de entre las páginas completamente hecho: neurótico, pobre, mal alimentado y desesperado. Se llamaba Solomon Feigenbaum, lo cual, a mis oídos prácticamente arios, sonaba tan judío como un gueto de sastres.

—Pues, si es la primera vez, casi seguro que te cogen —dijo Feigenbaum—. A Goerz le gusta alegrar el día a los nuevos, para que lo prueben.

—Es un alivio.

—Si tú lo dices. Aunque no parece que necesites dinero desesperadamente; la verdad es que ni siquiera pareces judío.

—Eso decía mi madre a mi padre. Supongo que por eso se casó con él. Para ser judío no basta con tener la nariz ganchuda y ponerse la kipá. ¿Qué me dices de Helene Mayer?

—¿Quién es?

—Una judía del equipo olímpico alemán de 1932, de carreras de vallas. Parecía la chica de los sueños de Hitler. Tenía más pelo rubio que el suelo de un barbero suizo. ¿Y Leni Riefenstahl? Has tenido que oír rumores.

—Bromeas.

—No, en absoluto. Su madre era judía polaca.

Parecía que la cosa le hacía cierta gracia.

—Mira, hace semanas que no trabajo. Un amigo mío me habló de este *plagen*. La verdad es que pensaba que me lo encontraría aquí.

Miré alrededor, a la multitud de hombres congregada al pie del monumento, como con esperanzas de ver a Isaac Deutsch, y sacudí la cabeza con desilusión.

—¿Te contó tu amigo cómo era el trabajo?

—Sólo que no se hacían preguntas.

—¿Nada más?

—¿Hay algo más que saber?

—Pues que emplean mano de obra judía para los trabajos que, por lo peligrosos que son, teniendo en cuenta lo que ahorran en seguridad para poder terminar el estadio a tiempo, quizá no quieran los llamados obreros alemanes. ¿Te habló tu amigo de eso?

—¿Pretendes que me eche atrás?

—Sólo te digo lo que pasa. Me da la sensación de que, si tu amigo era un amigo de verdad, podría habértelo contado. Que a lo mejor hay que estar un poco desesperado para aceptar los riesgos que esperan que aceptes. Aquí no te dan casco, amigo mío. Si te cae una piedra en la cabeza o te hundes en un agujero, a nadie le va a sorprender ni nadie va a lamentarlo. Los judíos que trabajan ilegalmente no tienen seguridad social. A lo mejor no les ponen ni una lápida. ¿Lo entiendes?

—Entiendo que pretendes que me eche atrás para tener más posibilidades de que te cojan a ti.

—Lo que quiero decirte es que nos protegemos los unos a los otros, ¿sabes? Si no, no lo hace nadie. Cuando bajamos al pozo, somos como los tres mosqueteros.

—¿El pozo? Creía que íbamos a las obras del estadio.

—Eso es para la categoría superior, los obreros alemanes. No para nosotros. Casi todos trabajamos en el túnel de la nueva línea del suburbano que irá desde el estadio hasta Königgratzer Strasse. Si vas hoy, descubrirás lo que es convertirse en topo. —Miró al cielo, que todavía estaba oscuro—. Bajamos de noche, trabajamos en la oscuridad y salimos cuando se ha ido el sol.

—Es verdad, eso no me lo contó mi amigo —dije—. Lo lógico sería que me lo hubiese dicho. De todos modos, hace ya algún tiempo que no lo veo, ni a su tío. Oye, a lo mejor tú los conoces. Isaac y Joey Deutsch.

—No los conozco —dijo Feigenbaum.

Pero los ojos se le estrecharon y me miraba con atención, como si, a fin de cuentas, quizá hubiese oído hablar de ellos. No me pasé diez años en el Alex en balde: sabía cuándo alguien mentía. Se tiró de la oreja un par de veces y luego, nerviosamente, desvió la mirada. Ahí tenía la clave.

—Seguro que sí —dije con firmeza—. Isaac era boxeador, una auténtica promesa, hasta que los nazis excluyeron a los judíos de los combates y le quitaron la licencia. Joey era su entrenador. ¡Seguro que sabes quiénes son!

—Te he dicho que no —replicó Feigenbaum con firmeza.

Encendí un cigarrillo.

—Si tú lo dices. Bueno, a mí qué más me da. —Di una calada para que lo oliese un poco. Comprendí que se moría de ganas de fumar, aunque todavía tenía detrás de la oreja el que le había dado antes—. Seguro que todo eso de los tres mosqueteros y de cuidarse unos a otros no es más que palabrería. Palabrería.

—¿Qué insinúas? —Se le abrieron las aletas de la nariz al oler el tabaco y se lamió los labios.

—Nada —dije—, nada en absoluto. —Tomé otra calada y se la eché en la cara—. Anda, termínalo tú. Sabes que estás deseándolo. Feigenbaum me cogió el cigarrillo de entre los dedos y se puso a fumar como si fuese una pipa de opio. A algunas personas les pasa lo mismo con las uñas; llega uno a pensar que quizás una cosa tan insignificante como un cigarrillo sea verdaderamente nociva. A veces resulta un tanto inquietante ver a un adicto en plena acción.

Miré hacia el otro lado con una sonrisa indiferente.

—Así es mi vida, supongo. No me refiero a nada en concreto. A lo mejor ni tú ni yo nos referimos a nada, ¿verdad? Estamos aquí y, de repente, ya no. —Me miré la muñeca y entonces me acordé de que había dejado el reloj en el hotel adrede—. Maldito reloj. Siempre se me olvida que tuve que empeñarlo. Pero, bueno, ¿dónde está ese Goerz? ¿No tendría que haber llegado ya?

—Llegará cuando llegue —dijo Feigenbaum y, sin dejar de fumar mi cigarrillo, se alejó.

Eric Goerz llegó al cabo de diez minutos. Lo acompañaban su alto chófer y un tipo musculoso. Goerz fumaba los mismos cigarrillos franceses fuertes que el día anterior y, debajo de una gabardina gris, llevaba el mismo traje verde. Llevaba también un sombrero negro muy echado hacia atrás, como un halo de fieltro y, en la mano, la misma correa del perro invisible. No bien hubo aparecido, los hombres empezaron a arremolinarse a su alrededor, como si fuese a dar el Sermón de la Montaña, y sus dos discípulos lo protegieron estirando los gruesos brazos. Yo también me acerqué un poco, empeñado en parecer tan necesitado de trabajo como los demás.

—¡Atrás, malditos judíos! Os veo perfectamente —gruñó Goerz—. ¿Os habéis creído que esto es un concurso de belleza? ¡Atrás he dicho! Si me tiráis, como la semana pasada, hoy no trabaja ninguno de vosotros, ¿entendido? Cien hombres, ¿me oís? Tú, ¿dónde está el dinero que me debes? Te dije que no quería verte por aquí hasta que me lo pagases.

—¿Cómo voy a pagarte, si no puedo trabajar? —dijo una voz plañidera.

—Haberlo pensado antes —dijo Goerz—. Hazlo como quieras. Vende a la puta de tu hermana o lo que sea. ¡A mí qué me importa!

Los dos discípulos agarraron al hombre y lo apartaron de la vista de Goerz.

—Tú —le dijo a otro—. ¿Cuánto sacaste de los tubos de cobre? El hombre al que se dirigía murmuró unas palabras.

—Trae aquí —gruñó Goerz, y le arrebató unos billetes de la mano.

Concluidos por fin todos esos asuntos, empezó a elegir hombres para las cuadrillas de trabajo y, a medida que las iba completando, los que quedaban sin escoger se iban desesperando más y más, cosa que parecía deleitar a Goerz. Me recordó a un escolar caprichoso seleccionando compañeros para un partido de fútbol importante. Cuando completó la última cuadrilla, un hombre dijo:

—Te doy dos más por mi turno.

—Y yo, tres —dijo el que estaba a su lado.

Enseguida recibió uno de los resguardos que el discípulo iba repartiendo entre los afortunados a los que Goerz señalaba para trabajar ese día.

—Queda un día —dijo con una amplia sonrisa—. ¿Quién lo quiere?

Feigenbaum se abrió paso hasta la primera fila de la muchedumbre que todavía rodeaba a Goerz.

—Por favor, Herr Goerz —dijo—. ¡Déme un respiro! Hace una semana que no me toca un solo día. Lo necesito muchísimo. Tengo tres hijos.

—Es lo malo de los judíos. Sois como conejos. No me extraña que la gente os aborrezca.

Goerz me miró.

—Tú, boxeador. —Quitó el último resguardo de la mano a su discípulo y me lo tiró a la mano—. Ahí tienes trabajo.

Me sentí mal, pero cogí el resguardo a pesar de todo y procuré no mirar a Feigenbaum al seguir a los hombres elegidos escaleras abajo, hacia la orilla del río. Eran unos treinta o cuarenta peldaños, tan empinados como la escalera de Jacob; tal vez fuera ésa la intención de Guillermo IV, el emperador prusiano cuyas románticas ideas sobre la caballería habían dado lugar a ese peculiar monumento. Había bajado más de la mitad, cuando divisé el camión que esperaba para llevar la mano de obra ilegal de Eric Goerz a su lugar. Al mismo tiempo, oí unos pasos a mi espalda que se iban acercando. No era un ángel, sino Goerz. Me soltó un golpe con la porra, pero falló e, igual que Jacob, me vi obligado a forcejar un momento con él, hasta que perdí el equilibrio, me caí por las escaleras y me di de cabeza contra la pared de piedra.

Tuve la sensación de haber estado tumbado en un arpa de concierto mientras alguien la golpeaba fuertemente con una almádena. Me vibraba incontrolablemente hasta la última parte del cuerpo. Me quedé allí tumbado un momento, mirando al cielo de la mañana con la certidumbre de que Dios, al contrario que Hitler, tenía sentido del humor. Al fin y al cabo, lo decían los salmos. El que mora en el Cielo se reirá. ¿Qué otra explicación tenía que, para quedarse con el turno que me habían dado a mí, Feigenbaum, un judío, hubiese informado al antisemita de Goerz de que yo le había hecho preguntas sobre Isaac y Joey Deutsch? El que mora en el Cielo se estaba riendo, de acuerdo. Era razón suficiente para desternillarme. Recé con los ojos cerrados. Le pregunté si tenía algo en contra de los alemanes, pero la respuesta era muy evidente y, al abrirlos otra vez, descubrí que no había diferencia perceptible entre tenerlos cerrados o abiertos, salvo que ahora los párpados me parecían lo más pesado del mundo. Me pesaban tanto como si fuesen de piedra. Quizá la piedra fuese una lápida sobre una tumba profunda, oscura y fría, una piedra que ni el ángel de Jacob habría podido apartar. Por los siglos de los siglos. Amén.

21

Hedda Adlon siempre decía que, para llevar un hotel grande de verdad, ella necesitaría que los huéspedes pasasen dieciséis horas durmiendo y las otras ocho descansando tranquilamente en el bar. Por mí, estupendo. Quería dormir mucho y, preferiblemente, en la cama de Noreen. Y lo habría hecho, de no haber sido porque ella estaba apagando un cigarrillo en mi rabadilla o, al menos, eso me pareció. Intenté apartarme, pero entonces algo me golpeó la cabeza y los hombros. Abrí los ojos y descubrí que estaba sentado en un suelo de madera, cubierto de serrín y atado de espaldas a una estufa de porcelana: un calentador de cerámica con forma de fuente pública, de los que suelen verse en un rincón en muchas salas de estar alemanas, como si fuera un familiar senil sentado en una mecedora. Puesto que yo apenas paraba en casa, la estufa de mi sala apenas se encendía y, por lo tanto, prácticamente nunca estaba caliente, pero, incluso a través de la chaqueta, noté que ésta lo estaba... y más que el tubo de la chimenea de un remolcador en plena faena. Arqueé la espalda para reducir la zona de contacto con la ardiente cerámica, pero sólo conseguí quemarme las manos; al oírme gritar de dolor, Eric Goerz volvió a azotarme con la correa de perro. Al menos ahora sabía para qué la llevaba. Sin la menor duda, se consideraba todo un supervisor, como el egipcio conductor de esclavos a quien mató Moisés en el Éxodo. No me habría importado matar a Goerz con mis propias manos.

Cuando dejó de fustigarme, levanté la cabeza, vi que tenía en las manos mi tarjeta de identidad y me maldije por no haberla dejado en el hotel, en el bolsillo del traje. Detrás de mí, a poca distancia, se encontraban el alto y cadavérico chófer de Goerz y el tipo cuadrado del monumento. Su cara parecía una escultura de mármol inacabada.

—Bernhard Gunther —dijo Goerz—. Aquí dice que eres empleado de hotel, pero que antes eras poli. ¿Qué hace aquí un empleado de hotel preguntando por Isaac Deutsch?

—Desátame y te lo cuento.

—Cuéntamelo y a lo mejor te desato.

No vi motivo para no decirle la verdad, ninguno en absoluto. Es un efecto frecuente de la tortura.

—En el hotel se aloja una periodista americana —dije—. Está escribiendo un artículo sobre los judíos en el deporte alemán y sobre Isaac Deutsch en particular. Se propone conseguir que los Estados Unidos boicoteen las Olimpiadas y me paga por ayudarla a investigar.

Hice una mueca y procuré no pensar en el calor de la espalda, aunque era como estar en el infierno e intentar no hacer caso de un diablillo armado con una horca candente y mi nombre en su parte del día.

—Mentira —dijo Goerz—, eso es mentira, porque casualmente leo la prensa y por eso sé que el Comité Olímpico de los Estados Unidos ha votado en contra del boicot. —Levantó la correa del perro y empezó a azotarme otra vez.

—¡Es judía! —grité a pesar de los golpes—. Cree que si cuenta la verdad sobre lo que ocurre en este país a gente como Isaac Deutsch, los *Amis* tendrán que cambiar de opinión. Deutsch es el centro de su artículo. Cuenta que lo expulsaron de su asociación regional de boxeo y acabó trabajando aquí y que sufrió un accidente. No sé lo que pasó con exactitud. Se ahogó, ¿verdad? En el túnel del suburbano, ¿no es eso? Y después lo arrojaron al canal, en la otra punta de la ciudad.

Goerz dejó de fustigarme. Parecía haberse quedado sin aliento. Se apartó el pelo de los ojos, se enderezó la corbata, se colgó la correa del cuello y la agarró con las dos manos.

—¿Y cómo has averiguado lo que le pasó?

—Un ex colega, un gorila del Alex, me enseñó el cadáver en el depósito y me dio el expediente. Nada más. Es que yo trabajaba en Homicidios, ¿sabes? Se quedaron sin ideas sobre las circunstancias de la muerte y creyó que yo podría enfocarlo de otra manera.

Goerz miró a su chófer y se rió.

—¿Quieres que te diga lo que pienso? —dijo—. Creo que fuiste poli y que sigues siéndolo. Un agente secreto, de la Gestapo. No he visto a nadie en mi vida que se parezca menos a un empleado de hotel, amigo mío. Apuesto a que no es más que una tapadera para poder espiar a la gente y, lo que es más importante, a nosotros.

—Es la verdad, te lo aseguro. Sé que tú no mataste a Deutsch, fue un accidente. Eso se veía claramente en la autopsia. Verás, no pudo ahogarse en el canal porque tenía los pulmones llenos de agua marina. Eso fue lo primero que hizo sospechar a la pasma.

—¿Le hicieron la autopsia? —preguntó el hombre cuadrado, la escultura viviente—. O sea, ¿que lo rajaron de arriba abajo?

—Pues claro que le hicieron la autopsia, so imbécil. Lo manda la ley. ¿Dónde te crees que estamos? ¿En el Congo Belga? Cuando aparece un cadáver, hay que investigarlo todo, al muerto y las circunstancias.

—Pero después lo enterrarían como es debido, ¿no?

Gruñí de dolor y sacudí la cabeza.

—Los entierros son para los Otto Normal —dije—, no para cadáveres sin identificar. No se ha hecho la identificación, al menos formalmente. Nadie lo ha reclamado. Yo sólo he investigado el caso porque la mujer *Ami* quería saber cosas sobre él. La pasma no sabe una mierda. Por lo que yo sé, el cadáver fue a parar al hospital Charité, a las aulas de anatomía, para que jueguen con él los chicos de los fórceps y los bisturíes.

—O sea, ¿los estudiantes de medicina?

—¡No van a ser los de economía política, desgraciado! ¡Pues claro que los de medicina!

Empezaba a comprender que al hombre de la barbilla de mármol le afectaba mucho el tema. Sin embargo, como el dolor que me daba la estufa me soltaba la lengua, seguí hablando sin la menor consideración.

—Ahora lo habrán partido en lonchas y se habrán hecho una sopa de rabo de buey con su pene. Casi seguro que el cráneo servirá de cenicero a algún estudiante. ¿Qué te importa a ti, Hermann? Tú tiraste al pobre desgraciado al canal como un cubo de basura de un restaurante.

El hombre cuadrado sacudió la cabeza con estremecimiento.

—Pensé que, al menos, le darían un entierro digno.

—Ya lo he dicho: los entierros dignos son para los ciudadanos, no para los desechos flotantes. Me da la impresión de que la única persona que ha intentado tratar a Isaac Deutsch con respeto ha sido mi cliente.

Intenté separarme de la estufa retorciéndome, pero no sirvió de nada. Empezaba a parecerme a Jan Hus.

—Tu cliente —dijo Eric Goerz con todo el desprecio, como un gran inquisidor. Se puso a zurrarme otra vez. La correa de perro silbaba en el aire como un mayal. Parecía yo una alfombra del Adlon llena de polvo—. Cuéntanos... exactamente... quién demonios... eres...

—Basta —dijo el hombre cuadrado. Tenía una mandíbula que parecía arrancada de un trozo de mármol.

No vi lo que sucedió a continuación. Estaba muy ocupado apretando el mentón contra el pecho, con los ojos cerrados, intentando deshacerme del dolor de los correazos. Sólo sé que la paliza terminó de repente y Goerz cayó al suelo delante de mí, sangrando por un lado de la boca. Levanté la cabeza a tiempo de ver a Mandíbula de Mármol esquivar limpiamente un fuerte gancho del chófer de Goerz antes de levantarlo en el aire de un puñetazo que se elevó desde abajo volando como un ascensor exprés. El chófer se derrumbó como una torre de piezas de construcción, cosa que me satisfizo tanto como si la hubiese tirado yo.

Mandíbula de Mármol respiró hondo y se puso a desatarme.

—Lo lamento —dije.

—¿El qué?

—Todo lo que he dicho sobre Isaac, tu sobrino. —Me deshice de las cuerdas y aparté la espalda de la estufa—. He acertado, ¿verdad? Eres Joey, el tío de Isaac.

Asintió y me ayudó a ponerme de pie.

—Tienes la espalda de la chaqueta completamente quemada —dijo—. No te veo la carne, pero no estará muy mal. De lo contrario, lo habrías olido.

—Una idea consoladora. Por cierto, gracias por ayudarme.

Me apoyé de su inmenso hombro y, dolorosamente, me enderecé.

—Hace tiempo que se lo había ganado —dijo Joey.

—Mucho me temo que todo lo que he dicho es cierto, pero lamento que hayas tenido que enterarte así.

Joey Deutsch sacudió la cabeza.

—Lo sospechaba —dijo—. Goerz me había dicho otra cosa, claro, pero creo que, en mi fuero interno, yo sabía muy bien que era mentira. Preferí creerle, por Isaac. Supongo que, para asimilarlo, tenía que oírselo contar a otra persona.

Eric Goerz giró lentamente sobre su estómago y gruñó.

—¡Menudo gancho tienes, Joey! —dije.

—Vamos, te llevo a casa. —Vaciló—. ¿Puedes andar solo?

—Sí.

Joey se agachó a mirar al chófer, que seguía inconsciente, y le sacó unas llaves del bolsillo del chaleco.

—Vamos a coger el coche de Eric —dijo—, para que a este par de cabrones no se les ocurra seguirnos.

Goerz volvió a gruñir y, lentamente, se puso en posición fetal. Por un momento pensé que sufría una contracción de alguna clase, pero enseguida me acordé de lo que me había dicho Blask, el capataz, acerca del revólver que llevaba sujeto al tobillo, sólo que ya no estaba sujeto, sino que lo tenía en la mano.

—¡Cuidado! —grité, al tiempo que daba una patada a Goerz en la cabeza.

La patada iba para la mano, pero al levantar el pie, perdí el control y me volví a caer al suelo.

La pistola se disparó sin hacer daño a nadie, sólo rompió un cristal de la ventana.

Arrastrándome, me acerqué a mirar a Goerz. No quería la muerte de otro hombre sobre mi conciencia. Él estaba inconsciente, pero, por suerte para mí y sobre todo para él, respiraba. Recogí mi carnet de identidad del suelo, adonde lo había tirado con rabia unos minutos antes, y la pistola también. Era una Bayard semiautomática de 6.35 milímetros.

—Tabaco francés, pistola francesa... —dije—; es lógico, supongo. —Puse el seguro al arma y señalé hacia la puerta—. ¿Crees que habrá alguien más ahí fuera? —pregunté a Joey.

—O sea, ¿como yo? No, éramos sólo esos dos, los tres camioneros y, lamento decirlo, yo. Cuando Isaac se mató me pusieron en nómina, por contar con alguien musculoso, dijeron, pero seguro que fue por asegurarse de que no abriera la boca.

Mientras Joey me ayudaba a llegar a la puerta, pude echarle un buen vistazo: parecía tan judío como yo. Tenía la cabeza igual que un melón de grande, y las sienes canosas, pero la coronilla rubia y tan rizada como un abrigo de astracán. Su inmensa cara era de color rojo pálido, como la panceta vieja, y tenía la nariz rota, afilada y respingona y los ojos castaños. Las cejas eran prácticamente invisibles, como los dientes de su boca abierta. No sé por qué, pero me recordó a un niño de pecho del tamaño de un hombre.

Bajamos y supe que estábamos en el Alberto el Oso. No se veía al propietario por ninguna parte y no pregunté. Fuera, el aire fresco de la mañana me reanimó un poco. Subí al asiento del copiloto del Hanomag y Deutsch casi se carga el cambio de marcha, pero nos sacó de allí rápidamente. Conducía muy mal y por poco se estrella contra un abrevadero que había en la esquina.

Resultó que no vivía lejos de mi casa, en la parte suroriental de la ciudad. Dejamos lo que quedaba del Hanomag en el aparcamiento del cementerio de Baruther Strasse. Joey quería llevarme al hospital, pero le dije que seguramente me recuperaría.

—¿Y tú, qué? —le pregunté.

—¿Yo? Estoy bien. No te preocupes por mí, hijo.

—Te he costado el puesto de trabajo.

Joey sacudió la cabeza.

—Nunca debí aceptarlo.

Nos di fuego a los dos.

—¿Quieres que hablemos un poco de ello?

—¿A qué te refieres?

—A mi amiga *Ami*. Noreen Charalambides. Es la que está escribiendo sobre Isaac. Me imagino que le gustaría hablar contigo, para que le cuentes tu versión de lo que le pasó a tu sobrino.

Joey gruñó sin mucho entusiasmo.

—Puesto que no tiene tumba ni nada, podría ser como un homenaje —dije—. En su honor.

Se puso a pensarlo dando caladas al cigarrillo, aunque, en la mano, del tamaño de un mazo, parecía una cerilla de seguridad.

—No es mala idea del todo —dijo finalmente—. Tráemela esta noche. Se lo contaré todo, si no le importa venir a los barrios bajos.

Me dio una dirección de Britz, cerca de la fábrica de conservas cárnicas. La apunté en el interior del paquete de tabaco.

—¿Eric Goerz conoce esta dirección? —pregunté.

—No la conoce nadie. Ahora allí vivo sólo yo, si es que puede llamarse vida. Me he abandonado un poco, desde que murió Isaac, ¿sabes? Como ya no está él, no hay motivo para arreglar la casa. En realidad, no hay motivo para nada.

—Sé lo que se siente —dije.

—Hace tiempo que no recibo visitas. A lo mejor limpio y ordeno un poco antes de que...

—No te molestes.

—No es molestia —dijo en voz baja—. No es ninguna molestia. —Asintió resueltamente—. La verdad es que debería haberlo hecho hace ya algún tiempo.

Se marchó. Busqué una cabina y llamé al Adlon.

Conté algo a Noreen, pero no todo. Me ahorré decirle que se lo había cantado prácticamente todo a Eric Goerz. El único consuelo que tenía era que no había dicho el nombre del hotel en el que se alojaba.

Dijo que venía inmediatamente.

22

Abrí la puerta de par en par, pero no tanto como Noreen los ojos. Allí estaba ella, con un vestido rojo debajo del abrigo de marta cibelina, mirándome con una mezcla de susto y perplejidad, una expresión como la que debió de poner Lotte al descubrir que había llegado a tiempo de ver que el joven Werther acababa de conseguir volarse los sesos. Suponiendo que los tuviese.

—¡Dios mío! —musitó, y me tocó la cara—. ¿Qué te ha pasado?

—Acabo de leer un fragmento de Ossian —dije—. La poesía mediocre siempre me produce este efecto.

Me empujó suavemente hacia la casa y cerró la puerta tras de sí.

—Tendrías que verme cuando leo algo bueno de verdad, como Schiller. Tengo que guardar cama varios días.

Con un movimiento de hombros se quitó el abrigo y lo dejó en una silla.

—No deberías hacer eso —dije. Procuré no cohibirme mucho por el estado del apartamento, pero no fue fácil—. Hace un tiempo que no despiojo esa silla como es debido.

—¿Tienes yodo?

—No, pero tengo una botella de *kummel*. Por cierto, creo que yo también voy a tomarme una copa.

Fui al aparador a servir dos. No le pregunté si le apetecía. La había visto beber otras veces.

Durante la espera, echó un vistazo alrededor. En la sala de estar había un aparador, un sillón y una mesa plegable, además de unas altas estanterías empotradas en la pared y llenas de libros, de los que había leído unos cuantos. También había estufa, una chimenea pequeña con un fuego más pequeño aún y una cama, porque resulta que la sala hacía también las veces de dormitorio. Al otro lado de un vano sin puerta se encontraba la zona de la basura, que coincidía con la cocina; para mayor seguridad de los ratones, la opaca ventana con reja daba a una escalera de incendios. El cuarto de baño se encontraba cerca de la entrada. La bañera estaba colgada del techo boca abajo, justo encima del retrete, donde podía uno sentarse a pensar en los inconvenientes de darse un baño ante la chimenea. El suelo era íntegramente de linóleo, con algunas alfombras del tamaño de un sello. Aunque pudiera parecer todo un poco cochambroso, para mí era un palacio o, mejor dicho, la habitación más mísera de un palacio, la de los trastos de la servidumbre.

—Tiene que venir el interiorista a colocarme un retrato del Guía —dije—, así quedará esto muy bonito y acogedor.

Cogió el vaso que le ofrecía y me miró atentamente la cara.

—Ese cardenal... —dijo—. Deberías ponerte algo ahí.

La atraje hacia mí.

—Tu boca, por ejemplo.

—¿Tienes vaselina?

—¿Qué es eso?

—Gelatina de petróleo para primeros auxilios.

—Oye, mira, sobreviviré. Estuve en la batalla de Amiens y aquí me tienes, y te aseguro que no es fácil.

Se encogió de hombros y se apartó.

—Sigue así, hazte el duro, pero soy tan rara que me da por preocuparme por ti, lo cual significa que no me hace ninguna gracia que te hayan dado de latigazos. Si tiene que dártelos alguien, debería de ser yo, aunque procuraría que no te quedasen señales.

—Gracias, lo tendré en cuenta. El caso es que no fue con un látigo, sino con una correa de perro.

—No me habías dicho nada de un perro.

—Es que no lo había. Me da la impresión de que Goerz preferiría llevar látigo, pero incluso en Berlín te miran raro, si vas por ahí con uno en la mano.

—¿Crees que azota a los obreros judíos con la correa?

—No me extrañaría.

Me llevé el *kummel* a la boca, lo retuve un momento a la altura de las amígdalas y me lo tragué disfrutando de la cálida sensación que se me extendió por el cuerpo. Entre tanto, Noreen había encontrado una pomada de manzanilla y me la aplicó en las contusiones más aparentes. Creo que se quedó muy satisfecha. Me serví otro *kummel* y, entonces, quien se quedó satisfecho fui yo.

Fuimos a una parada de taxis y cogimos uno para ir a la dirección de Britz. Al sur de otra moderna urbanización de viviendas protegidas, llamada la Herradura, y cerca de la fábrica de conservas cárnicas de Grossmann Coburg, un arco ruinoso daba paso a una serie de patios y bloques de pisos que habrían hecho creer a cualquier arquitecto que era un mesías venido al mundo a salvarlo de la miseria y la pobreza. Personalmente, nunca me ha importado ver un poco de miseria. La verdad es que, después de la guerra, pasó mucho tiempo sin que apenas la notase.

Después de otro arco llegamos ante un deteriorado cartel publicitario de lámparas terapéuticas de infrarrojos pintado en la pared que, al menos, infundía un poco de optimismo. Subimos unas escaleras oscuras que nos llevaron al sepulcral interior del edificio. En alguna parte, un organillo desgranaba una melodía melancólica que acompañaba bien nuestro bajo estado de ánimo. Un bloque de pisos alemán podía absorber toda la luz del segundo advenimiento.

A mitad de las escaleras nos cruzamos con una mujer que bajaba. Llevaba una rueda de bicicleta en la mano y un pan bajo el brazo. Unos pasos por detrás de ella iba un niño de unos diez u once años con uniforme de las juventudes hitlerianas. La mujer sonrió y con un movimiento de cabeza saludó a Noreen o, más probablemente, al abrigo de marta cibelina que llevaba. Eso la animó a preguntar si íbamos bien para llegar a casa de Herr Deutsch. La mujer de la rueda de bicicleta en la mano respondió respetuosamente que sí y seguimos subiendo; pasamos con cuidado al lado de otra mujer que fregaba el suelo de rodillas, restregándolo con un cepillo grueso y un producto nocivo que llevaba en un cubo. Nos había oído preguntar por Joey Deutsch y, al pasar a su lado, dijo:

—Digan al judío ése que le toca fregar las escaleras.

—Dígaselo usted —replicó Noreen.

—Se lo he dicho —contestó la mujer—. Se lo acabo de decir, pero no me ha hecho caso. Ni siquiera ha salido a la puerta. Por eso la estoy fregando yo.

—A lo mejor no está en casa —dijo Noreen.

—¡Y tanto que está! Por fuerza. Lo vi subir hace un rato, pero no ha vuelto a bajar. Además, tiene la puerta abierta. —Siguió frotando los peldaños con el cepillo varios segundos—. Supongo que me evita.

—¿Suele dejar la puerta abierta? —pregunté con repentino recelo.

—¿Qué? ¿En este barrio? ¡Está usted de broma! No, pero supongo que espera visitas. A usted, quizá, si se llama Gunther. Ha puesto una nota en la puerta.

Subimos rápidamente los dos tramos que faltaban y nos detuvimos ante una puerta que alguna vez había estado pintada de escarlata, pero que ahora no tenía más pintura que una estrella amarilla y las palabras JUDÍOS FUERA pintarrajeadas a conciencia. Había un sobre con mi nombre pegado en el marco de la puerta, que, en efecto, estaba abierta, tal como había dicho la mujer que fregaba las escaleras. Me metí el sobre en el bolsillo, saqué la pistola de Eric Goerz y me puse delante de Noreen.

—Aquí hay algo que no encaja —dije, y empujé la puerta.

Al entrar en el pequeño apartamento, Noreen tocó un platito de bronce que había en el marco.

—La mezuzá —dijo—. Es un pasaje de la Torá. La hay en casi todos los hogares judíos.

Quité el seguro de la pequeña automática y entré en el reducido pasillo. El apartamento tenía dos habitaciones más o menos grandes. A la izquierda estaba el salón, convertido en un altar al boxeo y a un boxeador en particular: Isaac Deutsch. En una vitrina había unas diez o quince peanas de trofeo vacías y varias fotografías de Joey e Isaac. Supuse que habrían empeñado los trofeos hacía tiempo. Las paredes estaban empapeladas con carteles de combates y había pilas de revistas de lucha por toda la habitación. En la mesa reposaba un pan muy viejo al lado de un frutero con un par de plátanos renegridos, convertidos en una gran feria mundial de mosquitas diminutas. En la puerta, colgado de un clavo, había un par de antiguos guantes de boxeo y, cerca de una barra apoyada contra la pared, una selección de pesas oxidadas. Por encima pasaba una cuerda de la que pendían una camisa y un paraguas roto. Había también un sillón desvencijado y, detrás, un espejo de cuerpo entero con el cristal rajado. Todo lo demás era basura.

—¿Herr Deutsch? —La voz se me tensó en el pecho, como si tuviese un nido de cucos entre los pulmones—. Soy Gunther. ¿Hay alguien aquí?

Volvimos al pasillo y entramos en el dormitorio, cuya cortina estaba corrida. Olía mucho a jabón con fenol y a desinfectante, o eso me pareció, al menos. Frente a un armario, del tamaño de la cámara acorazada de un banco suizo pequeño, había una enorme cama de latón.

—Joey, ¿estás ahí?

En la penumbra, con la cortina corrida, distinguí en la cama la forma de un cuerpo; el pelo me levantó la parte de atrás del sombrero. Cuando se han pasado diez años en la policía, a veces se sabe lo que se va a ver antes de verlo. También se adivina que no debe verlo cualquiera.

—Noreen —dije—, me parece que Joey se ha quitado la vida. Sólo lo sabremos cuando descorramos las cortinas y leamos la nota. Aunque te parezca que, como escritora, tienes que verlo todo; aunque pienses que tienes el deber de informar de todo sin titubear, no sé, pero, en mi opinión, prepárate o sal de la habitación. He visto suficientes cadáveres en mi vida para saber que nunca...

—No será el primer muerto que vea, Bernie. Ya te conté el linchamiento de Georgia. Mi padre se suicidó con una escopeta. Eso no se olvida fácilmente, te lo aseguro.

Pensando en lo interesante que era la rapidez con que mi preocupación por no herirle los sentimientos se había convertido en sadismo, abrí las cortinas de golpe sin más discusión. Si Noreen quería jugar a ser Turgeniev, por mí, de acuerdo.

Joey Deutsch yacía, atravesado en la cama, con la misma ropa con que lo había visto antes. Estaba torcido, medio fuera del colchón, como empujado desde la rabadilla por muelles que hubiesen reventado la tela, y perfectamente afeitado, igual que unas horas antes, aunque ahora parecía que se hubiese dejado un bigote castaño y una barba pequeña. Eran quemaduras de un corrosivo, consecuencia del veneno que debía de haberse tomado. Había dejado una botella en el suelo y, al lado, un charco de vómito sanguinolento. Cogí la botella y, con precaución, olí el contenido.

—Lejía —dije, pero Noreen había dado media vuelta y salía ya de la habitación. La seguí al pasillo—. Ha tomado lejía. ¡Dios! ¡Qué manera de suicidarse!

Noreen se había pegado de cara a la pared, en un rincón de la entrada, como una niña desobediente. Se había cruzado de brazos, a la defensiva, y tenía los ojos cerrados. Encendí dos cigarrillos, le di un golpecito en el hombro y le pasé uno. No dije nada. Dijera lo que dijese, sería como recordarle: «Te lo advertí».

Con el pitillo encendido, volví a la sala de estar. Encima de una de las pilas de revistas de boxeo había una pequeña carpeta de piel para papel de cartas. Dentro encontré sobres y cuartillas con el mismo membrete que la nota que me había dejado. También era la misma la tinta de la Pelikan que había vuelto a dejar en su pequeña funda cilíndrica de piel. Nada indicaba que lo hubiesen obligado a escribir la nota. La letra era clara, había escrito sin prisas. Había recibido yo cartas de amor mucho más ilegibles, aunque no muchas. Leí atentamente el mensaje, como si Joey Deutsch hubiera significado algo para mí. Me pareció que era lo menos que podía hacer por un difunto. Después volví a leerlo.

—¿Qué dice? —Noreen estaba en el umbral de la puerta, con un pañuelo en la mano y lágrimas en los ojos.

Le pasé la nota.

—Toma.

Me quedé mirándola mientras leía, preguntándome qué estaría pensando, si de verdad sentiría algo por el pobre hombre que acababa de suicidarse o si, simplemente, la consolaba haber encontrado el final de su artículo y una buena excusa para volver a su país. Puede que parezca cínico y tal vez lo fuese, pero lo cierto es que yo no podía pensar en otra cosa, más que en su partida de Berlín, porque en ese momento y por primera vez me di cuenta de que me había enamorado de ella. Cuando uno se enamora de alguien sabiendo que está a punto de abandonarlo, es más fácil ser cínico, sólo por protegerse del dolor inminente.

Quiso devolverme la carta.

—¿Por qué no te la quedas? —dije—. Aunque no llegó a conocerte, creo que en realidad la escribió para ti, para tu artículo. Así fue como lo convencí, más o menos, diciéndole que podía ser como un homenaje a Isaac.

—Y lo será, me parece. ¿Por qué no? —Guardó la carta—. Pero, ¿y la policía? ¿No querrá quedarse con esto? Es una prueba, ¿verdad?

—¿Y qué nos importa a nosotros? —Me encogí de hombros—. ¿Ya no te acuerdas de lo preocupados que estaban por descubrir lo que le había pasado a Isaac? De todos modos, lo mejor será que nos marchemos de aquí antes de tener que hacer tiempo para contestar preguntas que quizá no queramos que nos hagan. Por ejemplo, por qué tengo una pistola sin licencia y a qué se debe la señal de correa de perro de la cara.

—Las vecinas —dijo ella—. La mujer de las escaleras. Supongamos que cuenta a la policía que estuvimos aquí, que había una nota. No habrá olvidado tu nombre.

—Eso lo arreglo yo con ella ahora, al salir de aquí. Diez marcos compran mucho silencio en esta parte de Berlín. Por otra parte, ya has visto lo que le han pintado en la puerta. Me parece que este vecindario no es lo que se dice muy acogedor. Seguro que se alegrarán de que Joey haya muerto y salga del edificio. Además, ¿qué crees que haría la pasma con una nota así? ¿Publicarla en la prensa? Yo creo que no. Lo más fácil es que la destruyan. No, es mejor que te la quedes tú, Noreen, por Joey y por Isaac.

—Creo que tienes razón, Gunther, aunque preferiría que no la tuvieses.

—Lo entiendo. —Eché una ojeada general al piso y suspiré—. ¿Quién sabe? Puede que Joey esté mejor ahora, fuera de todo esto.

—No te lo crees ni tú.

—No me parece que las cosas estén mejorando para los judíos en este país. Pronto decretarán un puñado de leyes nuevas que harán la vida muy difícil a quienes, según el punto de vista del gobierno, no sean auténticos alemanes. Eso es lo que va a pasar, según me han dicho, desde luego.

—¿Antes de las Olimpiadas?

—¿No te lo había contado?

—Sabes que no.

Me encogí de hombros.

—Sería por no fastidiarte el optimismo, encanto, la ilusión de que todavía se puede hacer algo. A lo mejor esperaba que me contagiases un poco de idealismo de izquierdas, con el roce de tus bragas y tus medias.

—¿Y lo he conseguido?

—Esta mañana en concreto, no.

23

Al anochecer acompañé a Noreen al hotel. Subió a su habitación a darse un baño con la intención de acostarse temprano. El hallazgo del cadáver de Joey Deutsch la había agotado emocional y físicamente. Me imaginaba perfectamente su estado de ánimo. Iba de camino a mi despacho cuando me llamó Franz Joseph y, después de interesarse amablemente por las señales que me cruzaban la cara, me dijo que tenía un paquete para mí, de Otto Trettin, el del Alex. Supe que era la caja china de Max Reles. De todos modos, al llegar a mi mesa, la abrí sólo por ver el objeto que tanto revuelo había levantado.

Parecía una caja de grapas sujetapapeles digna de un emperador chino. Supongo que era bastante bonita, para quien guste de esas cosas. En mi caso, las prefiero de plata, con encendedor de sobremesa a juego. La tapa, lacada en negro, tenía una escena idílica de colores llamativos perfilada en oro en la que se veía un lago, unas montañas, un hermoso sauce llorón, un cerezo, un pescador, un par de arqueros a caballo, un *coolie* cargado con un gran saco de colada de hotel y un grupo de Fu Manchúes en el típico mesón de comida china, que parecían discutir sobre el peligro amarillo y sobre los detalles más delicados de la esclavitud blanca. Supongo que, si vivía uno en la China del siglo XVII, nunca se cansaría de mirarla, a menos que tuviera a mano una pintura para contemplar cómo iba secándose. A mí me parecía un recuerdo vulgar de un día en Luna Park.

La abrí; dentro había algunas cartas con ofertas de trabajo de empresas de zonas tan remotas como Wurzburgo y Bremerhaven. Las ojeé sin mucho interés, me las metí en el bolsillo para fastidiar a Reles, por si eran importantes para él y pensaba que se habían perdido, y me fui a su habitación.

Llamé a la puerta. Abrió Dora Bauer. Llevaba un vestido plisado marrón claro, de guinga, con cuello de esclavina a juego y cerrado sobre el hombro con un gran lazo. Una onda de pelo más grande que un maremoto le cruzaba la frente hasta la ceja, una ceja tan fina como una pata de araña. El arco de su boca, más parecido al de una Clara de cine que al de Cupido, se abrió en una sonrisa tan amplia como un felpudo de bienvenida, pero adquirió un rictus de dolor en cuanto se fijó en el correazo de la cara.

—¡Ayyy! ¿Qué le ha pasado?

Por lo demás, parecía alegrarse de verme, al contrario que Reles, quien se asomó por detrás de ella con su habitual expresión de desprecio. Llevaba yo la caja china a la espalda y tenía ganas de entregársela en cuanto me hubiese soltado la letanía de insultos de costumbre, con la vana esperanza de que se avergonzase o retirase sus palabras.

—No será el agente de la Continental —dijo.

—No tengo tiempo para novelas de detectives —dije.

—Supongo que está muy ocupado leyendo el libro del Guía.

—Tampoco tengo tiempo para sus cuentos.

—Más vale que tenga cuidado con esas cosas tan irrespetuosas que dice. A lo mejor le hacen daño. —Me escrutó con el ceño fruncido—. A lo mejor ya se lo han hecho, ¿o sólo ha sido una pelea con otro huésped del hotel? Es lo más seguro, diría yo. No me lo imagino haciendo de héroe, no sé por qué.

—Max, por favor —dijo Dora en tono reprobatorio, pero no pasó de ahí.

—No se imagina las cosas que tengo que hacer en cumplimiento del deber, Herr Reles —dije—. Estrujar los huevos a uno que no quiere pagar la cuenta, dar un tirón de orejas a los pelmas del bar, partir la boca a un representante de ligas... ¡Demonios! ¡Incluso he recuperado objetos perdidos!

Saqué el brazo que escondía y le entregué la caja como si fuera un ramo de flores. Un ramo de hostias es lo que me habría gustado darle.

—¡Vaya! ¿No te fastidia? ¡La ha encontrado! Usted ha sido policía de verdad, ¿a que sí? —Cogió la caja, se apartó de la puerta y me indicó que entrase—. Pase, Gunther. Dora, pon un trago a Gunther, haz el favor. ¿Qué le apetece, detective? ¿*Schnapps*? ¿*Whisky*? ¿Vodka?

Señaló una serie de botellas que había en el aparador.

—Gracias, que sea *schnapps*, por favor.

Cerré la puerta sin dejar de mirarlo, esperando el momento en que abriese la caja. Cuando lo hizo, tuve la satisfacción de ver un pequeño estremecimiento de desilusión.

—¡Qué lástima! —dijo.

—¿Qué, señor?

—Aquí dentro había algo de dinero y unas cartas, pero ya no están.

—No dijo usted nada del contenido, señor. —Sacudí la cabeza—. ¿Desea que informe a la policía, señor?

Dos «señor» seguidos: a lo mejor todavía estaba a tiempo de hacer carrera en un hotel, después de todo.

Sonrió de mal humor.

—No tiene mayor importancia, supongo.

—¿Hielo? —Dora se encontraba junto a un cubo que tenía una barra de hielo, con un picahielo en la mano: recordaba bastante a lady Macbeth.

—¿Hielo en el *schnapps*? —sacudí la cabeza—. No, no, gracias.

Dora clavó el pincho en la barra un par de veces, puso unos fragmentos en un vaso largo y se lo pasó a Reles.

—Una costumbre americana —dijo él—. Lo tomamos todo con hielo, pero con el *schnapps* me gusta mucho. Pruébelo alguna vez.

Dora me pasó un vaso más pequeño. Estaba observándola, por si veía alguna señal de recaída en sus viejas costumbres de prostituta, pero me dio la sensación de que no había nada entre ellos que pudiese ver yo. Incluso se protegía un poco cada vez que se le acercaba demasiado. La máquina de escribir parecía trabajar mucho, como siempre, y la papelera estaba a rebosar.

Brindé con Reles en silencio.

—¡Adentro! —dijo él, y tomó un trago largo de *schnapps* con hielo. Yo di un sorbito al mío como una viuda de alcurnia y nos quedamos mirándonos en silencio, incómodamente. Esperé un momento y apuré el vaso.

—Bien, si no hay nada más, detective —dijo—, tenemos mucho que hacer, ¿verdad, Fräulein Bauer?

Devolví el vaso a Dora y me dirigí a la puerta. Reles se me adelantó, la abrió y me despidió rápidamente.

—Y gracias de nuevo —dijo— por haber recuperado mi propiedad. Se lo agradezco. Me ha devuelto la fe en el pueblo alemán.

—Se lo comunicaré, señor.

Soltó una risita, pensó en alguna respuesta cortante, pero, al parecer, prefirió abstenerse y esperó pacientemente a que saliera yo de la suite.

—Gracias por el trago, señor.

Él asintió y cerró la puerta.

Me fui rápidamente por el pasillo y bajé las escaleras. Crucé el vestíbulo de la entrada y me dirigí a la centralita de teléfonos, donde había cuatro chicas sentadas en banquetas bajo una ventana, ante algo que parecía un piano de pared de tamaño doble. Detrás de ellas, a una mesa de escritorio se sentaba Hermine, la supervisora, quien vigilaba la voluble tarea de pasar llamadas telefónicas que hacían las «chicas dígame» del hotel. Era una mujer remilgada, pelirroja, con el pelo corto y la piel más blanca que la leche. Al verme, se levantó y a continuación frunció el ceño.

—Esa señal de la cara —dijo— parece de látigo.

Unas cuantas chicas se dieron media vuelta y se rieron.

—Fui a montar con Hedda Adlon —dije—. Oiga, Hermine, necesito una lista de todas las llamadas que haga esta noche el de la uno catorce. Herr Reles.

—¿Lo sabe Herr Behlert?

Le dije que no sin palabras. Me acerqué un poco más clavijero y Hermine se acercó atentamente a mí.

—No le gustaría que espiase a los clientes, Herr Gunther. Necesita usted un permiso por escrito.

—No es espiar, sólo husmear. Me pagan por hacer de sabueso, ¿recuerda? Para que usted y yo y todos los huéspedes estemos seguros, aunque no necesariamente por ese orden.

—Puede, pero si se entera de que escucha las llamadas de Herr Reles, nos arranca la piel a tiras.

—Le paso, Herr Reles —dijo Ingrid, una de las telefonistas más guapas del Adlon.

—¿Herr Reles? ¿Está llamando ahora? ¿A quién?

Ingrid y Hermine se miraron.

—Vamos, señoritas, es muy importante. Si ese tipo es un maleante (y creo que sí), tenemos que saberlo.

Hermine consintió.

—Potsdam 3058 —dijo Ingrid.

—¿Quién es?

Esperé un momento y Hermine volvió a consentir.

—Es el número del conde Von Helldorf —dijo Ingrid—, en el *praesidium* de Potsdam.

En cualquier parte, menos en el Adlon, habría convencido a las telefonistas de que me dejasen escuchar esa llamada, pero, a falta de un foco y unos nudillos metálicos, ya no iba a sacar nada más de las chicas dígame: en otras instituciones de Berlín, como la policía, los tribunales y las iglesias, podían saltarse las reglas, pero no en el mejor hotel de la ciudad.

Así pues, bajé a mi despacho a fumar unos cigarrillos, tomar un par de tragos y echar otro vistazo a los papeles que había cogido de la caja china. Tenía la curiosa idea de que, para Max Reles, eran más importantes que la propia caja, pero lo cierto es que yo tenía la cabeza en otra parte. Me inquietaba esa llamada telefónica a Von Helldorf, poco después de haber visto yo al americano. ¿Sería posible que hubiesen hablado de mí? Y en tal caso, ¿para qué? Había muchos motivos por los que Von Helldorf podía ser útil a un hombre como Max Reles y viceversa.

El conde Wolf-Heinrich Graf von Helldorf, anterior jefe de las SA de Berlín, llevaba solamente tres meses al frente de la policía de la ciudad, cuando un sonado escándalo truncó su ascenso a cargos de mayor importancia. Siempre había sido un entusiasta de las apuestas y se rumoreaba que también de la pederastia, a poder ser con flagelación de jovencitos incluida. Era además amigo íntimo de Erik Hanussen, famoso vidente de quien se creía que había pagado las sustanciosas deudas de juego del conde a cambio de que le presentase al Guía.

Gran parte de lo que sucedió a partir de entonces era todavía un misterio y tema de especulación, pero, al parecer, a Hitler le había impresionado mucho el hombre a quien los comunistas berlineses llamaban «el opio del pueblo». A consecuencia del reconocimiento de Hitler, aumentó la influencia de Hanussen sobre los miembros más antiguos del Partido, entre quienes se contaba Helldorf. Sin embargo, las cosas no eran lo que parecían. Tal como saldría a la luz, el poder de Hanussen en el Partido no se debía a un buen consejo ni a sus aptitudes para la hipnosis, sino al chantaje. Durante las suntuosas fiestas sexuales que celebraba en su yate, el *Ursel IV*, Hanussen había hipnotizado a varios nazis importantes y, a continuación, los había filmado cuando tomaban parte en orgías sexuales. Por si fuera poco, algunas de esas orgías eran homosexuales.

Es posible que el famoso vidente hubiera sobrevivido a todo ello, pero cuando el periódico de Goebbels, *Der Angriff*, reveló que Hanussen era judío, la mierda empezó a salpicar a diestro y siniestro y la mayoría apuntaba directamente a Hitler. De repente, Hanussen se convirtió en un personaje incómodo y Von Helldorf, sobre quien recaía la mayor responsabilidad, se vio obligado a arreglar las cosas. Unos días después de que Hermann Goering lo destituyese de la dirección de la policía, Von Helldorf y algunos amigos suyos de las SA, criminales de la peor especie, secuestraron a Hanussen en su lujoso apartamento de Berlín occidental, lo llevaron a su yate y allí lo torturaron hasta que le sacaron todo el material comprometedor que había reunido a lo largo de varios meses: recibos de deudas, cartas, fotografías y cintas cinematográficas. A continuación lo mataron de un tiro y arrojaron el cadáver a un campo de Mühlenbeck... o alguna parte del norte de Berlín.

Corrieron rumores insistentes de que Von Helldorf había utilizado parte del material de Hanussen para asegurarse un nuevo puesto de director en la policía de Potsdam: una ciudad poco importante situada a una hora de Berlín en dirección suroeste, donde, según dicen, la cerveza pierde el gas. Ahora, Von Helldorf pasaba allí la mayor parte del tiempo, dedicado a la cría de caballos y organizando la persecución continua de los socialdemócratas y comunistas alemanes que más habían ofendido a los nazis en los últimos días de la República. En general, se daba por sentado que la principal motivación de Helldorf en ese aspecto era la esperanza de llegar a recuperar el favor de Hitler. Me constaba que, además, por supuesto, estaba en el comité de organización de las Olimpiadas, lo cual era un indicio de éxito de sus intentos de reconciliación con Hitler, aunque yo no sabía con certeza cuál era su función en el comité. Seguramente no fuera más que un favor que le debía su antiguo compañero de las SA, Von Tschammer und Osten. Es fácil que, desde que Goering no estaba en el Ministerio del Interior, hubiese recuperado un poco su prestigio allí. A pesar de todo, a Von Helldorf había que tomárselo en serio.

Con todo, el ataque de nervios no me duró mucho. Lo que tardó el alcohol en encargarse de él. Después de unos tragos, me convencí de que, a falta de datos verdaderamente reveladores, que pudiesen demostrar algo ante un tribunal, entre las cartas y presupuestos que había cogido de la caja china, no tenía por qué preocuparme. No había encontrado nada que pudiese hacer daño a un hombre como Max Reles. Por otra parte, él no podía saber que era yo, y no Ilse Szrajbman, quien tenía los documentos.

Así pues, dejé los papeles y la pistola en el cajón del escritorio y decidí marcharme a casa con la idea de acostarme temprano, igual que Noreen. Estaba cansado y me dolía hasta el último centímetro del cuerpo.

Dejé el coche de Behlert donde lo había aparcado antes y me fui caminando hacia el sur por Hermann-Goering Strasse para coger un tranvía a Potsdamer Platz. Estaba oscuro y hacía un poco de viento, las banderas nazis de la puerta de Brandeburgo se agitaban como banderolas de peligro, como si el pasado imperial quisiera advertir de algo al presente nazi. Hasta un perro que iba por la acera delante de mí se detuvo y se volvió a mirarme con tristeza, tal vez para preguntarme si tenía yo la solución de los problemas del país. Claro, que a lo mejor sólo quería esquivar la portezuela que se abrió de repente de un W negro que acababa de pararse unos metros más adelante. Se apeó un hombre con abrigo marrón de cuero y se dirigió hacia mí con rapidez.

Instintivamente, di media vuelta y eché a andar en sentido contrario, pero descubrí que me cortaba la retirada otro tipo con un grueso abrigo cruzado y sombrero con el ala baja, aunque en lo que más me fijé fue en su pequeña y pulcra pajarita. Al menos, hasta que me di cuenta de que llevaba la chapa de cerveza en la zarpa.

—Acompáñenos, por favor.

El otro, el del abrigo de cuero, estaba justo a mi espalda, conque, emparedado entre ambos, apenas podía resistirme. Como escaparatistas expertos moviendo un maniquí de sastre, me metieron doblado en el coche y luego se sentaron ellos detrás conmigo, uno a cada lado. Nos pusimos en marcha sin haber terminado de cerrar las portezuelas siquiera.

—Si se debe a lo de aquel policía —dije—, August Krichbaum,

¿no? Creía que ya lo habíamos aclarado. Es decir, se confirmó mi coartada. Yo no tuve nada que ver. Lo saben ustedes.

Unos momentos después, me di cuenta de que íbamos hacia el oeste, por Charlottenburger Strasse, en sentido completamente opuesto a Alexanderplatz. Pregunté adónde íbamos, pero ninguno de los dos me dijo nada. El sombrero del conductor era de cuero y, tal vez, también sus orejas. Cuando llegamos a la famosa torre berlinesa de la radio y giramos hacia la AVUS —la vía más rápida de Berlín—, supe cuál era nuestro destino. El conductor pagó el peaje y pisó el acelerador en dirección a la estación de Wannsee. Unos años antes, Fritz von Opel había marcado un récord de velocidad en la AVUS con un coche propulsado por cohetes: 240 kilómetros por hora. Nosotros no íbamos tan rápido, ni muchísimo menos, pero tampoco me dio la impresión de que fuéramos a parar a tomar café y pastelitos. Al final de la AVUS, cruzamos un bosque hasta el puente de Glienicker y, aunque estaba muy oscuro, me di cuenta de que habíamos dejado atrás dos castillos. Poco después entramos en Potsdam por Neue Königstrasse.

Rodeada por el Havel y sus lagos, Potsdam era poco más que una isla. No me habría encontrado más aislado aunque me hubiesen abandonado en un islote deshabitado, con una sola palmera y un loro. Hacía más de cien años que la ciudad era la sede del ejército prusiano, pero, para la ayuda que iba a recibir de los militares, lo mismo me habría dado que hubiese sido la sede de las Guías Femeninas. Iba a convertirme en prisionero del conde Von Helldorf y no podía hacer nada por evitarlo. Uno de los edificios de Potsdam es el Palacio Sanssouci, que en francés significa «sin cuidado». Nada más lejos de mi estado de ánimo.

Al pasar ante otro castillo y una plaza de armas, vi de refilón el cartel de la calle. Estábamos en Priest Strasse y, cuando viramos hacia el patio de la comisaría local de policía, empecé a pensar que, en efecto, quizá necesitase un sacerdote.

Entramos en el edificio, subimos varios pisos y recorrimos un pasillo frío y mal iluminado, hasta llegar a un despacho elegantemente amueblado y con una bonita vista del Havel, aunque lo reconocí sólo porque al otro lado de la ventana emplomada, justo al pie, flotaba un yate mejor amueblado todavía e iluminado como un paseo por Luna Park.

En la chimenea del despacho, en la que se habría podido asar un buey entero, ardía un árbol. En la pared había un gran tapiz, un retrato de Hitler y un escudo de armas tan rígido como el hombre que estaba a su lado. El hombre vestía uniforme de general de policía y tenía una actitud de superioridad aristocrática, como si hubiese preferido que me hubiera descalzado antes de poner los pies en su alfombra persa, del tamaño de un aparcamiento. Supongo que teníamos los dos la misma edad, pero ahí terminaba la semejanza. Cuando habló, lo hizo en un tono agobiado y exasperado, como si se hubiera perdido el comienzo de una ópera por mi culpa o, más probablemente en su caso, el de la función de cabaret homosexual de turno. En el escritorio, del tamaño de una cabaña de troncos, había un tablero de *backgammon* preparado para jugar y él tenía en la mano un cubilete de cuero con un par de dados, que agitaba nerviosamente de vez en cuando, como un fraile mendicante.

—Siéntese, por favor —dijo.

De un empujón, el del abrigo de cuero me obligó a sentarme a una mesa de reuniones y después, de otro empujón, me puso pluma y papel a mano. Parecía que empujar se le daba bien.

—Fírmelo —dijo.

—¿Qué es? —pregunté.

—Es un D-11 —dijo el hombre—, una orden de detención preventiva para usted.

—Yo también fui poli —dije—, en el Alex, y nunca oí eso de un D-11. ¿Qué significa?

Abrigo de Cuero miró a Von Helldorf, quien replicó:

—Si lo firma, significa que está de acuerdo en que lo envíen a usted a un campo de concentración.

—No quiero ir a un campo de concentración. Ni estar aquí, por cierto. Sin ánimo de ofender, pero es que he tenido un día de perros.

—Firmar el D-11 no significa que lo vayan a mandar —dijo Von Helldorf—, sólo que está de acuerdo con ello.

—Discúlpeme, señor, pero no estoy de acuerdo.

Von Helldorf se balanceó sobre los tacones de sus botas y agitó el cubilete con las manos a la espalda.

—Eso podría decirlo después de haber firmado —dijo—. Es una forma de garantizar su buen comportamiento en el futuro, ¿comprende?

—Sí, pero entonces, con el debido respeto a su persona, general, a lo mejor, si firmo, me llevan de aquí al campo de concentración más próximo. No me malinterprete, no me importaría tomarme unas vacaciones. Me gustaría pasarme dos semanas sentado y ponerme al día de mis lecturas, pero, según tengo entendido, en los campos de concentración no es nada fácil concentrarse.

—Gran parte de lo que dice es cierto, Herr Gunther —dijo Von Helldorf—. Sin embargo, si no firma, se quedará aquí, en una celda de la comisaría, hasta que lo haga. Conque ya ve: en realidad, no puede elegir.

—Es decir, mal si firmo y mal si no.

—En cierto modo, así es, en efecto.

—Supongo que no tengo que firmar nada para que me metan en una celda, ¿verdad?

—Me temo que no, pero permítame que se lo repita: firmar el D-11 no significa que lo manden a un campo de concentración. Lo cierto es, Herr Gunther, que este gobierno hace cuanto puede por evitar el recurso de la detención preventiva. Por ejemplo, quizá sepa que se ha cerrado recientemente el campo de concentración de Oranienburg y que el 7 de agosto de este año el Guía firmó la amnistía para los presos políticos. Son medidas lógicas, puesto que prácticamente el país entero se ha inclinado a favor de su inspirada dirección. Tanto es así que esperamos que en breve puedan cerrarse todos los campos de concentración, como se ha hecho con Oranienburg.

»A pesar de todo —prosiguió Von Helldorf—, es posible que en el futuro lleguemos a una situación en la que la seguridad del Estado se vea en peligro, por decirlo así; cuando eso ocurra, los firmantes del D-11 serán detenidos y encarcelados sin derecho a recurrir al sistema judicial.

—Sí, entiendo que puede ser muy útil.

—Bien, bien. En tal caso, volvemos de nuevo al tema de su D-11.

—Si supiera los motivos que le inducen a creer que debo firmar una garantía de mi comportamiento —dije—, tal vez me inclinase a hacerlo.

Von Helldorf frunció el ceño y miró severamente a los tres hombres que me habían llevado allí desde Adlon.

—¡No me digas que no le habéis explicado por qué está aquí!

Abrigo de Cuero negó con la cabeza, pero se había quitado el sombrero y me hice una idea más aproximada de la clase de ser humano que era. Tenía pinta de orangután.

—Lo único que se me dijo, señor, fue que debíamos recogerlo y traerlo aquí inmediatamente.

Von Helldorf agitó el cubilete con rabia, como deseando que fuera la cabeza de Abrigo de Cuero.

—Por lo visto, tengo que encargarme yo de todo, Herr Gunther —dijo, y se me acercó.

Entre tanto, eché un vistazo a la habitación, que estaba preparada como para el seductor príncipe de Ruritania. En una pared vi floretes y sables dispuestos geométricamente; debajo, un aparador como un transatlántico en el que reposaban una radio del tamaño de una lápida y una bandeja de plata con más botellas y licoreras que el bar de cócteles del Adlon. Había un *secretaire* de dos pisos lleno de libros encuadernados en piel, algunos sobre procedimientos y pruebas criminales, pero la mayoría eran clásicos de la literatura alemana, como Zane Grey, P. C. Wren, Booth Tarkington y Anita

Loos. Nunca me había parecido tan relajado y cómodo el trabajo de policía.

Von Helldorf sacó una de las macizas sillas que rodeaban la mesa, se sentó y se recostó en el torneado respaldo, que tenía más tracería que una ventana de catedral gótica. A continuación, puso las manos encima de la mesa como si fuera a tocar el piano. Hiciera lo que hiciese, yo tenía los cinco sentidos puestos en él.

—Como seguramente sabrá, formo parte del Comité Olímpico —dijo—. Tengo el deber de velar por la seguridad no sólo de todas las personas que van a venir a Berlín en 1936, sino también de todas las que participan en las obras y preparativos de los juegos. Contamos con varios centenares de contratistas, una auténtica pesadilla logística, si debemos concluirlo todo en un plazo de tiempo que parece imposible. Ahora bien, puesto que contamos con menos de dos años para conseguirlo, cualquiera debería comprender que en algún momento se cometa algún error o se ponga la calidad en un compromiso. Aun así, los contratistas tienen la impresión de que algunos individuos carentes del entusiasmo general por el proyecto olímpico, en vez de esforzarse al máximo como todos los demás, los han convertido en objeto de escrutinio, y eso los incomoda. Tanto es así, que se puede afirmar que el comportamiento de algunos de esos elementos puede interpretarse como antipatriótico y antialemán. ¿Comprende lo que quiero decir?

—Sí —dije—. Por cierto, general, ¿le importa que fume?

Dijo que no; me puse un cigarrillo en los labios y lo encendí rápidamente, maravillado por la facilidad del general para el comedimiento eufemístico. Sin embargo, no tenía intención de equivocarme con él ni de subestimarlo. Estaba convencido de que el guante de terciopelo ocultaba un puño contundente y, en todo caso, aunque no fuese a golpearme él en persona, en esa habitación absurdamente grande había otros que no tenían los mismos escrúpulos de buena educación para recurrir a la violencia.

—Dicho con toda crudeza, Herr Gunther, su amiga, Mistress Charalambides, y usted han molestado a varias personas con sus extrañas pesquisas sobre la muerte de un peón judío, un tal Herr Deutsch, y la del infortunado doctor Rubusch. Las han molestado mucho, se lo aseguro. Tengo entendido que incluso atacó usted a un jefe de cuadrillas que provee mano de obra para el túnel de la nueva línea del suburbano. ¿Es eso cierto?

—Sí, lo es —dije—. Lo ataqué, en efecto. Sin embargo, debo alegar en mi defensa que primero me atacó él a mí. La señal de la cara me la hizo él.

—Según él, tuvo que hacerlo porque intentó usted subvertir a los peones. —Von Helldorf agitó otra vez los dados con impaciencia.

—Creo que «subvertir» no se ajusta bien a la realidad, señor.

—¿Cómo lo llamaría usted?

—Quería descubrir cómo había muerto Isaac Deutsch, el peón judío a quien se ha referido usted, y si, tal como suponía yo, había sido a causa del trabajo que hacía ilegalmente en las obras olímpicas.

—Para que Mistress Charalambides pueda escribir sobre ello cuando vuelva a los Estados Unidos, ¿no es eso?

—Sí, señor.

Von Helldorf frunció el ceño.

—Me confunde usted, Herr Gunther. ¿Es que no quiere que su país se exhiba dignamente ante el mundo? ¿Es usted un alemán patriota o no lo es?

—Me considero tan patriota como cualquiera, señor, pero me llama la atención que nuestra política con respecto a los judíos sea... incongruente.

—¿Y a fin de qué desea usted darlo a conocer? ¿A fin de que todos esos judíos pierdan su puesto de trabajo? Porque lo perderán, se lo garantizo, si Mistress Charalambides lo publica en su periódico americano.

—No, señor, no es eso lo que quiero, pero, en primer lugar, no estoy de acuerdo con la política que aplican ustedes a los judíos.

—Eso no hace al caso. En Alemania, la mayoría está de acuerdo

245

con las medidas del gobierno. No obstante, esa política debe combinarse con lo práctico y lo cierto es que, sencillamente, no sería factible concluir el proyecto a tiempo sin recurrir a unos pocos peones judíos.

Lo dijo con tanta naturalidad que no admitía vuelta de hoja. Me encogí de hombros.

—Supongo que no, señor.

—Supone bien —dijo—. Sencillamente, no puede ir por ahí convirtiendo esto en tema de discusión. No es realista, Herr Gunther, y no puedo tolerarlo. De ahí la necesidad del D-11, me temo, como garantía de que dejará esa manía que le ha dado de meter las narices donde no le llaman.

Parecía todo tan razonable que hasta sentí tentaciones de firmar el D-11, sólo por poder volver a casa y meterme en la cama. Tenía que reconocérselo a Von Helldorf. Sabía salirse con la suya. Era muy posible que Erik Hanussen, el vidente, le hubiese enseñado algo más que su número y su color de la suerte. Tal vez hubiese aprendido también a convencer a la gente a actuar en contra de su voluntad. Por ejemplo, a firmar documentos de consentimiento para que los enviasen a un campo de concentración. Quizás eso era precisamente lo que lo convertía en un nazi típico. Eran unos cuantos —en particular, Goebbels, Goering y Hitler— los que parecían tener grandes dotes de persuasión entre los alemanes y les hacían actuar en contra del sentido común.

Se me ocurrió que podría tardar un buen rato en poder fumar otra vez y di un par de caladas apresuradas al pitillo, antes de apagarlo en un cenicero de cristal ahumado del mismo color que los mentirosos ojos de Helldorf. Me dio tiempo a recordar el día en que asistí al juicio por el incendio del Reichstag y vi a tantos nazis mentirosos en la sala; todos se pusieron a vitorear al mayor mentiroso de todos, Hermann Goering. Pocas veces como aquella jornada de mentiras en particular me había resultado tan poco atractivo el ser alemán. Teniendo en cuenta todo eso, me vi obligado a mandar a Von

Helldorf al infierno, pero no lo hice, como es lógico. Fui mucho más civilizado. Al fin y al cabo, una cosa es la valentía y otra muy distinta la estupidez sin remedio.

—Lo siento, general, pero no puedo firmar el documento. Es como si un pavo mandase felicitaciones de Navidad. Por otra parte, da la casualidad de que sé que todos los pobres desgraciados de Oranienburg terminaron en un campo de concentración de Lichtenberg.

El general puso el cubilete boca abajo encima de la mesa, delante de mí, y miró el resultado como si tuviera alguna importancia. Puede que la tuviera y yo lo ignorase. Puede que, si le salía una pareja de seises, significase buena suerte para mí... y me dejase marchar. El caso es que sólo sacó un uno y un dos. Cerró los ojos y suspiró.

—Llévatelo —dijo al hombre del sombrero de cuero—. Veamos si una noche en la celda le hace cambiar de opinión, Herr Gunther.

Sus hombres me levantaron por los hombros del traje y me sacaron del despacho en volandas. Para mi sorpresa, subimos un piso más.

—Una habitación con vistas, ¿eh?

—Todas nuestras habitaciones tienen bonitas vistas del Havel —dijo Sombrero de Cuero—. Mañana, si no firmas el papel, te damos una clase de natación delante de la proa del yate del conde.

—Estupendo, sé nadar.

Abrigo de Cuero se rió.

—Delante de la proa no; no podrás, cuando te atemos al ancla.

Me metieron en una celda y cerraron con llave. Uno de los detalles que nos recuerdan que estamos en una celda, y no en una habitación de hotel, es que la cerradura se encuentra al otro lado de la puerta. Otros son los barrotes de la ventana y un colchón cochambroso en el suelo húmedo. No le faltaban las comodidades habituales, como el cubo adjunto, pero lo que mejor me recordó que no estaba en el Adlon fueron los pequeños detalles, como las cucarachas, aunque en realidad sólo eran pequeñas en comparación con los bichos del tamaño de zepelines que nos encontrábamos en las trincheras. Dicen que si el ser humano aprende a comer cucarachas, jamás morirá de hambre en este planeta, pero eso que se lo digan a quien nunca las haya pisado ni se haya despertado con una corriéndole por la cara.

Freud había inventado un método de análisis psicológico que se llamaba «asociación de ideas». No sé por qué, pero supe que si salía de aquélla, nunca podría dejar de asociar a los nazis con las cucarachas.

24

Me dejaron solo varios días, lo cual fue mejor que una paliza. Naturalmente, me dio tiempo de sobra de pensar en Noreen y de preocuparme por lo preocupada que estaría ella por mí. ¿Qué pensaría? ¿Qué pensaba uno cuando un ser querido desaparecía de las calles de Berlín y se lo llevaban a un campo de concentración o a una cárcel policial? La experiencia me dio una idea nueva de lo que era ser judío o comunista en la nueva Alemania. Sin embargo, mi mayor preocupación era yo mismo. ¿De verdad me arrojarían al Havel si me negaba a firmar el D-11? Y si lo firmaba, ¿podría fiarme de que, acto seguido, Helldorf no me mandaría a un campo de concentración?

Cuando no me preocupaba por mí, pensaba en que, gracias a Von Helldorf, sabía una cosa más que antes sobre la muerte de Isaac Deutsch: que su cadáver tenía algo que ver con el del doctor Heinrich Rubusch, en cuyo caso, ¿sería posible que su muerte en una habitación del Adlon no hubiera sido natural? Pero, ¿entonces? En mi vida había visto un fiambre tan natural. Rust y Brandt, los dos polis que se habían encargado del caso, me habían dicho que había muerto de aneurisma cerebral. ¿Me habrían mentido? Y Max Reles... ¿qué tenía que ver en todo el asunto?

Puesto que el encierro en una celda de la policía de Potsdam parecía deberse enteramente a una llamada telefónica que Max Reles había hecho al conde Von Helldorf, tenía que dar por supuesto que el americano estaba involucrado de alguna manera en la muerte de ambos hombres y que todo guardaba relación con las ofertas y las concesiones olímpicas. No sabía cómo, pero a Reles le habían informado de mi interés por Deutsch y él había deducido erróneamente que tenía algo que ver con la recuperación de la caja china... o, más concretamente, con su contenido. Puesto que Helldorf, quien tenía fama de corrupto, también estaba en el ajo, me daba la impresión de haber topado con una conspiración de diversos miembros del Comité Olímpico Alemán y del Ministerio del Interior. No había otra forma de explicar que Max Reles recibiera objetos del Museo Etnológico de Berlín para mandárselos a Avery Brundage, del Comité Olímpico de los Estados Unidos, a cambio de su firme oposición al boicot a los juegos de Berlín.

Si todo eso era verdad, estaba metido en un lío mucho mayor de lo que creí cuando los hombres de Helldorf me sacaron en volandas de Hermann-Goering Strasse. Al cuarto o tal vez quinto día de prisión, empecé a lamentar no haberme arriesgado a fiarme de la palabra de Helldorf y firmar el D-11... sobre todo cuando me acordaba de su tono razonable.

Desde la ventana de la celda veía y oía el Havel. Una hilera de árboles se extendía a lo largo de la pared sur de la cárcel y, más allá, la línea Berlín del suburbano, que corría paralelo a la orilla del río, cruzaba un puente y salía a Teltower. Algunas veces, el tren y un barco de vapor se saludaban con bocinazos, como personajes bonachones de un libro infantil. Un día oí una banda militar hacia el oeste, detrás del Lustgarten de Potsdam. Llovía mucho. Potsdam es verde por algo.

Por fin, el sexto día se abrió la puerta más tiempo del necesario para vaciar el cubo y recibir la comida.

Desde el pasillo, Abrigo de Cuero, sonriente, me indicó que saliera.

—Eres libre —dijo.

—¿Qué ha pasado con el D-11?

Se encogió de hombros.

—¿Así, por las buenas? —dije.

—Esas órdenes me han dado.

Me froté la cara pensativamente. No sabía por qué me picaba tanto, si por la necesidad perentoria de un afeitado o por lo sospechoso que me parecía el repentino giro de los acontecimientos. Había oído historias de gente que había muerto a tiros «cuando intentaba huir». ¿Sería ése mi destino? ¿Una bala en la nuca mientras avanzaba por el pasillo?

Al percibir mis dudas, Abrigo de Cuero sonrió más ampliamente, como si hubiese adivinado el motivo que me hacía vacilar. Sin embargo, no dijo nada para tranquilizarme. Parecía disfrutar de mi desazón, como si me hubiese visto comer una guindilla y sólo esperase que me diera hipo. Encendió un cigarrillo y me quedé mirándole las uñas un momento.

—¿Y mis cosas?

—Abajo te las dan.

—Eso es lo que me preocupa. —Cogí la chaqueta y me la puse.

—¡Vaya! Has herido mis sentimientos —dijo.

—Ya te saldrán otros nuevos, cuando vuelvas a tu guarida.

Indicó el pasillo con un brusco movimiento de cabeza.

—Andando, Gunther, antes de que nos arrepintamos.

Eché a andar delante de él y me alegré de no haber comido nada esa mañana... de lo contrario, se me habría subido a la garganta el corazón y algo más. Me picaba la cabeza como si tuviera una cucaracha de la celda metida entre el pelo. En cualquier momento notaría el frío cañón de una Luger contra el cráneo y oiría la detonación de un disparo, que se acortaría drásticamente cuando el proyectil de 9.5 gramos y punta cóncava se abriese paso por mi cerebro. Me acordé un instante de un civil belga, sospechoso de haber dirigido un ataque a nuestros soldados, a quien un oficial alemán había matado de un tiro en 1914: la bala le dejó la cabeza como un balón de fútbol reventado.

Me temblaban las piernas, pero me obligué a seguir por el pasillo sin detenerme a mirar atrás, a ver si Abrigo de Cuero llevaba una pistola en la mano. Al llegar a las escaleras, el pasillo continuaba y me paré en espera de instrucciones.

—Abajo —dijo la voz que me seguía.

Giré y pisé los escalones con fuerza, golpeando las piedras con mis suelas de cuero con la misma fuerza que me golpeaba el corazón las paredes del pecho. Subía un frescor agradable por el hueco, una fuerte corriente de aire frío que ascendía del piso inferior como la brisa marina. Cuando llegué por fin, vi abierta la puerta que daba al patio central, donde estaban aparcados varios coches y furgonetas de policía.

Me alegré de ver que Abrigo de Cuero se me adelantaba y abría la marcha hacia el pequeño despacho en el que me devolvieron el abrigo, el sombrero, la corbata, los tirantes y el contenido de mis bolsillos. Me puse un cigarrillo en la boca y lo encendí, antes de seguirlo por otro largo pasillo hasta una habitación del tamaño de un matadero. Las paredes eran de ladrillos blancos y vi en una de ellas un gran crucifijo de madera; por un momento creí que estábamos en una capilla o algo así. Al dar la vuelta a una esquina, me paré en seco, porque allí, como una extraña pareja de mesa y silla, había un hacha que cae nuevecita y reluciente. Era de roble oscurecido y acero mate, de unos dos metros y medio de altura, sólo un poco más que un verdugo con la chistera de costumbre. Me entró un frío tal que llegué a temblar y tuve que recordarme que no era probable que Abrigo de Cuero se atreviese a ejecutarme por su cuenta y riesgo. A la hora de ejecutar muertes judiciales, los nazis no se quedaban cortos de personal.

—Apuesto a que traéis aquí a las juventudes hitlerianas en vez de contarles un cuento a la hora de dormir.

—Se nos ocurrió que te alegrarías de verla. —Abrigo de Cuero soltó una risita seca y breve y acarició cariñosamente el marco de madera de la guillotina—. Sólo por si alguna vez caes en la tentación de volver por aquí.

—Me abrumáis con vuestra hospitalidad. Supongo que, cuando

dicen que la gente pierde la cabeza por el nazismo, se refieren a esto, pero no estaría de más recordar el destino que tuvieron casi todos los revolucionarios franceses, que tan orgullosos estaban de su guillotina: Danton, Desmoulins, Robespierre, Saint-Just, Couthon... Todos se subieron a ella a dar una vuelta.

Pasó el pulgar por la hoja y dijo:

—A mí qué me importa lo que le pasó a un puñado de franchutes.

—Quizá debería importarte.

Tiré a la terrible máquina el cigarrillo medio fumado y seguí a Abrigo de Cuero por otra puerta y otro pasillo. Esta vez, me llevé la alegría de ver que daba a la calle.

—Por mera curiosidad, ¿por qué me soltáis? Al fin y al cabo no he firmado el D-11. ¿Fue por no tener que escribir «campo de concentración» o por otro motivo? ¿Por la ley, por la justicia, por los procedimientos policiales de rigor? Ya sé que suena raro, pero he preferido preguntar.

—Yo en tu lugar, amigo, me consideraría afortunado sólo por salir de aquí.

—¡Ah, sí, me considero afortunado! Pero no tanto como por que no estés en mi lugar. Si lo estuvieras, sería deprimente de verdad.

Me despedí tocándome el sombrero y salí de allí. Un momento después, oí cerrarse la puerta de golpe. Sonó mejor que una Luger pero, aun así, me sobresaltó. Llovía, pero me pareció bien, porque por encima de la lluvia sólo había cielo. Me quité el sombrero y levanté la cara al aire. La sensación de la lluvia en la piel era mejor que verla; me froté las gotas por la barbilla y el pelo, igual que cuando me lavaba con la lluvia en las trincheras. Lluvia: una cosa limpia y libre que caía del cielo y no mataba. Sin embargo, todavía estaba disfrutando del momento de la liberación, cuando me tiraron de la manga y me volví: era una mujer que se había parado detrás de mí. Llevaba un vestido largo y oscuro con un cinturón alto, un impermeable pardo y un sombrerito del tamaño de una concha.

—Por favor, señor —dijo en voz baja—, ¿estaba usted prisionero ahí dentro?

Volví a frotarme la barbilla.

—¿Tanto se nota?

—¿No se habrá cruzado por casualidad con otro hombre llamado Dettmann, Ludwig Dettmann? Soy su mujer.

Negué con un movimiento de cabeza.

—Lo siento, Frau Dettmann, no, no he visto a nadie, pero, ¿por qué cree que está ahí?

La mujer sacudió la cabeza con pesadumbre.

—No, ya no lo creo, pero cuando lo detuvieron, lo trajeron aquí. Eso al menos lo sé seguro. —Se encogió de hombros—. Pero después, ¿quién sabe? Nadie se acuerda de decir nada a la familia. Puede estar en cualquier parte, no lo sé. He ido varias veces a esa comisaría a pedir información sobre mi Ludwig, pero no quieren decirme qué le ha pasado. Incluso me han amenazado con detenerme a mí, si vuelvo.

—Podría ser una forma de averiguarlo —dije con poca sinceridad.

—Usted no lo entiende. Tengo tres hijos, ¿y qué va a ser de ellos ahora, eh? ¿Qué será de ellos si me detienen también a mí? —Sacudió la cabeza—. Nadie lo entiende. Nadie quiere entenderlo.

Asentí. La mujer tenía razón, naturalmente. Yo no lo entendía, como tampoco el motivo de que Helldorf hubiera ordenado que me pusieran en libertad.

Seguí andando hasta el Lustgarten. Frente al castillo, un puente cruzaba el Havel y desembocaba en la isla de la estación de Teltower Tor, donde cogí un tren a Berlín.

25

Lavado, afeitado y vestido con ropa limpia, entré en el Adlon una vez más y me recibieron con sorpresa y alegría, por no hablar también de cierto recelo. No era raro que el personal se tomase unos días de asueto por su cuenta y luego volviera con excusas parecidas a la mía. A veces incluso era verdad. Behlert me saludó como a un gato aventurero que volviera a casa tras una ausencia de varios días con sus noches: entre contento y desdeñoso.

—¿Dónde se había metido? —dijo como regañándome—. Estábamos muy preocupados por usted, Herr Gunther. Gracias a Dios, el sargento de investigación Stahlecker ha podido hacerse cargo de algunos de sus deberes.

—Bien, me alegro.

—Pero ni él pudo averiguar lo que le había pasado a usted. En la comisaría de Alexanderplatz nadie sabía nada, tampoco. No es propio de usted desaparecer sin más. ¿Qué le ha pasado?

—He estado en otro hotel, Georg —le dije—, el que lleva la policía en Potsdam. No me gustó nada, ni pizca. Estoy pensando en acercarme a la agencia de viajes MER de Unter den Linden a decirles que lo borren de la lista de alojamientos recomendados de Potsdam. Se duerme mucho mejor en el río y la verdad es que casi termino en el agua.

Behlert, incómodo, echó una mirada al monumental vestíbulo.

—Por favor, Herr Gunther, baje la voz, que pueden oírnos y entonces, los dos tendríamos problemas con la policía.

—No me habría pasado nada de no haber sido por la contribución de uno de nuestros clientes, Georg.

—¿A quién se refiere?

Podía haberle dicho el nombre de Max Reles, pero no vi motivo para explicarle todo con pelos y señales. Como la mayoría de los berlineses que acataban la ley, Behlert prefería saber lo menos posible sobre las cosas que podían acarrearle problemas y yo se lo respetaba hasta cierto punto. Teniendo en cuenta mis últimas experiencias, probablemente fuese lo más prudente, conque respondí:

—A Frau Charalambides, por supuesto. Ya sabe que ha contratado mis servicios, para que la ayude a escribir su artículo.

—Sí, lo sabía, aunque no puedo decir que me parezca bien. En mi opinión, Frau Adlon no debió pedírselo, lo puso a usted en un verdadero compromiso.

Me encogí de hombros.

—Eso no tiene remedio, ya no. ¿Está ella en el hotel?

—No. —Me miró de una manera rara—. Creo que sería mejor que hablase usted con Frau Adlon. Por cierto, esta misma mañana ha preguntado por usted. Creo que está arriba, en su apartamento.

—¿Le ha pasado algo a Frau Charalambides?

—Está bien, se lo aseguro. ¿Llamo a Frau Adlon y le propongo una cita con usted?

Ya me había ido a toda prisa escaleras arriba con la sensación de que pasaba algo malo.

Llamé a la puerta del apartamento de Hedda y, al oír su voz, giré el pomo y la abrí. Estaba sentada en el sofá, fumando y leyendo un ejemplar de la revista *Fortune*, cosa muy apropiada, puesto que la suya era considerable. Al verme, tiró la *Fortune* al suelo y se levantó. Parecía que se le había quitado un peso de encima.

—Gracias a Dios que está usted bien —dijo—. Nos tenía muy preocupados.

Cerré la puerta.

—¿Dónde está ella?

—No hace falta que se ponga así, Bernie, las cosas no son así ni mucho menos. Se ha ido de Alemania y ha prometido no escribir el artículo sobre las Olimpiadas. Es el precio que ha pagado por sacarlo de la cárcel y, posiblemente, también por que no vuelvan a encerrarlo.

—Ya. —Me acerqué al aparador y cogí una licorera—. ¿Le importa? He tenido una semana... de aúpa.

—Por favor. Sírvase usted mismo.

Hedda fue a su escritorio y levantó la tapa.

Me serví un vaso bastante generoso... de lo que fuese, no me importaba, y me lo bebí como una medicina prescrita por mí mismo. Sabía fatal, por eso me prescribí otra dosis y me la llevé al sofá.

—Le ha dejado esto.

Hedda me pasó un sobre del Adlon y me lo guardé en el bolsillo.

—Se ha metido usted en este lío por mi culpa.

Negué con un movimiento de cabeza.

—Yo sabía lo que hacía, incluso sabía a ciencia cierta que era una imprudencia.

—Noreen siempre ha producido ese efecto en la gente —dijo Hedda—. Cuando éramos jóvenes, casi siempre me pillaban a mí, cada vez que nos saltábamos el reglamento de la escuela, pero ella se libraba, aunque no me importaba y siempre estaba dispuesta a volver a las andadas. Tenía que haberlo avisado, tal vez, no lo sé; puede que sí. Sigo teniendo la sensación de que me toca a mí quedarme atrás a recoger los platos rotos y a pedir perdón.

—Yo sabía dónde me metía —repetí sin entusiasmo.

—Noreen bebe demasiado —dijo, a modo de explicación—. Y Nick, su marido, también: los dos. Supongo que le contó lo de su marido.

—Algo.

—Noreen bebe, pero parece que no le haga ningún efecto. Bebe todo el mundo que la rodea y a todos les afecta mucho. Eso es lo que le ha pasado al pobre Nick. ¡Dios! No bebía una gota hasta que la conoció.

—Es una mujer muy embriagadora. —Intenté sonreír, pero no me salió bien—. Supongo que, para superarlo, primero tendré que pasar la resaca.

Hedda asintió.

—Tómese unos días de vacaciones, ¿no le apetece? El resto de la semana, si lo desea. Seguro que después de pasar cinco noches en la cárcel le conviene un descanso. Lo sustituirá su amigo Herr Stahlecker. —Asintió—. Todo ha salido bien, con él aquí. No tiene tanta experiencia como usted, pero...

—A lo mejor me tomo unos días. Gracias. —Terminé el segundo trago. No me supo mejor que el primero—. ¿Por casualidad Max Reles sigue en el hotel?

—Sí, eso creo, ¿por qué?

—Por nada.

—Me dijo que le había devuelto usted el objeto que le habían robado. Estaba muy satisfecho.

Asentí.

—A lo mejor me marcho a algún sitio, puede que a Wurzburgo.

—¿Tiene familia allí?

—No, pero siempre he tenido ganas de conocerlo. Es la capital de Franconia, ya sabe. Por otra parte, está en la otra punta de Alemania, respecto a Hamburgo.

No nombré al doctor Rubusch ni le dije que él era de allí y por eso quería ir yo.

—Alójese en el hotel Palace Russia House —me dijo—. Creo que es el mejor hotel del estado. Descanse, recupere horas de sueño. Tiene cara de cansado. Túmbese a la bartola. Si quiere, llamo al director del hotel y le pido que le haga un precio especial.

—Gracias. Sí, así lo haré.

Omití que no tenía la menor intención de tumbarme a la bartola, sobre todo ahora que Noreen había desaparecido de mi vida para siempre.

26

Salí del Adlon y me fui andando hacia el este, en dirección al Alex. La estación de tren estaba atestada de agentes de las SS y otra banda militar se preparaba para recibir a algún bonzo prepotente del gobierno. Hay momentos en los que juraría que tenemos más bandas militares que los franceses y los ingleses juntos. A lo mejor es sólo una forma de curarse en salud de muchos alemanes. Nadie va a acusarte de no ser patriota si tocas la corneta o la tuba, al menos en Alemania.

A pesar del ambientazo que había alrededor de la estación, tuve que arrancarme de allí y entré en el Alex. Como siempre, Seldte, el espabilado joven de la *schupo*, estaba de turno en el mostrador principal.

—Veo que llevas un carrerón de vértigo.

—¿A que sí? —dijo él—. Si me quedo aquí mucho tiempo más, voy a acabar hecho un maniático yo también. Si quiere hablar con Herr Trettin, lo he visto salir hace unos veinte minutos.

—Gracias, pero quería ver a Liebermann von Sonnenberg, si es posible.

—¿Quiere que llame a su despacho?

Quince minutos después estaba sentado frente al jefe de la KRIPO de Berlín, fumando un puro Black Wisdom que no se lo saltaba ni Bernhard Weiss.

—Si es por el desafortunado incidente relacionado con August Krichbaum —dijo Von Sonnenberg—, no tienes de qué preocuparte, Bernie. Tanto tú como los demás policías que estaban bajo sospecha habéis quedado limpios. Hemos cerrado el caso. Ha sido todo una sarta de tonterías, desde luego.

—¡Ah, vaya! ¿Cómo es eso?

Intenté disimular el alivio que sentía, pero, desde la marcha de Noreen, ya nada me importaba mucho. Al mismo tiempo, deseé que no hubiesen colgado el muerto a otro. Habría sido muy indigesto de rumiar y me habría durado unos cuantos días.

—Porque nos hemos quedado sin testigo fiable. El portero del hotel que vio al culpable era ex policía, como tal vez sepas; pues resulta que también es marica y comunista. Al parecer, por eso dejó la policía. Tanto es así, que ahora sospechamos de los motivos de su testimonio; podría haberlo hecho por rencor contra las fuerzas del orden en general. De todos modos, tampoco importa ya, porque hacía meses que la Gestapo lo tenía en la lista negra, aunque él no lo sabía, por supuesto.

—Entonces, ¿dónde está ahora?

—En el campo de concentración de Lichtenberg.

Asentí y me pregunté si lo habrían obligado a firmar un D-11.

—Siento que tuvieras que pasar por eso, Bernie.

Me encogí de hombros.

—Y yo siento no haber podido hacer más por Bömer, su protegido.

—Hiciste todo lo que pudiste, dadas las circunstancias.

—No me importaría volver a ayudarlo.

—Estos jóvenes de hoy —dijo Von Sonnenberg—, van demasiado deprisa, en mi opinión.

—Esa impresión tengo yo también. Por cierto, hay un tipo muy despierto en el mostrador de la entrada de abajo, va de verde. Se llama Heinz Seldte. Quizá pueda usted darle un empujón. Vale demasiado para condenarlo a echar barriga, ahí en el mostrador.

—Gracias, Bernie, le tendré en cuenta. —Encendió un cigarrillo—. Y dime, ¿has venido a tocar el acordeón o hay algo que podamos hacer entre los dos?

—Eso depende.

—¿De qué?

—De la opinión que tenga del conde Von Helldorf.

—¿Por qué no me preguntas si odio a Stalin?

—Me han dicho que el conde pretende rehabilitarse siguiendo la pista a todo el que haya tenido un enfrentamiento con las SA.

—Eso sería muy meritorio en lo tocante a lealtad, ¿verdad?

—Puede que todavía quiera ser su jefe, aquí en Berlín.

—¿Sabes la manera de evitarlo con seguridad?

—Puede. —Chupé el puro y eché el humo hacia el alto techo—. ¿Se acuerda del fiambre que tuvimos en el Adlon no hace mucho? El caso que encargó a Rust y Brandt.

—Claro. Muerte natural. Me acuerdo.

—Supongamos que no.

—¿Qué te hace pensar otra cosa?

—Un comentario de Von Helldorf.

—No sabía que tuvieras tanta familiaridad con ese marica, Bernie.

—He gozado de su hospitalidad en la comisaría de Potsdam estos últimos seis días. Me gustaría devolverle el gesto, si es posible.

—Dicen que todavía guarda, a modo de póliza de seguros contra detenciones, algunas bazas de la mierda que salpicó cuando lo de Hanussen: las películas que rodó en ese barco suyo, el *Ursel*. También tengo entendido que parte de esa mierda es de uñas muy importantes.

—¿De cuáles, por ejemplo?

—¿No te has preguntado nunca cómo se las arregló para meterse en el Comité Olímpico? No es por su afición a montar, eso te lo aseguro.

—¿Von Tschammer und Osten?

—Ese pez es pequeño. No, fue Goebbels quien le proporcionó el puesto.

—Pero fue él quien destrozó a Hanussen.

—Y quien salvó a Von Helldorf. De no haber sido por Joey, a Von

Helldorf le habrían metido un tiro al mismo tiempo que a su cariñoso amigo Ernst Röhm, cuando Hitler arregló el lío de las SA. Es decir, Von Helldorf no ha perdido los contactos. Te ayudaré a pillarlo, si es que puedes, pero tendrás que buscarte a otro para clavarle la estaca en el corazón.

—De acuerdo. Su nombre no saldrá a relucir.

—¿Qué necesitas de mí?

—El expediente del caso Heinrich Rubusch. Me gustaría comprobar un par de cosas. Voy a ir a Wurzburgo a ver a la viuda.

—¿Wurzburgo?

—Tengo entendido que está cerca de Regensburg.

—Sé dónde está. ¡Sólo quiero recordar por qué hostias lo sé! —Liebermann von Sonnenberg apretó un botón del intercomunicador del escritorio para hablar con su secretaria—. ¿Ida? ¿Por qué me suena tanto Wurzburgo?

—Por una solicitud que recibió de la Gestapo de Wurzburgo —respondió una voz femenina—. Le pedían que, en calidad de agente de enlace con la Interpol, se pusiera en contacto con el FBI a propósito de un sospechoso que vive aquí, en Alemania.

—¿Y lo hice?

—Sí. Hace una semana les enviamos lo que nos mandó el FBI.

—Un momento, Erich —dije—. Me da la impresión de que este hueso nos va a dar para bastante más que una sopa. ¿Ida? Le habla Bernie Gunther. ¿Recuerda el nombre de ese sospechoso que interesaba a la Gestapo de Wurzburgo?

—Un momento. Creo que todavía tengo la carta de la Gestapo en la bandeja. No la he archivado aún. Sí, aquí está. El nombre del sospechoso es Max Reles.

Von Sonnenberg cerró la comunicación y asintió.

—Sonríes como si ese nombre te dijese algo, Bernie —observó.

—Max Reles se aloja en el Adlon y es buen amigo del conde.

—¿Ah, sí? —Se encogió de hombros—. Quizás es que el mundo es muy pequeño, nada más.

—Lo es, sin duda. Si fuese mayor, tendríamos que salir a la caza de pistas, como en las novelas. Tendríamos una lupa, un sombrero de caza y una colección completa de colillas.

Von Sonnenberg apagó el cigarrillo en el atiborrado cenicero.

—¿Quién dice que no lo tengamos?

—¿Hay alguna posibilidad de que haya quedado por ahí una copia de la información que mandó el FBI?

—Permíteme que te explique lo que significa ser agente de enlace con la Interpol, Bernie. Significa doble ración de chucrut. Tengo ya el plato más que lleno de carne y patatas y no me hace ninguna falta más chucrut. Sé que está en la mesa porque me lo dice Ida, pero en general es ella quien se lo come, ¿entiendes? El caso es que si no le digo que guarde una copia de las noventa y cinco tesis de Lutero, ella no la guarda. ¿Y qué?

—Pues que ahora tengo dos motivos para ir a Wurzburgo.

—Tres, si incluyes el vino.

—Sería la primera vez.

—En Franconia hay buenos vinos —dijo Von Sonnenberg—; si te gustan dulces, claro.

—Hay agentes provinciales de la Gestapo —dije— que son cualquier cosa menos dulces.

—No he visto que sus homólogos de la gran ciudad ayuden a las ancianitas a cruzar la calle.

—Mira, Erich, siento darte más chucrut, pero una carta de presentación tuya o una simple llamada telefónica a ese hombre de la Gestapo lo pondría firme y no se movería aunque le apretase los huevos.

Von Sonnenberg sonrió.

—Será un placer. No hay nada que me guste más que recortar la cola a esos cachorritos de la Gestapo.

—Creo que se me daría bien ese trabajo.

—Puede que seas la primera persona que disfruta de una estancia en Wurzburgo.

—Es una posibilidad.

27

Leí la carta en el tren a Wurzburgo

> Hotel Adlon, Unter den Linden, 1
> Berlín

Mi queridísimo Bernie:

No hay palabras que puedan expresar el dolor que siento por no poder despedirme de ti personalmente, pero los de la oficina del jefe de policía de Potsdam me han dicho que no te soltarán hasta que me vaya de Alemania.

Parece que esto será para siempre, me temo (al menos, mientras los nazis sigan en el poder), porque el Ministerio de Exteriores me ha comunicado que no volverán a darme el visado.

Por si fuera poco, un funcionario del Ministerio de Propaganda me ha advertido que si publico el artículo que pensaba escribir y pido al Comité Olímpico de mi país que boicotee las Olimpiadas alemanas, podrían mandarte a un campo de concentración; puesto que no quiero exponerte a semejante amenaza, respira tranquilo, mi querido Bernie, porque el artículo no se publicará.

Quizá pienses que para mí es una tragedia, pero, aunque lamento que me hayan prohibido la posibilidad de oponerme al demonio del nacionalsocialismo de la mejor manera que sé, la mayor tragedia, tal como yo entiendo esa palabra, es la absoluta imposibilidad de volver a verte en el futuro próximo... ¡Ni nunca, quizá!

De haber tenido más tiempo, te habría hablado de amor y tal vez también tú a mí. Con lo tentador que es para una escritora poner palabras en boca ajena, esta carta la escribo yo y debo limitarme a las mías propias, que son: Te quiero, lo sé. Si ahora parece que haya puesto el punto final, es sólo porque la felicidad que podría haber sentido por haberme enamorado otra vez (para mí no es nada fácil) se mezcla con el profundo dolor de la partida y la separación.

Hay un cuadro de Caspar David Friedrich que condensa el estado de ánimo que tengo en estos momentos. Se titula *El viajero ante un mar de niebla* y, si alguna vez vas a Hamburgo, vete a verlo a la galería de arte de la ciudad. Si no conoces el cuadro, es un hombre solitario que contempla un paisaje de picos lejanos y peñas escabrosas desde la cima de una montaña. Imagíname en una posición parecida, en la popa del *SS Manhattan*, que me devuelve a Nueva York, mirando todo el tiempo hacia una Alemania agreste, escabrosa y cada vez más lejana en la que te has quedado tú, mi amor.

Si quieres imaginarte mi corazón, piensa en otro cuadro de Friedrich. Se titula *El mar de hielo* y se ve un barco, bueno, casi no se ve, aplastado entre grandes placas de hielo, en un paisaje más desolador que la superficie de la Luna. No sé dónde está expuesto ese cuadro, porque yo sólo lo he visto en un libro. Sin embargo, representa muy bien la helada devastación en la que me encuentro ahora.

Me parece que no me sería difícil maldecir la suerte que me ha hecho enamorarme de ti; sin embargo, a pesar de todo, sé que no lo lamento ni un poquito, porque en adelante, cada vez que lea algo sobre las horribles hazañas o la política criminal de ese fanfarrón de uniforme estúpido, pensaré en ti, Bernie, y me acordaré de que hay muchos alemanes valiosos, valientes y de buen corazón (aunque creo que nadie pueda tenerlo tan valeroso y bueno como tú). Y eso está bien, porque si Hitler nos enseña algo, es la estupidez de juzgar a toda una raza como si fuera una sola persona. Hay judíos buenos y malos, igual que hay alemanes buenos y malos.

Tú eres un buen alemán, Bernie. Te proteges con una gruesa coraza de cinismo, pero sé que en el fondo eres un hombre bueno. Sin embargo, temo por todos los alemanes buenos y no sé qué decisiones horribles tendrás y tendréis que tomar en adelante ni qué compromisos espantosos os veréis obligados a aceptar.

Por eso ahora quiero ayudarte a que ayudes a los demás de la única manera que me permiten. Habrás encontrado ya el cheque adjunto y, seguramente, lo primero que pienses, al ver que es mucho más de lo acordado, es que no lo presentarás para cobrarlo. Sería un error. Considero que debes aceptarlo como regalo mío y poner en marcha la agencia de detective privado de la que me hablaste, por una buena razón: en una sociedad fundada en mentiras, cada vez será más importante descubrir la verdad. Probablemente te cause problemas, pero, conociéndote, sospecho que sabrás arreglártelas a tu manera. Y por encima de todo, espero que puedas acudir en ayuda de otros que necesiten tu ayuda, como hiciste conmigo, y que hagas lo que no deberías porque es peligroso pero correcto al mismo tiempo.

No sé si me he expresado con claridad. Aunque hable bien alemán, apenas tengo práctica en escribirlo. Espero que esta carta no resulte muy formal. Dicen que el emperador Carlos V hablaba con Dios en español, en italiano con las mujeres, en francés con los hombres y en alemán con su caballo. Sin embargo, ¿sabes una cosa? Creo que ese caballo debió de ser lo que más amaba en el mundo, un ser valiente y brioso, igual que tú, y no se me ocurre ningún otro idioma más acorde con tu temperamento, Bernie. Desde luego, el inglés no, ¡con tantos matices de significado! Nunca he conocido a un hombre tan directo como tú y ése es uno de los motivos por los que te quiero tanto.

Corren tiempos peligrosos, tendrás que ir a sitios peligrosos y relacionarte con gente que se ha vuelto peligrosa, pero tú eres mi caballero celestial, mi Galahad, y estoy convencida de que sabrás superar todas las pruebas sin volverte peligroso tú también. Y nunca dejes de pensar que lo que haces no es en balde, aunque a veces te lo parezca.

Un beso. Noreen. xx

Wurzburgo no era feo, aunque los francos habían hecho todo lo posible por convertir su capital en un auténtico templo del nazismo y habían conseguido afear una ciudad medieval de tejados rojos, asentada en un agradable y espacioso valle fluvial. Prácticamente todos los escaparates lucían una fotografía de Hitler o un cartel de aviso a los judíos —que no se acercaran o se atuviesen a las consecuencias—, o ambas cosas, en algunos casos. A su lado, Berlín parecía un modelo de verdadera democracia representativa.

La antigua ciudadela de Marienberg dominaba el paisaje de la orilla izquierda del río; la habían mandado construir los príncipes obispos de Wurzburgo, paladines de la Contrarreforma en otra época peligrosa de la historia del país, pero resultaba igual de fácil imaginarse ahora el imponente castillo blanco habitado por científicos perversos que ejercían una influencia poderosa y maligna sobre Wurzburgo, desencadenando entre los confiados campesinos unos poderes elementales que los convertían en monstruos. Los habitantes eran, en general, personas normales, aunque había alguno que otro con la frente cuadrada, prominentes cicatrices quirúrgicas y abrigo poco adecuado, que habría dado que pensar hasta al más acérrimo seguidor del galvanismo. Yo mismo tenía la sensación de no ser humano y me fui andando hacia el sur desde la estación de tren hasta Adolf-Hitler Strasse con las piernas entumecidas y el paso torpe, como un muerto, aunque también podía deberse a las secuelas de la carta de Noreen.

Registrarme en el hotel Palace Russia House me animó un poco. Después de una semana bajo custodia policial, me apetecía un buen hotel. De todos modos, era una cosa que siempre me apetecía y, como por fin había superado los escrúpulos y había cobrado el cheque de Noreen, podía permitírmelo. Tras una cena frugal en el Königs Café del hotel, di un paseo de casi un kilómetro en dirección este por Rottendorfer Strasse, hasta un barrio tranquilo próximo a una represa, para hacer una visita a la viuda de Rubusch.

Era una casa sólida de dos pisos —tres, contando la buhardilla del alto tejado— con la puerta principal panzuda y salediza y un sólido muro de granito rematado por largas estacas blancas. Estaba pintada del mismo color marrón claro amarillento que la pequeña estrella de David de un muro muy parecido que rodeaba el jardín de la casa de enfrente. Había un par de coches aparcados fuera, nuevos los dos y de la marca Mercedes-Benz. Hacía poco que habían podado los árboles. Era un agradable vecindario alemán: tranquilo, bien conservado y sólidamente respetable. Hasta la estrella amarilla parecía pintada por un profesional.

Subí los peldaños hasta la puerta y tiré de la cuerda de una campanilla tan grande como un cañón de barco y casi igual de estruendosa.

Se encendió una luz y apareció una doncella en el umbral: una muchachota de trenzas pelirrojas y un gesto tozudo, casi beligerante, en el mentón.

—¿Sí?

—Bernhard Gunther —dije—. Me está esperando Frau Rubusch.

—No me han dicho nada.

—Es posible que el telegrama de Hitler no haya llegado todavía, pero seguro que tenía intenciones de avisarla.

—No se ponga sarcástico —dijo, dio un largo paso atrás y abrió la curvada puerta—. ¡Si supiera usted la cantidad de cosas que se espera que haga en esta casa...!

Dejé la cartera y me quité el sombrero y el abrigo, mientras ella cerraba la puerta cuidadosamente con pestillo y todo.

—Me da la sensación de que necesita usted una criada —dije.

Me clavó una mirada asesina.

—Espere aquí. —Con un golpe lateral de pie abrió una puerta y con otro de la mano accionó un interruptor de electricidad—. Póngase cómodo mientras voy a avisarla.

Entonces, al verme con el sombrero y el abrigo en la mano, me los recogió y soltó un profundo suspiro al tiempo que meneaba la cabeza por la inoportuna nueva tarea que se le había presentado.

Me acerqué a la chimenea, donde casi ardía un tronco renegrido, y cogí un atizador largo.

—¿Quiere que lo reanime un poco? Se me da bien el fuego. Dígame dónde está la literatura decadente y se lo reavivo en un abrir y cerrar de ojos.

La doncella me devolvió la sonrisa con desaliento, aunque lo mismo podría haber sido una mueca desdeñosa. Se le ocurrió una réplica áspera, pero lo pensó mejor. Al fin y al cabo, yo tenía en la mano un atizador y ella parecía de las que reciben golpes de atizador de vez en cuando. Seguramente yo también se lo habría dado, si hubiera estado casado con ella. No me pareció que le afectasen mucho los golpes en la cabeza, sobre todo si tenía hambre. He visto hipopótamos más vulnerables.

Di la vuelta al tronco medio consumido, le arrimé unas ascuas y cogí otro de la cesta que había al lado de la chimenea. Incluso me agaché a soplar un poco. Una llama alcanzó el montoncito de leña que había preparado y se asentó con un chasquido tan fuerte como los paquetes sorpresa de Navidad.

—Se le da bien.

Volví la cabeza y vi a una mujer menuda como un pajarito, con un chal y una sonrisa tensa en los labios, recién pintados.

Me erguí, me limpié las manos y repetí la triste broma de antes sobre la literatura decadente, aunque tampoco pareció más graciosa. En esa casa, no. En un rincón de la estancia había una radio, una fotografía pequeña de Hitler y un frutero con fruta.

—En realidad, aquí no hacemos esas cosas —dijo, contemplando el fuego con los brazos cruzados—. Hace unos dieciocho meses sí que quemaron algunos libros a la puerta del palacio del obispo, pero aquí, en la parte oriental de Wurzburgo, eso no se hace.

Lo dijo en un tono como si estuviésemos en París.

—Y supongo que la estrella de David que han pintado en la casa de enfrente es sólo una gamberrada de niños —dije.

Frau Rubusch se rió, pero se tapó la boca educadamente para que no tuviese que verle los dientes, que eran perfectos y blancos como la porcelana, como de muñeca. Y, la verdad, a lo que más me recordaba era a una muñeca, con las cejas pintadas, las facciones tan delicadas, los exquisitos pómulos rojos y su finísimo pelo.

—No es una estrella de David —dijo, con la boca tapada todavía—. Ahí enfrente vive un director de Würzburger Hofbrau, la destilería de la ciudad, y esa estrella es el símbolo de la marca.

—Podría denunciar a los nazis por plagio.

—Ahora que lo dice, ¿le apetece un *schnapps*?

Cerca de la mesa había un carrito de bebidas de tres pisos con botellas que me gustaban. Sirvió un par de copas grandes, me pasó una con su huesuda manita, se sentó en el sofá, se quitó los zapatos y metió los pies debajo de su pequeño y delgado trasero. He visto ropa limpia peor doblada que ella.

—Bien, según decía su telegrama, quería usted hablar conmigo de mi marido.

—Sí. Lamento la pérdida, Frau Rubusch. Ha tenido que ser un golpe terrible para usted.

—En efecto.

Encendí un cigarrillo, me tragué el humo dos veces y luego tomé de un trago la mitad de la copa. Me ponía nervioso tener que contar a esa mujer que, en mi opinión, a su marido se lo habían cargado. Sobre todo, habiéndolo enterrado hacía tan poco convencida de que había muerto de aneurisma cerebral durante el sueño. Terminé la copa y ella se dio cuenta de mi estado.

—Sírvase más, si quiere —dijo—, quizás así encuentre la forma de decirme el motivo que ha hecho venir al detective del Adlon desde Berlín hasta aquí.

Me acerqué al carrito de las bebidas y me serví otra copa. Al lado del retrato de Hitler había una fotografía de Heinrich Rubusch, más joven y delgado.

—La verdad es que no sé por qué puso Heinrich ahí esa fotografía. La de Hitler, me refiero. Nunca nos interesó mucho la política. Tampoco hacíamos muchas fiestas ni pretendíamos impresionar a nadie. Supongo que la pondría por si venía alguien, para que se fueran con la impresión de que éramos buenos alemanes.

—Para eso no hace falta ser nazi —dije—, aunque, si eres poli, ayuda. Antes de trabajar de detective en el Adlon fui policía en Berlín. Estaba en la brigada de Homicidios, en Alexanderplatz.

—Y le parece que es posible que a mi marido lo matasen. ¿Es eso?

—Creo que es una posibilidad, en efecto.

—En tal caso, me alivia.

—¿Cómo dice?

—Heinrich siempre se hospedaba en el Adlon, cuando iba a Berlín. Pensaba que a lo mejor había venido usted porque sospechaba que había robado unas toallas. —Esperó un momento y sonrió—. Es una broma.

—Bien, eso esperaba, pero, como acaba usted de enviudar, suponía que habría perdido el sentido del humor temporalmente.

—Antes de conocer a mi marido, dirigía una plantación de sisal en África oriental, Herr Gunther. Maté a un león por primera vez a los catorce años; a los quince, ayudé a mi padre a sofocar una rebelión de los nativos, durante la rebelión de los maji maji. Soy mucho más fuerte de lo que parezco.

—Me alegro.

—¿Dejó usted la policía porque no era nazi?

—La dejé porque me obligaron. Puede que no sea tan fuerte como parezco, pero preferiría hablar de su marido. He venido repasando el expediente del caso en el tren y me ha recordado que tenía una afección cardiaca.

—Tenía el corazón más grande de lo normal, sí.

—Es curioso que no muriese de eso, sino de aneurisma cerebral. ¿Le dolía la cabeza a menudo?

—No —sacudió la cabeza—, pero tampoco me sorprendió su muerte. Comía y bebía en exceso. Le encantaban las salchichas y la cerveza, el helado, los puros, el chocolate... Era un alemán muy alemán. —Suspiró—. Disfrutaba la vida de todas las formas posibles... y me refiero a todas.

—Es decir, ¿además de la comida, la bebida y los puros?

—Exactamente. Yo no he ido nunca a Berlín, pero tengo entendido que ha cambiado un poco desde que los nazis están en el poder. Dicen que ya no es el cubil de iniquidad que era en la época de Weimar.

—Efectivamente, no lo es.

—De todos modos, me cuesta creer que sea difícil encontrar la compañía de cierta clase de mujeres, si uno lo desea. Me imagino que eso no lo podrán cambiar ni los nazis. Por algo se dice que es la profesión más antigua del mundo.

Sonreí.

—¿He dicho algo gracioso?

—No, en absoluto, Frau Rubusch. Sencillamente, cuando encontré el cadáver de su marido, me tomé muchas molestias para convencer a la policía de que le ahorrase a usted algunos detalles al informarla de su defunción. No era preciso decirle que lo habíamos encontrado en la cama con otra mujer. Tuve la peregrina idea de que sería darle un disgusto innecesariamente.

—Muy considerado por su parte. Quizá tenga razón, no es usted tan fuerte como parece.

Tomó un sorbito de su *schnapps* y dejó la copa en una mesa auxiliar de abedul flameado, cuyas patas cruzadas recordaban a un mueble de la antigua Roma. También Frau Rubusch parecía un poco romana, quizá por la forma de sentarse, medio reclinada en el sofá, pero era fácil imaginársela como la influyente e inflexible esposa de un senador gordo que tal vez hubiese dejado de ser útil.

—Dígame, Herr Gunther, ¿es normal que un ex policía esté en posesión de un expediente policial?

—No. He ayudado a un amigo mío de Homicidios y, sinceramente, echo de menos aquel trabajo. El caso de su marido me picó y no he tenido más remedio que rascarme.

—Sí, ya veo que es posible. Ha dicho usted que repasó el expediente de mi marido en el tren. ¿Lo tiene ahí, en la cartera?

—Sí.

—Me gustaría mucho verlo.

—Discúlpeme, pero no me parece buena idea. Hay fotografías de su marido tal como lo encontramos en la habitación.

—Eso esperaba. Lo que me gustaría es precisamente ver esas fotografías. No se preocupe por mí. ¿Cree que no lo miré antes de enterrarlo?

Comprendí que no serviría de nada discutir con ella. Por otra parte, por lo que se refería a mí, quería hablar con ella de cosas más importantes que la sonrisa de felicidad de la cara de su marido. Así pues, abrí la cartera, saqué el expediente de la KRIPO y se lo pasé.

En cuanto vio la foto se echó a llorar y, por un momento, me maldije por haber creído sus palabras. De repente dejó escapar un suspiro, se abanicó con la mano y, tragándose un nudo casi visible, dijo:

—¿Así lo encontró usted?

—Sí, exactamente así.

—En tal caso, me temo que tiene usted razón, Herr Gunther. Verá, mi marido está en la cama con la casaca del pijama. Jamás se la ponía para acostarse. Siempre le ponía un par de pijamas en la maleta, pero él sólo usaba los pantalones. Alguien tuvo que ponerle la casaca. Es que sudaba mucho por la noche. Es normal, en los hombres gordos, pero por eso no se ponía nunca la casaca. Lo cual me recuerda una cosa. Cuando la policía me devolvió sus cosas, sólo había una casaca de pijama y dos pares de pantalones, pero sólo una casaca. En aquel momento pensé que se la habría quedado la policía o que la habrían perdido. No le di mayor importancia, pero ahora que he visto la fotografía, me parece que es importante, ¿no cree?

—Sí. —Encendí otro cigarrillo y me levanté a servirme más bebida—. Con su permiso.

Hizo un gesto de asentimiento y siguió mirando la fotografía.

—Bien —dije—, se la pusieron después de muerto para que pareciese lo más natural posible. Pero, ¿qué prostituta habría sido capaz de una cosa así? Si murió durante el acto sexual o inmediatamente después, cualquier fulana con dos dedos de frente se habría largado aunque tuviera que hacer un agujero en la pared.

—Además, mi marido pesaba mucho; no habría sido nada fácil que una chica lo hubiese levantado para ponerle la casaca. Yo no habría podido, se lo aseguro. Una vez, cuando estaba borracho, intenté quitarle la camisa y me fue prácticamente imposible.

—Sin embargo, están las pruebas de la autopsia. Parece que murió de muerte natural. Aparte de una agotadora actividad sexual, ¿qué otra cosa puede producir aneurisma cerebral?

—La actividad sexual siempre lo agotaba, créame, pero, ¿qué fue lo que le hizo pensar que podía tratarse de un homicidio, Herr Gunther?

—Un comentario de una persona. Dígame, ¿conoce a un tal Max Reles?

—No.

—Pues él sí conocía a su marido.

—¿Y cree que haya podido tener algo que ver con su muerte?

—Es sólo un indicio muy leve, pero sí, lo creo. Permítame contarle por qué.

—Espere. ¿Ha cenado ya?

—He picado algo en el hotel.

Sonrió con amabilidad.

—Ahora está usted en Franconia, Herr Gunther. En este estado no se cena con algo de picar. ¿Qué fue? ¿Qué comió usted?

—Un plato de fiambre de jamón con queso y una cerveza.

—Me lo suponía. En ese caso, se queda usted a cenar. De todos modos, Magda siempre cocina mucha más cantidad de la necesaria. Será agradable volver a tener en esta casa a alguien que cene como es debido.

—Ahora que lo pienso, tengo bastante hambre. Últimamente me he saltado muchas comidas.

Era una casa demasiado grande para una sola persona. Lo habría sido incluso para un equipo de baloncesto. Sus dos hijos, ya mayores, se habían ido a la universidad, según ella, aunque, en mi opinión, se habían ido por culpa de la cocina de Magda. No es que fuese mala, pero comer sus platos más de tres días seguidos podía poner en peligro las arterias de cualquiera. Yo estuve sólo un par de horas y me dio la sensación de haber engordado más que Hermann Goering. Cada vez que dejaba juntos el cuchillo y el tenedor, me convencían de comer otro poco y, cuando no comía, miraba a otra parte y veía comida. Había bodegones, cuernos de la abundancia y fruteros rebosantes por todas partes, por si a alguien le apetecía picar algo. Hasta los muebles parecían disfrutar de dosis extraordinarias de cera. Eran tan grandes y macizos que, cada vez que Angelika Rubusch se sentaba o se apoyaba en cualquiera de ellos, parecía Alicia en la madriguera del conejo.

Le calculé cuarenta y tantos años, pero podía ser mayor. Era una mujer atractiva, que es lo mismo que decir que envejecía mejor que las guapas. Por varias razones, me dio la sensación de que yo también le parecía atractivo a ella, que es lo mismo que decir que seguramente había bebido yo más de la cuenta.

Después de la cena intenté centrar mis pensamientos en lo que sabía sobre su marido.

—Era propietario de una cantera, ¿verdad?

—En efecto. Abastecíamos de muchas clases de piedra natural a constructores de toda Europa, pero principalmente piedra caliza. Esta parte de Alemania es famosa por sus canteras. La llamamos caliza marrón claro por el color de miel que tiene. Sólo se encuentra en Alemania, por eso los nazis le tienen tanta afición. Desde que Hitler llegó al poder, el negocio ha prosperado una barbaridad. Siempre quieren más. Parece que todos los edificios nuevos de Alemania necesitan caliza marrón claro del Jura. Antes de morir, Paul Troost, el arquitecto de Hitler, vino aquí personalmente a ver nuestra piedra para la nueva cancillería.

—¿Y para las Olimpiadas?

—No, ese contrato no nos lo dieron, aunque ahora ya no importa. Es que vendo el negocio. A mis hijos no les interesa la cantera, están estudiando Derecho y yo sola no puedo hacerme cargo de la empresa. Otro empresario de aquí, de Wurzburgo, me ha hecho una buena oferta; voy a aceptarla y me convertiré en una viuda rica.

—Pero, ¿llegaron ustedes a hacer una oferta para el contrato olímpico?

—Naturalmente, por eso fue Heinrich a Berlín. Fue muchas veces, a decir verdad, a defender nuestra propuesta con Werner March, el arquitecto olímpico, y algunos otros representantes del Ministerio del Interior. La víspera de su muerte, me telefoneó desde el Adlon y me dijo que había perdido el contrato. Estaba muy alterado; tenía intención de aclarar el asunto con Walter March, me dijo, porque estaba muy interesado en nuestra piedra. Recuerdo que en ese momento le dije que tuviese cuidado con la presión arterial. Cuando se enfadaba por algo, se ponía muy colorado. Por tanto, cuando me dijeron que había muerto, naturalmente sospeché que sería por motivos de salud.

—¿Sabe por qué podía tener Max Reles una propuesta de contrato de su empresa?

—¿Es alguien del ministerio?

—Pues no; es un hombre de negocios estadounidense de origen alemán.

La mujer negó con un movimiento de cabeza.

Saqué la carta que había encontrado en la caja china y la desdoblé encima de la mesita auxiliar.

—Tenía sospechas de que Max Reles estaba sacando tajada de los contratos de los proveedores, una especie de cuota o comisión de servicios, pero, puesto que el contrato no fue para su esposo, no acabo de saber qué relación tendrían ni por qué le preocupaba a Max Reles que hiciese preguntas sobre su marido. No es que me pusiera a preguntar desde el principio, entiéndame, sólo a partir del momento en que una persona relacionó a Heinrich Rubusch con Isaac Deutsch, dando por supuesto que yo ya conocía esa relación —bostecé—, cuando en realidad no tenía ni idea. Lo siento, no entenderá usted nada de lo que le estoy contando. Creo que estoy cansado y, seguramente, un poco borracho.

Angelika Rubusch no me escuchaba y no es de extrañar. No sabía nada de Isaac Deutsch y probablemente no le importase. Yo estaba más incoherente que un equipo de fútbol ciego. Bernie Gunther daba tumbos en la oscuridad y patadas a un balón que ni siquiera existía. La mujer movía la cabeza sin parar, y ya me disponía a pedirle disculpas, cuando vi que estaba leyendo su documento de oferta.

—No lo entiendo —dijo.

—Pues ya somos dos. Hace rato que no entiendo nada. A mí, las cosas me pasan y ya está. No sé por qué. Menudo detective, ¿eh?

—¿De dónde ha sacado esto?

—Lo tenía Max Reles. Al parecer, mete cuchara en muchos platos olímpicos. Encontré esa carta en un objeto que le pertenecía, una antigua caja china que se perdió durante unos días. Fue entonces cuando tuve la clara impresión de que Max Reles deseaba recuperarla verdaderamente.

—Creo que entiendo el motivo —dijo Angelika Rubusch—. Ésta no es la oferta que hicimos. El papel sí es nuestro, pero las cifras no son las mismas. Este precio es superior al que presupuestamos nosotros por la cantidad prevista de piedra caliza: el doble, aproximadamente. Ahora, al verlo, no me extraña que no nos dieran el contrato.

—¿Está segura?

—Desde luego, la secretaria de mi marido era yo, por no arriesgarme a... bueno, ya sabe, pero ahora no tiene importancia. Toda la correspondencia de la empresa la escribía yo, incluido el original de la carta de nuestra oferta al Comité Olímpico, y le aseguro que esto no lo escribí yo. Hay faltas de ortografía. Para empezar, no se escribe «Wurzburgo», con «o».

—Ah, ¿no?

—Si eres de aquí, no, desde luego. Además, la letra «g» de esta máquina de escribir está un poco más alta que las demás. —Me enseñó la carta y señaló, con una uña bien cuidada, la «g» díscola—. ¿Lo ve?

La verdad es que se me nublaba la vista un poco, pero asentí de todos modos.

Alzó la carta a la luz.

—¿Y sabe otra cosa? Este papel en realidad no es el nuestro; se le parece, pero la marca de agua es distinta.

—Ya veo —y sí lo veía, en realidad.

—Claro —dije—, seguro que Max Reles ha falsificado ofertas. Creo que la cosa funciona así: uno presenta su propio presupuesto y después hace lo necesario para que los de la competencia presenten unos precios absurdamente hinchados, o bien, ahuyenta a los competidores como sea. Si esta oferta es falsa, Max Reles anda tras la empresa que haya conseguido el contrato para el suministro de piedra. Seguramente fuese un presupuesto elevado, también, pero no tanto como el de su marido. Por cierto, ¿a quién se lo dieron?

—A Calizas del Jura Würzburg —dijo ella sin entusiasmo—. Es nuestro principal competidor y la empresa a la que voy a vender la mía.

—De acuerdo. Puede que Reles pidiese a Heinrich que subiera el precio, de modo que el gobierno hiciera la concesión a su competidor. Si su marido se avenía, cobraría una comisión e incluso quizá terminara por suministrar él la piedra del Jura, con la ventaja de que así cobraría dos veces.

—Aunque Heinrich me engañase como marido —dijo ella—, en los negocios no actuaba así.

—En tal caso, Max Reles debió de intentar apretarle las clavijas, pero no lo consiguió. O, sencillamente, falsificó la oferta de la empresa de su marido. E incluso las dos cosas. Sea como fuere, Heinrich lo descubrió y Max Reles se deshizo de él con rapidez y discreción, pero definitivamente. Ahora sí que encajan las cosas. La primera vez que vi a su marido fue en una cena que ofreció Reles a muchos hombres de negocios; tuvieron una discusión. Algunos invitados se marcharon enfurecidos. Quizá les pidiese que inflasen los presupuestos de alguna otra partida.

—¿Qué vamos a hacer ahora?

—Mañana por la mañana tengo una cita con la Gestapo de la ciudad. Al parecer, no soy el único que se interesa por Max Reles. Quizá me cuenten lo que saben o quizá se lo cuente yo y, así, es posible que entre todos encontremos la manera de seguir adelante. Pero me temo que se imponga la necesidad de otra autopsia. Es evidente que el forense de Berlín pasó algún detalle por alto. Es lo normal, en los tiempos que corren. El rigor de los forenses ya no es lo que era, como todo lo demás.

28

Se sube hasta una puerta vigilada por dos hombres de casco blanco, uniforme negro y guantes blancos. No estoy seguro del motivo de los guantes blancos. ¿Son para convencernos a los demás de la pureza de obras e intenciones de las SS? En tal caso, a mí no me convencen: son las milicias que se cargaron a Ernst Röhm y Dios sabrá a cuántos hombres más de las SA.

Al otro lado de una pesada puerta de madera y cristal se abren un vestíbulo con el suelo de piedra y unas escaleras de mármol. Cerca del mostrador hay una bandera nazi y un retrato de Adolf Hitler de cuerpo entero. Atiende el mostrador un hombre de uniforme negro, con la actitud de poca disposición a ayudar que tanto se ha generalizado en Alemania. Es la cara de la burocracia y la oficialidad totalitarias, una cara que no desea servir al público. No le importa si vives o mueres, no te considera un ciudadano, sino un objeto al que hay que procesar: o mandarlo arriba o echarlo a la calle. Es el vivo retrato del hombre que deja de comportarse como ser humano y se convierte en robot.

Obediencia ciega. Órdenes que cumplir sin pensarlo un momento. Eso es lo que quieren: prietas filas de autómatas con casco de acero, una tras otra.

Se comprueba mi cita en una lista pulcramente mecanografiada que se encuentra en el pulido mostrador. He llegado temprano. No debo llegar temprano ni tarde. Ahora tendré que esperar y el robot no sabe qué hacer con una persona que ha llegado temprano y tiene que esperar. Al lado del hueco del ascensor hay una silla de madera desocupada. Por lo general, ahí se sienta un guardia, me dicen, pero puedo ocuparla hasta la hora convenida.

Me siento. Pasan unos minutos. Fumo. Exactamente a las diez en punto el robot descuelga el teléfono, marca un número y anuncia mi llegada. Me ordenan que suba al cuarto piso en el ascensor, donde me recibirá otro robot. Entro en el ascensor. El robot que maneja la maquinaria ha oído la orden y asume temporalmente la responsabilidad de mis movimientos en el edificio.

En el cuarto piso, un grupo espera el ascensor para bajar. Uno de ellos es un hombre a quien sujetan por los brazos dos robots. Está esposado y semiinconsciente; tiene sangre en la nariz y en la ropa. A nadie parece avergonzarle ni cohibirle que yo esté allí y lo vea todo. Sería como reconocer la posibilidad de haber hecho algo malo, pero todo lo que le hayan hecho ha sido en el nombre del Guía y, por tanto, no ha lugar. Lo arrastran al interior del ascensor y el tercer robot, que se ha quedado de pie en el rellano del cuarto piso, me conduce por un pasillo largo y ancho. Se para ante una puerta que tiene el número 43, llama y, a continuación, abre sin esperar. Entro y la cierra de nuevo.

La estancia está amueblada, pero no hay nadie. La ventana está abierta de par en par, pero hay un olor en el aire que me hace pensar que podría ser la habitación donde han interrogado al hombre de la nariz ensangrentada, a quien acabo de ver. Veo entonces dos gotas de sangre en el linóleo marrón y sé que he acertado. Me acerco a la ventana y me asomo a Ludwigstrasse. Mi hotel está a la vuelta de la esquina y, aunque hay niebla, veo el tejado desde aquí. En la acera de enfrente de la sede de la Gestapo se encuentra el edificio de oficinas del Partido Nazi de la localidad. Por una ventana alta veo a un hombre con los pies encima del escritorio y me pregunto qué cosas se perpetrarán allí en el nombre del partido que no se perpetren aquí.

Empieza a repicar una campana. Supongo que el sonido se expande por los tejados rojos desde la catedral, aunque parece que venga del mar, a modo de aviso para los barcos que se acercan a las rocas cuando hay niebla. Me acuerdo de Noreen, allá, en el Atlántico Norte, de pie en la popa del *SS Manhattan*, buscándome con la mirada a través de la espesa niebla.

A mi espalda se abre la puerta y entra en la estancia un fuerte olor a jabón. Me doy la vuelta en el momento en que un hombre más bien bajo cierra la puerta y se baja las mangas de la camisa. Seguro que acaba de lavarse las manos. Puede que se las hubiera manchado de sangre. No dice nada hasta haber descolgado de una percha del armario su guerrera negra de las SS; se la pone como si el uniforme pudiese compensar los centímetros que le faltan.

—¿Es usted Gunther? —dijo con acento pueblerino de Franconia.

—El mismo. Usted debe de ser el capitán Weinberger.

Siguió abotonándose la guerrera sin molestarse en contestar. Después me indicó una silla que había ante su escritorio.

—Tome asiento, por favor.

—No, gracias —dije, y me senté en el alféizar de la ventana—. Soy un poco gatuno, muy escogido con los sitios en los que me siento.

—¿Qué quiere decir?

—Hay sangre en el suelo, debajo de esa silla y, por lo que veo, también en el asiento. No gano tanto como para arriesgarme a estropear un buen traje.

Weinberger se ruborizó ligeramente.

—Como desee.

Se sentó del otro lado del escritorio. Lo único que tenía de alto era la frente; por encima, una descarga de espeso pelo castaño y rizado. Sus ojos eran verdes y penetrantes; la boca, insolente. Parecía un escolar gallito, aunque era difícil imaginárselo maltratando a otra cosa que no fuese una colección de soldados de juguete o muñequitos de una atracción de tiro al blanco.

—Bien, ¿en qué puedo ayudarlo, Herr Gunther?

No me gustaba la pinta que tenía, pero daba igual. Alardear de buenos modales habría quedado fuera de lugar. Como había dicho Liebermann von Sonnenberg, recortar la cola a los cachorrillos de la Gestapo era casi un deporte, entre los oficiales de policía más veteranos.

—Un americano llamado Max Reles. ¿Qué sabe de él?

—¿Con qué autoridad lo pregunta? —Weinberger plantó las botas en el escritorio, igual que el hombre de la ventana de enfrente, y se puso las manos detrás de la cabeza—. No es usted de la Gestapo ni de la KRIPO y supongo que tampoco de las SS.

—Se trata de una misión encubierta, una investigación para el subcomisario de policía de Berlín, Liebermann von Sonnenberg.

—Sí, recibí su carta, así como una llamada telefónica suya. Berlín no suele prestar atención a sedes como la nuestra, pero todavía no ha respondido usted a mi pregunta.

Encendí un cigarrillo y tiré la cerilla por la ventana.

—No me haga perder el tiempo. ¿Va a ayudarme o vuelvo al hotel y llamo al Alex?

—¡Ah! Nada más lejos de mi intención que hacerle perder el tiempo, Herr Gunther —sonrió afablemente—. Puesto que no parece que se trate de un asunto oficial, sólo deseo saber por qué voy a ayudarle. Eso es cierto, ¿verdad? Es decir, si se tratase de un asunto oficial, la petición del subcomisario me habría llegado por mediación de mis superiores, ¿no?

—Podemos hacerlo como más le guste —dije—, pero de esta forma me hará perder el tiempo. Y perderá el suyo. Conque, ¿por qué no lo considera un favor al jefe de la KRIPO de Berlín?

—Me alegro de que lo diga. Un favor. Porque me gustaría que me lo devolvieran con otro. Es justo, ¿no?

—¿Qué quiere usted?

Weinberger sacudió la cabeza.

—Aquí no, ¿de acuerdo? Salgamos a tomar café. Su hotel está cerca, vamos allí.

—De acuerdo, si lo prefiere así.

—Creo que es lo mejor, habida cuenta de lo que me pide. —Se levantó y cogió sus cinturones y su gorra—. Por otra parte, ya le estoy haciendo un favor. El café aquí es pésimo.

No dijo nada más hasta que salimos del edificio, pero a partir de ese momento, no hubo quien lo parase.

—No está mal esta ciudad. Tengo motivos para saberlo, porque estudié Derecho aquí. Cuando me licencié, entré en la Gestapo. Es una ciudad muy católica, desde luego, es decir que, al principio, no era particularmente nazi. Veo que lo sorprende, pero así es: cuando entré en el Partido, esta ciudad era una de las que menos afiliados tenía en toda Alemania. Eso demuestra lo que se puede llegar a conseguir en poco tiempo, ¿verdad?

»Casi todos los casos que nos llegan a la oficina son denuncias. Alemanes que tienen relaciones sexuales con judíos y cosas de ésas, pero lo curioso es que la mayoría de las denuncias no las ponen los miembros del Partido, sino los buenos católicos. Naturalmente, no hay una ley que prohíba a los alemanes y a los judíos tener asuntos amorosos sórdidos. Todavía no, pero no por eso deja de haber denuncias y estamos obligados a investigarlas, aunque sólo sea por demostrar que el Partido no aprueba esa clase de relaciones obscenas. De vez en cuando hacemos desfilar por la plaza de la ciudad a una pareja por corrupción racial, pero la cosa no suele ir más allá. Hemos expulsado a un par de judíos por usura, pero nada más. Huelga decir que la mayoría de las denuncias son infundadas, producto de la estupidez y la ignorancia. Naturalmente. Casi toda la población es simplemente campesina. Esto no es Berlín. Tanto mejor si lo fuera.

»Lo digo por casos como el mío, Herr Gunther, sin ir más lejos. Weinberger no es un apellido judío. No soy judío ni lo fueron ninguno de mis abuelos. Sin embargo, me han denunciado por judío... y más de una vez, añado. Y, claro, eso no es exactamente favorable a mi carrera, aquí, en Wurzburgo.

—Me lo imagino.

Me permití una sonrisa y nada más. Todavía no tenía la información que necesitaba y de momento no quería incomodar al joven agente de la Gestapo que caminaba por la calle a mi lado. Giramos hacia Adolf-Hitler Strasse y seguimos en dirección norte, hacia el hotel.

—Bueno, sí, es gracioso, desde luego. Me lo parece hasta a mí, pero me da la sensación de que en una ciudad más sofisticada, como Berlín, no sucederían esas cosas. Al fin y al cabo, allí hay muchos nazis con apellidos que parecen judíos, ¿no es verdad? Liebermann von Sonnenberg, por ejemplo. Bueno, seguro que él entendería el aprieto en que me encuentro.

No tenía ganas de decirle que, aunque el subcomisario de la policía de Berlín estuviese afiliado al Partido, despreciaba a la Gestapo y todo lo que representaba.

—En mi opinión, así son las cosas —dijo con mucho interés—: en un sitio como Berlín, mi apellido no sería un obstáculo. Sin embargo, aquí, en Wurzburgo, no me libraré jamás de la sombra de la sospecha de que no soy completamente ario.

—¿Y quién lo es? Quiero decir, si retrocedemos lo suficiente y la Biblia no se equivoca, todos somos judíos. La Torre de Babel. Ahí lo tiene.

—Hummm, sí —asintió con incertidumbre—. Aparte de eso, casi todos los casos que me asignan son tan insignificantes que no vale la pena ni investigarlos. Por eso me interesó Max Reles.

—¿Qué es lo que quiere usted? Seamos específicos en eso, capitán.

—Simplemente, una oportunidad de demostrar lo que valgo, nada más. Seguro que una palabra del subcomisario de la Gestapo de Berlín me allanaría el camino del traslado. ¿No le parece?

—Puede —reconocí—, puede que sí.

Cruzamos la puerta del hotel y seguimos hasta la cafetería, donde pedimos café y tarta.

—Cuando vuelva a Berlín —le dije—, veré lo que se puede hacer.

Por cierto, conozco a una persona de la Gestapo. Es jefe de un departamento de Prinz-Albrecht Strasse. Es posible que pueda ayudarlo. Sí, es posible que sí, siempre y cuando usted me ayude a mí.

Así funcionaban las cosas en Alemania en esos tiempos. Tal vez fuera la única forma de prosperar, para ratas como Othman Weinberger, y aunque personalmente lo consideraba una cosa que tenía que despegarme con cuidado de la suela de mis Salamander, no me extrañaba que quisiera marcharse de Wurzburgo. Yo sólo llevaba veinticuatro horas y ya lo deseaba más que el perro perdido del judío errante.

—Pero, ya sabe —dije—: primero, el caso. Es posible que los dos saquemos algo en limpio, algo que podría ser el trampolín para una carrera profesional. Puede que no tenga que pedir favores a nadie, si consigue impresionar a sus superiores con esto.

Weinberger sonrió con ironía y miró de arriba abajo, lentamente, a la camarera que nos sirvió café y tarta.

—¿Usted cree? Yo lo dudo. Aquí, a nadie pareció interesarle lo que tenía que decir sobre Max Reles.

—No he venido a llenarme los oídos de café, capitán. Cuéntemelo.

Sin prestar atención al café y a la excelente tarta, Weinberger se inclinó emocionado hacia adelante.

—Ese hombre es un auténtico *gangster* —dijo—, como Al Capone y todos esos matones de Chicago. El FBI...

—Un momento. Empiece por el principio.

—Bien, en tal caso, le conviene saber que Wurzburgo es la capital de la industria de las canteras. Los arquitectos de todo el país tienen en gran estima nuestra piedra caliza, pero en realidad, sólo hay cuatro empresas suministradoras. Una es Calizas del Jura Würzburg, propiedad de un ciudadano importante que se llama Roland Rothenberger. —Se encogió de hombros con pesar—. Dígame si le parece un apellido menos judío que el mío.

—Siga.

—Rothenberger es amigo de mi padre. Mi padre es médico y concejal del ayuntamiento. Hace unos meses, precisamente por motivos de su cargo, fue a verlo Rothenberger y le dijo que lo estaba intimidando un tal Krempel. Gerhard Krempel, un ex SA que ahora es matón de Max Reles. El caso es que, según Rothenberger, el tal Max Reles le había hecho una oferta de compra de participaciones en su empresa y Krempel empezó a ponerse violento cuando Rothenberger le dijo que no quería vender. Por eso me puse a investigar, pero apenas había abierto el expediente, cuando Rothenberger se puso en contacto conmigo y me dijo que deseaba retirar la queja, que Reles le había subido la oferta sustanciosamente, que no había sido más que un malentendido y que ahora Max Reles era accionista de Calizas del Jura Würzburg. En resumen, que me olvidase de todo.

»Pero me temo que el aburrimiento pudo conmigo y me propuse averiguar más cosas sobre Reles. Descubrí enseguida que era ciudadano estadounidense y, por tanto, sólo por eso se había cometido un delito. Como probablemente sabrá, las únicas empresas que pueden presentarse para los contratos de los Juegos Olímpicos son las alemanas y resultó que Calizas Würzburg acababa de desbancar a la competencia de aquí en el suministro de piedra para el nuevo estadio de Berlín. También averigüé que Reles parecía tener relaciones muy importantes aquí, en Alemania, de modo que investigué lo que se sabía de él en los Estados Unidos. Por eso me puse en contacto con Liebermann von Sonnenberg.

—¿Qué le contó el FBI?

—Mucho más de lo que esperaba, la verdad. Lo suficiente para convencerme de que debía hacer comprobaciones en la KRIPO de Viena. La idea que tengo de Reles se basa en dos fuentes de información diferentes, más lo que he podido averiguar por mi cuenta.

—Ha trabajado mucho.

—Max Reles es de Brownsville (Nueva York) y es judío germanohúngaro. Sólo con eso ya sería suficiente, pero hay más. Su padre, Theodor Reles, se fue de Viena a América a principios de siglo, muy probablemente huyendo de una acusación de homicidio. La KRIPO de Viena tenía grandes sospechas de que había matado a un hombre al menos con un picahielo. Al parecer, era una técnica secreta que le había enseñado un doctor judío de Viena, un tal Arnstein. Una vez instalado en América, Theodor se casó y tuvo dos hijos: Max y Abraham, el menor.

»Bien. Max no cree en nada, aunque, durante la Ley Seca, participó en el mercado negro, así como en estafas financieras y en apuestas. Desde marzo del año pasado, cuando derogaron esa ley, ha establecido conexiones con el hampa de Chicago. Abraham, su hermano menor, fue condenado por el tribunal de menores por un delito y también está involucrado en las redes del crimen organizado. Lo consideran uno de los homicidas más fríos de la mafia de Brooklyn y es famoso por el arma que emplea: un picahielo, como su padre. Al parecer, es tanta su habilidad con esa arma que no deja rastro alguno.

—¿Cómo funciona? —pregunté—. Si se puede matar a un hombre con un pincho, lo normal es dejar algo más que un arañazo.

Weinberger sonreía.

—Eso era lo que pensaba yo. En cualquier caso, en la información que llegó del FBI no había nada respecto al funcionamiento de la técnica. Sin embargo, la KRIPO de Viena conserva el expediente de Theodor Reles. El padre, ya sabe. Al parecer, lo que hacía era clavar el pincho a la víctima directamente en el cerebro por el oído y lo hacía con tanta precisión que a muchas de sus víctimas les diagnosticaban muerte por hemorragia cerebral. Una muerte natural, en resumen.

—Dios —musité—, así es como Reles debió de acabar con Rubusch.

—¿Qué ha dicho?

Le conté lo que sabía sobre la muerte de Heinrich Rubusch y la venta de su empresa a Calizas del Jura Würzburg.

—Según usted, Max Reles ha establecido contactos con el hampa de Chicago —dije—. ¿Con quién, por ejemplo?

—Hasta hace poco, el dueño de Chicago era el propio Al Capone, que también era de Brooklyn. Sin embargo, ahora está en la cárcel y la organización de Chicago ha copado otras áreas de actividad, como la construcción y el control de la mano de obra. El FBI sospecha que en 1932 el hampa de Chicago manipuló la licitación de las obras de las Olimpiadas de Los Ángeles.

—Eso encaja. Max Reles tiene un buen amigo en el Comité Olímpico de los Estados Unidos que también es propietario de una constructora de Chicago. Un tal Brundage. Creo que se ha dejado sobornar de una forma u otra por nuestro propio comité a cambio de hundir el boicot estadounidense.

—¿Por dinero?

—No. Le mandan con cuentagotas objetos de arte oriental que formaban parte de la colección que un viejo judío había donado al Museo Etnológico de Berlín

Asentí con agradecimiento.

—Como ya le he dicho, capitán, ha trabajado usted mucho. Es impresionante la cantidad de información que ha reunido. Francamente, creo que al subcomisario también le impresionará mucho. Con su talento, puede que tenga usted que pensar en una carrera policial de verdad. En la KRIPO.

—¿La KRIPO? —Weinberger sacudió la cabeza—. No, gracias —dijo—. La policía del futuro es la Gestapo. Tal como lo veo yo, a la larga, la Gestapo y las SS absorberán la KRIPO. No, no, le agradezco el cumplido, pero, desde el punto de vista de mi carrera, tengo que seguir en la Gestapo, y preferiblemente en Berlín, claro está.

—Claro.

—Dígame, Herr Gunther, no le parecerá que queremos enmendar la plana a los de la capital, ¿verdad? Quiero decir, ese Reles puede ser judío y *gangster*, pero tiene amigos muy importantes en Berlín.

—Ya he hablado con Frau Rubusch sobre la exhumación del cadáver de su marido, con lo cual demostraremos que fue un homicidio. Creo que hasta incluso podré hacerme con el arma del delito. A

Reles, como a muchos *Amis*, le gusta tomar el alcohol con hielo. En el aparador de su habitación del hotel hay un picahielo que da miedo. Por si fuera poco, además es judío, como ha dicho usted. Me gustaría saber lo que opinan de eso sus importantes amigos del Partido. No me gusta mucho esta partida de dómino, pero es posible que, al final, no haya otra forma de pillar a ese cabrón. A Liebermann von Sonnenberg lo nombró Hermann Goering personalmente. Puede que tengamos que presentarle a él todos los hechos principales. Puesto que Goering no está en el Comité Olímpico, no me imagino que quiera pasar por alto la corrupción entre los miembros del comité, aunque lo quieran otros.

—Más vale que esté bien seguro de todas las pruebas antes de dar el paso. ¿Cómo dice el dicho? Quien da la cara, paga.

—Supongo que eso lo aprendió en la escuela preparatoria de la Gestapo. No, no voy a hacer nada hasta que tenga todas las pruebas. Sé nadar y guardar la ropa.

Weinberger asintió.

—Tengo que ir a ver a la viuda y necesito que me firme un permiso para exhumar el cadáver. Probablemente tendré que movilizar también a toda la KRIPO de Wurzburgo, tal como están las cosas, y a un magistrado. Todo eso llevará un tiempo; una semana al menos, tal vez más.

—Heinrich Rubusch dispone de todo el tiempo del mundo, pero debe resucitar de entre los muertos y empezar a hablar, si queremos que este caso llegue a alguna parte. Una cosa es hacer la vista gorda con un mafioso de la construcción y otra muy distinta dejar impune el homicidio de un prominente ciudadano alemán. Sobre todo, siendo debidamente ario. Es usted un poco pueblerino para mi gusto, Weinberger, pero lo convertiremos en un policía de primera categoría. En el Alex, cuando yo era policía, teníamos un dicho propio: el hueso no va al perro, sino el perro al hueso.

29

El tren de pasajeros tardó tres horas en llegar a Frankfurt. Íbamos parando prácticamente en todos los pueblos del valle del Main y, cuando no me entretenía mirando por la ventana, escribía una carta. La repetí de varias maneras distintas. Nunca había redactado algo así y no me alegraba de tener que hacerlo, pero era necesario y no sé cómo, pero logré convencerme de que era una forma de protegerme. No debería haber pensado en otras mujeres, pero lo hice. En Frankfurt, seguí por el andén a una que tenía un tipo como un violoncelo Stradivarius, pero me llevé una buena decepción cuando se subió al compartimiento de mujeres y me dejó en un vagón de primera para fumadores, al lado de un tipo profesional que tenía una pipa como un saxofón tenor y de un jefe de las SA aficionado a unos puros de tamaño Zeppelin que olían peor que la locomotora. En las ocho horas que duró el trayecto hasta Berlín hicimos mucho humo... casi tanto como la propia Borsig de vapor.

Llovía a cántaros cuando finalmente llegamos a Berlín y, con un agujero que se me había hecho en la suela del zapato, tuve que esperar un taxi en la cola de la estación. La lluvia aporreaba el gran techo de cristal como varillas sujeta-alfombras y goteaba sobre los primeros de la cola. Los taxistas no veían la gran cantidad de agua que caía y, por tanto, siempre se paraban en el mismo sitio y el siguiente tenía que darse una ducha para poder subirse al coche, como en las películas del Gordo y el Flaco. Cuando me llegó el turno, me tapé la cabeza con el abrigo y me metí en el taxi; conseguí lavarme toda la manga de la camisa sin necesidad de ir a la lavandería, pero, al menos, acababa de empezar el invierno y todavía era pronto para la nieve. En Berlín, cada vez que nieva, se acuerda uno de que está al menos doscientos kilómetros más cerca de Moscú que de Madrid. Las tiendas estaban cerradas. No tenía priva en casa y no quería ir a un bar. Me acordé de que en el escritorio del despacho había dejado media botella de Bismarck —la que había confiscado a Fritz Muller— y pedí al taxista que me llevase al Adlon. Tenía intención de tomar sólo lo necesario para entrar en reacción y, en caso de que Max Reles no anduviera por allí, armarme de valor e ir a probar mi habilidad mecanográfica en su Torpedo.

Había actividad en el hotel: una fiesta en el Salón Raphael; sin duda, los numerosos comensales estarían contemplando el panegírico de Tiépolo que decoraba el techo, aunque sólo fuera por recordar cómo es realmente un cielo azul sin nubes. Por la puerta de la sala de lectura salían suavemente nubecillas de espeso humo blanco de tabaco, como un edredón del lecho de Freyja en Asgard. Un borracho con frac y corbata blanca, apuntalado contra el mostrador de recepción, se quejaba en voz alta a Pieck, el subdirector, de que la pornografía de su habitación no funcionaba. Me llegaba su aliento desde la otra punta del vestíbulo, pero, cuando me disponía a ir a echar una mano, el hombre se cayó de espaldas como si le hubiesen serrado los tobillos. Tuvo la suerte de caerse encima de una alfombra más gruesa que su cabeza, la cual rebotó un poco y después se quedó quieta. Fue casi una representación perfecta de un combate que había visto en un noticiario, cuando una noche, en el Madcap de San Francisco, Maxie Baer tumbó a Frankie Campbell.

Pieck salió a toda prisa de detrás del mostrador, así como un par de botones y, con la confusión, pude coger la llave de la 114 y metérmela en el bolsillo antes de arrodillarme al lado del hombre inconsciente. Le tomé el pulso.

—Gracias al cielo que está usted aquí, Herr Gunther —dijo Pieck.

—¿Dónde está Stahlecker —pregunté—, el tipo que tenía que sustituirme?

—Hace un rato se produjo un incidente en las cocinas. Dos hombres de la brigada empezaron a pelearse. El *rotisseur* quería acuchillar al *chef* repostero. Herr Stahlecker fue a separarlos.

En el Adlon, llamaban «la brigada» al personal de cocinas.

—Sobrevivirá —dije y solté el cuello del borracho—. Sólo se ha desmayado. Huele como la academia de *schnapps* de Oberkirch. Precisamente por eso, seguro que no se ha hecho daño al caer. Va tan cargado que no se enteraría de nada aunque le clavase una aguja. A ver, déjenme un poco de sitio; me lo llevo a su habitación a dormir la mona.

Lo agarré por la parte de atrás del cuello del abrigo y lo arrastré hasta el ascensor.

—¿No le parece que debería subirlo en el de servicio? —objetó Pieck—. A lo mejor lo ve algún huésped.

—¿Quiere llevarlo usted hasta allí?

—Pues... no. Creo que no.

Detrás de mí vino un botones con la llave de la habitación del cliente. A cambio, le di la carta que había escrito en el tren.

—Échala al correo, chico, haz el favor, pero no en el hotel, sino en el buzón de la oficina de Correos de la esquina con Dorotheenstrasse. —Saqué cincuenta *pfennigs* del bolsillo—. Toma, cógelos. Está lloviendo.

Arrastré al hombre, que seguía inconsciente, al interior del ascensor y miré el número del llavero de su habitación.

—Tres veinte —le dije a Wolfgang.

—Sí, señor —dijo, y cerró la puerta.

Me agaché, me eché el tipo al hombro y lo levanté.

Unos minutos después, el huésped reposaba en su cama y yo me secaba el sudor de la cara; después me serví un trago de una botella empezada de buen Korn que había en el suelo. No quemaba, no me llegó ni al botón del cuello de la camisa. Era un licor suave y caro, de los que se paladean acompañando una buena lectura o una improvisación de Schubert, no para aliviar el mal de amores. De todos modos, cumplió su cometido. Bajé con la conciencia tranquila o, al menos, con una sensación muy parecida, después de haber mandado la carta.

Descolgué el auricular y, con voz fingida, pedí a la operadora que me pusiera con la suite 114. La chica dejó sonar el teléfono un ratito antes de volver a hablar conmigo y decirme lo que ya sabía yo, que no lo cogían. Le pedí que me pusiera con conserjería y Franz Joseph contestó al teléfono.

—Hola, Franz, soy Gunther.

—Hola. Me han dicho que has vuelto. Creía que estabas de vacaciones.

—Lo estaba, pero, ya sabes, echaba esto de menos. No sabrás por casualidad dónde está Herr Reles esta noche, ¿verdad?

—Tenía una cena en Habel. Le hice la reserva yo mismo.

Habel, en Unter den Linden, con su histórica bodega y precios más históricos aún, era uno de los mejores y más antiguos restaurantes de Berlín. Exactamente la clase de sitio que elegiría Reles.

—Gracias.

Subí el cuello de la camisa al hombre, que dormía la mona en la cama, y tuve el detalle de dejarlo acostado de lado. Después tapé la botella y me la llevé; mientras salía de la habitación, la guardé en el bolsillo del abrigo. Estaba bastante llena, más de la mitad, y me hice la cuenta de que el huésped me debía al menos eso, o más de lo que ni él ni yo sabríamos nunca, si por casualidad vomitaba dormido.

30

Entré en la suite 114 y cerré la puerta antes de encender la luz. La puertaventana estaba abierta y la habitación, fría. Los visillos bailoteaban por detrás del sofá como dos fantasmas de comedia y el chaparrón había empapado el borde de la cara moqueta. La cerré. A Reles no le preocuparía, sólo pensaría que lo habría hecho la doncella. Había varios paquetes abiertos por el suelo, cada uno con un objeto de arte oriental protegido entre paja. Me fijé en uno de ellos. Era una estatuilla de bronce o, posiblemente, de oro de una deidad oriental con doce brazos y cuatro cabezas, de unos treinta centímetros de altura; parecía bailar un tango con una muchacha muy ligera de ropa, que me recordó mucho a Anita Berber. Anita había sido la reina de las bailarinas desnudas de Berlín, en el White Mouse Club de Jägerstrasse, hasta que una noche tumbó a un cliente con el casco de una botella de champán. La cuestión fue que el hombre se opuso a que la artista ejecutase su número en su mesa: orinarse. Eché de menos el viejo Berlín.

Volví a guardar la estatuilla en su nido y eché un vistazo alrededor de la habitación. Al otro lado de una puerta entreabierta se veía el dormitorio, que estaba a oscuras. La del cuarto de baño estaba cerrada. Me pregunté si la metralleta Thompson, el dinero y las monedas de oro seguirían detrás de la loseta de la cisterna del retrete.

Al mismo tiempo, me llamó la atención el cubo de hielo, que estaba al lado de la bandeja de las botellas, en el aparador. Junto al cubo estaba el pincho.

Lo cogí. Medía unos veinticinco centímetros de largo y estaba más afilado que un estilete. El macizo mango, de forma rectangular, tenía una letras labradas: CITIZENS ICE 100% PURE en una cara y CITIZENS en la otra. Resultaba curioso que alguien se trajese de América un objeto así, pero sólo hasta que se sabía que posiblemente fuese el arma blanca predilecta de su dueño. La verdad es que lo parecía, y muy eficaz. He visto navajas de resorte menos amenazadoras en manos de un hombre. De todos modos, no me pareció que tuviese mucho sentido tomarlo prestado con la esperanza de que alguien del Alex le hiciese algunas pruebas. Al menos, mientras Max Reles lo usase también para ponerse hielo en la bebida.

Lo dejé en su sitio y me fui a mirar la máquina de escribir. Todavía había una carta sin terminar en el rodillo de la brillante Torpedo portátil. Lo hice girar hasta sacar el papel de la guía y del sujetahojas. Era para Avery Brundage, dirigida a una dirección de Chicago, y estaba en inglés, pero eso no me impidió observar que la letra «g» de la Torpedo subía medio milímetro más que las otras teclas.

Tenía la presunta arma del crimen, la máquina de escribir con la que Reles había falsificado las ofertas para los contratos olímpicos, una copia del informe del FBI y un formulario de la KRIPO de Viena. Lo único que me faltaba por hacer era comprobar si la metralleta seguía donde yo pensaba. Justificar la tenencia de semejante arma no sería fácil ni para un hombre como Max Reles. Miré por encima buscando el destornillador, pero, como no lo vi, me puse a abrir cajones.

—¿Buscas algo en particular?

Era Dora Bauer. Estaba en el umbral de la puerta del dormitorio, desnuda, aunque el objeto que llevaba en las manos era tan grande que habría podido taparse con él. Era suficientemente grande. Una Mauser Bolo es mucha arma. Me pregunté cuánto tiempo aguantaría el peso con los brazos estirados sin cansarse.

—Creía que no había nadie —dije—. Desde luego, no esperaba verte a ti, querida Dora, ni tanto de ti.

—No es la primera vez que se le salen los ojos a alguien de tanto mirarme, polizonte.

—¿De dónde sacas esa idea? Yo, un polizonte. ¡Qué ocurrencias!

—No me digas que estás registrando los cajones para llevarte algo. Tú no, no das el tipo.

—¿Quién lo dice?

—No —sacudió la cabeza—. Este trabajo me lo encontraste tú y ni siquiera me pediste comisión. ¿Qué ladrón lo haría?

—Eso demuestra que me debes una, ¿ves?

—Ya te la he pagado.

—¿Sí?

—Claro. Entra aquí un tío con una botella en el bolsillo y se pone a revolver los cajones: podría haberte disparado hace cinco minutos, pero no creas que no voy a apretar el gatillo porque no lo haya hecho ya, seas poli o dejes de serlo. Por lo que sé de ti, Gunther, tus antiguos colegas del Alex podrían tomárselo como un favor personal.

—Es a mí a quien estás haciendo un favor, *fräulein*. No había visto tanta cantidad de chica bonita desde que cerraron Eldorado. ¿Es ése el uniforme que te pones para escribir a máquina y tomar notas? ¿O es como terminas, cada vez que Max Reles te hace un dictado? Sea lo que sea, no me quejo. Hasta con un arma en la mano eres un regalo para la vista.

—Estaba durmiendo —dijo—. Al menos, hasta que empezó a sonar el teléfono. Supongo que eras tú, a ver si había moros en la costa.

—Es una lástima que no respondieses. Te habría ahorrado el sofoco.

—Puedes mirarme el conejo cuanto quieras, polizonte, que no me voy a sofocar.

—Oye, ¿por qué no retiras el arma y te pones una bata? Después hablamos. El motivo por el que estoy aquí es muy sencillo.

—Me parece que sé por qué has venido, Gunther. Max y yo te estábamos esperando desde que fuiste de excursión a Wurzburgo.

—Una ciudad pequeña y bonita, aunque al principio no me gustó. ¿Sabías que allí está una de las mejores catedrales góticas de Alemania? La construyeron los príncipes obispos de la localidad, para compensar el homicidio de un pobre sacerdote irlandés, san Kilian, perpetrado por los ciudadanos en el año 689. Si Reles va allí algún día, encajará perfectamente, aunque seguro que va pronto, ahora que es propietario de una o dos canteras proveedoras del Comité Olímpico de Alemania. Además, no lo olvidemos, ha matado a una persona con ese picahielo que hay en el aparador.

—Tendrías que trabajar en la radio.

—Escúchame, Dora. En estos momentos, es Max quien se juega el cuello. ¿Te acuerdas de Myra Scheidemann, la homicida de la Selva Negra? Por si se te había olvidado, aquí, en este gran país nuestro, también se ejecuta a las mujeres. Sería una lástima que terminases como ella, conque sé prudente y deja el arma. Puedo ayudarte, igual que la otra vez.

—Cállate. —Me apuntó con el largo cañón de la Mauser y luego señaló el cuarto de baño—. ¡Adentro! —dijo con furia.

Obedecí. Sé el daño que puede hacer una bala de Mauser. Lo que me preocupaba no era el agujero que abre al entrar, sino el que abre al salir. La diferencia es lo que va de un cacahuete a una naranja.

Abrí la puerta del cuarto de baño y encendí la luz.

—Quita la llave de la cerradura —dijo— y vuelve a ponerla por este lado.

Por otra parte, Dora había sido prostituta. Probablemente siguiera siéndolo y ellas no suelen tener remilgos a la hora de disparar, sobre todo a los hombres. Myra Scheidemann era una prostituta que había matado a tres clientes suyos en el bosque de un tiro en la cabeza, en pleno acto sexual. A veces tengo la impresión de que muchas prostitutas no aprecian gran cosa a los hombres. Me pareció que a ésta en concreto no le importaría nada descerrajarme un tiro, de modo que saqué la llave de la cerradura y la puse por el lado de fuera, tal como me había ordenado.

—Ahora, cierra.

—¿Y perderme el espectáculo?

—No me obligues a demostrar que sé manejar un arma.

—Podrías presentarte con el equipo olímpico de tiro. Creo que te sería muy fácil impresionar al jurado de selección, así vestida. Claro, que a lo mejor resulta complicado sujetarte la medalla en el pecho, aunque siempre podrías recurrir al picahielo.

Dora estiró el brazo, me apuntó a la cabeza deliberadamente y agarró la Mauser con firmeza.

—Está bien, está bien.

Cerré la puerta de una patada, furioso conmigo mismo por no haber pensado en llevarme la pequeña automática que le había quitado a Eric Goerz. Al oír el mecanismo de la cerradura, acerqué el oído a la puerta e intenté seguir la conversación.

—Creía que éramos amigos, Dora. Al fin y al cabo, fui yo quien te proporcionó el trabajo con Max Reles, ¿te acuerdas? Yo te di la oportunidad de dejar el fulaneo.

—Cuando tú y yo nos conocimos, Gunther, Max ya era cliente mío. Tú sólo me diste la oportunidad de estar aquí con él legalmente. Ya te dije que me encantan los grandes hoteles como éste.

—Me acuerdo. Te gustan los cuartos de baño grandes.

—¿Y quién dijo que quería dejar el fulaneo?

—Tú, y yo te creí.

—En tal caso, no se te da muy bien calibrar el carácter de la gente, ¿verdad? Max cree que lo estás acorralando, pero a mí me parece que no das más que palos de ciego y que has tenido suerte. A él le parece que lo sabes todo porque has ido a Wurzburgo, pero a mí no. ¿Cómo ibas a saberlo?

—Por cierto, ¿cómo ha sabido que he ido a Wurzburgo?

—Se lo dijo Frau Adlon. No sabía dónde te habías metido, después de Potsdam y se lo preguntó a ella. Le dijo que quería recompensarte por haber encontrado la caja china. Naturalmente, en cuanto supo dónde estabas, se imaginó que habías ido a averiguar cosas sobre él, preguntando a la viuda de Rubusch o en la Gestapo. O las dos cosas.

—No me pareció que la Gestapo tuviese mucho interés en Reles y sus actividades —dije.

—Claro, por eso pidieron información sobre él al FBI. —Dora se rió—. Sí, estaba segura de que con eso te taparía la boca. Max recibió un telegrama de los Estados Unidos, de su hermano, en el que le decía que alguien del FBI le había dicho que habían recibido una solicitud de información sobre él de la Gestapo de Wurzburgo. Como ves, Max tiene amigos muy útiles en el FBI, lo mismo que aquí. Se le da muy bien.

—¿De verdad?

Eché un vistazo al cuarto de baño. Habría abierto la ventana de una patada y habría salido por allí a la calle, pero no había ventana. Necesitaba la metralleta de detrás de la loseta de la cisterna. Busqué un destornillador por allí y luego miré en los cuatro armarios.

—¿Sabes una cosa? A Max no va a hacerle ninguna gracia encontrarme aquí, en el baño, cuando vuelva —dije—, sobre todo porque no podrá usar su propio retrete.

En los armarios no había gran cosa. Casi todos los artículos masculinos de tocador estaban en la repisa o al lado del lavabo. En uno de los armarios había un frasco de Blue Grass, de Elizabeth Arden, y colonia de hombre Grand Prix, de Charbert. Parecían la pareja perfecta. En otro encontré una bolsa con unos consoladores bastante vulgares, una peluca rubia, ropa interior femenina lujosa y una diadema de diamantes de bisutería que era evidentemente bisutería. A nadie se le ocurre dejar diamantes auténticos en el armario de un cuarto de baño, menos aún, si el hotel dispone de caja fuerte. Sin embargo, del destornillador, ni rastro.

—Para Max va a ser un verdadero problema deshacerse de mí. Es decir, no puede matarme aquí, en el Adlon, ¿verdad? No soy de los que se quedan quietecitos sin moverse y se dejan clavar un pincho por el oído. El estruendo de un disparo llamaría la atención y habría que dar explicaciones. Pero no te equivoques, Dora, va a tener que matarme y tú serás cómplice del crimen.

Naturalmente, ya había comprendido el significado de la peluca, la diadema y el perfume Blue Grass. No quería decírselo a Dora, porque todavía tenía esperanzas de convencerla de que colaborase conmigo, pero, a cada minuto que pasaba, más claro estaba que no me quedaba otro remedio: tendría que obligarla asustándola con lo que sabía de ella.

—Pero, claro, a ti no te importa ser cómplice de un crimen, ¿verdad, Dora? Porque ya lo has hecho una vez, ¿a que sí? Heinrich Rubusch estaba contigo la noche en que Max lo mató con el pincho. Eras la rubia de la diadema de diamantes, ¿no es eso? ¿No le importó al tipo aquel, cuando le enseñaste el conejo, que no fueras rubia natural?

—Era igual que todos los Fritz cuando ven un trocito de conejo. Lo único que le importaba era que chillase cuando lo acariciaba.

—Por favor, dime que Max no lo mató mientras lo hacíais.

—¿Y a ti qué más te da? No hizo ningún ruido, ni siquiera sangró. Bueno, a lo mejor un poquito, nada más. Max lo secó con la casaca del pijama del tipo, pero no se veía ninguna marca. Increíble, la verdad. Y el hombre no sintió nada, créeme. No podía, que es más de lo que puedo decir yo. Rubusch quería un caballo de carreras, no una chica. Me dejó en la espalda unas marcas del cepillo del pelo que me duraron varios días. Por si quieres saberlo, ese gordo pervertido se lo merecía.

—Pero la puerta estaba cerrada por dentro, cuando lo encontramos. La llave estaba puesta todavía.

—Tú la abriste, ¿verdad? Yo la cerré del mismo modo. Muchas prostitutas de hotel llevan llaves maestras o falsas... o saben dónde encontrarlas. A veces, algún cliente no te da propina. A veces te ponen en la boca un caramelo demasiado tentador para dejarlo pasar, conque esperas fuera un rato y, cuando se marchan, entras otra vez y lo coges. ¡Menudo detective de hotel estás hecho, Gunther! El otro gorila, ¿cómo se llamaba? El borracho. Muller. Él hacía muy bien su papel. Fue él quien me vendió una llave falsa y una buena llave maestra. A cambio, bueno, imagínate lo que quería. Al menos, la primera vez. La noche en que Max mató a Rubusch me topé con él y tuve que meterle unos billetes en el bolsillo.

—De los que te había dado Rubusch.

—Claro.

Ya había desistido de encontrar el destornillador. Estaba repasando la calderilla que llevaba, a ver si alguna moneda encajaba en la cabeza de los tornillos de la loseta de la cisterna. No, ninguna. Lo único que podría servirme fue una grapa de plata para sujetar billetes —regalo de boda de mi difunta esposa— y me pasé unos cuantos minutos intentando aflojar un tornillo con ella, pero lo único que conseguí fue estropear el doblez. Tal como pintaban las cosas, muy pronto tendría ocasión de pedir disculpas a mi mujer, si no personalmente, de una manera parecida.

Dora Bauer dejó de hablar. Mejor, porque cada vez que abría la boca, me recordaba lo estúpido que había sido. Cogí el vaso de lavarse los dientes, lo fregué, me serví una dosis generosa de Korn y me senté en la taza del retrete. Con un trago y un cigarrillo, siempre se ve todo un poco mejor.

«Te has metido en un aprieto, Gunther —me dije—. Dentro de poco, entrará por esa puerta un hombre con una pistola y te matará aquí mismo o intentará sacarte del hotel y matarte en otra parte. También puede intentar darte un golpe en la cabeza, matarte después con el pincho ése y sacarte de aquí en una cesta de lavandería. Hace ya un tiempo que se aloja en el hotel, seguro que sabe dónde está todo.

»O, sencillamente, podría tirar tu cadáver por el hueco del ascensor. Ahí tardarían un tiempo en encontrarte. O puede que sólo llame a sus amigos de Potsdam y les pida que vengan a detenerte. Seguro que nadie pone objeciones. Últimamente, en Berlín, cada vez que detienen a alguien, todo el mundo desvía la mirada. Nadie quiere meterse en el asunto, nadie quiere ver nada.

»Aunque lo cierto es que no pueden arriesgarse a que hables delante de todo el mundo, cuando pretendan llevarte en volandas hasta la puerta. A Von Helldorf no le gustaría nada, ni a nuestro honorable presidente de la Oficina de Deportes, Von Tschammer und Osten.»

Bebí un poco más de Korn. No me alivió nada, pero me dio una idea. No muy brillante, aunque lo cierto es que tampoco era yo un gran detective. Eso estaba ya muy claro.

31

Pasaron un par de horas... y un par de tragos más. ¿Qué otra cosa podía hacer? Oí el ruido de la llave en mi cerradura y me levanté. Se abrió la puerta, pero en vez de ver a Max Reles me encontré cara a cara con Gerhard Krempel, diferencia que echó por tierra la idea que me había hecho. Krempel no era muy espabilado y yo no sabía qué decir para salir del aprieto, si era a él a quien tenía que convencer. Llevaba un 32 en una mano y un cojín en la otra.

—Ya veo que ha estado divirtiéndose —dijo.

—Tengo que hablar con el señor Reles.

—Lástima, porque no está aquí.

—Tengo un trato que proponerle y seguro que lo quiere oír, se lo garantizo.

Krempel sonrió macabramente.

—¿De qué se trata?

—No quiero estropearle la sorpresa. Digamos, sencillamente, que tiene que ver con la policía.

—Sí, pero, ¿qué policía? ¿El policía insignificante que era usted, Gunther, o los que conoce mi jefe y saben hacer desaparecer los problemas? Ha tirado tres cartas y ahora quiere subir la apuesta. A eso lo llamo yo un farol. No me importa lo que tenga usted que decir, pero escúcheme a mí. Hay dos formas de salir de este cuarto de baño: muerto o completamente borracho. Lo que prefiera. Cualquiera de ellas es un inconveniente para mí, pero una tal vez no lo sea tanto para usted. Sobre todo teniendo en cuenta que ha sido previsor y se ha traído una botella y, por lo que veo, se me ha adelantado un poco.

—¿Y después?

—Eso depende de Reles, pero no le dejaré salir de este hotel a menos que esté incapacitado por el motivo que sea. Si está borracho, puede pegarse un tiro en la boca o lo que quiera, porque nadie va a prestar mucha atención a un don nadie como usted. Ni siquiera aquí. Es más, aquí, menos que en cualquier otra parte. En el Adlon no nos gustan los borrachos. Asustan a las señoras. Si nos encontramos con cualquiera que lo conozca, diremos que no es usted más que un ex poli que no sabe soltar la botella. Igual que el otro beodo que trabajaba aquí, Fritz Muller.

Krempel se encogió de hombros.

—De todos modos, podría pegarle un tiro aquí y ahora, sabueso. Si envuelvo este pequeño 32 en este cojín, el ruido no parecerá más que el petardeo de un coche. Después tiro su cadáver por la ventana. Eso tampoco hace mucho ruido, no hay más que un piso, hasta la calle. Con la que está cayendo, antes de que alguien lo descubra en la oscuridad, ya lo habré metido en los asientos traseros del coche con destino al río.

Hablaba con calma y aplomo, como si matarme no fuera a producirle ninguna noche de insomnio. Envolvió el revólver en el cojín, con toda intención.

—Mejor bébaselo todo —dijo—. Ya no tengo más que decir.

Llené el vaso y me lo bebí de un trago.

Krempel sacudió la cabeza.

—Olvidemos que estamos en el Adlon, ¿de acuerdo? Beba a morro, si no le importa. No tengo toda la noche.

—¿No quiere beber conmigo?

Dio un paso adelante y me sacudió un bofetón. No fue con intención de hacerme caer, sólo de pararme las cuerdas vocales.

—Corte el rollo y beba.

Me puse la botella de piedra en la boca y bebí a caño como si fuese agua. Una parte quiso volver a salir, pero apreté los dientes y no la dejé. No parecía que Krempel tuviera paciencia suficiente para esperar a que vomitase. Me senté en el borde de la bañera, respiré hondo y bebí otro poco. Después, un poco más. Cuando levanté la botella por tercera vez, se me cayó el sombrero a la bañera, aunque bien habría podido ser la cabeza. Rodó hasta debajo del grifo, que goteaba, y se quedó sobre la coronilla, como un gran escarabajo marrón panza arriba. Me agaché a recogerlo, calculé mal la profundidad de la bañera y me caí dentro, pero sin derramar una gota de *schnapps*. Creo que, si la hubiese roto, Krempel me habría disparado allí mismo. Le di otro trago sólo por demostrarle que todavía quedaba mucho, cogí el sombrero y me lo aplasté otra vez en la cabeza, que ya me daba vueltas.

Krempel me miraba con menos cariño que a una esponja seca de lufa; se sentó en la tapa del retrete. Tenía los ojos como dos rendijas hinchadas, como si se los hubiera picado una serpiente. Encendió un cigarrillo, cruzó sus largas piernas y soltó un largo suspiro con sabor a tabaco.

Pasaron unos minutos, ociosos para él, pero cada vez más peligrosos y tóxicos para mí. La priva me estaba debilitando con mano de hierro.

—Gerhard, ¿le gustaría hacerse con una fortuna? Una verdadera fortuna, quiero decir. Miles de marcos.

—Conque miles, ¿eh? —Soltó una risa burlona que le retorció el cuerpo—. Y me lo dice usted, Gunther. Un hombre con las suelas agujereadas que va a casa en autobús, cuando puede pagárselo.

—En eso le doy la razón, amigo mío.

Con la espalda en el fondo de la honda bañera y las Salamander en el aire, creí ser Bobby Leach navegando por el Niágara en un barril. Cada dos por tres, tenía la sensación de que el estómago se me quedaba atrás, debajo de mí. Tenía la cara llena de sudor, abrí el grifo y me eché un poco de agua.

—Sin embargo, hay mucha pasta ahí mismo al alcance de cualquiera, amigo mío. Mucha pasta. Detrás de usted hay una loseta atornillada a la cisterna del retrete. Si la desmonta, verá una bolsa escondida. Con billetes. De varias monedas distintas. Una metralleta Thompson y oro suizo suficiente para montar una tienda de chocolate.

—Todavía falta mucho para Navidad —dijo Krempel. Chasqueó la lengua con fuerza—. Además, no he dejado una bota en la chimenea.

—El año pasado, a mí me echaron carbón en la mía. Pero está ahí, de verdad. La pasta, quiero decir. Me imagino que la ha escondido Reles, porque, claro, una Thompson no se puede guardar en la caja fuerte del hotel. Ni siquiera en éste.

—No me haga obligarlo a dejar de beber —gruñó Krempel; se inclinó hacia adelante y me dio unos golpecitos en la suela del zapato, el del agujero, con el cañón de la pistola.

Me llené la boca con el aborrecible líquido, tragué con esfuerzo y solté un eructo profundo y nauseabundo.

—La encontré. Cuando registré esta habitación. Hace un rato.

—¿Y la dejó ahí, sin más?

—Soy muchas cosas, Gerhard, pero no un ladrón. Es la ventaja que tengo. Nuestro querido Max tiene un destornillador por ahí, en alguna parte. Para desmontar la cubierta. Estoy seguro. Hace un ratito lo estuve buscando, para recibirlo a usted con la bolsa cuando apareciese con la Princips en la mano. No es nada personal, entiéndame, pero a una Thompson se la saluda con un golpe de tacones y el brazo en alto en todos los idiomas.

Cerré los ojos un momento, levanté la botella, que tenía forma de salchicha, brindé en silencio y bebí otro poco. Cuando los abrí de nuevo, Krempel estaba mirando con interés los tornillos de la loseta.

—Ahí hay bastante para comprar unas cuantas empresas o sobornar a quien haga falta. Sí, en esa bolsa hay mucho combustible, mucho más de lo que le paga a usted, Gerhard.

—¡Cállese, Gunther!

—No puedo. Siempre he sido un borracho charlatán. La última vez que la pillé tan gorda fue cuando murió mi mujer. Gripe española. ¿No se ha preguntado por qué la llaman gripe española, Gerhard? Empezó en Kansas, ¿sabe? Pero eso lo censuraron los *Amis*, por el poder que tienen todavía los censores de la guerra. Y no salió en la prensa hasta que llegó a España, donde no había censura de tiempos de guerra. ¿Ha tenido la gripe alguna vez, Gerhard? A mí me parece que la tengo ahora; me parece que tengo la epidemia esa, una epidemia de una sola víctima. Dios, creo que hasta me he meado.

—Abrió el grifo antes, cabeza de chorlito, ¿no se acuerda?

Bostecé.

—¿De verdad?

—Beba.

—Por ella. Fue una buena mujer. Demasiado, para mí. ¿Tiene mujer?

Negó con un movimiento de cabeza.

—Con la pasta de esa bolsa, podría permitirse unas cuantas. A ninguna le importaría que fuera usted un cabrón repugnante. Las mujeres son capaces de pasar por alto prácticamente cualquier defecto de los hombres, siempre y cuando tengan un saco bien provisto de pasta en la mesa del comedor. Apuesto a que esa bruja de ahí al lado, Dora, tampoco sabe nada de la bolsa. Si lo supiera, ya sería suya, seguro. ¡Qué cabrita mercenaria! Lo que sí es verdad es que está más rica que un melocotón, la he visto desnuda. Claro, que todos los melocotones tienen un hueso dentro y el de Dora es mayor que la mayoría, pero no por eso deja de estar más rica que un melocotón.

Me pesaba la cabeza como una piedra, una piedra enorme con forma de hueso de melocotón. Cuando se me cayó sobre el pecho, me pareció que tardaba tanto que creí que se me caía hasta el cesto de cuero de debajo del hacha que cae. Y grité pensando que estaba muerto. Abrí los ojos, respiré hondo, espasmódicamente, e hice un gran esfuerzo por mantener cierto grado de verticalidad, aunque estaba perdiendo la batalla.

—De acuerdo —dijo Krempel—. Ya ha tomado bastante. Vamos a ver si podemos ponernos de pie, ¿de acuerdo?

Se levantó, me agarró por las solapas del abrigo con sus manazas como granadas y me sacó violentamente de la bañera. Era un hombre fuerte... Demasiado para intentar cualquier estupidez. De todos modos, le lancé un puñetazo, fallé, perdí el equilibrio y me caí al suelo; Krempel me pagó la molestia que me había tomado con una patada en las costillas.

—¿Y la pasta? —pregunté, sin sentir dolor apenas—. No se olvide de la pasta.

—No tengo más que volver después a buscarla.

Me puso en pie de nuevo y me sacó del cuarto de baño.

Dora estaba sentada en el sofá leyendo una revista. Llevaba un abrigo de pieles. Me pregunté si se lo habría comprado Reles.

—¡Ah, eres tú! —dije, quitándome el sombrero—. No te había reconocido, vestida. Aunque supongo que eso te lo deben de decir muchos, muñeca.

Se levantó, me abofeteó y, cuando iba a propinarme otro, Krempel la agarró por la muñeca y se la retorció.

—Vete a buscar el coche —le dijo.

—Sí —dije yo—. Vete a buscar el coche y date prisa. Quiero caerme y desmayarme de una vez.

Krempel me sujetaba contra la pared como si fuese yo un baúl de barco. Cerré los ojos un momento y, cuando volví a abrirlos, Dora se había ido. Krempel me sacó de la habitación y me llevó hasta las escaleras.

—No me importa cómo baje las escaleras, Gunther. Puedo ayudarle o empujarlo, pero si intenta hacer cualquier movimiento, le prometo que no tendrá donde agarrarse.

—Se lo agradezco —me oí decir con voz espesa.

Llegamos abajo, pero no sé cómo. Mis piernas eran de Charlie Chaplin. Reconocí la puerta de Wilhelmstrasse y pensé que era muy sensato haber elegido esa salida para ir a la calle a esas horas. Esa puerta siempre se usaba menos que la de Unter den Linden. También el vestíbulo era más pequeño. Pero si Krempel pretendía evitar que nos encontrásemos con alguien, supe que había fallado.

Casi todos los camareros del Adlon tenían bigote o se afeitaban toda la cara, salvo uno, Abd el-Krim, quien llevaba barba. No era ése su verdadero nombre, pero yo no sabía otro. Era marroquí y todos lo llamaban así porque se parecía al guía rebelde que se había rendido a los franceses en 1926, y que ahora se pudría exiliado en una isla. No sé nada de las gracias del rebelde, pero nuestro Abd el-Krim era un camarero excelente. Como buen mahometano, era abstemio y me miró con una expresión entre escandalizada y preocupada mientras, apoyado en el dintel que eran los hombros de Krempel, me dirigía hacia la puerta dando bandazos.

—¿Herr Gunther? —me llamó solícitamente—. ¿Se encuentra bien, señor? No tiene buena cara.

Tenía la boca muy relajada y se me cayeron unas palabras como si fueran saliva. Tal vez fueran sólo eso, no lo sé. El caso es que, si dije algo, no lo entendí ni yo, conque dudo que Abd el-Krim captase algo.

—Me temo que ha bebido más de la cuenta —dijo Krempel al camarero—. Me lo llevo a casa antes de que lo vean en este estado Behlert o los Adlon.

Abd el-Krim, vestido para irse a casa, asintió con seriedad.

—Sí, es lo mejor, creo yo. ¿Necesita ayuda, señor?

—No, gracias. Está esperándome un coche ahí fuera. Creo que me las arreglaré bien.

El camarero inclinó la cabeza y abrió la puerta a mi secuestrador, quien me sacó de allí bien abrazado.

En cuanto el aire frío y la lluvia me llegaron a los pulmones, me puse a vomitar en el desagüe. Se podría haber embotellado y vendido lo que eché por la boca, porque sabía a puro Korn. Inmediatamente se me acercó un coche y me salpicó el bajo de los pantalones. Se me volvió a caer el sombrero. Se abrió la portezuela y Krempel me empujó al suelo del coche con la suela del zapato. Un momento después se cerró la portezuela y nos pusimos en movimiento... hacia adelante, me imaginé, aunque a mí me parecía que dábamos vueltas y vueltas en un tiovivo de Luna Park. No sabía adónde íbamos y dejé de preocuparme. Me encontraba peor que si hubiera estado desnudo en el escaparate de una funeraria.

32

Había tormenta en alta mar. La cubierta se movía como un ascensor acelerado y, de pronto, una ola de agua fría me dio en la cara. Sacudí la cabeza con mucho esfuerzo y abrí los ojos, que me escocían como ostras recién sacadas de la concha y nadando todavía en salsa de Tabasco. Recibí otra ola de agua. Sólo que no era una ola, sino agua que me arrojaba Gerhard Krempel con un cubo. Sin embargo, sí que estábamos en la cubierta de un barco o, al menos, de una embarcación tirando a grande. Detrás de él se encontraba Max Reles, vestido de ricachón que juega a ser capitán de barco. Llevaba una chaqueta deportiva azul y pantalones blancos, camisa blanca y corbata y una gorra blanca con visera. Alrededor, todo era blanco también y me costó un buen rato darme cuenta de que era de día y que probablemente estábamos rodeados de niebla.

Reles empezó a mover la boca y también de ahí salía niebla blanca. Hacía frío, mucho frío. Al principio creí que Reles hablaba en noruego o, en cualquier caso, en una lengua nórdica. Después me pareció que casi lo entendía: danés, quizá. No supe que en realidad estaba hablando en alemán hasta que recibí en la cara la tercera rociada de agua, recogida por la borda mediante un cubo atado a una cuerda.

—Buenos días —dijo Reles— y bienvenido al mundo. Empezábamos a preocuparnos por usted, Gunther. Es que pensaba que los alemanes aguantaban bien el alcohol, pero ha estado usted inconsciente un buen rato, para mayor incomodidad mía, debo añadir.

Estaba yo sentado en una cubierta de madera pulida, mirándolo a él. Intenté levantarme, pero descubrí que tenía las manos atadas sobre el regazo y, lo que es peor, puesto que parecía que el barco estaba en el agua, que también me habían atado los pies a un montón de bloques de cemento gris que estaban a mi lado.

Me incliné a un lado y vomité durante casi un minuto seguido. Me admiró que mi cuerpo pudiese producir semejante sonido. Era el ruido de un ser vivo que saca hasta las tripas por la boca. Entre tanto, Reles se alejó con una expresión de asco en su cara de nudillo. Cuando volvió, Dora venía con él. Llevaba su abrigo de pieles, con gorro a juego, y un vaso de agua.

Me lo acercó a los labios y me ayudó a beber. Cuando hube vaciado el vaso, se lo agradecí sinceramente con un movimiento de cabeza e intenté hacerme una idea de la situación en la que me encontraba. No me gustó mucho. Eché de menos el sombrero, el abrigo y la chaqueta y tenía la cabeza como si hubieran jugado con ella la final de la copa Mitropa. El olor acre del gran puro de Reles me revolvía las tripas. Estaba en un buen aprieto. En medio de una multitud de sensaciones horribles, noté que Max Reles se proponía hacerme una demostración práctica del método exacto que habían empleado para deshacerse del cadáver de Isaac Deutsch. Un perro hambriento atado a las vías de un tren de gran velocidad no habría estado en peor tesitura que yo.

—¿Se encuentra mejor? —Se sentó en los bloques de cemento—. Aunque le parezca un poco pronto para tanto, me temo que no va a encontrarse mejor en lo que le queda de vida. Es más, se lo garantizo.

Volvió a encender el puro y soltó una risita. Dora se inclinó por la borda y se quedó mirando al limbo en el que flotábamos como almas perdidas. De pie, con los puños en las caderas, Krempel parecía dispuesto a sacudirme en cuanto se lo pidieran.

—Tenía que haber hecho caso al conde Von Helldorf. No pudo ser más explícito, creo yo: pero no, usted tenía que ser un maldito Sam Spade y meter las narices donde no debía. Eso es lo que no entiendo. De verdad, no me cabe en la cabeza. Tuvo que haberse dado cuenta de que era un asunto de mucha pasta, de que había demasiada gente importante sacando una buena tajada del pastel de cerezas de la Selva Negra, llamado Olimpiadas, para permitir que se lo estropeasen y, menos aún, una persona tan prescindible como usted, Gunther.

Cerré los ojos un minuto.

—No es usted mal tipo, no. Casi lo aprecio, de verdad. Incluso pensé en ofrecerle trabajo. Un trabajo de verdad, no ese empleo de broma que le dan en el Adlon. Sin embargo, tiene usted un no sé qué que me inspira desconfianza. Creo que es porque fue policía. —Sacudió la cabeza—. No, no puede ser por eso. En mis buenos tiempos compré a muchos polis. Tiene que ser porque era un policía honrado y bueno, según tengo entendido. Admiro la integridad, pero ahora mismo no me sirve para nada. No creo que a nadie le sirva en Alemania. Al menos, este año.

»De verdad, no se hace idea de la cantidad de cerdos carroñeros que quieren comer en ese pesebre. Claro está, que necesitaban a una persona como yo, que les enseñara cómo se hace. Es decir, como nosotros (la gente a quien represento en los Estados Unidos), que tanto hicimos en el treinta y dos, con las Olimpiadas de Los Ángeles. Hay que reconocer que los nazis saben negociar. Brundage no se lo podía creer cuando llegó aquí. Fue él quien nos avisó a los de Chicago de la cantidad de dinero que podía moverse aquí.

—Y los artilugios orientales son parte de la recompensa.

—Justo. Piezas sueltas de las que colecciona y tanto aprecia él, pero que aquí no va a echar de menos nadie. También le va a caer un buen contrato para construir una embajada alemana nueva en Washington. Ésa es la verdadera guinda, si le digo la verdad. Verá, con Hitler no hay límite. Tengo el placer de decir que ese hombre no tiene ni idea de economía. Cuando quiere algo, lo coge sin pensar en los gastos. Al principio, el presupuesto de las Olimpiadas era de... ¿cuánto? ¿Veinte millones de marcos? Ahora se ha multiplicado por cuatro o cinco y calculo que la prima debe de estar entre el quince y el veinte por ciento. ¿Se lo imagina?

»Por supuesto, las negociaciones no siempre se hacen directamente con Hitler. Es un hombre caprichoso, ¿comprende? Fíjese, yo ya había comprado una empresa que fabrica hormigón armado, hice un trato con el arquitecto, Werner March, y de pronto me entero de que a Hitler no le gusta el puto cemento. Aborrece todo lo que huela a moderno. No le importa un rábano que todos los edificios nuevos de Europa se hagan con el puto cemento. Él no lo quiere y no hay más que hablar.

»Cuando Werner March le enseñó los planos y el presupuesto del nuevo estadio, Hitler se puso como loco. Sólo la piedra caliza era apropiada, pero no cualquier puta caliza, ¿lo entiende? Tenía que ser alemana. Entonces, tuve que comprar a toda prisa una empresa (Calizas del Jura Würzburg) y asegurarme de que ganase la licitación. Demasiadas prisas, a decir verdad. Con un poco más de tiempo, habría hecho las cosas con más suavidad, pero... En fin, esa parte ya la conoce usted, hijoputa. Me he quedado con montañas de cemento, pero usted me va a ayudar a deshacerme de una parte, Gunther. Estos tres bloques de bovedilla en los que estoy sentado van a ir a parar al fondo del lago Tegel y usted con ellos.

—Como Isaac Deutsch —dije con voz ronca—. Seguro que Eric Goerz trabaja para usted.

—En efecto, trabaja para mí. Ese Eric es un buen hombre, aunque le falta experiencia en esta clase de trabajo. Por eso ahora voy a hacerlo yo personalmente, para asegurarme de que se haga bien. No queremos que salga del fondo, como Deutsch. Siempre digo que, para deshacerse de alguien correctamente, es mejor hacerlo con las propias manos. —Suspiró—. Son cosas que pasan, ¿verdad? Hasta a los mejores, como yo.

Dio unas caladas al puro y echó al aire un chorro de humo que podía haber salido de la chimenea que se levantaba por encima de mi cabeza. La embarcación debía de medir unos nueve metros de longitud y me parecía que la había visto en alguna parte.

—Supongo que fue un error echar al canal a aquel hijoputa de

Isaac. Nueve metros. Es poca profundidad. Sin embargo, aquí son dieciséis. No es el lago Michigan ni el río Hudson, pero servirá. Sí, además, da la casualidad de que no soy nuevo en esta mierda, conque relájese, está en buenas manos. Sólo me queda una pregunta que hacerle, Gunther, y es importante desde su punto de vista, de modo que preste atención. No sé si tirarlo al agua muerto o vivo. He visto las dos cosas y, después de haberlo pensado detenidamente, creo que es mejor mandarlo al fondo muerto. Ahogarse no es tan rápido, creo. Yo preferiría una bala en la cabeza, previamente.

—Procuraré no olvidarlo.

—Pero no se deje influir por mí. Usted decide. Sólo necesito que me cuente lo que sabe, Gunther. Todo. A quién le ha hablado de mí y qué le ha dicho. Piénselo un poco. Tengo ir a echar una meada y a ponerme un abrigo. Aquí fuera hace un poco de frío, ¿no le parece? Dora, dale otro vaso de agua. A lo mejor le ayuda a hablar.

Dio media vuelta y se marchó. Krempel se fue detrás de él y, a falta de escupidera personal, escupí en su dirección.

Dora me dio más agua. La bebí con avaricia.

—Supongo que dentro de nada podré beber toda la que quiera —dije.

—Eso no tiene ninguna gracia. —Me limpió la boca con mi corbata.

—Se me había olvidado lo guapísima que eres.

—Gracias.

—No. Todavía no te ríes. Supongo que eso tampoco tiene gracia.

Me echó una mirada fulminante, como si fuera yo la dermatitis personificada.

—Oye, en *Grand Hotel*, Joan Crawford no se enamora de Wallace Beery —dije.

—¿Max? No es tan malo.

—Procuraré recordarlo cuando esté en el fondo del lago.

—Supongo que tú te crees John Barrymore.

—Con el perfil que tengo, no; sin embargo, un cigarrillo sí que me apetece, si lo tienes. Considéralo mi último deseo, puesto que ya te he visto desnuda. Al menos ahora sé cuándo llevas peluca.

—Eres todo un Kurt Valentin, ¿verdad?

Debajo del abrigo llevaba un vestido de punto de color malva que le envolvía el cuerpo como una emulsión y de su muñeca colgaba un bolso de cordón con una preciosa pitillera de oro y un mechero dentro.

—Parece que ya ha venido Papá Noel —dije, cuando me puso un cigarrillo entre los resecos labios y me dio fuego—. Al menos hay alguien que piensa que has sido buena.

—A estas alturas deberías haber aprendido a no meter las narices en los asuntos ajenos —dijo.

—Ah, sí, lo he aprendido, seguro. A lo mejor quieres decírselo a él. Puede que una buena palabra tuya le haga más efecto que una mía o, mejor todavía, a lo mejor todavía tienes la pistola. Diría que, con Max Reles, una Mauser vale más que mil palabras.

Me quitó el cigarrillo, le dio una calada y me lo volvió a poner entre los labios con unos dedos fríos, casi tan cargados de perfume como de anillos.

—¿Qué te induce a pensar que traicionaría a un hombre como Max por un perro como tú, Gunther?

—Lo mismo que hace tan atractivo a un hombre como él para chicas como tú. El dinero. Mucho dinero. Verás, Dora, opino que, con dinero suficiente, traicionarías al Niño Jesús y da la casualidad de que, en el cuarto de baño de Max Reles, en su habitación del Adlon, hay eso y más. Hay una bolsa llena detrás de la cubierta que oculta la cisterna del retrete. Miles de marcos, dólares, francos suizos de oro... De todo, encanto. Lo único que necesitas es un destornillador. Reles tiene uno en alguna parte, en los cajones. Eso era lo que buscaba cuando me interrumpiste tú con tu conejo.

Se inclinó hacia mí, tanto que saboreé el café que todavía le impregnaba el aliento.

—Tendrás que mejorar la oferta, polizonte, si quieres que te ayude.

—Pues no. Verás, encanto, no te digo todo esto para que me ayudes, sino por si quieres ayudarte a ti misma y, en el intento, te lo tienes que cargar de un tiro, aunque quizá te lo dé él a ti. Desde luego, a mí me será indiferente, porque estaré en el fondo del lago Tegel.

—Cabrón —dijo levantándose bruscamente.

—Cierto, pero, ya ves, así al menos puedes estar segura de que lo de la pasta es verdad de la buena. Porque la hay, vaya si la hay, suficiente para empezar una nueva vida en París o comprarte un piso en un barrio elegante de Londres. ¡Dios! Hay tanto que podrías comprarte todo Bremerhaven.

Se echó a reír y desvió la mirada.

—No me creas, si no quieres. A mí tanto me da, pero piensa lo siguiente, Dora, querida. Un tipo como Max Reles y la clase de gente a la que tiene que pagar por seguir en el negocio. No son de los que se conforman con un cheque personal. Los chanchullos son cuestión de pasta, Dora. Lo sabes. Lo único que hace falta para que funcionen es mucha pasta.

Se quedó en silencio unos momentos, como si estuviera pensando en otra cosa. Seguramente se imaginaba a sí misma paseando por Bond Street con un sombrero nuevo y un buen fajo de billetes de libra en la liga. No me importó imaginármela yo también. Era muy preferible a pensar en mi situación.

Max Reles reapareció en cubierta, seguido de cerca por Krempel. Reles llevaba un grueso abrigo de pieles y un gran Colt 45 automático colgado del cuello con un acollador, como si temiera perderlo.

—Siempre digo que, con las armas, todo cuidado es poco, cuando se va a matar a un hombre desarmado —dije.

—Yo sólo mato a gente desarmada —se rió Max—. ¿Me tomas por un loco capaz de enfrentarse a un hombre armado? Soy un hombre de negocios, Gunther, no Tom Mix.

Dejó el Colt en el acollador, rodeó a Dora con un brazo y le hizo presionarse la entrepierna con los dedos. Todavía llevaba el puro en la otra mano.

Dora no se molestó en retirarle la mano y Max se puso a frotarle el conejo. Parecía que ella incluso quería pasárselo bien, pero me di cuenta de que estaba pensando en otra cosa. Probablemente en la cisterna de la suite 114.

—Un hombre de negocios como Little Rico —dije—. Sí, eso está claro.

—¡Vaya! Tenemos aquí a un aficionado al cine, Gerhard. ¿Y *Veinte mil leguas de viaje submarino*? ¿La ha visto? Es igual. Dentro de unos minutos la vivirá en directo y sabrá lo que es bueno.

—Es usted quien va a saber lo que es bueno, Reles, no yo. Verá, tengo una póliza de seguros. No es con Germania Life, pero servirá y surte efecto en el instante en que muera yo. No es usted el único que tiene contactos, amigo americano. También los tengo yo y le aseguro que no son los mismos que sus amigotes alemanes.

Reles sacudió la cabeza y apartó a Dora a un lado.

—Es curioso que nadie piense nunca que se va a morir, pero, por muy llenos que estén los cementerios, siempre hay sitio para un cadáver más.

—No veo cementerios por aquí cerca, Reles. Lo cierto es que me ha dado una alegría trayéndome aquí, al agua, porque nunca he pagado cuota de entierro.

—De verdad que me cae muy bien —dijo—. Se parece usted a mí.

Retiró el percutor del Colt y me apuntó al centro de la cara. Lo tenía tan cerca que veía el fondo el cañón, adivinaba el mecanismo del seguro y olía el aceite. Con un Colt 45 automático en la mano, Tom Mix habría podido impedir la irrupción de las películas habladas.

—De acuerdo, Gunther. Veamos sus cartas.

—Hay un sobre en el bolsillo de mi abrigo que contiene los borradores de una carta dirigida a un amigo mío. Un tipo que se llama Otto Schuchardt. Trabaja en la Gestapo, a las órdenes del subcomisario Volk, en Prinz-Albrecht Strasse. Puede corroborar los nombres fácilmente. Cuando desaparezca del Adlon, otro amigo mío del

Alex, un comisario de investigación, enviará la copia limpia de esos borradores a Schuchardt. Entonces, lo asarán a usted con mantequilla.

—¿Y qué interés puede tener en mí la Gestapo? Soy ciudadano estadounidense, como bien ha dicho usted.

—Un tal capitán Weinberger me enseñó lo que el FBI había mandado a la Gestapo de Wurzburgo. Nada concluyente. Sólo es usted sospechoso de unas cuantas cosas. No hay para tanto, dirá usted; sin embargo, sobre el homicida de su hermano menor, Abe, el FBI sabe lo suficiente, así como sobre su padre, Theodor. Un tipo muy interesante, desde luego. Por lo visto, cuando se fue a vivir a América, la policía de Viena lo buscaba por un homicidio perpetrado con un picahielo. Naturalmente, siempre es posible que todo fuese un montaje. Los austriacos tratan a los judíos mucho peor que nosotros, aquí en Berlín, pero eso era lo que quería decir yo a mi amigo Otto Schuchardt. Resulta que él trabaja en lo que la Gestapo llama el Negociado de Asuntos Judíos. Supongo que se hará una idea de la clase de gente que le interesa.

Reles se dirigió a Krempel.

—Trae aquí su abrigo —dijo. Después me miró con mala cara—. Si descubro que miente sobre este asunto, Gunther —me apretó la rodilla con el Colt—, antes de tirarlo por la borda le pego un tiro en cada pierna.

—No miento. Lo sabe perfectamente.

—Lo veremos, ¿no es eso?

—Me intriga la reacción que tendrán todos sus amigos nazis cuando descubran lo que es, Reles. Von Helldorf, por ejemplo. ¿Recuerda lo que pasó cuando descubrió lo de Erik Hanussen, el vidente? ¡Cómo no va a acordarse! Esta embarcación era de Hanussen, precisamente, ¿verdad?

Con un movimiento de cabeza señalé un salvavidas que estaba sujeto a la baranda. Tenía escrito el nombre de la embarcación: *URSEL IV*. Era la que había visto por la ventana del despacho de Von Helldorf, en el *Praesidium* de Potsdam. Eso me arrancó una sonrisa.

—¿Sabe? Pensándolo bien, es muy curioso, Reles, que sea precisamente usted quien tenga el *Ursel*. ¿Le vendió Von Helldorf esta bañera o no es más que un préstamo de amigo aristócrata que se va a llevar una gran decepción cuando descubra la verdad sobre usted, Max? Que es judío. Una decepción tremenda, diría yo. Incluso se sentirá traicionado. Conozco a los polis que encontraron el cadáver de Erik Hanussen y, según me dijeron, lo torturaron antes de acabar con él. Incluso me dijeron que lo habían hecho en este mismo barco, para que nadie lo oyera gritar. Von Helldorf es implacable, Max, y desequilibrado. Le gusta fustigar. ¿Lo sabía? Claro, que también podría ser usted su judío mimado. Dicen que hasta Goering tiene uno últimamente.

Krempel volvió con mi abrigo hecho un guiñapo en una mano y, en la otra, el sobre con los borradores de la carta que había entregado la víspera al botones del Adlon para que la echara al correo. Max Reles la leyó con una mezcla de ansiedad y vergüenza.

—Es asombroso lo que somos capaces de llegar a hacer en caso de necesidad —dije—. Jamás pensé que escribiría una carta a la Gestapo para denunciar a alguien. Por no hablar de que el fundamento de la denuncia sea la discriminación racial. En cualquier otra circunstancia, me habría dado asco a mí mismo, Max, pero, tratándose de usted, ha sido un auténtico placer. Casi deseo que me mate. Valdría la pena sólo por pensar en la cara que pondrían todos ellos, incluido Avery Brundage.

Reles estrujó la carta con un puño muy enfurecido y la arrojó por la borda.

—No pasa nada —dije—. Guardé una copia.

El Colt 45 seguía en la otra mano. Parecía un hierro 4 de golf.

—Es listo, Gunther. —Soltó una risita, pero la falta de color de su cara me indicó que no era auténtica—. Ha jugado bien esas cartas, lo reconozco. Sin embargo, aunque le perdone la vida, seguiré metido en un buen lío. Sí, señor, un lío tremendo. —Dio unas caladas al puro y lo tiró por la borda—. Aun así, me parece que tengo la solución. Sí, creo que sí.

—Sin embargo, tú, querida mía —se volvió a Dora, que había sacado la polvera del bolso y estaba retocándose el perfilado de los labios—, sabes demasiado.

Se le cayó la polvera. A nadie nos extrañó, porque Reles la estaba apuntando a ella con el Colt, en vez de a mí.

—¿Max? —Sonrió, nerviosamente, quizá, pensando por medio instante que era una broma—. ¿Qué dices? Te quiero, mi amor. No te traicionaría jamás, Max. Lo sabes, ¿verdad?

—Los dos sabemos que no y, aunque creo que tengo una manera de garantizar que Gunther, aquí presente, no llegue a denunciarme a la Gestapo, en tu caso no es lo mismo. Me gustaría que se me ocurriese otra solución, de verdad, pero eres lo que eres.

—¡Max! —Dora gritó su nombre esta vez.

Dio media vuelta y echó a correr, como si tuviera algún sitio adonde ir.

Reles dejó escapar un suspiro que casi me hizo sentir lástima de él. Vi que lamentaba tener que matarla, pero yo no le había dejado alternativa. Eso era ya evidente. Apuntó el arma y disparó en dirección a Dora. Sonó como un cañonazo de barco pirata. El tiro la abatió como un guepardo a una gacela y su cabeza pareció reventar con un pensamiento sonrosado, íntegramente compuesto de sangre y sesos.

Volvió a disparar, pero ya no apuntaba a Dora Bauer. Ella había caído de cara a mí, yacía en un charco de sangre roja y espesa que empezaba a extenderse por la cubierta, se estremecía un poco, pero seguramente estaba muerta. El segundo tiro fue para Gerhard Krempel. Lo pilló desprevenido y le levantó la tapa de los sesos como si fuese un huevo duro. El impacto fue tan fuerte que lo tumbó contra la barandilla, desde donde cayó al agua.

Un intenso olor a cordita impregnó el aire y se mezcló limpiamente con el acre del miedo cerval que tenía yo.

—¡Ah, mierda! —gimió Reles mirando por la borda—. Quería hundirlos juntos con un peso, como en la ópera, una de esas óperas alemanas de mierda que no terminan nunca. —Puso el seguro a la pistola y la encajó en el acollador—. No hay más remedio que dejarlo ahí. No se puede hacer otra cosa. Y ahora, Dora. ¿Dora?

Meticulosamente, dio la vuelta alrededor del charco de sangre y le tocó la nuca suavemente con la punta de su zapato blanco. Después le dio un poco más fuerte, como para asegurarse de si estaba muerta. Sus ojos, inmóviles y abiertos de miedo todavía, me miraban acusadoramente, como si me hiciese responsable absoluto de lo que le había sucedido. Y tenía razón, naturalmente. Reles jamás podría confiar en ella.

Se me acercó, me miró los tobillos, me desató la soga a la que estaban sujetos los tres bloques de cemento y la ató con fuerza a los torneados tobillos de Dora.

—No sé por qué pone esa cara, Gunther. No voy a matarlo. Desde luego, la culpa de que ella haya muerto es suya.

—¿Por qué cree que puede permitirse perdonarme la vida? —le pregunté, procurando contener el pavor que me producía la posibilidad de que, a pesar de lo que había dicho yo a modo de amenaza y de lo que había contestado él, finalmente me matase.

—¿Quiere decir qué es lo que le impedirá mandar la carta a la Gestapo a pesar de todo, si consigue salir vivo de ésta?

Asentí.

Soltó su risita sádica y tiró con fuerza del nudo que ataba los tobillos de Dora a los bloques de cemento.

—Una pregunta muy buena, Gunther, y se la voy a contestar en cuanto mande a esta señorita al viaje más largo e importante de su vida. Eso se lo aseguro.

Los bloques de cemento estaban sujetos con la cuerda como la plomada de los pescadores. Gruñendo enérgicamente, los transportó de uno en uno hasta el costado del barco, abrió una compuerta de la barandilla y los fue empujando de uno en uno con la suela del zapato hacia el otro lado. El peso de los bloques tiró del cuerpo de Dora, le dio la vuelta y empezó a arrastrarlo hacia el costado.

Seguramente fue la sensación de que la movían lo que la hizo volver en sí. Primero gimió, después tomó aire sonoramente, levantando los pechos como dos carpitas de circo de color malva. Al mismo tiempo, estiró un brazo, se puso boca abajo, levantó un poco lo que quedaba de cabeza y habló. Me habló a mí.

—Gunther. Ayúdame.

A Max Reles le hizo gracia la sorpresa y se rió; empezó a sacar el automático para pegarle otro tiro antes de que los tres bloques la arrastraran hasta el otro lado de la compuerta, pero cuando terminó de quitar el seguro ya era tarde. Lo que quería decirme se perdió en un grito, cuando entendió lo que estaba sucediendo. Al segundo siguiente, cayó por el costado del barco.

Cerré los ojos. No podía hacer nada por ayudarla. Se oyeron dos aparatosos chapuzones seguidos. La boca que gritaba se llenó de agua y se hizo un silencio horrísono.

—¡Dios! —dijo Reles, mirando al agua—. ¿Lo ha visto? Habría jurado que la puta estaba muerta. Es decir, usted me vio darle con el pie, claro. Le habría metido otro tiro, para ahorrarle eso. Si hubiera tenido tiempo... ¡Dios! —Sacudió la cabeza y soltó aire nerviosamente—. ¿Qué le parece?

Volvió a poner el seguro a la pistola y la encajó en el acollador. Sacó una petaca del abrigo y tomó un largo trago antes de ofrecérmela.

—¿Otra de lo mismo, para la resaca?

Negué con un movimiento de cabeza.

—No, claro. Es lo malo de la intoxicación etílica. No soportará ni el olor del *schnapps* durante una buena temporada, por no hablar de beberlo.

—Cabrón.

—¿Yo? La ha matado usted, Gunther. Y a él también. Desde el momento en que dijo lo que dijo, no me dejó alternativa. Tenían que morir. Me habrían puesto encima de un barril con los pantalones bajados y me habrían follado desde ahora hasta Navidad y yo no habría podido evitarlo. —Tomó otro trago—. Por otra parte, usted... Sé exactamente qué le impedirá hacerme eso mismo. ¿Se le ocurre el motivo?

Suspiré.

—¿Sinceramente? No.

Soltó una risita y me entraron ganas de matarlo.

—Entonces, considérese afortunado de que esté yo aquí para contárselo, gilipollas. Noreen Charalambides. Ahí lo tiene. Se enamoró de usted y sigue enamorada. —Frunció el ceño y sacudió la cabeza—. Sólo Dios sabrá por qué. Porque es usted un perdedor, Gunther. Un liberal en un país lleno de nazis. Si eso no lo convierte en perdedor, fíjese en el agujero de la suela de su zapato de mierda. Porque, vamos a ver, ¿cómo pudo semejante mujer enamorarse de un imbécil irremediable que tiene los zapatos agujereados?

»Y lo que es igual de importante —prosiguió—, usted está enamorado de ella. No vale la pena negarlo. Verá, estuvimos charlando un rato ella y yo, antes de que volviera a los Estados Unidos, y me contó lo que sentían el uno por el otro. Debo decir que me decepcionó mucho, porque en el barco de Nueva York surgió algo entre nosotros. ¿Se lo contó?

—No.

—Ahora no importa. Lo único importante es que a usted le importa Noreen lo suficiente para evitar que la maten, porque pasaría lo siguiente: en cuanto bajemos de este barco, voy a mandar un telegrama a mi hermano pequeño, que vive en Nueva York. En realidad, es sólo hermano de padre, pero la sangre es la sangre, ¿verdad? Lo llaman Kid Twist, Chico Retorcido, porque eso es lo que es, el muy jodido. Bien, por eso y porque le gusta retorcer el cuello a los tipos que no le caen bien... hasta rompérselo. Eso fue antes de aprender lo que mejor sabe hacer, con un picahielo. El caso es que le gusta matar gente, resumiendo. Yo lo hago porque es necesario, como ahora, pero a él le gusta ese trabajo.

»Bien, ¿y qué le voy a decir en el telegrama, el que le voy a mandar? Le voy a decir lo siguiente: que si me pasa algo mientras esté en

Alemania, si me detiene la Gestapo o cualquier otro percance, que busque a Mistress Charalambides y la mate. Con ese nombre, créame, no será difícil dar con ella. Puede violarla también, si le apetece un poco, que le apetecerá, y si está de humor, que suele estarlo.

Sonrió.

—Considérelo mi denuncia, si le parece, aunque, al contrario que la suya, Gunther, no tiene nada que ver con que ella sea judía. De todos modos, estoy seguro de que entiende a grandes rasgos lo que quiero decir. Yo lo dejo en paz a usted por la carta que ha escrito al Negociado de Asuntos Judíos de la Gestapo. Usted me deja en paz a mí por el telegrama que voy a mandar a mi hermano en cuanto vuelva a mi suite. Los dos estamos en jaque, igual que en el ajedrez, cuando la cosa queda en tablas. Mi póliza de seguros contrarresta la suya. ¿Qué me dice?

De pronto me acometieron las náuseas. Me incliné hacia un lado y vomité otra vez.

—Me lo tomo como un sí —dijo Reles—, porque, reconozcámoslo, ¿qué otra cosa podemos hacer? Me complace pensar que leo los pensamientos de los demás como un periódico, Gunther. Durante la Ley Seca era más fácil. Los tipos con los que me relacionaba consideraban las cosas blancas o negras y casi siempre sabías con quién tratabas sólo con mirarlos a los ojos. Después, cuando derogaron la Ley Volstead, mi organización tuvo que diversificarse, buscar otros intereses. Gunther, prácticamente fui yo quien montó las organizaciones obreras y sindicales en los Estados Unidos. Sin embargo, en general, esos tipos no se dejan leer el pensamiento tan fácilmente. Los de los negocios, quiero decir, ya sabe. Fue muy difícil averiguar qué hostias querían, porque, al contrario que los de la priva, no lo sabían ni ellos mismos. Casi nadie sabe lo que quiere, he ahí el problema.

»Por otra parte está usted, amigo mío, que tiene algo de cada uno. Usted cree que ve las cosas o blancas o negras, cree que sabe lo que quiere, pero en realidad no es así. Cuando lo conocí, lo tomé por un ex poli bobo cualquiera que quería hacer pasta rápida. Supongo que algunas veces se ve a sí mismo de esa forma, pero usted no se acaba ahí y eso también debió de verlo Noreen: algo más, algo complicado. Fuera lo que fuese, esa mujer no era de las que se enamoran de un tipo que no se enamore de ella de la misma forma. —Se encogió de hombros—. Lo que hubo entre ella y yo fue por puro aburrimiento. Con usted, fue auténtico.

Reles hablaba con calma, incluso razonablemente y, oyéndolo hablar, me pareció muy difícil creer que acabase de matar a dos personas. Puede que hubiera discutido con él, si me hubiese encontrado mejor, pero tal como tenía el estómago y con lo que había hablado ya, estaba bastante agotado. Sólo quería dormir y seguir durmiendo mucho tiempo. Y acaso vomitar otro poco, cada vez que el cuerpo me lo pidiese. Al menos así sabría que estaba vivo.

—Según mis cálculos —dijo—, sólo queda una cuestión.

—Espero que no sea de las que se arreglan con ese Colt.

—Directamente, no. Es decir, podría hacerme ese favor, pero es usted muy quisquilloso. Al menos, ahora. Me gustaría verlo dentro de diez años, a ver si sigue igual.

—Si se refiere a que no estoy dispuesto a matar a sangre fría, en efecto, soy quisquilloso. Aunque, tratándose de usted, podría hacer una excepción. Al menos, mientras no haya mandado el telegrama.

—Precisamente por eso voy a dejarlo aquí hasta que me haya dado tiempo a mandárselo a Abe desde el hotel Palace de Potsdam. Por cierto, es un hotel agradable. También tengo una suite allí, para cuando voy a Potsdam. —Sacudió la cabeza—. No, el problema que tengo es el siguiente. ¿Qué voy a hacer con ese capitán de la Gestapo de Wurzburgo? ¿Cómo se llamaba? ¿Weinberger?

Asentí.

—Sabe demasiado de mí.

Asentí de nuevo.

—Dígame, Gunther. ¿Está casado? ¿Tiene hijos? ¿Alguien a quien ame, con quien pueda amenazarlo, si se sale del buen camino?

Sacudí la cabeza.

—Afirmo con toda sinceridad que la única persona a la que quiere verdaderamente es a sí mismo. Al menos en ese aspecto, responde a las características de cualquiera que trabaje en la Gestapo. Lo único que le preocupa es su carrera y prosperar, al precio que sea.

Reles asintió y dio un breve paseo por la cubierta.

—Al menos en ese aspecto, ha dicho. ¿En qué otro es diferente?

Sacudí la cabeza y me di cuenta de que me dolía horriblemente, un dolor de los que parece que te van a dejar ciego.

—No entiendo bien adónde quiere ir a parar.

—¿Es marica? ¿Le gustan las chicas? ¿Se deja sobornar? ¿Cuál es su talón de Aquiles? ¿Tiene alguna debilidad? —Se encogió de hombros—. Mire, probablemente podría hacer que lo matasen, pero cuando se cargan a un poli, se levanta mucho oleaje, como pasó este verano, que se cargaron a uno a la puerta del Excelsior. La pasma de Berlín armó mucho revuelo con eso, ¿no?

—Dígamelo a mí.

—No quiero deshacerme de él, pero todo el mundo tiene un punto débil. El suyo es Noreen Charalambides; el mío, esa puta carta que está en el cajón de un poli, ¿no es eso? Bien, ¿cuál es la debilidad de ese capitán Weinberger?

—Ahora que lo menciona, hay una cosa.

Chasqueó los dedos dirigiéndose a mí.

—Bien, oigámosla.

No dije nada.

—Que te jodan, Gunther. Esto no es una cuestión de conciencia, es Noreen lo que está en juego. Piense que puede abrir la puerta una noche y encontrarse con mi hermanito Abe en el umbral. La verdad es que el pincho se me da mejor a mí que a él. Hay pocos que me superen, salvo mi viejo, quizá, y el médico que se lo enseñó. A mí lo mismo me da usar una pistola. También cumple su cometido. Sin embargo, Abe... —Max Reles sacudió la cabeza y sonrió—. Una vez, en Brooklyn, cuando estábamos trabajándonos a los hermanos Shapiro (unos personajes del hampa del barrio), el chico se cargó a un tipo en un tren de lavado porque no le había limpiado bien el coche. Le había dejado las ruedas sucias. Al menos, eso fue lo que me contó él. A plena luz del día, lo dejó sin sentido y luego le clavó el picahielo en el oído. Ni una señal. La poli creyó que le había dado un ataque cardiaco. ¿Y los Shapiro? Murieron también. En el mes de mayo, enterramos vivo a Bill en el arenal de un parque, Abe y yo. Es uno de los motivos por los que vine a Berlín, Gunther, para dejar que se calmasen los ánimos un poco. —Hizo una pausa—. En resumen, ¿me he explicado bien? ¿Quiere que tenga que decirle al chico que entierre viva a la puta esa, como a Bill Shapiro?

Dije que no con la cabeza.

—De acuerdo —contesté—, se lo voy a decir.

SEGUNDA PARTE

La Habana, febrero de 1954

1

Cuando sopla viento del norte, el mar embiste contra el muro del Malecón como desatado por un ejército de sitiadores dispuestos a abatir La Habana por la revolución. Saltan por el aire galones de agua y caen en forma de lluvia sobre la ancha vía costera, arrastrando parte del polvo de los grandes coches estadounidenses que viajan hacia el oeste y empapando a los peatones que, osados o incautos, se atreven a pasear por allí en invierno.

Me quedé unos minutos contemplando el batir del mar a la luz de la luna con verdadera esperanza. Las olas se acercaban mucho, pero no lo suficiente para alcanzar el gramófono de unos jóvenes cubanos que habían pasado casi toda la noche oyendo rumbas —la música que suena en toda la isla— enfrente de mi edificio de apartamentos, impidiéndome dormir a mí y, seguramente, a otros cuantos vecinos más. A veces echaba de menos el ritmo rústico y monstruoso de las bandas alemanas de metales, por no hablar de las granadas de mano y sus propiedades para despejar las calles.

Incapaz de dormir, se me ocurrió que podía ir a Casa Marina, pero lo descarté, porque a esas horas, lo más seguro era que mi chica predilecta ya no estuviera libre. Por otra parte, Yara estaba durmiendo en mi cama y, aunque jamás habría puesto objeciones a que saliese tan tarde a dar una vuelta, sería desperdiciar los diez dólares que tendría que pagar a doña Marina, porque yo ya no podía cumplir debidamente la tarea de hacer el amor dos días seguidos, conque no digamos dos veces en una sola noche. Así pues, me senté a terminar el libro que estaba leyendo.

El libro era en inglés.

Llevaba una temporada estudiando esa lengua con la intención de convencer a un inglés, llamado Robert Freeman, de que me diese trabajo. Freeman era empleado de Gallaher, el gigante británico del tabaco, y dirigía una empresa subsidiaria, la J. Frankau, que tenía la exclusiva de la distribución de puros habanos en Gran Bretaña desde 1790. Lo rondaba con la esperanza de convencerlo de que me mandase a Alemania —por cuenta propia, añado—, a abrir nuevos mercados en Alemania Occidental. Suponía que bastaría una carta de presentación y unas cuantas cajas de puros de muestra para facilitar el regreso a Alemania a Carlos Hausner, argentino descendiente de alemanes, y a mí, de paso.

No es que Cuba no me gustase. Ni mucho menos. Había salido de Argentina con cien mil dólares americanos y vivía muy holgadamente en La Habana, pero suspiraba por un lugar sin insectos que picasen, donde la gente se fuese a dormir a una hora prudencial y donde las bebidas se tomasen sin hielo: estaba harto de ganarme un dolor de cabeza helado cada vez que iba a un bar. Otro motivo para querer volver a Alemania era que mi pasaporte argentino no duraría eternamente. Sin embargo, en cuanto estuviera allí sano y salvo, podría desaparecer sin peligro. Una vez más.

Naturalmente, de volver a Berlín, ni hablar. Por un motivo: la ciudad había quedado sin salida al mar, sitiada, en poder de los comunistas en la República Democrática de Alemania. Y por otro más: era fácil que la policía de Berlín me tuviese en busca y captura en relación con el homicidio de dos mujeres en Viena en 1949. No es que las hubiese matado yo. He hecho muchas cosas en mi vida de las que me siento menos orgulloso, pero jamás he matado a una mujer, sin contar a una soviética a la que pegué un tiro en el largo y tórrido verano de 1941; pertenecía a un escuadrón de la muerte de la NKVD que acababa de matar en sus celdas a unos cuantos millares de prisioneros desarmados. Sin embargo, supongo que los rusos me considerarían un criminal, otra buena razón para no volver a Berlín. Hamburgo parecía mejor plan: se encontraba en la República Federal y no conocía a nadie allí. Y lo que es más importante: nadie me conocía a mí. Entre tanto, vivía bien. Tenía lo que deseaba la mayoría de los habaneros: un apartamento grande en el Malecón, un gran coche americano, una mujer que me proporcionaba relaciones sexuales y una que me hacía la comida. Algunas veces, coincidían las dos en la misma persona. Sin embargo, mi apartamento de Vedado se encontraba a unas pocas y tentadoras manzanas de la esquina con la calle Cuarenta y Cinco y, mucho antes de que Yara se convirtiera en mi amante ama casa, había adquirido yo la costumbre de visitar con regularidad la casa de putas más famosa y lujosa de la ciudad.

Yara me gustaba, pero nada más. Se quedaba cuando le apetecía, no porque se lo pidiese yo, sino porque quería ella. Me parece que era negra, aunque en Cuba no es fácil distinguir esas cosas con certeza. Era alta y delgada, unos veinte años más joven que yo y tenía cara de caballito muy querido. No era prostituta, porque no cobraba por ello, solamente lo parecía. Casi todas las mujeres de La Habana lo parecían. Casi todas las prostitutas parecían la hermana menor de uno. Yara no lo era porque se ganaba mejor la vida robándome. No me importaba. Así me evitaba tener que pagarle. Además, sólo me robaba lo que creía que podía sobrarme. No escupía ni fumaba puros y era creyente de la santería, una religión que me parecía un poco como el vudú. Me hacía gracia que rezase por mí a unos dioses africanos. Seguro que funcionaban mejor que los dioses a los que había rezado yo.

Tan pronto como se despertó el resto de la ciudad, me fui por el paseo del Prado en mi Chevrolet Styline. Probablemente ese modelo fuera el más normal en Cuba y, muy posiblemente, uno de los de mayor tamaño. Tenía más metal que Aceros Bethlehem. Aparqué delante del Gran Teatro. Era un edificio neobarroco con una lujosa fachada tan atestada de ángeles que, evidentemente, el arquitecto debía de creer que era más importante ser dramaturgo o actor que apóstol. En estos tiempos, cualquier cosa es más importante que ser apóstol. Sobre todo en Cuba.

Había quedado con Freeman en el fumadero de la cercana fábrica de puros Partagas, pero era pronto, conque me fui al hotel Inglaterra y me puse a desayunar en la terraza. Allí me encontré con el típico elenco de personajes cubanos, salvo las prostitutas: todavía era demasiado temprano para ellas. Había oficiales navales estadounidenses de permiso, procedentes de un buque de guerra anclado en la bahía, algunas matronas turistas, unos cuantos hombres de negocios chinos del cercano Barrio Chino, un par de hampones con traje de sarga y pequeño sombrero Stetson y tres oficiales del gobierno con chaqueta oscura de raya diplomática, la cara más oscura que las hojas de tabaco y gafas más oscuras todavía. Tomé un desayuno inglés y luego crucé el bullicioso Parque Central, lleno de palmeras, y me acerqué a mi tienda predilecta de La Habana.

Hobby Centre, en la esquina de Obispo y Berniz, vendía maquetas de barcos, coches de juguete y, lo más importante para mis propósitos, trenes eléctricos. Yo tenía un Dublo de sobremesa con tres carriles. No se parecía en nada al que había visto en una ocasión en casa de Hermann Goering, pero me gustaba mucho. En la tienda, recogí una locomotora nueva con vagoneta que había pedido a Inglaterra. Tenía muchas maquetas inglesas, pero también había hecho varios elementos de mi juego yo mismo, en mi taller de casa. A Yara le desagradaba el taller casi tanto como temía el juego del tren. Le parecía que todo aquello era un poco demoniaco. No porque emulase el movimiento de los trenes de verdad. No; no era tan primitiva. Lo que consideraba un tanto hipnótico y demoniaco era que pudiese fascinar tanto a un hombre adulto.

La tienda estaba a pocos metros de La Moderna Poesía, la mayor librería de La Habana, aunque más bien parecía un refugio antiaéreo de cemento. Me cobijé en el interior y elegí un libro de ensayos de Montaigne en inglés, no porque ardiese en deseos de leer al autor, porque sólo lo conocía vagamente de oídas, sino porque me pareció un libro para mejorar y, la verdad, prácticamente cualquiera de Casa Marina podría haberme recomendado mejorar un poco. Pensé que, como mínimo, necesitaba empezar a ponerme gafas con mayor frecuencia. Por un momento creí tener una visión. Allí, en la librería, había una persona a la que había visto por última vez en otra vida, hacía veinte años.

Era Noreen Charalambides.

Sólo que no lo era. Había dejado de ser Noreen Charalambides, igual que había dejado yo de ser Bernhard Gunther. Hacía mucho tiempo que se había separado de Nick, su marido, y había vuelto a ser Noreen Eisner, que era como la conocía el mundo lector ahora, por ser autora de más de diez novelas de éxito y varias obras de teatro famosas. Estaba firmando un libro bajo la ferviente mirada de una empalagosa turista estadounidense, en la caja en la que iba yo a pagar el libro de Montaigne, es decir, que nos vimos los dos al mismo tiempo. De lo contrario, es fácil que me hubiese largado a la chita callando. Lo habría hecho porque estaba en Cuba con un nombre falso y, cuanta menos gente lo supiera, mejor. Y también por otro motivo: no estaba yo nada favorecido físicamente. Había dejado de estarlo en la primavera de 1945. Ella, por el contrario, no había cambiado nada. En su pelo castaño se veía alguna hebra blanca; también un par de arrugas en la frente, pero seguía siendo guapísima. Llevaba un bonito broche de zafiro y un reloj de oro. Escribía con una estilográfica de plata y de su brazo colgaba un caro bolso de cocodrilo.

Al verme, se tapó la boca con la mano, como si hubiera visto un fantasma. Y a lo mejor era cierto. Cuanto mayor me hago, más fácil resulta creer que mi pasado es el de otro y que no soy más que un espíritu en el limbo o un holandés errante, condenado a surcar los mares eternamente.

Me toqué el ala del sombrero sólo por comprobar si la cabeza seguía en su sitio y dije «Hola», pero en inglés, cosa que debió de confundirla un poco más. Pensando que no se acordaría de mi nombre, fui a quitarme el sombrero, pero no lo hice. Quizá fuese mejor así, hasta que le dijese el nuevo.

—¿De verdad eres tú? —musitó.

—Sí.

Se me puso en la garganta un nudo más grande que un puño.

—Creía que habías muerto, con toda probabilidad. Lo daba por cierto, la verdad. No puedo creer que seas tú.

—A mí me pasa lo mismo, cada vez que me levanto por la mañana y me voy cojeando al cuarto de baño. Siempre tengo la sensación de que me han cambiado el cuerpo por el de mi padre mientras dormía.

Noreen sacudió la cabeza. Se le saltaron las lágrimas. Abrió el bolso y sacó un pañuelo que no habría servido ni para enjugar el llanto de un ratón.

—Puede que seas la respuesta a mi oración —dijo.

—Pues habrás rezado a la santería —dije—, a algún espíritu vudú disfrazado de santo católico... o peor todavía.

Me callé un momento pensando en qué antiguos demonios, qué poderes infernales se habrían apoderado de Bernie Gunther y lo habrían convertido misteriosa y perversamente en respuesta a una oración inútil.

Cohibido, miré alrededor. La turista untuosa era una señora gorda de unos sesenta años, con guantes finos y un sombrero de verano con velo que recordaba a un apicultor. Nos miraba a Noreen y a mí con una atención como si estuviéramos en el teatro. Cuando no observaba la conmovedora escenita del reencuentro, contemplaba la firma de su libro, como si no pudiera terminar de creer que la había estampado la autora.

—Oye —dije—, aquí no podemos hablar. Quedemos en el bar de la esquina.

—¿El Floridita?

—Nos vemos allí dentro de cinco minutos. —Entonces, miré a la cajera y le dije—: Cargue esto a mi cuenta, por favor. Me llamo Hausner. Carlos Hausner.

Lo dije en español, pero estaba seguro de que Noreen lo entendería. Siempre entendía rápidamente cualquier situación. Le lancé una mirada y asentí con un gesto. Ella asintió también, como dándome a entender que mi secreto estaba bien guardado. De momento.

—Bien, en realidad ya he terminado —dijo Noreen. Sonrió a la turista; ésta sonrió también y le dio las gracias profusamente, como si, en vez de un libro, le hubiese firmado un cheque de mil dólares—. En tal caso, ¿por qué no nos vamos juntos? —Me agarró del brazo y me llevó hasta la salida—. La verdad es que no quiero que desaparezcas ahora, que he vuelto a encontrarte.

—¿Por qué iba a desaparecer?

—¡Ah! Se ocurren muchos motivos —dijo—, «señor Hausner». A fin de cuentas, soy escritora.

Salimos de la librería y subimos una cuesta suave en dirección al Floridita.

—Ya lo sé. Incluso he leído un libro tuyo, el de la Guerra Civil Española: *Lo peor es lo mejor para el valiente*.

—¿Y qué te pareció?

—¿Sinceramente?

—Inténtalo, digo yo, «Carlos»

—Me gustó.

—Conque no mientes sólo sobre tu nombre, ¿eh?

—En serio, me gustó.

Estábamos fuera del bar. Un hombre abrió la capota de un Oldsmobile y nos saludó interponiéndose en nuestro camino.

—¿Taxi, señor? ¿Taxi?

Lo despedí con un movimiento de la mano y, a la puerta del bar, cedí el paso a Noreen.

—Sólo puedo tomar algo rápido y me voy. He quedado dentro de quince minutos. En la fábrica de puros. Cuestión de negocios. Puede que me salga trabajo, por eso no puedo faltar.

—Si lo prefieres así... Al fin y al cabo, no ha sido más que media vida.

2

La barra era de caoba, del tamaño de un velódromo; detrás se veía un mural bastante mugriento de un barco antiguo entrando en el puerto de La Habana. Podría haber sido un barco de esclavos, pero más probablemente fuese uno de tantos cargamentos de marineros o turistas estadounidenses, como los que atestaban El Floridita en ese momento, casi todos recién desembarcados del crucero atracado en la bahía, junto al destructor. Dentro del local, un trío de músicos se preparaba para tocar. Buscamos una mesa y rápidamente, antes de que el camarero dejase de oírnos, pedí algo de beber.

Noreen se entretuvo en mirar lo que había comprado yo.

—Conque Montaigne, ¿eh? ¡Impresionante!

Me habló en alemán, dispuesta, probablemente, a hacerme alguna pregunta comprometida sin peligro de que nos oyeran y nos entendieran.

—No tanto. Todavía no lo he leído.

—¿Qué es esto? ¿Hobby Centre? ¿Tienes hijos?

—No; es para mí. —Sonrió y yo me encogí de hombros—. Me gustan los trenes eléctricos. Me gusta que den vueltas y vueltas, como un pensamiento aislado, sencillo e inocente en mi cabeza. Es una forma de olvidar otros pensamientos que tengo.

—Ya sé. Eres como la institutriz de *Otra vuelta de tuerca*.

—¡Ah! ¿Sí?

—Es una novela de Henry James.

—No lo sabía. Y bien, ¿tú has tenido hijos?

—Una hija. Dinah. Acaba de terminar los estudios.

Llegó el camarero y nos puso las bebidas delante limpiamente, como un gran maestro de ajedrez enrocándose. Cuando se hubo ido, Noreen dijo:

—¿Qué ha pasado, Carlos? ¿Te buscan o algo así?

—Es largo de contar. —Brindamos en silencio.

—Me lo imagino.

Eché una mirada al reloj.

—Demasiado, para contártelo ahora. Otra vez será. ¿Y tú? ¿Qué haces en Cuba? Lo último que supe de ti fue que te habían hecho pasar por el HUAC, ese tribunal de pega de Actividades Antiamericanas. ¿Cuándo fue?

—En mayo de 1952. Me acusaron de comunista, estaba en la lista negra de varios estudios de cine de Hollywood —agitó su bebida con una pajita— y por eso he venido aquí. Un buen amigo mío que vive en Cuba se enteró de que me habían sometido a la farsa del HUAC y me invitó a pasar una temporada en su casa.

—Un amigo que vale la pena.

—Es Ernest Hemingway.

—Vaya, un amigo de quien he oído hablar.

—Por cierto, este bar es uno de los que más le gustan.

—¿Y él y tú...?

—No. Está casado. De todos modos, ahora mismo no está en la isla. Se ha ido a África. Asuntos de matar... a sí mismo, principalmente.

—¿También es comunista?

—¡No, por Dios! No es nada político. Lo que le interesa a él es la gente, no las ideologías.

—Muy sabio.

—Pero no lo demuestra.

La banda empezó a tocar y me quejé. Lo hacía de una manera que mareaba, balanceándose de un lado a otro. Uno de ellos tocaba una flauta de brujo, otro golpeaba un monótono cencerro que inspiraba lástima por las vacas. Las melodías cantadas sonaban a silbato de tren de mercancías. La chica aullaba solos y tocaba la guitarra. Todavía no había visto una guitarra sin que me entrasen ganas de clavar un clavo con ella en un trozo de madera... o en la cabeza del idiota que la tocaba.

—Bueno, no tengo más remedio que marcharme —dije.

—¿Qué pasa? ¿No te gusta la música?

—Desde que estoy en Cuba, no. —Terminé mi bebida y volví a mirar el reloj—. Oye —dije—, no voy a tardar más de una hora. ¿Por qué no quedamos para comer?

—No puedo, debo volver. Esta noche tengo invitados a cenar y necesito llevar unas cuantas cosas al cocinero. Me encantaría que vinieses, si puedes.

—De acuerdo, acepto.

—Es en Finca Vigía, en San Francisco de Paula. —Abrió el bolso, sacó una libreta y escribió la dirección y el número de teléfono—. ¿Por qué no vienes un poco antes? Sobre las cinco, por ejemplo, antes de que lleguen los demás invitados, y así nos ponemos al día.

—Con mucho gusto. —Cogí la libreta y anoté mi dirección y número de teléfono—. Toma —dije—, por si todavía piensas que voy a huir de ti.

—Me alegro de volver a verte, Gunther.

—Yo también, Noreen.

Al llegar a la puerta del bar, miré atrás, al público del Floridita. Nadie prestaba atención a la banda, ni lo fingía siquiera. Al menos, mientras hubiera tanto que beber. El *barman* hacía daiquiris como si fueran la oferta del día, de doce en doce. Por lo que había oído y leído sobre Ernest Hemingway, así le gustaban a él, de doce en doce.

3

Compré unos *petit robustos* en la tienda de la fábrica de puros y me los llevé al fumadero, donde unos cuantos hombres, Robert Freeman entre ellos, habitaban en un mundo casi infernal de volutas de humo, cerillas encendidas y brillantes brasas de tabaco. El olor de ese salón me recordaba indefectiblemente a la biblioteca del hotel Adlon y casi veía a Louis Adlon delante de mí con uno de sus Upmann predilectos entre los dedos, enguantados de blanco.

Freeman era un tipo ancho y directo que parecía más sudamericano que británico. Hablaba español bien, para ser inglés —más o menos como yo—, aunque no era de extrañar, teniendo en cuenta la historia de su familia: su bisabuelo, James Freeman, había empezado a vender puros cubanos en 1839. Escuchó amablemente mi propuesta y después me contó sus propios planes de expansión del negocio familiar:

—Tenía una fábrica de puros en Jamaica hasta hace poco, pero la producción allí es muy variable, como los propios jamaicanos; por eso la he vendido y he preferido concentrarme en la venta de habanos en Gran Bretaña. Quiero comprar un par de empresas más, que me darán aproximadamente el veinte por ciento del mercado británico. Sin embargo, el alemán... No sé. ¿Existe un mercado alemán? Dímelo tú, muchacho.

Le conté que Alemania era miembro de la Comunidad Europea del Carbón y del Acero y que gracias a la beneficiosa reforma del sistema monetario de 1948, había experimentado el mayor crecimiento de la historia de los países europeos. Le hablé del aumento del treinta y cinco por ciento de la producción industrial y de la subida de la agrícola, que había superado los límites de la época anterior a la guerra. Es increíble la cantidad de información real que se encuentra hoy en la prensa alemana.

—La cuestión no es si puede uno permitirse el intento de hacerse con una cuota del mercado alemán, sino si puede permitirse dejar de intentarlo —le dije.

El planteamiento lo impresionó. Y a mí también. Era agradable hablar del mercado de exportación, y no de informes forenses, para variar.

Sin embargo, sólo podía pensar en Noreen Eisner, en que la había encontrado de nuevo después de tanto tiempo. ¡Veinte años! Casi parecía un milagro, con lo que habíamos vivido cada cual por su lado, ella conduciendo una ambulancia en la Guerra Civil Española y yo, en la Alemania nazi y en la Rusia soviética. En realidad, no tenía intenciones románticas respecto a ella. Veinte años son demasiados para que los sentimientos sobrevivan. Por otra parte, lo nuestro no había durado más que unas semanas. De todos modos, esperaba que pudiésemos volver a ser amigos. No tenía yo muchas amistades en La Habana y me apetecía recordar viejas anécdotas con alguien en cuya compañía pudiese volver a ser yo mismo. Mi verdadero yo, no la persona que se suponía que era. Hacía cuatro años que no podía ser tan sincero. ¿Qué habría dicho un hombre como Robert Freeman si le hubiese contado la vida de Bernie Gunther? Seguramente se habría tragado el puro. Sin embargo, nos despedimos cordialmente y me aseguró que volveríamos a hablar en cuanto hubiese comprado las dos empresas de la competencia que le darían derecho a vender productos de las marcas Montecristo y Ramón Allones.

—¿Sabes una cosa, Carlos? —dijo, al tiempo que salíamos del fumadero—. Eres el primer alemán con quien hablo, desde antes de la guerra.

—Germanoargentino —puntualicé.

—Sí, claro. No es que tenga nada en contra de los alemanes, entiéndeme. Ahora estamos todos en el mismo bando, ¿verdad? Contra los comunistas y todo eso. ¿Sabes una cosa? A veces no sé qué pensar sobre lo que pasó entre nuestros dos países. Me refiero a la guerra, a los nazis y a Hitler. ¿Qué opinas tú?

—Procuro no pensar en ello, siquiera —dije—, pero cuando lo pienso, me parece que, durante una época, la lengua alemana se redujo a palabras muy largas y muy poco pensamiento.

Freeman soltó una risita al tiempo que chupaba el puro.

—En efecto —dijo—. Sí, en efecto.

—Está en el destino de todas las razas. Todas se creen las elegidas de Dios —añadí—, pero la estupidez de querer imponerlo sólo se da en el de algunas.

Al pasar por la sala de ventas vi una fotografía del primer ministro británico con un puro en la boca y asentí con un movimiento de cabeza.

—Y digo más. Hitler no bebía ni fumaba y gozó siempre de buena salud, hasta que se pegó un tiro.

—En efecto —dijo Freeman—. Sí, en efecto.

4

Finca Vigía estaba a unos doce kilómetros del centro de La Habana en dirección sureste. Era una casa colonial española de un solo piso en medio de una propiedad de unas ocho hectáreas, que dominaba una hermosa panorámica del norte de la bahía. Aparqué al lado de un descapotable de color limón, modelo Pontiac Chieftain (el de la cabeza de jefe indio en el capó, que brilla cuando se encienden los faros). Había algo remotamente africano en la blanca casa y su situación y, al salir del coche y echar un vistazo alrededor, a los mangos y las enormes jacarandás, casi podía creer que estaba en Kenia, de visita en casa de un importante delegado de distrito.

La impresión se acentuaba mucho en el interior. La casa era un museo de la gran afición de Hemingway a la caza. En todas las numerosas, espaciosas y aireadas habitaciones, incluido el dormitorio principal —aunque no en el cuarto de baño—, había cabezas de kudúes, búfalos de agua e íbices. En resumen, de cualquier animal con cuernos. No me habría extrañado encontrar allí la cabeza del último unicornio. O puede que de un par de ex esposas. Además de los trofeos había gran cantidad de libros, incluso en el cuarto de baño y, al contrario que los de mi casa, parecía que los hubiesen leído todos. Los suelos eran de baldosa y sin moqueta, por lo general, y debían de resultar duros para los innumerables gatos que parecían los dueños de la mansión. En las encaladas paredes no había cuadros, sólo algunos carteles de corridas de toros. Los muebles se habían elegido más por la comodidad que por la elegancia. El sofá y los sillones de la sala de estar lucían unas fundas de flores que ponían una nota discordante de feminidad en medio de tanta afición masculina a la muerte. En el centro de la sala, como el diamante de veinticuatro quilates que, incrustado en el suelo del vestíbulo del Capitolio Nacional de La Habana, señala el kilómetro cero desde donde se miden todas las distancias de la isla, se encontraba un mueble bar con más botellas que un camión de cervezas.

Noreen sirvió un par de tragos largos de *bourbon* y nos los llevamos a una gran galería abierta, donde me contó lo que había hecho desde la última vez que nos habíamos visto. A cambio, le conté una versión de lo que había hecho yo, en la que omití cuidadosamente la temporada que había pasado con las SS y, sobre todo, los servicios activos que había cumplido con un batallón de la policía en Ucrania. Sin embargo, le conté que había trabajado de detective privado, que había vuelto al cuerpo de policía y que Eric Gruen y la CIA se las habían arreglado para colgarme la etiqueta de criminal de guerra nazi y, por lo tanto, me había visto obligado a recurrir a la ayuda de antiguos camaradas para huir de Europa y empezar una nueva vida en Argentina.

—Y así es como he llegado a vivir con un nombre falso y un pasaporte argentino —concluí resueltamente—. Seguramente seguiría en Argentina si los peronistas no hubiesen descubierto que, en realidad, no tengo nada de nazi.

—Pero, ¿por qué viniste a Cuba?

—No lo sé. Por lo mismo que los demás, supongo. El clima, los puros, las mujeres, los casinos. Juego al *backgammon* en algunos casinos. —Tomé un sorbito de *bourbon* y saboreé el licor dulce y amargo del famoso escritor.

—Ernest vino aquí por la pesca deportiva mayor.

Miré alrededor buscando un pez, pero no había ninguno.

—Cuando está aquí, pasa la mayor parte del tiempo en Cojímar. Es un pueblecito pesquero de mala muerte, agarrado a una parte de la costa en la que suele dejar su barco. Le encanta pescar, pero en el pueblo hay un bar agradable y tengo la sospecha de que le gusta más el bar que el barco, o que pescar, que para el caso es lo mismo. En general, me parece que le gustan los bares más que cualquier otra cosa.

—Cojímar. Antes iba allí con frecuencia, hasta que me enteré de que los militares lo utilizaban para la práctica del tiro al blanco y que, a veces, el blanco todavía respiraba.

Noreen asintió.

—Sí, algo de eso he oído y estoy segura de que es verdad. De Fulgencio Batista se puede creer cualquier cosa. Un poco más allá de esa playa, ha construido un pueblo de villas selectas rodeado de alambre para sus generales más importantes. El otro día pasé por allí en coche. Todo de color rosa. Bueno, los generales no... Eso sería mucho pedir. Las villas.

—¿Rosa?

—Sí, parece un lugar de vacaciones de un sueño que hubiera contado Samuel Taylor Coleridge.

—No he leído nada de él. Un día de estos tengo que aprender a hacerlo. Es curioso. Puedo comprar montones de libros, pero no me parece lo mismo que leerlos.

Oí pasos en la galería, me volví a mirar y vi a una bonita joven que se acercaba. Me levanté y sonreí procurando no poner cara de hombre lobo.

—Carlos, te presento a mi hija Dinah.

Era más alta que su madre, pero no sólo por los tacones de aguja que calzaba. Llevaba un vestido de lunares que se ataba en el cuello y le llegaba solamente por debajo de las rodillas, con la espalda y algo más al descubierto, cosa que hacía un poco innecesarios los guantecitos de redecilla de las manos. Del musculoso y bronceado antebrazo colgaba un bolso de muaré con la misma forma, tamaño y color que la barba más representativa de Karl Marx. Tenía el pelo casi platino, pero no tanto, y le favorecía más, peinado en voluminosas capas y suaves ondas; el collar de perlas que lucía alrededor del estilizado y joven cuello no podía ser sino una ofrenda de admiración de un dios marino. Desde luego, tenía un tipo que bien valía un cesto de manzanas de oro. Tenía la boca carnosa como las ciruelas y pintada de rojo con mano segura, que bien podía haber sido de la escuela de Rubens. En sus ojos, grandes y azules, brillaba una inteligencia que la barbilla, cuadrada y ligeramente cóncava, dotaba de resolución. Hay chicas preciosas y chicas preciosas que saben que lo son; Dinah Charalambides lo era y sabía resolver ecuaciones de segundo grado.

—Hola —saludó con frialdad.

Respondí con un movimiento de cabeza, pero ya no me hacía caso.

—Mamá, ¿me dejas el coche?

—¿Piensas salir?

—Volveré pronto.

—No me gusta que salgas de noche —dijo Noreen—. ¿Y si te detienen en un control del ejército?

—¿Tengo pinta de revolucionaria? —preguntó Dinah.

—Por desgracia, no.

—Pues eso.

—Mi hija tiene diecinueve años, Carlos —dijo Noreen—, pero actúa como si tuviese treinta.

—Todo lo que sé lo he aprendido de ti, querida madre.

—Pero, dime, ¿adónde vas?

—Al club Barracuda.

—Preferiría que no fueras a ese sitio.

—Ya lo hemos hablado otras veces —suspiró Dinah—. Mira, todos mis amigos van allí.

—A eso me refiero, precisamente. ¿Por qué no sales con gente de tu edad?

—Puede que lo hiciera, si no estuviéramos exiliadas de nuestra casa de Los Ángeles.

—No estamos exiliadas —dijo Noreen con insistencia—, sólo he tenido que ausentarme una temporada de los Estados Unidos.

—Lo entiendo, desde luego que sí, pero, por favor, intenta entender lo que significa para mí. Quiero salir a divertirme un poco, no quedarme de sobremesa hablando de política con un montón de gente aburrida. —Me miró y me dedicó una rápida sonrisa de disculpa—. ¡Ay! No me refería a usted, señor Gunther. Por lo que me ha contado mi madre, estoy segura de que usted es muy interesante, pero casi todos los amigos de Noreen son escritores y abogados izquierdistas. Intelectuales. Y amigos de Ernest que beben demasiado.

Me sobresalté un poco cuando me llamó Gunther. Eso quería decir que Noreen ya había contado mi secreto a su hija. Me irrité.

Dinah se puso un cigarrillo en la boca y lo encendió como si fuera un petardo.

—Tampoco me gusta nada que fumes —dijo Noreen.

Dinah puso los ojos en blanco y tendió una mano enguantada.

—Las llaves.

—En el escritorio, al lado del teléfono.

Se marchó envuelta en una nube de perfume, humo de tabaco y exasperación, como la bella puta despiadada de una obra de teatro goticoamericana escrita por su madre. No había visto ninguna en escena, sólo las películas basadas en ellas. Siempre eran sobre madres sin escrúpulos, padres locos, esposas que huían, hijos ímprobos y sádicos y maridos borrachos y homosexuales, la clase de historias que casi me hacían alegrarme de no tener familia. Encendí un puro y procuré contener la gracia que me hacía.

Noreen sirvió otro par de tragos de la botella de Old Forester que había traído de la sala de estar y puso en el suyo unos trozos de hielo que sacó de un cubo hecho con un pie de elefante.

—Qué putilla —dijo sin ningún énfasis—. Tiene plaza en la Universidad de Brown pero sigue arguyendo ese maldito cuento de que vive conmigo en La Habana por obligación. No le pedí que viniese. No he escrito una puta palabra desde que estoy aquí. Se pasa el día sentada por ahí poniendo discos y así no puedo trabajar, sobre todo con la mierda de discos que escucha. The Rat Pack: *Live at the Sands*. ¿Te imaginas? ¡Dios! No soporto a esa pandilla de cabrones engreídos. Y por la noche, cuando sale, tampoco puedo hacer nada, porque estoy preocupada por lo que le pueda pasar.

Al cabo de uno o dos segundos, el Pontiac Chieftain se puso en marcha y salió por la entrada de la casa, con el indio del capó oteando el horizonte en la envolvente oscuridad.

—¿No quieres que esté aquí contigo?

Noreen me echó una mirada por encima del borde del vaso, con los ojos entrecerrados.

—Antes las cazabas al vuelo, Gunther. ¿Qué te ha pasado? ¿Te diste un golpe en la cabeza durante la guerra?

—Sólo un poco de metralla perdida de vez en cuando. Te enseñaría las cicatrices, pero tendría que quitarme la peluca.

Pero Noreen no estaba preparada para reírse. Todavía no. Encendió un cigarrillo y tiró la cerilla a los arbustos.

—Si tuvieras una hija de diecinueve años, ¿te gustaría que viviese en La Habana?

—Dependería de lo guapas que fuesen sus amistades.

Noreen hizo una mueca rara.

—Precisamente por eso creo que estaría mejor en Rhode Island. En La Habana hay muy malas influencias. Demasiado sexo fácil, demasiado alcohol barato.

—Por eso vivo aquí.

—Y va con mala gente —prosiguió sin hacerme caso—. Precisamente por eso te he pedido que vinieses hoy aquí, por cierto.

—¡Vaya! ¡Y yo soy tan ingenuo que creía que me habías invitado por motivos sentimentales! Todavía pegas duro, Noreen.

—No era mi intención.

—¿No?

Lo dejé pasar. Olí el vaso un momento y disfruté del ardiente aroma. El *bourbon* olía como la taza de café del diablo.

—Créeme, encanto: se puede vivir en sitios mucho peores que Cuba. Lo sé. He intentado vivir en algunos. Durante la posguerra, Berlín no era el dormitorio de la Ivy League, y Viena tampoco, sobre todo para las jovencitas. Los soldados rusos castigan a los proxenetas y a los *gigolos* de playa por ser malas influencias, Noreen. No es propaganda anticomunista de derechas, cielo, es la pura verdad. Y, hablando de tan delicado tema, ¿le has contado muchas cosas de mí?

—No, no muchas. Hasta hace unos minutos, no sabía cuánto había que contar. Lo único que me dijiste esta mañana (y, por cierto, no te dirigías directamente a mí, sino a la empleada de La Moderna Poesía) fue que te llamabas Carlos Hausner. ¿Por qué demonios elegiste ese nombre como pseudónimo? Carlos es nombre de campesino mexicano gordo de película de John Wayne. No, Carlos no cuadra contigo. Supongo que por eso te llamé por tu verdadero nombre, Bernie... Bueno, es que se me escapó cuando le contaba lo de Berlín, en 1934.

—Es una pena, con las molestias que tuve que tomarme para cambiármelo. Para que sepas la verdad, Noreen, si las autoridades me descubren, podrían deportarme a Alemania, lo cual sería incómodo, por no decir otra cosa. Como te he dicho, hay gente (rusos) a la que seguramente le gustaría mucho echarme el lazo.

Me miró con recelo.

—Puede que te lo merezcas.

—Puede. —Dejé el vaso en la mesa y sopesé el comentario mentalmente un momento—. Sin embargo, eso de que quien la hace la paga casi siempre pasa sólo en los libros. Claro que, si crees que me lo merezco, más vale que me largue.

Entré en la casa y volví a salir por la puerta principal. Ella estaba en la barandilla de la galería, por encima de las escaleras por las que se bajaba hasta mi coche.

—Lo lamento —dijo—. No creo que te lo merezcas todo, ¿de acuerdo? Sólo estaba bromeando. Vuelve, por favor.

Me paré y la miré con poco entusiasmo. Estaba enfadado y no me importaba que lo supiera. Y no sólo por el comentario de que me merecía que me colgasen. Estaba furioso con ella y conmigo, por no haber dejado más claro que Bernie Gunther había dejado de existir y en su lugar estaba Carlos Hausner.

—Fue tan emocionante volver a verte, después de tantos años...
—Parecía que la voz le tropezaba con un jersey de cachemira colgado de un clavo, o algo así—. Siento mucho haber revelado tu secreto. Hablaré con Dinah en cuanto vuelva a casa; le diré que no hable con nadie de lo que le conté, ¿de acuerdo? Me temo que no pensé en las consecuencias que podía tener si le hablaba de ti, pero es que hemos estado muy unidas desde la muerte de su padre. Siempre nos lo contamos todo.

Casi todas las mujeres tienen un regulador de vulnerabilidad que pueden manejar a voluntad y que con los hombres funciona como la miel con las moscas. Noreen había puesto el suyo en marcha. Primero, la contención en la voz y después, un suspiro rasgado. Funcionaba, sí, y eso que sólo lo había puesto al nivel tres o al cuatro, pero todavía tenía el depósito lleno de lo que hace parecer débil al sexo débil. Al momento siguiente, abatió los hombros y se dio la vuelta.

—No te vayas —dijo—. Por favor, no te vayas.

Nivel cinco.

Me quedé en el escalón mirando el puro y, después, al largo y sinuoso sendero que llevaba hasta la carretera principal de San Francisco de Paula. Finca Vigía. Casa oteadora. Un buen nombre, porque, a la izquierda del edificio principal, había algo parecido a una torre, donde alguien podía sentarse a escribir un libro en una habitación del piso más alto, contemplar el mundo desde arriba y tener la sensación de ser un dios o algo parecido. Seguramente por eso algunas personas se convertían en escritores. Se acercó un gato gris y se frotó contra mis espinillas, como si también él quisiera convencerme de que me quedase. Por otra parte, puede que sólo pretendiera desprenderse, a costa de mis mejores pantalones, de un montón de pelos que le sobraban. Al lado de mi coche había otro, sentado como un muelle tieso, listo para impedirme marchar, si acaso su colega felino no lo conseguía. Finca Vigía. Algo me decía que vigilase por mi cuenta y me largase de allí. Que, si me quedaba, podía terminar sin voluntad propia, como un personaje de una novela escrita por un estúpido.

Que uno de ellos —Noreen o Hemingway— podría obligarme a hacer algo que no quisiera.

—De acuerdo.

Me salió una voz de animal en la oscuridad... o de orisha del bosque, del mundo de la santería.

Tiré el puro y volví a entrar. Noreen salió a mi encuentro a mitad de camino, detalle generoso por su parte, y nos abrazamos cariñosamente. Todavía me gustaba notar su cuerpo entre mis brazos: me recordó todo lo que se supone que debía recordarme. Nivel seis. Seguía sabiendo ablandarme, de eso no cabía duda. Apoyó la cabeza en mi hombro, pero con la cara vuelta hacia el otro lado, y me dejó inhalar su belleza un ratito. No nos besamos. Todavía no era el momento, sólo estábamos en el nivel seis y ella tenía la cara vuelta hacia el otro lado. Un momento después, se separó y volvió a sentarse.

—Dijiste que Dinah salía con mala gente o algo así —le recordé— y que por eso me habías pedido que vinieses.

—Siento haberme expresado tan mal. No es propio de mí. Al fin y al cabo, se supone que las palabras se me dan bien, pero es que necesito que me ayudes... con Dinah.

—Hace mucho que no sé nada de jovencitas de diecinueve años, Noreen. E incluso cuando sabía algo, seguro que estaba completamente equivocado. No sabría qué hacer, aparte de darle una azotaina.

—Me pregunto si funcionaría —dijo ella.

—No creo que sirviera de mucho. Aunque, claro, siempre es posible que me guste, lo cual sería otro motivo para mandarla directamente a Rhode Island. Sin embargo, estoy de acuerdo contigo. El club Barracuda no es sitio para una chica de diecinueve años, aunque los hay mucho peores en La Habana.

—¡Bah! Ha estado en todos, te lo aseguro. El teatro Shanghai, el cabaret Kursaal, el hotel Chic... Son sólo unos pocos que sé, por las cajas de cerillas que he encontrado en su habitación. Puede que haya ido a sitios peores.

—No, no los hay peores, ni siquiera en La Habana. —Cogí mi

vaso de la mesa de cristal y puse el contenido a salvo en mi boca—. Pues sí, lleva una vida salvaje. Como todos los jóvenes de ahora, si las películas no mienten, pero al menos no se dedican a apalear a los judíos. De todos modos, sigo sin saber qué hacer con ella.

Noreen cogió el Old Forester y me rellenó el vaso.

—Bueno, a lo mejor se nos ocurre algo entre los dos, como en los viejos tiempos, ¿te acuerdas? En Berlín. Si las cosas hubieran sido de otra forma, tal vez nosotros no habríamos hecho lo que hicimos. Si hubiera llegado a escribir aquel artículo, quizás hubiésemos evitado las Olimpiadas de Hitler.

—Me alegro de que no lo escribieras, porque podrías estar muerta.

Asintió.

—Aquella temporada, formamos un buen equipo de investigación, Gunther. Tú eras mi Galahad, mi caballero celestial.

—Claro. Me acuerdo de la carta que me escribiste. Me gustaría decirte que todavía la conservo, pero los americanos me reorganizaron los archivos cuando bombardearon Berlín. ¿Quieres que te aconseje sobre Dinah? Ponle un candado en la puerta del dormitorio y dale el toque de queda a las nueve en punto. En Viena funcionó muy bien, cuando las cuatro potencias aliadas se hicieron cargo de la ciudad. También puedes plantearte no prestarle el coche cada vez que te lo pida. Yo en su lugar, con esos tacones que llevaba, lo pensaría dos veces antes de ponerme a andar diez kilómetros hasta el centro de La Habana.

—Me gustaría verlo.

—¿A mí con tacones? Claro. Soy un habitual del club Palette, aunque allí me conocen mejor por Rita. ¿Sabes una cosa? No está tan mal que los hijos desobedezcan a sus padres con cierta frecuencia. Sobre todo si tenemos en cuenta los errores que cometen los mayores. En especial con hijos tan evidentemente mayores como Dinah.

—Quizás entiendas el problema —dijo— si te lo cuento todo.

—Inténtalo, aunque ya no soy detective, Noreen.

—Pero lo has sido, ¿verdad? —Sonrió con astucia—. Empezaste gracias a mí, como detective privado. ¿Tengo que recordártelo?

—Así lo ves tú, ¿no?

Frunció los labios con disgusto.

—Desde luego, no era mi intención verlo de ninguna manera, como dices tú. Nada más lejos, pero soy madre y me estoy quedando sin recursos en este asunto.

—Te mandaré un cheque, incluidos los intereses.

—¡Ay, basta ya, haz el favor! No quiero que me des dinero, tengo de sobra, pero al menos podrías callarte un rato y tener la amabilidad de escucharme, antes de abrir fuego con dos cañones. Creo que eso al menos me lo debes. Es justo, ¿no te parece?

—De acuerdo. No te prometo que vaya a oír algo, pero te escucho.

Noreen sacudió la cabeza.

—¿Sabes una cosa, Gunther? Me asombra que hayas sobrevivido a la guerra. Acabamos de reencontrarnos y ya tengo ganas de pegarte un tiro. —Se rió burlonamente—. Debes andarte con mucho cuidado, lo sabes. En esta casa hay más pistolas que entre los milicianos cubanos. Algunas noches, me siento aquí con Hem y él se pone una escopeta en el regazo para disparar a los pájaros de los árboles.

—Debe de poner en peligro a los gatos.

—No sólo a los malditos gatos —sacudió la cabeza sin dejar de reírse—, ¡también a la gente!

—Mi cabeza quedaría muy bien en tu cuarto de baño.

—¡Qué idea tan horrible! ¡Me estarías mirando cada vez que me bañase!

—Estaba pensando en tu hija.

—Ya basta. —Noreen se levantó bruscamente—. ¡Maldito seas! ¡Fuera! —dijo—. ¡Lárgate de una puta vez!

Volví a salir de la casa.

—Espera —me soltó—. Espera, por favor.

Esperé.

—¿Cómo puedes ser tan animal?

—Supongo que no estoy acostumbrado a la sociedad humana —dije.

—Escucha, por favor. Podrías ayudarla, creo que eres la única persona que puede. Más de lo que te imaginas. La verdad es que no sé a quién más podría pedírselo.

—¿Se ha metido en un lío?

—No, no exactamente, al menos de momento. Verás, sale con un hombre mucho mayor que ella. Me preocupa que pueda terminar como... como Gloria Grahame en aquella película, *Los sobornados*, ya sabes, cuando aquel cabrón perverso le tira café hirviendo a la cara.

—No la he visto. La última película que vi fue *Peter Pan*.

Nos volvimos los dos al ver aparecer un Oldsmobile blanco por la entrada. Tenía visera de protección solar y ruedas blancas y hacía un ruido como el autobús de Santiago.

—¡Mierda! —exclamó Noreen—. Es Alfredo.

Detrás del Olds blanco llegó un Buick rojo de dos puertas.

—Y, por lo visto, los demás invitados.

5

Éramos ocho comensales. La cena la habían preparado Ramón, el cocinero chino de Hemingway, y René, su mayordomo negro, cosa que, al parecer, sólo me hacía gracia a mí. Por descontado, no es que tuviese nada en contra de los chinos ni de los negros, pero me resultaba irónico que Noreen y sus invitados estuvieran tan dispuestos a declararse comunistas tan solemnemente mientras otros hacían todo el trabajo.

Era innegable que Cuba y el pueblo cubano habían sufrido: primero en manos de los españoles, después, de los estadounidenses y por último, de los españoles otra vez. Sin embargo, tampoco habían sido mejores ni el gobierno posterior de Ramón Grau San Martín ni el actual de Fulgencio Batista. F. B., como lo llamaban muchos europeos y estadounidenses residentes en Cuba, había sido sargento del ejército cubano y ahora no era más que una marioneta de los Estados Unidos. Por brutal que fuese el régimen, mientras siguiera bailando al son que tocase Washington, seguiría contando con el apoyo del gran país vecino. Con todo, a mí no me convencía que la solución tuviese que pasar por un sistema de gobierno totalitario en el que un solo partido autoritario controlaba todos los medios de producción estatales. Y así se lo dije a los izquierdistas amigos de Noreen:

—En mi opinión, para este país el comunismo es un mal mucho peor que cualquier otra forma de administración que se le pueda ocurrir a un déspota de poca monta como F. B. Un ladrón de tres al cuarto como él puede infligir unas pocas tragedias individuales. O muchas, tal vez, pero no se puede comparar con el gobierno de auténticos tiranos, como Stalin y Mao Tse-tung. Ésos sí que han sido artífices de tragedias nacionales. No hablo por todos los países del Telón de Acero, pero conozco bastante bien el caso de Alemania y les aseguro que las clases obreras de la RDA se cambiarían de mil amores por el pueblo oprimido de Cuba.

Guillermo Cabrera Infante era un joven estudiante recién expulsado de la Escuela Universitaria de Periodismo de La Habana. También había cumplido una breve condena por escribir en una revista popular de la oposición, *Bohemia*, lo cual me dio pie a señalar que en la Unión Soviética no había revistas contestatarias y que allí, hasta la menor crítica al gobierno le habría valido una larga condena en algún rincón olvidado de Siberia. Montecristo en mano, Cabrera Infante procedió a llamarme «burgués reaccionario» y otros cuantos apelativos, característicos de los «ivanes» y sus acólitos, que no había oído desde hacía mucho tiempo y que casi me hicieron sentir nostalgia de Rusia, como un personaje llorón de Chejov.

Me defendí un rato en mi rincón, pero cuando dos mujeres nada atractivas me llamaron enardecidamente «apólogo del fascismo», empecé a sentirme acorralado. Puede ser divertido que una mujer atractiva te insulte, si consideras que se ha tomado la molestia de fijarse en ti, pero, tratándose de dos hermanas feas, no tiene ninguna gracia. Puesto que Noreen no me apoyaba en la conversación, tal vez porque había bebido demasiado para acudir en mi ayuda, me fui al lavabo y, en ese momento, me pareció que más valía una retirada a tiempo y me marché.

Cuando llegué al coche, me estaba esperando otro de los invitados para pedirme disculpas o algo por el estilo. Se llamaba Alfredo López y era abogado, uno de los veintidós letrados, al parecer, que había defendido a los rebeldes supervivientes del asalto al cuartel Moncada de julio de 1953. Tras el inevitable veredicto de culpabilidad, el juez del Palacio de Justicia de Santiago impuso a los rebeldes una sentencia bastante modesta, en mi opinión. Incluso el cabecilla,

Fidel Castro Ruiz, fue condenado a tan sólo quince años de prisión. Es cierto que quince años no es una condena leve, pero, para ser el cabecilla de una insurrección armada contra un dictador poderoso, no podía compararse con un breve paseo hasta la guillotina de Plotzensee.

López tenía treinta y pico años, era un atractivo moreno de cara sonriente, con penetrantes ojos azules, un bigote fino y una mata perfectamente engominada de pelo corto, negro y brillante. Vestía pantalones blancos de lino y camisa guayabera azul marino de cuello abierto, que le disimulaba un poco la incipiente panza redonda. Fumaba unos cigarrillos que eran largos y oscuros, igual que sus afeminados dedos. Parecía un gato muy grande al que le hubieran dado las llaves de la mayor lechería del Caribe.

—Lamento profundamente lo que ha pasado, amigo mío —dijo—. Lola y Carmen se han propasado con usted. Es imperdonable poner la política por encima de la educación más elemental, sobre todo en la mesa. Si uno no puede ser civilizado en la mesa, ¿dónde vamos a poder debatir adecuadamente?

—Olvídelo. Tengo la piel dura y no me afecta tanto. Por otra parte, nunca me han interesado mucho los políticos y, menos aún, hablar de ellos. Siempre tengo la sensación de que, al intimidar a los demás, lo único que hacemos es convencernos a nosotros mismos.

—Sí, no le falta razón, me parece —reconoció—, pero tenga en cuenta que los cubanos somos muy apasionados y algunos estamos verdaderamente convencidos.

—Me pregunto si lo está usted.

—Se lo aseguro. Somos muchos los que estamos dispuestos a sacrificarlo todo por la libertad de Cuba. La tiranía es la tiranía, venga de donde venga.

—Quizá tenga ocasión de recordarle este momento, cuando el tirano sea su hombre.

—¿Fidel? Ah, no es mala persona, en absoluto. Puede que, si lo conociese usted un poco mejor, simpatizara un poco más con nuestra causa.

—Lo dudo. Por lo general, los paladines de la libertad de hoy son los dictadores de mañana.

—De verdad que no. Castro es diferente. No lucha por su propio beneficio.

—¿Se lo ha dicho él? ¿O ha visto personalmente sus cuentas bancarias?

—No, pero he visto esto.

Abrió la portezuela de su coche y sacó una cartera, de la que sacó a su vez un librito del tamaño de un panfleto. Había varias docenas más en la cartera, además de una pistola automática. Supuse que la llevaría a mano para cuando no funcionase adecuadamente el debate político civilizado. Me ofreció el librito sosteniéndolo con las dos manos, como si fuese un bien precioso, como un ayudante de subastador que muestra un objeto raro en una sala llena de posibles compradores. En la portada se veía la imagen de un joven bastante fornido, un poco parecido al propio López, con bigote fino y ojos oscuros y hundidos. Me recordó más a un bandolero que al revolucionario al que conocía por la prensa.

—Es la declaración de Fidel en el juicio que le hicieron el pasado mes de noviembre —dijo López.

—La tiranía le dio oportunidad de hablar, por lo que veo —dije agudamente—. Tal como lo recuerdo, el juez Roland Freisler (Roland Delirio, como lo llamaban) se limitó a insultar a los hombres que habían intentado atentar contra Hitler y los mandó a la horca. Es curioso, pero no recuerdo que ninguno de los condenados escribiese un panfleto.

López no se dio por aludido.

—Se titula *La Historia me absolverá*. Acabamos de imprimirlo, conque tiene usted el honor de ser uno de los primeros en leerlo. Hemos planeado distribuirlo por toda la ciudad a lo largo de los próximos meses. Por favor, señor, al menos léalo, ¿eh? Aunque sólo sea porque el autor languidece en estos momentos en la cárcel Modelo de la isla de Pinos.

—Hitler escribió un libro bastante largo en la cárcel de Landsberg en 1928 y tampoco lo leí.

—No se lo tome a broma, por favor. Fidel es amigo del pueblo.

—Yo también. Parece que hasta los gatos y perros me quieren, pero no espero que por eso me pongan al cargo del gobierno.

—Prométame que, al menos, le echará una ojeada.

—De acuerdo —dije; lo cogí sólo por deshacerme de López—. Lo leeré, si tanto significa para usted, pero después no me haga preguntas sobre el contenido. Me jodería olvidar algo que pudiera hacerme perder la oportunidad de participar en una granja colectiva, o la de denunciar a alguien por sabotear el plan quinquenal.

Subí al coche y me marché rápidamente, muy poco satisfecho del giro que había dado la velada. Al final de la entrada, bajé la ventanilla y, antes de salir a la carretera principal en dirección norte, hacia San Miguel del Padrón, tiré el estúpido panfleto de Castro a los matorrales. Me había trazado un plan que no coincidía con el del cabecilla de la revolución, aunque sí que tenía relación con las chicas de Casa Marina: de cada cual, según su capacidad; a cada cual, según su necesidad. Ésa era la clase de dialéctica marxista cubana con la que simpatizaba plenamente.

Me alegré de haberme deshecho del panfleto de Castro, porque al doblar la siguiente curva, enfrente de la gasolinera, había un control militar. Un soldado armado me dio señal de parar y me mandó salir del coche. Me quedé mansamente a un lado de la carretera, con las manos arriba, mientras otros dos soldados me cacheaban y registraban el coche bajo la atenta mirada del resto del pelotón y su aniñado oficial. Ni siquiera lo miré. Mis ojos no se apartaban de los dos cadáveres que yacían boca abajo en un montículo de hierba, con la tapa de los sesos levantada.

Por un momento, volví al 14 de junio de 1941, a mi batallón policial de reserva, el 316, en la carretera de Smolensk, en un sitio llamado Goloby, en Ucrania, cuando enfundaba la pistola. Era yo el oficial al mando de un pelotón de fusilamiento que acababa de ejecutar a una unidad de seguridad de la NKVD. Esa unidad en particular acababa de masacrar a tres mil prisioneros ucranianos blancos en las celdas de la cárcel de la NKVD de Lutsk, cuando los alcanzaron nuestros tanques panzer. Los matamos a todos, a los treinta. Durante estos años he intentado justificar aquella ejecución ante mí mismo, pero no le he conseguido. Fueron muchas las veces que me desperté pensando en aquellos veintiocho hombres y dos mujeres, la mayoría de los cuales resultaron ser judíos. Disparé personalmente a dos, el llamado tiro de gracia, pero no tuvo gracia ninguna. Aunque me dijese que era la guerra, aunque me repitiera incluso que los habitantes de Lutsk nos habían rogado que persiguiéramos a esa unidad que mataba a sus familiares, aunque recordase que un tiro en la cabeza era una muerte rápida y misericordiosa, en comparación con el trato al que habían sometido ellos a los prisioneros (la mayoría murió entre las llamas del incendio que provocó la NKVD deliberadamente en la cárcel), seguía teniendo la sensación de ser un homicida.

Y, cuando dejé de mirar a los dos cadáveres del montículo, me volví hacia la furgoneta de policía, que estaba aparcada un poco más atrás, y al puñado de ocupantes asustados que había en el interior, fuertemente iluminado. Tenían magulladuras y sangre en la cara y mucho miedo en el cuerpo. Era como quedarse mirando un tanque de langostas. Daba la impresión de que, en cualquier momento, sacarían de allí a uno y lo matarían, como a los dos que yacían en la hierba. Después, el oficial miró mi documentación y me hizo varias preguntas con una voz nasal, como de dibujos animados, que me habría hecho sonreír si la situación no hubiese sido tan mortal. Unos minutos después quedé libre para proseguir mi viaje de vuelta a Vedado.

Seguí adelante medio kilómetro aproximadamente, me detuve en un pequeño café rosa de la carretera y pregunté al propietario si podía usar el teléfono, con intención de llamar a Finca Vigía y avisar del control policial a Noreen y, sobre todo, a Alfredo López. No es que el abogado me agradase mucho (no he conocido a ninguno a quien no deseara abofetear), pero pensé que no se merecía una bala en la nuca, cosa que le sucedería, casi con toda certeza, si los militares lo encontraban con los panfletos y la pistola. Nadie merecía un sino tan ignominioso, ni siquiera la NKVD.

El dueño del café era calvo y lampiño, con labios gruesos y la nariz rota. Me dijo que el teléfono llevaba muchos días estropeado y echó la culpa a los «pequeños rebeldes» que jugaban a demostrar que eran partidarios de la revolución disparando sus «catapultas» contra las piezas de cerámica del tendido telefónico. Si quería avisar a López, no podría ser por teléfono.

Sabía por experiencia que los militares no solían permitir que, una vez superado un control, volviese a pasarse en sentido contrario. Supondrían, y con razón, que querría dar la voz de alarma. Tendría que encontrar otro camino para volver a Finca Vigía, por las callejuelas laterales y las avenidas de San Francisco de Paula. Sin embargo, no conocía bien la zona, menos aún en la oscuridad.

—¿Sabe dónde queda Finca Vigía, la casa del escritor americano? —pregunté al dueño del café.

—Naturalmente. Todo el mundo sabe dónde vive Ernesto Hemingway.

—¿Qué tendría que hacer uno para llegar sin pasar por la carretera principal en dirección a Cotorro? —Le enseñé un billete de cinco pesos para estimularle el pensamiento.

El hombre sonrió.

—¿Quiere decir, sin pasar por el control de la gasolinera?

Asentí.

—Guárdese el dinero, señor. No acepto propinas de quien sólo desea evitar a nuestros queridos militares. —Me acompañó a la calle—. Ese uno tendría que ir hacia el norte, pasar por la gasolinera de Diezmero y girar a la izquierda, hacia Varona. Después, al otro lado del río Mantilla, en el cruce, continuar hacia el sur por Managua y seguir la carretera hasta llegar a la principal; desde allí, en dirección oeste, hacia Santa María del Rosario. Entonces cruzaría la carretera principal del norte otra vez y, desde allí, a Finca Vigía.

Acompañó la serie de instrucciones de mucha gesticulación y, como suele suceder en Cuba, enseguida nos rodeó una pequeña multitud de parroquianos del café, niños y perros perdidos.

—Le llevará unos quince minutos, más o menos —dijo el hombre—, siempre y cuando no acabe en el fondo del río Hondo ni le peguen un tiro los militares.

Dos minutos después, iba ya dando bandazos, como la tripulación de un Dornier tocado, por las calles mal iluminadas y llenas de hojarasca de las afueras de Mantilla y El Calvario, lamentando con hastío el haber bebido tanto *bourbon* y vino tino... y, probablemente, una o dos copas de brandy. Viré al oeste, al sur y luego al este. Al salir de la calle asfaltada de doble sentido, los caminos eran poco más que sendas de tierra y las ruedas traseras del Chevy se agarraban menos que un patín de cuchilla recién afilado. Debía de conducir muy deprisa, nervioso como estaba por el recuerdo de los dos cadáveres. De pronto apareció en el camino un rebaño de cabras y viré tan bruscamente a la izquierda que el coche giró sobre sí mismo levantando una nube de polvo; esquivé un árbol por muy poco y, a continuación, la valla de una pista de tenis. Apreté el freno y algo se partió debajo del coche en el momento en que se paró. Pensando que podía haber pinchado o, peor aún, haber roto un eje, abrí la portezuela de golpe y me asomé a ver qué había pasado.

—Aquí tienes la recompensa por querer hacer un favor al prójimo —me dije, enfadado.

Al coche no le había pasado nada, pero, al parecer, la rueda delantera izquierda había roto unos tablones de madera que estaban disimulados en la tierra.

Me enderecé y, con cuidado, di marcha atrás hasta el camino. A continuación, salí a ver más de cerca lo que era. De todos modos, como estaba oscuro, no lo veía bien, ni siquiera a la luz de los faros del coche, y tuve que sacar una linterna del portaequipajes y enfocarla entre los tablones rotos. Levanté uno, iluminé el interior con la linterna y allí, bajo tierra, me pareció ver una jaula. No podía calibrar bien el tamaño, pero dentro de la jaula había unas cuantas cajas de madera de menor tamaño. En una de ellas se leía MARK 2 FHGS; en otra decía BROWNING M19.

Había encontrado el escondite de un alijo de armas.

Apagué la linterna y los faros del coche inmediatamente y eché una mirada alrededor, por si me había visto alguien. La pista de tenis era de barro y se encontraba en mal estado, faltaban varias marcas del suelo, de las de plástico blanco, o estaban rotas, y la red colgaba, destensada, como una media femenina de *nylon*. Más allá se veía una casa ruinosa, con un pórtico y una gran verja de entrada muy oxidada. La pintura de la fachada estaba desconchada y no se veía luz por ninguna parte. Allí no vivía nadie desde hacía tiempo.

Después levanté uno de los tablones rotos y, utilizándolo a modo de quitanieves, cubrí otra vez el escondite de las armas con tierra: la suficiente para ocultarlo. Luego señalé el lugar rápidamente con tres piedras que cogí del otro lado del camino. No tardé ni cinco minutos en hacerlo todo. No me apetecía quedarme allí mucho rato, y menos, con los militares sueltos por los alrededores. No sería fácil que aceptasen mis explicaciones sobre lo que hacía allí, enterrando un alijo de armas a medianoche en un camino solitario de El Calvario, como tampoco me creería la gente que lo hubiese escondido, aunque dijese que no iba a informar a la policía del hallazgo. Tenía que largarme de allí cuanto antes, con que, sin pérdida de tiempo, subí al coche y me marché.

Llegué a Finca Vigía en el preciso momento en que Alfredo López se metía en su Oldsmobile blanco para volver a casa. Marcha atrás, me puse a su lado, bajé la ventanilla y él hizo otro tanto.

—¿Pasa algo? —me preguntó.

—Podría, en caso de que llevara un 38 y una cartera llena de panfletos revolucionarios.

—Sabe que los llevo.

—López, amigo mío, le conviene pensar en dejar el negocio de los panfletos una temporada. Hay un control en la carretera principal, en dirección norte, enfrente de la gasolinera de Diezmero.

—Gracias por avisar. Supongo que tendré que volver a casa por otro camino.

Sacudí la cabeza.

—He vuelto aquí por Mantilla y El Calvario. Allí también estaban preparando un despliegue.

No dije nada de la partida de armas que había encontrado. Me pareció mejor olvidarlo todo. De momento.

—Parece que quieren pescar a alguien esta noche —comentó.

—Lo cierto es que la red estaba llena —dije—, pero me dio la impresión de que querían hacer algo más que pescar peces. Matarlos a tiros en un tonel, a lo mejor. Vi dos al lado de la carretera; estaban más muertos que un par de caballas ahumadas.

—Supongo que eso son las tragedias individuales —dijo—. Por supuesto, un par de muertos no es nada, en comparación con el gobierno de auténticos tiranos, como Stalin y Mao Tse-tung.

—Piense usted lo que quiera. Yo no he venido a convencer a nadie, sólo a salvar esa estúpida cabeza suya.

—Sí, por supuesto, lo siento. —Frunció los labios un momento y luego se los mordió con tanta fuerza que debió de hacerse daño—. Por lo general no se molestan en llegar tan al sur de la capital.

Noreen salió de la casa y bajó las escaleras. Llevaba un vaso en la mano y no estaba vacío. No parecía borracha, ni siquiera se le notaba al hablar. Sin embargo, como probablemente yo sí lo estaba, esas observaciones no valían nada.

—¿Qué ocurre? —me preguntó—. ¿Has cambiado de opinión y prefieres quedarte? —dijo con un matiz de sarcasmo.

—Exacto —dije—, he vuelto por si alguien tenía un ejemplar de sobra del *Manifiesto comunista*.

—Podías haber dicho algo antes de marcharte —replicó inflexiblemente.

—Es curioso, pero pensé que a nadie le importaría.

—Entonces, ¿por qué has vuelto?

—Los militares están montando controles por los alrededores

—le dijo López—. Tu amigo ha tenido la amabilidad de volver a avisarme.

—¿Para qué los montan? —le preguntó ella—. Por aquí no hay objetivos que los rebeldes quieran atacar, ¿no es cierto?

López no contestó.

—Lo que quiere decir —repliqué— es que depende de lo que se entienda por objetivo. Al volver hacia aquí, vi un cartel de una central eléctrica, que podría ser un objetivo para los rebeldes. Al fin y al cabo, para hacer la revolución, hace falta mucho más que asesinar a los representantes del gobierno y esconder alijos de armas. Los cortes de suministro eléctrico desmoralizan mucho a la población en general, el pueblo empieza a pensar que el gobierno ha perdido el control y, además, son mucho más seguros que atacar a una guarnición militar. ¿No es así, López?

López parecía perplejo.

—No lo entiendo. No simpatiza en absoluto con nuestra causa, pero se ha arriesgado a volver sólo para avisarme. ¿Por qué?

—La línea telefónica no funciona —dije—; de lo contrario, habría llamado.

López sonrió y sacudió la cabeza.

—Sigo sin entenderlo.

Me encogí de hombros.

—Es cierto, no me gusta el comunismo, pero a veces vale la pena ayudar al perdedor, como Braddock contra Baer, en 1935. Por otra parte, me pareció que los avergonzaría a todos si yo, un burgués reaccionario y apologista del fascismo, volvía aquí a sacarles a ustedes, bolcheviques, las castañas del fuego.

Noreen sacudió la cabeza y sonrió.

—Viniendo de ti, es tan malintencionado que me lo creo.

Sonreí y le dediqué una leve inclinación de cabeza.

—Sabía que entenderías el lado gracioso.

—Cabrón.

—Ya sabe que puede ponerse en peligro, si vuelve a pasar por el control —dijo López—. Es posible que se acuerden de usted y aten cabos. Ni los militares son tan estúpidos como para no saber atarlos.

—Fredo tiene razón —dijo Noreen—. Sería arriesgado que volvieras a La Habana esta noche, Gunther. Más vale que pases la noche aquí.

—No quiero causarte molestias —dije.

—No es ninguna molestia —dijo—. Voy a decir a Ramón que te prepare una cama.

Dio media vuelta y se marchó canturreando para sí, al tiempo que espantaba a un gato y dejaba el vaso vacío en la galería, al pasar.

López se quedó más tiempo que yo mirando el trasero que se alejaba. Me dio tiempo a observar cómo la miraba: con ojos de admirador y, seguramente, también con boca, porque se relamió los labios sin dejar de mirarla, lo cual me hizo pensar si el terreno común entre ellos no sería sólo político, sino también sexual. Con la idea de que me contase algo de lo que sentía por ella, le dije:

—Es toda una mujer, ¿verdad?

—Sí —dijo, como ausente—, desde luego. —Sonrió y a continuación añadió—: Una escritora maravillosa.

—Lo que le miraba yo no era el fondo editorial, precisamente.

López soltó una risita.

—Todavía no estoy dispuesto a pensar lo peor de usted, a pesar de lo que acaba de decir Noreen.

—¿Ha dicho algo? —repliqué encogiéndome de hombros—. No estaba escuchando, cuando me insultó.

—Lo que quiero decir es que le estoy muy agradecido, amigo mío. Gracias, sinceramente. Sin duda, esta noche me ha salvado la vida. —Sacó la cartera del asiento del Oldsmobile—. Si me hubieran pillado con esto, me habrían matado, se lo aseguro.

—¿No le pasará nada, de camino a casa?

—No, sin esto, no. A fin de cuentas, soy abogado. Un abogado respetable, por lo demás, a pesar de lo que opine usted de mí. En serio, tengo muchos clientes ricos y famosos en La Habana, Noreen entre otros. He redactado su testamento y también el de Ernest Hemingway. Fue él quien nos presentó. Si alguna vez necesita un buen abogado, yo le representaría encantado, señor.

—Gracias, lo tendré en cuenta.

—Cuénteme. Soy curioso.

—¿En Cuba? Puede ser perjudicial.

—El panfleto que le di, ¿no se lo encontraron en el control?

—Lo había tirado entre la maleza del final de la entrada —dije—. Como ya le he dicho, no me interesa la política de aquí.

—Veo que Noreen acierta con respecto a usted, señor Hausner: tiene un gran instinto de supervivencia.

—¿Ha vuelto a hablar de mí?

—Sólo un poco. Aunque la escena anterior demuestre lo contrario, tiene muy buena opinión de usted.

Me eché a reír.

—Puede que fuera cierto hace veinte años. En aquel momento, ella quería algo.

—Se infravalora usted —dijo—. Y mucho.

—Hacía un tiempo que no me lo decían.

Echó una mirada a la cartera que tenía entre los brazos.

—¿Podría... podría aprovecharme de su amabilidad y su valentía una vez más?

—Inténtelo.

—¿Tendría usted la bondad de llevar esta cartera a mi despacho? Está en el edificio Bacardi.

—Lo conozco. Voy de vez en cuando al café que hay allí.

—¿A usted también le gusta?

—Tiene el mejor café de La Habana.

—Puesto que es extranjero, no correrá gran peligro, si me la lleva, aunque puede que sea un poco arriesgado.

—Ha hablado usted con claridad, a pesar de todo. De acuerdo, se la llevaré, señor López.

—Por favor, tuteémonos.

—De acuerdo.

—¿Te parece bien mañana por la mañana, a las once?

—Si lo prefieres...

—Oye, ¿hay algo que pueda hacer yo por ti?

—Invitarme a un café. Los testamentos me gustan tan poco como los panfletos.

—Pero vendrás.

—He dicho que voy e iré.

—Bien. —Asintió pacientemente—. Dime, ¿conoces a Dinah, la hija de Noreen?

Asentí.

—¿Qué te parece?

—Todavía lo estoy pensando.

—Toda una joven, ¿verdad? —Arqueó las cejas expresivamente.

—Si tú lo dices... Lo único que sé de las jóvenes de La Habana es que la mayoría practica el marxismo con más eficiencia que tus amigos y tú. Saben más que nadie de la redistribución de la riqueza. Lo que más me llama la atención de Dinah es que parece que sabe exactamente lo que quiere.

—Quiere ser actriz, en Hollywood, a pesar de lo de Noreen con el Comité de Actividades Antiamericanas, lo de la lista negra, el correo y todo eso. Porque todo eso puede ser un obstáculo.

—No me pareció que le preocupase eso precisamente.

—Cuando se tiene una hija tan obstinada como Dinah, todo es motivo de preocupación, te lo aseguro.

—Me pareció que sólo le preocupaba una cosa. Dijo que Dinah iba con mala gente. ¿Qué hay de eso?

—Amigo, estamos en Cuba. —Sonrió—. Aquí se da la mala gente como la diversidad de religión en otros países. —Sacudió la cabeza—. Mañana seguimos hablando, en privado.

—Vamos, suéltalo. Acabo de librarte de una salida nocturna con el ejército.

—El ejército no es el único perro peligroso de la ciudad.

—¿Qué quieres decir?

Se oyó un chirrido de llantas al final de la entrada. Miré alrededor mientras otro coche más se acercaba ronroneando a la casa. He dicho un coche, pero el Cadillac con parabrisas envolvente parecía más bien una nave marciana: un descapotable rojo del planeta rojo. Un coche cuyas luces antiniebla empotradas podrían haber sido fácilmente rayos caloríficos para la exterminación metódica de seres humanos. Era más largo que un coche de bomberos y, seguramente, estaba igual de bien equipado.

—Es decir, que me parece que estás a punto de averiguarlo —dijo López.

El gran motor de cinco litros del Cadillac tomó la última bocanada de aire del carburador de cuatro cilindros y exhaló ruidosamente por los dos tubos de escape, empotrados en los parachoques. Se abrió una de las caprichosas puertas recortadas y salió Dinah. Estaba espléndida. El trayecto le había agitado el pelo un poco y parecía más natural que antes. Y más atractiva, si cabía. Llevaba una estola sobre los hombros que podría haber sido de visón de cría, pero dejé de mirarla, porque me llamó la atención el conductor, que salió por la otra puerta del Eldorado rojo. Llevaba traje gris, ligero y bien cortado, con camisa blanca y un par de gemelos con piedras brillantes del mismo color que el coche. Me miró directamente entre circunspecto y risueño, fijándose en mis cambios de expresión como si le pareciesen raros en mí. Dinah llegó a su lado después de un largo peregrinaje alrededor del coche desde el lado opuesto y, elocuentemente, lo enlazó por el brazo.

—Hola, Gunther —dijo el hombre en alemán.

Ahora llevaba bigote, pero seguía pareciendo un pitbull en un caldero.

Era Max Reles.

6

—¿No esperabas verme? —soltó su típica risita.

—Supongo que ninguno de los dos se lo esperaba, Max.

—En cuanto Dinah me habló de ti, empecé a pensar: «¡No puede ser él!». Luego, te describió y, vaya... ¡Santo Dios! A Noreen no le hará ninguna gracia verme aquí, pero es que tenía que venir a comprobar con mis propios ojos si eras tú, el mismo cabrón entrometido.

Me encogí de hombros.

—Ya nadie cree en los milagros.

—¡Por Dios, Gunther! Estaba seguro de que te habrían matado entre los nazis y los rusos, con esa puta lengua mordaz que tienes.

—Últimamente cierro más el pico.

—Por la boca muere el pez —dijo Reles—. Lo más verdadero se calla. ¡Dios! ¿Cuánto tiempo hace?

—Mil años, por lo menos. Es lo que iba a durar el Reich, según Hitler.

—Tanto, ¿eh? —Reles sacudió la cabeza—. ¿Qué demonios haces en Cuba?

—Pues, ya ves, alejarme de todo aquello. —Me encogí de hombros—. Y, por cierto, soy Hausner, Carlos Hausner. Al menos es lo que dice en mi pasaporte argentino.

—Así andamos, ¿eh?

—No está mal el coche. Seguro que te van bien las cosas. ¿Cuál es el rescate por un cochazo así?

—Ah, pues, unos siete mil dólares.

—Dan mucha pasta los chanchullos laborales en Cuba, ¿eh?

—He dejado esa mierda. Ahora me dedico al negocio hotelero y del espectáculo.

—Siete mil dólares son muchas pensiones de cama y desayuno.

—Ya estás moviendo ese olfato policial que te caracteriza.

—Se mueve él solo de vez en cuando, sí, pero no le presto atención. Ahora soy un ciudadano de a pie.

Reles sonrió.

—Eso significa mucho en Cuba, sobre todo en esta casa. Aquí, en comparación con algunos ciudadanos, Iósif Stalin parecería Theodore Roosevelt.

Lo dijo mirando fríamente a Alfredo López, quien se despidió de mí con un movimiento de cabeza y se alejó lentamente en el coche.

—¿Os conocéis? —pregunté.

—Puede decirse que sí.

Dinah nos interrumpió hablando en inglés.

—No sabía que hablabas alemán, Max.

—Hay muchas cosas de mí que no sabes, cariño.

—No seré yo quien le cuente nada, te lo aseguro —le dije en alemán—, ni falta que me hace. Apuesto a que ya lo ha hecho Noreen. Cuando me habló de la mala gente de La Habana debía de referirse a ti, la mala gente con la que sale Dinah. No puedo decir que me extrañe, Max. Si fuera hija mía, estaría muy preocupado.

Reles sonrió sarcásticamente.

—Ya no soy así —dijo—, he cambiado.

—¡Qué pequeño es el mundo!

Apareció otro coche por la entrada. Aquello empezaba a parecerse a la entrada principal del hotel Nacional. Otra persona traía el Pontiac de Noreen.

—No, en serio —insistió Reles—. Ahora soy un respetable hombre de negocios.

El conductor del Pontiac salió del coche y, sin decir una palabra, se metió en el asiento del copiloto del de Reles. De repente, el Cadillac parecía pequeño. El hombre tenía los ojos oscuros y la cara blanca e hinchada. Llevaba un traje blanco suelto con grandes botones negros. Tenía mucho pelo, rizado, negro y con canas, como la esponjilla metálica de la tienda de todo a un dólar de Obispo. Parecía triste, quizá porque hacía muchos minutos que no comía nada. Tenía pinta de comer mucho. Animales que morían atropellados en la carretera, seguramente. Fumaba un puro del tamaño y la forma de un proyectil AP, aunque en su boca parecía un orzuelo. Recordaba a Pagliacci interpretado por dos tenores a la vez, uno en cada pernera de los pantalones. Parecía tan respetable como un fajo de pesos en un guante de boxeo.

—Respetable, claro. —Miré al hombretón del Cadillac procurando que Reles se diera cuenta y dije—: Y, claro, en realidad, ese ogro es tu contable.

—¿Waxey? Es un *babke*, un auténtico cacho de pan. Por otra parte, mis libros de contabilidad son muy gordos.

Dinah suspiró y puso los ojos en blanco como una colegiala malhumorada.

—Max —se quejó—, es una grosería hablar todo el tiempo en alemán, cuando sabes que no lo entiendo.

—Es incomprensible —dijo él en inglés—; de verdad, no lo entiendo, porque tu madre lo habla estupendamente.

Dinah puso un mohín de desprecio.

—¿A quién le interesa aprender alemán? Los alemanes se cargaron al noventa por ciento de los judíos europeos. Ya nadie quiere estudiar alemán. —Me miró y se encogió de hombros con pesar—. Lo siento, pero así son las cosas, me temo.

—Está bien. Yo también lo siento. La culpa es mía; por hablar en alemán con Max, quiero decir, no por lo otro, aunque, como es lógico, también lo siento por lo otro.

—*Krauts!* Lo vais a tener que lamentar mucho tiempo —Max se rió—, ya nos aseguraremos los judíos de ello.

—Lo siento mucho, créeme, pero yo sólo obedecía órdenes.

Dinah no escuchaba. No escuchaba porque no era lo suyo. Aunque, en honor a la verdad, hay que decir que Max le metió la nariz en la oreja y después le rozó la mejilla con los labios, cosa que bien puede distraer a quien no lo ha vivido todo.

—Perdóname, *honik* —le musitó—, pero, ya sabes, hacía veinte años que no veía a este *fershtinkiner*. —Dejó de chuparle la cara un momento y me miró—. ¿Verdad que es preciosa?

—Y que lo digas, Max, y que lo digas. Y lo que es más: tiene toda la vida por delante, no como tú y yo.

Reles se mordió el labio, aunque tuve la impresión de que le habría gustado más morderme el cuello a mí. Después sonrió y me señaló con el dedo. Le devolví la sonrisa, como si estuviéramos jugando al tenis. Me imaginé que no estaba acostumbrado a encajar pelotas tan fuertes.

—Sigues siendo el mismo cabrón retorcido —dijo sacudiendo la cabeza.

Él seguía con la misma carota cuadrada y agresiva, aunque bronceada y correosa ahora, y con una cicatriz en la mejilla tan grande como una etiqueta de maleta. ¿Qué podía ver Dinah en un tipo así?

—El viejo Gunther, el mismo de siempre.

—Vaya, en eso coincidís Noreen y tú —dije—. Tienes razón, desde luego, soy el viejo cabrón retorcido de siempre... y cada vez más. Ahora bien, te aseguro que lo que más me jode es lo de viejo. Todo lo que antes me fascinaba la contemplación de mi excelente físico es ahora puro horror por el avance evidente de la edad: la tripa, las piernas arqueadas, la pérdida de pelo, la presbicia y la piorrea. Se ve a la legua que estoy más pasado que un plátano viejo. De todos modos, supongo que para todo hay consuelo: tú eres más viejo que yo, Max.

Reles siguió sonriendo, aunque necesitó tomar aire. Luego sacudió la cabeza, miró a Dinah y dijo:

—¡Por Dios! ¿Oyes lo que dice este tío? Me insulta a la cara y delante de ti. —Soltó una carcajada de asombro—. ¿Verdad que es una joya? Eso es lo que me gusta de este tío: nadie me ha dicho nunca las cosas que me dice él. Es lo que más me gusta.

—No sé, Max —dijo ella—. A veces eres muy raro.

—Hazle caso a ella, Max —dije—. No es sólo guapa. Además es muy lista.

—Ya basta —dijo Reles—. Oye, tenemos que volver a hablar tú y yo. Ven a verme mañana.

Me quedé mirándolo cortésmente.

—Ven a mi hotel —juntó las manos como si rezase—, por favor.

—¿Dónde te alojas?

—En el Saratoga, en Habana Vieja, enfrente del Capitolio. Es de mi propiedad

—Ah, comprendo: el negocio hotelero y el del espectáculo. El Saratoga, claro. Lo conozco.

—¿Vas a venir? Por los viejos tiempos.

—¿Te refieres a nuestros viejos tiempos, Max?

—Claro, ¿por qué no? Todo aquello quedó zanjado hace veinte años. Veinte años, aunque parecen mil, como has dicho antes. Te invito a comer.

Lo pensé un momento. Iba a pasar a las once por el despacho de Alfredo López, en el edificio Bacardi, a pocas manzanas del Saratoga. De pronto era un hombre ocupado: tenía dos citas en un solo día. Pronto tendría que comprarme una agenda. Quizá tuviese que ir al barbero y hacerme la manicura. Casi me parecía un tío importante otra vez, aunque no estaba muy seguro de para qué. Al menos, de momento.

Suponía que no tardaría mucho en devolver a Alfredo López la cartera con la pistola y los panfletos. Podía estar bien comer en el Saratoga, aunque fuese con Max Reles. Era un buen hotel y tenía un restaurante excelente. En La Habana, los leprosos no podían elegir, sobre todo los leprosos como yo.

—De acuerdo —dije—, sobre las doce.

7

El Saratoga estaba en el extremo meridional del Prado, enfrente del Capitolio. Era un bonito edificio colonial blanco, de ocho pisos, que me trajo el recuerdo de un hotel que había visto una vez en Génova. Entré. Acababan de dar la una. La chica del mostrador de recepción me señaló los ascensores y me dijo que subiera al octavo piso. Salí a un patio con columnas, que me recordó a un monasterio, y allí esperé el ascensor. El centro del patio estaba ocupado por una fuente y un caballo de mármol, obra de la escultora cubana Rita Longa. Me enteré de quién era la artista porque el ascensor tardó un poco y al lado del caballo había un atril con «información útil» sobre ella. La información no añadió nada útil a lo que ya había deducido por mi cuenta: que Rita no sabía nada de caballos y muy poco de escultura. Me resultó más interesante mirar por una serie de puertas de cristal ahumado que daban a las salas de juego del hotel. Las magníficas arañas de luces, los grandes espejos dorados y los suelos de mármol evocaban los casinos parisinos de la *belle époque*, pero menos elegantes. No había máquinas tragaperras, sólo mesas de ruleta, *blackjack, craps, poker*, bacarrá y punto blanco. Era evidente que no se habían escatimado gastos: la descripción que se daba del casino en otro atril, al otro lado de la cristalera, podía estar justificada. «El Montecarlo de las Américas.»

Puesto que la restricción monetaria de los Estados Unidos empezaba a levantarse en esos momentos, no era muy probable que los comerciantes americanos y sus mujeres que iban a jugar a La Habana fueran a comprobar la veracidad de ese lema en un futuro próximo.

En cuanto a mí, no me gustaba prácticamente ningún juego de azar desde que, por obligación, había tenido que dejar una pequeña fortuna en un casino de Viena, durante el invierno de 1947. Por suerte no era mía, pero, aun así, no me gustaba perder dinero, aunque fuese ajeno. Por eso, si alguna vez jugaba, prefería el *backgammon*. Es un juego que practica muy poca gente y, por tanto, nunca se pierden grandes cantidades. Por otra parte, se me daba bien.

Subí en el ascensor hasta el octavo piso, donde estaba la azotea de la piscina del hotel, que era única en La Habana.

He dicho azotea, pero en realidad había medio piso más por encima del de la piscina y, según Alfredo López, mi nuevo amigo, era el selecto ático en el que vivía, con todo lujo, Max Reles. La única forma de subir allí era mediante una llave de ascensor especial... también según López. Sin embargo, contemplando la vacía piscina —hacía demasiado viento para salir a tomar el sol—, dejé vagar el pensamiento y empecé a imaginarme cómo podría escalar desde allí hasta el ático un hombre que soportase las alturas. Ese hombre tendría que trepar por el parapeto que rodeaba la piscina, dar la vuelta a la esquina andando precariamente y, por último, escalar por unos andamios que habían montado para reparar las luces de neón que adornaban la curva esquina de la fachada. Había gente a la que le gustaba subir a las azoteas a contemplar la vista y gente, como yo, que se acordaba de crímenes y francotiradores y, sobre todo, del frente oriental de la guerra. En Minsk, un tirador del Ejército Rojo había estado apostado tres días seguidos en la azotea del único hotel de la ciudad, dedicándose a disparar a oficiales del ejército alemán, hasta que lo pillaron con un cañón antitanques. A aquel soldado le habría gustado mucho la azotea del Saratoga.

Sin embargo, es probable que Max Reles hubiera previsto esa posibilidad. Según Alfredo López, Reles no se arriesgaba nada en lo referente a su seguridad personal. Tenía demasiados amigos para poder permitírselo. Es decir, amigos de La Habana, de los que son suplentes entusiastas de enemigos mortales.

—Pensaba que a lo mejor habías cambiado de opinión —dijo Max desde una puerta que daba a los ascensores— y que no vendrías.

—Lo dijo en tono de reproche y un poco perplejo, como si le preocupase no ser capaz de imaginar una buena razón que disculpase mi retraso para comer.

—Lo siento, me he entretenido un poco. Verás, es que anoche avisé a López de lo del control en la carretera de San Francisco de Paula.

—¿Y por qué demonios se lo dijiste?

—Porque tenía una cartera llena de panfletos revolucionarios; me pidió que me los quedase y se los devolviese esta mañana y, no sé por qué, acepté. Cuando llegué al edificio Bacardi, había una furgoneta de la policía fuera y tuve que esperar a que se marchase.

—No deberías relacionarte con esa clase de hombres —dijo Reles—, te lo digo de verdad. Todo ese asunto es peligroso. En esta isla es mejor no meterse en política.

—Desde luego, tienes toda la razón. Debería evitarlo. No sé por qué me comprometí a llevárselos. Puede que estuviera un poco bebido; me pasa con frecuencia. En Cuba no hay mucho más que hacer.

—Eso parece. En aquella maldita casa, todo el mundo bebe en exceso.

—Sin embargo, le había dicho que lo haría y, cuando digo una cosa, generalmente la cumplo hasta el final. Siempre he sido así de estúpido.

—Cierto —sonrió—, muy cierto. ¿Te contó algo de mí? López, digo.

—Sólo que habíais sido socios.

—Eso es casi cierto. Déjame que te cuente cosas de nuestro amigo Fredo. El cuñado de F. B. es un hombre llamado Roberto Miranda, el dueño de todas las «traganíqueles» de La Habana; las tragaperras, ya sabes. Si quieres instalar una en tu local, tienes que alquilársela a él y pagarle, además, el cincuenta por ciento de la cosecha, que puede ser, permite que te lo diga, un montón de dinero en cualquier casino de la ciudad. El caso es que Fredo López era el encargado de venir al Saratoga a vaciar mis máquinas. Me parecía que encargárselo a un abogado era la mejor manera de evitar fraudes. Sin embargo, enseguida descubrí que Miranda sólo recibía una cuarta parte; el resto lo sisaba López para dar de comer a las familias de los hombres que asaltaron el cuartel Moncada el año pasado. Durante un tiempo hice la vista gorda y él lo sabía, pero yo prefería dejar clara mi postura con respecto a los rebeldes. Entonces, Miranda se imaginó que lo estaban estafando ¿y a quién iba a echar la culpa? ¡A su seguro servidor! Puestas así las cosas, tuve que tomar una decisión: o quedarme con las máquinas, pero deshacerme de López a riesgo de convertirme en objetivo de los rebeldes, o deshacerme de las máquinas y encajar el disgusto de Miranda. Preferí prescindir de las máquinas, pero ahora debo repasar mis libros de cuentas con el mismísimo F. B. una vez a la semana, por cuenta de la suculenta participación que tiene en mi negocio. El asunto me costó un montón de pasta y muchos inconvenientes. Según mi punto de vista, ese cabrón de Fredo López es un capullo muy afortunado. Por seguir vivo, me refiero.

—Es verdad, Max, has cambiado. El Max Reles de antes le habría clavado un picahielo en el oído.

El recuerdo de su personalidad anterior le hizo sonreír.

—Habría sido lo justo, ¿no te parece? Antes éramos más directos. Lo habría matado sin pensarlo dos veces. —Se encogió de hombros—. Pero estamos en Cuba y aquí procuramos hacer las cosas de otra manera. Creía que, a lo mejor, si ese gilipollas lo pensaba un poco, se daría cuenta y demostraría un poco más de agradecimiento. Pues nada más lejos de la realidad: actúa a mis espaldas, llena la cabeza de veneno a Noreen hablándole de mí, precisamente ahora que intento tender puentes entre nosotros, por mi relación con Dinah.

—Es decir, que pagas a Batista y a los rebeldes —dije.

—Indirectamente —dijo—. Lo que les doy es la suerte de una bola de nieve en el infierno, la verdad, pero con esos cabrones nunca se sabe.

—Pero algo les das.

—Antes del incidente de las máquinas vi una cosa interesante. Un día, estaba yo mirando por una ventana del hotel, sin pensar en nada en particular, como hacemos a veces, y vi a un cubano joven que iba andando por la calle... No era más que un crío. Cuando pasó al lado de mi Cadillac, le dio una patada al guardabarros.

—¿El descapotable tan encantador de anoche? ¿Dónde estaba el ogro?

—¿Waxey? Es muy lento de piernas, no habría tenido la menor posibilidad de atrapar al puñetero crío. El caso es que me inquietó. No la señal que dejó en el coche, eso no fue nada, en realidad. No; fue otra cosa. Le di muchas vueltas, ¿sabes? Primero pensé que el chico lo había hecho por su novia, para que se riese; luego, que a lo mejor tenía manía a los Cadillac por algún motivo y, por último, caí en la cuenta, Bernie. Comprendí que lo que aborrecía el chico no eran los puñeteros Cadillac, sino a los estadounidenses, y eso me llevó a pensar en su revolución. Es decir, como casi todo el mundo, pensaba que todo había terminado en julio, después del ataque al cuartel, ¿sabes? Sin embargo, lo del puto crío dando una patada a mi coche me hace sospechar que a lo mejor no y que puede que aborrezcan a los estadounidenses tanto como a Batista, en cuyo caso, si alguna vez se deshacen de él, puede que también nos manden a nosotros a la mierda.

Tenía yo en mi haber muchos incidentes recientes en que pensar, conque no dije nada. Por otra parte, tampoco tenía a los estadounidenses en gran estima. No eran tan malos como los rusos y los franceses, aunque éstos no esperaban que se les tomase cariño ni les importaba. Sin embargo, los estadounidenses eran diferentes: querían que les quisieran a pesar de haber tirado dos bombas atómicas a los japoneses. Me asombraba tanta ingenuidad. Por eso me callé y, casi como dos viejos amigos, disfrutamos juntos un rato de la vista que se dominaba desde la azotea. Era magnífica. Abajo se veían las copas de los árboles del Campo de Marte y, a la derecha, el edificio del Capitolio, como una enorme tarta de boda. Por detrás asomaban la fábrica de Partagas y el Barrio Chino. Hacia el sur, la vista alcanzaba hasta el acorazado estadounidense de la bahía y, hacia el oeste, hasta los tejados de Miramar, pero sólo si me ponía las gafas. Con las gafas parecía más viejo, naturalmente; más que Max Reles. Aunque, claro, seguro que él también tenía unas en alguna parte, pero no quería ponérselas delante de mí.

Max intentaba encender un puro muy grande en medio de la fuerte brisa que soplaba en la azotea, pero no lo conseguía. Las sombrillas estaban cerradas, pero una se cayó al suelo y eso le fastidió.

—Siempre digo que la mejor forma de ver La Habana es desde la azotea de un buen hotel. —Renunció al puro—. El Nacional también tiene vistas, pero sólo del puto mar y de los tejados de Vedado y, en mi humilde opinión, no se pueden comparar ni de lejos con estas otras.

—Estoy de acuerdo.

De momento, no iba a pincharlo más. Empezaba a tener motivos para ello.

—Claro que, a veces, hace mucho viento aquí arriba y cuando pille al hijoputa que me convenció de que comprase todas esas sombrillas de mierda, que se prepare para la lección que le voy a dar sobre lo que pasa cuando el viento arrastra un trasto de ésos hasta el otro lado.

Sonrió como si fuese a cumplirlo palabra por palabra.

—Es una vista espléndida —dije

—¿Verdad que sí? ¿Sabes una cosa? Apuesto a que Hedda Adlon habría dado un ojo de la cara por una vista como ésta.

Asentí sin ganas de decirle que la azotea del Adlon había proporcionado a los dueños del hotel una de las mejores vistas de Berlín. Desde aquélla en particular había visto arder el Reichstag. Pocas mejores se pueden tener.

—¿Qué fue de ella, por cierto?

—Solía decir que el buen hotelero siempre desea lo mejor pero espera lo peor. Pues bien, sucedió lo peor. Louis y ella mantuvieron abierto el hotel durante toda la guerra. No lo alcanzó ningún bombardeo por casualidad. Puede que algún piloto de la RAF se hubiera alojado allí alguna vez. Sin embargo, durante la batalla de Berlín, los «ivanes» sometieron la ciudad a un intenso fuego de artillería que destruyó casi todo lo que no había destrozado la RAF. El hotel se incendió y quedó en ruinas. Hedda y Louis se retiraron a su casa de campo, cerca de Potsdam y se quedaron a la espera. Cuando aparecieron los «ivanes», saquearon la casa, confundieron a Louis con un general alemán que había huido, lo pusieron delante de un pelotón de fusilamiento y lo mataron. A Hedda la violaron muchas veces, como a casi todas las mujeres de Berlín. No sé qué sería de ella después.

—¡Dios Santo! —dijo Reles—. ¡Qué drama! Es una lástima. Me gustaba mucho esa pareja. ¡Dios! No lo sabía.

Suspiró e intentó de nuevo encender el puro; lo consiguió.

—Es muy curioso que hayas aparecido así, de repente, Gunther, ¿sabes?

—Ya te lo he dicho, Max. Ahora soy Hausner. Carlos Hausner.

—Eh, no te preocupes por eso, hombre. Esa mierda no tiene por qué preocuparnos a ti y a mí. En esta isla hay más alias que un archivo entero del FBI. Si alguna vez tienes problemas con los militares por culpa del pasaporte, el visado o cualquier cosa de ésas, no tienes más que decirlo, que yo te lo arreglo.

—De acuerdo. Gracias.

—Como iba diciendo, es curioso que hayas aparecido de repente. Verás, si me he metido en el negocio de los hoteles aquí, en La Habana, ha sido por el Adlon. Me encantaba aquel hotel. Quería abrir uno tan selecto como el Adlon en Habana Vieja, no en Vedado, como Lansky y todos esos que tan buenas agarraderas tienen. Siempre me ha dado la sensación de que Hedda habría elegido este lugar, ¿no te parece?

—Puede, ¿por qué no? Yo no era más que el guripa de la casa, ¿qué voy a saber? Pero Hedda siempre decía que un buen hotel es como un coche. El aspecto exterior no tiene ni la mitad de importancia que el funcionamiento: lo verdaderamente importante es que pueda ir a mucha velocidad, que los frenos respondan bien y que sea cómodo. Todo lo demás son gilipolleces.

—Y tenía razón, desde luego —dijo Reles—. ¡Dios, qué bien me vendría ahora un poco de su experiencia europea! Quiero hacerme con la mejor clientela, ¿sabes? Senadores y diplomáticos. Intento dirigir un hotel de calidad y un casino limpio. La verdad es que no hay ninguna necesidad de hacer trampas. Las apuestas siempre están a favor de la casa y entra dinero a espuertas. Es así de sencillo. Casi. También es verdad que, en una ciudad como ésta, hay que tener cuidado con los tiburones y los estafadores, por no hablar de los maricas y los que se visten de mujer, a menos que vayan del brazo de una persona importante. Esa clase de vicio se la dejo a los cubanos. Son una pandilla de degenerados. Esos tíos son capaces de chulear hasta a su madre por cinco billetes. Y, créeme, porque tengo motivos para saberlo. En esta ciudad, la carne con sabor a moka me sale ya por las orejas.

»Por otra parte —prosiguió—, a esta gente nunca se la puede subestimar. No les cuesta nada meterte una bala en la cabeza, si tienen buenas agarraderas, o ponerte una granada en el retrete, si se trata de política. En mi caso, tengo que andar con cuatro ojos, de lo contrario, no tardarían nada en freírme. Y ahí es donde entras tú, Gunther.

—¿Yo? No sé cómo, Max.

—Vamos a comer y te lo cuento.

Subimos al ático en el ascensor y allí nos encontramos con Waxey. Visto de cerca, tenía cara de luchador mexicano, de los que suelen llevar antifaz. Pensándolo bien, todo él parecía un luchador mexicano. Tenía unos hombros como dos penínsulas de Yucatán. No dijo una palabra. Se limitó a cachearme con unas manos como las del tío de las ovejas negras de Esaú.

El ático era moderno y tan cómodo como una nave espacial. Nos sentamos a una mesa de cristal y comimos sin dejar de mirarnos los zapatos el uno al otro. Los míos eran cubanos y no estaban muy limpios, los de mi anfitrión brillaban más que campanas y cantaban con la misma fuerza. Me sorprendió que la comida fuera *kosher* o, al menos, judía, porque nos la sirvió una mujer alta y atractiva que era negra. Claro, que a lo mejor se había convertido al judaísmo, como Sammy Davis Jr. Cocinaba bien.

—Cuanto mayor me hago, más me gusta la cocina judía —dijo Max—. Será porque me recuerda a la infancia, a lo que comían todos los niños, menos yo, porque la puta de mi madre se fugó con un sastre y Abe y yo no volvimos a verla nunca más.

A la hora del café, Max volvió a encender el puro que había dejado a medias y yo saqué uno de su humidificador, que era del tamaño de un cementerio.

—Bien, voy a contarte por qué me puedes ayudar, Gunther. Porque no eres judío, ya ves.

Lo dejé pasar. En esa época, ya no parecía que valiese la pena recordar una cuarta parte de sangre judía.

—Ni italiano ni cubano. Ni siquiera estadounidense. Y no me debes absolutamente nada. Joder, Gunther, no me aprecias ni para eso.

No lo contradije. Ya éramos mayorcitos. Pero tampoco le di la razón. Veinte años era mucho tiempo para olvidar muchas cosas, pero tenía más motivos para no apreciarlo de los que podía él imaginarse o recordar.

—Y todo eso te hace independiente, una cualidad muy valiosa en La Habana, porque significa que no debes vasallaje a nadie. Aun así, todo eso no serviría de nada si fueses *potchka*, pero resulta que tampoco lo eres, sino que eres *mensch*, un tío legal, y la pura verdad es que me vendría muy bien un *mensch* con experiencia en grandes hoteles, por no hablar de los años que pasaste en la policía de Berlín. ¿Por qué? Porque necesito que me ayudes: quiero que las cosas funcionen bien aquí, ya ves. Quiero que desempeñes la función de director general del hotel y del casino: una persona de confianza, que no me juegue malas pasadas, que no se ande con rodeos y vaya directo al grano. ¿Quién, mejor que tú?

—Mira, Max, me halagas, no creas que no, pero es que en estos momentos no necesito empleo.

—No te lo tomes como un empleo. No lo es. Aquí no tienes que cumplir un horario. Es una ocupación. Todos necesitamos una ocupación, ¿verdad? Un sitio al que ir a diario: unos días, más tiempo y otros, menos. Eso es bueno, porque, entonces, los cabrones de mis empleados estarán siempre pendientes de si vienes o no. Mira, parezco un *noodge* y no me hace ninguna gracia, pero me harías un favor si anduvieras por aquí. Un favor muy grande. Por eso estoy dispuesto a pagarte un montón de dólares. ¿Qué te parece veinte mil al año? Apuesto a que nunca ganaste tanto en el Adlon. Más coche, despacho, secretaria que cruce mucho las piernas y no lleve bragas... Lo que quieras.

—No sé, Max. Si lo hago, tendría que ser a mi manera, sin rodeos o nada.

—¿No te he dicho que es eso exactamente lo que necesito? En este negocio no hay más método que ir al grano.

—En serio: sin interferencias. Sólo te rendiría cuentas a ti y a nadie más.

—Adjudicado.

—¿Qué tendría que hacer? Ponme un ejemplo.

—Una de las primeras cosas de las que quiero que te encargues es de la contratación y los despidos. Quiero que despidas a un jefe del casino. Es marica; no quiero empleados maricas en el hotel. También quiero que hagas las entrevistas de las solicitudes que se presenten para trabajar en el hotel y en el casino. Tienes buen olfato para eso, Gunther. Un cabrón cínico como tú sabe asegurarse de que contratemos a gente honrada y normal, cosa que no siempre es fácil, porque a veces te echan el humo en los ojos. Por ejemplo, pago los salarios más altos, mejores que los de cualquier hotel de la ciudad. Por eso quieren trabajar aquí casi todas las chicas (y sobre todo contrato chicas, porque es lo que quieren ver los clientes), pero, claro, están dispuestas a hacer cualquier cosa por un puesto de trabajo. Me refiero a cualquier cosa de verdad, pero eso no siempre es bueno para mí. No soy más que un ser humano y, en estos momentos de mi vida, no me hace ninguna falta toda esa cantidad de tentaciones mayúsculas. Se acabó el andar follando a diestro y siniestro. ¿Sabes por qué? Porque voy a casarme con Dinah, ya ves.

—Enhorabuena.

—Gracias.

—¿Lo sabe ella?

—¡Pues claro, petardo! La chica bebe los vientos por mí y yo por ella. Sí, sí, ya sé lo que vas a decir: que podría ser su padre. No empieces otra vez con lo de las canas y la dentadura postiza, como anoche, porque te aseguro que va en serio. Voy a casarme con ella y después voy a poner en movimiento todos mis contactos con el negocio del espectáculo, para ayudarla a convertirse en estrella de cine.

—¿Y Brown?

—¿Brown? ¿Qué es eso?

—Es la universidad a la que quiere mandarla Noreen.

Reles hizo una mueca.

—Eso es lo que quiere Noreen para sí misma, no para su hija. Dinah quiere ser artista de cine. Ya se la he presentado a Sinatra, a George Raft, a Nat King Cole... ¿Te ha dicho Noreen que la chica sabe cantar?

—No.

—Con su talento y mis contactos, puede llegar donde quiera.

—¿A ser feliz también?

Reles se estremeció.

—Sí, también. Maldita sea, Gunther, ¡qué cabronazo recalcitrante llegas a ser! ¿Por qué?

—He practicado mucho, puede que más que tú, que ya es decir. No voy a hacerte un resumen completo del melodrama, Max, pero, cuando terminó la guerra, había visto y hecho unas cuantas cosas que habrían matado a Jiminy Cricket de un ataque cardiaco. Me salieron dos corazas más sobre la conciencia con la que vine a la vida, como los callos de los pies. Después pasé dos años con los soviéticos, de invitado en una residencia de descanso para prisioneros de guerra alemanes agotados. Me enseñaron mucho sobre hospitalidad, es decir, sobre lo que no es la hospitalidad. Cuando me escapé, maté a dos y fue un placer como nunca lo había sido para mí. Tómatelo como quieras. Después monté mi propio hotel, hasta que falleció mi mujer en un manicomio. Pero yo no servía para eso, lo mismo que si hubiese montado un colegio de señoritas en Suiza para rematar la educación de jóvenes inglesas. Ahora que lo digo, ojalá lo hubiese montado. Habría rematado a unas cuantas para siempre. Buenos modales, cortesía alemana, encanto, hospitalidad... Me quedo corto de todas esas cosas, Max. A mi lado, hasta el peor cabrón se siente satisfecho de sí mismo. Cuando me conocen, vuelven a casa, leen la Biblia y dan gracias a Dios porque no son yo. Así que, dime, ¿por qué te parezco apto para ese trabajo?

—¿Quieres que te diga la verdad? —Se encogió de hombros—. Hace muchos años... el barco del lago Tegel... ¿te acuerdas?

—¡Cómo iba a olvidarlo!

—Aquel día te dije que me caías bien, Gunther, y que había pensado en ofrecerte trabajo, pero que de nada me serviría un hombre honrado.

—Me acuerdo. Aquello se me grabó a fuego en los ojos.

—Bueno, pues ahora sí que me sirve de algo. Es así de sencillo, compañero. Necesito a un hombre íntegro, ni más ni menos.

Un hombre íntegro, dijo. Un *mensch*. Yo lo dudaba. ¿Habría proporcionado un *mensch* a Max Reles los medios para hacer callar a Othman Weinberger, destruyéndole la carrera y seguramente también la vida? A fin de cuentas, fui yo quien sopló al estadounidense el talón de Aquiles de Weinberger: que el don nadie de la Gestapo de Wurzburgo era falsamente sospechoso de ser judío. Y también fui yo quien le habló de Emil Linthe, el falsificador, y le dijo que ese hombre sabía abrirse paso hasta las oficinas del registro público e inyectar una transfusión judía a un hombre como Weinberger tan fácilmente como a mí una aria. En mi descargo, podía argumentar que todo había sido por proteger a Noreen Charalambides del criminal del hermano de Max, pero, ¿qué integridad le quedaba a uno, después de una cosa así? ¿Un *mensch*? No, yo podía ser cualquier cosa menos eso.

—De acuerdo —dije—, acepto el trabajo.

—¿De verdad? —dijo Max Reles, como asombrado. Me miró fijamente un momento—. Vaya, ahora me ha picado la curiosidad. ¿Qué es lo que te ha convencido?

—Puede que nos parezcamos más de lo que creo. Puede que haya sido porque me he acordado de tu hermano y de lo que podría hacerme con un picahielo, si te dijese que no. ¿Qué tal está el chico?

—Muerto.

—Lo siento.

—No lo sientas. Traicionó a unos amigos míos por salvar el pellejo. Mandó a seis tíos a la silla eléctrica, entre ellos, a un antiguo compañero mío de la escuela. Sin embargo, era un pájaro que no sabía volar. En noviembre de 1951, estaba a punto de identificar a un pez gordo, cuando lo empujaron por una ventana alta del hotel Half Moon, de Coney Island.

—¿Sabes quién fue?

—En aquel momento estaba en protección de testigos, conque sí, desde luego. Un día me vengaré de esos tipos. Al fin y al cabo, la sangre es la sangre y nadie dio ni pidió permiso. De todos modos, ahora mismo sería malo para el negocio.

—Siento haber preguntado.

Reles asintió sombríamente.

—Y te agradecería que no volvieras a hacerlo nunca más.

—Ya se me ha olvidado la pregunta. A los alemanes se nos da muy bien. Llevamos nueve años intentando olvidar que una vez existió un tal Adolf Hitler. Créeme, si lo puedes olvidar a él, puedes olvidar cualquier cosa.

Reles soltó un gruñido.

—Hay un nombre que no he olvidado —dije—. Avery Brundage. ¿Qué sería de él?

—¿Avery? Nos distanciamos bastante cuando se metió en el Primer Comité Americano por la no intervención de los Estados Unidos en la guerra, en vez de seguir intentando expulsar a los judíos de Chicago de los clubs de campo. De todos modos, ese cabrón escurridizo ha sabido cuidarse. Amasó una fortuna de millones de dólares. Su constructora edificó un terreno considerable de la costa de oro de Chicago: Lake Shore Drive. Incluso iba a presentar su candidatura al gobierno de Illinois, pero ciertos elementos de Chicago le dijeron que se limitase a la administración deportiva. Ahora podría decirse que nos hacemos la competencia. Es propietario del hotel La Salle de Chicago, el Cosmopolitan de Denver y el Hollywood Plaza de California, además de una buena porción de Nevada. —Reles asintió—. ¡Cuánto lo ha mimado la vida! Lo acaban de elegir presidente del Comité Olímpico Internacional.

—Supongo que te forraste en 1936.

—Desde luego, pero Avery también. Después de las Olimpiadas, consiguió el contrato de los nazis para la construcción de la nueva embajada alemana en Washington. Fue la recompensa que le dio el Führer en agradecimiento por haber parado el boicot. Debió de sacar muchos millones, pero yo no vi un céntimo. —Sonrió—. Pero todo eso fue hace mucho tiempo. Desde entonces, lo mejor que me ha pasado ha sido Dinah. Esa chica es un demonio.

—Como su madre.

—Quiere probarlo todo.

—Supongo que fuiste tú quien la llevó al teatro Shanghai.

—No lo habría hecho —dijo Reles—. No la habría llevado allí, pero insistió y esa chica consigue lo que quiere. Tiene un temperamento endemoniado.

—¿Y qué tal el espectáculo?

—¿Tú qué crees? —Se encogió de hombros—. A decir verdad, me parece que no le impresionó mucho. Esa chiquilla está dispuesta a verlo todo. Ahora quiere que la lleve a un fumadero de opio.

—¿Opio?

—Deberías probarlo tú también alguna vez. Es estupendo para no engordar.

Se dio unas palmadas en la tripa y, a decir verdad, parecía más delgado que en Berlín, que yo recordase.

—En Cuchillo hay un garito en el que se pueden fumar unas pipas y olvidarlo todo, incluso a Hitler.

—En tal caso, a lo mejor hasta lo pruebo.

—Me alegro de que te hayas subido al barco, Gunther. Oye, ven mañana por la noche y te presento a algunos de los muchachos. Estarán todos. Los miércoles por la noche es mi velada de cartas. ¿Juegas a las cartas?

—No, sólo al *backgammon*.

—¿*Backgammon*? Eso es dados de maricones, ¿no?

—En realidad, no.

—Era una broma, hombre. Tenía un amigo muy aficionado a ese juego. ¿Se te da bien?

—Depende de los dados.

—Ahora que lo pienso, García juega al *backgammon*. José Orozco García. El cochambroso ése que es dueño del Shanghai. Siempre anda a la caza de una partida. —Sonrió—. ¡Dios! Me encantaría que machacases a ese cabrón seboso. ¿Quieres que te arregle una partida con él? ¿Mañana por la noche, quizá? Tendrá que ser temprano, porque le gusta ir a echar un vistazo al teatro después de las once. Bueno, no es mal plan: partida con él a las ocho, te dejas caer por aquí a eso de las once menos cuarto, conoces a los muchachos... y puede que salgas con un poco de pasta extra en el bolsillo.

—Suena bien, un poco de pasta extra siempre viene bien.

—Ahora que lo dices...

Me llevó a su despacho. Había un moderno escritorio de madera de teca con el sobre blancuzco y unas sillas de cuero que parecían de barco deportivo de pesca.

Sacó un sobre de un cajón y me lo entregó.

—Hay mil pesos —dijo—, para que veas que la oferta va en serio.

—Sé que siempre vas en serio, Max —le dije—, desde aquel día en el lago.

En la pared había varios cuadros sin enmarcar, pero no supe decir si eran excelentes representaciones de vómitos o bien pintura abstracta moderna. Una pared estaba completamente ocupada por estanterías oscuras, llenas de discos y revistas, objetos de arte e incluso algunos libros. En la del fondo había una gran puerta corredera de cristal y, al otro lado, una réplica menor y de uso privado de la piscina del piso inferior. Junto a un sofá cama de piel se veía una mesa redonda de pie con un brillante teléfono rojo. Reles lo señaló.

—¿Ves ese teléfono? Es la línea directa con el Palacio Presidencial y sólo se usa una vez a la semana. Lo que te dije antes. Indefectiblemente, todos los miércoles, a las doce menos cuarto de la noche, hago la llamada a F. B. y le canto las cifras. No he conocido a nadie que tenga tanto interés en el dinero como F. B. A veces nos pasamos media hora al teléfono, por eso dedico los miércoles por la noche a las cartas. Juego unas manos con los chicos y los echo a las once y media en punto. Sin revanchas. Hago la llamada telefónica y me voy directo a la cama. Si trabajas para mí, has de saber que también trabajas para F. B. El treinta por ciento de este hotel es suyo, pero al hispanoamericano déjamelo a mí, de momento.

Se acercó a las estanterías, sacó de otro cajón un maletín de piel que parecía caro y me lo dio.

—Toma, Gunther, un regalo que quiero hacerte para celebrar nuestra asociación.

Agité en el aire el sobre de los pesos.

—Creía que ya lo habíamos celebrado.

—Esto es un plus.

Miré las cerraduras de combinación.

—Ábrelo —dijo—. No está cerrado. Por cierto, la combinación es seis, seis, seis a cada lado, pero, si lo prefieres, puedes cambiarla con una llavecita que va oculta en el asa.

Lo abrí. Era un precioso tablero de *backgammon* hecho de encargo. Las fichas eran de marfil y de ébano y los dados y el cubilete tenían pequeños diamantes incrustados.

—No puedo aceptarlo —dije.

—Por supuesto que sí. Ese juego era de un amigo mío que se llamaba Ben Siegel.

—¿Ben Siegel, el *gangster*?

—No. Ben era jugador y hombre de negocios, como yo. Se lo regaló su novia, Virginia, cuando cumplió cuarenta y un años. Lo encargó especialmente para él en Asprey, de Londres. Tres meses después, Ben murió.

—Lo mataron, ¿no?

—Ajá.

—¿No quiso quedárselo ella?

—Me lo regaló, de recuerdo. Ahora me gustaría regalártelo a ti. Esperemos que te dé mejor suerte que a él.

—Esperemos.

8

Del Saratoga me fui a Finca Vigía. El jefe indio seguía en el mismo sitio en el que lo había aparcado Waxey, aunque ahora, con un gato en la capota. Salí del coche, fui hasta la puerta y toqué la campana marinera del porche. Otro gato me observaba desde una rama de una ceiba gigante y otro más asomaba la cabeza por entre los balaústres blancos de la galería como esperando que vinieran a rescatarlo los bomberos. Le acaricié la cabeza y oí unos pasos que se acercaban lentamente. Se abrió la puerta y apareció la figura menuda de René, el criado negro de Hemingway. Llevaba una chaqueta de camarero de algodón blanco y, con la luz del sol que se colaba desde la parte de atrás de la casa y lo iluminaba por la espalda, parecía un santero.

—Buenas tardes, señor —dijo.

—¿Está la señora Eisner?

—Sí, pero está durmiendo.

—¿Y la señorita?

—Miss Dinah, sí, me parece que está en la piscina, señor.

—¿Cree que le molestaría verme?

—No creo que le moleste que la vea quien sea —dijo René.

Sin prestar mucha atención a la respuesta, seguí el camino hacia la piscina, que estaba rodeada de altas palmeras cubanas, flamboyanes y almendros, además de frondosos macizos de ixora, una resistente flor roja de la India, más conocida por el nombre de coralillo, entre otros. Era una piscina bonita, pero, a pesar de la cantidad de agua, era evidente que podía incendiarse en cualquier momento. Ya me ardían los ojos, sólo de mirarla. Dinah iba y venía deslizándose elegantemente de espaldas por el agua, que despedía vapor por lo mismo, supongo, que a mí me hervían los ojos y la vegetación parecía en llamas. El traje de baño, con estampado de leopardo, resultaba apropiado, aunque en ese preciso momento estaba un poco fuera de lugar, porque en realidad no lo llevaba puesto, sino que me lo encontré a la altura de la barbilla, en el camino hacia la piscina.

Tenía un cuerpo precioso: largo, atlético y con curvas. En el agua, su piel desnuda adquiría el color de la miel. Como soy alemán, no se puede decir que me desconcertase verla desnuda. En Berlín había habido sociedades de cultura nudista desde antes de la Primera Guerra Mundial y, hasta la época nazi, siempre se veían muchos nudistas en determinados parques y piscinas de la ciudad. Por otra parte, no parecía que a Dinah le importase. Incluso llegó a dar un par de volteretas que prácticamente me dejaron sin nada que imaginar.

—Anímese, el agua está deliciosa.

—No, gracias —dije—. Además, no creo que a tu madre le hiciese ninguna gracia.

—Puede, pero está borracha o, al menos, durmiendo la mona. Anoche no hizo más que beber. Siempre se pasa con la bebida, cuando discutimos.

—¿A propósito de qué?

—¿Usted qué cree?

—De Max, supongo.

—Jaque. Bueno, ¿qué tal? ¿Se entendió con él?

—Sí; bien, sin problemas.

Dinah dio otra voltereta perfecta. Ya la conocía mejor que su médico; incluso habría disfrutado del espectáculo, de no haber sido porque era quien era y por el motivo de mi visita. Di la espalda a la piscina y dije:

—Será mejor que espere dentro.

—¿Le cohíbo, señor Gunther? Lo siento. Es decir, señor Hausner.

Dejó de nadar y la oí salir del agua a mi espalda.

—Eres agradable de ver, pero recuerda que soy amigo de tu madre y hay cosas que un hombre no hace con las hijas de sus amigos. Me imagino que confía en que no pegue las narices al cristal de tu ventana.

—¡Qué manera tan interesante de decirlo!

Oía gotear el agua de su cuerpo desnudo. Sonaba como si le estuviese lamiendo la piel de arriba abajo.

—¿No vas a ser una niña buena y te vas a poner el bañador, y así podremos hablar?

—De acuerdo. —Al cabo de un momento dijo—: Ya puede mirar.

Di media vuelta y se lo agradecí con una brusca inclinación de cabeza. Esa joven me cohibía tremendamente incluso así, con el bañador puesto. Era una cosa nueva para mí: evitar la visión de bellas jóvenes desnudas.

—La verdad es que me alegro de que haya venido —dijo—. Esta mañana se las daba de suicida.

—¿Se las daba?

—Sí, más o menos. Es que dijo que se pegaría un tiro si no le prometía que dejaría de ver a Max para siempre.

—¿Y lo hiciste?

—¿Qué?

—Prometérselo.

—No, desde luego. Es puro chantaje emocional.

—Humm, humm. ¿Tiene pistola?

—Qué pregunta tan tonta, en esta casa. En la torre hay un armario con armas suficientes para empezar otra revolución, pero sí, da la casualidad de que mi madre tiene pistola propia. Se la regaló Ernest. Supongo que le pareció bien prestársela.

—¿Crees que sería capaz?

—No sé. Supongo que por eso se lo acabo de contar a usted. No lo sé, de verdad. Ernest y ella hablaban mucho del suicidio, sin parar.

Además, no sabe por qué prefiero ir con Max, en vez de quedarme haciendo el vago aquí.

—¿Cuándo vuelve Hemingway, exactamente?

—En julio, creo. Ya estaría de vuelta, pero sigue hospitalizado en Nairobi.

—Seguro que se le enfrentó alguna fiera.

—No, fue un accidente de avión o un incendio en la selva... o puede que las dos cosas. El caso es que estuvo muy mal una temporada.

—¿Qué pasa cuando vuelve? ¿Tu madre y él mantienen relaciones?

—¡No, por Dios! Ernest está casado con Mary. Aunque no creo que eso sea un impedimento. Por otra parte, me parece que se ve con otro. Noreen, quiero decir. Bueno, el caso es que ha comprado una casa en Marianao y, por lo visto, nos vamos a ir a vivir allí dentro de uno o dos meses.

Sacó un paquete de tabaco, encendió un cigarrillo y echó el humo hacia el suelo, lejos de mí.

—Voy a casarme con él. Nada ni nadie me lo podrá impedir.

—Menos tu madre, si se pega un tiro. Hay gente que se suicida por menos.

Dinah hizo un mohín como el que podría haber hecho yo cuando me dijo que su madre se veía con otro.

—¿Y usted qué opina? —preguntó—. De Max y yo, quiero decir.

—¿Serviría de algo que te lo dijera?

Sacudió la cabeza.

—¿Y de qué habló con él?

—Me ha ofrecido trabajo.

—¿Va a aceptarlo?

—No sé. Le he dicho que sí, pero me da reparo trabajar con un *gangster*.

—¿Eso es lo que opina de él?

—Ya te he dicho que mi opinión no tiene importancia. Lo único que me ha ofrecido es un empleo, encanto. No me ha propuesto matrimonio. Si no me gusta trabajar con él, lo dejo y tan amigos. Sin embargo, no sé por qué romántica razón, me parece que lo que siente él por ti es distinto. A cualquier hombre le pasaría lo mismo.

—No se me está insinuando, ¿verdad?

—Si quisiera, estaría en la piscina.

—Max va a lanzarme al estrellato.

—Eso tenía entendido. ¿Por eso vas a casarte con él?

—Pues la verdad es que no. —Se sonrojó levemente y la voz le sonó un poco malhumorada—. Da la casualidad de que nos queremos.

Ahora fui yo quien puso mala cara.

—¿Qué pasa, Gunther? ¿No se ha enamorado nunca?

—Desde luego que sí. De tu madre, por ejemplo, aunque fue hace veinte años. En aquellos tiempos, todavía podía decir a una mujer con toda la sinceridad del mundo que estaba enamorado de ella. Ahora, eso son sólo palabras. A mi edad, ya no se trata de amor. Uno no puede convencerse de que lo es. No lo es en absoluto. Siempre es otra cosa.

—¿Le parece que sólo quiere casarse conmigo por el sexo? ¿Es eso?

—No. Es más complicado. Se trata de querer ser joven otra vez. Por eso muchos hombres mayores se casan con chicas mucho más jóvenes, porque creen que la juventud se contagia, pero nada más lejos de la realidad. Por el contrario, lo que sí que se contagia es la vejez. Quiero decir que, con el tiempo, es seguro que también tú la contraerás. —Me encogí de hombros—. Insisto, encanto, lo que yo piense no tiene importancia. No soy más que un haragán que una vez se enamoró de tu madre.

—No creas que eres socio de un club tan exclusivo.

—No lo creo. Tu madre es una mujer muy bella. Seguro que todo lo que tienes lo has heredado de ella. —Asentí—. Eso que has dicho antes, lo de suicidarse... Voy a ir a verla antes de marcharme.

Me alejé rápidamente de allí y entré en la casa antes de soltar una barbaridad, que era lo que tenía ganas de hacer.

Las puertas de cristal de la parte de atrás estaban abiertas y sólo montaba guardia un antílope, conque entré y eché un vistazo en el dormitorio de Noreen. Esta durmiendo desnuda encima de la sábana de arriba y me quedé mirándola un minuto de reloj. Dos mujeres desnudas en una sola tarde... Era como ir a Casa Marina, salvo por un detalle: acababa de darme cuenta de que había vuelto a enamorarme de Noreen. Puede que mis sentimientos por ella no hubiesen cambiado nunca, pero los había enterrado tan hondo que se me había olvidado dónde. No sé, pero, a pesar de lo que le había dicho a Dinah, si Noreen hubiese estado despierta, le habría arrojado a la cara un montón de sentimientos, entre ellos, unos cuantos sinceros de verdad.

Tenía los muslos completamente separados y, por cortesía, aparté de allí la vista; fue entonces cuando vi la pistola en las estanterías, al lado de unas fotografías y de un frasco con una rana en formol. La rana parecía común y corriente, pero el revólver no. Aunque lo hubiese inventado y fabricado el belga que le dio su nombre, el Nagant había sido el arma auxiliar reglamentaria de los oficiales rusos del Ejército Rojo y la NKVD. Un arma pesada e inesperada en esa casa.

La cogí por la curiosidad de haberla reconocido. Tenía una estrella roja incrustada en la culata, cosa que corroboraba su origen sin sombra de duda.

—Ésa es su pistola —dijo Dinah.

Miré alrededor mientras Dinah entraba en la habitación y tapaba a su madre con la sábana.

—No es precisamente un arma femenina —dije.

—Dígamelo a mí.

Se fue al cuarto de baño.

—Dejo mi número en el escritorio del teléfono —le dije desde fuera—. Llámame, si te parece que de verdad puede ponerse en peligro. A cualquier hora.

Me abotoné la chaqueta y salí del dormitorio. Vi fugazmente a

Dinah sentada en el retrete y, al oír el ruido de la orina, pasé rápidamente al estudio.

—No creo que lo dijera en serio —replicó Dinah—, como tantas otras cosas.

—Eso lo hacemos todos.

Había un escritorio de madera con tres cajones, repleto de grabados de animales, cartuchos de diferentes tamaños y balas de rifle, puestas de pie como pintalabios letales. Busqué papel y bolígrafo y escribí mi número de teléfono en cifras grandes para que se viese bien. Y no como a mí. Después, me marché.

Volví a casa y pasé el resto del día y la mitad de la noche en mi pequeño taller. Trabajé pensando en Noreen, en Max Reles y en Dinah. No me llamó nadie por teléfono, pero eso no tenía nada de particular.

9

El Barrio Chino de La Habana era el mayor de Latinoamérica y, como se estaba celebrando el Año Nuevo Chino, las calles laterales de Zanja y Cuchillo estaban adornadas con farolillos de papel; proliferaban los mercadillos al aire libre y las comparsas de la danza del león. En el cruce de Amistad con Dragones había un portalón del tamaño de la Ciudad Prohibida que, a la caída de la noche, se convertiría en el centro de una tremenda descarga de fuegos artificiales, el momento cumbre de las fiestas.

A Yara le gustaba toda clase de desfiles ruidosos; por ese motivo, excepcionalmente, había optado por salir con ella por la tarde. En las calles del Barrio Chino abundaban las lavanderías, las casas de comida, los fumaderos de opio y los burdeles, pero sobre todo hervían de gente, chinos en su mayoría; tantos, que uno se preguntaba dónde se habían escondido hasta entonces.

Compré a Yara algunas fruslerías —fruta y golosinas— que le encantaron. A cambio, en los puestos de medicina tradicional, se empeñó en regalarme una taza de licor macerado que, según ella, aumentaba mucho la virilidad. Sólo después de haberlo tomado supe que estaba hecho de madreselva, iguana y ginseng. Lo de la iguana no me hizo ninguna gracia y, después de haber ingerido el infecto brebaje, me pasé unos cuantos minutos convencido de que me habían envenenado. Hasta el punto de que creí sin la menor duda que sufría una alucinación cuando, a la derecha del Barrio Chino, en la esquina de Maurique y Simón Bolívar, descubrí una tienda que no había visto nunca. Ni siquiera en Buenos Aires, donde tal vez habría sido más fácil entender la existencia de un establecimiento de esas características. Se trataba de una tienda de recuerdos nazis.

Al cabo de un momento me di cuenta de que Yara también lo había visto; la dejé en la calle y entré con tanta curiosidad por saber qué clase de persona podía vender ese material como por quién podía comprarlo.

En el interior había expositores de cristal con pistolas Luger y Walther P-38, cruces de hierro, galones del Partido Nazi, placas de identificación de la Gestapo y navajas de las SS, así como ejemplares del periódico *Der Stürmer* envueltos en celofán, como si fueran camisas recién salidas de la lavandería. Había también un maniquí con el uniforme de capitán de las SS que, no sé por qué, parecía de prestado. Entre dos banderas nazis, atendía el mostrador un hombre más bien joven, de barba negra, que no podía parecer menos alemán. Era alto, delgado y cadavérico, como una figura de El Greco.

—¿Busca algo en particular? —me preguntó.

—Una cruz de hierro, tal vez —le dije.

Eso fue lo que dije, pero no porque me interesase la cruz; lo que me interesaba era él.

Abrió un expositor de cristal y depositó la medalla en el mostrador como si fuera un broche de diamantes de señora o un reloj de calidad.

La miré un rato y le di la vuelta.

—¿Qué le parece? —me preguntó.

—Es falsa —dije—, una imitación poco lograda. Y otra cosa: el cinturón que cruza la pechera del uniforme del capitán de las SS va en sentido contrario. Una cosa es falsificar y otra muy distinta cometer un error tan elemental como ése.

—¿Es usted entendido en la materia?

—Creía que en Cuba era ilegal —respondí sin responderle.

—La ley sólo prohíbe fomentar la ideología nazi —dijo—, pero vender recuerdos históricos es legal.

—¿Quién compra estas cosas?

—Sobre todo los estadounidenses. También los marineros y algunos turistas que sirvieron en los ejércitos europeos y quieren tener el recuerdo que no pudieron coger en su momento. Lo que más buscan es material de las SS. Supongo que es una fascinación morbosa, pero lógica, en cierto modo. De ellos, podría vender todo lo que quisiera. Por ejemplo, las navajas salen como rosquillas, las compran para abrecartas. Por supuesto, coleccionar esta clase de recuerdos no significa que se esté de acuerdo con el nazismo ni con lo que pasó. Sin embargo, pasó y son hechos históricos y, por lo tanto, nada tiene de malo interesarse por estas cosas, hasta el punto de querer poseer algo que casi es un fragmento vivo de esa historia. ¿Por qué habría de parecerme malo? Verá, es que soy polaco. Me llamo Szymon Woytak.

Tendió la mano y le di la mía, floja, sin el menor entusiasmo por él ni por su particular negocio. A través de las lunas del escaparate vi una comparsa de bailarines chinos. Se habían quitado la cabeza de león y estaban haciendo un descanso y fumándose un cigarrillo, como ajenos a los malos espíritus que moraban en el interior del local, porque, de lo contrario, puede que hubiesen entrado por la puerta. Woytak cogió la cruz de hierro que me había sacado de muestra.

—¿Por qué sabe que es falsa? —preguntó, mirándola minuciosamente.

—Es fácil. Las falsas son de una sola pieza. Las originales tenían al menos tres, soldadas entre sí. Otra forma de saber si de verdad son de hierro es con un imán. Las falsas son de una aleación mala.

—¿Cómo lo sabe?

—¡Que cómo lo sé! —le sonreí—. Me dieron una baratija de ésas una vez, cuando la guerra —dije—, pero la verdad es que todo es falso. Todo. Todo lo que hay aquí —dije, refiriéndome a la tienda—, hasta las ideas que representan estos objetos ridículos. No son más que una aleación mala para engañar a la gente. Una falsificación estúpida que no habría engañado a nadie si nadie hubiese estado dispuesto a creérsela. Todo el mundo sabía que era mentira, desde luego, pero estaban desesperados por creer que no. Se les olvidó que

404

Adolf Hitler era un gran lobo feroz, por mucho que le gustase besar a los niños pequeños. Porque eso es lo que era... y peor, mucho peor. Eso es historia, señor Woytak, auténtica historia de Alemania, y no esta... esta ridícula tienda de recuerdos.

Me llevé a Yara a casa y pasé el resto del día en el taller, un poco angustiado. Sin embargo, no se debía a lo que había visto en el establecimiento de Szymon Woytak. Eso era porque estábamos en La Habana, nada más; con dinero, allí se podía comprar cualquier cosa. Cualquier cosa, todas las cosas. No, lo que me angustiaba me tocaba más de cerca. La casa de Ernest Hemingway, por lo menos.

Dinah, la hija de Noreen.

Quería apreciarla, pero no podía. Me resultaba muy difícil. Me asombraba lo terca que era y lo consentida que estaba. La terquedad podía pasar, seguramente la superaría, como la mayoría, pero, para dejar de ser la mocosa malcriada que era, iba a necesitar un par de bofetones bien dados. Era una lástima que Nick y Noreen Charalambides se hubiesen divorciado cuando ella era tan pequeña. Seguramente le habría faltado la disciplina paterna en la infancia. Tal vez fuera eso lo que de verdad la empujaba a casarse con un hombre que le doblaba la edad. Muchas jóvenes se casaban con un hombre que pudiese sustituir a su padre. O quizá pretendiera vengarse de su madre por haber dejado a su padre. Eso también les pasaba a muchas jóvenes. Puede que fueran ambas cosas. E incluso que me equivocase completamente, porque yo no había tenido hijos.

Me alegré de estar en el taller, es un lugar donde no cabe la palabra «puede». Cuando se maneja un torno para cortar un trozo de metal, la palabra apropiada es «exacto». No me faltaba paciencia para trabajar con el metal. Era fácil. Criar a un hijo debía de ser mucho más difícil.

Más tarde, me di un baño y me puse un traje bueno. Antes de salir, me asomé al altar de santería que había montado Yara en su habitación y me quedé unos momentos allí con la cabeza inclinada. En realidad, no era más que una casa de muñecas cubierta de encaje blanco y velas. En cada piso de la casita había animalillos, crucifijos, nueces, conchas y figuritas de cara negra vestidas de blanco, así como varias imágenes de la Virgen María y una de una mujer con un cuchillo clavado en la lengua. Yara me había contado que era para evitar las habladurías sobre nosotros, pero no tenía la menor idea de lo que significaban las demás cosas, salvo, quizá, la Virgen María. No sé por qué incliné la cabeza ante el altarcito. Podría decir que deseaba creer en algo, pero en el fondo del corazón, sabía que la tienda de recuerdos de Yara era otra estúpida mentira, igual que la del nazismo.

De camino a la puerta cogí el *backgammon* de Ben Siegel y, entonces, Yara me agarró por los hombros y me miró directamente a los ojos, como buscando el efecto que pudiera haberme hecho en el alma su particular altarcito. Suponiendo, claro está, que tuviese yo semejante cosa. Algo encontró, porque dio un paso atrás y se santiguó varias veces seguidas.

—Te pareces a Eleguá —dijo—, el señor de las encrucijadas, el que guarda la casa de todos los peligros. Todos sus actos son justificados. Él sabe lo que no sabe nadie y siempre actúa según su juicio perfecto. —Se quitó uno de los collares que llevaba y me lo metió en el bolsillo superior de la chaqueta—. Para que te dé buena suerte en el juego —dijo.

—Gracias —dije—, pero no es más que un juego.

—Esta vez, no —dijo—. Para ti, no. Para ti no, amo.

10

Aparqué en Zulueta, a la vista de la comisaría de policía, y retrocedí andando hacia el Saratoga, donde había ya muchos taxis y coches, entre ellos, dos Cadillac 75 negros, los niños mimados de los funcionarios gubernamentales más importantes.

Crucé el vestíbulo del hotel hasta el patio monacal, en el que un juego de luces teñía el agua de la fuente de diferentes colores pastel y dejaba al caballo como perplejo... como si no se atreviese a beber de las exóticas aguas por miedo a que lo envenenasen. Me dije que era una metáfora perfecta para describir la experiencia de ir a un casino de La Habana.

Me abrió la puerta un portero vestido de impresionista francés acomodado. Era temprano, pero el local estaba muy animado, como una estación de autobuses a una hora punta, con la salvedad de las arañas de luces, y se oía mucho ruido de entrechocar de fichas y dados, de bolitas metálicas que daban vueltas en la ruleta con un sonido como de grifo que gotea en un fregadero de acero, de gritos de los ganadores y gruñidos de los perdedores, de tintineo de copas y, por encima de todo, la voz clara, enunciativa y sin emoción de los *croupiers*, que dirigían las apuestas y cantaban el nombre de las cartas y los números.

Eché un vistazo alrededor: habían llegado ya algunos famosos de la ciudad, como el músico Desi Arnaz, la cantante Celia Cruz, el actor de cine George Raft y el coronel Esteban Ventura, uno de los oficiales de policía más temidos de La Habana. Los jugadores deambulaban por allí con *smoking* blanco, jugueteando con las fichas y especulando sobre dónde les sonreiría hoy la suerte, si en la ruleta o en la mesa de *craps*. Bellas y elegantes mujeres con altos peinados y escotes de vértigo patrullaban por los laterales de la sala como panteras al acecho del hombre más débil al que dar caza y abatir. Una dio unos pasos hacia mí, pero me la quité de encima con un movimiento de cabeza.

Localicé a un hombre que parecía el director del casino. Me figuré que era el de los brazos cruzados y los ojos de árbitro de tenis; además, ni estaba fumando ni tenía fichas en la mano. Como tantos habaneros, llevaba un bigotito como un garabato de escolar y más gomina en el pelo que grasa una hamburguesa cubana. Vio que lo miraba y lo saludaba con una inclinación de cabeza, descruzó los brazos y echó a andar hacia mí.

—¿Desea alguna cosa, señor?

—Soy Carlos Hausner —dije—. Tengo una reunión arriba con el señor Reles esta noche, a las once menos cuarto, pero, al parecer, antes debería encontrarme con el señor García para una partida de *backgammon*.

Debía de llevar en los dedos un poco de gomina del pelo, porque empezó a frotarse las manos como Poncio Pilatos.

—El señor García ya ha llegado —dijo al tiempo que se ponía en marcha—. El señor Reles me pidió que les reservara un rinconcito tranquilo, entre el salón *privé* y la sala principal de juegos. Me ocuparé de que nadie los moleste.

Fuimos hasta un lugar cerca de una palmera. García ocupaba una caprichosa silla de comedor que dominaba la vista de la estancia, ante una mesa dorada con sobre de mármol en la que había un tablero de *backgammon* preparado para jugar. A su espalda, en la pared amarillo canario, se veía un mural de estilo Fragonard, de una odalisca desnuda, tumbada y con la mano en el regazo de un hombre con cara de aburrimiento, tocado con un turbante rojo. Teniendo en cuenta el lugar que ocupaba la mano, el del turbante podía haber estado más animado. Puesto que García era el dueño del Shanghai, el lugar elegido para nuestra partida no podía ser más adecuado.

El Shanghai de Zanja era el teatro burlesco más obsceno y, por tanto, el más infame y popular de La Habana. A pesar de las setecientas cincuenta localidades que tenía, fuera siempre había una larga cola de hombres ansiosos —jóvenes marineros estadounidenses, en su mayoría— esperando su turno para pagar un dólar y veinticinco centavos por entrar a ver un espectáculo que habría hecho palidecer, por insulso, a cualquier cosa que hubiera visto yo en el Berlín de Weimar. Insulso y, paradójicamente, de buen gusto al mismo tiempo. El espectáculo del Shanghai no tenía ni pizca de buen gusto, principalmente gracias a la aparición en cartel de un mulato alto, llamado Supermán, cuyo miembro, en estado de erección, era tan grande como una aguijada de arrear ganado y, en la práctica, producía un efecto bastante parecido. En el momento cumbre del espectáculo, el mulato, animándose al grito de Tío Sam, escandalizaba a una serie de rubias de aspecto inocente. No era el mejor sitio para llevar a un sátiro de mentalidad liberal, cuanto menos, a una jovencita de diecinueve años.

García se levantó atentamente, pero, a primera vista, no me gustó, como no me habría gustado un chulo o, para el caso, un gorila con *smoking*, que es lo que parecía. Se movía con la parquedad de un robot, dejaba los gruesos brazos colgando rígidamente a los lados del cuerpo; con la misma rigidez, levantó uno y me tendió una mano del tamaño y color de un guante de halconero. Era calvo, con grandes orejas y labios gruesos. En total, su cabeza parecía robada de una excavación arqueológica egipcia... si no del Valle de los Reyes, sí quizá del barranco de los falsos y zalameros sátrapas. Noté la fuerza de su mano antes de que la retirase y se la metiese en el bolsillo de la chaqueta. La sacó con un puñado de billetes y lo dejó en la mesa, al lado del tablero.

—Es más divertido jugarse la pasta, ¿no le parece? —dijo.

—Claro —dije yo, y dejé el sobre que me había dado Reles junto a su pasta—, pero será mejor ajustar las cuentas al final de la velada, ¿o prefiere al final de cada partida?

—Me parece bien al final de la velada —dijo.

—En ese caso —dije al tiempo que devolvía el sobre al bolsillo—, no hay necesidad de enseñar nada, ahora que sabemos que los dos llevamos bastante.

Asintió y recogió sus billetes,

—Hacia las once tengo que ausentarme un rato —dijo—. Debo volver para supervisar la entrada del Shanghai, la del pase de las once y media.

—¿Y el de las nueve y media? —pregunté—. ¿Se supervisa solo?

—¿Conoce mi teatro?

Lo dijo como si fuera el Abbey de Dublín. Tenía la voz que me esperaba: demasiados puros y ejercicio insuficiente. Una voz de hipopótamo revolcándose: sucia y llena de dientes amarillentos y de gas. Peligrosa también, seguramente.

—Sí —dije.

—Puedo volver después —dijo—, para darle la revancha, si quiere recuperar la pasta.

—También puedo hacerle yo el mismo favor.

—Respondo a su pregunta anterior. —Los gruesos labios se estiraron como una vulgar liga rosa—. El pase de las once y media siempre es el más problemático. A esas horas, el público ha bebido más y, a veces, los que no pueden entrar arman jaleo. La comisaría de Zanja queda cerca, por suerte, pero, como sabrá, hay que incentivar a las patrullas para que intervengan.

—La pasta manda.

—En esta ciudad, sí.

Miré al tablero, aunque sólo fuera por no verle la fea cara ni respirar su fétido aliento. Se olía desde un metro de distancia. De pronto me quedé perplejo, al darme cuenta de lo tremendamente obsceno que era lo que miraba. Los picos blancos y negros, con forma de triángulo alargado que tienen todos los tableros de *backgammon*, eran en ése falos en erección. Entre ellos o envolviéndolos, como modelos de pintor, había desnudos femeninos. El dibujo de las fichas reproducía culos de mujeres blancas y negras y los cubiletes de los jugadores tenían forma de seno femenino; encajaban el uno con el otro formando un pecho que habría sido la envidia de cualquier camarera de la *Oktoberfest*. Únicamente los cuatro dados de los jugadores y el de doblar las apuestas podían considerarse decorosos.

—¿Le gusta mi juego? —preguntó con una risita que olía a baño podrido.

—Me gusta más el mío —dije—, pero está cerrado y no me acuerdo de la combinación, de modo que, si le apetece jugar con éste, no tengo inconveniente. Soy de criterios amplios.

—Por fuerza, si vive en La Habana, ¿no? ¿Vamos a puntos o a apuestas?

—Estoy desganado, no me apetece tanto cálculo. Quedémonos con el dado de doblar. ¿Lo dejamos en diez pesos la partida?

Encendí un puro y me senté. A medida que el juego avanzaba, se me fueron olvidando los detalles pornográficos del tablero y el fétido aliento de mi oponente. Íbamos más o menos igualados hasta que García sacó dos dobles seguidos más y, al pasar de cuatro a ocho, me pasó el dado de doblar. Dudé. Los dos dobles seguidos bastaron para aconsejarme prudencia con el dinero que ponía en juego. Nunca había sido yo de los que sacan porcentajes calculando la diferencia de posiciones con respecto al otro jugador. Prefería basarme en el desarrollo del juego y en acordarme de las tiradas que me iban saliendo. Me pareció que no tardaría en sacar un doble que compensase los tres suyos, conque cogí el cubilete y me salió un cinco doble, que era exactamente lo que necesitaba en ese preciso momento; nos quedamos los dos a punto de empezar a sacar las fichas del tablero, más o menos igualados.

Estábamos ya cada cual con las últimas fichas en casa —él, doce; yo, diez—, cuando me volvió a ofrecer doblar la apuesta. Los números estaban a mi favor, siempre y cuando no le saliera el cuarto doble y, como me parecía improbable, lo acepté. Cualquier otra decisión habría sido lo que los cubanos llaman no tener «cojones» y, sin duda, habría tenido efectos desastrosos en el resto de la velada. La apuesta estaba en 160 pesos.

Le salió un cuatro doble, con lo que me igualaba y aumentaban sus posibilidades de ganar la partida, a menos que me saliera otro doble a mí. Ni siquiera parpadeó cuando me salieron un uno y un dos en un momento tan inoportuno y sólo pude sacar una ficha del tablero. A él le salieron un cinco y un seis y sacó dos. Me salieron un cinco y un tres y saqué dos. Luego le salió otro doble a él y sacó cuatro: le quedaban sólo dos y a mí, cinco. No me habría salvado ni un doble.

García no sonreía. Se limitó a coger su cubilete y a tirar los dados con menos emoción que si hubiera sido la primera tirada del juego: insignificante, todavía quedaba toda la partida por delante. Sólo que la primera había terminado y la había perdido yo.

Retiró del tablero las dos últimas fichas y volvió a meter la manaza en el bolsillo del *smoking*, pero, a diferencia de la primera vez, sacó una libreta negra de piel y un lapicero mecánico de plata, con el que escribió en la primera página el número 160.

Eran las ocho y media. Habían transcurrido veinte minutos... muy caros. Por muy pornógrafo y muy cerdo que fuese, no se podía decir nada malo de su suerte ni de su pericia en el juego. Comprendí que iba a ser más difícil de lo que había pensado.

11

Empecé a jugar al *backgammon* en Uruguay. Me enseñó un antiguo campeón en el café del hotel Alhambra, en Montevideo. Sin embargo, la vida en Uruguay era cara, mucho más que en Cuba, y fue el principal motivo por el que me había ido a vivir a la isla. Por lo general, en La Habana jugaba en un café de la Plaza de Armas con un par de libreros que vendían libros de segunda mano y sólo apostábamos unos centavos. Me gustaba el *backgammon* porque era limpio, por la disposición de las fichas en los puntos y el orden con que se iban sacando del tablero hasta terminar la partida. Esa limpieza y ese orden característicos me asombraban porque me resultaban muy alemanes. También me gustaba por la mezcla de suerte y destreza que requería; hacía falta más suerte que en el *bridge* y más destreza que en el *blackjack*. Sin embargo, para mí, su mayor atractivo era el componente de riesgo contra la banca celestial, el competir con el mismísimo sino. Me complacía pensar que cada tirada de dados era una invocación a la justicia cósmica. Así había vivido la vida yo, en cierto modo: a contrapelo.

En realidad, no estaba jugando con García —él no era más que la cara fea de la suerte—, sino contra la vida misma.

Y así, volví a encender el puro, a darle vueltas en la boca, y llamé a un camarero.

—Póngame una garrafa pequeña de *schnapps* de melocotón, frío pero sin hielo —le dije.

No pregunté a García si quería tomar algo. No me importaba. Lo único que me importaba en ese momento era darle una paliza.

—¿No es bebida de mujeres? —dijo.

—No creo —dije—. Tiene cuarenta grados, pero piense usted lo que quiera.

Cogí mi cubilete.

—¿Y usted, señor? —El camarero seguía allí.

—Daiquiri con lima.

Seguimos con el juego. García perdió la siguiente partida a puntos y también la siguiente, cuando no se dobló. Cada vez cometía más errores, dejaba solas, a mi merced, fichas que no debía y se doblaba cuando no convenía. Empezó a perder mucho y, hacia las diez y cuarto, le había ganado más de mil pesos y estaba muy satisfecho de mí mismo.

El argumento a favor del darwinismo que mi oponente tenía por cara seguía sin acusar emoción alguna, pero supe que estaba nervioso por la forma en que tiraba los dados. En el *backgammon*, es costumbre tirarlos dentro de la propia casa; los dos deben quedar planos sobre una cara. Sin embargo, en la última ronda, García no había dominado bien la mano y los dados habían caído al otro lado de la barra o montados. Según las reglas, esas tiradas no eran válidas y debía volver a tirar; una de las veces se quedó sin un útil doble que le había salido.

Además, había otra razón por la que yo lo había puesto nervioso. Teníamos la apuesta en diez pesos y propuso que la aumentásemos. Eso es señal segura de que quien lo propone ha perdido mucho y está ansioso por recuperarse lo antes posible. Sin embargo, eso significa incumplir el principio fundamental del juego, que son los dados los que dictan cómo hay que jugar, no el dado de doblar ni el dinero.

Me apoyé en el respaldo y tomé un sorbo de *schnapps*.

—¿En cuánto ha pensado?

—Digamos que cien pesos la partida.

—De acuerdo, pero con una condición: que entre en juego la regla *beaver*.

Sonrió casi como si hubiera estado a punto de proponerlo él también.

—De acuerdo.

Cogió el cubilete y, aunque no le tocaba abrir el juego, sacó un seis. A mí me salió un uno. García ganó la tirada y al mismo tiempo marcó el tanto de barra. Se acercó más a la mesa, ansioso por recuperar su dinero. Una fina capa de sudor le cubrió la elefantiásica cabeza y, al verlo, le ofrecí doblarnos inmediatamente. García lo aceptó y quiso hacer lo mismo que yo, pero tuve que recordarle que todavía no había tirado yo. Me salió un cuatro doble, con lo que pude saltar su punto de barra con mis corredoras, con lo que de nada le sirvió, de momento.

García se estremeció ligeramente, pero se dobló de todas maneras y sacó un decepcionante dos y uno. Ahora tenía yo el cubo de apuestas y, con la sensación de contar con la ventaja psicológica, le di la vuelta, dije: *Beaver* y lo doblé efectivamente sin necesitar su consentimiento. Entonces me detuve y le ofrecí doblar, además del *beaver*. Se mordió el labio y, sabiendo que estaba en juego una pérdida de ochocientos pesos —además de lo que había perdido ya—, tendría que haberlo rechazado. En cambio, lo aceptó. Entonces me salió un seis doble, con lo que pude ganar el tanto de barra y diez más. La partida era mía, con una apuesta de mil seiscientos pesos.

Empezó a tirar con mayor inquietud. Primero le cayeron los dados de canto, luego le salió un cuatro doble, con lo que habría podido salir del agujero en el que estaba, de no haber caído uno de los dados en su tablero exterior y, por tanto, no valía. Recogió los dos furiosamente, los echó al cubilete y volvió a tirar con muchísima menos fortuna: un dos y un tres. A partir de ahí, las cosas se le deterioraron rápidamente y, poco después, le cerré el paso por mi casa, y además tenía dos fichas en la barra.

Empecé a sacar las mías del tablero, mientras él no podía mover. Corría verdadero peligro de no poder rescatar ninguna de las suyas antes de que terminase yo de sacar las mías. Eso se llamaba *gammon* y habría tenido que pagarme el doble de la apuesta total.

Tiraba ya como un loco, sin rastro de su anterior sangre fría. Cada vez que tiraba, no podía mover. Había perdido el juego, no le quedaba más que hacer que procurar salvarse del *gammon*. Por fin, pudo volver al tablero y correr hacia casa, mientras que a mí me quedaban sólo seis fichas por retirar. Sin embargo, le salían tiradas bajas y avanzaba despacio. Unos segundos después, la partida y el *gammon* eran míos.

—*Gammon* —dije en voz baja—, es decir, el doble de la apuesta. Calculo que son tres mil doscientos pesos, más los mil ciento cuarenta que me debía ya, son...

—Sé sumar —dijo bruscamente—. Se me dan bien las matemáticas.

Me resistí a la tentación de apostillar que lo que no se le daba bien era el *backgammon*.

García consultó la hora. Yo también. Eran las once menos veinte.

—Tengo que marcharme —dijo, y cerró el tablero bruscamente.

—¿Piensa volver después del club? —pregunté.

—No lo sé.

—Bien. Estaré un rato por aquí, por si quiere tomarse la revancha.

Ambos sabíamos que no volvería. Sacó un fajo de cincuenta billetes de cien pesos, contó cuarenta y tres y me los entregó.

Asentí y dije:

—Más el diez por ciento para la casa, son doscientos cada uno. —Señalé con la mano los billetes que le quedaban—. A las bebidas invito yo.

Resentido, sacó otro par de billetes y me los dio. A continuación, bajó los cierres del feo tablero, se lo puso bajo el brazo y se largó rápidamente abriéndose paso entre los demás jugadores como un personaje de película de miedo.

Me metí las ganancias en el bolsillo y me fui de nuevo en busca del director del casino. Parecía que no se hubiese movido desde que había hablado con él.

—¿Ha terminado el juego? —preguntó.

—De momento, sí. El señor García tiene que pasar por su club y yo tengo una reunión arriba con el señor Reles. Puede que después continuemos. Le dije que le esperaría aquí para darle la revancha, si quería, conque ya veremos.

—Les guardaré la mesa —dijo el director.

—Gracias. ¿Sería tan amable de avisar al señor Reles de que voy arriba a verlo?

—Por supuesto.

Le di cuatrocientos pesos.

—El diez por ciento de la apuesta. Supongo que es lo normal.

El director sacudió la cabeza.

—No es necesario. Gracias por ganarle. Hacía ya mucho tiempo que deseaba ver humillado a ese cerdo. Y, por lo que veo, la paliza ha sido de órdago.

Asentí.

—¿Podría venir a mi despacho después de ver al señor Reles? Me encantaría invitarle a un trago para celebrar la victoria.

12

Con el *backgammon* de Ben Siegel, subí en el ascensor al octavo piso, el de la azotea de la piscina del hotel, donde me esperaban Waxey y otro ascensor. En esa ocasión, el guardaespaldas de Max me trató con un poco más de cordialidad, aunque sólo me di cuenta porque pude leerle los labios. Hablaba en voz muy baja, para lo grande que era, pero hasta más tarde no me enteré de que tenía las cuerdas vocales estropeadas a consecuencia de un tiro en la garganta.

—Lo siento —dijo—, pero tengo que cachearlo antes de que suba.

Dejé el maletín en el suelo, levanté los brazos y miré al infinito mientras él hacía su trabajo. A lo lejos, el Barrio Chino estaba iluminado como un árbol de Navidad.

—¿Qué hay en el maletín? —preguntó.

—El tablero de *backgammon* de Ben Siegel. Me lo ha regalado Max, pero la combinación que me dijo para abrirlo no es correcta. Me dijo «seis, seis, seis». Una combinación muy bonita, si funcionase.

Waxey asintió y se apartó. Llevaba pantalones negros sueltos y guayabera gris, del mismo color que su pelo. Como no se había puesto la chaqueta, se le veían los brazos y pude hacerme una idea más aproximada de lo fuerte que debía de ser. Los antebrazos eran como bolos de bolera. Seguramente usaba camisas sueltas para ocultar el arma de la cadera, pero el orillo del faldón se le había quedado enganchado en la pulida culata de madera de un Colt Detective Special del 38, el mejor revólver de cañón corto que existía.

Sacó del bolsillo de los pantalones una llave sujeta con una cadena de plata, la introdujo en el panel del ascensor y le dio media vuelta. No tuvo que apretar ningún botón más. El ascensor inició la subida directamente. Se abrieron las puertas de nuevo.

—Están en la azotea —dijo Waxey.

Los olí enseguida: el tufo penetrante de un pequeño incendio forestal que desprenden varios habanos grandes. Después los oí: fuertes voces estadounidenses, estentóreas carcajadas masculinas, blasfemias sin parar, alguna que otra palabra o expresión en *yiddish* o en italiano, más carcajadas estentóreas. Al pasar por la sala vi los desechos de una partida de cartas: una mesa grande llena de fichas y vasos vacíos. Terminada la partida, habían salido todos a la pequeña azotea de la piscina: un grupo de hombres con trajes bien cortados y caras embotadas, pero ya no tan duros. Algunos llevaban gafas y chaqueta deportiva, con pañuelo bien doblado en el bolsillo superior. Todos parecían exactamente lo que afirmaban que eran: hombres de negocios, propietarios de hoteles, clubs o restaurantes. Quizá sólo un policía o un agente del FBI habría sabido identificar la verdadera personalidad de todos y cada uno de ellos: todos se habían hecho famosos en las calles de Chicago, Boston, Miami y Nueva York en la época de la Ley Volstead. En el momento en que puse el pie en esa azotea supe que me encontraba entre las mayores bestias del hampa de La Habana: los capos mafiosos con los que tanto gustaba de hablar el senador Estes Kefauver. Había visto en televisión algunas declaraciones de la Comisión del Senado. Esas retransmisiones habían introducido en la vida doméstica el nombre de muchos capos, entre otros, el del hombre bajo, nariz grande y pelo oscuro y bien cortado que se encontraba allí. Llevaba una chaqueta deportiva marrón con camisa abierta. Era Meyer Lansky.

—¡Aquí está! —dijo Reles.

Habló en un tono un poco más alto de lo normal, pero era la perfección de sastre en persona. Llevaba pantalones grises de franela, limpios zapatos marrones con puntera Oxford, camisa azul con botones en el cuello, corbata azul de seda y americana de cachemira azul marino. Parecía el secretario de la Sociedad del Club Náutico de La Habana.

—Caballeros —dijo—, éste es el hombre de quien les hablaba. Bernie Gunther, mi nuevo director general.

Como de costumbre, me estremecí al oír mi verdadero nombre, dejé el maletín en el suelo y di la mano a Max.

—Tranquilízate, por favor —dijo—. Todos tenemos un historial tan largo como el tuyo, e incluso más. Casi todos estos señores han visto el interior de una celda carcelaria en algún momento de su vida, incluido yo. —Soltó la típica risita Max Reles—. Eso no lo sabías, ¿verdad?

Negué con un movimiento de cabeza.

—Como digo, aquí todos tenemos algo que contar. Bernie, saluda a Meyer Lansky, a su hermano Jake, a Moe Dalitz, a Norman Rothman, a Morris Kleinman y a Eddie Levinson. Apuesto a que no tenías ni idea de que en esta isla hubiese un sinedrio tan numeroso. Lógicamente, somos el cerebro de la organización. Del resto del trabajo se encargan los «macarroni» y los «McPatatas». Anda, saluda a Santo Trafficante, a Vincent Alo, a Tom McGinty, a Sam Tucker, a los hermanos Cellini y a Wilbur Clark.

—Hola —dije.

El hampa habanera me miraba con entusiasmo moderado.

—Seguro que han apostado por mí —comenté.

—Waxey, pon algo de beber a Bernie. ¿Qué tomas, Bernie?

—Me apetece una cerveza.

—Unos jugamos al *gin*, otros al *poker* —dijo Max— y otros no distinguen una partida de cartas de la mesa de clasificar de la estafeta de Correos, pero lo importante es que nos reunimos y charlamos en un ambiente de sana competencia, como Jesús y sus malditos discípulos. ¿Has leído *La riqueza de las naciones*, de Adam Smith, Bernie?

—No puedo decir que sí.

—Smith habla del concepto de «la mano invisible». Dijo que, en un mercado libre, el individuo que persigue su propio interés tiende a estimular el bien del conjunto de la comunidad, por un principio al que denominó «la mano invisible». —Se encogió de hombros—. Es lo que somos nosotros, ni más ni menos. La mano invisible. Yo hace años que lo soy.

—Como todos los demás —gruñó Lansky.

Reles soltó una risita.

—Meyer se cree el más listo, porque lee mucho. —Señaló a Lansky con el dedo—. Sin embargo, también leo yo, Meyer. También leo yo.

—La lectura es cosa de judíos —dijo Alo.

Era un hombre alto, de nariz larga y afilada, al que habría tomado por judío; sin embargo, era italiano.

—Luego les extraña que los judíos prosperen —dijo un hombre risueño que tenía la nariz como una pera de boxeo. Era Moe Dalitz.

—Yo he leído dos libros en mi vida —dijo uno de los irlandeses—, el de apuestas de Hoyle y el manual de instrucciones del Cadillac.

Llegó Waxey con mi cerveza, fría y oscura, como sus ojos.

—F. B. está pensando en reactivar su antiguo programa de educación rural —dijo Lansky—. A algunos de vosotros no os vendría mal apuntaros. No os haría ningún daño un poco de educación.

—¿El que puso en marcha en el treinta y seis? —dijo Jake, su hermano.

Meyer asintió.

—Aunque le preocupa que algunos de los chicos a los que enseña a leer mañana se conviertan en rebeldes, como los de esa última pandilla que está pasando una temporada en la isla de Pinos.

—Tiene motivos para preocuparse —dijo Alo—. A algunos de esos cabrones les hacen mamar comunismo.

—Por otra parte —dijo Lansky—, cuando la economía de este país despegue de verdad, necesitaremos gente culta que trabaje en nuestros hoteles. Son los *croupiers* del futuro. Para ser *croupier* hay que ser listo, rápido con los números. ¿Lees mucho, Bernie?

—Cada vez más —reconocí—. Para mí, es como irse a la legión extranjera francesa: lo hago para olvidar. Para olvidarme de mí mismo, me parece.

Max Reles estaba mirando la hora.

—Hablando de libros, tengo que echaros a todos, chicos. Es hora de pasar cuentas con F. B.

—¿Cómo funciona eso? —preguntó uno—. Por teléfono, quiero decir.

Reles se encogió de hombros.

—Le canto las cifras y él toma nota. Ambos sabemos que un día u otro lo comprobará todo, conque, ¿para qué iba a engañarlo?

Lansky asintió.

—No cabe duda de que eso está *verboten*.

Fuimos hacia el ascensor. Cuando entré en uno de los coches, Reles me agarró por el brazo y dijo:

—Empiezas a trabajar mañana. Ven hacia las diez y te enseño todo esto.

—De acuerdo.

Bajé al casino. Estaba un poco impresionado por las compañías de las que me rodeaba últimamente. Tenía la sensación de haber estado en Berghof, en audiencia con Hitler y otros jefazos nazis.

13

Al día siguiente, cuando volví al Saratoga a la diez de la mañana, como habíamos quedado, el ambiente había cambiado por completo. Había policías por todas partes: tanto en la calle como en el vestíbulo de entrada. Cuando pedí a la recepcionista que avisase a Max Reles de mi llegada, me dijo que habían prohibido subir al ático a todo el mundo, salvo a los dueños y a la policía.

—¿Qué ha ocurrido? —pregunté.

—No lo sé —dijo la recepcionista—. No quieren decirnos nada, pero se rumorea que los rebeldes han matado a un cliente del hotel.

Di media vuelta, me dirigí a la salida y me encontré con la pequeña figura de Meyer Lansky.

—¿Te vas? —preguntó—. ¿Por qué?

—No me permiten subir —dije.

—Ven conmigo.

Lo seguí hasta el ascensor; allí, un policía iba a cerrarnos el paso, cuando su superior reconoció al *gangster* y lo saludó. Una vez dentro, Lansky se sacó del bolsillo una llave igual que la de Waxey... y la utilizó para subir al ático. Me di cuenta de que le temblaba la mano.

—¿Qué ha ocurrido? —pregunté.

Lansky sacudió la cabeza.

Se abrieron las puertas del ascensor y vimos más policías; en la sala de estar se encontraban un capitán militar, Waxey, Jake Lansky y Moe Dalitz.

—¿Es cierto? —preguntó Meyer Lansky a su hermano.

Jake Lansky era un poco más alto que su hermano y tenía las facciones más duras. Usaba gruesas gafas de culo de botella y sus cejas parecían una pareja de tejones apareándose. Llevaba un traje de color crema con camisa blanca y pajarita. Se le notaban las arrugas de la risa, pero en ese momento estaba serio. Asintió con gravedad.

—Es cierto.

—¿Dónde?

—En su despacho.

Fui detrás de los hermanos Lansky hasta el despacho de Max Reles. Cerraba la marcha un capitán de policía uniformado.

Habían cambiado la decoración de las paredes. Parecía que hubiese pasado por allí Jackson Pollock y se hubiera expresado activamente con una brocha de techo y un bote grande de pintura roja. Salvo que no era pintura roja lo que salpicaba toda la oficina, sino sangre, mucha sangre. Además, Max Reles iba a tener que cambiar la alfombra de chinchilla, aunque no sería él quien fuese a la tienda a comprar una nueva. Él ya no compraría nada nunca más, ni siquiera un féretro, que era lo que más falta le hacía en ese momento. Yacía inmóvil en el suelo, con la misma ropa que llevaba la noche anterior, parecía, aunque la camisa azul ahora tenía algunas manchas oscuras. Miraba al techo, forrado de corcho, con un solo ojo. El otro le faltaba. Por lo que se veía, le habían dado dos tiros en la cabeza, pero había muchas posibilidades de que tuviera dos o tres más, entre el pecho y la espalda. Aquello era un verdadero homicidio de estilo *gangster*, sobre todo porque el pistolero se había asegurado a conciencia de dejarlo bien muerto. Sin embargo, aparte del capitán que había entrado en el despacho con nosotros —al parecer por curiosidad, más que otra cosa—, allí no había agentes de policía, nadie que hiciese fotografías al cadáver ni tomase medidas con una cinta métrica, nada de lo que podía esperarse en casos así. Bueno, estábamos en Cuba, claro, me dije, donde siempre se tardaba un poquito más en hacer las cosas, incluso, tal vez, en mandar forenses al lugar del crimen. Max Reles estaba muerto y, por lo tanto, ¿qué prisa había?

Después de entrar nosotros, asomó Waxey por la puerta del despacho de su difunto jefe. Tenía lágrimas en los ojos y llevaba en la mano un pañuelo que parecía una sábana de cama de matrimonio. Se sorbió la nariz y luego se sonó estentóreamente, como un barco de viajeros que llega a puerto.

Meyer Lansky lo miró con irritación.

—Pero, ¿dónde demonios te habías metido tú cuando le volaron la tapa de los sesos? —dijo—. ¿Dónde estabas, Waxey?

—Aquí mismo —susurró Waxey—, como siempre. Creía que el jefe se había ido a dormir después de llamar a F. B. Siempre se acostaba temprano, después de hablar con él, no fallaba, era como un reloj. No me enteré hasta las siete de esta mañana, cuando vine aquí y lo encontré así. Muerto.

Añadió la última palabra como si pudiera haber alguna duda.

—No lo mataron con una escopeta de perdigones, Waxey —dijo Lansky—. ¿No oíste nada?

Waxey negó con un pesaroso movimiento de cabeza.

—Nada, como ya he dicho.

El capitán de policía terminó de encender un cigarrillo pequeño y dijo:

—¿Es posible que matasen al señor Reles durante los fuegos artificiales de anoche? Porque, entonces, los disparos no se habrían oído.

Era un tipo más bien menudo, atractivo y lampiño. El limpio uniforme verde oliva que llevaba armonizaba con el tono moreno claro de su tez. Hablaba inglés con un ligerísimo acento español y, mientras hablaba, se apoyaba con naturalidad en la jamba de la puerta, como si no estuviera haciendo nada más que proponer con poco ánimo una solución para arreglar un coche estropeado. Casi como si en realidad no le importase quién había matado a Max Reles. Y tal vez fuera así. Tampoco en el ejército de Batista despertaba mucho interés la presencia de *gangsters* estadounidenses en Cuba.

—Los fuegos artificiales empezaron a medianoche —prosiguió el capitán—. Duraron unos treinta minutos. —Salió a la azotea por la puerta corredera de cristal—. Es posible que el asesino disparase al señor Reles desde aquí fuera aprovechando el ruido, que fue considerable.

Salimos detrás del capitán.

—Probablemente trepase desde el octavo piso por el andamio que hay alrededor del anuncio luminoso del hotel.

Meyer Lansky echó un vistazo hacia abajo.

—Es una altura tremenda —murmuró—. ¿Qué opinas tú, Jake?

Jake Lansky asintió.

—El capitán tiene razón. El tirador tuvo que subir aquí o, si no, tendría una llave, en cuyo caso tendría que haber pasado por donde estaba Waxey, pero eso es menos probable.

—Menos probable —dijo su hermano—, pero no imposible.

Waxey negó rotundamente con un movimiento de cabeza.

—De ninguna manera —murmuró encolerizado.

—A lo mejor te dormiste —dijo el capitán.

Waxey se indignó tanto que Jake Lansky se interpuso entre el capitán y él e intentó suavizar la situación, que se había puesto muy tensa de pronto. Cualquier cosa que afectase a Waxey podía acarrear mucha tensión.

Con una mano firmemente apoyada contra el pecho de Waxey, Jake Lansky dijo:

—Meyer, no te he presentado al capitán Sánchez. El capitán trabaja en la comisaría de la esquina con Zulueta. Capitán Sánchez, le presento a mi hermano, Meyer. Y aquí —dijo, mirándome a mí— el señor...

Titubeó un momento, pero no intentando recordar mi verdadero nombre —entendí que de ése se acordaba—, sino el falso.

—Carlos Hausner —dije.

El capitán asintió y, a continuación, siguió hablando, dirigiéndose siempre a Meyer Lansky.

—Acabo de hablar con el Excelentísimo Señor Presidente hace tan sólo unos minutos —dijo—. En primer lugar, señor Lansky, me ha pedido que le transmita sus más sinceras condolencias por tal dolorosa pérdida. También desea comunicarle que la policía de La Habana hará cuanto esté en su mano por descubrir al perpetrador de tan odioso crimen.

—Gracias —dijo Lansky.

—Su Excelencia dice que habló por teléfono con el señor Reles anoche, como tenían por costumbre todos los miércoles. La llamada duró exactamente desde las once cuarenta y cinco de la noche hasta las once cincuenta y cinco, lo cual parece corroborar que la muerte se produjo durante los fuegos artificiales, entre las doce y las doce treinta. Lo cierto es que estoy seguro de ello. Permítame que le explique el motivo.

Enseñó un proyectil deformado que llevaba en la palma de la mano.

—Lo he sacado de la pared del despacho. Parece una bala del calibre 38. Para disparar una bala así hace falta un arma que sería muy difícil de silenciar en cualquier circunstancia. Sin embargo, durante el espectáculo de fuegos artificiales pudo haber disparado seis tiros sin que nadie lo oyera.

Meyer Lansky me miró.

—¿Qué te parece esa idea? —me preguntó.

—¿A mí?

—Sí, a ti. Según Max, fuiste poli. ¿Qué clase de policía fuiste, por cierto?

—Un policía honrado.

—¡No, joder! ¿En qué departamento trabajabas?

—En Homicidios.

—Pues, eso: ¿qué te parece lo que dice el capitán?

Me encogí de hombros.

—Me parece que estamos dando palos de ciego y que sería mejor que lo examinase un médico, a ver si podemos establecer la hora de la muerte. Es posible que coincida con la de los fuegos artificiales, no lo sé, pero encajaría, eso seguro. —Eché un vistazo al suelo de la azotea—. Por aquí no se ven casquillos de bala, por lo tanto, o el homicida utilizó una automática y los recogió en la oscuridad, lo cual no parece muy probable, o utilizó un revólver. Sea como fuere, lo primero que hay que hacer es encontrar el arma homicida.

Lansky miró al capitán Sánchez.

—Ya la hemos buscado —dijo el capitán.

—¿Ah, sí? ¿Dónde?

—En la azotea, en el ático, en el octavo piso.

—A lo mejor la tiró al parque —dije, señalando el Campo de Marte—. Si se arroja un arma ahí por la noche, es posible que nadie se dé cuenta.

—Por otro lado, también es posible que se la llevara —dijo el capitán.

—Es posible. Sin embargo, anoche estaba en el casino el coronel Ventura, es decir, que había policía por todas partes, dentro del hotel y en los alrededores. No me parece plausible que una persona que acaba de matar a otra se arriesgue a tropezar con un policía llevando encima un arma con la que acaba de disparar seis o siete tiros. Sobre todo si era un profesional y, sinceramente, es lo que parece. Hay que tener mucha sangre fría para disparar tantas veces, dar en el blanco unas cuantas y creer que se va a salir indemne. Probablemente, un aficionado se habría asustado y habría fallado más tiros. Puede que incluso hubiera dejado caer el arma aquí mismo. Según mi teoría, se deshizo de ella al salir del hotel. Sé por experiencia que, en hoteles tan grandes como éste, se puede entrar y salir fácilmente con cualquier clase de contrabando. Los camareros van y vienen con bandejas tapadas, los mozos trajinan con maletas... El homicida pudo haber tirado el arma a la cesta de la colada.

El capitán Sánchez llamó a uno de sus hombres y le dijo que ordenase registrar el Campo de Marte y las cestas de la lavandería del hotel.

Volví al despacho, rodeé las manchas de sangre pasando de puntillas y me quedé mirando a Max Reles. Vi algo tapado con un pañuelo, algo que sangraba y lo había empapado por completo.

—¿Qué es eso? —pregunté al capitán, cuando hubo terminado de impartir órdenes a sus hombres.

—El ojo que le falta. Debió de saltársele con una de las balas que le atravesaron el cráneo.

Asentí.

—Pues el 38 se las traía, porque eso puede hacerlo un 45, pero no un 38. ¿Me permite echar un vistazo a la bala, capitán?

Sánchez me la pasó.

La miré y asentí.

—No; creo que tiene usted razón, capitán, parece un 38, en efecto, pero, en ese caso, la dispararon a mayor velocidad de lo normal.

—¿Cómo, por ejemplo?

—No tengo ni idea.

—¿Ha sido usted investigador, señor?

—Hace mucho tiempo. No tenía la menor intención de insinuar que no supiera usted hacer su trabajo, capitán. Estoy seguro de que tiene sus propios métodos para llevar una investigación, pero Mister Lansky me pidió mi opinión y se la di.

El capitán Sánchez dio una calada a su pequeño cigarrillo y a continuación lo tiró al suelo allí mismo, en el lugar de los hechos.

—Ha dicho que el coronel Ventura estaba en el casino anoche —recapituló—. ¿Eso significa que usted también?

—Sí. Estuve jugando al *backgammon* hasta las diez cuarenta y cinco; a esa hora subí aquí a tomar un trago con el señor Reles y sus invitados. Mister Lansky y su hermano se encontraban entre ellos, así como Mister Dalitz, el caballero que está en la sala, y Waxey. Estuve aquí hasta las once treinta, hora en que nos marchamos todos, porque Reles debía prepararse para hacer la llamada al presidente. Yo había quedado con mi oponente de la partida de *backgammon*, el señor García, propietario del teatro Shanghai, en que volveríamos al casino a seguir jugando. Lo esperé, pero no volvió. Entre tanto, tomé un trago con el señor Núñez, el director del casino. Después me fui a casa.

—¿Sobre qué hora?

—Acababan de dar las doce treinta. De eso estoy seguro porque los fuegos artificiales terminaron unos minutos antes de que cogiese yo el coche.

—Ya. —El capitán encendió otro cigarrillo y dejó escapar un poco de humo entre sus blanquísimos dientes—. En tal caso, usted mismo pudo haber matado al señor Reles, ¿no es así?

—En efecto. También pude haber sido yo el cabecilla del asalto al cuartel de Moncada, pero el caso es que no. Max Reles acababa de darme un puesto de trabajo sumamente bien remunerado y ahora me he quedado en la calle, conque, como comprenderá, el móvil del crimen no se sostendría.

—Así es exactamente, capitán —dijo Meyer Lansky—. Max acababa de nombrar director general al señor Hausner, aquí presente.

El capitán Sánchez asintió como aceptando la corroboración de Lansky en mi descargo, pero todavía no había terminado conmigo y me maldije por haberme precipitado a responder, cuando Lansky me preguntó sobre la muerte de Max Reles.

—¿Cuánto hacía que conocía al difunto? —me preguntó.

—Nos conocimos en Berlín hará unos veinte años, pero no habíamos vuelto a vernos hasta antes de anoche.

—¿Y le ofreció el empleo sin más ni más? Debía de tener una óptima opinión de usted, señor Hausner.

—Por algo sería, supongo.

—A lo mejor lo coaccionó usted con algo; algo que sucedió en el pasado.

—¿Insinúa que lo chantajeé, capitán?

—Sí, en efecto, sin la menor duda.

—Hace veinte años, puede, cuando, en efecto, teníamos con qué coaccionarnos el uno al otro, pero ahora ya no tenía nada con lo que amenazarlo.

—¿Y él? ¿Tenía algo con lo que ejercer poder sobre usted?

—Desde luego. Podría decirse así, ¿por qué no? Me ofreció dine-

430

ro por trabajar en su hotel. Es una de las cosas que más poder dan en esta isla, que yo sepa.

El capitán se echó la gorra hacia atrás y se rascó la frente.

—Sigo sin entenderlo. ¿Por qué? ¿Por qué le ofreció ese trabajo?

—Como le he dicho, por algo sería, pero si quiere que especule un poco, capitán, supongo que le gustó que yo no abriese la boca en veinte años, que mantuviese la palabra que le había dado y que me atreviese a mandarlo a tomar por el culo.

—Quizá también se atreviese a matarlo.

Sonreí y sacudí la cabeza.

—No, verá por qué se lo digo —dijo el capitán—. Max Reles ha vivido muchos años en La Habana. Es un ciudadano honorable que cumple la ley y paga sus impuestos. Es amigo del presidente. De pronto, se encuentra con usted después de veinte años y, al cabo de dos o tres días, se lo cargan. Es toda una coincidencia, ¿no le parece?

—Visto así, no sé por qué demonios no me detiene. Desde luego le ahorraría tiempo y complicaciones, porque no tendría que dirigir una investigación de homicidio en regla, con pruebas forenses y testigos que me hubiesen visto disparar. Lo normal, vamos. Lléveme a comisaría, ¿por qué no? Puede que me saque una confesión por la fuerza antes de terminar su turno. Supongo que no sería la primera vez.

—No crea todo lo que lee en *Bohemia*, señor.

—¿No?

—¿De verdad cree que torturamos a los sospechosos?

—En general, el asunto me trae sin cuidado, capitán, pero puede que vaya de visita a la isla de Pinos, pregunte a algunos prisioneros qué opinan ellos sobre el asunto y vuelva a contárselo a usted. Al menos, dejaré de tocarme las narices en casa unos días, para variar.

Sánchez no me escuchaba. Uno de sus agentes le había traído un revólver envuelto en una toalla, como una corona de laurel u olivo silvestre, y lo estaba mirando. Oí decir al agente que lo habían encontrado en la cesta de la lavandería del octavo piso. La culata tenía una estrella roja y, desde luego, parecía el arma homicida, sobre todo, por el silenciador.

—Se diría que el señor Hausner tenía razón, ¿no le parece, capitán? —dijo Meyer Lansky.

Sánchez y el agente dieron media vuelta y se fueron a la sala de estar.

—Más oportuno, imposible —dije a Lansky—, ¡y qué agradecido está ese estúpido!

—¿No te lo acaba de decir? A mí me ha gustado lo que le has dicho. Me recuerdas a mí. Supongo que es el arma homicida.

—Apostaría una fortuna. Es un Nagant de siete balas. Seguro que encuentran siete balas, entre el cuerpo de Max y las paredes.

—¿Un Nagant? Nunca había oído esa marca.

—La diseñó un belga, pero la estrella roja de la culata significa que es de fabricación rusa —dije.

—Rusa, ¿eh? ¿Es decir, que a Max lo han matado unos comunistas?

—No, Mister Lansky, me refería al revólver. Esa clase de arma la usaban los escuadrones soviéticos para matar a oficiales polacos en 1940. Les metían un tiro en la nuca y los enterraban en el bosque de Katyn, pero después echaban la culpa a los alemanes. Al final de la guerra, había revólveres de ésos por toda Europa. Curiosamente, a este lado del Atlántico no llegaron tantos, menos aún con silenciador Bramit. Sólo por eso, este homicidio parece obra de un profesional. Lo que son las cosas, señor, resulta que todas las pistolas hacen algo de ruido aunque lleven silenciador. Waxey lo habría oído. Sin embargo, la Nagant es la única que se puede silenciar por completo. No tiene espacio entre el tambor y el cañón. Lo llaman sistema de fuego cerrado, es decir, que puede suprimirse al cien por cien el ruido que haga el cañón, siempre y cuando, claro está, se le acople un silenciador Bramit. Es un arma perfecta para matar clandestinamente. Además, el Nagant también justificaría la velocidad superior de la bala del 38, suficiente para hacer saltar un ojo que se interpusiera en su trayectoria. En resumen, quiero decir que el homicida no tuvo necesidad de aprovechar el ruido de los fuegos artificiales para matar a Max Reles. Pudo haberlo hecho sin que nadie oyese nada a cualquier hora, entre la medianoche y esta mañana, cuando Waxey lo encontró muerto. Ah, y por cierto, es un arma que no se encuentra en los establecimientos habituales. Menos aún, con silenciador incluido. En la actualidad, los «ivanes» prefieren el Tokarev TT, que es mucho más ligero. Un arma automática, por si no lo sabía.

—No, no lo sabía —reconoció Lansky—, pero da la casualidad de que sé más de los rusos de lo que pueda parecer, Gunther. Mi familia era oriunda de Grodno, una población de la frontera entre Rusia y Polonia. Mi hermano Jake y yo nos marchamos de pequeños, huyendo de los rusos. Jake, aquí presente, conocía a uno de los agentes polacos a los que mataron. Ahora todo el mundo habla del antisemitismo alemán, pero, en el caso de mi familia, los rusos no fueron mejores. Puede que hasta peores.

Jake Lansky asintió.

—Yo opino lo mismo —dijo—, y padre también.

—¿Y cómo es que sabes tanto de armas rusas?

—Estuve en Inteligencia durante la guerra, en el bando alemán —dije—. Después, pasé una breve temporada en un campo ruso de prisioneros de guerra alemanes. Me he cambiado el nombre porque tuve que matar a dos «ivanes» para huir de un tren que viajaba con destino a una mina de uranio de los Urales. No creo que hubiese vuelto jamás de allí. Muy pocos alemanes han vuelto de los campos soviéticos. Si me pillan algún día, puedo darme por muerto, Mister Lansky.

—Me imaginaba algo así. —Lansky sacudió la cabeza y miró al difunto—. Habría que cubrirlo con algo.

—Yo no lo haría, Mister Lansky —dije—. Todavía no. Es posible que el capitán Sánchez quiera hacer las cosas bien en este asunto.

—No te preocupes por él en absoluto —dijo—. Si te da algún problema, llamo a su jefe y lo aparta del caso. A lo mejor lo hago de todos modos. Larguémonos de aquí, no lo soporto un minuto más. Max era como un hermano para mí. Nos conocíamos desde los quince años, cuando vivíamos en Brownsville. Era el chaval más espabilado que había visto en mi vida. Con la educación adecuada, habría llegado adonde hubiese querido. Incluso a la presidencia de los Estados Unidos.

Salimos a la sala de estar. Allí estaban Sánchez, Waxey y Dalitz. Habían guardado el arma en una bolsa de plástico y la habían dejado encima de la mesa en la que Max y yo habíamos comido hacía menos de cuarenta horas.

—¿Y ahora, qué? —preguntó Waxey.

—Lo enterramos —dijo Meyer Lansky—. Como a los buenos judíos. Es lo que le habría gustado. Cuando la policía termine con él, tendremos tres días para hacer los preparativos y demás.

—Déjamelo a mí —dijo Jake—. Será un honor.

—Hay que decírselo a la chica esa —dijo Dalitz.

—Dinah —susurró Waxey—, se llama Dinah. Iban a casarse. Los iba a casar un rabino, iban a romper la copa de vino y todo eso. Ella también es judía, por si no lo sabías.

—No lo sabía —dijo Dalitz.

—Se le pasará —dijo Meyer Lansky—, pero hay que decírselo, desde luego, aunque se le pasará. A los jóvenes siempre se les pasa todo. Tiene diecinueve años, toda la vida por delante. Que Dios lo acoja en su seno, pero siempre me pareció que era demasiado joven para él, aunque, ¿qué sé yo? No se puede condenar a nadie por desear un poquito de felicidad. Para un hombre como Max, Dinah era lo máximo a lo que podía aspirar. Sin embargo, tienes razón, Moe, hay que decírselo a la chica.

—¿Qué es lo que hay que decirme? ¿Ha pasado algo? ¿Dónde está Max? ¿Qué hace aquí la policía?

Entonces vio la pistola en la mesa. Supongo que lo demás lo adivinó, porque empezó a chillar con una potencia que habría despertado a los muertos.

Pero esta vez no despertó a ninguno.

14

Waxey se llevó a Dinah de vuelta a Finca Vigía en el Cadillac Eldorado rojo. Dadas las circunstancias, quizá debería haberla llevado yo. Habría podido ayudar un poco a Noreen a aliviar la pena de su hija, pero Waxey no deseaba otra cosa que librarse de la penetrante mirada escrutadora de Meyer Lansky, como si tuviese la impresión de que el *gangster* judío sospechara que había tenido algo que ver en la muerte de su jefe. Por otra parte, es mucho más probable que mi presencia sólo hubiera sido un estorbo. No era yo buen paño de lágrimas. Ya no. Había dejado de serlo desde la guerra, cuando tantas mujeres alemanas tuvieron que aprender a llorar solas por necesidad.

Era una pena, pero se me había agotado la paciencia para soportarla. ¿De qué servía sufrir por la muerte de las personas? No podía devolverles la vida, eso seguro. Tampoco podían ellos agradecértelo de ninguna manera. Los vivos siempre ganan a los muertos, aunque los muertos no lo sepan. Si alguna vez volvieran, lo único que nos reprocharían sería que nos las hubiéramos arreglado como fuera para superar su pérdida.

Eran aproximadamente las cuatro de la tarde cuando tuve fuerzas para conducir hasta la casa de Hemingway a dar el pésame. No lamentaba la muerte de Max Reles, a pesar de que me había privado de un sueldo de veinte mil dólares al año; sin embargo, por Dinah, estaba dispuesto a fingir.

El Pontiac no estaba allí, sólo había un Oldsmobile con protector solar que creí reconocer.

Me abrió la puerta Ramón y encontré a Dinah en su dormitorio. Estaba sentada en un sillón, fumando un puro, vigilada de cerca por un búfalo de agua de expresión triste. El búfalo me recordó a mí y era fácil comprender por qué estaba triste: Dinah tenía una maleta abierta encima de la cama, llena de ropa suya cuidadosamente doblada, como si fuera a marcharse del país. Junto al brazo del sillón, en una mesita auxiliar, había una bebida y un cenicero de madera dura.

Tenía los ojos enrojecidos, pero parecía que ya se le habían agotado las lágrimas.

—He venido a ver qué tal estás —dije.

—Pues, ya lo ve —dijo con calma.

—¿Te vas a alguna parte?

—De modo que sí que era detective.

Sonreí.

—Eso me decía Max, cuando quería pincharme.

—¿Y lo conseguía?

—En aquella época, sí, aunque ahora es difícil pincharme. Me he vuelto mucho más impermeable.

—Max ya no puede decir ni eso.

Lo dejé pasar.

—¿Qué le parecería si le dijese que lo ha matado mi madre? —me preguntó.

—Que es una idea brutal y que te la guardases para ti. No todos los amigos de Max son tan olvidadizos como yo.

—Pero vi el revólver —dijo—, el arma homicida, en el ático del Saratoga. Era el de mi madre, el que le regaló Ernest Hemingway.

—Hay muchos como ése —dije—. Vi muchísimos durante la guerra.

—El de mi madre no está en su sitio —dijo Dinah—. He ido a comprobarlo.

—No, no, no. ¿Te acuerdas, el otro día, cuando me dijiste que se las daba de suicida? Me lo llevé, por si se le ocurría quitarse la vida. Tenía que habértelo dicho en su momento, lo siento.

—Miente —dijo ella.

Tenía razón, pero no se lo iba a decir.

—No, no es cierto —repliqué.

—El revólver ha desaparecido y ella también.

—Estoy seguro de que todo tiene una explicación muy sencilla.

—Sí, que lo ha matado ella. Ella o Alfredo López. El coche que hay ahí fuera es suyo. A ninguno de los dos les gustaba Max. Una vez, Noreen prácticamente me dijo que quería matarlo para que no me casara con él.

—Dime, en realidad, ¿qué sabes del difunto novio?

—Sé que no era exactamente un santo, si se refiere a eso. Nunca dijo que lo fuese. —Se sonrojó—. ¿Adónde quiere ir a parar?

—Solamente a esto: Max no era un santo, desde luego, nada más lejos. No te va a gustar saberlo, pero vas a escucharme. Max Reles era un *gangster*. Durante la Ley Seca se dedicó al tráfico de alcohol sin el menor escrúpulo. Abe, su hermano menor, era uno de los mafiosos más activos, hasta que lo tiraron por la ventana de un hotel.

—No quiero saber nada de eso.

Dinah sacudió la cabeza y se levantó, pero la obligué a sentarse otra vez.

—Pues lo vas a saber —dije—. Vas a enterarte de todo lo que tengo que decir, porque hasta ahora nadie te lo ha contado y, si te lo han contado, has escondido la cabeza bajo el ala como un estúpido avestruz. Vas a oírlo todo, porque es la verdad. Hasta la última palabra. Max Reles participó en las extorsiones más crueles que han existido. En los últimos tiempos, formaba parte de un sindicato del crimen organizado que empezó en los años treinta con Charlie Luciano y Meyer Lansky. Se quedó en el asunto porque no le importaba cargarse a sus rivales.

—Cállese —dijo—. Eso no es cierto.

—Él mismo me contó que, en 1933, su hermano y él mataron a dos hombres, los hermanos Shapiro. A uno de ellos lo enterró vivo. Cuando terminó la Ley Seca, empezó con los chanchullos de la construcción, parte de los cuales se desarrollaron en Berlín, que fue cuando lo conocí. En Berlín mató a un hombre de negocios alemán llamado Rubusch, porque no se dejó intimidar por él. Lo vi matar a otras dos personas con mis propios ojos. Una era una prostituta llamada Dora, con quien mantenía relaciones. Le pegó un tiro en la cabeza y la arrojó a un lago. La mujer todavía respiraba, cuando llegó al agua.

—Lárguese —me espetó—. Salga de aquí ahora mismo.

—A lo mejor ya te ha contado tu madre lo del hombre al que se cargó en un transatlántico, cuando coincidieron los dos en un viaje de Nueva York a Hamburgo.

—No la creí ni lo creo a usted ahora.

—Seguro que sí. Lo crees todo, porque no eres tonta, Dinah. Siempre has sabido la clase de hombre que era. A lo mejor te gustaba, a lo mejor, estar al lado de un hombre así te daba un ligero estremecimiento morboso. Los habitantes de las sombras ejercen una especie de fascinación sobre todos nosotros. Puede que sea eso, no lo sé y, la verdad, no me importa. Sin embargo, si no sabías la clase de *gangster* que era Max Reles, seguro que tenías alguna sospecha. Muchas sospechas, en realidad, por los amigos de los que se rodeaba. Meyer y Jake Lansky, Santo Trafficante, Norman Rothman y Vincent Alo: *gangsters*, del primero al último, y Lansky, el más infaustamente famoso de todos. Hace sólo cuatro años, compareció ante un comité del Senado que investigaba las redes del crimen organizado en los Estados Unidos. Max también, por eso se trasladaron a Cuba.

»Sé con certeza que ha matado a seis personas, pero apuesto a que han sido muchas más, gente que le irritaba o que le debía dinero o, sencillamente, que le estorbaba. También me habría matado a mí, pero encontré la manera de impedírselo. Descubrí un secreto suyo, una cosa que nadie debía saber. A Max lo han matado a tiros, pero él tenía un arma secreta, un picahielo que clavaba a la gente por el oído. Ya ves la clase de hombre que era, Dinah. Un *gangster* podrido y quitavidas, como otros tantos de los que montan hoteles y casinos aquí, en La Habana; probablemente cualquiera de ellos tuviera motivos para desear que desapareciese del mapa.

»Conque ya sabes, deja de decir sandeces contra tu madre. Te aseguro que no ha tenido nada que ver con la muerte de Max. O cierras el pico o conseguirás que la maten por tu culpa. Y a ti también, si, por casualidad, te metes en medio. No digas a nadie lo que me has dicho a mí. ¿Entendido?

Enfurruñada, asintió.

Señalé el vaso que tenía al lado del brazo.

—¿Estás bebiendo eso?

Lo miró y negó con un movimiento de cabeza.

—No, el *whisky* ni siquiera me gusta.

Alargué el brazo y lo cogí.

—¿Te importa?

Me eché todo el contenido en la boca y lo paladeé antes de tragármelo poco a poco.

—Hablo más de la cuenta —dije—, pero esto ayuda, te lo aseguro.

—De acuerdo —dijo ella—. Es cierto. Sospechaba lo que era, pero me asustaba dejarlo. Me asustaba que pudiese hacer una tontería. Al principio, sólo era por divertirme un poco. Aquí me aburría. Max me presentaba a gente a la que yo sólo conocía por la prensa: Frank Sinatra, Nat King Cole... ¿Se lo imagina? —Asintió—. Es verdad, y todo lo que me ha contado... me lo olía.

—Todos nos equivocamos. Bien sabe Dios que yo he cometido unos cuantos errores. —Había un paquete de tabaco en la maleta, encima de la ropa. Lo cogí—. ¿Te importa? Lo he dejado, pero en este momento me vendría bien un cigarrillo.

—Adelante.

Lo encendí rápidamente y me tragué el humo antes emprenderla con el *whisky*.

—¿Adónde piensas ir?

—A los Estados Unidos. A la Universidad Brown de Rhode Island, como quería mi madre. Supongo.

—¿Y lo de cantar?

—Supongo que se lo contó Max, ¿no?

—La verdad es que sí. Por lo visto, creía que tenías mucho talento.

Dinah sonrió con tristeza.

—No sé cantar —dijo—, aunque parece que Max pensaba lo contrario, no sé por qué. Supongo que me creía la mejor para cualquier cosa, incluso para cantar, pero lo cierto es que ni canto ni actúo. Durante un tiempo fue divertido fingir que podía, pero en el fondo sabía perfectamente que eran castillos en el aire.

Entró un coche por el camino. Miré por la ventana, que estaba abierta, y vi aparcar al Pontiac al lado del Oldsmobile. Se abrieron las portezuelas y se apearon un hombre y una mujer. No iban vestidos de playa, pero de ahí venían, precisamente, no hacía falta ser detective para darse cuenta. Alfredo López llevaba arena casi hasta las rodillas, así como en los hombros, mientras que Noreen la llevaba por todas partes. No me vieron. Estaban muy encandilados, sonriéndose y sacudiéndose la arena mientras subían los peldaños hacia la puerta principal. Cuando Noreen me vio en la ventana, se le quebró la sonrisa un poco. Quizá se ruborizase. Puede que sí.

Bajé al vestíbulo y nos encontramos en el momento en que entraban por la puerta. Su sonrisa se había transformado en expresión de culpabilidad, pero eso no tenía nada que ver con la muerte de Max Reles. De eso estaba seguro.

—Bernie —dijo ella, cohibida—, ¡qué agradable sorpresa!

—Si tú lo dices...

Se acercó al carrito de las bebidas y empezó a prepararse un trago largo. López parecía acobardado, fumaba un cigarrillo y fingía que leía una revista de un revistero tan grande como un quiosco de prensa.

—¿Qué te trae por aquí? —preguntó ella.

Hasta el momento, se las había arreglado muy bien para no mirarme a los ojos. Tampoco es que yo se lo facilitara, exactamente, pero ambos sabíamos que yo sabía lo que habían estado haciendo López y ella. En realidad, hasta se olía en el aire, como la fritanga. Pensé en darle una breve explicación y largarme cuanto antes.

—He venido a ver qué tal estaba Dinah —dije.

—¿Por qué no iba a estar bien? ¿Ha pasado algo? —Noreen me miraba; la preocupación por su hija le hizo superar momentáneamente la vergüenza—. ¿Dónde está? ¿Se encuentra bien?

—Está bien —dije—; es Max Reles el que no se encuentra en su mejor momento ahora mismo, teniendo en cuenta que anoche le metieron siete balas en el cuerpo. El caso es que ha muerto.

Noreen dejó de prepararse la bebida.

—Ya —dijo—. Pobre Max —entonces hizo una mueca—. ¡Qué cosas digo! Estoy hecha una auténtica hipócrita, ¡como si de verdad lamentase su muerte! Tampoco me sorprende nada, teniendo en cuenta quién era. —Sacudió la cabeza—. Siento parecer tan insensible. ¿Cómo se lo ha tomado Dinah? ¡Ay, Señor! ¿No estaría con él, verdad, cuando lo...?

—No, ella no estaba —dije—, no le ha pasado nada. Está empezando a superarlo, como puedes suponer.

—¿Tiene la policía alguna idea sobre quién ha podido ser? —preguntó López.

—Muy buena pregunta, sí señor —dije—. Tengo la impresión de que esperan que el caso se resuelva solo. O bien, que lo resuelva cualquier otro.

López asintió.

—Sí, seguro que tienes razón, naturalmente. El ejército de La Habana no puede ponerse a indagar a fondo, porque se arriesga a levantar todas las liebres, si, por casualidad, el autor del homicidio resulta ser otro *gangster* de la ciudad. En Cuba nunca ha habido guerra entre los hampones, al menos, no han matado a ningún capitoste. Me imagino que lo último que desea Batista es una guerra de mafiosos a la puerta de su casa. —Sonrió—. Sí, me complace decir que la política va a complicar el asunto perversamente.

Tal como resultaron las cosas, el asunto se complicó mucho más aún.

15

Llegué a casa sobre las siete y cené el plato frío que me había dejado Yara preparado y tapado. Mientras comía, ojeé el periódico de la tarde. Había una bonita foto de Marta, la mujer del presidente, inaugurando una escuela en Boyeros, y algo sobre la próxima visita de George Smathers, un senador de los Estados Unidos; sin embargo, de Max Reles, ni una palabra, ni siquiera en la sección de defunciones. Después de comer me preparé un trago, cosa que no me dio mucho trabajo. Sólo me serví vodka de la nevera en un vaso limpio y me lo bebí. Me disponía a ocupar el lugar del amigo muerto de Montaigne —me pareció una buena definición de «lector»— cuando sonó el teléfono, lo cual me hizo pensar que, a veces, el mejor amigo es el amigo muerto.

No era un amigo, sino Meyer Lansky, y, por la voz, parecía disgustado.

—¿Gunther?

—Sí.

—¿Dónde demonios te habías metido? ¡Llevo toda la tarde llamando!

—Fui a ver a Dinah, la chica de Max Reles.

—¡Ah! ¿Qué tal está?

—Como dijo usted. Se le pasará.

—Oye, Gunther, quiero hablar contigo, pero no por teléfono. No me gustan los teléfonos, no me han gustado nunca. Este número al que te he llamado, el 7-8075, es de Vedado, ¿no?

—Sí. Vivo en el Malecón.

—Entonces, prácticamente somos vecinos. Yo estoy en la suite del hotel Nacional. ¿Puedes venir aquí a las nueve?

Pensé en unas cuantas excusas para no ir, pero ninguna me pareció lo suficientemente aceptable para un *gangster* como Meyer Lansky, conque le dije:

—Claro, ¿por qué no? No me sentaría mal un paseo por la orilla del mar.

—Hazme un favor, de paso.

—Creía que ya me lo había pedido.

—De camino hacia aquí, tráeme dos paquetes de Parliament, haz el favor. Se nos han terminado en el hotel.

Eché a andar por el Malecón en dirección oeste, compré el tabaco de Lansky y entré en el mayor hotel de La Habana. Se parecía más a una catedral que la propia catedral de Empedrado. El vestíbulo era más grande que la nave de San Cristóbal; el bello artesonado del techo habría sido la envidia de muchos «palacios» medievales. Además, olía mucho mejor que la catedral, porque el denso tráfico era de seres humanos aseados e incluso perfumados, aunque, a mi experto entender, se notaba una gran escasez de empleados, como indicaban las largas colas de clientes en los mostradores de recepción, caja y conserjería: parecían colas de las ventanillas de una estación de tren. En alguna parte, alguien tocaba un piano pequeño, que me recordó a una clase de danza de una escuela de ballet para niñas. A lo largo del vestíbulo había cuatro relojes de péndulo. Cada uno marcaba una hora distinta y tocaban las campanadas uno detrás de otro, como si el tiempo fuese un concepto elástico en La Habana. Cerca de las puertas del ascensor había una pared decorada con un cuadro del presidente y su mujer, a tamaño natural, ambos vestidos de blanco, ella, con un traje sastre de falda y chaqueta y él, con un uniforme militar tropical. Parecían los Perón en versión recorte de presupuesto.

Subí al último piso del edificio en el ascensor. En contraste con el ambiente de estación de tren del vestíbulo, en el piso de ejecutivos reinaba un silencio sepulcral. Es muy posible que estuviera incluso más silencioso, puesto que en los sepulcros no suele haber moqueta de a diez dólares el metro cuadrado. Todas las puertas de las suites eran de lamas abatibles, para facilitar la ventilación del aire o del humo de los puros. Todo el piso olía a humidificador de plantación de tabaco.

Sólo la suite de Lansky tenía portero propio. Era un hombre alto, llevaba mangas cuadradas y tenía un pecho como una carreta. Me acerqué andando por el pasillo, más silencioso que Hiawatha, se volvió a mirarme y me dejé cachear; parecía que estuviera buscando su caja de cerillas en mis bolsillos. Como no la encontró, me abrió la puerta de una suite del tamaño de una sala de billar, no había nadie y todo estaba en silencio, pero, en vez de recibirme otro judío con la membrana pituitaria hiperactiva, me recibió una mujer menuda y pelirroja de ojos verdes y unos cuarenta años que parecía una peluquera neoyorquina y hablaba igual. Me sonrió cordialmente, me dijo que se llamaba Teddy y que era la mujer de Meyer Lansky; me invitó a pasar a la sala de estar, que tenía una serie de puertaventanas correderas; daban a un gran balcón que rodeaba toda la sala.

Lansky estaba sentado en un sillón de mimbre, a oscuras, mirando el mar, como Canuto.

—Ahora no se ve desde aquí —dijo—. El mar. Sin embargo, se huele y se oye. Escucha, ¿oyes el rumor?

Levantó el dedo como llamándome la atención sobre el canto de un jilguero en Berkeley Street.

Presté atención. A mí, que tengo un oído poco fiable, me sonaba muy parecido al mar.

—Fíjate cómo suena al acercarse y retirarse de la playa y vuelta a empezar. En este mísero mundo, todo cambia, menos ese sonido. Hace miles de años que suena exactamente igual. Nunca me canso de oírlo. —Suspiró—. Y, a veces, ¡casi todo lo demás me harta tanto...! ¿Te pasa alguna vez, Gunther? ¿Te hartas de todo?

—¿Hartarme? Mister Lansky, a veces estoy tan harto de todo que me parece que estoy muerto. Si no fuera porque duermo bien, la vida se me haría insoportable.

Le di el tabaco. Iba a sacarse la cartera del bolsillo, pero se lo impedí.

—Quédeselo —le dije—. Me gusta que me deba usted dinero. Me parece más seguro que a la inversa.

Lansky sonrió.

—¿Un trago?

—No, gracias. Prefiero estar despejado para hablar de negocios con Lucifer.

—¿Eso le parezco?

Me encogí de hombros.

—Cada cual se conoce a sí mismo. —Me quedé mirándolo mientras encendía un cigarrillo y añadí—: Porque me ha llamado para eso, ¿no? Para hablar de negocios. No creo que quiera ponerse a recordar lo buen chico que era Max.

Lansky me clavó una mirada escrutadora.

—Antes de morir, Max me habló de ti. Me contó todo lo que sabía. Voy a ir al grano, Gunther. Max quería que trabajases con él por tres motivos. Eres ex policía, entiendes de hoteles y no perteneces a ninguna de las familias que hacen negocios aquí, en La Habana. Por dos de esos motivos y uno mío propio creo que eres el hombre adecuado para averiguar quién mató a Max. Déjame hablar, por favor. Lo único que no podemos permitirnos en esta ciudad es una guerra entre familias. Ya tenemos suficiente con los rebeldes, no necesitamos más problemas. No podemos confiar en que la policía investigue el caso como es debido. Seguro que ya lo sabías, por tu conversación de esta mañana con el capitán Sánchez. La verdad es que no es mal policía, no, en absoluto, pero me gustó lo que le dijiste. También me asombra que no te dejes intimidar fácilmente, al menos, por la policía... ni por mí ni por mis socios.

»El caso es que he hablado con algunos de los caballeros a los que conociste la otra noche y todos estamos de acuerdo en que no queremos que te pongas a dirigir el Saratoga, como te había ofrecido Max. Queremos que investigues su muerte. El capitán Sánchez te prestará toda la ayuda que precises, pero tienes carta blanca, como se suele decir. Lo único que queremos es evitar enfrentamientos entre nosotros. Si lo haces, Gunther, si investigas esa muerte, te deberé mucho más que dos paquetes de tabaco. En primer lugar, te pagaré lo que te iba a pagar Max y, en segundo, seré amigo tuyo. Piénsalo antes de decirme que no. Puedo ser muy buen amigo de quien me hace un buen servicio. En resumen, mis socios y yo estamos de acuerdo. Eres libre de ir donde quieras y de hablar con quien quieras: con los jefes, con los soldados... dondequiera que te lleven las pruebas. Sánchez no se interpondrá. Si le dices que salte, te preguntará hasta qué altura.

—Hace mucho tiempo que dejé la investigación, Mister Lansky.

—No lo dudo.

—Tampoco soy tan diplomático como entonces. No soy Dag Hammarskjöld. Y supongamos por un momento que descubro al homicida. ¿Qué pasará entonces? ¿Lo ha pensado ya?

—Esa preocupación déjamela a mí, Gunther. Tú procura hablar con todo el mundo y sacar a cada cual su coartada: Norman Rothman y Lefty Clark en el Sans Souci. Santo Trafficante, el del Tropicana y mi propia gente: los hermanos Cellini, del Montmartre, Joe Stassi, Tom McGinty, Charlie White, Joe Rivers, Eddie Levinson, Moe Dalitz, Sam Tucker, Vincent Alo... Sin olvidar a los cubanos, claro: Amadeo Barletta y Amleto Battisti (que no son familia), en el hotel Sevilla. Tranquilo, te daré una lista que te servirá de guía. Una lista de sospechosos, si lo prefieres, con mi nombre en primer lugar.

—Será larga.

—No lo dudes. Tienes que hacerlo a conciencia y, para que todo el mundo vea que es justo, no podemos dejar fuera a nadie. Que se vea que se cumple la Justicia, por así decir. —Tiró el cigarrillo por el balcón—. Entonces, ¿lo vas a hacer?

Asentí. Todavía no se me había ocurrido ninguna excusa suficientemente aceptable para ese hombrecillo, sobre todo desde que me había ofrecido su amistad. Más la otra cara de la moneda.

—Puedes empezar ya.

—Probablemente será lo mejor.

—¿Qué es lo primero que vas a hacer?

Me encogí de hombros.

—Supongo que volver al Saratoga, averiguar si alguien vio algo, volver al lugar de los hechos, hablar con Waxey...

—Para eso, tendrás que localizarlo —dijo Lansky—. Waxey ha desaparecido del mapa. Esta mañana acompañó a la chica a su casa y no lo hemos vuelto a ver. —Se encogió de hombros—. A lo mejor se presenta en el funeral.

—¿Cuándo se celebra?

—Pasado mañana, en el cementerio judío de Guanabacoa.

—Lo conozco.

En el camino de vuelta volví a pasar por Casa Marina. Esta vez entré.

16

La mañana siguiente fue soleada, pero hacía viento y la mitad del mar invernal arremetía contra el Malecón como si un dios, entristecido por la perversidad humana, hubiese mandado un diluvio. Me desperté temprano y pensé que me habría gustado dormir un poco más y que probablemente lo habría hecho si no hubiera sonado el teléfono. De pronto, parecía que toda La Habana quería hablar conmigo.

Era el capitán Sánchez.

—¿Qué tal está el gran detective esta mañana?

Por el tono, no parecía que le hiciese mucha gracia que Lansky me hubiera contratado de sabueso. A mí tampoco, la verdad.

—En la cama, todavía —dije—. Me acosté tarde.

—¿Estuvo interrogando a sospechosos?

Me acordé de las chicas de Casa Marina y de cuánto le gustaba a la dueña —propietaria, además, de una cadena de corseterías en La Habana— que los clientes preguntasen muchas cosas a sus chicas, antes de decidir con cuál subir al tercer piso.

—Podría decirse así.

—¿Cree que va a descubrir hoy al autor del delito?

—Lo más probable es que no —dije—. El tiempo no acompaña.

—Tiene razón —dijo Sánchez—, hoy está el día de encontrar cadáveres, pero no a quien se los carga. De repente nos salen muertos por toda La Habana. Han encontrado uno en la bahía, en Regla, donde las instalaciones de la petroquímica.

—¿Tengo yo una casa de pompas fúnebres? ¿Por qué me lo cuenta a mí?

—Porque el hombre iba conduciendo un coche cuando se cayó al agua, pero no un coche cualquiera, no crea, sino un gran Cadillac Eldorado rojo. Descapotable.

Cerré los ojos un momento. Luego dije:

—Waxey.

—No lo habríamos encontrado de ninguna manera, pero resulta que un barco pesquero, al arrastrar el ancla, enganchó el coche por el parachoques y lo sacó a la superficie. Voy a Regla ahora mismo y pensé que a lo mejor quería acompañarme.

—¿Por qué no? Hace tiempo que no salgo de pesca.

—Lo espero en su edificio, en la calle, dentro de quince minutos. Podemos ir los dos hasta allí en un solo coche. A lo mejor, por el camino, me explica un par de trucos para ser detective.

—No sería la primera vez.

—Era broma —dijo, muy serio.

—En ese caso, está usted en el buen camino, capitán. Si quiere ser un buen detective, necesita tener mucho sentido del humor. Ahí tiene la primera pista.

Veinte minutos después, íbamos en dirección sur, luego este y, finalmente, norte, rodeando la bahía hasta Regla. Era una pequeña ciudad industrial que se reconocía enseguida desde lejos por las humaredas de la planta petroquímica, aunque, históricamente, era más famosa por ser un centro de santería y el lugar en el que se celebraban las «corridas» de La Habana, hasta que los españoles perdieron la isla.

Sánchez conducía el gran sedán negro de la policía como un toro bravo, encendiendo luces rojas, frenando en el último momento o virando repentinamente sin avisar a izquierda o derecha. Cuando por fin nos paramos al final del largo espigón, estaba yo a punto de clavarle una espada en su musculoso cuello.

Un reducido grupo de policías y empleados del puerto se había reunido a observar la llegada de una barcaza cargada con el coche rescatado del fondo del mar. Tras desengancharlo del ancla del barco pesquero, lo habían izado a la barcaza y lo habían depositado sobre una montaña de carbón. El coche parecía una especie fantástica de pez deportivo, un marlín rojo —suponiendo que tal cosa existiera— o un crustáceo gigante.

Seguí a Sánchez por unas escaleras, que la última marea había dejado resbaladizas, y tan pronto como un hombre de la barcaza la hubo amarrado a un noray, saltamos a bordo de la inquieta embarcación.

Se acercó el capitán y habló con Sánchez, pero tenía un acento cubano tan cerrado que no lo entendí, cosa que me sucedía a menudo, cuando salía de la ciudad. Era un tipo malhumorado y fumaba un puro de los caros, que era lo más limpio y respetable de toda su persona. El resto de la tripulación andaba por allí masticando goma de mascar y esperando órdenes. Por fin dieron una y un marinero se plantó en la montaña de carbón y extendió una lona por encima, para que Sánchez y yo pudiéramos subir hasta el coche sin ponernos perdidos, como él. Pasamos a la lona y subimos como pudimos por la insegura pendiente carbonífera para echar un vistazo al coche. La capota blanca estaba puesta, sucia, pero prácticamente intacta. El parachoques de delante, en el que se había enganchado el ancla del barco pesquero, se había deformado mucho. El interior parecía un acuario. A pesar de todo, el Cadillac rojo seguía siendo el coche más bonito de La Habana.

El marinero, preocupado todavía por el bien planchado uniforme de Sánchez, se dispuso a abrirnos la portezuela del conductor tan pronto como su capitán le diese la orden. Una vez dada, la puerta se abrió y el agua salió en cascada empapando las piernas al marinero, para diversión de sus charlatanes colegas.

Poco a poco, el conductor del coche fue asomando la cabeza como quien se duerme en la bañera. Por un momento pensé que el volante le impediría salir del todo, pero la barcaza se inclinó con el fuerte oleaje, volvió a subir y dejó caer al muerto en la lona como un trapo sucio. Era Waxey, sin lugar a dudas y, aunque parecía un ahogado, no lo había matado el mar. Tampoco el volumen de la música, aunque tenía las orejas, o lo que quedaba de ellas, como llenas de incrustaciones de coral rojo oscuro.

—Qué lástima —dijo Sánchez.

—Yo no lo conocía, en realidad.

—Me refiero al coche —dijo Sánchez—. El Cadillac Eldorado es precisamente el modelo que más me gusta del mundo entero. —Sacudió la cabeza admirándolo—. Precioso. Me gusta el rojo. El rojo es bonito, aunque yo lo habría elegido negro, con ruedas y capota blancas. El negro tiene mucha más clase, en mi opinión.

—Se diría que el color de moda es el rojo —dije.

—¿Se refiere a las orejas del difunto?

—No, me refería a sus uñas.

—Parece que le hayan dado un tiro en cada oreja. Es un mensaje, ¿verdad?

—Tan claro como el telégrafo sin cables, capitán.

—Seguro que oyó algo que no tenía que haber oído.

—Tire la moneda otra vez. No oyó algo que tenía que haber oído.

—¿Por ejemplo, a quien disparó siete tiros a su jefe en la habitación de al lado?

Asentí.

—¿Cree que él tuvo algo que ver? —preguntó.

—Adelante, pregúnteselo a él.

—Supongo que no llegaremos a saberlo nunca. —Sánchez se quitó la puntiaguda gorra y se rascó la cabeza—. Es una pena —dijo.

—¿El coche, otra vez?

—No haberlo interrogado antes.

17

Cuba no había dejado de recibir judíos desde los tiempos de Colón. En tiempos más recientes, los Estados Unidos habían rechazado a muchos, pero un gran número de ellos había hallado asilo entre los cubanos, quienes, por referencia al país de origen de la mayoría de acogidos en la isla, los llamaban «polacos». A juzgar por la abundancia de tumbas en el cementerio judío de Guanabacoa, en Cuba había más «polacos» de lo que parecía. El cementerio se encontraba en la carretera de Santa Fe, al otro lado de una impresionante verja de entrada. No era exactamente el Monte de los Olivos, pero las tumbas, todas de mármol blanco, se encontraban en un suave altozano que dominaba una plantación de mangos. Incluso había un pequeño monumento a las víctimas judías de la Segunda Guerra Mundial en el cual, se decía, habían enterrado pastillas de jabón, como símbolo de su supuesto destino fatal.

Habría podido contar a quien me hubiese escuchado que la extendida creencia de que los científicos nazis habían fabricado jabón con cadáveres de judíos era absolutamente falsa. La costumbre de llamarlos «jabón» se debía simplemente a una broma de muy mal gusto que circulaba entre los agentes de las SS, una forma más de deshumanizar —y, algunas veces, amenazar— a sus víctimas más numerosas. Sin embargo, puesto que, de manera regular y con fines industriales, se había utilizado cabello humano procedente de los internos de campos de concentración, habría sido más adecuado aplicarles el epíteto de «fieltro»: fieltro para coches, para relleno de tejados, para alfombras y en la industria de la automoción.

Eso no lo querían oír las personas que iban llegando al funeral de Max Reles.

En cuanto a mí, me quedé un tanto perplejo cuando, a la entrada de Guanabacoa, me ofrecieron una kipá. No es que no tuviese intención de cubrirme la cabeza en un entierro judío, puesto que ya llevaba puesto el sombrero. Lo que me extrañó fue la persona que las repartía. Era Szymon Woytak, el polaco cadavérico de la tienda de recuerdos nazis de Maurique. Él ya se había puesto una kipá, detalle que, sumado a su presencia en el funeral, me pareció una pista inequívoca de que también era judío.

—¿Quién está despachando en la tienda? —le pregunté.

Se encogió de hombros.

—Cuando tengo que ayudar a mi hermano, siempre cierro un par de horas. Es el rabino que va a leer el *kaddish* por su amigo Max Reles.

—¿Y usted qué hace, vende los programas del espectáculo?

—Soy el cantor. Canto los salmos y lo que solicite la familia del difunto.

—¿También la canción del Horst Wessel?

Woytak sonrió pacientemente y entregó una kipá a la persona que venía detrás de mí.

—Mire —dijo—, hay que ganarse la vida de alguna manera, ¿verdad?

La familia no asistió, a menos que se considerase como tal al hampa judía de La Habana, naturalmente. Los principales allegados parecían ser los hermanos Lansky; también asistieron Teddy (la mujer de Meyer), Moe Dalitz, Norman Rothman, Eddie Levinson, Morris Kleinman y Sam Tucker. Había también muchos gentiles, aparte de mí, como Santo Trafficante, Vincent Alo, Tom McGinty y los hermanos Cellini, por nombrar sólo a unos pocos. Lo que me pareció interesante —y también habría podido interesar a teóricos de la raza del Tercer Reich como Alfred Rosenberg— era lo judíos que parecían todos sólo por llevar una kipá.

Además, acudieron al acto varios representantes del gobierno y de la policía, entre ellos, el capitán Sánchez. Batista no se presentó a las exequias de su antiguo socio por miedo a que lo asesinaran. Eso fue lo que me dijo Sánchez después.

Noreen y Dinah tampoco. Ni las esperaba. La ausencia de Noreen tenía una explicación fácil: siempre había temido y detestado a Reles a partes iguales. Dinah había vuelto ya a los Estados Unidos. Puesto que era el mayor deseo de su madre, supuse que en esos momentos estaría demasiado contenta para asistir a un entierro. Por lo que yo sabía, se habría ido a la playa con López otra vez, pero eso no era asunto mío... o eso me decía a mí mismo una y otra vez.

Mientras los portadores del féretro se acercaban a la fosa a paso titubeante con su carga, el capitán Sánchez se me acercó por detrás. Todavía no éramos amigos, pero empezaba a caerme bien.

—¿Cómo se titula esa ópera alemana en la que la víctima señala al autor de su muerte con el dedo?

—*Götterdamerung* —dije—. *El ocaso de los dioses*.

—A lo mejor tenemos suerte. A ver si Max Reles nos lo señala con el dedo.

—¿Cómo se lo tomaría un tribunal de justicia?

—Estamos en Cuba, amigo mío —dijo Sánchez—. En este país, la gente sigue creyendo en el Barón Samedi. —Bajó la voz—. Y, hablando del señor vudú de la muerte, hoy también tenemos aquí, entre nosotros, a nuestro propio ser del mundo invisible. El que acompaña a las almas del mundo de los vivos al cementerio. Por no hablar de dos de sus más siniestras personificaciones. ¿Ve al hombre de uniforme marrón claro que parece el general Franco de joven? Es el coronel Antonio Blanco Río, jefe del servicio secreto del ejército cubano. Créame, señor, ese hombre ha hecho desaparecer más almas en Cuba que cualquier espíritu vudú. El que está a su izquierda es el coronel Mariano Faget, del ejército. Durante la guerra, era el jefe de una unidad de contraespionaje que descubrió a varios agentes nazis que pasaban a sus submarinos información sobre los movimientos de los cubanos y estadounidenses.

—¿Y qué les pasó?

—Acabaron ante un pelotón de fusilamiento.

—Interesante. ¿Y el tercer hombre?

—Es un oficial de enlace de Faget con la CIA, el teniente José Castaño Quevedo. Un elemento peligrosísimo.

—¿Y qué pintan aquí, exactamente?

—Han venido a dar el pésame. Lo cierto es que, de vez en cuando, el presidente pedía a su amigo Max que recompensase a esos hombres haciéndoles ganar en el casino. En realidad, casi nunca tienen que molestarse siquiera en jugar. Se limitan a entrar en el salón *privé* del Saratoga o de cualquier otro casino, por cierto; recogen unos cuantos puñados de fichas y las cambian por dinero. Por supuesto, el señor Reles cuidaba muy bien a esa clase de clientes y es de creer que su muerte les haya afectado mucho personalmente. Por ese motivo también tienen mucho interés en el progreso de su investigación.

—¿Ah, sí?

—No lo dude. Aunque usted lo ignore, no está trabajando sólo por cuenta de Meyer Lansky, sino también de esos hombres.

—Ah, cuánto me alegro de saberlo.

—Con quien más cuidado debe tener es con el teniente Quevedo. Es muy ambicioso, una cualidad muy mala para los policías cubanos.

—¿Usted no lo es, capitán Sánchez?

—Tengo intención de serlo, pero ahora mismo, no. Lo seré después de las elecciones de octubre. Hasta que sepa quién las gana, me conformo con muy poco en mi carrera. Por cierto, el teniente me ha pedido que le espíe a usted.

—¡Qué presuntuoso, siendo usted capitán!

—En Cuba, el grado no da categoría. Por ejemplo, el jefe de la Policía Nacional es el general Cañizares, pero todo el mundo sabe que el poder lo tienen Blanco Río y el coronel Piedra, el jefe de nuestro Departamento de Investigación. De la misma manera, antes de llegar a la presidencia, Batista era el hombre más poderoso de la isla.

Actualmente, el poder está en manos del ejército y de la policía, por eso le preocupa tanto al presidente que lo puedan asesinar. En cierto modo, en eso consiste su trabajo, en llamar la atención para que no la llamen otros. A veces es mejor aparentar lo que no se es. ¿No cree?

—Capitán, en eso ha consistido mi vida.

18

Un par de días después, me encontraba en el Tropicana viendo el espectáculo mientras esperaba para hablar con los hermanos Cellini. Dominaban el escenario las carnes desnudas. En grandes cantidades. Intentaban cubrirlas con el encanto de lentejuelas y triángulos estratégicamente situados, pero sin resultado: seguía siendo lomo con queso, lo cocinaran como lo cocinasen. En general, daba la impresión de que los chicos habrían estado mucho más animados vestidos de cóctel. Las chicas tampoco parecían contentas, en su mayoría. Sonreían, desde luego, pero las sonrisas de sus rígidas caritas no podían ser más postizas, como puestas de fábrica. Entre tanto, bailaban con la alegría de vivir de niñas que saben que el menor fallo coreográfico significa el regreso a Matanzas o cualquiera que fuese su mísero pueblo de origen.

El Tropicana estaba situado en la avenida Truffin, en el barrio habanero de Marianao, en los exuberantes y cuidados jardines de una mansión que ya no existía y que había sido propiedad del embajador estadounidense en Cuba. En el lugar de la casa habían construido un edificio rabiosamente moderno, con cinco bóvedas semicirculares de cemento reforzado entre techos de cristal, que creaban el efecto de un espectáculo semisalvaje bajo las estrellas y entre árboles. Al lado de ese anfiteatro, que parecía de película pornográfica de ciencia ficción, había un techo de cristal de menor tamaño que albergaba el casino, dotado incluso de un salón privado con puerta blindada en el que podían jugar los representantes del gobierno sin temor a que los asesinasen.

Todo aquello me interesaba tan poco como el espectáculo o la música de la orquesta. A lo que más atención prestaba era a la ceniza del puro que estaba fumando y a las caras de los borrachines de las otras mesas: mujeres demasiado maquilladas y con los hombros desnudos y hombres con el pelo engominado, corbata de imperdible y traje de jugador de críquet. Las chicas desfilaron un par de veces entre las mesas sólo para que el público pudiese verles el traje más de cerca y se preguntase cómo era posible que una cosa tan diminuta pudiese ser la salvaguarda de su decencia. Todavía me rebosaba el asombro por los ojos cuando, sorprendentemente, vi entrar en el club y dirigirse hacia mí a Noreen Eisner. Esquivó a una chica que era todo pecho y plumas y se sentó enfrente de mí.

Noreen debía de ser la única mujer del Tropicana que no enseñaba escote o todo lo enseñable. Llevaba un traje de color malva de falda y chaqueta con bolsillos, zapatos de tacón y un collar de perlas de dos vueltas. La orquesta tocaba tan alto que no podía decirme nada —ni yo oírla— y tuvimos que quedarnos mirándonos como tontos, tamborileando en la mesa impacientemente, hasta el final del número. Me dio tiempo de sobra a preguntarme qué asunto tan urgente la habría obligado a desplazarse hasta allí desde Finca Vigía. Por descontado, no parecía una coincidencia. Supuse que habría ido antes a mi apartamento y Yara le habría dicho dónde encontrarme. Es posible que Yara le soltase que me había negado a llevarla conmigo al club y, desde luego, la llegada de Noreen no habría servido para convencerla de que mi visita al Tropicana se debía a motivos estrictamente laborales, tal como le había dicho. Seguro que, cuando volviese a casa, tendríamos algo parecido a una escena.

Esperaba que Noreen hubiese venido a contarme lo que quería oír yo. Desde luego, estaba suficientemente seria. Además de sobria, para variar. Llevaba un bolso de noche de color azul marino, adornado con unas florecillas de tela. Abrió el cierre plateado, sacó un paquete de Old Gold y encendió un cigarrillo con un mechero lacado en gris perla con brillantitos incrustados, lo único que llevaba a tono con el Tropicana.

La orquesta, como todas las de La Habana, se alargó un poco más de lo soportable. No tenía yo pistola en Cuba, pero, de haberla tenido, me habría entretenido tirando al blanco contra las maracas o la conga... o, en realidad, contra cualquier otro instrumento latinoamericano que estuviera sonando en ese momento. Cuando ya no pude soportarlo más, me levanté, tomé a Noreen de la mano y salimos.

En el vestíbulo, me dijo:

—Conque es aquí donde pasas los ratos libres, ¿eh? —Habló en alemán, por la fuerza de la costumbre—. ¡De lo que te sirve Montaigne!

—Para que lo sepas, escribió un ensayo sobre este lugar y la costumbre de vestir ropa... o no vestirla. Según él, si naciésemos con la necesidad de ponernos enaguas y pantalones, la naturaleza nos habría dotado de un pellejo más grueso que nos protegiese de los rigores del tiempo. En general, me parece muy bueno. Casi siempre acierta. Creo que lo único que no explica es por qué has venido a verme aquí desde tan lejos. Tengo mis propias ideas al respecto.

—Vamos a pasear al jardín —dijo en voz baja.

Salimos. El jardín del Tropicana era una selva paradisiaca de palmeras cubanas y altísimas huayas. Según la ciencia popular cubana, la dulce pulpa del fruto de esos árboles enseña a las niñas a besar. No sé por qué, me pareció que Noreen no estaba pensando en besarme, ni muchísimo menos.

En el centro del serpenteante sendero de entrada había una gran fuente de mármol que en otra época había adornado la entrada del hotel Nacional. Era un pilón redondo, rodeado por ocho ninfas desnudas de tamaño natural. Se rumoreaba que los propietarios del Tropicana habían pagado tres mil pesos por ella, pero a mí me recordaba a una de las antiguas escuelas de cultura de Berlín, de las que montó Alfred Koch en el lago Motzen, para matronas alemanas con sobrepeso que se divertían jugando desnudas a tirarse balones medicinales. A pesar de lo que diga Montaigne sobre el asunto, me alegraba de que la humanidad hubiese inventado el hilo y la aguja.

—Bien —dije—, ¿qué querías contarme?

—No es fácil decirlo.

—Eres escritora, seguro que se te ocurre algo.

En silencio, dio una calada al cigarrillo, pensó en lo que le acababa de decir y, por último, se encogió de hombros como si, a pesar de todo, se le hubiese ocurrido algo. Habló con suavidad. A la luz de la luna, estaba más adorable que nunca. Verla me producía un dolor sordo de deseo, como si el perfume de las flores blancas verdosas de la huaya poseyera una esencia mágica que hacía enamorarse de reinas como ella a idiotas como yo.

—Dinah ha vuelto a los Estados Unidos —dijo, sin ir al grano todavía—, pero ya lo sabías, ¿verdad?

Asentí.

—¿Se trata de Dinah?

—Me preocupa, Bernie.

Sacudí la cabeza.

—Se ha ido de la isla. Ha ido a Brown. No sé qué es lo que puede preocuparte ahora, porque, ¿no era eso lo que querías?

—Desde luego, pero es que cambió de opinión tan repentinamente... respecto a todas las cosas.

—Han matado a Max Reles. Es posible que eso haya tenido algo que ver en su decisión.

—Conoces a algunos de los *gangsters* con los que se relacionaba, ¿verdad?

—Sí.

—¿Saben ya quién pudo haber matado a Max?

—No tienen la menor idea.

—Bien. —Tiró el cigarrillo e inmediatamente encendió otro—. Creerás que me he vuelto loca, pero, verás: se me pasó por la cabeza que quizá Dinah haya tenido algo que ver con el crimen.

—¿Por qué lo dices?

—Porque ha desaparecido mi pistola, la que me regaló Ernest Hemingway. Era un revólver ruso. Lo tenía por ahí, en casa, pero ahora no lo encuentro. Fredo, Alfredo López, ya sabes, mi amigo abogado, tiene un amigo en la policía y le ha dicho que a Reles lo mataron con un revólver ruso. Eso me hizo pensar... si no habría sido Dinah.

Sacudí la cabeza. No quería decirle que Dinah, a su vez, había sospechado de ella.

—Pues por todo eso y por la facilidad con que parece que ha superado el golpe, como si en realidad no hubiera estado enamorada de ese hombre. Y, a ver, ¿a ninguno de esos mafiosos le pareció sospechoso que Dinah no acudiese al funeral? ¿Como si no le importase nada?

—Creo que la gente pensó que estaba demasiado afectada para asistir.

—Ésa es la cuestión, Bernie, que no lo estaba. Por eso estoy tan preocupada: si a los mafiosos les da por pensar que mi hija tuvo algo que ver con la muerte de Max, a lo mejor toman cartas en el asunto y mandan a alguien tras ella.

—Me parece que las cosas no funcionan así, Noreen. En estos momentos, lo único que les preocupa de verdad es que a Max lo matase uno de los suyos. Porque, verás, si resulta que detrás del asunto está uno de los propietarios de hoteles y casinos, podría desencadenarse una guerra entre ellos. Eso sería malo para los negocios y prefieren evitarlo a toda costa. Por otra parte, me han encargado la investigación del caso.

—¿Esos hampones te han encargado el caso a ti?

—Como antiguo investigador criminal, sí.

Noreen sacudió la cabeza.

—¿Por qué a ti?

—Supongo que les parezco objetivo e independiente, más objetivo que los militares cubanos. Dinah tiene diecinueve años, Noreen. Es asombrosa por muchas razones; por ejemplo, por lo puta y egoísta que es; pero homicida, no. Por otra parte, escalar por una pared a ocho pisos del suelo y disparar siete veces a un hombre a sangre fría no es cosa que pueda hacer cualquiera, ¿no te parece?

Noreen asintió y miró a lo lejos. Tiró al suelo el segundo cigarrillo a medio fumar y encendió el tercero. Había algo más que le preocupaba.

—Te aseguro que no voy a echarle la culpa a ella.

—Gracias. Te lo agradezco. Es una putita, tienes razón, pero es mía y haré lo que sea por protegerla.

—Lo sé. —Tiré el puro a la fuente. Dio a una ninfa en el culo y cayó al agua—. ¿De verdad era eso lo que querías decirme?

—Sí —contestó, y se quedó pensando un momento—. Bueno, pero hay más. ¡Maldita sea! Tienes razón. —Se mordió los nudillos—. No sé por qué intento engañarte, siquiera. A veces me parece que me conoces mejor que yo misma.

—Siempre es una posibilidad.

Tiró el tercer cigarrillo, abrió el bolso, sacó un pañuelito que hacía juego y se sonó la nariz.

—El otro día —dijo—, cuando estabas en casa y me viste llegar de Playa Mayor con Fredo... supongo que adivinarías que nos vemos de vez en cuando, que nos hemos... que somos íntimos.

—Últimamente procuro no adivinar mucho, sobre todo de cosas de las que no sé absolutamente nada.

—A Fredo le caes bien, Bernie. Te está muy agradecido, por lo de la noche de los panfletos.

—¡Ah, sí! Ya lo sé. Me lo dijo él.

—Le salvaste la vida. En aquel momento no me di cuenta ni te lo agradecí como es debido. Hiciste una cosa muy arriesgada. —Cerró los ojos brevemente—. No he venido a verte por Dinah. Bueno, puede que quisiera oírtelo decir a ti también, pero estaba segura de que no ha sido ella. Lo habría sabido. Las madres sabemos esas cosas. No habría podido ocultármelo.

—Entonces, ¿para qué has venido?

—Es por Fredo. Lo ha detenido el SIM, la policía secreta, acusa-do de ayudar a Aureliano Sánchez Arango, el anterior ministro de Educación en el gobierno de Prío, a entrar ilegalmente en el país.

—¿Y es cierto?

—No, desde luego. Sin embargo, cuando lo detuvieron, estaba con una persona de la AAA, la Asociación de Amigos de Aureliano. Es uno de los principales grupos de oposición de Cuba, pero Fredo es leal a Castro y a los rebeldes de la isla de Pinos.

—Bueno, seguro que, tan pronto como les cuente todo eso, lo mandarán a casa de mil amores.

No le gustó la broma.

—No tiene ninguna gracia —dijo—. De todas maneras, lo pue-den torturar para que les diga dónde está escondido Aureliano y se-ría una desgracia por partida doble, porque, por supuesto, él no sabe nada.

—Estoy de acuerdo, pero sigo sin entender qué puedo hacer yo.

—Le salvaste la vida una vez, Bernie. A lo mejor puedes volver a hacerlo.

—Claro, para que se quede él contigo, en vez de yo.

—¿Es eso lo que quieres, Bernie?

—¿A ti qué te parece? —Me encogí de hombros—. ¿Por qué no? No es tan raro, habida cuenta de las circunstancias. ¿O se te ha olvi-dado?

—Bernie, eso pasó hace veinte años. No soy la que era entonces, seguro que lo ves claramente.

—A veces la vida nos trata así.

—¿Puedes hacer algo por él?

—¿Por qué crees que existe siquiera la menor posibilidad?

—Porque conoces al capitán Sánchez. Dicen que sois amigos.

—¿Quién lo dice? —Sacudí la cabeza con exasperación—. Mira, aunque fuésemos amigos, cosa de la que no estoy nada seguro, Sán-chez es policía y tú misma me has dicho que a López lo ha detenido el SIM, es decir, que López no tiene nada que ver.

—El hombre que lo detuvo asistió al funeral de Max Reles —dijo Noreen—. El teniente Quevedo. Quizá, si se lo pidieras, el capitán Sánchez hablaría con él. Podría interceder por Fredo.

—¿Y qué le diría?

—No sé, pero a lo mejor se te ocurre algo.

—Noreen, es un caso imposible.

—¿No eran los que mejor se te daban?

Sacudí la cabeza y me aparté.

—¿Te acuerdas de la carta que te escribí cuando me marché de Berlín?

—La verdad es que no. Como muy bien has dicho, eso pasó hace mucho tiempo.

—Sí, sí que te acuerdas. Dije que eras mi caballero celestial.

—Eso es del argumento de *Tannhäuser*, Noreen, no soy yo.

—Te decía que buscaras siempre la verdad y acudieras en auxilio de quienes te necesitasen, porque es lo que se debe hacer, aunque resulte peligroso. Bien, ahora te lo pido.

—No tienes derecho. No hay nada que hacer. Yo también he cambiado, por si no te has dado cuenta.

—No lo creo.

—Mucho más de lo que te imaginas. ¿Caballero celestial, dices? —Me eché a reír—. Querrás decir caballero infernal. Durante la guerra, me reclutaron las SS porque había sido policía. ¿Te lo había dicho? He manchado mucho la armadura, Noreen. No sabes hasta qué punto.

—Hiciste lo que tenías que hacer, estoy segura, pero por dentro, seguro que sigues siendo el mismo de siempre.

—Dime una cosa, ¿por qué tendría yo que hacer algo por López? Ya tengo bastante con lo mío. No puedo ayudarlo, eso es verdad, pero, ¿por qué iba a molestarme siquiera en intentarlo?

—Porque la vida es eso. —Me cogió la mano y me escrutó buscando... no sé qué—. La vida es eso, ¿no? Buscar la verdad, socorrer a quienes creemos que no podemos ayudar en nada, pero intentarlo a pesar de todo.

Me sonrojé de rabia.

—Me tomas por santo o algo así, Noreen. Un santo de los que aceptan el martirio, siempre y cuando no se les tuerza el halo en la fotografía. Si voy a arrojarme a los leones, quiero ser mucho más que un recuerdo en las oraciones dominicales de una lechera. Nunca me han gustado los gestos inútiles, por eso he conservado la vida tanto tiempo, encanto. Y ahí no termina la cosa. Hablas de la verdad como si tuviese algún sentido, pero cuando me la tiras a la cara no es más que un puñado de arena. No es la verdad en absoluto. Al menos, no la que yo quisiera oír. No la tuya. No nos engañemos, ¿de acuerdo? No voy a hacer el primo por ti, Noreen, al menos hasta que estés dispuesta a dejar de tratarme como si lo fuera.

Noreen puso cara de pez tropical, con los ojos fuera de las órbitas y la boca abierta, y sacudió la cabeza.

—Te aseguro que no tengo la menor idea de a qué te refieres.

A continuación, se echó a reír en mi cara con unas carcajadas discordantes y, sin darme tiempo a decir otra palabra, dio media vuelta y se alejó rápidamente hacia el aparcamiento.

Entré otra vez en el Tropicana.

Los Cellini no me dieron gran cosa. Dar no era su fuerte, como tampoco responder preguntas. Las costumbres arraigadas tardan en morir, supongo. Repitieron una y otra vez lo mucho que sentían la muerte de un tipo tan estupendo como Max y lo dispuestos que estaban a cooperar en la investigación de Lansky, aunque, al mismo tiempo, no tenían la menor idea de nada de lo que les pregunté. Si les hubiese preguntado el nombre de pila de Al Capone, seguro que se habrían encogido de hombros y habrían dicho que no lo sabían. Probablemente, incluso habrían negado que lo tuviese.

Llegué tarde a casa y me estaba esperando el capitán López. Se había servido un trago, me había cogido un puro y estaba leyendo en mi sillón predilecto.

—Parece que últimamente me aprecia toda clase de gente —dije—. No paran de dejarse caer por aquí, como si esto fuera un club.

465

—No sea así —dijo Sánchez—. Usted y yo somos amigos. Por otra parte, me hizo pasar la señora... Yara, ¿no es eso?

Eché un vistazo al apartamento, a ver si la veía, pero, evidentemente, se había marchado.

López se encogió de hombros como disculpándose.

—Creo que le di miedo.

—Supongo que estará acostumbrado a eso, capitán.

—Yo también tendría que estar en casa ya, pero, según dicen, el crimen no tiene horario de oficina.

—¿Eso dicen?

—Ha aparecido otro cadáver. Un tal Irving Goldstein, en un apartamento de Vedado.

—No he oído hablar de él.

—Trabajaba en el Saratoga. Era un jefe del casino.

—Ya.

—Esperaba que pudiese acompañarme al apartamento, ya que es usted un detective tan famoso, por no recordarle al que podríamos llamar el jefe de usted.

—Claro, ¿por qué no? El único plan que tenía era meterme en la cama y dormir doce horas seguidas.

—Excelente.

—Deme un minuto para cambiarme, ¿de acuerdo?

—Lo espero abajo, señor.

19

A la mañana siguiente me despertó el teléfono.

Era Robert Freeman. Me ofrecía un contrato de seis meses en la J. Frankau para abrir el mercado de puros habanos en Alemania Occidental.

—Sin embargo, Hamburgo no me parece que sea el mejor sitio para que te instales, Carlos —me dijo—. En mi opinión, Bonn sería mucho mejor. Entre otras cosas, es la capital de Alemania Occidental, por supuesto. Las dos cámaras del Parlamento se encuentran allí, por no hablar de las instituciones gubernamentales y embajadas extranjeras, que es precisamente el mercado de categoría que necesitamos. Por otra parte, se encuentra en la zona ocupada por los británicos, lo que debería facilitarnos las cosas, puesto que somos una compañía británica. Además, está a menos de cuarenta kilómetros de Colonia, una de las mayores ciudades del país.

Lo único que sabía yo de Bonn es que era la ciudad natal de Beethoven y que, antes de la guerra, vivía allí Konrad Adenauer, el primer canciller de la República Federal de Alemania. Cuando Berlín dejó de ser capital de algo, salvo de la guerra fría, y Alemania Occidental necesitaba una nueva, Adenauer, para mayor comodidad suya, eligió esa tranquila y pequeña ciudad, en la que había pasado los años del Tercer Reich sin mayores inconvenientes. Casualmente yo había ido a Bonn una vez. Por error. Sin embargo, antes de 1949, poca gente había oído hablar de esa ciudad ni, menos aún, sabía dónde se encontraba. Todavía ahora la llamaban, en broma, «el pueblo federal». Bonn era pequeña, insignificante y, sobre todo, estaba apartada; no comprendía cómo no se me había ocurrido antes ir allí a vivir. Parecía el lugar idóneo para un hombre empeñado en vivir en el más absoluto anonimato, como yo.

Enseguida le dije que Bonn me parecía bien y que empezaría a hacer los preparativos del traslado cuanto antes. Freeman, por su parte, dijo que empezaría a redactar mis importantísimas credenciales para el negocio.

Volvía a casa. Después de un exilio de casi cinco años, volvía a Alemania. Con dinero en los bolsillos. No podía dar crédito a mi suerte.

Por un lado, eso y, por el otro, los acontecimientos de la víspera en un apartamento de Vedado.

En cuanto me hube aseado y vestido, me fui al Nacional y subí a la espaciosa suite del piso de ejecutivos a informar a los hermanos Lansky de que había «resuelto» el caso de Reles, aunque en realidad no merecía el nombre de «caso». Habría sido más adecuado llamarlo ejercicio de relaciones públicas, si se consideran públicos los atestados casinos y hoteles de La Habana.

—¿Quieres decir que ya tienes un nombre?

La voz de Meyer sonó profunda como la de un jefe indio de película del Oeste. Jeff Chandler, por ejemplo. Su rostro era igualmente inescrutable y la nariz, idéntica, sin la menor duda.

Igual que la vez anterior, nos sentamos en el balcón ante la misma panorámica del mar, salvo que ahora se veía el agua, además de oírse y olerse. Iba a echar de menos el rechinar de ese océano.

Meyer llevaba pantalones de gabardina, chaqueta de punto a juego, camisa deportiva blanca y unas gafas de sol de montura gruesa, que más parecían de contable de que *gangster*. Jake también llevaba un atuendo informal: camisa afelpada suelta y un pequeño sombrero Stetson de encuadernador con una cinta tan apretada y estrecha como sus labios. Por el fondo deambulaba la figura alta y angulosa de Vincent Alo, más conocido por el nombre de Jimmy Ojos Azules. Alo llevaba pantalones grises de franela, chaqueta de punto de moher con un cuello enorme y corbata estampada de seda. La chaqueta abultaba, pero no lo suficiente para ocultar la costilla de más que llevaba bajo el brazo. Respondía perfectamente a la idea general de *playboy* italiano, siempre y cuando fuese un personaje de tragedia romana de venganza escrita por Séneca para entretenimiento del emperador Nerón.

Tomábamos café en tacitas, al estilo italiano, con el pulgar estirado.

—Tengo el nombre —les dije.

—Oigámoslo.

—Irving Goldstein.

—¿El que se ha suicidado?

Goldstein era un jefe de casino del Saratoga, se sentaba en un taburete alto que dominaba la mesa de *craps*. Procedía de Miami y había aprendido las artes del *croupier* en Tampa, en diversos establecimientos ilegales de apuestas, antes de llegar a La Habana, en abril de 1953. A continuación, se produjo la deportación de Cuba de trece manipuladores de cartas nacidos en los Estados Unidos y empleados de los casinos del Saratoga, el Sans Souci, el Montmartre y el Tropicana.

—Registré su apartamento de Vedado anoche, con la ayuda del capitán Sánchez, y encontramos esto.

Pasé a Lansky un dibujo técnico y estuvo un rato mirándolo.

—Goldstein mantenía relaciones con un hombre que hacía de mujer en el club Palette. Según la información de que dispongo, antes de morir, Max lo había descubierto y, nada conforme con que Goldstein fuese homosexual, le dijo que se buscara empleo en otro casino. Núñez, el director del casino del Saratoga, confirmó que, poco antes de su muerte, Max había tenido una discusión con Goldstein, aunque no sabe el motivo. En mi opinión, discutieron por ese asunto y Goldstein lo mató en venganza por el despido. Es decir, ése fue el móvil del crimen. Casi con toda seguridad, también se le presentó la ocasión: según Núñez, la noche del homicidio, Goldstein empezó su descanso en torno a las dos de la madrugada y tardó una media hora en volver a las mesas de *craps*.

—¿Y... esto es la prueba que lo demuestra? —dijo Lansky agitando en el aire el papel que le había dado—. Por más vueltas que le dé, sigo sin saber qué demonios es. ¿Jake?

Lansky pasó el papel a su hermano y éste lo miró sin comprender, como si fuera el proyecto de un sistema nuevo de orientación de misiles.

—Es un dibujo muy exacto y preciso de un silenciador Bramit —dije—, de confección casera y hecho a medida para un revólver Nagant. Como dije en otra ocasión, el sistema de fuego cerrado del Nagant...

—¿Qué significa eso? —preguntó Jake—. Lo de sistema de fuego cerrado. Lo único que sé de pistolas es dispararlas, y hasta eso me pone nervioso.

—Sobre todo dispararlas —puntualizó Meyer. Sacudió la cabeza—. No me gustan las pistolas.

—¿Qué significa? Sencillamente, que en el mecanismo del Nagant, cuando se arma el martillo, primero gira el tambor y luego lo empuja hacia adelante y cierra el espacio que, en todos los demás revólveres, queda entre el propio tambor y el cañón. Al quedar cerrado ese hueco, aumenta la velocidad del tiro y, lo que es más importante, convierte al Nagant en el único revólver que se puede silenciar por completo. Goldstein estuvo en el ejército durante la guerra y posteriormente lo destinaron a Alemania. Supongo que cambiaría el arma con un soldado del Ejército Rojo, como hicieron muchos soldados.

—¿Y crees que ese *faygele* fabricó el silenciador con sus propias manos? ¿Es eso lo que quieres decir?

—Era homosexual, Mister Lansky —dije—, pero eso no le impedía manipular con precisión las herramientas de trabajar metales.

—Entendido —musitó Alo.

Sacudí la cabeza.

—El dibujo estaba escondido en su escritorio y, si le digo la verdad, no creo que pueda encontrar mejor prueba.

Meyer Lansky asintió. Cogió de la mesilla de café un paquete de Parliaments y encendió un cigarrillo con un encendedor de plata de sobremesa.

—¿Qué te parece, Jake?

Jake puso una cara rara.

—Bernie tiene razón. En estas situaciones, es difícil encontrar pruebas, pero, desde luego, ese dibujo es lo que más se le aproxima. Como muy bien sabes, Meyer, los federales han basado casos enteros en pruebas mucho más inconsistentes. Por otra parte, si fue ese tal Goldstein quien acabó con Max, era de los nuestros y, por lo tanto, no hay cuentas que ajustar con nadie. Era judío y del Saratoga. Así, todo sigue limpio y ordenado, tal como queríamos. Francamente, no se me ocurre mejor solución para el asunto. Los negocios pueden continuar sin interrupciones.

—Eso es lo más importante —dijo Meyer Lansky.

—Pero, ¿cómo se suicidó? —preguntó Vincent Alo.

—Se abrió las venas en una bañera de agua caliente —dije—, al estilo romano.

—Eso sí que es estilo, al menos, para variar —dijo Alo.

Meyer Lansky se estremeció. Estaba claro que no le gustaba esa clase de bromas.

—Sí, pero, ¿por qué? —preguntó—. ¿Por qué se quitó la vida? Con el debido respeto, Bernie, había conseguido matarlo, ¿no es eso? Más o menos. Entonces, ¿por qué iba a quitarse él de en medio también? Nadie sabía su secreto.

Me encogí de hombros.

—Hablé con algunas personas del club Palette. La gracia de su espectáculo consiste en que algunas chicas son de verdad y otras, de pega, pero no se nota la diferencia. Parece ser que, al principio, Irving Goldstein tuvo ese problema: la chica de la que creía haberse enamorado era en realidad un hombre. Cuando descubrió la verdad, intentó aceptarlo, pero entonces Max se enteró. Algunas personas del Palette creen que, al final, lo venció la vergüenza. Creo que es posible que hubiera pensado en suicidarse, pero antes de hacerlo, se le ocurrió vengarse de Max.

—¿Quién sabe lo que puede pasarle por la cabeza a un tipo así? —dijo Alo—. Estaría confuso o algo.

Meyer Lansky asintió.

—De acuerdo, me lo creo. Has hecho un buen trabajo, Gunther. Lo has solucionado rápidamente y sin ofender a nadie. No habría podido pedir nada mejor ni en La Zaragozana.

Era el nombre de un famoso restaurante de Habana Vieja.

—Jimmy, paga a este hombre. Se lo ha ganado.

Vincent Alo dijo:

—Claro, Meyer —y salió de la suite.

—¿Sabes, Gunther? —dijo Lansky—. El año que viene, nuestros negocios van a subir como la espuma, aquí en La Habana. Van a aprobar una nueva y ventajosa ley. La ley de los hoteles. Todos los establecimientos nuevos estarán exentos de impuestos, lo cual significa que en esta isla ganaremos mucho más dinero del que nadie se imagina. Estoy pensando en abrir aquí el mayor hotel y casino del mundo, aparte de Las Vegas. El Riviera. En un sitio así, me vendría muy bien un hombre de tus características. Harías lo mismo que ibas a hacer en el Saratoga.

—Lo pensaré, Mister Lansky, no lo dude.

—Ahora se va a ocupar Vincent del Saratoga.

Vincent había vuelto al balcón. Llevaba una bolsa de fichas de juego de tamaño familiar. Sonreía, pero la emoción no le llegaba a los ojos. Era comprensible que le hubiesen puesto el apodo de Jimmy Ojos Azules. Los tenía tan azules como el mar del otro lado del Malecón e igual de fríos.

—Eso no parece veinte mil dólares —dije.

—Las apariencias engañan —dijo Alo. Aflojó la cuerda que cerraba la bolsa y sacó una placa morada de mil dólares—. Aquí hay diecinueve más como ésta. Llévate la bolsa a la caja del Montmartre y te darán el dinero. Así de fácil, mi *kraut* amigo.

El neoclásico Montmartre de la calle P con la 23 quedaba a un corto paseo del Nacional. Había sido un canódromo y ocupaba una manzana entera; era el único casino de La Habana que estaba abierto las veinticuatro horas del día. Todavía no era la hora de comer y el Montmartre estaba ya a pleno rendimiento. A tan temprana hora, casi todos los clientes eran chinos, aunque, por lo general, lo eran también a lo largo de todo el día. No parecían tener mucho interés en el gran espectáculo, *Una noche en París*, que anunciaba en ese momento el sistema de megafonía del casino.

Por otra parte, mientras me alejaba de la ventanilla de caja con cuarenta reproducciones del presidente William McKinley en mi poder, Europa me parecía ya un poco más cercana y atractiva. No había rechazado directamente la oferta de un empleo a tiempo completo con Lansky por un solo motivo: no quería decirle que me marchaba del país. Podría haber despertado sospechas. En cambio, pensaba ingresar el dinero en el Royal Bank of Canada, en la misma cuenta en la que guardaba mis ahorros, y después, armado con mis nuevas credenciales, largarme de Cuba lo antes posible.

Crucé la verja del Nacional en dirección al coche que pensaba dejar a Yara como regalo de despedida casi saltando de contento. No contemplaba el futuro con tanto optimismo desde el reencuentro con mi difunta esposa, Kirsten, en Viena, en el mes de septiembre de 1947. Tan optimista estaba, que se me ocurrió ir a ver al capitán Sánchez, por si descubría que podía hacer algo a favor de Noreen Eisner y Alfredo López.

En el fondo, el optimismo no es sino una esperanza ingenua y equivocada.

20

El Capitolio, construido en tiempos del dictador Machado, era un edificio del mismo estilo que el estadounidense de Washington D.C., pero resultaba demasiado grande para una isla del tamaño de Cuba. Lo habría sido incluso para Australia. Dentro de la rotonda había una estatua de Júpiter de diecisiete metros de altura; se parecía al óscar de la Academia y la verdad es que a muchos turistas que visitaban el edificio les parecía que la película era buena. Ahora que tenía el plan de marcharme de Cuba, se me ocurrió que podría hacer unas cuantas fotografías. ¿Para recordar lo que echase de menos, cuando estuviese viviendo en Bonn y me acostase a las nueve de la noche? Si Beethoven hubiese vivido en La Habana —sobre todo, a la vuelta de la esquina de Casa Marina—, casi seguro que se habría considerado afortunado si hubiera llegado a escribir un solo cuarteto de cuerda, no digamos dieciséis. En cambio, en Bonn, se podía vivir toda la vida sin darse cuenta siquiera de que se era sordo.

La comisaría de Zulueta se encontraba a unos minutos del Capitolio, pero no me importó hacerlos a pie. Hacía unos pocos meses, delante de esa misma comisaría, había muerto un profesor de la Universidad de La Habana al explotar la bomba que los rebeldes habían colocado por equivocación en su coche, un Hudson negro de 1952, idéntico al del subdirector del Departamento Cubano de Investigación. Desde entonces, siempre había tenido la precaución de no dejar mi Chevrolet Styline en los alrededores de la comisaría.

La comisaría ocupaba un antiguo edificio colonial con la fachada estucada y desconchada y contraventanas verdes de lamas abatibles. Sobre el pórtico cuadrado colgaba, inerte, una bandera cubana que parecía una toalla playera de colores llamativos que se hubiese caído de la ventana del piso de arriba. En el exterior, los desagües no olían muy bien. En el interior, apenas se notaba, si no se respiraba.

Sánchez estaba en el segundo piso, en un despacho que daba a un parquecito. En una esquina colgaba la bandera de un asta y en la pared había una imagen de Batista mirando un armario lleno de rifles, por si las muestras de patriotismo de la bandera y la imagen no bastasen. Había también un pequeño escritorio de madera corriente y mucho espacio alrededor, si se tenía la solitaria. Las paredes y el techo eran de color marrón claro sucio y el linóleo marrón del suelo, que estaba combado, parecía la concha de una tortuga muerta. Encima del escritorio, como un huevo Fabergé en un plato de plástico, había un humidificador de palo rosa digno de un aparador presidencial.

—Fue una auténtica suerte que encontrase yo el dibujo —dijo Sánchez.

—El factor suerte es importante en el trabajo policial.

—Por no hablar de que el homicida a quien buscaba estuviese muerto ya.

—¿Alguna objeción?

—Imposible. Resolvió usted el caso y, de paso, ató los cabos sueltos. A eso se le llama trabajo de detective. Sí, se entiende que Lansky pensara en usted para resolver el caso, la verdad sea dicha. Es un auténtico Nero Wolfe.

—Lo dice como si pensara que lo he cortado a medida, como los sastres.

—Eso ha sido cruel. No he ido al sastre en mi vida, con lo que gano. Tengo una bonita guayabera de lino y eso es todo. Para ocasiones más formales, me pongo el mejor uniforme disponible.

—¿El que no tiene manchas de sangre?

—No. Me confunde usted con el teniente Quevedo.

—Me alegro de que lo nombre, capitán.

Sánchez sacudió la cabeza.

—Imposible. Quien tiene oídos jamás se alegra de oír ese nombre.

—¿Dónde podría encontrarlo?

—Nadie en su sano juicio va a buscar al teniente Quevedo. Es él quien encuentra a quien sea.

—No puede ser tan escurridizo, eso seguro. Lo vi en el entierro, ¿se acuerda?

—Es su hábitat natural.

—Un hombre alto, con el pelo cortado a cepillo, muy corto, y las facciones muy bien definidas, para ser cubano. Es decir, que parece algo estadounidense.

—Por suerte, a los hombres sólo les vemos la cara, no el corazón, ¿no le parece?

—De todos modos, según usted, no trabajo sólo a las órdenes de Lansky, sino también a las de Quevedo, conque...

—¿Eso dije? Es posible. ¿Cómo describir a un tipo como Meyer Lansky? Es más escurridizo que una piña en trocitos. Quevedo es otra cosa. Tenemos un dicho: «Es una maravilla que Dios crease al hombre, sobre todo en el caso del teniente Quevedo». Le hablé de él en el funeral sólo por advertirle de su existencia, como si fuese una serpiente venenosa, para que no se acercase a él.

—Tomo nota.

—Es un alivio.

—De todos modos, me gustaría hablar con él.

—Y a mí me gustaría saber de qué. —Se encogió de hombros y, sin ninguna consideración por el caro humidificador, encendió un cigarrillo.

—Eso es asunto mío.

—Lo cierto es que no, no lo es. —Sonrió—. Es asunto del señor López e incluso, teniendo en cuenta las circunstancias, también de la señora Eisner, pero, ¿asunto suyo, señor Hausner? No, no me lo parece.

—Ahora es usted quien parece piña en trocitos, capitán.

—Era de esperar. Verá, me licencié en Derecho en septiembre de 1950. Entre mis compañeros de promoción se encontraban Fidel Castro y Alfredo López. Al contrario que Fidel, Alfredo y yo no sabíamos nada de política. En aquella época, la universidad estaba muy vinculada al gobierno de Grau San Martín y yo estaba convencido de que, si me hacía policía, podría contribuir a la democratización del cuerpo desde dentro. Naturalmente, Fidel no opinaba lo mismo, pero, después del golpe de Batista, en marzo de 1952, me pareció que estaba perdiendo el tiempo y dejé de esforzarme tanto por la defensa del régimen y las instituciones. Procuraría solamente ser buen policía, no un instrumento de la dictadura. ¿Es lógico, señor?

—Curiosamente, sí. Al menos a mí me lo parece.

—Claro, que no es tan fácil como decirlo.

—Eso también lo sé.

—Me he visto en un compromiso conmigo mismo más de una vez, incluso he llegado a pensar en dejar el ejército. Sin embargo, fue Alfredo quien me convenció de que podía hacer una labor más importante si me quedaba en la policía.

Asentí.

—Fui yo —prosiguió— quien informó a Noreen Eisner de la detención de Alfredo y de quién lo había hecho. Me preguntó qué se podía hacer y le dije que no se me ocurría nada. Sin embargo, como sabrá perfectamente, esa mujer no se rinde a la primera y, puesto que me constaba la antigua amistad que hay entre ustedes dos, le aconsejé que le pidiera ayuda a usted.

—¿A mí? ¿Cómo demonios se le ocurrió?

—No se lo dije completamente en serio. La verdad es que esa mujer me exaspera y confieso que usted también. Me exaspera, sí, y también le tengo celos.

—¿Celos? ¿Por qué diablos iba a tener celos de mí?

El capitán Sánchez se removió en la silla y sonrió tímidamente.

—Por varios motivos —dijo—. Por cómo ha resuelto el caso. Por la fe que ese Meyer Lansky parece tener en sus cualidades. Por el bonito apartamento del Malecón. Por su coche. Por su dinero. Eso no lo olvidemos. Sí, lo reconozco abiertamente, tenía celos de usted, pero no tantos como para permitir que haga lo que está pensando, porque también reconozco abiertamente que me cae usted muy bien, Hausner, y bajo ningún concepto podría permitir que se metiese en la boca del lobo. —Sacudió la cabeza—. Dije a Noreen Eisner que el consejo no iba en serio, pero, por lo visto, no me hizo caso y fue a pedirle ayuda.

—Puede que no sea la primera vez que me meto en la boca del lobo —dije.

—Puede, pero no es el mismo lobo. No hay dos lobos iguales.

—Somos amigos, ¿no?

—Sí, eso creo. Sin embargo, como decía Fidel, no se puede confiar en una persona sólo porque sea amigo. Es un buen consejo, procure no olvidarlo.

Asentí.

—Ah, por supuesto. Y lo sé, créame. Por lo general, lo que mejor se me da es cuidarme del número uno. Soy experto en supervivencia. Sin embargo, de vez en cuando me da el estúpido impulso de hacer algo bueno por alguien, como su amigo Alfredo López, sin ir más lejos. Hace un tiempo que no hago nada tan desinteresadamente.

—Entiendo o, al menos, me parece que empiezo a entender. Cree que si lo ayuda a él le hace un favor a ella, ¿no?

—Más o menos. Quizá.

—¿Y qué cree que puede decir a un hombre como Quevedo para convencerlo de que suelte a López?

—Eso queda entre él y yo y lo que, un tanto ridículamente, llamé en otra época «mi conciencia».

Sánchez suspiró.

—No pensaba que fuese tan romántico, pero me parece que lo es.

—Se le ha olvidado decir «idiota», ¿no? Aunque se parece más a lo que los franceses llaman «existencial». Después de tantos años, todavía no reconozco completamente mi insignificancia. Sigo creyendo que puedo hacer algo por cambiar algunas cosas. Qué absurdo, ¿verdad?

—Conozco a Alfredo López desde 1945 —dijo Sánchez—. Es un hombre bastante honrado, pero lo que no entiendo es que Noreen Eisner lo prefiera a él, antes que a un hombre como usted.

—Puede que sea eso lo que quiero demostrarle a Noreen.

—Todo es posible. Supongo.

—No sé, puede que sea él mejor que yo.

—No, sólo más joven.

21

El edificio del SIM, situado en el centro de Marianao, parecía de *Beau Geste*: una plaza fuerte de tebeo, blanca, de dos pisos, en la que quizá se encontrase, destacándose contra el cielo, una compañía de legionarios muertos, apuntalados a lo largo de las almenas. Resultaba curioso allí, entre las escuelas, hospitales y cómodas viviendas que caracterizaban el lugar.

Aparqué unas calles más allá y volví andando hasta la entrada, donde había un perro tumbado en el césped. No había visto yo perros que se pusieran a dormir en la calle con tanto recogimiento y discreción como los de La Habana, como si procurasen por todos los medios no molestar a nadie. Algunos dormitaban tan recogida y discretamente que parecían muertos, pero acariciarlos era arriesgado. Cuba era merecida cuna de la expresión «al perro dormido no lo despiertes», un sabio consejo para todos y para todo... si lo hubiese aplicado.

Al otro lado de la maciza puerta de madera, di mi nombre a un soldado igual de adormilado y, después de decirle que deseaba ver al teniente Quevedo, esperé delante de otro retrato de F. B., el del uniforme con hombreras de pantalla de lámpara y sonrisa de gato que se ha salido con la suya. Sabiendo lo que ahora sabía sobre su participación en los casinos, pensé que seguramente tenía muchos motivos para sonreír.

Cuando me cansé de inspirarme en la cara de satisfacción del presidente cubano, me acerqué a una ventana grande y me asomé al patio de armas, donde vi aparcados varios vehículos blindados. Al verlos, me pareció difícil entender que Castro y sus rebeldes hubieran podido creer que tenían alguna posibilidad de derrotar al ejército cubano.

Por fin me saludó un hombre alto de uniforme marrón claro con correaje, botones, dientes y gafas relucientes. Parecía vestido para hacerse un retrato.

—¿Señor Hausner? Soy el teniente Quevedo. Tenga la bondad de acompañarme.

Lo seguí arriba y, por el camino, el teniente Quevedo no dejaba de hablar. Su actitud resultaba muy natural y no encajaba con la idea que me había dado el capitán Sánchez. Llegamos a un pasillo que podía ser una biografía fotográfica de la revista *Life* del pequeño presidente cubano: F. B. con uniforme de sargento. F. B. con el presidente Grau. F. B. con trenca, acompañado por tres guardaespaldas afrocubanos. F. B. con algunos de sus generales más importantes. F. B. con una gorra de oficial hilarantemente grande y dando un discurso. F. B. sentado en un coche con Franklin D. Roosevelt. F. B. adornando la portada de la revista *Time*. F. B. con Harry Truman y, por último, F. B. con Dwight Eisenhower. Por si los vehículos blindados representaban poca dificultad para los rebeldes, ahí tenían también a los Estados Unidos. Por no hablar de tres de sus presidentes.

—A esta pared la llamamos la de los héroes —dijo Quevedo en son de broma—. Como ve, sólo tenemos uno. Hay quien lo llama dictador, pero, si lo es, goza de bastante popularidad, en mi opinión.

Me detuve un momento ante la portada de la revista *Time*. En casa, en alguna parte, tenía un ejemplar de ese mismo número. El mío tenía un titular crítico sobre Batista que faltaba en ése, pero no me acordaba de lo que decía.

—Quizá se pregunte qué ha pasado con el titular —observó Quevedo— y lo que decía.

—¿Ah, sí?

—Desde luego. —Sonrió con benevolencia—. Decía «Batista en Cuba: Se salta la democracia». Lo cual es una exageración. Por ejemplo, en Cuba no se restringe la libertad de expresión, ni la de prensa ni la de religión. El Congreso puede derogar cualquier ley o negarse a aprobar lo que quiera aprobar él. En este consejo de ministros no hay generales. ¿Es eso una dictadura, verdaderamente? ¿Se puede comparar a nuestro presidente con Stalin o con Hitler? No creo.

No contesté. Sus palabras me recordaron una cosa que había dicho yo en la cena de Noreen; sin embargo, en boca de Quevedo, no parecía tan convincente. Abrió la puerta de un despacho enorme con un enorme escritorio de caoba, una radio con un florero encima, otro escritorio más pequeño con una máquina de escribir y un aparato de televisión encendido pero sin sonido. Estaban retransmitiendo un partido de *baseball*; las fotos de las paredes no eran de Batista, sino de jugadores como Antonio Castaño y Guillermo Miranda, alias Willie. En el escritorio no había gran cosa: un paquete de Trend, una grabadora, un par de vasos altos con la bandera estadounidense repujada por fuera y una revista con una foto de Ana Gloria Varona, la bailarina de mambo, en la portada.

Quevedo me indicó que me sentara ante el escritorio y, cruzando los brazos, se sentó él en el borde de la mesa y se quedó mirándome desde lo alto como a un estudiante que había ido a consultar un problema.

—Naturalmente, sé quién es usted —dijo—. Creo que estoy en lo cierto si afirmo que el infortunado homicidio del señor Reles ha quedado satisfactoriamente aclarado.

—Sí, así es.

—¿Y viene usted en nombre del señor Lansky o en el suyo propio?

—En el mío. Sé que está usted muy ocupado, teniente, conque voy a ir al grano. Tiene usted prisionero aquí a un hombre llamado Alfredo López. ¿No es verdad?

—Sí.

—Tenía esperanzas de convencerlo a usted de que lo dejase en libertad. Sus amigos me han asegurado que no tiene nada que ver con Arango.

—¿Y qué interés exactamente tiene usted en López?

—Es abogado, como bien sabrá, y me hizo un buen servicio como profesional, nada más. Esperaba poder devolvérselo.

—Muy encomiable. Hasta los abogados necesitan representante.

—Ha hablado usted de democracia y libertad de expresión. Mi opinión es muy parecida a la suya, teniente, por eso estoy aquí, para evitar una injusticia. Le aseguro que no soy partidario del doctor Castro y sus rebeldes.

Quevedo asintió.

—Castro es criminal por naturaleza. Algunos periódicos lo comparan con Robin Hood, pero yo lo veo así. Es un hombre muy despiadado y peligroso, como todos los comunistas. Seguramente sea comunista desde 1948, cuando todavía estudiaba, pero en el fondo es mucho peor que ellos. Es comunista y autócrata por naturaleza. Es estalinista.

—Seguro que opino lo mismo, teniente. No tengo el menor deseo de ver hundirse a este país bajo el comunismo. Desprecio a todos los comunistas.

—Me alegra oírlo.

—Como le he dicho, lo único que quisiera es poder hacer un favor a López.

—Como un ojo por ojo, por así decir.

—Puede.

Quevedo sonrió.

—Vaya, ahora me ha intrigado. —Cogió el paquete de Trend y encendió un purito. Fumar puros tan diminutos casi parecía antipatriótico—. Siga, por favor.

—Según he leído en la prensa, los rebeldes que asaltaron el cuartel de Moncada estaban muy mal armados: pistolas, unos pocos rifles M1, una Thompson y un Springfield de cerrojo.

—Correcto. Dirigimos nuestros mayores esfuerzos a evitar que el ex presidente Prío pase armas a los rebeldes. Hasta el momento lo hemos conseguido. En estos dos últimos años nos hemos incautado de armas por un valor de más de un millón de dólares.

—¿Y si le dijera dónde está escondido un alijo muy completo, desde granadas hasta una ametralladora con cargador de cinturón?

—Diría que, como huésped de mi país, tiene el deber de decírmelo. —Chupó un momento el purito—. Después añadiría que, una vez encontrado el alijo, conseguiría la inmediata puesta en libertad de su amigo. Pero ¿puedo preguntarle cómo es que sabe usted de la existencia de esas armas?

—No hace mucho, iba yo en mi coche por El Calvario. Era tarde, la carretera estaba oscura, creo que había bebido más de la cuenta y, desde luego, iba muy deprisa. Perdí el control del coche y me salí del firme. Al principio creí que había pinchado o que se había roto un eje y salí a mirar con una linterna. Lo que había pasado es que las ruedas habían machacado un montón de porquería y habían roto unos tablones de madera que tapaban algo bajo tierra. Levanté una plancha, alumbré con la linterna y vi una caja de FHG Mark 2 y una Browning M19. Seguro que había mucho más, pero me dio la impresión de que no era conveniente quedarse allí más tiempo. Entonces, tapé los tablones con tierra y dejé unas piedras señalando el lugar exacto, para poder localizarlo. El caso es que anoche fui a ver si las piedras seguían en su sitio y, efectivamente, allí estaban, por lo que deduzco que el alijo sigue intacto.

—¿Por qué no informó en su momento?

—Tuve la intención, teniente, no lo dude, pero cuando llegué a casa me pareció que, si informaba a las autoridades, alguien podía pensar que tendría mucho más que decir de lo que le he dicho a usted y, la verdad, me faltó valor.

Quevedo se encogió de hombros.

—Parece que ahora no le ha faltado.

—No lo crea. El estómago me está dando más vueltas que una lavadora, pero, como le he dicho, debo un favor a López.

—Es afortunado por tener un amigo como usted.

—Eso debe decirlo él.

—Cierto.

—Bien, ¿hay trato?

—¿Nos lleva usted al escondite?

Asentí.

—Entonces, sí, cerremos el trato, pero, ¿cómo vamos a hacerlo? —Se levantó y dio unas vueltas pensativamente por el despacho—. Veamos. Ya sé. López viene con nosotros y, si las armas están donde dice usted, puede llevárselo consigo. Así de fácil. ¿Está de acuerdo?

—Sí.

—Bien. Necesito un poco de tiempo para organizarlo todo. ¿Por qué no me espera aquí viendo la televisión, mientras voy a disponer las cosas? ¿Le gusta el *baseball*?

—No particularmente. No le veo relación conmigo. La vida real no da terceras oportunidades.

Quevedo sacudió la cabeza.

—Es un juego de policías. Lo he pensado bastante, créame. Verá, cuando le das a algo con un bate, todo cambia —dijo y salió.

Cogí la revista de la mesa y me familiaricé un poco más con Ana Gloria Varona. Era una granada pequeña, tenía un trasero como para cascar nueces y un pecho grande que pedía a gritos un jersey de talla infantil. Cuando terminé de admirarla me puse a ver el partido, pero pensé que era uno de esos curiosos deportes en los que la historia es más importante que el juego mismo. Al cabo de un rato cerré los ojos, cosa difícil en una comisaría de policía.

Quevedo volvió al cabo de veinte minutos, solo y con una cartera. Levantó las cejas y me miró con expectación.

—¿Nos vamos?

Bajé detrás de él.

Alfredo López se encontraba en el vestíbulo entre dos soldados, pero apenas se tenía en pie. Estaba sucio y sin afeitar y tenía los ojos morados, pero eso no era lo peor. Llevaba vendajes recientes en ambas manos, con lo que las esposas que le ataban las muñecas parecían estar de sobra. Al verme, intentó sonreír, pero debió de costarle tal esfuerzo que casi perdió el conocimiento. Los soldados lo sujetaron por los codos como al acusado de un juicio de farsa.

485

Iba a preguntar a Quevedo qué le había pasado en las manos, pero cambié de opinión, preocupado por no hacer ni decir nada que pudiera impedirme conseguir lo que me había propuesto. Sin embargo, no cabía duda de que a López lo habían torturado.

Quevedo seguía de buen humor.

—¿Tiene coche?

—Un Chevrolet Styline gris —dije—. Lo he aparcado un poco más allá de la comisaría. Voy a buscarlo, vuelvo y me siguen ustedes.

Quevedo parecía satisfecho.

—Excelente. ¿A El Calvario, dice usted?

Asentí.

—Tal como está el tráfico en La Habana, si nos separamos, volvemos a reunirnos en la oficina de correos de allí.

—Muy bien.

—Otra cosa —la sonrisa se le tornó gélida—. Si esto es una trampa, si es un engaño para hacerme salir al descubierto y asesinarme...

—No es una trampa —dije.

—El primer tiro será para este amigo nuestro. —Se palpó la funda del cinturón con un gesto muy elocuente—. Sea como fuere, si las armas no están donde dice, los mataré a los dos.

—Las armas están, descuide —dije—, y no va a asesinarlo nadie, teniente. A los que son como usted y como yo no los asesinan nunca, se los cargan, simplemente. En este mundo, a quienes se asesina es a los Batista, a los Truman y a los reyes Abdullah, conque no se preocupe. Tranquilícese. Hoy es su día de suerte. Está a punto de hacer una cosa que le valdrá los galones de capitán. A lo mejor le conviene estirar la suerte y comprar lotería o un número de la bolita. En tal caso, a lo mejor nos conviene comprarlo a los dos.

Seguramente, lo mismo me daría comprarlo que no.

22

Con un ojo en el retrovisor y en el coche del ejército que iba detrás de mí, me dirigí hacia el este por el túnel nuevo que pasaba por debajo del río Almendares y después, hacia el sur por Santa Catalina y Víbora. A lo largo de toda la divisoria del *boulevard*, los jardineros municipales recortaban los setos dándoles forma de campana, aunque ninguna me alarmó. Seguía pensando que me saldría con la mía en ese trato que había hecho con el diablo. Al fin y al cabo, no era la primera vez, y los había hecho con muchos diablos peores que el teniente Quevedo. Por ejemplo, Heydrich o Goering. No los había peores que ésos. Aun así, por muy listos que nos creamos, siempre hay que estar preparado para lo inesperado. Y creía que yo lo estaba para todo... salvo para lo que pasó.

Subió un poco la temperatura con respecto a la costa norte. Casi todas las casas de esa parte eran de gente adinerada. Se daba uno cuenta enseguida, por lo grandes que eran las verjas y las viviendas. Se sabía lo rico que era un hombre por la altura de los blancos muros y la cantidad de verjas negras de hierro que los jalonaban. Una colección imponente de verjas era un anuncio de reservas de riqueza listas para la confiscación y la redistribución. Si alguna vez llegaban los comunistas a hacerse con La Habana, no tendrían que molestarse mucho en localizar a la gente idónea para robarle el dinero. Para ser comunista no hacía falta ser inteligente, al menos si los ricos se lo ponían tan fácil.

Cuando llegué a Mantilla, giré hacia el sur en Managua, un barrio más pobre y deprimido, y seguí la carretera hasta salir a la autovía principal en dirección oeste, hacia Santa María del Rosario. Se notaba que el vecindario era más pobre y deprimido porque niños y cabras deambulaban libremente por los márgenes de la carretera y se veían hombres con machetes, la herramienta de trabajo en las plantaciones de alrededor.

Cuando vi la pista de tenis abandonada y la villa ruinosa con la verja oxidada, agarré el volante con fuerza y pasé el bache para salir de la carretera y meterme entre los árboles. Al echar el freno, el coche corcoveó como un toro de rodeo y levantó más polvo que un éxodo de Egipto. Apagué el motor y me quedé sentado sin hacer nada, con las manos detrás de la cabeza, por si el teniente se ponía nervioso. No quería que me pegase un tiro por meter la mano en el bolsillo para sacar el humidificador.

El coche militar paró detrás de mí, salieron dos soldados y Quevedo detrás. López se quedó en el asiento trasero. No iba a ninguna parte, salvo al hospital, quizá. Me asomé por la ventanilla, cerré los ojos y, poniendo la cara un momento al sol, me quedé escuchando el ruido del motor al enfriarse. Cuando los volví a abrir, los dos soldados habían sacado unas palas del maletero del coche y esperaban instrucciones. Señalé enfrente de donde estábamos.

—¿Veis esas tres piedras blancas? —dije—. Cavad en el centro.

Cerré los ojos un momento otra vez, pero ahora, para rogar que todo saliera como había planeado.

Quevedo se acercó al Chevrolet con la cartera en la mano. Abrió la puerta del copiloto y se sentó a mi lado. Después, abrió la ventanilla, pero no fue suficiente para ahorrarme el intenso olor a colonia que desprendía. Nos quedamos un momento viendo cavar a los soldados, sin decir una palabra.

—¿Le importa que encienda la radio? —dije, disponiéndome a tocar el botón.

—Creo que tendrá bastante con mi conversación, para distraerse —dijo amenazadoramente. Se quitó la gorra y se frotó la cabeza de cepillo que tenía. Hacía un ruido como de limpiar zapatos. Luego sonrió con sentido del humor, pero no me hizo ninguna gracia—. ¿Le había dicho que hice un curso con la CIA en Miami?

Ambos sabíamos que, en realidad, no era una pregunta. Pocas preguntas suyas lo eran de verdad. Casi siempre las hacía para inquietar o ya sabía la respuesta.

—Pues sí; estuve seis meses, el verano pasado. ¿Conoce Miami? Probablemente sea el sitio menos atractivo que se pueda conocer. Es como La Habana, pero sin gente. De todos modos eso no viene al caso. Ahora que he vuelto aquí, una de mis funciones consiste en hacer de enlace con el jefe de la sede de la Agencia en La Habana. Como seguramente se imagina, lo que domina la política exterior de los Estados Unidos es el temor al comunismo. Un temor comprensible, añado, teniendo en cuenta las simpatías políticas de López y sus amigos de la isla de Pinos. Por ese motivo, la Agencia tiene intención de ayudarnos a poner en marcha el año que viene una nueva sede de inteligencia anticomunista.

—Lo que más falta le hace a Cuba —dije—, más policía secreta. Dígame, ¿en qué se diferenciará la sede nueva de la antigua?

—Buena pregunta. Pues, para empezar, los Estados Unidos nos darán más dinero, por supuesto, mucho más. Eso siempre es un buen comienzo. La CIA se encargará directamente de preparar y equipar al personal, así como de organizar y distribuir el trabajo de identificación y represión de actividades comunistas exclusivamente, al contrario que el SIM, cuyo fin es la eliminación de toda forma de oposición política.

—Es la democracia de la que me hablaba antes, ¿no?

—No; comete un gran error si se toma el asunto con ese sarcasmo —insistió—. La nueva sede estará bajo el mando directo de la mayor democracia del mundo. Eso significa algo, digo yo. Y, por supuesto, no hace falta decir que el comunismo internacional no se distingue por su tolerancia para con la oposición. Hasta cierto punto, hay que combatirlo con las mismas armas. Tenía la impresión de que usted, más que nadie, lo entendería y sabría darle el valor que tiene, señor Hausner.

—Teniente, le he dicho con toda sinceridad que no tengo el menor deseo de ver a este país teñido de rojo, pero nada más. No soy el senador Joseph McCarthy, sino Carlos Hausner.

La sonrisa de Quevedo se ensanchó. Supongo que, en una fiesta infantil, habría imitado muy bien a una serpiente, siempre y cuando dejaran a algún niño acercarse a un hombre como él.

—Sí, hablemos de eso, ¿de acuerdo? De su nombre, quiero decir. Tan cierto es que se llama usted Carlos Hausner como que es ciudadano argentino o lo ha sido alguna vez, ¿verdad?

Empecé a hablar, pero Quevedo cerró los ojos como si no quisiera oír la menor contradicción y dio unas palmaditas a la cartera que reposaba en su regazo.

—No, no se moleste. Sé unas cuantas cosas sobre usted. Está todo aquí. Tengo una copia de su ficha de la CIA, Gunther. Como ve, el nuevo espíritu de colaboración con los Estados Unidos no es exclusivo de Cuba. Argentina también lo tiene. A la CIA le interesa tanto evitar el crecimiento del comunismo en ese país como en el nuestro. También hay rebeldes en Argentina, igual que aquí. Sin ir más lejos, el año pasado los comunistas pusieron dos bombas en la plaza principal de Buenos Aires y mataron a siete personas. Pero me estoy adelantando.

»Cuando Meyer Lansky me habló de su experiencia en la inteligencia alemana, de su lucha contra el comunismo durante la guerra, confieso que me fascinó y me propuse averiguar más cosas. Pensé egoístamente que tal vez pudiera serme útil en nuestra guerra contra el comunismo. Entonces, me puse en contacto con el jefe de la Agencia y le pedí que hablase con su homólogo en Buenos Aires, a ver si podía contarnos algo sobre usted. Nos contaron muchas cosas. Al parecer, su verdadero nombre es Bernhard Gunther y nació en Berlín. Allí fue policía en primer lugar, después hizo algo en las SS y, por último, estuvo también en el servicio alemán de inteligencia militar, el Abwehr. La CIA contrastó sus datos con los del Registro Central de Criminales de Guerra y Sospechosos de Seguridad, el CROWCASS, y con el Centro de Documentación de Berlín. Aunque no lo buscan por crímenes de guerra, parece ser que la policía de Viena lo tiene en busca y captura por la muerte de dos desgraciadas mujeres.

No tenía objeto negarlo, aunque yo no había matado a nadie en Viena, pero pensé que podía darle una explicación acorde con sus ideas políticas.

—Después de la guerra —dije—, por mi experiencia en la lucha contra los rusos, me destinaron al contraespionaje estadounidense: primero, en el CIC 970 alemán, después, en el 430 austriaco. Como sin duda sabrá, el CIC fue precursor de la CIA. El caso es que me utilizaron para descubrir a un traidor de su organización, un tal John Belinsky, quien resultó ser agente de la MVD rusa. Eso fue en septiembre de 1947. Lo de las dos mujeres fue mucho más tarde, en 1949. A una la maté porque era la mujer de un infame criminal de guerra, la otra era agente rusa. Probablemente, ahora los Estados Unidos lo negarán, pero fueron ellos quienes me sacaron de Austria. Cuando las ratas abandonaban el barco, ayudaron a huir a algunos nazis. Me proporcionaron un pasaporte de la Cruz Roja a nombre de Carlos Hausner y me metieron en un barco con rumbo a Argentina, donde trabajé una temporada con la policía secreta, la SIDE. Ahí estuve hasta que el trabajo que me habían encomendado se volvió problemático para el gobierno y me convertí en *persona non grata*. Me despacharon con un pasaporte argentino y algunos visados y así llegué aquí. Desde entonces, he procurado mantenerme al margen de cualquier complicación.

—Ha tenido una vida interesante, no cabe duda.

Asentí.

—Eso pensaba Confucio —dije.

—¿Qué dice?

—Nada. Vivo tranquilamente aquí desde 1950, pero hace poco tropecé con un antiguo conocido, Max Reles, quien me ofreció trabajo, porque sabía que había trabajado en la brigada criminal de Berlín. Iba a aceptarlo, pero entonces lo mataron. Entre tanto, Lansky también llegó a conocer parte de mi historial y, cuando mataron a Max, me pidió que hiciese el trabajo de la policía de la ciudad. Como usted comprenderá, a Meyer Lansky no se le puede negar nada, al menos en La Habana. Y aquí estamos ahora, pero la verdad es que no sé en qué puedo ayudarlo a usted, teniente Quevedo.

Uno de los soldados que cavaban delante de nosotros dio una voz. El hombre tiró la pala, se arrodilló un momento, se asomó al agujero, volvió a ponerse de pie y nos hizo una señal: había encontrado lo que buscábamos.

—Es decir, aparte de la ayuda que acabo de prestarle con ese alijo de armas.

—Cosa que le agradezco enormemente, como pronto le demostraré a su entera satisfacción, señor Gunther. Puedo llamarlo así, ¿verdad? Al fin y al cabo, es su verdadero apellido. No, lo que quiero es otra cosa, otra cosa muy distinta y más duradera. Con su permiso, me explico: tengo entendido que Lansky le ha ofrecido trabajo en su empresa. No, eso no es exacto, no lo tengo entendido. La verdad es que la idea se la di yo... la de ofrecerle trabajo.

—Gracias.

—No hay de qué. Supongo que pagará bien. Lansky es generoso. Para él, es una buena inversión, sencillamente. Tanto pagas, tanto recibes. Es un jugador, desde luego, y como a la mayoría de los jugadores inteligentes, le desagrada la incertidumbre. Si no está completamente seguro de una cosa, hace lo que más se le acerque para limitar los riesgos de la apuesta. Y ahí es donde entra usted, porque, verá, si Lansky intenta limitar los riesgos de la apuesta por Batista ofreciendo respaldo económico a los rojos, a mis jefes les gustaría saberlo al momento.

—¿Quiere que lo espíe? ¿Es eso?

—Exactamente. ¿Hasta qué punto puede ser una misión difícil para un hombre como usted? Al fin y al cabo, Lansky es judío. Espiar a los judíos debería ser algo innato en un alemán.

Me pareció que no valía la pena discutir esa cuestión.

—¿A cambio de qué?

—A cambio de no deportarlo a usted a Austria y ahorrarle las consecuencias de esas dos denuncias por homicidio. Además, se queda con toda la pasta que le pague Lansky.

—Sepa que tenía intención de hacer un breve viaje a Alemania por cuestiones familiares.

—Me temo que ahora no será posible. Porque, en realidad, si se marcha, ¿qué garantía tendríamos de que volvería? Y perderíamos una gran ocasión de espiar a Lansky. A propósito, por su propia seguridad, es mejor que no informe de esta conversación a su nuevo jefe. Cuando ese hombre sospecha de la lealtad de alguien, tiene la horrible costumbre de liquidarlo. Por ejemplo, el señor Waxman. Casi seguro que lo mandó matar Lansky. Creo que con usted haría lo mismo. Es de los que aplican a rajatabla el principio de «más vale prevenir que por descuido llorar». No se le puede reprochar. A fin de cuentas, ha invertido millones en La Habana; tenga por seguro que no va a consentir que se le interponga nada. Ni usted, ni yo ni el mismísimo presidente. Lo único que le interesa es seguir ganando dinero y ni a él ni a sus amigos les importa el régimen del país, mientras puedan seguir con lo suyo.

—Eso es una fantasía —insistí—. No creo que Lansky vaya a apoyar a los comunistas.

—¿Por qué no? —Quevedo se encogió de hombros—. ¡Qué estupidez, Gunther! Pero usted no es estúpido. Mire lo que le digo, quizá le interese saber que, según la CIA, en las últimas elecciones presidenciales de los Estados Unidos, Lansky hizo una aportación muy generosa tanto a los republicanos, que ganaron, como a los demócratas, que perdieron. De esa forma, ganara quien ganase, tendrían algo que agradecerle. A eso voy, ¿entiende? La influencia política no tiene precio y Lansky lo sabe más que de sobra. Como le he dicho, es un buen negocio, ni más ni menos. Yo en su lugar haría lo mismo. Por otra parte, sé que Max Reles pasaba dinero en secreto a las familias de algunos rebeldes de Moncada. ¿Cómo lo sé? Me lo dijo López voluntariamente.

Eché un vistazo al otro coche. López dormía en el asiento de atrás. Aunque, claro, a lo mejor no estaba dormido en absoluto. Le daba el sol de pleno en la cara sin afeitar. Parecía Jesucristo muerto.

—Voluntariamente. ¿Le parece que me lo puedo creer?

—La verdad es que no podía hacerle callar, no paraba de contarme cosas, porque, claro, ya le había arrancado todas las uñas.

—Qué cabrón.

—¡Vamos, hombre! Es mi trabajo. Y tal vez también fue el suyo, hace mucho tiempo. En las SS, ¿quién sabe? Apuesto a que usted no. Estoy seguro de que, ahondando un poco más, encontraríamos algunos trapos sucios en su historial, mi querido amigo nazi. Aunque a mí eso no me interesa. Lo que me gustaría saber ahora es si Lansky sabía que Reles daba ese dinero, pero sobre todo, si también lo ha hecho él alguna vez.

—Está loco —dije—. A Castro le han echado quince años. Con él entre rejas, la revolución es un león desdentado. Y, ya que hablamos de ello, yo también.

—Se equivoca en ambos casos. Respecto a Castro, quiero decir. Tiene muchos amigos, amigos poderosos, en la policía, en el sistema judicial e incluso en el gobierno. Sé que no me cree, pero, ¿sabía que el oficial que detuvo a Castro después del asalto a Moncada también le salvó la vida? ¿Y que el tribunal que lo juzgó en Santiago le permitió dar un discurso de dos horas en defensa propia? ¿Y que Ramón Hermida, nuestro actual ministro de Justicia, hizo posible que, en vez de aislarlo de los demás prisioneros, como recomendó el ejército, los mandasen a todos juntos a la isla de Pinos y que les permiten tener libros y material de escribir? Y Hermida no es el único amigo con quien cuenta ese criminal en el gobierno. Ya hay unos cuantos en el Senado y en la Cámara de Diputados que hablan de amnistía. Tellaheche, Rodríguez, Agüero... ¡Amnistía, qué le parece! Prácticamente en cualquier otro país habrían condenado a muerte a un hombre como él. Y se lo merecía. Con toda sinceridad le digo, amigo mío, que me asombraría que Castro cumpliese más de cinco años en la cárcel.

Sí, es un tipo con suerte, pero, para ser tan afortunado como él, hace falta mucho más que ser un tipo con suerte. Se necesitan amigos. Eso no es el mismo perro con otro collar. El día en que suelten a Castro empezará la revolución en serio. Aunque, al menos, tengo la esperanza de evitarlo.

Encendió un purito.

—¿Qué? ¿No tiene nada que decir? Pensaba que me iba a costar más convencerlo, que tendría que demostrarle con pruebas documentales todo lo que sé sobre su verdadera identidad. Ahora compruebo que no necesitaba traerme la cartera.

—Sé quién soy, teniente. No necesito que me lo demuestre nadie. Ni siquiera usted.

—Anímese. Piense que no espiará por nada y que hay sitios peores que La Habana, sobre todo para un hombre como usted, que vive tan bien. Sin embargo, ahora está en mis manos. ¿Queda claro? Lansky pensará que lo tiene en las suyas, pero usted me informará una vez a la semana. Buscaremos un sitio agradable y tranquilo donde reunirnos. Casa Marina, quizá. A usted le gusta, lo sé. Podemos elegir una habitación en la que no nos molesten y todo el mundo creerá que estamos pasando el rato con alguna putilla complaciente. Sí, tendrá que ponerse a bailar cuando se lo mande y gritar cuando se lo diga. Y, tal vez, cuando se haga viejo y canoso (es decir, más viejo y canoso que ahora), dejaré que se vaya a rastras a su casita de nazi mierdoso. Sin embargo, óigame bien, hágame enfadar una vez, una sola vez, y le prometo que subirá con la soga al cuello al primer avión que salga para Viena, que es lo que probablemente se merezca.

Lo escuché todo sin decir una palabra. Me había dejado helado, colgado boca abajo para hacerme una foto, como un pez espada en el espigón del Barlovento. Un pez espada que ya se iba a casa cuando lo sacaron del agua con una caña y un carrete. No había podido ni defenderme. Sin embargo, lo deseaba. Eso y más. Deseaba matar a Quevedo con todo mi ser, asesinarlo incluso... Sí, me haría más que feliz darle una muerte digna de una ópera, siempre y cuando pudiese apretar el gatillo contra ese cabrón presumido y su sonrisa de cabrón presumido.

Miré hacia el coche del ejército y vi a López, que se había recuperado un poco y me miraba fijamente, puede que preguntándose qué clase de trato rastrero habría hecho para salvar su piojoso pellejo. O tal vez miraba a Quevedo. Era fácil que López albergase esperanzas de apretar el gatillo contra el teniente. En cuanto le crecieran uñas nuevas. Tenía más derecho que yo. Yo acababa de empezar a odiar al joven teniente. En eso, López me llevaba mucha ventaja.

López volvió a cerrar los ojos y apoyó la cabeza en el asiento. Los dos soldados estaban sacando una caja del agujero del suelo. Era hora de largarnos, si nos lo permitían. Quevedo era capaz de romper un trato sólo porque podía y yo no habría tenido forma de impedírselo, desde luego. Sabía desde el primer momento que existía esa posibilidad y calculé que valía la pena arriesgarse. Al fin y al cabo, el alijo de armas no era mío. Lo que no me había imaginado era que Quevedo me convirtiese en una marioneta suya. Ya me odiaba a mí mismo. Más de lo habitual.

Me mordí el labio y dije:

—Muy bien. He cumplido mi parte del trato. De este trato. Las armas a cambio de López. ¿Qué me dice? ¿Va a soltarlo, tal como habíamos quedado? Seré su espía rastrero de bolsillo, Quevedo, pero sólo si cumple ahora su parte del trato. ¿Me ha oído? Cumpla su palabra o mándeme a Viena y así se pudra.

—Un discurso muy valiente —dijo—. Tiene usted mi admiración. Sí, de verdad. Un día, cuando no tenga las emociones tan a flor de piel con todo esto, podrá contarme cómo fue ser policía en la Alemania de Hitler. Estoy seguro de que me fascinará descubrir más cosas y entender lo que tuvo que ser. La historia me interesa mucho. Y, ¿quién sabe? A lo mejor descubrimos que tenemos algo en común.

Levantó el pulgar como si se le acabase de ocurrir algo.

—Dígame una cosa que de verdad no entiendo. ¿Por qué demonios ha querido dar la cara por un hombre como Alfredo López?

—Yo también me lo pregunto, créame.

Quevedo sonrió con incredulidad.

—No me lo trago ni por un momento. Hace un rato, cuando veníamos hacia aquí desde Marianao, le pregunté sobre usted. Me dijo que, sin contar hoy, sólo lo había visto tres veces en su vida. Dos en casa de Ernest Hemingway y una en su despacho. Y dijo que había sido usted quien le había hecho un favor, no al contrario. No se refería al de hoy, claro, sino a otro apuro del que le había sacado antes. No me contó de qué se trataba. Y, francamente, ya le he preguntado tantas cosas que no me apeteció insistir. Por otra parte, no le quedan más uñas que perder. —Sacudió la cabeza—. Entonces, ¿por qué? ¿Por qué otra vez?

—No es asunto suyo, maldita sea, pero López me dio un motivo para volver a creer en mí mismo.

—¿Qué motivo?

—Usted no lo entendería. Apenas lo entiendo yo... pero bastó para despertarme el deseo de seguir adelante con la esperanza de que mi vida podía tener algún sentido.

—Quizá no he juzgado bien a López. Lo considero un iluso imbécil, pero, tal como lo pone usted, parece un santo.

—Cada cual se redime como y cuando puede. A lo mejor, un día, cuando se encuentre como yo ahora, se acuerda de lo que he dicho.

23

Llevé a Alfredo López a Finca Vigía. Estaba en muy malas condiciones, pero yo no sabía dónde estaba el hospital más cercano y él, tampoco.

—Te debo la vida, Gunther —dijo—. Nunca podré agradecértelo bastante.

—Olvídalo. No me debes nada, pero te ruego que no me preguntes por qué. Ya he dado bastantes explicaciones sobre mí, por hoy. Ese cabrón de Quevedo tiene la irritante costumbre de hacer preguntas que uno no quiere contestar.

López sonrió.

—¡A quién se lo vas a decir!

—Por supuesto. Disculpa. Lo mío no ha sido nada, en comparación con lo que has debido de pasar.

—No me vendría mal un cigarrillo.

Tenía un paquete de Lucky en la guantera. En el cruce con la carretera norte a San Francisco de Paula, me detuve y le puse uno en la boca.

—Fuego —le dije, al tiempo que encendía una cerilla.

Tomó unas caladas y me dio las gracias con un movimiento de cabeza.

—Permíteme. —Le saqué el cigarrillo de entre los labios—. Pero no te hagas ilusiones: no pienso acompañarte al cuarto de baño.

Volví a colocarle el cigarrillo en la boca y seguimos viaje.

Llegamos a la casa. La noche anterior había hecho mucho viento y en los escalones de la entrada había ramas y hojas de ceiba caídas. Un negro alto estaba recogiéndolas y cargándolas en una carretilla, pero lo mismo habría dado que las tirase al suelo como si le hubiesen mandado colocar una alfombra de palmas para recibir a López con todos los honores: trabajaba muy despacio, como si acabase de sacar dos premios en la bolita.

—¿Quién es ése? —preguntó López.

—El jardinero —dije—. Aparqué al lado del Pontiac y apagué el motor.

—Sí, claro. Por un momento... —soltó un gruñido—. El anterior se suicidó, ¿sabes? Se tiró a un pozo y se ahogó.

—Claro, seguro que por eso se bebe tan poca agua en esta casa.

—Noreen cree que hay un fantasma.

—No, porque lo sería yo. —Miré a López y fruncí el ceño—. ¿Puedes subir los escalones?

—Creo que necesito un poco de ayuda.

—Deberías ir al hospital.

—Se lo dije a Quevedo muchas veces, pero ya no me hizo caso. Fue después de la manicura gratis.

Salí del coche y cerré de golpe: en esa casa equivalía a tirar de la campanilla. Fui hasta la otra portezuela y la abrí. López iba a necesitar esa clase de ayuda con mucha frecuencia, durante los próximos días, y estaba pensando en largarme enseguida y dejárselo todo a ella. Ya había puesto bastante de mi parte. Si López quería rascarse la nuca, que se la rascase Noreen.

Salió a la puerta en el momento en que López se apeaba del coche, mareado como un borracho que no hubiese bebido bastante. Estremeciéndose, se apoyó un momento en la jamba de la ventana con la parte interior de las muñecas y después con la espalda; sonrió a Noreen, que bajaba los peldaños rápidamente. López abrió la boca y el cigarrillo que no había terminado de fumar se le cayó en la pechera de la camisa. Se lo quité, ¡como si la camisa importara, en realidad! Seguro que no iba a volver a ponérsela para ir al despacho. Esa temporada no se llevaba el algodón blanco manchado de sangre sobre sudor.

—Fredo —dijo ella con preocupación—, ¿te encuentras bien? ¡Dios mío! ¿Qué te ha pasado en las manos?

—Los polis esperaban a Horowitz en su fiesta de recaudación de fondos —dije.

López sonrió, pero a Noreen no le gustó.

—No le veo la gracia por ninguna parte, Bernie —dijo—, te lo digo en serio.

—Porque no lo has visto en directo, supongo. Oye, cuando termines de reñirme, este leguleyo amigo tuyo se merece que lo lleven al hospital. Lo habría llevado yo mismo, pero él ha preferido pasar primero por aquí, para que vieras lo bien que se encuentra. Seguro que para él eres más importante tú que volver a tocar el piano. Lo comprendo, naturalmente. A mí me pasa algo muy parecido.

Noreen oyó muy poco de lo que le dije. Sintonizó otra onda en el momento en que pronuncié la palabra «hospital». Dijo:

—Hay uno en Cotorro. Lo llevo yo en mi coche.

—Sube, que os llevo yo.

—No, tú ya has hecho bastante. ¿Fue muy difícil rescatarlo de la policía?

—Un poco más que meter una petición en el buzón de sugerencias, pero no lo tenía la policía, sino el ejército.

—Oye, ¿por qué no nos esperas en casa? Ponte cómodo, como si estuvieras en la tuya. Prepárate algo de beber, di a Ramón que te haga algo de comer, si quieres. No tardaré.

—En realidad debería largarme a toda prisa. Después de todo lo que ha pasado esta mañana, tengo una gran necesidad de renovar todas mis pólizas de seguros.

—Bernie, por favor. Quiero darte las gracias como es debido y hablar contigo de una cosa.

—De acuerdo, puedo encajarlo.

La vi alejarse con él, entré en la casa y tonteé con el carrito de las bebidas, pero no estaba de humor para hacerme el duro con el *bourbon* de Hemingway y me bebí un vaso de Old Forester en menos de lo que tardé en servírmelo. Con otro muy largo en la mano, di una vuelta por la casa y procuré no cebarme con la evidente semejanza que había entre mi situación y la de cualquiera de los trofeos de las paredes. El teniente Quevedo me había cazado igual que si me hubiese disparado con un rifle exprés. Ahora Alemania me parecía tan lejos como las nieves del Kilimanjaro o las verdes montañas africanas.

Había muchos baúles de viaje y maletas en una habitación; el estómago me dio un vuelco al pensar que tal vez Noreen fuera a marcharse de la isla, hasta que comprendí que, seguramente, estaba preparando la mudanza a su nueva casa de Marianao. Al cabo de un rato y de otra bebida, salí fuera y subí los cuatro pisos de la torre. No fue difícil. Había unas escaleras semicubiertas que subían hasta arriba por el exterior. En el primer piso había un cuarto de baño y en el segundo, unos cuantos gatos jugando a las cartas. En el tercero se guardaban todos los rifles, en vitrinas cerradas con llave y, según el estado de ánimo que tenía en ese momento, mejor no haber llevado ninguna llave encima. En el último piso había un escritorio pequeño y una librería grande llena de libros de temática militar. Me quedé allí un buen rato. Los gustos literarios de Hemingway me eran indiferentes, pero la vista desde allí era para no perdérsela. A Max Reles le habría encantado. El panorama lo llenaba todo desde cada una de las ventanas, abarcaba muchos kilómetros a la redonda. Hasta que la luz empezó a desaparecer. Y un poco más.

Cuando sólo quedaba una franja de color naranja por encima de los árboles, oí un coche y vi los faros del Pontiac y la cabeza del jefe indio subiendo por la entrada. Noreen bajó sola del coche. Cuando llegué abajo, ella ya había entrado en la casa y estaba preparándose una bebida con vermut Cinzano y agua tónica. Al oír mis pasos, dijo:

—¿Te relleno el vaso?

—Me sirvo yo solo —dije, al tiempo que me acercaba al carrito.

Al llegar yo a su lado, se alejó. Oí el tintineo de los cubitos cuando se llevó el vaso a la boca y bebió el helado contenido.

—Lo han ingresado, está en observación —dijo.

—Buena idea.

—Esos cabrones hijos de puta le han arrancado todas las uñas.

En ausencia de López, que veía el lado gracioso, no pude seguir haciendo bromas sobre la cuestión. No quería que Noreen me sacase las uñas otra vez. Ya había tenido bastantes uñas, por ese día. Lo único que quería era sentarme en un sillón y que ella me acariciase la cabeza, aunque sólo fuera para recordarme que todavía la tenía sobre los hombros, no colgada en la pared de cualquiera.

—Lo sé. Me lo dijeron.

—¿El ejército?

—Te aseguro que no fue la Cruz Roja la que se lo hizo.

Llevaba pantalones sueltos de color azul marino y una chaqueta rizada de punto. Los pantalones sueltos no le quedaban muy sueltos en la única parte que importaba y a la chaqueta parecía que le faltasen dos botoncitos de piel en la curva inferior de los senos. Llevaba en la mano un zafiro que parecía el hermano mayor de los que lucía en las orejas. Los zapatos eran marrones, de piel, como el cinturón y el bolso que había tirado a un sillón. Noreen siempre había tenido buen gusto para esas cosas. Sólo yo parecía desentonar con los demás complementos que llevaba. Estaba cohibida e incómoda.

—Gracias por lo que has hecho —dijo.

—No lo he hecho por ti.

—No. Me parece que sé por qué, pero, de todos modos, gracias. Te aseguro que es el mayor gesto de valentía que he conocido desde que estoy en Cuba.

—No me digas esas cosas, que ya me encuentro bastante mal.

Sacudió la cabeza.

—¿Por qué? No te entiendo en absoluto.

—Porque parece que sea lo que no soy. Al contrario de lo que pensabas en otra época, encanto, nunca tuve madera de héroe. Si fuese siquiera un poco como me imaginas, no habría durado ni la mitad. Estaría muerto en cualquier campiña ucraniana u olvidado para siempre en un cochambroso campo de concentración ruso. Por no hablar de lo que pasó antes de todo eso, en la época relativamente más inocente en que la gente creía que los nazis eran el no va más de la maldad auténtica. Sólo por no complicarnos las cosas y conservar la vida, nos decimos que podemos dejar los principios de lado y hacer un pacto con el diablo, pero, si lo repetimos varias veces, al final se nos olvidan los principios que teníamos. Antes creía que podía mantenerme incólume, que podía vivir en un mundo horrible y podrido sin contagiarme. Sin embargo, he descubierto que no es posible, al menos, si quiero vivir un año más. Bien, aquí sigo. En honor a la verdad hay que decir que no he muerto porque soy tan malo como todos los demás. Estoy vivo porque han muerto otros, a algunos los maté yo. Eso no es valentía. No es más que eso. —Señalé la cabeza de antílope de la pared—. Él sabe a lo que me refiero, aunque tú no lo entiendas: es la ley de la selva. Matar o morir.

Noreen sacudió la cabeza.

—Tonterías —dijo—. No dices más que tonterías. Eso fue en la guerra, había que matar o morir. En eso consiste la guerra. Y fue hace diez años. Muchos hombres piensan lo mismo que tú de lo que hicieron en la guerra. Te tratas con demasiada dureza. —Me agarró y apoyó la cabeza en mi pecho—. No te permito que hables así de ti mismo, Bernie. Eres un hombre bueno. Lo sé.

Me miró. Quería que la besara. Me quedé donde estaba, mientras ella me abrazaba con fuerza. No me aparté ni la aparté, pero tampoco la besé, aunque no deseaba otra cosa. Lo que hice fue sonreír burlonamente.

—¿Y Fredo?

—No hablemos de él ahora, por favor. He sido una estúpida, Bernie. Acabo de darme cuenta. Tenía que haber sido sincera contigo desde el primer momento. En realidad, no eres un homicida. —Vaciló. Tenía los ojos llenos de lágrimas—. ¿Verdad que no?

—Te amo, Noreen, a pesar de los años que han pasado. No lo supe hasta hace poco. Te amo, pero no puedo mentirte. Si de verdad te deseara, podría hacerlo, creo yo, podría mentirte, decirte cualquier cosa con tal de recuperarte, estoy seguro. Pero no es así. En este mundo, siempre tiene que haber alguien a quien se le pueda decir la verdad.

La agarré por los hombros y la miré directamente a los ojos.

—He leído tus libros, encanto. Sé la clase de persona que eres. Está clarísimo, entre las portadas, oculto bajo la superficie como un iceberg. Eres una persona honesta, Noreen. En cambio, yo no. Soy un homicida. Y no me refiero sólo a la guerra. Sin ir más lejos, la semana pasada maté a una persona y te aseguro que no fue cuestión de matar o morir. Lo maté porque se lo merecía y porque temía lo que pudiese hacer, pero sobre todo, lo maté porque lo deseaba.

»A Max Reles no lo mató Dinah, encanto, ni siquiera sus amigos mafiosos del casino. Fui yo. Yo lo maté. Me cargué a Max Reles a tiros.

24

—Como sabes, Reles me ofreció un empleo en el Saratoga y lo acepté, pero sólo con la intención de encontrar el momento de cargármelo. Lo difícil era cómo hacerlo. Max estaba muy protegido. Vivía en el Saratoga, en un ático en el que sólo se podía entrar mediante un ascensor que funcionaba con una llave. Waxey, su guardaespaldas, vigilaba las puertas de ese ascensor día y noche y cacheaba a todo el que debía entrar en el ático.

»Sin embargo, supe cómo hacerlo tan pronto como vi el revólver que tu amigo Hemingway te había regalado. El Nagant. Había visto esa arma muchas veces durante la guerra. Era la auxiliar reglamentaria de los oficiales del ejército y la policía rusos y, además, tenía una modificación importante: un silenciador Bramit. También la preferían los servicios especiales rusos. Entre enero de 1942 y febrero de 1944 trabajé en el centro de investigación de crímenes de guerra de las Wehrmacht, tanto en casos de atrocidades cometidas por los aliados como por los alemanes. Uno de los crímenes que investigamos fue el de la masacre del bosque de Katyn. Eso fue en abril de 1943, cuando un oficial de inteligencia del ejército encontró una fosa común con cuatro mil cadáveres de polacos a unos veinte kilómetros al oeste de Smolensk. Eran todos oficiales del ejército polaco. Los habían ejecutado uno a uno los escuadrones de la muerte de la NKVD, de un solo tiro en la nuca. Los mataron con la misma clase de revólver: el Nagant.

»Los rusos actuaban metódica y tortuosamente. Son así en todo. Lo siento, pero es la verdad. Habría sido imposible ejecutar a cuatro mil hombres a menos que, previamente, se tomaran ciertas precauciones para que no lo oyeran los que todavía habían de morir. De otro modo, se habrían amotinado y habrían acabado con sus carceleros. Los mataban por la noche, en celdas sin ventanas e insonorizadas con colchones, con revólveres Nagant provistos de silenciador. Durante la investigación, llegó a mis manos uno de esos silenciadores y tuve la oportunidad de ver cómo era y de probarlo con un arma. Por eso, en cuanto vi tu revólver, supe que podía fabricar uno en el taller metálico que tengo en casa.

»El siguiente problema fue: ¿cómo iba a entrar en el ático con el revólver? Dio la casualidad de que Max me había regalado una cosa: un juego de *backgammon* hecho de encargo, con forma de maletín, en el que estaban las fichas, los dados y los cubiletes. Sin embargo, quedaba sitio para un revólver y su silenciador nuevo. Me pareció que, seguramente, Waxey no lo abriría, sobre todo porque tenía dos cerraduras con combinación.

»Max me había dicho que solía jugar a las cartas una vez a la semana con algunos hampones de la ciudad. También me dijo que la partida siempre acababa a las once y media, exactamente quince minutos antes de retirarse él a su despacho a llamar al presidente, que es dueño de una parte del Saratoga. Me invitó a ir y, cuando fui, llevé conmigo el maletín, cargado con el revólver y su silenciador, y lo dejé en la azotea de la piscina. Cuando salí del ático a las once y media, al mismo tiempo que los demás, bajé de nuevo al casino y esperé unos minutos. Era el Año Nuevo Chino, la noche de los fuegos artificiales en el Barrio Chino. Hacen un ruido ensordecedor, desde luego, sobre todo en el tejado del Saratoga.

»El caso es que, con lo de los fuegos, me imaginé que Reles no hablaría mucho rato con el presidente y, en cuanto conseguí que el director del casino me viese abajo, después de haber estado en el ático la primera vez, volví al octavo piso, que era lo máximo que podía acercarme sin la llave del ascensor, naturalmente.

»Da la casualidad de que, en la esquina del edificio, están arreglando el anuncio de neón del Saratoga, es decir, que había unos andamios por los que se podía trepar del octavo a la azotea del ático. Al menos, alguien que no tuviese vértigo o que estuviera dispuesto a matar a Max Reles casi a cualquier precio. Fue una escalada de consideración, te lo aseguro. Necesité las dos manos. De haber llevado el revólver en la mano o en el cinturón, no lo habría conseguido. Por eso necesitaba dejarlo en la azotea de Max.

»Cuando llegué allí otra vez, Max todavía estaba al teléfono. Lo oía hablar con Batista, repasando los números con él. Al parecer, el presidente se toma muy en serio su treinta por ciento de interés en el Saratoga. Abrí el maletín, saqué el revólver, monté el silenciador y, con sigilo, me acerqué a la ventana, que estaba abierta. Es posible que en aquel momento me arrepintiese, pero de pronto me acordé de 1934, cuando lo vi matar a dos personas a sangre fría delante de mí cuando me tenía a bordo de un barco en el lago Tegel. Cuando eso sucedió, tú ya navegabas hacia los Estados Unidos, pero me amenazó con mandar a Abe, su hermano, a matarte en cuanto llegaras a Nueva York, si no cooperaba con él. Yo me había cubierto las espaldas, más o menos. Tenía pruebas de actos de corrupción que habrían acabado con él, pero me faltaban medios para impedir que su hermano te matase. A partir de ese momento, nos tuvimos en jaque el uno al otro, al menos hasta el final de las Olimpiadas, cuando volvió a los Estados Unidos. Pero, como dije antes, se lo había ganado a pulso y, en cuanto hubo colgado el teléfono, disparé. Bueno, no fue exactamente así. Me vio justo antes de que apretase el gatillo por primera vez. Creo que hasta sonrió.

»Disparé siete veces. Me asomé a la pequeña azotea y tiré el revólver a un cesto de toallas que había al lado de la piscina del octavo piso. Luego bajé como había subido. Tapé el arma con unas toallas y entré en un cuarto de baño a limpiarme. Cuando empezaron los fuegos artificiales yo ya estaba en el ascensor, bajando hacia el casino. La verdad es que, cuando hice el silenciador, se me habían olvidado por completo los fuegos artificiales; de lo contrario, es posible que no me hubiese molestado en fabricarlo. Sin embargo, de ese modo, los fuegos artificiales me sirvieron de coartada.

»Bien. Al día siguiente volví al Saratoga, como si todo siguiera tan normal en mi vida. Eso no podía evitarlo. Debía proceder con normalidad, pues, de lo contrario, levantaría sospechas. Y, aun así, el capitán López sospechó de mí desde el principio. Incluso puede que lo hubiera descubierto, pero conseguí convencer a Lansky de que el tirador podía no haber aprovechado el ruido de los fuegos artificiales, como parecía que pensaba todo el mundo. En eso, la policía me ayudó mucho. Ni siquiera se habían tomado la molestia de buscar el arma homicida. Saqué mis músculos de detective del hotel Adlon y dije que mirasen en las cestas de la lavandería. Poco después encontraron el arma.

»En cuanto los hampones vieron el silenciador en el revólver, empezaron a pensar que aquello era obra de un profesional... y que tenía que ver con sus negocios en La Habana... en vez de con un asunto que había empezado hacía veinte años. Y lo que es mejor, pude explicar que, gracias al silenciador, podían haber matado a Max a cualquier hora, no necesariamente durante los fuegos artificiales, como decía el capitán. Con eso se derrumbó su teoría de que el tirador era yo y quedé como Nero Wolfe. El caso es que me había librado de toda sospecha, pensé, aunque demasiado convincentemente, para mi gusto. A Meyer Lansky le gustó que superase al policía y, puesto que Max ya le había hablado de mi pasado en Homicidios en Berlín, se le ocurrió que, para evitar una guerra de la mafia en La Habana, la persona más indicada para llevar la investigación de la muerte de Max Reles era yo.

»Al principio me horrorizó, pero después empecé a vislumbrar la posibilidad de quedar completamente limpio. Sólo necesitaba encontrar un culpable a quien cargar el muerto sin que tuviese que morir nadie más. No tenía la menor idea de que pensaban liquidar a Waxey, el guardaespaldas de Max, a modo de póliza de seguros, por si acaso había tenido algo que ver realmente. Es decir, se podría decir que también lo maté yo. Eso fue una desgracia. De todos modos, tuve la suerte, mala para el sujeto, pero buena para mí, de que uno de los jefes del casino del Saratoga, un tal Irving Goldstein, hubiera tenido relaciones con un actor que actuaba de mujer en el club Palette y, cuando me enteré de que se había quitado la vida porque Max Reles había estado a punto de despedirlo por marica, me pareció que ni hecho de encargo para endosarle el muerto. Así, antes de anoche fui a registrar su apartamento con el capitán Sánchez, colé el dibujo técnico que había hecho yo del silenciador Bramit y procuré que lo encontrase Sánchez.

»Después, enseñé el dibujo a Lansky y le dije que era una prueba *prima facie* de que seguramente había sido Goldstein quien había matado a Max Reles. A Lansky también se lo pareció, porque así lo deseaba, porque cualquier otro resultado habría sido nefasto para los negocios. Y lo más importante: yo quedaba más que limpio. Bien, ya lo ves. Puedes tranquilizarte, no fue tu hija quien mató a Max Reles. Fui yo.

—No sé cómo pude sospechar de ella —dijo Noreen—. ¡Qué mala madre soy!

—Ni te lo plantees. —Sonreí irónicamente—. Por cierto, cuando tu hija vio el arma homicida en el ático, la reconoció inmediatamente y después me dijo que creía que a Max lo habías matado tú. Lo único que pude hacer para convencerla de su error fue decirle que en Cuba había muchos revólveres como el tuyo, aunque eso no es cierto. Al contrario, es la primera arma rusa que he visto en Cuba. Desde luego, podía haberle dicho la verdad, pero cuando me dijo que volvía a los Estados Unidos, me pareció inútil. Es decir, si se lo decía, tendría que haberle contado todo lo demás. Es decir, porque era lo que querías tú, ¿no? Que se marchase de La Habana y fuese a la universidad, ¿verdad?

—Y por eso lo mataste —dijo.

Asentí.

—Tenías razón. No podías permitir que se fuera con un hombre como ése. Iba a llevarla a un fumadero de opio y Dios sabe qué más.

Lo maté porque podría haberse convertido en cualquier cosa, si se hubiera casado con él.

—Y por lo que te dijo Fredo cuando fuiste a su despacho del edificio Bacardi.

—¿Te lo contó?

—De camino al hospital. Por eso lo ayudaste, ¿verdad? Porque te dijo que Dinah es hija tuya.

—Estaba esperando oírtelo decir a ti, Noreen. Ahora que ya lo has hecho, puedo preguntártelo. ¿Es cierto?

—Es un poco tarde para preguntarlo, ¿no? En vista de lo que le ha pasado a Max.

—Lo mismo podría decirte yo a ti, Noreen. ¿Es cierto?

—Sí, es cierto. Lo siento. Tenía que habértelo dicho, pero entonces tendría que haber revelado a Dinah que Nick no era su padre, pero, hasta el día de su muerte, siempre se llevó mejor con él que conmigo. Me parecía que sería quitarle una cosa importante cuando más necesitaba yo influir en ella, ¿lo entiendes? No sé qué habría pasado, si se lo hubiese dicho. Cuando sucedió (es decir, cuando nació, en 1935), pensé en escribirte. Muchas veces, pero, cada vez que lo pensaba, veía lo bien que se portaba Nick con ella y, sencillamente, no podía. Él siempre creyó que Dinah era hija suya, pero esas cosas las sabemos muy bien las mujeres. Con el paso de los meses y los años, me pareció que la cosa iba perdiendo importancia. Después vino la guerra y, con ella, las ideas de hacerte saber que tenías una hija. No sabía a dónde escribirte. Cuando volví a verte en la librería, no podía creérmelo y, desde luego, pensé en decírtelo esa misma noche, pero hiciste un comentario de muy mal gusto y pensé que también tú podías ser una mala influencia de La Habana. Estabas tan amargado y cínico que casi no te reconocí.

—Sé lo que es. Últimamente, casi no me reconozco yo tampoco. O peor, reconozco a mi padre. Me miro al espejo y es él quien me mira con sorna y desprecio, porque no he comprendido que soy y siempre seré igual que él, si no él exactamente. Hiciste bien en no decirle que soy su padre. Max Reles no era el único hombre que no le convenía. Yo tampoco le convengo. Lo sé. No tengo intenciones de intentar verla y establecer alguna relación con ella. Ahora ya es tarde, me parece. Por lo tanto, de eso también puedes estar segura. Me basta con saber que tengo una hija y con haberla conocido. Todo gracias a Alfredo López.

—Como te he dicho, no he sabido que te lo había contado hasta hace un momento, cuando lo llevé al hospital. Se supone que los abogados no deben hablar con nadie de los asuntos de sus clientes, ¿verdad?

—Cuando le saqué las castañas del fuego con lo de los panfletos, le pareció que quedaba en deuda conmigo y que yo podía ser un padre cuya ayuda sirviese de algo. Al menos, eso fue lo que dijo.

—Y con razón. Me alegro de que te lo contase. —Me abrazó con más fuerza—. Y la has ayudado. Habría matado a Max con mis propias manos, si hubiera podido.

—Todos hacemos lo que podemos.

—Por eso fuiste al cuartel del SIM y los convenciste de que soltaran a Fredo, porque querías devolverle el favor.

—Lo que me dijo me dio un poco de esperanza, como si no hubiese desperdiciado la vida del todo.

—Pero, ¿cómo? ¿Cómo los convenciste de que lo soltaran?

—Hace un tiempo descubrí por casualidad el escondite de un alijo de armas en la carretera de Santa María del Rosario. Lo cambié por su vida.

—¿Nada más?

—¿Qué más puede haber?

—No sé cómo empezar a darte las gracias —dijo.

—Vuelve a escribir libros y yo volveré a jugar al *backgammon* y a fumar puros. Por lo que veo, te estás preparando para cambiarte de casa, a una tuya. Tengo entendido que Hemingway va a volver pronto.

—Sí, en junio. Tiene suerte de seguir con vida, con todo lo que le ha ocurrido. Quedó muy malherido en dos accidentes de avión seguidos. Después sufrió quemaduras graves en un incendio en la selva. Con todo eso, tendría que haber muerto. Incluso publicaron su esquela en algunos periódicos estadounidenses.

—Conque ha resucitado de entre los muertos. No todos podemos decir lo mismo.

Después me fui a mi coche y, al despuntar el alba, me pareció ver la silueta del jardinero muerto junto al pozo en el que se había ahogado. Quizá la casa estuviera encantada, después de todo. Y, si no, yo sí; lo sabía, y seguramente no dejaría de estarlo nunca. Algunos morimos en un día. A otros les cuesta mucho más. Años, incluso. Todos morimos, como Adán, eso es cierto, pero no todos los hombres vuelven a la vida, como Ernest Hemingway. Si los muertos no resucitan, ¿qué pasa con el espíritu del hombre? Y si resucitan, ¿con qué cuerpo volvemos a la vida? No tenía respuestas para eso. Nadie las tenía. Si los muertos resucitasen y fueran incorruptibles y yo pudiese cambiarme por otro en un abrir y cerrar de ojos, puede que, sólo por morir, valiera la pena dejarme matar o quitarme la vida.

Cuando llegué a La Habana, fui a Casa Marina y pasé la noche con un par de chicas complacientes. No me quitaron ni un gramo de soledad. Sólo me ayudaron a pasar el rato. El poco del que disponemos.